W0325800

LE CHEMIN DES FALAISES

DU MÊME AUTEUR
CHEZ LE MÊME ÉDITEUR

L'Orpheline du bois des Loups, 2003, coll. Trésors de France 2011
Les Enfants du Pas du Loup, 2005, coll. Trésors de France 2014
La Demoiselle des Bories, 2006, coll. Trésors de France 2012
Le Chant de l'Océan, 2007, coll. Trésors de France 2013
Le Moulin du Loup, 2008, coll. Trésors de France 2015
Les Tristes Noces, 2010, coll. Trésors de France 2016
La Grotte aux fées, 2011, coll. Trésors de France 2016
Les Ravages de la passion, 2012, coll. Trésors de France 2017
Les Occupants du domaine, 2013, coll. Trésors de France 2017

Marie-Bernadette Dupuy

LE CHEMIN DES FALAISES

Roman

TERRES DE FRANCE

Les Presses de la Cité

ISBN 978-2-258-20086-9
Dépôt légal : novembre 2022

A mes chers parents,
qui ont su faire naître en moi l'amour des livres.
A ma très dévouée Guillemette qui,
comme le faisait ma petite tante Gaby,
m'apporte amour et soutien…
Il n'est pas toujours facile de vivre
auprès de certains auteurs…
En pleine écriture et perdue dans mes recherches,
il faut vraiment du courage pour me supporter,
alors merci à toi de me rester fidèle.
A Claude Aymeric, ma belle-sœur,
en témoignage de ma profonde affection,
à qui j'aimerais tant un jour faire visiter
la vallée des Eaux-Claires.

Remerciements

Pour donner naissance à un livre, où l'histoire se mêle au parfum d'un terroir, de longues recherches et entretiens sont indispensables.

Je tiens donc à remercier toutes les personnes qui m'ont aidée et qui ne désirent pas être citées. N'est-ce pas, Marie !

Un chaleureux merci à monsieur Jacques Bréjoux qui m'avait parlé il y a déjà quelques années, avec beaucoup de gentillesse, de l'histoire du moulin du Verger où il perpétue la fabrication artisanale du papier.

Note de l'auteure

Après avoir terminé *Le Moulin du Loup* dont les personnages m'étaient si chers, si familiers, je n'ai eu qu'une idée, les suivre encore un bout de chemin, les accompagner au fil des années d'une existence ordinaire, certes, mais ponctuée de drames, de rencontres, de fêtes et de deuils.

Claire et Jean, pour moi, se promènent encore sur le chemin des Falaises, dans la belle vallée des Eaux-Claires. Toute cette famille, Colin et sa jeune épouse Etiennette, le vieux Basile, communard obstiné, les enfants, notamment la jolie Faustine, la servante Raymonde, Léon et la fantasque Bertille ont une telle place dans mon imagination que je ne pouvais pas me séparer d'eux.

L'histoire devait continuer, qu'il neige à Noël ou que la chaleur accable gens et bêtes.

C'est aussi le portrait d'une époque charnière que je voulais esquisser, le début du XXe siècle avec ses progrès, les automobiles, les gramophones, les machines modernes, un essor industriel inouï, jusqu'à la Première Guerre mondiale qui allait donner aux femmes le goût de l'indépendance et la conscience de leurs capacités. Une petite révolution, au prix d'énormes et terribles pertes humaines, de profonds chagrins.

Bien sûr, Claire Roy demeure la figure féminine la plus importante, et j'espère ne pas l'avoir quittée tout à fait à la fin de ce deuxième ouvrage consacré au Moulin du Loup.

1

Le visiteur

Vallée des Eaux-Claires, mars 1905[1]

L'homme marchait d'un bon pas. Il portait sur l'épaule un gros sac de toile bise[2] qui battait son dos à chaque enjambée. C'était une belle journée de fin d'hiver, froide et ensoleillée. Le printemps ne tarderait pas. Les saules s'ornaient déjà de bourgeons duveteux et les premiers pissenlits déployaient leurs feuilles dentelées.

Le voyageur jeta un regard vif sur les hautes falaises bordant le chemin, à sa droite. D'un œil plus inquiet, il contempla un instant les toitures d'une grande maison nichée dans un méandre de la rivière, que les gens du coin appelaient le Moulin du Loup. La bête en question était un des meilleurs chiens de la région, mais elle avait du sang de loup et, les nuits de neige, elle quittait les humains pour rôder dans les bois alentour.

La cheminée fume, il y a quelqu'un ! songea-t-il.

A cette pensée, il fit une grimace, se moquant de lui-

1. Vallée située à six kilomètres environ d'Angoulême, en Charente. Très beau site naturel, abritant de nombreuses grottes préhistoriques. Sur la rivière se sont établis des moulins à une époque ancienne, dont le moulin du Verger datant de 1537, dernier témoin de quatre siècles et demi de tradition papetière en Charente, toujours en activité aujourd'hui et qui a servi de cadre à ces romans. Il est inscrit à l'inventaire des monuments historiques.

2. Gris foncé.

même. Bien sûr qu'il y avait toujours du monde au moulin, au moins les ouvriers, la servante, le maître papetier, les enfants et le vieux Basile. Sans doute aussi Claire Roy, et une petite fille si chère à son cœur, Faustine.

Plus il se rapprochait, plus son cœur s'emballait. Il avait quitté la vallée un matin de neige, plus de deux ans auparavant, après des mois de prison et bien des chagrins. Perdu dans des souvenirs au goût doux-amer, il ralentit l'allure. Soudain, un cri aigu l'arrêta net. Une voix frêle, désespérée, hurlait.

— Au secours, m'sieur ! Au secours ! Je me noie... J'sais pas nager !

— Bon sang, c'est un gosse !

Sans plus réfléchir, l'homme jeta son sac sur l'herbe et se rua au bord de l'eau. Le courant était fort, les eaux troubles effleuraient les berges.

— Au secours !...

A dix mètres en aval, il aperçut un petit garçon cramponné à une racine. Sa tête dépassait à peine et les remous lui balayaient le visage.

— Tiens bon, j'arrive ! hurla-t-il. Ne lâche pas ! Courage, je viens !

L'enfant paraissait épuisé. Il voulut agiter un bras, de peur sans doute de voir repartir l'étranger. Il coula au moment où une poigne solide l'attrapait aux épaules, puis à la taille.

— Accroche-toi à mon cou et serre fort, j'ai pied, moi ! N'aie pas peur, tu l'as échappé belle, dis donc !

Ce ne fut pas facile, avec le poids du garçon qu'il avait calé sur son dos, de s'arracher à la rivière en crue, mais, serrant les dents, l'homme ne lâcha pas prise. Heureusement, le lit n'était pas profond. Ils furent bientôt tous deux sur la rive. L'homme déposa le rescapé sur l'herbe.

— Je suis dans un bel état maintenant ! constata-t-il. A croire que je suis voué à repêcher tous les gars qui se noient. Dis, qu'est-ce que tu faisais tout seul dans le coin ? Personne ne t'a raconté l'histoire du père Crochet, qui emmène les gamins imprudents au fond des puits ou au fond des étangs ? gronda-t-il.

— Non, monsieur ! Je suis désolé pour vos habits.

La voix du petit tremblait.

— D'où sors-tu ? Tu parles comme un prince !

— Je suis Denis Giraud, du domaine, là-haut. Je voulais attraper le jouet que Faustine a perdu dimanche. Claire a dit que ce n'était pas grave, qu'elle en achèterait un autre chez madame Rigordin, l'épicière, mais moi, je sais que c'est grave, très grave.

— Denis Giraud ? Tu es le fils de Bertrand Giraud, celui qui est avocat ? Et tu connais Faustine ?

— Oui, monsieur.

— C'est ma fille, sais-tu ? Je m'appelle Jean Dumont. J'allais lui rendre visite. Mais je crois que je vais être obligé de te raccompagner chez toi. Tu claques des dents, mon garçon ! Remonte sur mon dos, je n'en ai pas pour longtemps. Tes parents doivent te chercher…

Denis secoua la tête et bredouilla un non timide. Il expliqua, tout bas :

— Ma mère est toujours malade et mon père, lui, travaille à Angoulême. Moi, j'aime bien me promener…

— Tu es un peu jeune pour ça ! rétorqua Jean en le soulevant d'un geste et en l'installant sur ses épaules, laissant son sac sous un buisson.

Il tourna les talons, passa le pont et monta la route qui menait au domaine de Ponriant. Malgré les années écoulées depuis son procès, le jeune homme savourait encore la sensation grisante d'être à nouveau libre. Il lui arrivait de penser qu'il ne s'en lasserait jamais. Après une enfance et une adolescence passées en colonie pénitentiaire, sur l'île d'Hyères en Méditerranée puis à La Couronne, un gros bourg voisin, il aurait dû purger une peine de quinze ans au bagne de Saint-Martin-en-Ré. Il avait été gracié. Chaque matin, à peine réveillé, il se répétait : « Je suis libre. » De son existence de paria, il gardait une profonde cicatrice au bras. C'était là qu'il portait un matricule, effacé d'un coup de couteau.

— C'est vrai que vous êtes le père de Faustine ? demanda tout à coup l'enfant qui le tenait par le cou.

— Oui, sourit l'homme, et j'ai hâte de la revoir ! Elle a dû changer… Dis donc, tu dois l'aimer beaucoup, ma fille, pour entrer dans la rivière et chercher un de ses jouets !

Le petit garçon ne répondit pas tout de suite.

— C'est surtout parce que Matthieu a dit que j'en étais pas capable !

Jean sourit, amusé, imaginant très bien ce que ressentait l'enfant. Pourtant Denis aurait vraiment pu se noyer. Aussi jugea-t-il bon de le sermonner un peu.

— Ne recommence pas, c'est dangereux ! Ta vie est précieuse, petit.

— Oui, monsieur.

Denis avait froid et très mal à un genou. Il était un peu inquiet. Il espérait que sa mère ne le gronderait pas. Lorsque Jean gravit les marches du perron de Ponriant, il se dit que Claire Roy avait vécu là pendant de longs mois. Jamais il n'avait encore eu l'occasion d'approcher cette belle et vaste maison. Il se sentit brusquement intimidé.

Il y eut des appels, des silhouettes qui s'agitaient derrière les carreaux d'une large porte-fenêtre. Marie-Virginie Giraud, née de Rustens, se précipita pour ouvrir. Elle redoutait les inconnus et les rôdeurs, mais elle avait aperçu son fils.

— Denis ! cria-t-elle. Qu'est-il arrivé encore ? Monsieur…

Jean dévisagea la jeune femme. Emmitouflée dans une robe de chambre en lainage bleu, elle était très maigre et avait le teint blafard. Son regard semblait aussi terne que ses cheveux dépeignés.

— Je vous ramène votre fils, madame ! Il était tombé dans la rivière et en mauvaise posture. J'allais chez les Roy, au moulin. Une chance que je sois passé au bon moment !

Elle lui tendit une main. Jean la serra et déposa l'enfant devant lui.

— Il faudrait le sécher et le réchauffer. Il a eu une grosse peur ! Eh bien, voilà, au revoir, madame ! lança-t-il en s'apprêtant à repartir.

Dans l'embrasure de la porte, deux fillettes le regardaient, l'air intrigué. D'un geste, Marie-Virginie leur fit signe d'approcher. Elle murmura, embarrassée :

— Eulalie et Corentine, mes filles. Je vous remercie, monsieur...

— Dumont, Jean Dumont... Je connais votre mari. Enfin, donnez-lui le bonjour de ma part. Il se souvient de moi, sûrement !

Marie-Virginie marqua un temps de réflexion. Ce nom ne lui disait rien. Elle se dit seulement que l'inconnu avait des yeux bleus étonnants, soulignés par des cils noirs.

Une femme d'une soixantaine d'années, en robe noire et large tablier blanc, surgit d'une porte étroite. Elle poussa un grand cri en voyant Denis dans ses vêtements détrempés et se précipita vers lui.

— Vilain garçon, d'où sors-tu ? Viens avec Pernelle, je vais te changer. Madame, retournez donc vous allonger, toutes ces émotions ne sont pas bonnes pour vous.

La domestique entraîna prestement Denis. D'un geste, Marie-Virginie approuva avec lassitude. Elle salua Jean d'un signe de tête et recula. Le jeune homme ferma la porte et dégringola le perron, soulagé.

Pas la peine de vivre dans le luxe pour avoir une allure pareille ! se dit-il. A mon avis, la femme de Giraud se meurt d'ennui ou d'autre chose. Ce ne doit pas être rose tous les jours dans cette grande bâtisse... Quelle ambiance !

Il dévala la route, coupant souvent à travers champs. Deux prénoms résonnaient au fond de son cœur : Faustine et Claire. Il appréhendait l'instant des retrouvailles. Même s'il avait écrit souvent et envoyé une photographie de lui, sa fille risquait de le considérer comme un étranger, d'être effrayée.

— Et Claire, comment va-t-elle m'accueillir ?

Jean avait parlé tout haut. Il l'avait tellement aimée. Il ne savait plus lui-même ce qu'il éprouvait vraiment pour elle, hormis un désir tenace qui l'éveillait la nuit et le faisait se tordre sur son lit. Aucune autre femme n'avait ce pouvoir sur lui. Après le pont, Jean récupéra son sac. A chaque détour du chemin, il s'attendait à voir surgir Sauvageon. Le chien-loup lui avait toujours manifesté de l'affection. Mais l'animal ne se montra pas.

Enfin, Jean franchit le large porche toujours ouvert et se retrouva dans la cour. Avec émotion, il écouta le battement des piles en train de broyer la pâte à papier, le chant chuintant des roues à aubes. Un grand escogriffe, roux et hilare, courut à sa rencontre.

— Bon sang de bon sang, mais c'est mon Jeannot ! Si je m'attendais à te voir débarquer…

— Léon !

Les deux hommes se donnèrent l'accolade. Leur amitié datait de cinq ans déjà. Ils s'étaient embarqués tous les deux sur un morutier, à La Rochelle. Dans les parages de Terre-Neuve, le bateau avait sombré, disloqué par une tempête. Jean avait sauvé Léon de la noyade. Chacun croyait l'autre mort, mais ils s'étaient retrouvés le jour du procès. Pendant la traversée, Jean avait tellement parlé de Claire Roy à son camarade que Léon, qui ne voulait plus reprendre la mer, s'était présenté un matin au moulin. Il y était resté comme palefrenier et homme à tout faire. Du coup, il avait même épousé la servante, la jolie Raymonde.

— Ce que je suis content de te revoir ! balbutia Léon. Sacré Jean, tu nous as manqué !

Un homme aux cheveux blancs sortit d'un bâtiment, sanglé dans un tablier bleu poissé de colle.

— Ah ! Monsieur Roy… fit Jean.

Le maître papetier avait vieilli. Il lui sembla fébrile. Son regard brun brillait. L'homme se mordillait les lèvres. Cependant il se montra aimable avec le nouveau venu :

— Jean ! En voilà une surprise. Léon, fais-le entrer, je vais prévenir mes gars que je fais une pause. Je me lave les mains et je viens boire un coup avec vous !

Dans la cuisine, Raymonde pétrissait du pain. Les joues et les mains farineuses, la servante, blonde et ronde, prêta à peine attention aux deux hommes. Léon alla lui pincer la taille.

— Oh, ma beauté, dis donc bonjour à mon ami ! Regarde un peu, c'est Jean !

La jeune femme releva la tête et le salua d'un sourire distrait. Elle murmura :

— Je le vois bien, que c'est Jean ! Et madame Claire qui n'est pas là.

Le visiteur avait entendu. Il cacha sa déception, espérant que sa fille, au moins, se trouvait à la maison.

Léon haussa les épaules. Des rires fusèrent de derrière une grosse malle en osier.

— Sortez de là, les enfants ! ronchonna Raymonde. Faustine, ton papa a sûrement envie de te voir. Eh oui, ton papa est là... Ah, comme c'est jeudi, elle s'amuse avec Matthieu.

La gorge nouée par l'angoisse, Jean aperçut un éclat doré et deux grands yeux bleus. La fillette émergea de sa cachette. Elle posa un long regard sur l'homme qui se tenait debout près de la cheminée.

— C'est lui, mon papa ?

Matthieu bondit sur ses pieds aussi. Ils se dissimulaient tous les deux entre la malle et le mur. Jean fixait Faustine, stupéfait. Elle avait beaucoup grandi et forci. C'était une superbe enfant de quatre ans et demi, aux joues rebondies, creusées de fossettes par un large sourire confiant. Il se reprocha tout de suite d'avoir laissé passer autant de mois sans jamais lui rendre visite. Il avança d'un pas, elle recula.

— Faustine, tu me reconnais ? demanda-t-il, très ému.

La petite jouait les coquettes. Claire l'avait recueillie et lui servait de mère. Elle avait veillé à lui parler de son père chaque jour, accrochant au-dessus de son lit une photographie de lui qu'il avait envoyée, un portrait où il semblait triste.

— Allons, coquine, va embrasser ton papa ! ordonna Raymonde.

— Ne la forcez pas, balbutia-t-il. Je suis un étranger pour elle, à présent. Je n'ai pas voulu ça, hélas !

Colin entra au même instant. Il comprit la situation et alla sans un mot s'asseoir à table. Sur un signe de son patron, Léon sortit une bouteille de vin du cellier et apporta trois verres. Il s'écria, radieux :

— Faut trinquer, mon Jeannot, c'est que je suis papa, moi aussi ! J'ai épousé Raymonde et elle m'a donné un beau gars qui dort à cette heure. Il a trois mois, il pèse déjà dix livres ! Sûr, il n'a pas hérité de moi, côté poids.

Faustine fit trois pas en avant, sans lâcher la main de Matthieu. Les traits de ce grand monsieur, ainsi que sa voix, éveillaient en elle des souvenirs confus. Elle fit une moue, prête à pleurer. Jean s'approcha et s'agenouilla.

— Ma belle poupée, je suis ton papa ! Je travaillais très loin, mais je pensais à toi sans arrêt. Et je t'ai apporté un cadeau. Pour tes quatre ans. Ton anniversaire est passé, mais il n'est jamais trop tard !

Le mot magique de cadeau redonna le sourire à la fillette. Jean sortit de son sac un paquet rouge, puis une boîte de bonbons.

— Tu partageras les caramels avec Matthieu et Nicolas, mais, dans la boîte, c'est un joujou pour toi.

Faustine ne tarda pas à découvrir un automate en fer aux vives couleurs. C'était un clown qui jouait du tambour quand on remontait le mécanisme avec une clef. Jean le posa sur le carrelage, et le personnage tressauta, se déplaçant lentement. Le son métallique, proche de celui d'un grelot, enchanta les enfants.

— Merci, papa ! s'extasia-t-elle.

Soudain elle se jeta à son cou et le serra de toutes ses forces. Il la berça contre lui, rassuré. Colin marmonna :

— Claire ne serait pas partie si elle avait su que tu passais chez nous ! Tu aurais dû écrire, Jean.

— Je venais voir ma fille ! coupa-t-il un peu sèchement.

Il y eut un silence gêné. Raymonde couvrit sa pâte d'un torchon immaculé. Elle chuchota, d'un ton de reproche :

— A-t-on idée, aussi, de rester loin deux ans et de débarquer sans crier gare !

Léon devint tout rouge. Il était si content de revoir Jean qu'il ne voulait pas gâcher leurs retrouvailles. Il crut bon de faire montre d'une autorité qu'il n'avait pas.

— Dis donc, ma femme, parle pas comme ça à mon

camarade ! S'il n'est pas venu plus tôt, c'est sans doute qu'il ne pouvait pas…

— Moi, je suis franche ! rétorqua la servante. J'ai pas à prendre de gants avec Jean. D'abord, j'le connais pas, ensuite je trouve que madame, elle en a de la patience.

Faustine se blottit davantage contre son père. Elle n'aimait pas les cris ni les disputes. Jean, embarrassé, tenta de se justifier.

— Je suis désolé, mais j'ai voyagé toute la nuit en train et, ce matin, j'ai pris la patache pour Puymoyen. J'avais hâte de voir la petite, et je devais parler à Claire.

Colin tapa du poing sur la table en riant.

— On ne va pas en discuter des heures. Claire a pris la calèche. Elle a dû conduire Victor à Villebois. Elle reviendra pour souper. Ils rendaient visite à un docteur, une sorte de préhistorien renommé. Toi, Jean, ce midi, tu manges avec nous.

Jean se crispa. La jeune femme fréquentait encore Victor. Il décréta, avec rudesse :

— Je ne pourrai pas l'attendre. Je repars à six heures ce soir. Je veux m'occuper de ma fille, le peu de temps que j'ai. Cela me fait un drôle d'effet ! Quand je l'ai laissée, elle gazouillait et je n'y comprenais rien ; voilà qu'elle parle comme un livre ! A quatre ans. Et Basile ?

Il eut honte de ne pas s'être inquiété un seul instant de son ami. Pourtant, il devait être en vie, sinon Claire lui aurait appris son décès dans sa dernière lettre.

— M'sieur Drujon se repose, murmura Léon. Je vais monter lui dire que t'es là. T'inquiète, il se porte bien. Il a appris l'alphabet aux garçons et, quand ces deux garnements sont entrés à la communale, ils savaient presque lire et compter.

Jean avala d'un trait le verre de vin blanc que lui offrit Colin. Le papetier le fixait d'un air curieux.

— Dis-moi, mon gars, où étais-tu passé durant tout ce temps ? Claire m'a expliqué que tu travaillais dans la Creuse…

— Oui, à la construction d'un barrage. On gagne bien.

Mais les journées sont longues et, l'hiver, il gèle dur bien plus qu'ici.

Le jeune homme se tut. Il aurait pu ajouter qu'il avait terminé son contrat là-bas, qu'il comptait s'établir plus près du moulin. L'absence de Claire gâchait tout. Envahi d'une jalousie incontrôlable, d'une colère froide aussi, il n'avait plus envie de s'attarder dans la vallée.

Il se leva brusquement, calant sa fille sur son bras droit.

— Viens, on va rendre visite au pépé !

La fillette le regardait attentivement. Elle était vraiment jolie. Il pensa à Denis Giraud, qui avait failli se noyer. Il murmura :

— Dis, ma beauté, tu l'aimes bien, Denis ?

Faustine eut un sourire en coin.

— Oui, mais je préfère mon Matthieu... Non, je préfère mon papa !

Jean sentit son cœur se dilater de joie, de fierté. Il se promit de ne plus vivre loin de son unique enfant.

Basile Drujon ne put contenir ses larmes en voyant entrer le charmant couple que formaient le père et son enfant. Le vieil homme avait échoué au moulin, comme Léon, à la suite d'un grand malheur. Ancien instituteur, communard fervent, il s'était battu sur les barricades aux côtés de Louise Michel. Le hasard l'avait conduit dans la vallée des Eaux-Claires. Pendant plus de dix ans, il avait loué une vieille bâtisse aux Roy. Cela lui avait permis de se lier d'une vive amitié avec Claire, la fille des papetiers. Il avait également caché Jean lorsque celui-ci fuyait la police après son évasion du bagne. Il lui avait appris à lire et à écrire.

Il n'avait pas hésité à le rejoindre en Normandie, à l'époque où Jean y vivait avec son épouse Germaine Chabin, qui lui avait donné Faustine.

— Mon garçon, comme je suis heureux ! Je désespérais de te revoir... Je ne suis guère vaillant. L'humidité, mes rhumatismes, cette sale toux ! Mais Claire me soigne bien avec ses plantes.

Le vieillard voulut se redresser. Jean l'aida à s'asseoir contre le bois du lit.

— Faustine est devenue belle. Je lui parle souvent de toi, va… C'est une bonne petite, sage et obéissante.

— Elle m'a manqué, tu ne peux pas savoir à quel point ! Toi aussi, mon Basile.

Les deux hommes discutèrent à voix basse du barrage dans la Creuse, de leurs souvenirs.

— Et Claire ? demanda enfin Basile. As-tu pris une décision ? Elle se languit de toi…

— Dans les bras d'un autre ! J'ai l'habitude. Dès qu'elle m'a cru perdu en mer, elle s'est mariée avec Frédéric Giraud. J'y pense souvent. Si ce monsieur ne s'était pas suicidé, elle serait encore sa femme. Non, cette fois, je ne me ferai pas piéger. Basile, sois gentil, ne me parle plus de Claire.

Le vieil homme soupira. Son cœur fatigué lui jouait des tours. Il s'en remit au destin, ce qui n'était pas dans ses habitudes.

— Fais donc à ton idée, Jean.

Le déjeuner rassembla la famille. Basile voulut descendre. Léon et Jean le soutinrent. Mais la présence chaleureuse de la maîtresse de maison, la belle Claire aux yeux noirs, au doux visage, faisait gravement défaut. Le repas se déroula dans le calme, même si les trois enfants du moulin bavardaient et riaient. Il y avait là Faustine, la fille de Jean, Matthieu, le fils d'Hortense, la première femme de Colin morte en donnant naissance à l'enfant, et Nicolas, le deuxième fils que le maître papetier avait eu avec Etiennette, l'ancienne servante, devenue sa seconde épouse. Assise près de lui, cette dernière ne daignait pas se mêler aux conversations. Elle n'aimait pas Jean et ne le cachait pas.

En début d'après-midi, Jean emmena Faustine en promenade. Matthieu insista pour les accompagner.

— Non, mon garçon ! trancha Colin. Jean veut être tranquille avec sa fille.

— Mais je les suivrai de loin, et on pourrait lâcher Sauvageon ! supplia Matthieu. Claire l'a enfermé dans son atelier.

Faustine faillit encore pleurer. Jean capitula. Guidé par Matthieu, il alla libérer le chien-loup qui lui fit la fête avec une vigueur difficile à maîtriser. Le jeune homme avait pu apercevoir, dans la petite pièce, des rangées de bocaux étiquetés contenant des racines séchées, des feuilles racornies.

— Claire, elle aime pas qu'on entre là ! recommanda le petit garçon. Elle dit que c'est son domaine privé.

Jean eut mal au cœur. Il comprit à cet instant combien il avait envie de revoir Claire. Ses projets lui parurent vains. Pendant leur balade, il se montra plus morose qu'il n'aurait voulu. Matthieu en profita pour choisir son camp. Sa sœur lui avait souvent expliqué que cet homme viendrait chercher Faustine un jour ou l'autre. Il détestait l'étranger au regard bleu. C'était un enfant très intelligent : il bavarda étourdiment, en apparence.

— Claire, elle aime bien Victor, le locataire. Ils sont allés de l'autre côté de la vallée explorer une grotte. Moi aussi, je l'aime bien, il raconte de belles histoires ! Hein, Faustine ?

La petite approuvait, riait. Jean s'assombrissait.

— Victor, il mange souvent avec nous, et même qu'il a offert un gros livre à Claire, avec des photographies dedans… ajoutait Matthieu. On voit des images de tous les pays étrangers !

Au retour, incapable de deviner la ruse du gamin, Jean avait renoncé à ses rêves.

Claire et Victor avaient déjeuné sur l'herbe, dans un champ ombragé à la sortie de Ronsenac.

Maintenant ils écoutaient le docteur Henri-Martin. L'homme leur faisait les honneurs du logis du Peyrat qu'il venait d'acheter avec les terres avoisinantes. C'était une belle demeure au toit de petites tuiles plates, aux lignes sobres et élégantes. La jeune femme buvait les paroles du quadragénaire barbu, dont les lunettes rondes mettaient en valeur des yeux pétillants d'intelligence. Ils se trouvaient dans un grand salon encore encombré de caisses et de meubles emballés dans des linges soigneusement ficelés. Victor était fasciné par le personnage. Pendant le trajet, il avait expliqué à Claire :

« Le docteur Henri-Martin a découvert le site de La Quina l'année dernière. Il est certain que des fouilles seront fructueuses en raison de la disposition des falaises, des abris sous roche. Alors, il a fait l'acquisition d'une partie de la vallée. Et il m'a invité à travailler avec lui ! Vous vous rendez compte, Claire, une sommité en la matière. Je dois l'aider à emménager… Mais je suis heureux de vous présenter ! »

La rencontre, sous les arbres séculaires du logis, avait été charmante. Claire, vêtue d'une robe neuve en velours vert, ses longs cheveux bruns retenus par un ruban, ressemblait à une jeune étudiante. A présent, le docteur leur montrait des silex taillés et des ossements qu'il jugeait d'origine humaine et fort anciens.

— Aux Eaux-Claires, Victor a aussi trouvé des choses intéressantes, dit-elle, vaguement intimidée. Il me propose toujours de participer à ses expéditions, mais je n'en ai guère le temps.

— Vous habitez un moulin, n'est-ce pas ? Mon cher ami Nadaud vous décrit comme une femme exceptionnelle.

— Il exagère ! protesta Claire en riant, néanmoins flattée.

Après une heure passée à examiner les trésors archéologiques que contenaient les plus petites caisses, ils décidèrent de marcher jusqu'à La Quina. Victor semblait rajeuni, tant il s'enthousiasmait.

— Vous verrez, Claire, il y a une curiosité géologique sur le chemin, une sorte de champignon géant, mais en calcaire. Il tient sur sa base rétrécie depuis des siècles…

La promenade enchanta la jeune femme. Entourée des deux hommes passionnés de préhistoire, elle voyait d'un œil nouveau le moindre escarpement de rocher, imaginait les animaux énormes des ères glaciaires. Pour accéder au soubassement caillouteux de La Quina, elle salit sa jupe et ses mains et s'égratigna aux ronces, mais cela lui était égal.

A l'aide d'un mince crochet en fer, tous trois grattèrent le sol protégé par des surplombs de pierre. Victor brandit le premier des dents calcifiées et un éclat de silex. Le docteur Henri-Martin, exalté, identifia le vestige de mâchoire comme appartenant à un renne.

— Formidable ! s'enthousiasma le docteur. Je passerai des années ici et je ferai de belles découvertes, je le pressens. Vous pourrez me rendre visite aussi souvent qu'il vous plaira, Claire. Vous aussi, Victor ! dit-il, tout excité.

Quand ils rentrèrent au logis du Peyrat, une femme du village de Gardes, engagée comme cuisinière, avait allumé la cheminée. Le froid tombait, car le soleil déclinait.

— Et si vous partagiez mon modeste dîner ! proposa leur hôte.

— Oh, c'est très aimable, monsieur, répondit Claire, mais je dois être de retour au moulin pour le repas des enfants. Matthieu, mon petit frère, a école demain. Je préfère ne pas m'attarder davantage.

Victor éprouva alors une tristesse familière. Depuis deux ans, il s'était habitué à la compagnie de la jeune femme. Ils avaient de longues discussions, ils exploraient des grottes ensemble. Le préhistorien avait souvent son couvert mis au moulin. Mais leur amitié n'évoluait pas dans le sens qu'il souhaitait et il en connaissait la cause : Jean Dumont, l'éternel absent, le père de la fillette que Claire élevait et chérissait. Elle lui avait tout raconté de cet amour brisé par trop d'épreuves, auquel elle ne renonçait pas pour autant.

La confession s'imposait, au goût de Claire, afin de le tenir à distance. Il leur arrivait fréquemment d'être très proches au fond d'une galerie obscure. Il s'était permis un jour une attitude trop osée. Le glas avait sonné pour lui.

« Je vous en prie, j'aime un homme. Je l'attendrai autant qu'il faudra, et il n'est pas question que je trahisse mes sentiments. »

Claire avait beau dire cela d'une voix douce, le coup avait porté. Le lendemain, par souci d'honnêteté, elle lui avait raconté l'histoire de leur amour. Victor avait appris que sept ans plus tôt un jeune bagnard s'était caché dans la grange de la maison même qu'il louait des Roy, et qu'elle l'avait aidé, avant de céder à une véritable passion.

« Hélas, j'ai dû me marier avec un autre, Frédéric Giraud, qui a mis fin à ses jours parce qu'un loup enragé l'avait mordu. Je croyais Jean noyé dans le naufrage d'un morutier, mais il avait survécu. Il avait même épousé Germaine, en Normandie, la mère de Faustine[1]... »

Victor avait été bouleversé en écoutant le récit de l'arrestation de Dumont devant sa belle-famille, les Chabin. La mort injuste de Germaine, l'épouse de Jean, enceinte de six mois, l'avait révolté. Mais il ne pouvait s'empêcher d'être jaloux de l'ancien forçat.

« Je dois vous dire, avait précisé Claire, que Jean était condamné injustement. Il faut comprendre son geste. Il a d'abord été expédié sur l'île d'Hyères, avec son petit frère Lucien. Un surveillant, un véritable monstre à visage humain, avait abusé de ce pauvre enfant. Cette histoire affreuse me hante encore, car Lucien est mort peu après et ils ont obligé Jean à l'enterrer. Le vrai criminel, ce surveillant, Dorlet, l'accablait d'insultes. Alors, désespéré, Jean l'a frappé d'un coup de pelle... Il m'a tout raconté, par la suite ! »

Lorsqu'elle parlait ainsi de Jean, Claire s'illuminait, mais elle tremblait aussi un peu. Victor ne se faisait guère d'illusions. Si cet homme revenait, c'en serait fini des doux moments de complicité qu'il partageait avec la jeune femme.

Le retour, dans un paysage empourpré par un couchant flamboyant, ne fut pas dénué d'une certaine mélancolie. Claire regrettait d'avoir refusé l'invitation du docteur ; Victor souffrait à l'idée de la quitter. Il espérait une invitation à dîner au moulin.

Sirius, un magnifique cheval blanc né dans les écuries de Ponriant, le seul bien que la jeune femme avait gardé après son veuvage, trottait avec entrain. Il obéissait au moindre claquement de langue de Claire, qui menait la calèche d'une main experte. Ils traversèrent le bourg de Ronsenac et prirent la route de Torsac. Un panache de fumée s'élevait au loin, assorti d'un bruit de ferraille.

— Tiens, dit Claire, le train vient de partir. Je ne me décide pas à utiliser ces machines. Encore moins les automobiles. Quand je pense que ma cousine Bertille et son

1. Voir *Le Moulin du Loup*.

mari en ont acheté une ! Evidemment, ils ont fait un gros héritage, ils peuvent se le permettre !

Victor hocha la tête distraitement.

— A quoi pensez-vous ? demanda-t-elle. Vous ne m'écoutez pas !

— Oh, je n'aime pas les belles journées qui s'achèvent. J'étais au paradis aujourd'hui. J'aurais aimé vous présenter à mon collègue et mentor comme mon épouse. Avouez que nous pourrions être heureux ensemble ?

— Peut-être ! murmura Claire, un peu émue.

La constance de Victor, l'admiration qu'elle lisait dans ses yeux finissaient par la troubler. La vie quotidienne avait continué après le départ de Jean, le jour de Noël 1902, mais personne ne savait comme elle souffrait de son absence. Combien de fois elle éclatait en sanglots la nuit, le visage enfoui dans l'oreiller. Elle avait tellement cru qu'il reviendrait au bout de six mois, ou d'un an. Hélas, le temps s'écoulait sans le ramener. Jean écrivait, mais ce n'était que de courtes lettres pour prendre des nouvelles de sa fille ou pour envoyer des mandats. Il notait à chaque fois, en bas de la page : *Merci de veiller sur Faustine.* Rien d'autre.

— Venez avec moi jusqu'au moulin, rétorqua Claire, interrompant le fil de ses pensées. Raymonde a dû préparer un bon repas, c'est la tradition du jeudi.

— Je n'ai jamais rien mangé à votre table qui ne soit excellent ! s'empressa-t-il de répondre, rasséréné. Dimanche, pour être quitte, j'apporterai une bouteille de mousseux et un gâteau.

Attendrie par la joie presque enfantine de Victor, Claire l'embrassa sur la joue. Ils longeaient le chemin des Falaises.

Du plateau semé d'une végétation rase et jaunie par l'hiver, Jean vit passer la calèche. Il avait attendu, manquant la patache de six heures. Le cœur plein de nostalgie, il avait même grimpé jusqu'à la Grotte aux fées, où Claire et lui s'étaient aimés pour la première fois. De là, il avait gravi la roche par des sentiers étroits. C'était un raccourci pour rejoindre Puymoyen, mais, une fois là-haut, il avait encore guetté le retour de la jeune femme.

Ah, la voilà ! se réjouit-il, mais elle n'a pas déposé ce type chez lui, elle le ramène au moulin ! Ils s'embrassent, même... Bon sang, je suis vraiment un pauvre crétin. Tiens, qu'elle le garde, son scientifique, je ne vais pas me battre pour elle. Viens donc, Sauvageon, toi au moins, tu m'es fidèle !

Jean se leva, jeta son sac sur l'épaule et s'éloigna à grandes enjambées, suivi par le chien aux allures de loup. Le jeune homme ne tenait pas compte des conseils du vieux Basile, son ami de longue date, qui lui avait répété que Claire l'aimait et espérait son retour. La jalousie le rendait aveugle et sourd.

Dès qu'il entendit la calèche, Léon courut prendre Sirius par sa bride.

— M'selle, je vais le dételer et lui donner son avoine !

— Merci, Léon ! dit-elle en descendant avec légèreté du véhicule. Les enfants ont été sages ?

— Ah ça, pesta-t-il, quand Nicolas n'est pas là, les deux autres filent doux.

Nicolas, à sept ans, passait pour un petit diable, de l'avis général.

— Faut que je vous dise, m'selle, ajouta Léon, non sans grimacer, Jean est passé aujourd'hui. Il a mangé avec nous. Il a promené Faustine sur le chemin, et puis il est reparti...

Le rire muet de Claire, le rose de ses joues furent comme balayés par un vent mauvais. Une pâleur soudaine envahit ses traits. Bouche bée, elle regarda Léon qui détourna la tête.

— Jean ! gronda-t-elle. Et moi qui n'étais pas là.

Elle scruta les falaises dont l'alignement blanchâtre se devinait encore, malgré le crépuscule. Le sentiment d'une malchance inouïe, d'un coup du sort insupportable, la terrassa. Jean était venu ici, ses pieds avaient foulé les pavés, il s'était assis à leur table. Elle eut un sanglot silencieux et courut vers la maison.

— Je crois que je suis de trop ! soupira Victor, prenant

Léon à témoin. Cet homme n'est pas digne de Claire ! Il se moque d'elle, je crois bien… Elle se dévoue pour sa fille et il ne daigne même pas l'attendre ! Quel imbécile !

— Attention, m'sieur Victor ! balbutia Léon. Jean et moi, c'est à la vie à la mort. Dites pas de mal de mon ami. Il paie une pension, rapport à sa gosse, il est réglo. Et puis j'vais vous donner le fond de ma pensée : m'selle Claire, elle aime la petite comme la sienne propre. Alors, moi, je m'en mêle pas, de leurs affaires !

Léon conduisit le cheval à l'écurie. Victor Nadaud disparut dans l'ombre.

— Raymonde ! appela Claire à peine entrée dans la cuisine. Raymonde, Jean est venu, il paraît ! Qu'est-ce qu'il a dit ? Est-ce qu'il m'a laissé une lettre ? Il fallait l'obliger à rester !

La servante s'attendait au chagrin de sa maîtresse. Elle la prit par l'épaule. Les deux femmes composaient un charmant tableau, l'une brune, l'autre blonde, de la même taille et d'une beauté comparable.

— Madame, je suis vraiment confuse. J'ai fait ce que j'ai pu pour retenir Jean, votre père aussi. Monsieur Basile s'y est mis. Mais on l'aurait dit poursuivi par le diable, votre Jean. Et ce n'est pas tout, j'ai l'impression que votre chien l'a suivi ! On l'a appelé longtemps, Sauvageon, les enfants aussi ; il est introuvable.

Claire s'appuya au manteau de la cheminée, le front contre la pierre.

— Sauvageon ? Mais je l'avais enfermé dans mon atelier… Qui lui a ouvert ?

— Je ne sais pas, madame ! Peut-être un ouvrier !

La jeune femme appelait son atelier une petite pièce où elle rangeait les plantes et les fleurs séchées par ses soins. Il y avait un réchaud, un établi, des étagères sur lesquelles trônaient des bocaux et des boîtes en carton. Sa récolte, entre quatre murs blanchis à la chaux, devenait là des tisanes composées, des baumes ou des lotions.

— Les hommes du moulin ne vont jamais de ce côté !

s'exclama-t-elle. C'est un tour des enfants, ça... Où sont-ils ?

Raymonde désigna l'étage d'un doigt levé.

— Monsieur Basile leur lit un conte de fées. Vous savez, la petite a beaucoup pleuré quand son papa est parti, mais, si vous aviez été là, elle n'aurait pas fait tant de comédie.

La déception donnait à Claire envie de vomir. Elle monta sans force l'escalier. Le spectacle de son vieil ami, installé dans un fauteuil, Faustine et Matthieu calés chacun sur un accoudoir, l'aurait réjouie en d'autres circonstances. Mais, envahie par la contrariété, elle se montra hargneuse.

— Navrée de t'interrompre, Basile, les petits doivent descendre dîner. Et j'aimerais aussi savoir qui a lâché Sauvageon ! Matthieu ?

Le petit garçon descendit de son perchoir et alla se camper devant sa sœur, qui eut l'impression de revoir leur mère, Hortense, car l'enfant lui ressemblait beaucoup.

— Je n'ai pas ouvert la porte de ton atelier, Clairette ! C'est le père de Faustine. Quand il est parti se promener, il m'a demandé où était Sauvageon. Alors je le lui ai dit. Il voulait le voir.

Matthieu mentait un peu. Claire hocha la tête, déjà honteuse du ton dur qu'elle avait employé. Basile referma le livre des *Contes de Perrault*. Il marmonna :

— Envoie les gosses en bas, petiote, et viens près de moi... Tu es un vrai paquet de nerfs.

Matthieu et Faustine sortirent. La jeune femme, secouée de sanglots étouffés, approcha du fauteuil.

— Basile, Jean est venu et je ne l'ai pas vu ! Tu peux comprendre le mal que ça me fait ! Je l'ai attendu deux ans, chaque jour et chaque nuit ! Il aurait pu dormir ici. Cela me rend folle, j'avais tellement besoin de lui...

Elle s'était mise à genoux, le visage tourné vers le vieillard. Il lui caressa la joue, étudiant d'un air songeur ces charmants traits féminins qu'il connaissait par cœur : sa bouche aux lèvres charnues, d'un rose vif, son nez fin, l'arc gracieux de ses sourcils, la peau mate, ses yeux de velours noir que les larmes rendaient encore plus brillants.

— Ma pauvre petiote ! Bien sûr que tu es triste ! Mais Jean était en colère, je l'ai senti. Un souci le rongeait, et je crois qu'il s'agit de toi. La première chose qu'on lui a dite, quand il est arrivé, c'est que tu étais partie avec Victor pour la journée. Jaloux comme il est… J'ai essayé de le raisonner, autant crier dans le désert ! Bah ! On prétend que la jalousie est une preuve d'amour, moi je juge ce défaut assez redoutable, proche du besoin de posséder un être libre, enfin, libre en principe. Le sort des femmes m'a toujours navré…

Basile Drujon se tut. Malgré les atteintes de l'âge, il gardait toutes ses capacités de raisonnement et un caractère bien trempé. Socialiste convaincu, il n'avait jamais caché son goût pour l'anarchie et l'abolition des préjugés.

— Toi et tes discours pernicieux, comme dirait papa ! renifla-t-elle. Je me souviens, gamine, tu me bourrais le crâne de tes grandes idées révolutionnaires. Je les répétais à table et maman entrait dans des colères ! Elle si bigote, âpre au gain, tu lui faisais peur !

Claire serra la main de son ami. Il souriait, content de leur complicité qui ne se démentait pas.

— Ah ! Ne pleure pas pour Jean. Il reviendra, tu l'attires comme du miel. Tu ne vas pas rester à broder au coin du feu durant des semaines, au cas où il déciderait de te rendre visite. Raconte-moi plutôt ta journée ! Ce docteur Henri-Martin, est-il sympathique ?

— Très aimable, passionné ! répondit-elle. On le prendrait pour le frère de Victor. Ils ont la même barbe, les mêmes lunettes rondes, le même enthousiasme… Oh, zut à la fin, je n'ai pas envie d'en parler. Je ne pense qu'à Jean ! Basile, comment était-il ? L'as-tu trouvé différent… Crois-tu qu'il m'a pardonné pour de bon cette histoire de lettre ?

La jeune femme faisait allusion à sa responsabilité dans l'arrestation de Jean, en septembre 1902. A cause d'une imprudence de sa part, le policier Dubreuil, qui croyait le bagnard Dumont noyé dans l'Atlantique Nord, avait retrouvé sa trace. Epouvantée à l'idée de perdre son mari, Germaine s'était accrochée au fourgon des gendarmes et avait roulé sur le chemin, là-bas, en Normandie. Elle était morte au bout de quelques heures, l'enfant qu'elle portait aussi. Jean avait haï Claire avant de lui accorder un vague pardon.

Basile poussa un soupir exagéré. Il attrapa sa canne.

— Aide-moi à descendre, j'ai faim ! Je ne suis pas devin, ma belle ! Le temps a passé, de l'eau a coulé sous les ponts. Jean n'est pas sot au point de ruminer encore sa rancœur. Ecoute, en m'embrassant, il m'a dit : « A bientôt, Basile ! » Il ne tardera pas à revenir, et vous vous expliquerez.

Elle revit la nuit de Noël où Jean, juste gracié, avait couché dans un lit d'appoint, près de l'horloge de la grande cuisine. Il lui en voulait encore. Pourtant il l'avait désirée et Claire s'était offerte sans retenue ni calcul. Jean avait gémi et sangloté entre ses bras. Il lui avait confié la garde de sa fille, Faustine. Au matin, il était parti en déclarant qu'il lui fallait du temps.

Elle dit soudain :

— Il devrait en avoir assez de quitter la vallée, lui qui rêvait d'y vivre ! Il m'aime encore, j'en suis certaine !

— Sois patiente, petiote, sois patiente. Il a beaucoup souffert, notre Jean. Sais-tu qu'il a sauvé de la noyade le petit Giraud, Denis... Bertrand aura un sacré choc quand il apprendra ça !

Stupéfaite, Claire demanda des détails. Ils discutèrent un bon moment. Quand ils se décidèrent à descendre, la famille Roy était attablée, chacun à sa place.

Un fauteuil en osier garni de coussins était réservé à Basile, en bout de table, près de la cuisinière en fonte noire aux ornements de cuivre. A l'autre extrémité présidait le maître papetier, Colin, qui avait à sa droite sa jeune épouse Etiennette et leur fils Nicolas, tous deux occupant une partie du premier banc. La servante Raymonde suivait, toujours prête à se lever d'un bond pour passer les plats, puis Léon, son mari depuis un an. Le bébé du jeune couple occupait la bercelonnette où tous les nourrissons du moulin avaient dormi.

Sur le second banc s'asseyaient Claire, Matthieu et la petite Faustine. Ils étaient à leur aise. Si un invité se présentait, il voisinait avec la jeune femme, considérée comme la maîtresse de maison.

— Alors, mon sauté de lapin ! demanda Raymonde. Est-il bon ? Je n'ai pas mis trop d'ail, ni de persil, à cause des enfants.

— Succulent ! s'exclama Colin, car il savait que le mot amusait la servante.

A vingt ans, Raymonde avait une autorité rieuse qui rassurait petits et grands. Ses fonctions devenaient celles d'une gouvernante. Etant donné son sérieux et son acharnement au travail, Claire pouvait se consacrer à ses herbes médicinales et monter à cheval quand elle en avait envie. Les deux jeunes femmes se partageaient les tâches quotidiennes.

Cela arrangeait Etiennette, dont la paresse n'était un secret pour personne. Fille de la laitière du village entrée au service des Roy à quatorze ans à peine, elle savourait encore son nouveau statut social. Elle avait accompli tant de corvées rebutantes sous la férule de la défunte Hortense qu'elle refusait désormais de s'abaisser à éplucher des légumes ou à laver du linge. Colin, qui frôlait la cinquantaine, lui témoignait une passion constante.

Ce fut en donnant les dernières pommes de terre à Matthieu, qui les lorgnait avec convoitise, que Claire se souvint du malheureux préhistorien.

— Mais j'avais proposé à Victor de dîner avec nous ! se rappela-t-elle soudain. Où est-il passé ?

Etiennette éclata de rire, vite imitée par Raymonde et Colin. Le papetier s'écria, moqueur :

— Je plains ce pauvre Nadaud ! S'il t'avait entendue, cette fois, sûr il n'aurait plus d'illusions à se faire. Ah, ma Clairette, tu n'as rien mangé et tu nous regardes à peine. C'est à cause de Jean… Tu n'as pas eu de chance, je l'avoue. Pour une fois qu'il se décidait à nous rendre visite.

— Oui ! Tout le monde l'a vu, aujourd'hui, sauf moi. En plus, Sauvageon l'a suivi. C'est injuste.

Faustine vint se blottir contre la jeune femme. La fillette n'était pas bavarde ; cependant, elle comprenait beaucoup de choses. Elle savait qu'elle ne devait pas appeler Claire

« maman » alors qu'elle l'aimait très fort et que le mot lui venait aux lèvres du matin au soir.

— Mon papa, l'est pas méchant ! assura-t-elle. Matthieu, il a dit qu'il était méchant.

— Viens, ma chérie ! Tu es fatiguée.

Claire se leva, prit l'enfant à son cou et monta se réfugier dans sa chambre. Là, elle s'allongea sur son lit, la petite lovée contre elle.

— Tu pleures ? demanda Faustine.

— J'ai du chagrin, mais ne t'inquiète pas. J'aime très fort ton papa et il me manque.

— Il va revenir, il l'a dit ! affirma la fillette.

— Alors, je suis contente.

Claire regarda Faustine, toute rose sous la lumière de la lampe. La nature lui refusait la joie d'être mère, mais cette adorable enfant était un peu la sienne. Les deux années écoulées à la voir s'épanouir et s'éveiller au monde avaient tissé des liens si forts qu'elle n'imaginait plus la vie sans sa présence exquise. Elle l'embrassa sur le front.

Le lendemain, Sauvageon gratta à la porte, la langue pendante, les pattes boueuses.

Mars, avril passèrent. Jean avait envoyé un mandat pour l'entretien de sa fille, en donnant une nouvelle adresse, celle d'une pension de famille située dans le département du Gers, à Auch. Claire s'empressa de lui écrire, mais il ne répondit pas.

Victor Nadaud s'était installé chez le docteur Henri-Martin, sans toutefois résilier son bail.

Claire redoubla d'ardeur à parcourir les prés et les sentiers de la vallée, accompagnée des enfants, pour cueillir l'armoise, l'angélique, la menthe duveteuse et le serpolet. Souvent, elle se retournait et scrutait le chemin des Falaises. Il y circulait des charrettes tirées par des bœufs, des bicyclettes, parfois des automobiles, des paysans à pied, des femmes poussant une brouette, mais Jean n'en faisait pas partie. Elle l'aurait reconnu, même de loin.

Avec la montée de la sève printanière, son sang s'échauffait. Le besoin d'un homme troublait ses nuits. Cet homme, ce serait Jean. Elle l'espérait de toutes ses forces. Le 3 mai, elle reçut une carte postale représentant la cathédrale d'Auch.

Jean annonçait qu'il serait au moulin le dimanche suivant, pour le repas de midi, en précisant qu'elle devait être là, qu'il voulait l'entretenir d'une chose importante. Claire crut entrer au paradis.

2

Un dimanche de mai

C'est demain ! se dit Claire en s'éveillant. Oui, demain, Jean sera là. Je le reverrai ! J'aime cet homme à en devenir folle et, depuis sept ans, je n'ai passé avec lui que trois mois et trois jours.

La jeune femme amoureuse se souvenait avec une extrême précision d'une lointaine nuit de novembre où Jean avait jeté des cailloux sur les volets de sa chambre. Il pleuvait. Elle était descendue en courant et il avait surgi de la nuit froide.

Comme nous étions heureux, avant ! J'avais ouvert un bocal de foie gras et coupé du pain. Il a mangé une tartine, bu du vin et ensuite…

En s'étirant entre ses draps frais, Claire revit la scène. Elle portait une chemise de nuit légère. Jean l'avait enlacée, embrassée. Ils étaient montés à l'étage sans se séparer une seconde, pour s'allonger dans le lit de la pièce voisine, alors inoccupée. Le matin, elle lui avait confié Matthieu, qui n'était qu'un minuscule poupon affamé.

— Madame ! fit une voix derrière la porte. Madame…

C'était Raymonde. La servante n'avait pas oublié la consigne. Claire avait dit la veille au soir que ce samedi serait jour de grand ménage.

— J'arrive, Raymonde ! Fais du café…

— Il est chaud !

— Bon, je me lève.

La moindre sensation lui paraissait délicieuse, comme sentir le plancher sous ses pieds nus ou respirer par la fenêtre entrouverte. Le parfum d'herbes et de fleurs de l'aube humide de rosée était exquis. Elle se pencha sur le petit lit où Faustine dormait. L'enfant, ses boucles d'un blond sombre étalées sur l'oreiller, sa bouche rose gonflée par le sommeil, était un délicieux poème.

Ma chérie ! pensa-t-elle. Demain, ton papa sera là, avec nous.

La jeune femme se lava derrière le paravent. Elle enfila une ancienne robe de cotonnade fleurie et tordit ses cheveux en chignon en nouant un foulard pour les maintenir. L'impatience la rongeait, son cœur lui faisait mal à force d'espoir. Elle pourrait ranger, cuisiner jusqu'à minuit afin d'accélérer la course des heures.

Dans la cuisine, Léon, les yeux cernés, garnissait le bûcher de morceaux de bois, des chutes de planche qui suffiraient à chauffer le four. La journée serait belle et chaude.

— Bonjour ! lança Claire. Votre bébé a-t-il mieux dormi avec mon infusion de tilleul ?

Raymonde eut une moue déçue. Elle disposait des bols sur la table.

— Oh, vous savez, madame, j'ai l'impression que ce bout de chou confond le jour et la nuit. Je l'ai mis au sein trois fois. Maintenant que le soleil se lève, il dort à poings fermés, ce chérubin.

Léon ajouta, grognon :

— Si ça continue, j'irai coucher dehors. J'suis bon à rien, ce matin, j'ai pas fermé l'œil de la nuit.

Claire éclata de rire. Elle se sentait si légère qu'elle aurait pu danser.

— Mon pauvre Léon ! Moi qui voulais te demander de nettoyer la cour, de balayer la vieille paille. On ne voit plus les pavés… Ecoute, tu dois monter au bourg vendre mes fromages. Je te donne l'argent gagné si tu rends la cour impeccable.

— Ah ça, m'selle, j'vais essayer, mais je promets rien.

Raymonde s'approcha de sa patronne d'un air complice. Elles relurent ensemble le menu établi en vue du repas du lendemain.

— Des cagouilles, je m'en charge ! lança Claire d'un ton joyeux. Je les mets au court-bouillon cet après-midi. Elles ont assez jeûné. Deux canards rôtis...

— Je les ai tués hier soir, m'selle ! assura Léon. Je les ai même plumés !

Claire hocha la tête, satisfaite. Raymonde proposa :

— Il faudrait ouvrir des bocaux de cèpes ; ce serait le meilleur accompagnement. Les pommes de terre sautées, c'est trop commun !

Colin tapait ses brodequins sur la pierre du seuil. Il avait écouté et s'exclama, d'un ton ironique :

— Eh bien, j'aurai tout entendu, Raymonde ! C'est commun, les pommes de terre sautées ! Je n'ai jamais mangé rien de si bon, au persil et à l'ail. Avec une laitue croquante...

— Papa ! s'exclama Claire, une laitue ! Il en faudra quatre au moins. Elles sont petites et prêtes à monter en graine. Tiens, je vais au jardin. Je ramasserai des radis.

Elle sortit sans avoir fini son café. Ils la virent prendre son chapeau de paille.

— Madame est si jolie quand elle est heureuse ! se réjouit Raymonde. J'espère que Jean la demandera en mariage, cette fois. Sinon je lui tords le cou, tout beau mâle qu'il est !

Colin Roy se frotta les mains à son tablier. Il s'était levé à trois heures du matin et s'attabla. Connaissant ses habitudes, la servante lui présenta du pain, des oignons et du fromage.

— Jean ne me déplaît pas, approuva-t-il. Mais de là à penser qu'il ferait un gendre convenable, j'ai des doutes. Et, ma parole, on dirait qu'on reçoit le président de la République...

— Madame veut que la maison soit reluisante, le repas, copieux.

— Bah, on en profitera ! conclut le papetier.

Claire déambulait dans les allées du potager. Elle respirait, ivre de joie, les senteurs mêlées du romarin et de la camomille. Sur une treille courait une vigne aux larges feuilles d'un vert tendre. La jeune femme coupa entre deux ongles une vrille et la croqua. C'était acide mais rafraîchissant.

Relevant son tablier, elle jeta dans ce panier improvisé des feuilles d'oseille, du thym et du persil. Un ouvrier lui fit signe, des étendoirs. L'homme fumait une cigarette, accoudé au rebord d'une des nombreuses ouvertures. Elle répondit à son salut d'un geste exagéré.

La journée fut à l'image de cette matinée laborieuse. Matthieu dut surveiller Faustine, mais il ne demandait pas mieux. Ils s'installèrent sur une couverture, à l'ombre du pommier de la cour, et jouèrent aux petits soldats. Nicolas vint les rejoindre, mais, mis en garde par Colin, le garçonnet se montra assez sage.

Le vieux Basile dont la vue baissait se posta à sa place préférée, le fauteuil en osier que l'on calait près de la seconde fenêtre. De là, celui qui avait hérité à contrecœur du surnom de « pépé » guettait l'activité de la cour et le passage des charrettes. Il lisait aussi pendant des heures en fumant sa pipe.

Léon avait vendu tous les fromages de Claire. Elle possédait maintenant six chèvres, de belles bêtes à la toison drue. Raymonde les menait au bouc à la saison, chez un vieux du village. Les trois enfants du moulin aimaient assister à la traite. Ils s'appuyaient au mur de la bergerie et regardaient Claire masser les pis roses, les presser par à-coups. Ils poussaient souvent des cris de victoire quand le lait jaillissait en filet d'un blanc jaune.

— Raymonde, avons-nous assez de beurre pour pétrir une galette ? demanda Claire à l'heure du goûter. J'ai fait deux clafoutis aux cerises, mais, quand même, une galette bien grasse, dorée au jaune d'œuf, ce serait délicieux avec le café…

Les ouvriers de Colin sortirent prendre l'air une minute et s'enivrèrent des odeurs de sucre chaud et de graisse fondue. Ils guettaient tous la silhouette de Raymonde ou de Claire par la fenêtre grande ouverte de la cuisine, et admiraient les jeunes femmes.

Une visite, en fin d'après-midi, rompit la bonne marche

des travaux. Léon, armé d'une pelle et d'un balai, grattait sans entrain les pavés, quand le bruit d'un moteur résonna sur le chemin des Falaises.

— Tiens, v'là une automobile ! cria-t-il.

Etiennette, qui était censée tricoter dans sa chambre, descendit en rajustant son corsage. L'épouse du maître papetier se prélassait au lit sous prétexte de finir un gilet pour son fils.

Claire se rua sur le perron, de la farine sur les joues et les mains. Raymonde la suivit.

— Oh, mais c'est monsieur l'avocat ! s'étonna la servante qui ne put cacher sa surprise.

Bertrand Giraud se gara dans un nuage de poussière et de fumée grisâtre. Il portait un costume en toile beige et un canotier.

— Bonjour, mesdames ! cria-t-il en claquant la portière de son automobile, un nouveau modèle à la carrosserie étincelante. Je passais vous saluer, car je suis en vacances...

Avec sa simplicité habituelle, il embrassa son ancienne belle-sœur sur les deux joues et serra la main de Raymonde. Claire le trouva presque beau. Il était légèrement hâlé et ses cheveux d'un châtain roux étaient coupés très court. Il avait un sourire charmant.

— Entrez, dit-elle. Vous allez boire un peu de limonade, celle que je fabrique avec des fleurs de sureau. J'en ai mis au frais dans un seau d'eau.

Bertrand ne se fit pas prier. Il appréciait l'atmosphère du moulin, surtout celle de la grande cuisine qui lui faisait l'effet d'un refuge accueillant, coloré et parfumé. Claire veillait à disposer des bouquets de fleurs des champs sur les buffets entourant la cheminée ; les vitres, les meubles et les ustensiles en cuivre paraissaient astiqués à chaque instant.

— Mais c'est une ruche, votre maison, Claire ! Quelles bonnes odeurs ! Et cette pâte si dorée et appétissante...

Le jeune avocat humait le contenu d'une jatte en terre cuite. Raymonde déclara, toute fière :

— Madame pétrissait une galette !

Un pleur aigu de bébé retentit à l'étage. Léon et Raymonde

logeaient dans le grenier – Claire y avait fait aménager une chambre assez confortable, cloisonnée de planches –, mais, dans la journée, la servante couchait son bébé au premier, chez sa maîtresse. Le nourrisson répondait au prénom de César. Cela avait amusé le curé, qui voyait dans ce choix l'instruction de la maman, fascinée par la Rome antique.

— Ah, c'est le moment de la tétée, madame, je monte ! s'écria Raymonde.

Bertrand secoua la tête, comme attendri. Il s'assit à la table sans cesser de regarder autour de lui.

— Ma chère Claire, je vous envie parfois de vivre ici ! Disons que je m'y sentirais mieux qu'à Ponriant. Marie-Virginie se languit, le docteur Mercier n'en trouve pas la raison. Mes filles sont sages et studieuses, mais Denis est intenable. Je dois le punir deux fois par jour et, quand je ne suis pas là, Pernelle s'en charge, un peu trop durement à mon goût.

La jeune femme lui servit un verre de limonade et resta debout, l'air distrait.

— Je vous donnerai une de mes préparations pour votre épouse. Des fleurs séchées d'aubépine et de camomille, cela apaise les nerfs. Je pense que Marie-Virginie souffre encore de la mort de votre petit Alphonse. Perdre un enfant, ce doit être la pire des épreuves !

L'avocat eut une moue désabusée.

— Alphonse repose au cimetière depuis bientôt deux ans. Il ne marchait pas encore. Ma femme semble avoir fait son deuil. Pardonnez ma franchise, chère amie, mais je n'ose plus la toucher, de peur qu'elle ne soit enceinte.

C'était un sujet qui blessait Claire. Au fil des années, elle voyait des femmes mettre au monde de robustes bébés, ou se plaindre d'être grosses. Sa science des plantes conduisait des visiteuses timides au moulin, demandant à parler à m'selle Roy et à personne d'autre. Même si, dans les campagnes, les paysannes connaissaient fort bien les herbes bénéfiques, qu'elles appelaient des « simples », Claire faisait figure de savante, car elle étudiait l'herboristerie dans des livres.

De jolies filles l'avaient implorée, rougissantes, de leur donner une tisane capable de « faire passer l'enfant » conçu un soir de bal, sans espoir de mariage.

« C'est péché de tuer un petit dans son corps ! » disait-elle, refusant tout net de les aider.

Parfois, apitoyée par leur détresse, elle les envoyait chez madame Colette, la sage-femme. Celle-ci, un brin mécréante, leur conseillait de boire une certaine infusion composée d'une plante, en apparence bien ordinaire, qui peuplait les talus.

Bertrand l'observait ; elle évitait son regard, effleurant du bout des doigts une rose qu'elle avait mise à sa robe, dans l'échancrure du décolleté. Il la trouva ravissante.

— Des nouvelles de Jean ? dit-il soudain. J'aimerais pouvoir le remercier, pour Denis. Sans lui, mon fils se noyait. Je voudrais expliquer à cet orgueilleux que nous sommes quittes, désormais. Savez-vous que Dumont m'envoie des mandats chaque mois, afin de me rembourser les frais de son procès et quelques billets que je lui avais donnés le jour de sa libération…

Il vit Claire frémir d'émotion. Elle dut même s'asseoir.

— Excusez-moi, je suis un rustre ! Vous l'aimez à ce point ? Il ne sait pas la chance qu'il a ! Si j'étais lui, je serais déjà à vos pieds…

— Oh ! Bertrand, un homme marié et père de famille, me tenir des propos aussi galants ! Figurez-vous que Jean vient déjeuner demain. Il m'a annoncé son arrivée. Si vous voulez vous joindre à nous !

Elle l'invitait avec une gentillesse touchante, mais il percevait une vague réticence.

— Je vous remercie, Claire. Disons que je viendrai boire un café, vers deux ou trois heures.

La jeune femme soupira, rassurée.

— Oh, vous avez deviné que j'étais gênée ! protesta-t-elle. C'est que j'avais arrêté mon menu, compté les parts, les couverts. Bertrand, si cela vous fait plaisir, il y aura de la place quand même.

— Non, vraiment, je ne peux pas. Marie-Virginie sera

déçue si je ne déjeune pas au domaine. Parfois, je me dis qu'elle irait mieux si j'abandonnais ma fonction en ville, si je passais plus de temps avec elle. Nos revenus nous le permettraient, mais je ne me sens pas l'âme d'un terrien.

L'avocat se troubla avant de s'enquérir :

— Et votre cousine ? Est-ce qu'elle vient prendre le bon air de la vallée de temps en temps... Puisque Bertille est guérie, elle pourrait se promener par ici...

Claire le dévisagea, attentive à la tension de ses traits. La voix de Bertrand s'était altérée.

— Bertille se contente du Jardin vert et de promenades sur les remparts. Elle a encore fait une fausse couche en février. C'est moi qui vais à Angoulême à cheval. Mon Dieu, il y a de plus en plus d'automobiles. Sirius prend peur à peine arrivé route de Bordeaux.

Ils se turent un instant, tous deux évoquant la si belle jeune femme aux cheveux couleur de lune, petite et gracile, que l'on surnommait *princesse*. Victime d'un accident à l'âge de quinze ans, elle était devenue infirme. Colin Roy, son oncle, l'avait accueillie au moulin. Elle avait épousé Guillaume Dancourt, un homme plus âgé qu'elle. Trois ans auparavant, comme par miracle, elle avait retrouvé l'usage de ses jambes et, même si elle devait marcher avec une canne, Bertille profitait pleinement de son indépendance reconquise. Depuis, son mari faisait preuve d'une jalousie presque maladive. Un jour, il lui avait déclaré qu'il la préférait paralysée. Le couple battait de l'aile. Bertrand le savait. Il aimait la jeune femme et elle lui avait avoué éprouver la même passion. Cependant ils s'étaient promis de ne pas trahir leurs engagements respectifs. Claire ignorait tout ceci.

Bertrand se leva, remit son chapeau et dit, tout bas :

— Et monsieur Drujon, comment va-t-il ?

— Bien, c'est l'heure de sa sieste. Je dois avouer qu'il s'allonge fréquemment ces derniers temps.

Un coup frappé au plancher de la chambre répondit au murmure de Claire. Basile déclara, bien fort :

— Je ne suis pas à l'article de la mort, petiote ! Salue maître Giraud pour moi...

La jeune femme sourit, amusée, et ajouta :

— Par contre, il a une ouïe exceptionnelle pour son âge !

Ils sortirent en riant. Bertrand retint un soupir. Pourquoi donc avait-il cru que Bertille serait au moulin...

— Au revoir, Claire. Je vous souhaite à tous une belle journée, demain.

Toute gaie, elle rentra avec le souci d'étaler sa pâte et de la mettre au four pendant qu'il était chaud. L'horloge marquait six heures du soir. Cela lui rappela le mois de mai 1897, quand elle guettait le cadran orné de fleurs peintes, pressée de voir la nuit tomber. Une fois la famille endormie, Claire courait jusqu'à la Grotte aux Fées, rejoindre Jean. Ils s'aimaient, gourmands, impudiques, ivres de plaisir.

Tout recommencera ! se dit-elle. Il le faut, je n'en peux plus d'être seule, sans lui.

Un soupir lui échappa. Jean dormirait là, la nuit de dimanche. Elle saurait le séduire, le rendre fou de caresses. Elle s'imagina nue sous lui et se mordit les lèvres. Faustine et Matthieu apparurent. La fillette pleurait sans bruit.

— Qu'est-ce que tu as, ma mignonne ? s'étonna Claire.

— Elle est tombée sur les pavés de la cour, Léon les lavait, alors ça glissait...

La jeune femme appliqua sur l'égratignure un baume à base de grande consoude, réputée pour soigner coupures et blessures. Elle confia le rouleau à pâtisserie à la petite.

— Tu vas aplatir cette grosse boule de pâte, comme ça tu auras aidé à préparer un bon gâteau pour ton papa !

Faustine, vite consolée, redressa son cou blanc et rond. Matthieu et Claire la contemplaient avec la même adoration.

Chacun, dans la maison silencieuse, entendit sonner les douze coups de minuit. Basile Drujon n'avait pas un bon sommeil. Par la fenêtre ouverte, il écoutait le concert nasillard des crapauds et les appels des grillons. Il pensait qu'il aurait aimé, avant de mourir, ce qui selon lui ne tarderait pas, voir Jean et Claire réunis.

Au second étage, Raymonde et Léon se penchaient en clignant des paupières sur leur fils. César, dodu et les prunelles gonflées par l'insomnie, faisait des vocalises. Ses parents devaient se lever avant l'aube, mais le bébé s'en moquait.

Dans la chambre de Claire, celle qui donnait sur la vallée et le soleil levant, Matthieu se tournait au creux de son lit. Demain, le père de Faustine reviendrait et il risquait d'emmener la fillette. Le garçon de huit ans cherchait comment éliminer cet intrus, ce voleur de bonheur. Cela l'empêchait de dormir.

Nicolas avait l'esprit bourré des bavardages de sa mère, Etiennette, qui parlait de tout et de n'importe quoi devant son fils. Elle lui avait dit que Jean et Claire se marieraient peut-être, et qu'il n'y avait pas de danger de voir partir Faustine.

Matthieu n'avait pas envie de ça non plus. Sa grande sœur lui appartenait. Elle lui avait servi de mère, il ne voulait la partager avec personne.

Même la petite Faustine luttait contre l'engourdissement. Elle avait fait une sieste très tard, après avoir étalé la galette, et, pour la première fois, elle se sentait très éveillée alors qu'il faisait nuit.

Si je pleure, raisonnait-elle, Claire me prendra dans son lit, elle me fera un câlin.

Dehors, une chouette hululait. Faustine décida qu'elle avait peur et poussa une frêle plainte.

— Dodo, ma chérie ! chuchota la jeune femme. Ce n'est qu'un oiseau de nuit, avec de belles plumes blanches. Fais dodo, je t'en prie. Je suis fatiguée…

Faustine n'osa pas insister. Claire s'étira, se coucha à plat ventre. Elle imaginait l'instant où Jean serait en face d'elle. Ils seraient seuls, bien sûr, elle l'entraînerait dans son atelier, le soir. Léon y avait installé un lit pliant. Elle prendrait les mains de son amour dans les siennes et les poserait sur ses seins.

Oui, je ferai ça, se promit-elle en silence, et je lui dirai combien je l'aime ! Qu'il est le seul sur terre pour moi, que je mourrai pour lui, que je le chérirai même dans l'éternité… Il devra m'écouter, me croire. Je ne le laisserai pas repartir, jamais.

Forte de ses résolutions, elle sombra dans une somnolence bienheureuse.

Claire se leva très tôt et habilla Matthieu et Faustine de leurs toilettes du dimanche. A présent, la jeune femme manquait rarement la messe, mais elle préférait se rendre au premier office. Etiennette et Colin, quant à eux, ne fréquentaient plus l'église, mais ils lui confiaient Nicolas. Cela les soulageait et ils se recouchaient, les volets clos.

Elle se mit en chemin, suivie des trois enfants, après avoir attaché Sauvageon dans l'écurie.

— Pourquoi on y va à pied ? se plaignit Nicolas. T'aurais dû prendre la calèche… Mes chaussures, elles sont trop petites.

— Arrête de te plaindre ! lui dit-elle. Nous allons couper par un sentier que je connais, derrière la maison de Basile.

— Claire ! C'est plus la maison de pépé, protesta Matthieu, c'est celle de Victor. Tiens, regarde, il est revenu, la porte est ouverte.

— Nous lui dirons bonjour au retour ! Sinon nous serons en retard… Allez, vite, vite, petite troupe ! plaisanta-t-elle.

Mais Victor Nadaud sortit au même moment. Il tenait une tasse à la main et s'apprêtait, assis sur la pierre du seuil, à déguster un thé. Claire le salua, s'engageant déjà sous une haie d'aubépines.

Le préhistorien répondit d'un hochement de tête. Il n'avait pas l'air de très bonne humeur.

— Tu l'as invité à manger ? insista Matthieu. Victor, dis, il vient à midi ?

— Non, trancha-t-elle. C'est un repas de famille. Et tu me fatigues, à la fin. Tiens-toi tranquille, aujourd'hui. Et ne dis pas de sottises à Jean.

Faustine marchait bravement. Cependant elle demanda à Claire de la porter bien avant les premières maisons du village. La jeune femme regretta de ne pas avoir attelé Sirius.

Le temps qu'ils passèrent à l'église ne lui apporta pas l'apaisement habituel. Elle écouta la messe d'une oreille distraite, tandis que ses frères s'agitaient et riaient sous cape. A la fin de l'office, Nicolas fit un caprice. Il voulait un sucre d'orge.

Excédée, elle céda et les conduisit à l'épicerie. Madame Rigordin l'accueillit avec un sourire réjoui.

— Dis donc, Claire, j'ai revu le neveu de monsieur Drujon hier soir. Ce beau gars aux mirettes bleu ciel… Oui, il a dormi à l'auberge ! Il y en a qui ont de la chance, va !

Le cœur pris de folie, Claire paya sans vouloir en entendre davantage. Elle entraîna les enfants à travers un dédale de ruelles pour emprunter un raccourci, coupant à travers le plateau semé de genévriers. Jean était déjà arrivé au pays, et elle n'était pas prête. Courant presque, elle s'interrogeait. Pourquoi avait-il couché à Puymoyen… Il aurait pu venir au moulin la veille ! Elle bredouilla, à mi-voix :

— Peut-être qu'il voulait se rendre présentable avant le déjeuner. Oui, c'est ça sans doute ! S'il me parle fiançailles ou mariage, il doit être élégant ! Oh ! Mon Jean…

Léon la vit entrer dans la cuisine, rouge et en sueur. Elle ordonna aux enfants de se laver les mains et de jouer sagement. Raymonde mettait le couvert. Claire lui cria :

— Jean est au bourg, à l'auberge ! Garde les petits, je me change…

— Au bourg ? répéta Léon, surpris. Il en fait des manières, mon Jeannot. Il a des sous à foutre en l'air, ma parole !

A midi quinze, Jean n'était toujours pas là. Basile, en costume de velours brun et nœud papillon, sirotait un verre de menthe à l'eau. Faustine avait taché sa robe blanche. Raymonde trépignait, toute moite à rester debout près de ses fourneaux.

Colin avait fait tirer du vin, quatre carafes qui le narguaient, disposées sur la table. Etiennette le calmait en lui caressant la cuisse. Son mari avait des faiblesses au lit, ces temps-ci, mais ce matin, il s'était montré plein d'ardeur.

Claire hésitait. Elle avait envie d'envoyer Léon sur le chemin, à la rencontre de Jean, mais il berçait son fils, histoire de demeurer assis ; le bébé dormait à poings fermés.

— Que fait Jean ? dit-elle, inquiète.

— Eh, il conte fleurette à madame Rigordin, pardi ! s'esclaffa le papetier. Elle ne le lâchera pas, Clairette. Tu peux prendre ton mal en patience !

Raymonde et Léon eurent un vrai fou rire ; Etiennette gloussa.

— Que vous êtes bêtes ! dit Claire qui n'avait pas le cœur à écouter ce genre de plaisanteries. J'ai une idée : je vais libérer Sauvageon. Si je vois filer mon chien, cela voudra dire que Jean approche.

— J'y vais ! hurla Matthieu, qui s'ennuyait ferme, le cou malmené par le col de sa chemise blanche amidonnée.

La jeune femme tournait en rond, de l'évier à l'horloge. Elle avait choisi pour ce jour de fête une jupe en coton, ample et prenant bien la taille, et un corsage en soie blanche qui faisait ressortir sa peau dorée. Ses cheveux retenus en arrière par un ruban blanc croulaient sur ses épaules. Elle se sentait jolie et très jeune.

Son frère revint en gambadant, le chien-loup sur ses talons. Aussitôt l'animal alla flairer la cheminée. Raymonde y avait mis au chaud les canards rôtis dans une cocotte en fonte énorme posée à même un lit de braises.

— Sage, Sauvageon ! rugit Colin. Ne va pas nous manger la volaille !

Claire but un verre d'eau. L'émotion l'assoiffait.

— Matthieu, tu n'as vu personne ?

— Non ! Moi, j'ai faim !

— Eh bien, tu patienteras, mon garçon ! clama la servante.

Basile ronchonna. Lui aussi était affamé. Il se retourna pour voir l'heure. Content de montrer qu'il connaissait ses chiffres, Nicolas déclara avec sérieux qu'il était midi et trente minutes. Claire ne tenait plus en place.

— Tant pis, commençons ! soupira le papetier. Nous n'allons pas priver les petits et pépé.

Ce fut à cet instant précis qu'on frappa deux coups au

battant de la porte grande ouverte. Claire vit Jean, son chapeau à la main, en chemise, les manches retroussées. Il était rasé de près et ses boucles brunes brillaient au soleil. Elle le trouva si beau qu'elle en perdit le souffle.

— Bonjour, tout le monde ! lança-t-il en souriant. Excusez le retard, nous avons flâné le long de la rivière.

Claire se dirigea droit vers lui, d'une démarche qu'elle croyait assurée. Intriguée par ce qu'elle venait d'entendre, elle murmura :

— Qui donc, « nous » ? Tu n'es pas seul ?

Elle regardait dehors, mais ne voyait personne. Pourtant elle crut entendre des imprécations chuchotées.

— Tu ne m'embrasses pas ? demanda-t-elle, refusant la réalité de cette voix entendue quelque part dans la cour, une voix de femme…

— Si, bien sûr, fit Jean en déposant une bise polie sur sa joue.

Faustine s'était levée du banc et avançait à pas prudents. Claire la saisit au passage, l'empêchant d'atteindre le jeune homme.

— Jean, entre ! Le repas est prêt, viens t'asseoir.

— Une seconde, j'attends Térésa, répliqua-t-il d'un ton aimable. Elle s'est assise sur le muret, elle avait mal aux pieds… Térésa, viens vite, que je te présente ma fille et la famille Roy !

Claire ne pouvait plus bouger. Ses oreilles bourdonnaient, elle percevait les battements de son cœur dans tout son corps. La bouche sèche, elle fut incapable de poser la question qui vrillait son esprit : « Qui est Térésa ? »

Une inconnue gravit le perron, vêtue d'une robe en satin jaune, brandissant une ombrelle. Elle avait le teint mat et des cheveux d'un noir bleuté tiré en chignon serré. Ce n'était pas une beauté, mais, au goût de Claire, elle n'était pas assez laide encore. Le nez busqué, les lèvres minces et fardées, elle avait de très grands yeux noirs fendus en amande, d'un éclat insolite.

Jean la prit à la taille dès qu'elle fut à sa hauteur.

— Claire, je te présente ma fiancée, Térésa Rodriguez. Je lui ai tant parlé du moulin, elle a voulu m'accompagner.

Un silence de mort suivit cette déclaration. Sauvageon, indifférent à la situation, se précipita sur Jean. Il lui lécha les doigts avant de se coucher sur le dos en signe de soumission totale. Claire le remarqua, mais rien n'aurait pu la faire réagir. Elle n'était plus qu'un bloc de chagrin, de déception infinie. Dans son dos, à la table, régnait une profonde consternation. Colin rompit le maléfice. Il se disait qu'après tout, Jean avait le droit d'aimer la femme de son choix et que sa fille s'était bercée de beaux rêves sans consistance.

— Eh bien, venez vous asseoir ! s'écria-t-il. Raymonde, secoue-toi, ajoute une assiette !

Sans lâcher Térésa, Jean passa devant Claire. Il réussit à attraper Faustine, la soulevant d'un bras pour la caler contre lui.

— Qu'elle est belle, ta petite ! dit l'étrangère avec un accent particulier qui donnait l'impression d'un roucoulement de pigeon. Un ange du ciel, par la Madone !

Faustine dévisageait Térésa d'un air méfiant. Jean la cajola et alla saluer le papetier avant d'embrasser Basile. Le vieillard bougonna, mécontent :

— Tu en as des manières, toi...

Furieuse du mal que le couple faisait à sa chère maîtresse, Raymonde faillit casser le verre et l'assiette qu'elle portait. D'un geste, elle indiqua à Matthieu de se pousser au bout du banc. Puis elle annonça, sèchement :

— Que cette dame prenne ma place, en fait, je mangerai debout ! Quand on fait le service, c'est aussi pratique.

Claire n'avait pas bougé.

Je dois faire quelque chose ! pensait-elle. Pas de cris ni de larmes, à cause des enfants. Ils seraient effrayés. Mon Dieu, comme je souffre ! Je pourrais tomber raide morte, je voudrais m'écrouler, ne jamais me réveiller.

Avec lenteur, la jeune femme pivota sur ses talons et observa Térésa qui s'installait à côté de Jean. Soudain elle eut peur de se jeter sur l'intruse, de lui arracher cheveux et boucles d'oreilles, de la frapper. Elle croisa alors le regard de Matthieu, envahi d'une panique intense. Son frère chéri devinait sa douleur.

— Claire, viens près de moi, ma petiote ! chevrota Basile. Bois un coup, va, ça ira mieux ensuite.

Son vieil ami lui tendait un verre de vin rouge. Le geste la ramena des années en arrière. Dès qu'elle avait un souci, un malheur, elle courait chez Basile qui la consolait et la raisonnait en lui offrant une goutte d'eau-de-vie.

— Merci, répliqua-t-elle en buvant d'un trait.

Léon gardait la tête basse. Le pauvre garçon ne comprenait plus rien. Il idolâtrait Jean, qui lui avait sauvé la vie, dans le chaos terrifiant d'une tempête, au milieu de l'océan. Son héros n'était peut-être bien qu'un homme ordinaire.

— Raymonde, sers les escargots ! parvint à dire Claire.

Le repas n'amusait plus la tribu des Roy. Etiennette jetait des coups d'œil méprisants au couple occupé à déguster les cagouilles qui baignaient dans un jus brun agrémenté de lardons et de croûtons de pain aillés. Térésa se léchait les doigts en riant très haut. Jean crut bon de prendre la parole.

— Je suis désolé de ne pas vous avoir prévenus. J'ai jugé plus agréable de voyager avec ma future épouse. Je travaille dur, je n'ai guère le temps d'écrire de longues lettres.

— Ah ça, il rentre fourbu, mon galant ! renchérit Térésa.

Claire tressaillit. Elle savait désormais ce qu'éprouvaient les gens au supplice. Sa seule hantise était de pouvoir tenir jusqu'au dessert. A ce moment-là, elle enverrait les enfants dehors, se dégourdir un peu, et elle réglerait la situation.

Raymonde remporta les plats à peine entamés. Sans Nicolas et Jean, dotés d'un solide appétit, les canards auraient échoué dans la gamelle du chien, car la servante se contrôlait à peine.

— Où as-tu rencontré madame ? osa enfin demander Colin à Jean en voyant arriver les clafoutis aux cerises.

Le papetier ne voulait pas être vexant. Il n'avait pas dit mademoiselle, car, de toute évidence, Térésa était plus âgée que le jeune homme.

— Térésa tient une pension de famille, à Auch. Elle loge et nourrit les employés d'une usine, là où j'ai été embauché à la fin de février. La paie est convenable. Le climat est meilleur que dans la Creuse !

Claire n'y tint plus. Elle se leva, distribua des parts de gâteau aux trois enfants et les accompagna dans la cour.

— Vous allez manger ici, sous le pommier. N'approchez pas du canal, ni du bief. Encore moins du trou ! Je viendrai vous chercher.

Matthieu hocha la tête. Chaque fois qu'il entendait ce mot « trou » il se souvenait du Follet, un des ouvriers du moulin, gentil et serviable, qui s'y était noyé en voulant sauver Nicolas. Depuis, Colin avait fait poser une grille.

— Promis, Clairette ! assura-t-il.

— J'aime pas la dame… balbutia Faustine.

— N'aie pas peur, ma chérie ! lui dit Claire. Elle ne restera pas longtemps.

— Et mon papa, il va pas s'en aller ? gémit la fillette.

— Je ne sais pas, Faustine. Sois bien sage, je reviens.

Elle se força à monter le perron, alors qu'elle n'avait qu'une envie : s'enfuir le plus loin possible. Ses jambes la trahirent. Il lui fallut se tenir à la rambarde, une nausée aux lèvres.

— Pourquoi m'a-t-il traitée aussi mal ? Ce n'est plus mon Jean, celui qui m'aimait et me promettait de me rendre heureuse ! Il a amené cette femme juste pour m'humilier, me blesser… Il n'avait qu'à m'écrire, à m'annoncer son mariage, mais pas ça ! Pas chez moi !

Raymonde descendit les marches en courant et la prit dans ses bras.

— Madame, courage ! Fichez-les dehors, ces deux-là ! Je ne sais pas ce qui me retient de les chasser à coups de balai ! C'est un salaud, votre Jean. Un fieffé salaud !

— Chut ! fit Claire. Que veux-tu que je fasse ? Il ne m'avait rien promis. Il est libre. Je ne suis ni trompée ni trahie. Je dois juste tenir, ne pas m'effondrer devant elle. Raymonde, calme-toi. Le pire, ce serait… ce serait…

La jeune femme ne put dire ce qu'elle redoutait. La servante rentra la première et prépara du café. Jean fumait une cigarette, un sourire de fauve repu au visage. Claire le trouva déplaisant, ainsi.

Qu'ils s'en aillent ! songea-t-elle. Vite, très vite ! Je ne veux plus le voir, plus jamais.

Mais elle n'était pas au bout de son calvaire. Colin tentait d'entretenir une conversation sur les mérites de la nouvelle colle à base de cellulose qu'il utilisait grâce à l'insistance de Claire, quand l'horloge sonna deux heures. Térésa parla à l'oreille de Jean, qui approuva.

— Ah ! s'écria-t-il. Il faudrait faire les bagages de Faustine. Nous avons un train à huit heures ce soir, à Angoulême. J'ai croisé Bertrand Giraud sur la place du village, ce matin. Il nous prendra au pont en fin d'après-midi.

L'affreux soupçon qu'elle s'interdisait de formuler prenait vie et puissance. Jean voulait emmener Faustine, l'élever avec cette femme qui se mettait du rouge sur la bouche et se trémoussait au moindre mot de son fiancé. La douleur la submergea :

— Ah… ça non ! protesta-t-elle. Non, vous ne pouvez pas me prendre la petite ! Je lui ai servi de mère pendant deux ans ! Je l'aime comme si je l'avais mise au monde… Jean, aie pitié ! Laisse-la-moi encore un peu. Je ne te demande que ça !

Térésa haussa les sourcils. Colin avança, d'un ton apaisant :

— Mais, Claire, sois raisonnable, c'est l'enfant de Jean. Tu n'as aucun droit sur elle. Tu le savais bien, qu'il viendrait la chercher un jour.

— Ton père dit vrai : j'ai tous les droits sur Faustine ! répliqua le jeune homme. J'en ai assez d'être privé de ma fille. Je suis navré, et je comprends ta peine, mais tu ne peux pas t'y opposer, Claire.

Les anciens amants s'affrontèrent du regard. Térésa eut le tort d'ajouter :

— Je serai sa maman, moi. J'ai deux enfants, déjà, de mon pauvre mari qui s'est tué il y a dix ans. La petite aura une famille.

— C'est nous, sa famille ! hurla Claire. Elle sera trop

malheureuse sans moi, sans Matthieu ! Tu veux ma mort, Jean, avoue donc ! Moi qui croyais que…

Elle éclata en sanglots, repoussant Raymonde prête à la soutenir. Etiennette, effarée, se leva et sortit rejoindre les enfants. Basile tapa des deux poings fermés sur la table.

— Jean, là, tu manques de tact ! Claire ne mérite pas ça… Je suis d'accord, Faustine est ta fille, mais ce sera un gros changement pour ta gosse, réfléchis un peu. Accorde-nous un peu de temps !

— C'est tout réfléchi ! J'en ai parlé à Bertrand Giraud. Légalement, je suis le seul tuteur, je suis son père ! Térésa s'occupera bien d'elle.

Claire se redressa, les joues marbrées de larmes, l'air égaré. Penchée en avant, elle hurla plus fort :

— Depuis quand la connais-tu, cette femme ? Tu ne répondais pas à mes courriers ! Avant, je t'écrivais dans la Creuse, maintenant tu habites Auch… Dis-le-moi, Jean, depuis quand tu connais madame, pour avoir autant confiance en elle ?

Il ne répondit pas. Claire fut envahie d'une furie meurtrière. Du revers de la main, elle balaya assiettes et verres, souleva un vase garni de roses et le lança de toutes ses forces contre un mur. Sauvageon se mit à aboyer. Dehors, Matthieu appela.

— Bon, ça suffit, Claire ! tonna Colin. Arrête de te donner en spectacle. Tu fais peur à ton frère ! Jean a la loi pour lui, alors il va emmener sa fille.

— La loi ! s'emporta-t-elle, hagarde. Tiens, quelle bonne idée, il n'a qu'à prévenir les gendarmes, qu'ils me jettent en prison ! Chacun son tour, ce serait d'un drôle…

Un vagissement la fit taire. Le bébé César s'était réveillé. Léon en profita pour s'éclipser. Raymonde le suivit à l'étage, en marmonnant :

— Ne me cause plus jamais de ton ami Jean, tu m'entends ? Quel fumier, ce type !

Claire riait nerveusement et pleurait. Embarrassé, Jean quitta la table. Térésa s'accrocha à lui. Il eut un faible sourire.

— Je sors ! Viens, nous allons expliquer ce qui se passe à Faustine.

Dès qu'ils furent sur le perron, Basile attrapa le poignet de Claire, échevelée et livide.

— Allons, petiote, remets-toi. Je ne me sens pas bien, moi non plus. Tu sais, je pensais que Jean avait d'autres intentions…

Le vieil homme respirait fort. Colin s'en alarma.

— Montez vous allonger un peu, pépé ! Bon sang, quel dimanche !

— Le pépé, maître Roy, s'il pouvait rajeunir et foutre un coup de pied au cul de ce voyou ! pesta Basile.

Claire reprit ses esprits devant la mine défaite du vieil homme. Mais l'accalmie ne dura pas. Matthieu accourut, lui aussi en larmes.

— Ils vont prendre Faustine ! Papa, empêche-les, papa ! Claire !

La jeune femme reçut l'enfant contre elle et l'étreignit. Elle se mit à espérer que tout cela ne soit qu'un cauchemar, qu'elle allait ouvrir les yeux et retrouver son doux univers quotidien. Ce serait l'heure d'aller au jardin arroser les légumes, entourée des trois petits. La soupe mijoterait, Basile ferait la lecture après le dîner.

— Mon Matthieu, je t'en prie, ne pleure pas ! hoqueta-t-elle. C'est son père, je ne peux pas la garder. Viens, chéri, viens avec moi.

— Non, t'es méchante ! Je te déteste ! Tu le laisses prendre Faustine !

Matthieu suffoquait. Claire le conduisit dans sa chambre pendant que Colin aidait Basile à se coucher. Matthieu se jeta sur son lit et sanglota plus fort.

— J'veux pas qu'elle parte, Faustine ! J'veux pas…

Elle l'écoutait gémir et renifler en s'aspergeant le visage d'eau fraîche dans le coin réservé à la toilette. Le désespoir de son frère vint à bout du sien.

— Matthieu, courage ! murmura-t-elle en s'agenouillant près du garçon. Ecoute-moi, tu sais que je t'aime très fort. Ils vont emmener Faustine, mais elle reviendra. J'irai la chercher. Je te le promets. Si on se disait que notre petite chérie part en vacances avec son père, que nous la reverrons vite. J'ai eu beaucoup de chagrin, j'ai crié très fort, mais, fais-moi confiance, cela va s'arranger.

Il se redressa sur un coude et la fixa :

— Tu jures, dis ? Elle va revenir ?

— Oui, Matthieu, je jure de la ramener ici, au moulin. Maintenant, je vais faire sa valise et nous irons la rassurer. Faustine doit être très triste.

Claire n'avait jamais déçu son frère. Il reprit espoir aussitôt. Ce fut pour la jeune femme une affreuse épreuve de plier les vêtements de la petite. Elle touchait les fines chemises de corps, les chaussettes que Raymonde avait tricotées, en fil de coton, caressait les deux tabliers à carreaux, un rose et un bleu, à volants.

— T'as qu'à garder des affaires chez nous ! lui dit Matthieu. Puisqu'elle restera pas là-bas, avec eux…

— Tu as raison, j'ai cousu de mes mains tous ces vêtements. Je ne donne que les robes achetées avec l'argent de son père.

Elle refusait de prononcer le prénom de Jean. Pourtant, plus les minutes s'écoulaient, plus il lui semblait comprendre que la vie était ainsi. Les gens perdaient leur bonté, leur foi en l'amour. Ils n'auraient jamais dû se quitter ; ils seraient ensemble sans la mort d'Hortense Roy, sans le naufrage du morutier.

Il faut croire que c'est le destin qui veut ça ! pensa-t-elle avec résignation.

Matthieu la suivit quand elle redescendit, une lourde valise en cuir à la main. Claire avait réussi à loger tous les jouets de la fillette.

Jean la vit apparaître, les traits tirés, les paupières meurtries, mais droite et digne. Léon fumait, assis sur le muret du perron. Il se précipita vers sa patronne, lui prit la valise et la déposa aux pieds de Térésa.

— Et voilà, vous n'avez qu'à partir ! grommela-t-il.

— Léon, tu ne vas pas me faire la gueule ! s'écria Jean. On dirait que je me conduis mal, alors que je viens chercher ma fille. Fichtre, il y a des hommes qui abandonneraient leur gamine, pas moi !

Faustine, accrochée au cou de son père, avait une petite figure affolée. Claire la réconforta d'un pauvre sourire :

— Tu t'amuseras bien chez ton papa ! dit-elle d'une voix tremblante.

Térésa leva les bras au ciel, la bouche en cœur :

— Vous en faites des histoires, madame ! Je l'aime déjà, cette mignonne. Je lui ai promis qu'elle aurait un chat et des bonbons à l'anis.

— Veux que Matthieu, y vienne ! chuchota Faustine.

Claire vint à deux pas de Jean et le regarda. Elle étudiait ce visage qu'elle avait embrassé, qui s'était penché sur elle avec l'expression de la plus intense jouissance quand ils faisaient l'amour.

— Vous devriez vous mettre en chemin, tant que je peux supporter mon chagrin ! Il est un peu tôt pour votre rendez-vous avec Bertrand, mais, au pont, Faustine pourra s'amuser dans l'eau, et il y a de l'ombre. Je préfère que tout soit réglé, pour Matthieu, pour Basile et moi. Tu as dû oublier ce matin de Noël, après ta libération, quand tu m'as avoué que Germaine, la maman de ta fille, souhaitait me la confier. Tu as dû tout oublier, Jean, de ce que nous étions l'un pour l'autre.

Elle le sentit ébranlé. Il baissa la tête, les mâchoires crispées. A cause de ce court instant de panique dans ses yeux bleus, de la tension de son corps – dont elle connaissait le moindre détail –, Claire éprouva un étrange soulagement. Jean avait mené une guerre lâche et banale en arrivant au moulin avec Térésa, mais elle avait soudain la certitude qu'il était dépassé par les événements. Elle comptait se battre à son tour.

Raymonde accourut, un panier à la main.

— Tenez, madame ! dit-elle à l'étrangère. J'ai préparé un goûter pour notre Faustine.

La servante avait bien insisté sur le « notre ».

— Qu'est-ce qu'elle raconte, cette femme ? demanda Térésa. Jean, pourquoi elle te dit ces choses…

— Je t'expliquerai ! marmonna-t-il.

Claire reprit la petite à son père et la couvrit de baisers. Elle lui souffla à l'oreille d'être très sage, de ne pas pleurer, en ajoutant encore plus bas : « Je viendrai te chercher, ma chérie. »

La promesse apaisa la fillette. Un quart d'heure plus tard, après des adieux polis mais froids, Jean et Térésa s'éloignèrent sur le chemin des Falaises, en tenant Faustine par la main. L'enfant se retourna plusieurs fois. Matthieu agitait la main, les lèvres pincées pour ne pas sangloter. Nicolas reniflait bruyamment.

Claire avait l'impression qu'on lui arrachait le cœur.

3

La promesse

C'était une chose de laisser partir Faustine, de congédier Jean et Térésa d'un air méprisant, mais Claire crut s'écrouler dès qu'ils eurent disparu, tous les trois, au premier virage. Son cœur battait à se rompre. Elle se plia en deux, haletante. Raymonde lui prit la main avec douceur.

— Madame, ne vous rendez pas malade… Je suis désolée !

— Et moi donc ! grogna Léon. Ce n'est pas bien, ce qu'il a fait, Jean.

Claire marcha jusqu'au muret du canal et s'assit. Il lui avait fallu fournir un tel effort pour se séparer sans esclandre de la petite fille qu'elle en était épuisée.

— Cela s'est passé si vite ! bredouilla-t-elle. Tu imagines, Raymonde, ils ont dormi à Puymoyen. Jean a couché avec cette femme dans un lit de l'auberge. Il a préparé son coup, il voulait me rabaisser, m'achever ! J'aurais dû écouter les ragots de madame Rigordin ce matin. Elle voulait me parler de Térésa quand elle disait : « Il y en a qui ont de la chance ! » Mais moi, je suis vite partie me faire belle ! Pour quel résultat ! Jean m'a humiliée, il m'a bafouée !

Etiennette sortit de la maison, tenant à l'épaule Nicolas qui pleurait.

— Notre chéri est tout triste ! soupira-t-elle. Il aimait Faustine, lui aussi.

Un visiteur qui serait arrivé au moulin à ce moment-là aurait pensé qu'un deuil brutal frappait les habitants. Colin était resté à l'intérieur, décidé à vider le contenu d'une carafe de vin. Dans sa chambre, Basile sommeillait. Il en avait assez de réfléchir, de trouver des excuses aux uns et aux autres. Dans cette affaire, il prenait le parti de Claire. Jean l'avait déçu…

Matthieu alla se blottir contre sa grande sœur. Il se réfugiait près d'elle, cherchant partout la petite silhouette de Faustine couronnée de boucles blondes.

— Je voudrais monter un peu ! dit soudain la jeune femme. J'ai besoin de me reposer. Mon chéri, tu vas aider Léon à nourrir les chevaux. D'accord ?

L'enfant acquiesça de la tête. Il siffla Sauvageon et, escorté du chien-loup, se dirigea vers l'écurie.

Claire se jeta en travers de son lit, à plat ventre. Des images la hantaient : Térésa montant le perron, le sourire aux lèvres, puis la main carrée et brune de Jean sur la taille de cette femme, dont la chair était moulée par le satin jaune. Une jalousie féroce l'envahit.

— Ils font l'amour, ils se vautrent nus jour et nuit… suffoqua-t-elle. Il voulait que je le sache, que je souffre ! Comment peut-il l'embrasser, la toucher ? Oh ! Je le hais !

Le moindre détail du déjeuner lui revenait. Elle revit le couple manger les escargots qu'elle avait préparés avec tant de soin. La voix mielleuse de sa rivale, à l'accent musical, vrillait son esprit. Ce repas de fête avait tourné au fiasco. Tout l'amour frustré qu'elle ressentait, mêlé à un sentiment d'injustice, de révolte, la rendit à demi folle de chagrin. Ses nerfs la trahissaient. Elle pleura longtemps, obsédée par l'image de Jean couché sur Térésa. Jean au rictus arrogant !

— Je le hais ! répéta-t-elle encore au coucher du soleil. Il m'a volé Faustine. Pourtant, il ne s'est guère soucié d'elle pendant des mois.

Brusquement, Claire se leva. Ce matin même, elle exultait, ivre d'espoir et de joie. Comme c'était bon, cette allégresse, cette légèreté de son corps, cet enthousiasme. Elle marcha jusqu'à la fenêtre. La vallée se nimbait d'une lumière rose et or. Un vent frais montait jusqu'à elle. Bientôt, les hommes du village et des fermes voisines se répandraient dans les prairies. La fenaison battrait son plein. Il y aurait des chansons, des rires, le crissement des faux, tandis que la délicieuse senteur des herbes fraîchement coupées renaîtrait, enivrante et suave. A la nuit tombée, des amoureux se cacheraient derrière les buissons pour s'étreindre et goûter au plaisir des sens.

— Et moi, je serai seule, toujours seule ! se révolta-t-elle.

Alors, dévastateurs, les souvenirs des heures de pur bonheur connues dans les bras de Jean envahirent son esprit. Tous ces instants délicieux vécus ensemble dans la clarté bleutée du clair de lune, grisés par le parfum des foins, l'anéantirent.

Le clocher du bourg sonna huit heures. La jeune femme se tordit les mains, hagarde.

— Ils sont dans le train à présent… Avec ma petite Faustine. Je croyais qu'elle deviendrait ma fillc si Jean m'épousait.

Claire sortit de la pièce sans bruit. Elle perçut un ronflement dans la chambre de Basile. Elle descendit l'escalier. La maison était plongée dans un silence surprenant. Assise près de la cheminée, Raymonde donnait le sein à son fils. La servante lui lança un regard plein de compassion.

— Où sont Matthieu et les autres ? demanda-t-elle.

— Oh, personne ne voulait dîner. Enfin, à cette table ! répondit la jeune mère. Etiennette a emporté chez elle du canard froid et de la moutarde, pour votre père et Nicolas. J'ai monté à souper à m'sieur Basile… Mon Léon et votre frère, ils sont partis se balader jusqu'au bourg. Je leur ai donné des casse-croûte. Ils ont une lanterne. Au retour, ils ramasseront des cagouilles ; la caisse est vide, vu le plat qu'on a servi à midi. Tout le monde voulait vous laisser dormir, madame.

— Je ne dormais pas, Raymonde. Ecoute, je vais marcher un peu, cela me fera du bien. Ah, si tu savais, quand je vois le petit lit de Faustine, le mal que ça me fait…

La servante hocha la tête. Claire lui caressa les cheveux et déposa un baiser sur le front de César qui tétait goulûment. Elle sortit, en corsage, les cheveux défaits. Le crépuscule conférait au paysage une atmosphère particulière. Des écharpes de brume à travers lesquelles se dispersait une luminosité rouge s'allongeaient sur la rivière. Les oiseaux pépiaient dans les saules, un renard glapissait au loin.

La jeune femme avançait sur le chemin. Sauvageon avait jailli de la pénombre et la suivait. Elle frissonnait d'exaspération. La masse sombre d'une bâtisse se dessina. Un rai de clarté jaune coulait d'une fenêtre, rendant les alentours plus obscurs. Dans cette maison, où vivait Basile jadis, Claire avait vu Jean pour la première fois. Il y eut un fracas de vaisselle, un juron. Victor Nadaud apparut sur le seuil. Il tenait une casserole d'où s'échappait une épaisse fumée. Comme attiré par sa présence, l'homme se tourna et l'aperçut.

— Claire !

Elle approcha, une expression de panique enfantine au visage.

— Claire, qu'avez-vous ? Vous est-il arrivé malheur ?

— Non ! souffla-t-elle, un peu perdue.

— Vous me rassurez… A votre air, j'aurais cru… Moi, j'ai fait brûler mes lentilles ! Elles sont carbonisées.

Claire entra. Il recula après avoir vidé le contenu du récipient dans le fossé longeant le mur. L'aménagement avait bien changé depuis l'époque où Basile et Jean disputaient des parties acharnées de belote en fumant pipes et cigarettes. Le préhistorien avait fait repeindre les plâtres sales d'un blanc laiteux, ainsi que les boiseries des portes et des fenêtres. Des gravures représentant les pyramides d'Egypte, le phare d'Alexandrie et d'autres merveilles du vaste monde ornaient les murs. Près de la cheminée, un grand bureau servait d'écritoire.

— Vous êtes bien installé ! constata-t-elle. Et c'est propre ici…

— Mais enfin, Claire, vous êtes déjà venue chez moi, je vous ai même offert du thé ! Vous n'avez pas oublié ?

La jeune femme hocha la tête. Elle éteignit la belle lampe à pétrole qui trônait sur la table. Ils furent plongés dans la pénombre.

— Il ne fait pas vraiment nuit ! chuchota-t-elle. Et le

vent est très doux. C'est un soir de printemps, un soir pour aimer.

Victor avait tant espéré ce moment qu'il ne savait plus comment se comporter. Il garda la tête froide.

— Claire, ne vous moquez pas de moi ! reprocha-t-il. Vous m'avez soumis à bien des chauds et froids. Je n'ai pas envie de me ronger les sangs à cause de vous. Je me consacre à mon travail. Je ne sais pas ce qui vous prend, mais je ne pense pas que vous êtes subitement amoureuse d'un type comme moi.

— Alors, vous me repoussez, vous aussi… gémit-elle.

Il la devinait à son corsage blanc, à l'éclat de ses yeux. Soudain, elle se rua vers lui, appuya sa joue contre son épaule.

— Oh ! Victor, je suis si malheureuse ! Ils m'ont volé Faustine ! Jean et cette Térésa, sa fiancée. Vous ne les avez pas vus ? Ils ont dû passer devant chez vous !

Il l'enlaça avec délicatesse. Elle grelottait.

— Je suis rentré il y a une heure à peine d'une expédition sur le plateau. Je n'ai vu personne.

— Jean me déteste, ça lui est égal que je souffre ! Il n'a pas eu pitié de moi, pas un instant. Victor, embrassez-moi ! Serrez-moi fort.

Il trouva le courage de la repousser.

— Je ne vais pas profiter de votre égarement, se défendit-il. Je crois qu'il vaudrait mieux discuter de tout ceci. Je rallume la lampe… La seule chose qui vous motive, c'est l'envie de vous venger.

— Et alors ? J'ai le droit, je suis libre !

Claire se cramponna à lui, chercha ses lèvres. Elle le sentit faiblir, trembler à son tour. Obstiné, il se dégagea.

— Non ! C'est trop facile, à la fin. Nous couchons ensemble ce soir et, demain, vous m'éviterez, vous recommencerez à rêver de votre fameux Jean, un beau salaud à mon avis !

Victor renversa une chaise. Il tituba, se rétablit, et elle l'entendit brasser des allumettes. La lumière revint.

— Claire !

Elle avait disparu.

Le train prenait de la vitesse après la sortie du tunnel passant sous l'énorme promontoire sur lequel était bâtie Angoulême. Les wagons cahotaient un peu, surtout les derniers. Les rails filaient vers le sud, en traversant les faubourgs de la ville. Jean reconnut les abords de La Couronne et de mauvais souvenirs l'assaillirent. Il revit les dortoirs de la colonie pénitentiaire et les champs qu'il fallait bêcher, l'hiver, quand le sol était pris par le gel. On l'avait expédié là après la mort du surveillant Dorlet. Il aurait dû y rester jusqu'à sa majorité, date à laquelle il aurait quitté la France pour Cayenne, le bagne d'où personne ne revenait vivant. De songer à cette époque sinistre ranima le souvenir de son petit frère, Lucien. Un poids énorme l'oppressait, une sensation de solitude affreuse.

Térésa l'observait, vexée. Il ne lui prêtait aucune attention depuis le départ. Faustine s'était couchée sur la banquette, la tête sur les genoux de son père. Elle dormait déjà, épuisée par le gros chagrin qui avait bouleversé sa toute jeune existence. Il y avait eu le trajet en automobile jusqu'à la gare. Avant l'arrivée, la petite avait vomi. Claire lui manquait, Matthieu aussi. Malgré l'affection timide qu'elle vouait à Jean, son père demeurait un inconnu pour elle.

Le soleil se couchait. Jean appuya son front contre la vitre. Son passé le harcelait. En s'évadant du bagne, il avait couru en pleine nuit vers les zones les plus broussailleuses de la région. Une rivière l'avait attiré, car il avait soif, et, remontant son cours, il était arrivé dans la vallée des Eaux-Claires. Après avoir contourné les imposants bâtiments d'un moulin, il s'était reposé dans une grange. Une jeune fille l'avait découvert ; il avait dû assommer son drôle de chien.

— Hé ! A quoi tu penses encore ? questionna Térésa, agacée par ses paupières fermées et un sourire rêveur qui ne lui était pas adressé.

— A rien, je suis fatigué ! répondit Jean sans la regarder.

Comment lui dire qu'il abolissait les années pour se retrouver debout contre Claire, dont le jeune corps frémissait sous ses mains. Il l'avait menacée d'un couteau, déjà malade de désir. Elle sentait bon, ses cheveux lui chatouillaient le nez. Quand il avait allumé la chandelle, elle était comme née des ténèbres, fille d'or aux lèvres cerise, le fixant de ses beaux yeux sombres.

Je lui ai fait du mal ! songea-t-il. Oui, aujourd'hui elle a payé pour tout ce que j'ai enduré à cause d'elle.

Il essayait de durcir son ressentiment, sa colère, mais l'énergie vengeresse qui l'avait soutenu ces derniers temps s'essoufflait. Térésa le secoua en plantant ses ongles dans sa cuisse.

— Jean ! Tu devais m'expliquer ! Tu as dit : « Je te parlerai dans le train. » Le train, nous y sommes, alors explique !

— Térésa, calme-toi, tu vas réveiller Faustine… Tant qu'elle dort, elle ne pleure pas, au moins.

De l'autre côté de l'allée, deux religieuses en partance pour Lourdes conversaient à voix basse. Un homme grisonnant, assis en face d'elles, jeta un coup d'œil égrillard vers Térésa. Elle lui sourit, flattée. Jean ne vit rien. Il préférait écouter d'anciens murmures, les soupirs d'extase de Claire, couchée sur le sable frais de la Grotte aux fées. Il parvenait à la haïr, parce qu'il l'aimait toujours. Basile lui avait dit ça, une fois, en Normandie.

Pauvre cher vieux ! pensa-t-il. Il doit me maudire. Il m'a paru bien affaibli ; peut-être que je ne le reverrai pas vivant…

Le train entrait en gare de Barbezieux. Jean ouvrit les yeux. Il eut envie de prendre sa fille et de descendre du wagon. Térésa se leva à demi et l'embrassa à pleine bouche.

— Garde tes secrets, *yo te quiero, Juanito* !

C'étaient les mots qu'elle criait au lit, au sommet du plaisir. Née à Barcelone, Térésa Magnagon, veuve Rodriguez, vivait en France depuis ses vingt ans. Elle avait suivi son mari, qui avait l'ambition d'ouvrir un restaurant dans une ville thermale des Pyrénées. De fil en aiguille, ils avaient échoué à Auch, pour prendre en gérance une pension de famille fréquentée par des ouvriers. Un soir, Pedro avait voulu rafistoler le toit. Il avait glissé et fait une chute de quinze mètres. Térésa avait beaucoup pleuré et prié. Mère de deux enfants, elle avait travaillé dur pour les élever. Ses nuits solitaires lui pesaient. Parfois, un des pensionnaires la voyait entrer dans la chambre obscure. Mais, pour Jean, elle n'avait pas attendu longtemps. Elle s'était enflammée au premier regard de ses yeux couleur d'azur.

— *Yo te quiero* ! répéta-t-elle plus bas en lui caressant la joue, tandis que le train redémarrait dans un concert de crissements et de grincements métalliques.

Elle n'avait jamais eu d'amant aussi ardent. Sensuelle, passionnée, Térésa avait réussi à séduire ce beau mâle taciturne. Jean, dans ses bras, oubliait ses fantômes, ses doutes, le temps de l'extase... Il était arrivé à Auch en février, après avoir vu Claire embrasser Victor. La distance et la pénombre l'avaient trompé. Ce baiser amical donné distraitement, il en faisait son cheval de bataille, certain que la jeune femme couchait avec le chercheur d'os et qu'elle lui avait pris les lèvres ce soir-là.

— Tu devrais dormir un peu, dit-il à sa maîtresse. Nous changeons de train à Bordeaux.

Elle s'étira, cachant son inquiétude. Jean n'était plus le même depuis qu'il avait revu Claire Roy.

Bertrand Giraud roulait en direction du pont, où il tournerait à gauche pour monter au domaine de Ponriant. Ses phares éclairaient, au gré des virages, des troncs graciles de noisetiers ou des pans de roche moussus. Il avait laissé la capote de sa voiture repliée et l'air frais de la nuit lui donnait envie de couper le moteur et de s'allonger sur l'herbe, afin de contempler le vaste ciel étoilé.

Il savait trop bien ce qui l'attendait chez lui. Ses filles seraient couchées. Eulalie serait plongée dans la lecture d'un roman d'aventures, alors que Corentine aux boucles rousses – héritage paternel – dormirait déjà. Denis, lui, avait de fortes chances d'être consigné dans sa chambre, car il n'avait de cesse de multiplier désobéissances et imprudences. Un jour, il montait seul, à cru, sur un cheval ; le lendemain, il grimpait sur les toits pour accrocher des rubans à la girouette de Ponriant. Quant à Marie-Virginie, elle n'aurait sûrement pas bougé de l'élégant divan, installé dans le salon, près de la porte-fenêtre, où elle passait ses journées, servie par Pernelle. Il se sentait démuni face à sa femme décharnée et d'une tristesse morbide. Le visage lumineux de Bertille repoussa l'image de son épouse.

Mon bel et tendre amour ! soupira le jeune avocat. J'ai eu le bonheur de te revoir… Cela me donne du courage.

Il allait s'engager sur la route pierreuse que le vieux pont supportait depuis des siècles quand une femme se jeta devant l'automobile. Bertrand freina de toutes ses forces et braqua, horrifié d'entendre un choc sourd ébranler son capot. Le moteur cala. Il se rua hors du véhicule.

— Mon Dieu ! bégaya-t-il en apercevant un corps étalé, les bras en croix.

Ses phares faiblissaient déjà, mais il devina de longs cheveux bruns et un corsage blanc. Un affreux pressentiment l'envahit.

— Claire ?

Il se mit à genoux pour examiner le visage maculé de poussière et de sang. A quelques pas se tenait Sauvageon, son regard fauve plein de méfiance.

— Là, le chien ! murmura le jeune homme. Je ne lui veux pas de mal. Mon Dieu, c'est bien Claire ! Qu'est-ce qui lui a pris ? Elle a voulu mourir…

Il lui tapota les joues en cherchant une blessure. Son front portait une large estafilade, d'où ruisselait du sang. Bertrand sortit son mouchoir et tamponna la plaie sans délicatesse. La douleur ranima Claire qui poussa un gémissement.

— Oh, quelle peur j'ai eue ! s'écria-t-il en la soutenant. Ma pauvre amie, dites-moi que vous n'avez pas essayé de mettre fin à vos jours !

Elle le regarda, hébétée. Son esprit replaça dans un ordre cohérent le déroulement de l'accident. Enfin, elle expliqua :

— Non, Bertrand, je n'ai pas le courage de Frédéric, et puis je n'ai aucune raison de me supprimer. Je ne causerai pas un tel chagrin à Matthieu ni à ma famille. Je voulais absolument vous parler, je vous faisais signe, mais vous ne ralentissiez pas. Alors j'ai couru vers votre machine et j'ai trébuché…

Il l'aida à se relever.

— Vous êtes dans un bel état ! lui reprocha-t-il. Je vous ramène au moulin, montez à bord de ma machine, comme vous dites !

La jeune femme haussa les épaules. Bertrand fut rassuré de la voir marcher droit et sans problème. Elle prit place sur le siège du passager en examinant l'habitacle d'un air bizarre.

— Jean était-il installé là quand vous les avez conduits à la gare ?

Bertrand donna trois tours de manivelle. La voiture tressauta si fort que Claire lança un cri de surprise.

— Montez vite, si elle partait toute seule !

Bertrand la rejoignit en riant. Il se mit au volant, sans accélérer.

— Que vouliez-vous savoir, ma petite amie ?

— Comment était Faustine… Est-ce qu'elle pleurait ? Et cette femme, Térésa, qu'en pensez-vous ?

L'automobile reprit sa route en direction du moulin, à petite vitesse. Sauvageon la devançait en aboyant. Cette bruyante créature de métal, à l'odeur de fumée, l'inquiétait.

— Jean était assis derrière avec sa fille, j'avais madame Rodriguez à mes côtés. Faustine a vomi aux portes d'Angoulême, sur mon plancher. Nous avons peu discuté. L'ambiance m'a paru tendue. De Térésa, je n'ai rien à dire. Elle est espagnole, donc jalouse et passionnée, mais je crois qu'elle s'occupera bien de l'enfant.

Claire remercia très bas, au bord des larmes. Ils passaient devant la maison de Victor. Le préhistorien était assis sur la pierre du seuil.

— Arrêtez-vous un instant, je vous prie ! dit-elle.

Bertrand tira le frein à main. Claire cria à Victor qu'elle lui présentait ses excuses.

— Moi aussi ! hurla-t-il. Cela aurait évité cet accident… Je vous avais suivie, j'ai tout vu !

— Je n'ai qu'une égratignure ! ajouta-t-elle. A bientôt…

La jeune femme éprouvait un vague intérêt pour ce mode de locomotion qu'elle testait pour la première fois. Bertrand crut lire un sourire amusé sur ses traits.

— Vous étiez désespérée, Claire, si ce bref voyage en teuf-teuf vous distrait, je vous conduirai un jour en ville.

— En teuf-teuf ? s'étonna-t-elle.

— Oui, Faustine l'a appelée ainsi, ma précieuse automobile. Denis aussi, quand il était plus petit.

L'avocat se gara devant le porche du moulin. Il coupa encore une fois le moteur. Sérieux soudain, il déclara :

— J'ai pris la rue de Périgueux, ce soir, et, par chance, j'ai croisé votre cousine qui rentrait de promenade. Je remontais de la gare et je lui ai raconté ce qui se passait. Vous connaissez Bertille, elle a voué Jean aux flammes de l'enfer. Enfin, elle viendra demain vous rendre visite. Si vous l'aviez vue, toujours coquette, jouer de son ombrelle qui lui sert de canne… Elle doit en tromper plus d'un sur sa boiterie. Je parie que votre princesse saura vous consoler !

Les intonations du jeune homme le trahirent. Malgré l'état second où elle se trouvait, Claire fut sensible aux notes vibrantes de sa voix, à la délectation qu'il avait à prononcer le nom de Bertille. Elle comprit tout à coup.

— Si Bertille passe la journée chez nous, alors, Bertrand, venez pour le goûter, avec ou sans vos enfants…

Il lui baisa la main, bouleversé, naïvement heureux.

— Merci, Claire ! Voulez-vous mon avis ? Pour Jean, ne vous avouez pas vaincue. Il n'était pas très joyeux, devant la gare.

Il descendit pour lui ouvrir la portière. Aucune lumière ne brillait aux fenêtres de la maison.

— Je suivrai votre conseil, Bertrand ! assura-t-elle en courant vers le perron.

Le lendemain, avant midi, une automobile d'un bleu vif, aux chromes étincelants, s'arrêta dans un crissement de freins au milieu du chemin. Guillaume Dancourt était au volant, coiffé d'un casque en cuir et de grosses lunettes rondes qui cachaient ses yeux.

Sa voiture effraya la mule du menuisier, qui livrait le cadre d'un lit pour Nicolas. Claire sortit de son atelier où elle vérifiait le séchage de son tilleul. C'était sa tisane favorite, une fois additionnée de miel.

Je crois que Bertille arrive, se dit-elle sans joie.

Elle s'était réveillée le cœur lourd. Faustine lui manquait à chaque instant, d'autant plus que Matthieu et Nicolas étaient à l'école. Ils ne rentreraient qu'à cinq heures du soir, par un sentier qu'elle leur avait indiqué et que les Roy surnommaient « le raccourci de Claire ».

— Bien, allons saluer la princesse ! concéda-t-elle en couvrant les fleurs odorantes d'un linge propre.

Bertille parlait avec son mari, toujours au volant. Le moteur ronflait ; Dancourt allait sans doute faire demi-tour et repartir en ville. Colin venait aux nouvelles. En reconnaissant sa nièce, il la salua d'un signe de la main et s'empressa de retourner dans la salle des piles. Il ne lui avait pas pardonné ce qu'elle avait fait alors qu'elle était encore infirme et logée au moulin. Bertille avait gardé secrète une lettre de Jean, adressée à Claire, qui aurait assurément changé le destin des jeunes gens. Elle n'avait pas agi par jalousie ou étourderie, mais dans le seul but de savoir sa cousine maîtresse à Ponriant et disposant de la fortune des Giraud dont elle-même comptait profiter à son aise.

Pourtant enclin à l'indulgence, Basile témoignait aussi du mépris à la ravissante Bertille dont la peau nacrée et la chevelure d'un blond très clair l'éblouissaient.

La visiteuse se dirigeait vers le perron, une capeline en mousseline ombrageant son minois d'elfe. Elle portait une robe évanescente en soie bleu ciel. Claire l'appela du seuil de son atelier.

— Oh ! Princesse, attends-moi, je n'étais pas en cuisine, pour une fois.

Bertille scruta le visage de la jeune femme, prête à y déchiffrer la plus terrible souffrance. Le doux sourire de

Claire et sa beauté simple mais radieuse n'étaient pas altérés.

— Bonjour, ma chère petite sainte ! plaisanta-t-elle en s'appuyant sur son ombrelle aussi robuste qu'une canne. Je craignais de te trouver au lit, baignant dans tes larmes.

Elles s'embrassèrent. Même si elles pouvaient passer des semaines sans se voir ni s'écrire, dès qu'elles étaient ensemble, leur complicité d'adolescentes ressurgissait. A chaque fois, l'une ou l'autre déplorait aussitôt d'être restée si longtemps sans contact. Entre le moulin et Angoulême, il n'y avait qu'une dizaine de kilomètres, mais elles franchissaient rarement cette distance. Bertille s'ennuyait à la campagne, Claire étouffait en ville, même l'hiver.

— Si j'ai tout compris, Jean a décidé de se venger un bon coup et il t'a repris Faustine ! déclara Bertille.

C'était un trait de son caractère : elle ne prenait jamais de gants avec quiconque. Claire l'entraîna vers le muret du canal de retenue.

— Nous serons mieux ici pour parler... Raymonde prépare le repas. Basile est en bas. Si tu savais, princesse, la sale journée que j'ai passée hier. J'étais sottement heureuse, malade d'espoir, et lui, il vient déjeuner avec cette femme, sa Térésa...

Claire raconta en détail ce dimanche qu'elle n'effacerait jamais vraiment de sa mémoire. Plus elle l'écoutait, plus Bertille regrettait de ne pas avoir assisté au drame. Enfin elle murmura :

— Que vas-tu faire, maintenant ? Tu n'aurais pas dû promettre à Matthieu que tu irais chercher Faustine.

— Oh si, et je tiendrai parole. Je peux vivre sans Jean, mais, privée de ma petite fille chérie, je suis perdue.

— Moi, je crois qu'il t'aime encore. Certains sentiments sont plus forts que tout... Sa conduite en est une preuve !

Bertille soupira. Un vol de mésanges s'abattit dans les branches du pommier sous lequel, infirme, elle se tenait assise, avide de mouvement, condamnée pourtant à l'immobilité. Il y avait plus d'un an que Claire avait annoncé à la famille l'inexplicable guérison de Bertille, sans obtenir la réaction émerveillée qu'elle imaginait.

— C'est à croire que les crapules sont bénies des dieux ! avait marmonné Basile.

— Ne dis pas ça ! avait protesté Claire. Bertille a un bon fond.

— Oh toi ! Tu pardonnerais même au diable en personne ! s'était exclamé le vieil homme.

Il ne se trompait guère. La jeune femme témoignait une tendre affection à sa cousine, malgré le mal qu'elle lui avait fait. Là encore, elle la complimenta sur sa toilette et s'inquiéta de sa santé.

— Ma Clairette, tu as un grand chagrin et tu te préoccupes de moi. Ecoute, même si je n'avais pas vu Bertrand, hier soir, je serais venue bientôt. Tu sais que nous avons hérité des Dancourt, enfin… Guillaume tient à te rembourser une partie de l'argent que nous te devons. Déjà, il a acheté cette voiture à moteur, une folie, mais cela me faisait tellement envie. Si tu dois voyager, fais-le en première classe, élégante, superbe. Si tu venais en ville, nous pourrions aller aux Galeries, je t'aiderais à choisir des vêtements.

— Ce n'est pas la peine, princesse, j'ai ce qu'il me faut.

Bertille ne lâcha pas prise. Dès que Raymonde fut au courant des intentions de leur invitée, elle insista aussi.

— Madame, votre cousine a raison. J'ai une idée : quand monsieur Guillaume reviendra ce soir, partez avec eux. Vous dormirez là-bas. J'aimerais tant vous voir dans de nouvelles toilettes !

Les trois jeunes femmes discutaient avec animation. Basile n'y tint plus :

— Moins fort, les filles ! J'y vois mal, mais, hélas, je ne suis pas sourd.

Ce fut un jour illuminé par la présence de Bertille. Elle riait, mangeait de bon appétit, animée d'une vitalité nouvelle. Claire n'eut pas le temps de penser à Jean ni à Faustine. Quand Bertrand arriva, à la demie de quatre heures, en bicyclette et vêtu d'une simple chemise blanche et d'un pantalon de toile, il vit deux silhouettes de femmes sous le pommier.

— Nous avons un invité pour le goûter ! annonça Claire.

La pâle Bertille en eut les joues roses, car elle n'avait pas douté une seconde de l'identité du cycliste. Soudain elle se leva, marchant à la rencontre de l'avocat. Sa cousine l'entendit avouer :

— Sous cet arbre, à chaque visiteur qui se présentait, je rêvais que ce soit toi et que je puisse courir te saluer ! Aujourd'hui, je l'ai fait, enfin…

Claire les contempla, intriguée. Ils se tenaient à un mètre l'un de l'autre, haletants. Bertrand s'inclina ; Bertille mima une révérence. Ils ne se touchèrent pas, mais elle crut voir le halo lumineux qui les entourait, les enfermant dans un cercle magique, celui de l'amour.

Une semaine plus tard, après avoir fait quelques emplettes dans les magasins de la ville, Claire boucla sa valise. Elle embrassa son père, Matthieu et Nicolas, Basile, Raymonde, Léon, le bébé César, et même Etiennette. Dans l'écurie, Sauvageon gémissait, grattant le bois de la porte.

Seul Matthieu savait la vérité. Claire partait chercher Faustine. Le reste de la famille croyait qu'elle allait séjourner au bord de la mer, suivant ainsi les prescriptions d'un docteur angoumoisin qui préconisait l'iode et l'eau froide contre la mélancolie. C'était une pure invention de Bertille…

Claire rêvait depuis longtemps de prendre le train. Mais, sur le quai de la gare, après un trajet en patache, elle tremblait de monter dans le mauvais wagon. Enfin elle s'installa en première classe, suffoquée par le luxe des compartiments, les rideaux de dentelle, les sièges en cuir fin.

Très élégante dans une robe de percale beige assortie d'un chapeau à voilette et d'une veste qui moulait sa taille fine, la jeune femme se sentait une autre, semblable aux héroïnes des romans qu'elle dévorait à seize ans. Le convoi s'ébranla. Elle crispa ses doigts gantés d'un filet de soie sur le fermoir de son sac.

— Je dois descendre à Bordeaux ! se répétait-elle, angoissée. Je serai à Auch à trois heures de l'après-midi.

Cela lui semblait inouï de voyager aussi loin, sans entendre le bruit des roues de la calèche, celui des sabots d'un cheval heurtant le sol. Le paysage défilait derrière la vitre. Elle observait les arbres, les jardins, les maisons, amusée de leur fuite incessante. Ensuite, ce furent d'immenses étendues de champs verdoyants, de blés dorés parsemés du rouge vif des coquelicots.

Jusqu'à Libourne, elle s'interdit de penser à l'épreuve future. Il lui faudrait, une fois à Auch, prendre une chambre dans un hôtel et parcourir les rues d'une ville inconnue afin de trouver la pension de famille Rodriguez.

Ensuite, qu'est-ce que je ferai ? Si Jean est à l'usine, Térésa ne me laissera pas emmener la petite... Il vaut mieux que je leur rende visite le soir !

Très vite, une anxiété incontrôlable gâcha son plaisir enfantin d'être à bord d'un train. Elle descendit à Bordeaux, affolée par la vaste verrière, le nombre de quais, la foule qui s'agitait. Un chef de gare, déniché à grand-peine, la renseigna.

— Le train pour Auch part dans une heure. Vous avez le temps de déjeuner au buffet, mademoiselle.

Claire le remercia avec reconnaissance. L'aventure lui tournait la tête. S'installer à une table de restaurant seule, au milieu de parfaits inconnus, acheva de la bouleverser. Un serveur en costume noir, col blanc et nœud papillon également noir, lui apporta un menu.

— Je suis pressée ! lança-t-elle.

Elle lut la carte, commanda une omelette au lard et un verre de limonade. Un quart d'heure plus tard, elle avait terminé et courait vers le quai indiqué sur les tableaux. Il lui restait quarante minutes à patienter. Les hommes la regardaient, séduits par son allure et la fraîcheur de son teint. Sur les conseils de Raymonde, elle avait laissé ses cheveux crouler dans son dos, en retenant de quelques épingles les mèches qui entouraient son visage en souples ondulations. Cette coiffure la faisait paraître très jeune.

Elle fut soulagée de retrouver le refuge d'un wagon de première classe, plus luxueux que le précédent. Pourtant certains visages masculins avaient attiré son attention.

A force de vivre au moulin, dans ma vallée, j'oublie la multitude de gens qui existent ailleurs... J'ai peut-être tort de m'accrocher aux si beaux souvenirs de mon amour pour Jean. Il m'a rejetée, reniée. Il me déteste... Qui sait, parmi ces hommes que j'ai vus, qui m'ont souri, il y en a peut-être un que je pourrais aimer aussi fort.

Cette pensée la plongea dans une profonde perplexité. Tout bas, elle rectifia :

— Non, je n'aimerai personne aussi fort, personne. Bertrand et Bertille ont raison, je ne dois pas abandonner...

Elle appuya sa tête contre l'oreiller cousu à la banquette et ferma les yeux. Sur sa gauche, une femme cajolait une petite fille en lui montrant des vaches rousses dans un pré.

— Mon Dieu, pria Claire, faites que je revienne avec Faustine ! Accordez-moi cette joie, par pitié.

Il faisait chaud dans le wagon. Le soleil inondait à présent de grandes plaines, fermées à l'est par des collines au relief doux. Elle aperçut des châteaux perchés au milieu des bois et une large rivière. Le ciel se couvrit de nuages au moment où une ville apparaissait à l'horizon, dominée par les clochers jumeaux d'une cathédrale aux formes imposantes. La passagère, dont la fillette dormait, demanda à Claire si elle s'arrêtait à Auch.

— Oui... répondit la jeune femme.

— Moi aussi. Nous arrivons !

— Oh, merci, je n'ai pas l'habitude de voyager ! Vous êtes très aimable de me prévenir, madame... ajouta Claire.

Afin d'apaiser les battements de son cœur, elle aurait bien voulu bavarder encore. Mais une fois sur le quai, l'inconnue et son enfant disparurent de sa vue. Claire héla un fiacre, demandant au cocher de la conduire au meilleur hôtel de la ville. En chemin, un escalier gigantesque attira son regard. Des centaines de marches d'une largeur impressionnante reliaient la cathédrale aux berges du Gers.

Claire crut sa dernière heure venue quand la voiture

s'engagea dans une côte pavée qui rejoignait la place principale d'Auch. Le cheval, une bête efflanquée, recula à trois reprises, rebuté par l'effort à accomplir. L'homme le fouetta.

— Ne le frappez pas ! ordonna-t-elle. J'irai à pied. Dites-moi le nom de l'établissement. A-t-on idée de faire travailler un animal en si mauvais état ?

Il répondit avec un accent chantant qu'il ne pourrait pas faire demi-tour. La jeune femme constata que d'autres véhicules descendaient la rue à une vitesse effrayante. Elle n'insista pas, muette de peur. Enfin, ils roulèrent sur du plat.

— Voilà, mademoiselle, l'hôtel de Notre-Dame. La table est bonne.

Claire paya la course, caressa l'encolure du cheval, moite de sueur. L'orage grondait ; de grosses gouttes de pluie s'écrasèrent sur le trottoir. La jeune femme y vit un signe favorable, en souvenir d'un autre orage dans sa vallée. Dans la lumière blanche d'un éclair, Jean lui était apparu, debout au milieu d'un ruisseau et nu comme Adam au paradis. Ils s'étaient aimés pour la première fois, pleins de sève et de ferveur.

C'était la journée de toutes les découvertes. Claire n'avait jamais logé dans un hôtel. Néanmoins, comparée aux chambres du domaine de Ponriant où elle avait vécu deux ans, mariée à Frédéric Giraud, la pièce dont elle prit possession lui sembla assez modeste. Elle s'allongea avec soulagement sur le lit confortable et ôta ses chaussures neuves qui la faisaient souffrir. Le tissu léger de sa robe collait à son corps. Elle se dévêtit, gardant seulement une chemise en baptiste rose. Il pleuvait et un peu de fraîcheur entrait par la fenêtre grande ouverte.

Jean est quelque part dans cette ville ! Ce soir, avant le dîner, je demanderai à la patronne qui est si aimable où se trouve la pension de famille Rodriguez… Et j'irai, oui, j'irai… Je vais revoir ma petite Faustine !

Comme un guerrier cédant au repos avant le combat, Claire s'endormit.

Déjà six heures ! Claire sursauta en regardant la montre argentée qu'elle s'était achetée. Pourquoi ai-je dormi ? Pourquoi ?

La jeune femme se rhabilla sans changer de toilette. Elle n'avait même pas ouvert son sac de voyage en gros cuir fauve. La robe de soie beige semée de perles et agrémentée de dentelles semblait de nature à éblouir Jean, qui avait souvent montré un certain intérêt pour les froufrous féminins.

Le clocher de la cathédrale se mit à sonner : un timbre grave, lent, qui semblait ébranler les maisons de la ville. Claire descendit à la réception. Elle s'était recoiffée et parfumée. La patronne la salua avec un large sourire. Cette jeune cliente lui paraissait riche et de bonne famille. Elle fut donc très surprise de s'entendre demander l'adresse de la pension Rodriguez.

— Ah ! Mademoiselle, répondit-elle, je croyais que vous dîniez chez nous... Vous savez, ce sont des ouvriers que l'on sert là-bas ! Ce n'est pas toujours bien fréquenté ! Alors, une jolie personne comme vous...

L'hôtelière parlait vite, avec un accent chantant proche de celui de Térésa, mais moins maniéré. Claire se justifia, un peu gênée :

— Ne vous faites pas de souci, je voudrais seulement rendre visite à quelqu'un de ma connaissance, qui loge à la pension. Mais je serai de retour pour le dîner.

La femme fronça les sourcils, intriguée. Cependant rassurée du fait que sa cliente ne dédaignait pas sa table, elle lui indiqua le chemin.

— Chez Rodriguez, c'est dans la basse-ville, au bord du Gers. La pension donne sur la route qui longe la rivière. Il y a une pancarte. Le plus court, mademoiselle, ce serait de descendre l'escalier derrière la cathédrale, mais il vous faudra remonter ensuite. Remarquez, vous mangerez de meilleur appétit après ça ! Sinon, prenez un fiacre...

— Non, je préfère marcher ! répliqua Claire.

Elle sortit, laissant libre cours à son anxiété. Le spectacle des boutiques bien achalandées et le passage d'une charrette transportant des bidons de lait la divertirent un moment. Enfin elle commença à descendre les larges marches en pierre qui lui faisaient l'effet d'un abîme vertigineux.

Pourvu que Jean ne me chasse pas ! Je dois reprendre Faustine, au moins le temps de la préparer à vivre loin de nous.

L'escalier gigantesque lui paraissait interminable. Un adolescent la dépassa, dévalant l'édifice. Peu de gens montaient. Des maisons voisines s'échappaient des odeurs de graisse chaude ou de légumes rissolés. Claire aperçut enfin l'eau verte du Gers, entre deux troncs de platanes. Les arbres gigantesques, une essence rare en Charente, la fascinaient, avec leur écorce claire, de deux couleurs, beige et grise, et leurs grandes feuilles.

Se soucier du décor qui l'entourait l'empêchait de succomber à la peur. Ce sentiment la dominait tout en l'agaçant.

Comment en sommes-nous arrivés là, Jean et moi ? Nous nous aimions tant, et à présent je redoute de lui parler, de l'approcher. C'est idiot à la fin...

Elle s'arrêta un instant, parvenue sur un trottoir pavé séparant des immeubles vétustes de la route sablonneuse. Trois hommes au teint basané, barbus, qui se promenaient, lui lancèrent des regards aguicheurs. L'un d'eux la siffla. La jeune femme s'affola. Elle marcha plus vite, cherchant désespérément la façade de la pension. Soudain, à une vingtaine de mètres, elle vit une fillette blonde assise sur le seuil d'une porte. Une autre enfant, plus âgée et très brune, jouait à la marelle.

Faustine ! C'est elle !

Claire courut presque, les mains crispées sur sa jupe qu'elle relevait un peu pour ne pas trébucher. Un chien aboya. La petite fille se tourna vers la belle dame qui lui faisait signe.

— Maman ! Maman !

Le cri aigu attira à une fenêtre du second étage un jeune ouvrier. Mal rasé, un gilet de corps douteux moulant son torse musculeux, il se pencha un peu. Ses yeux très bleus, bordés de cils noirs, eurent une expression de profonde stupeur. Jean avait tout de suite reconnu Claire à sa démarche et à sa grâce. Jamais il n'aurait cru qu'elle serait assez intrépide pour venir jusqu'à Auch. Pourtant il comprit à cet instant qu'il espérait sa venue. Rien ne se passait comme il le pensait.

— Bon sang ! Elle est là... Et j'ai l'air de quoi...

4

La pension Rodriguez

Faustine s'était précipitée vers Claire. Ce mot, *maman*, que la petite avait hurlé, résonnait dans l'âme de la jeune femme en redonnant de la vigueur à son cœur mis à rude épreuve ces derniers temps. Elle en tomba à genoux, étreignant la fillette de toutes ses forces.

— Ma chérie, ma mignonne ! Tu vois, je n'avais pas menti, je suis venue.

En la cajolant, Claire constatait l'état déplorable des beaux cheveux blonds sales et emmêlés, la crasse qui raidissait le tablier, les ongles noirs.

— Maman, j'étais triste, moi ! se plaignit l'enfant.

— C'est fini, Faustine… Je suis là, ne pleure pas.

L'autre fille avait délaissé palet et marelle. Brune et mince, elle dévisageait l'étrangère d'un air méfiant. Jean sortit sans bruit et lui fit signe de filer à l'intérieur. Il ajouta :

— Ne dis rien à ta mère, attends un peu. Je connais la dame. File !

Le son de cette voix tira Claire de la félicité extrême qui l'étourdissait. C'était Jean. Elle releva la tête.

— Je voulais m'assurer que Faustine allait bien ! expliqua-t-elle aussitôt. J'étais trop malheureuse… Je t'en prie, je voudrais te parler.

Il resta silencieux. Claire s'étonnait de son apparence. Même juste évadé du bagne de La Couronne, le jeune homme n'avait pas cette allure débraillée, de tels vêtements maculés de taches. Il suivait son regard et bredouilla une vague excuse :

— Je viens de rentrer de l'usine ! Je n'ai pas pu me changer…

— Ne te justifie pas ! coupa-t-elle. J'ai l'habitude, au moulin.

Faustine prit la main de son père. Elle reniflait, entre joie et larmes, choquée par l'apparition inattendue de celle qu'elle considérait comme sa mère.

— Papa, faut pas fâcher maman, euh, ma Claire !

— Je ne la fâche pas ! répondit-il. Elle a fait un long voyage pour venir te voir.

Claire parvint à se mettre debout. Elle secoua le bas de sa robe, souillé par la terre humide. Quelque chose dans l'intonation de Jean l'intriguait. Il avait perdu cette façon de parler hargneuse et dure dont elle avait tant souffert.

— Je suppose que Térésa a beaucoup de travail, car ta fille est mal tenue. Ce n'est pas un reproche, mais elle a maigri.

— Faustine n'a pas d'appétit en ce moment ! marmonna-t-il. Il faut que tu saches, Claire, que je pars au lever du soleil et que je ne rentre que le soir. Manuela, la gamine que tu as vue tout à l'heure, s'occupe d'elle. C'est la fille de Térésa.

— J'avais compris !

Jean la fixait. Sous l'emprise de son regard bleu, Claire se troubla. Elle se sentait très faible, prise d'une irrésistible envie de se jeter dans ses bras, de baiser sa belle bouche aux lèvres pleines. Elle tenta de se ressaisir.

— Pouvons-nous discuter un peu ? demanda-t-elle, très bas. Si ce n'est pas gênant vis-à-vis de Térésa.

— Elle va servir une quarantaine de couverts, c'est l'heure de pointe ! répliqua Jean. Même si elle voulait me surveiller, elle n'aurait pas l'occasion. Viens, on va marcher un peu au bord de l'eau…

Sidérée par la docilité dont Jean faisait preuve, Claire prit la main de Faustine pour traverser la route. Une charrette garnie d'un amas de paille dorée, tirée par deux gros bœufs blancs, arrivait. Trois fiacres déboulèrent au trot.

— Papa, je peux courir ? demanda la petite fille dès qu'ils furent sur une sorte de promenade semée d'herbe, surmontant la berge caillouteuse du Gers.

— Oui, mais pas plus loin que le pont ! recommanda Jean. Ensuite tu reviens...

Il se tourna vers Claire, qui surveillait la course de l'enfant. Dans la lumière trouble et dorée que distillaient les feuillages après l'orage, la jeune femme était d'une beauté émouvante. Avec une sorte d'émerveillement, Jean retrouvait chacun de ses traits, le nez fin, le menton rond, la bouche si douce à baiser, le cou gracieux. Un parfum délicat émanait de sa robe, de sa chair. Elle lui fit penser à une fée.

— J'avais si peur de toi ! avoua-t-elle. Je pouvais à peine respirer, j'étais oppressée...

— Je ne t'ai jamais battue ! plaisanta-t-il.

— Non, mais tu as fait pire... On peut frapper à mort une personne sans la toucher ! Ce dimanche au moulin, j'ai cru que mon cœur allait s'arrêter de battre. Mais je ne suis pas venue pour te faire des sermons. Tu es libre d'aimer qui tu veux ! Cela dit, reconnais que ce n'était pas urgent de reprendre Faustine. Bien sûr, tu avais un logement et du travail, mais elle est si petite ! Qui la surveille, le jour ? Je pense que les enfants de Térésa vont à l'école ?

Jean ramassa un galet et le jeta dans l'eau. Il savait que Claire avait raison. Avouer son erreur lui coûtait.

— Peut-être ! Mais encore un peu et elle m'oubliait ! s'écria-t-il. Je me languissais d'elle... Tout ce temps sans la voir, sans l'embrasser ! Le soir, elle est si contente quand je rentre. Et moi donc ! Je ne la prive pas de câlins, sois tranquille. D'accord, on ne la tient pas aussi propre que toi, mais elle ne manque pas d'affection.

Claire ne répondit pas. Jean se confiait ; elle ne voulait pas le contrarier. Faustine revenait vers eux, un petit bouquet de marguerites à la main. Elle tendit les fleurs à la jeune femme.

— Merci, ma chérie ! Oh, tu as cueilli aussi un coquelicot… Oui, la fleur rouge, si fragile…

— C'est pour toi !

Elles étaient si jolies, toutes les deux, il se dégageait une telle harmonie de leurs gestes, que Jean eut un sourire mélancolique. La paix de l'instant ne dura pas. En une seconde, l'atmosphère changea. Une femme, un foulard noué sur son chignon noir, un large devantier en toile bise cachant ses formes, traversa la route et se rua sur Faustine. Claire reconnut à peine Térésa, la figure crispée par une fureur jalouse.

— La soupe est prête ! s'égosilla-t-elle. La gosse doit venir manger, les clients s'impatientent… Et toi, Jean, tu fais le joli cœur avec mademoiselle !

Térésa foudroya Claire d'un regard haineux, puis elle cracha aux pieds de Jean. Malgré les cris stridents que poussait Faustine, elle l'entraîna, la tenant fermement par le poignet. La petite n'osa pas se débattre davantage. Elles s'engouffrèrent dans la pension Rodriguez, par la porte étroite qui restait ouverte sur un couloir sombre.

— Mon Dieu ! gémit Claire. Tu la laisses traiter ton enfant aussi violemment ? Vite, il faut y aller… Si c'est ma faute, je suis navrée.

— Mais non, maugréa Jean. Quelle importance, puisque tu vas l'emmener ! Viens, suis-moi !

Jean prit Claire par la main. Il l'obligea à descendre sur la bande de galets que la rivière effleurait de ses clapotis. L'eau était basse en cette saison. La jeune femme répéta, éberluée par ce qu'elle croyait comprendre :

— Je vais emmener Faustine ? Tu veux bien ? Ce soir…

— Oui, je te la redonne ! Tu es contente ? Térésa n'arrête pas de s'en plaindre. J'aurai la paix.

Ils arrivaient sous le pont, à l'abri de la première arche voûtée, bâtie en grosses pierres. Il régnait là un vague relent de vase et de cave. Jean plaqua Claire contre un soubassement de l'édifice. Brusquement il l'enlaça et la serra si fort qu'elle suffoqua.

— Dis, tu es venue seule ? interrogea-t-il. Ce type, Victor, il t'a accompagnée ? Claire, je ne peux pas supporter qu'un autre homme te touche… Tu comprends, dès que je te vois, je deviens fou ! Et ça me rend méchant parfois. Depuis longtemps, tu sais ! Quand j'ai reçu la lettre de ta cousine, en Normandie… Bon sang, j'aurais tout cassé ! Tu avais épousé Frédéric Giraud ! Ce jour-là, j'ai regretté de ne pas être mort, oui, j'aurais préféré pourrir au fond de l'océan que d'apprendre ça.

Jean embrassait ses joues, son front, sa bouche. Soudain, il posa ses lèvres chaudes à la naissance de ses seins protégés d'un voile de fines dentelles. Elle ferma les yeux, dévastée par le désir. Les jambes tremblantes, le ventre secoué de frissons délicieux, elle cédait déjà au plaisir de le sentir si proche, si ardent.

— Pourquoi parles-tu de Victor ? dit-elle en haletant. Ce n'est qu'un ami, un simple ami…

— Je t'ai vue l'embrasser ! Au mois de mars, quand je suis passé au moulin. Je voulais tellement te voir. J'ai guetté ton retour, du plateau au-dessus des falaises… et tu étais avec lui, dans la calèche, tu l'as embrassé ! Alors je suis parti. Je te maudissais, je te haïssais… Si seulement, ce soir-là, tu avais été seule !

Claire essaya de repousser Jean. C'était impossible, il la tenait fermement. Renonçant à lutter contre son emprise, elle se réfugia contre lui, la joue posée sur son épaule que le maillot de corps laissait nue. Le contact de sa chair chaude contre sa peau lui donna envie de pleurer, ivre d'un bonheur incrédule.

— Oh, je me souviens, dit-elle d'un ton navré, mais c'était une bise sur la joue ! Ce pauvre Victor me faisait de la peine, à espérer des choses. Il sait que je t'aime, je le lui ai dit ! Je lui ai raconté notre histoire, par honnêteté. Jean, il n'y a que toi qui comptes ! Tu le sais bien… Que toi, tu as été le premier… Nous avons été mariés chacun de notre côté à cause du mauvais sort, mais je n'ai pas cessé une seconde de te chérir, de croire qu'un jour nous serions réunis !

Il recula d'un pas pour mieux la contempler. Elle lui souriait, éperdue d'une joie délirante. Une voix appela :

— Jean ! Maman veut que tu rentres ! Elle a besoin de toi, il faut tirer du vin à la cave !

Manuela les observait, se trémoussant un peu. Claire devint toute rouge de gêne. Jean était furieux :

— Bon sang ! Dis à ta mère d'envoyer Roberto ! Ton paresseux de frère se tourne les pouces à l'étage... Je dois parler à cette dame, explique-le à Térésa. Au sujet de Faustine. Tiens, va donc préparer sa valise ! Dépêche-toi !

Manuela roula des yeux ébahis, mais elle fit demi-tour en courant. Claire rajusta son corsage froissé par la fougue de Jean.

— Je ne peux pas rester ici, murmura-t-elle. Oh, regarde, il y a un homme là-bas, sur l'autre rive. Il a dû nous voir quand tu m'embrassais.

— Je le connais, c'est un pêcheur... Il guette une prise. Ce qu'on fait, il s'en fiche... Claire, ne t'en va pas ! Tu es là, toute belle, toute douce, je ne te laisserai pas partir !

Les traits tendus par un désir impérieux, il l'obligea à s'asseoir sur un contrefort en pierre, retroussa ses jupes, caressa ses cuisses en remontant doucement.

— Oh ! Toi, toi ! gémit-il.

Elle faillit céder au vertige, accepter une étreinte en plein jour, sous de possibles regards indiscrets. La raison lui revint quand elle le vit dégrafer son pantalon. Soudain la jeune femme s'esquiva, sautant au sol.

— Non, Jean, pas comme ça... Il ne faut pas. Tu vis avec Térésa, vous allez vous marier ! Ce serait déloyal à l'égard de cette femme. Et puis, je ne suis pas une fille qu'on prend au coin d'un mur, en vitesse. Je t'aime, mais ne me force pas, je t'en prie. J'ai du mal à te résister... Tu en profites !

La confession, dite d'une voix câline, le calma. Il lui tourna le dos un moment, respirant rapidement.

— Tu as raison, je me conduis comme un rustre. Tu es une dame, toi, je dois te respecter.

Elle ne vit pas le sourire qu'il adressa à l'eau vive. Jean songeait en fait que Térésa, malgré son tempérament de feu au lit, était souvent plus pudique que Claire. La jeune femme n'avait jamais contraint sa nature ardente, et il se souvenait de gestes audacieux, dans la Grotte aux fées, que jamais la veuve espagnole ne se permettait.

— Jean, je suis descendue à l'hôtel Notre-Dame, sur la place où il y a une fontaine, près de la cathédrale. Je préfère rentrer, ils doivent servir le dîner. Est-ce que je te reverrai ?

Il lui fit face, présentant un visage illuminé par une sorte de bonheur mystérieux.

— Claire, je travaille demain, et tous les jours à venir. Accorde-moi quelques minutes. Donne-moi ta main. Juste ta petite main... Je m'en contenterai !

Il saisit ses doigts, ôta le gant en soie et déposa un baiser au creux de la paume. Elle frissonna, déplorant déjà de s'être refusée à lui.

— Je dois te parler ! dit-il d'un ton grave. Quand je suis venu au moulin, en mars, j'espérais te parler. Nous deux, seuls. Vois-tu, sur le chantier du barrage, dans la Creuse, il m'est arrivé une drôle d'histoire, en plein hiver, qui m'a fait réfléchir...

— Je t'écoute, fit-elle en s'approchant de lui.

De son bras, elle l'effleurait : cela lui suffisait. Il reprit :

— Nous étions partagés en équipes, là-bas. C'est dur, on brassait de la boue glacée et des blocs de rocher. Mais le contremaître était un brave gars, sérieux. Il m'aimait bien. Un matin, il me charge de prévenir les autres qu'un assemblage en bois, qui nous servait d'échafaudage, menaçait de s'effondrer, et qu'il serait réparé la semaine d'après. Moi, je promets de mettre en garde mes collègues. Je me mets au boulot, mais j'avais le cœur gros, je pensais à toi, à Faustine, à ce remords qui ne me quittait pas. A propos de Germaine. Elle m'aimait fort, la malheureuse, et moi, tout le temps que j'ai passé à ses côtés, je me battais pour t'oublier. Je ne lui jouais pas la comédie, non, parce que j'avais tant de tendresse pour elle que je ne me forçais pas pour la cajoler. Mais, la nuit, dans le verger, seul avec mes arbres, je rêvais de toi, de ton corps, de la joie que nous éprouvions ensemble. J'en ai honte encore aujourd'hui... Si tu savais combien de fois j'ai eu envie de tout abandonner, de partir à pied sur les routes jusqu'à la vallée des Eaux-Claires ! Là, je serais monté à Ponriant pour casser la gueule de Frédéric et t'enlever... Ça me dévorait l'âme, ce besoin de toi ! Après la naissance de la petite, je me suis calmé. J'avais une famille ! Un enfant, ce n'est pas rien ! On reçoit un trésor, quelqu'un de minuscule et de très puissant aussi. Il vous tient au cœur, on se jure de le protéger, de lui éviter des chagrins. N'empêche, Germaine, je la trahissais en t'aimant si fort, en vivant de sa bonté...

Bouleversée, Claire se blottit contre lui. Chacun des mots prononcés par Jean ravivait la passion qu'elle lui vouait. Malgré ses colères et ses rancœurs, le jeune homme demeurait cet être pur et brisé par le destin, qui avait le don de fasciner. Elle lui demanda :

— Mais tu continues à vivre comme ça, Jean ! Pourquoi ? Est-ce que tu aimes sincèrement Térésa ?

Il ne répondit pas, continuant son récit :

— Je te disais que je me tourmentais, à cause de ma fille qui grandissait sans me connaître, de Germaine... Je voulais t'expliquer à quel point cela m'occupait l'esprit. Même sur le chantier, et ce jour-là surtout. Tout d'un coup, j'entends un grand cri de terreur. Le plus jeune de notre équipe avait utilisé l'échafaudage et il venait de tomber dix mètres plus bas, sur du roc. Le choc que j'ai eu ! J'avais oublié d'avertir les autres ! C'était une faute grave ! Quand j'ai vu ce gosse, le crâne baignant dans une flaque de sang, je l'ai cru mort. Je me répétais : « Si tu avais réfléchi un peu à l'endroit où tu trimais, si tu avais pensé au chantier, pas au reste, rien ne serait arrivé... » En chialant à genoux près de mon camarade, j'ai compris ce que tu endurais, au tribunal, pendant mon procès. Les regrets de ton geste, l'envie de revenir en arrière, de ne pas avoir commis une faute qui brise une autre vie. Mais on ne peut pas, et on a l'impression de perdre la tête.

La jeune femme pleurait, émue par le récit et le rappel de ses erreurs passées. Jean lui chatouilla la joue :

— C'est fini, va. La leçon, je l'ai comprise. Ce jeune gars,

Gaspard, il s'en est sorti... par miracle ! Une vilaine plaie à la tête, une épaule démise. Mais le directeur du chantier m'a viré. Je me suis mis en route pour te raconter ça et te dire que je t'avais pardonné pour de bon. Je me suis souvent imaginé la scène, le jour où mon pote Léon a débarqué au moulin, et que tu lui as appris que j'étais vivant, marié, en Normandie, bien installé même, un vrai coq en pâte ! Je te connais, tu n'as pas de méchanceté. Tu lui as donné mon adresse, contente de sa joie à lui. C'est sûr, personne ne pouvait prévoir que cette ordure de Dubreuil, le chef de la police, croiserait Léon devant la poste du bourg.

— Cela s'est passé exactement comme ça ! acquiesça Claire. Jean, crois-tu au destin ? J'ai eu peur, souvent, de porter malheur à ceux qui m'aiment...

— Toi ? Ne sois pas bête ! Tu es si bonne, si patiente. Au fond de moi, je savais que tu n'étais pas vraiment responsable, mais je ne pouvais pas agir autrement. Basile ne s'y trompait pas, lui, intelligent comme il est ! Je te rejetais parce que je t'aimais trop fort. Notre cher vieux me l'avait dit, mais ça n'avait rien changé. Claire, écoute-moi... Depuis la mort de mon petit frère, j'ai un poids sur le cœur, et ça pèse de plus en plus fort, d'année en année. Mais dès que tu es avec moi, je me sens mieux, je reprends courage. Au mois de mars, je voulais... faire la paix avec toi. Je revenais pour de bon. J'avais des projets, habiter près du moulin, t'offrir une bague. Mes beaux rêves ont volé en miettes quand j'ai vu Victor tout près de toi, dans la calèche. Dis, jure-le, que tu ne l'as pas embrassé !

Claire exultait. Elle retrouvait son Jean bien-aimé, le tendre, le grave. Ils s'étreignirent, les yeux fermés, savourant la présence de l'autre. Le désir s'était enfui pour céder la place à un sentiment inaltérable : l'amour profond qui unissait leurs deux âmes.

— Je n'ai approché aucun homme après la mort de Frédéric, Jean. Oh, je t'en prie, tu ne dois plus me quitter, puisque tu m'aimes encore ! supplia-t-elle.

— Si seulement je pouvais ! Je suis descendu dans le Sud ; j'avais idée de travailler dans la montagne. Une fois ici, à Auch, un type m'a dit qu'une usine embauchait. Il logeait à la pension. J'étais si malheureux, furieux en plus… Il y a eu Térésa. J'ai une dette envers elle.

Jean allait s'expliquer, mais Manuela réapparut, tenant Faustine par la main. La petite fille portait une robe propre et on avait coiffé ses cheveux.

— Jean, maman t'attend. Elle a dit que la dame doit partir avec Faustine maintenant. La valise est sur le trottoir, devant la pension.

L'adolescente les avait vus étroitement enlacés. Elle lança un regard méfiant à Claire.

— Va dire à ta mère que j'arrive ! cria Jean avec rudesse.

Faisant claquer une paire de mauvaises chaussures, Manuela s'en alla. Le jeune homme s'accroupit pour être à la hauteur du visage de sa fille.

— Ma poupée, tu vas rentrer au moulin, revoir ton Matthieu ! Et pépé Basile. Es-tu contente cette fois ? Tu ne pleureras plus, promis ?

— Toi, tu viens aussi, papa ? demanda l'enfant.

— Non, Faustine, je ne peux pas abandonner Térésa. Elle a beaucoup de travail, je dois l'aider. Mais je te rendrai visite, c'est juré !

Claire prit ces paroles pour elle aussi. A l'instant de se séparer de Jean, elle commença à trembler, malgré son bonheur d'emmener Faustine. Il lui faisait le plus beau des cadeaux, mais elle souffrait déjà de le laisser. Soudain, elle ajouta, d'un ton neutre :

— Un des ouvriers de mon père, le vieil Eugène, compte nous quitter bientôt. Il a plus de soixante-seize ans. Son travail n'est pas si compliqué, tu apprendrais vite… Au revoir, Jean. Je t'écrirai souvent.

Ils se tenaient tous les trois sous les platanes, juste en face de la pension Rodriguez. Jean embrassa sa fille six fois, sur les joues et le front. Il serra la main de Claire, très fort, sans oser plus, car Térésa les épiait peut-être d'une des fenêtres.

— Tu prends le grand escalier ? s'inquiéta-t-il. Pour Faustine, ce sera fatigant. Et la valise…

Jean traversa et rapporta le bagage.

Un taxi remontait la route au ralenti. L'automobile noire s'arrêta près de Claire. Le chauffeur proposa ses services. Elle accepta.

— Tant que ce n'est pas un fiacre ! lança-t-elle. Merci, Jean, merci de tout cœur.

C'était un supplice de s'éloigner sans pouvoir le couvrir de baisers, le serrer contre elle. Jean se pencha et dit quelque chose à l'oreille de la petite qui éclata de rire, ravie.

La voiture s'éloigna. Claire essuya une larme. Elle avait vu Jean rentrer dans l'immeuble aux volets verts.

Ce soir, il se couchera près de Térésa... songea-t-elle.

Faustine lui sauta au cou. Elle couvrit de baisers le visage de la jeune femme en jouant avec son collier de perles.

— Ma jolie chérie ! Comme tu es gaie ! Nous allons dîner toutes les deux et, au lit, je te raconterai une histoire. Dis, papa t'a parlé à l'oreille, pourquoi...

La fillette eut un air malicieux, infiniment soulagé aussi. Elle murmura, en plissant le bout du nez :

— Papa a dit que maintenant z'eu pouvais t'appeler maman ! Tu es contente, hein, maman ?

Claire attira Faustine contre elle. Elles se mirent à rire et à s'embrasser encore.

— Si je suis contente, ma petite chérie ? bredouilla enfin Claire, haletante. Je suis la plus heureuse maman du monde !

La patronne de l'hôtel Notre-Dame cacha mal sa curiosité en voyant sa cliente accompagnée d'une enfant si jeune. Mais elle ne posa aucune question, faisant rajouter un couvert sur la table réservée à Claire. Après avoir servi successivement une soupe et un cassoulet au confit d'oie, elle apporta deux ramequins contenant du flan à la vanille. Faustine s'était régalée, délivrée du chagrin qui l'avait rendue malade depuis son départ du moulin.

— Elle a de l'appétit, cette mignonne ! constata enfin la patronne en s'attardant, un plateau à la main.

— C'est ma fille ! précisa Claire en souriant d'un air hardi.

— Ah ! fit la femme, surprise. Vous ne vous ressemblez pas, dites, la blonde et la brune...

— Son père a les yeux bleus.

Faustine bâillait. Claire lui essuya le contour de la bouche en demandant tendrement :

— Dis, ma chérie, voudrais-tu que nous allions en vacances, toutes les deux… A la montagne ou à la mer ? Je n'ai jamais vu les Pyrénées, ni l'océan Atlantique.

— Moi, maman, z'eu veux rentrer au moulin, z'eu veux voir Matthieu !

La fillette zozotait encore un peu, même si elle s'exprimait très bien pour son âge.

— Tu es comme moi, exulta Claire. C'est le seul endroit où je suis bien. Demain matin, nous prendrons le train… Là, tu es rassurée ?

— Oui, maman…

Faustine semblait décidée à rattraper toutes les fois où elle n'avait pas pu appeler Claire « maman ». Avant de s'endormir, la petite voulut raconter les malheurs qu'elle avait connus à la pension Rodriguez.

— Z'ai eu un chat, mais une auto l'a écrasé. Manuela, elle dit une auto… Térésa, elle m'a mis une fessée parce que z'eu voulais pas dormir dans le grenier… Roberto, il m'a volé mes bonbons, alors papa l'a engueulé.

Claire protesta immédiatement :

— C'est un très vilain mot, Faustine, tu ne dois pas le dire !

— Térésa, elle le dit…

— Eh bien, tu ferais mieux d'oublier ça. Dors, ma beauté…

L'enfant hocha la tête, se lova contre Claire et s'endormit, son pouce dans la bouche, une manie qu'elle avait pourtant perdue un an plus tôt.

La jeune femme fut longue à trouver le sommeil. Elle savourait le contact doux et tiède de la fillette. Elle l'admirait dans la pénombre. Ses pensées revinrent à Jean. Elle aurait aimé l'arracher à cette femme criarde et brusque.

Il n'est pas heureux avec Térésa ! se dit-elle. Oh, faites qu'il me revienne, mon Dieu, je vous en prie…

Pourtant, elle avait au moins une certitude qui lui donnerait tout le courage et la patience nécessaires. Jean l'aimait toujours, il la désirait.

Elle réussit à s'abrutir, à force d'imaginer cent fois le retour de son bien-aimé au moulin, multipliant les possibilités : un soir de pluie, un matin d'été, à midi, au pic de la chaleur, au milieu d'une nuit suave au parfum de menthe et de foin fraîchement coupé.

Peu importe quand, il reviendra ! se dit-elle avant de s'assoupir, épuisée.

Les fils de Colin Roy revenaient de l'école. Ils marchaient coude à coude sur le chemin des Falaises, leur cartable en bandoulière. Les prairies alentour embaumaient le miel. Des nuées de passereaux volaient des falaises aux champs où poussaient le blé et l'avoine.

— Tu le diras pas à papa, que le maître m'a mis au coin ? demanda Nicolas. Si tu le dis, je tuerai ton merle apprivoisé, t'es prévenu…

Matthieu lui tira la langue.

— Je suis pas un rapporteur ! Toi, hier, tu as raconté à pépé Basile que j'avais cassé le beau vase de Claire.

Ils approchaient du moulin. Nicolas décocha un coup de pied à son demi-frère, en plein tibia, et fila en courant jusqu'au portail. Etiennette guettait son arrivée. Un des ouvriers, Gontran, lui parlait de très près.

Matthieu s'arrêta pour frictionner sa jambe douloureuse. Il vit soudain Sauvageon galoper droit sur lui. Derrière le chien trottinait une petite fille blonde, un ruban rose retenant ses boucles. Il hurla :

— Faustine !

— Matthieu !

Le garçon s'élança, les bras ouverts. Il riait et pleurait à la fois. Claire vit les deux enfants se rejoindre et se serrer l'un contre l'autre. Puis Matthieu souleva Faustine et la fit tourner en l'air en la tenant serrée par la taille.

— Il faudra leur faire comprendre, plus tard, qu'ils ne

sont pas de la même famille ! maugréa Basile. Ton frère l'aime trop, cette gosse !

Avec les beaux jours, le vieil homme reprenait de la vigueur et du caractère. Claire haussa les épaules.

— Tu n'es qu'un rabat-joie ! Matthieu voulait une petite sœur, il l'a !

La jeune femme était arrivée une heure plus tôt, en taxi, provoquant l'étonnement général. Elle avait tout de suite dit la vérité.

— Je n'étais pas aux bains de mer, je suis allée chercher Faustine. Si je vous l'avais dit, vous m'en auriez empêchée… Vous vous rendez compte, en deux jours, grâce au train, tout ce chemin que j'ai fait…

Le soir même, la paisible vie quotidienne reprit son cours au Moulin du Loup. Les enfants escortèrent Claire quand elle soigna ses chèvres. Ils assistèrent à la traite, chacun dégustant du lait tiède dans un gobelet. Ensuite, ils firent le tour du potager, munis de paniers.

Faustine riait sans cesse. Elle jetait des regards complices aux grandes falaises grises, aux fleurs du jardin, au chien, aux poules. Souvent, ce regard se posait sur Matthieu et y demeurait, ébloui.

— Toi, ma jolie, tu as retrouvé ton chevalier ! plaisanta Raymonde qui venait couper de l'oseille et du persil pour l'omelette. Vous avez vu ça, madame, comme elle est heureuse.

Claire approuva en silence. Le décor était en place. Le mois de mai faisait mûrir les fourrages à faucher et les blés. Les rosiers grimpants sur la façade de la maison regorgeaient de boutons prêts à éclore. Des tourterelles avaient fait leur nid dans un grand frêne et leurs roucoulements dominaient la chanson des roues à aubes qui, nuit et jour, épousaient de leurs pales moussues l'eau limpide de la rivière.

— Et Jean, madame ? interrogea tout bas la servante. Comment était-il ?

— Gentil et malheureux, comme à l'époque où je l'ai connu… répondit Claire, tout émue. Il m'aime, Raymonde ! Oui, il m'aime toujours.

— Ah ! répliqua la jeune femme. Eh bien, il a intérêt à vous le prouver, et vite, sinon c'est moi qui prendrai le train pour vous le ramener par son fond de culotte.

La famille Roy, les ouvriers et les domestiques constatèrent très vite que la petite Faustine appelait Claire « maman ». Basile fut le seul à obtenir une explication. Il écouta le récit du voyage. Il apprit la conduite aimable et sage de Jean, ce qui le réconforta. Néanmoins, il avait l'intuition qu'il lui manquait un élément du puzzle.

— Qu'il épouse sa Térésa, tant que tu as la petite, pesta-t-il. Mais tu ne me caches rien, Clairette ? Tu es sûre ?

Elle émit un non hésitant. Certains détails lui appartenaient, comme ses jupes retroussées, les mains de Jean sur ses cuisses, le désir qui les avait fait trembler. Ce souvenir-là l'aidait à garder intacte l'espérance toute neuve qui la transfigurait.

— Et si, tu me caches quelque chose ! insista Basile. Je le vois à ta mine... Tes beaux yeux noirs ont retrouvé leur velours. C'est louche, ça, à mon humble avis !

Ils se sourirent, toujours aussi complices malgré les années écoulées.

Auch, 25 mai 1905

La chambre était plongée dans la pénombre. Un bec de gaz installé sur la façade de la pension Rodriguez dispensait une clarté bleuâtre. Térésa, moite de sueur, ne portait qu'une chemisette en calicot. Jean, couché sur le dos, avait les bras croisés sous la tête.

— Juanito, je ne te plais plus ? se lamenta la femme en glissant une main vers le bas-ventre de son compagnon. Tu ne m'as pas touchée depuis que cette fille est venue... Moi qui me disais, sans la petite, on sera tranquilles !

Le jeune homme grommela qu'il était épuisé. Térésa se redressa, prenant appui sur un coude.

— Fatigué ! Ne me raconte pas de sornettes ! Je ne te plais plus, hein, je ne suis pas assez belle ? Avant, tu trimais autant à l'usine, mais, la nuit, tu me voulais quand même. Je n'aurais pas dû te laisser retourner dans ce fichu moulin. Je ne suis pas folle, c'est depuis ce temps que tu as changé. Et la noce, c'est pour quand ? Tu n'en causes plus.

— Tais-toi, Térésa, par pitié. Dors donc… On n'est pas pressés de se marier, ça coûte cher.

— J'ai hâte, moi, mon Juanito, d'être ta femme.

Elle ôta sa chemise et posa sa cuisse en travers de sa poitrine. Jean, bien qu'excédé, la repoussa délicatement. Il éprouvait pour cette veuve travailleuse une sincère tendresse parce qu'elle élevait seule deux enfants, que ses mains étaient abîmées par les vaisselles et la chaleur des fourneaux. Il la savait âpre au gain, coléreuse, mais, plein de bonne volonté envers la gent féminine, il lui pardonnait volontiers ces défauts.

— *Juanito, yo te quiero !* Jure-moi que tu ne penses plus à cette fille, Claire. Celle-là, elle a du toupet de venir me narguer dans ses toilettes de dame.

Il se crispa. Térésa crut à une réaction virile, car elle le caressait, mais une fois encore il se dégagea.

— Laisse-moi ! Il est deux heures… Tu devrais te reposer, les journées sont longues.

— Je suis trop vieille pour toi ! dit-elle entre ses dents. Mais je ne veux pas te perdre, mon Juanito ! Quand on a un bel homme comme toi, il faut le contenter. Si tu préfères, je peux faire venir Manuela… J'irai dans la chambre d'à côté, vous serez tranquilles.

Jean se redressa brusquement. Son esprit refusait de comprendre la proposition de sa maîtresse. Elle effleura son sexe du bout des doigts.

— Qu'est-ce que tu as dit, Térésa ? hurla-t-il. Pourquoi tu appellerais Manuela ?

— Elle a treize ans et elle est bien formée. Si tu aimes les jeunesses, tu prendras ton plaisir…

Jean fit un bond comme s'il venait de se brûler. Térésa l'entendit craquer une allumette ; il allumait la chandelle. Les traits convulsés dans une expression où se mêlaient peur et fureur, il la dévisageait. Soudain il la vit vraiment, les seins flétris, le nez busqué, un rictus amer aux lèvres. Il eut la sensation de plonger en enfer.

— Ta fille ! Ta gosse de treize ans, tu la mettrais dans mon lit ? vociféra-t-il, luttant contre l'envie de la frapper. C'est quoi, ces histoires... Je ne suis pas le seul à qui tu l'envoies, hein ? Tu arrondis ta cagnotte avec tes sales combines ?

Térésa s'enveloppa du drap. Ses yeux brillaient, durs, froids.

— Et alors ? Je croyais que tu le savais !

Jean lui tourna le dos, accablé. Il évoqua la mince figure de Manuela, son jeune corps émacié, sa poitrine menue. La vérité s'imposait, affreuse. L'adolescente pleurait souvent en silence et Roberto, son frère aîné, la houspillait du matin au soir, l'insultant à voix basse. La gamine endurait un calvaire sous son nez ; il n'avait rien vu. Les poings serrés, il commença à respirer très vite. Ce poids sur le cœur, dont il avait parlé à Claire, était en train de l'écraser. Il manquait d'air. Térésa le secoua par l'épaule.

— Qu'est-ce que tu as, dis ?

Il lui fit face avec un air si terrible qu'elle eut peur. Jean l'attrapa aux cheveux.

— Tu vas m'écouter, espèce de mère maquerelle ! Et regarde-moi bien, car tu ne me reverras jamais. Je ne resterai pas dix minutes de plus dans ce bordel... Tu me connais mal, Térésa, et c'est tant pis. Mais j'avais un petit frère, il s'appelait Lucien. Je l'aimais comme j'ai jamais aimé personne, j'avais plus que lui sur terre. Un salaud de type, au bagne pour enfants de l'île d'Hyères, il l'a violé, mon Lucien, et après les autres gars le traitaient de tous les noms. Trois semaines plus tard, il est mort de la dysenterie... Je l'ai mis en terre moi-même, et le fumier qui l'avait torturé, je l'ai tué ! Cherche pas à rameuter les gendarmes, le président de la République, il m'a accordé sa grâce. Seulement, moi, si on touche à une gamine, à un petiot, j'ai envie de vomir mes tripes...

Térésa roulait des yeux affolés. Elle se signa, tremblante.

— Oh ! s'indigna Jean. Ça te va bien, le signe de croix !

Dis, tu y retourneras à l'église, dimanche, alors que tu vends ta fille ?

— Juanito, l'argent, il est dur à gagner, tu le sais… Manuela ne se plaint pas, va !

— Et si elle était tombée enceinte, à son âge ?

— La mère Gigi, dans la basse-ville, elle donne des tisanes qui font passer les bébés.

Jean se leva pour s'habiller. Il prit son sac dans un placard et le bourra de ses quelques vêtements. S'occuper les mains l'empêchait aussi de gifler à la volée la femme dont les gémissements lui donnaient la chair de poule. A l'idée qu'il l'avait embrassée, touchée, câlinée, il eut la nausée.

— Tais-toi ! gronda-t-il, sinon je te frappe. Quand je pense que je t'ai amenée au moulin, chez les Roy, que tu as mangé à leur table… Tu as touché à ma petite fille !

Le jeune homme s'immobilisa. Une image lui revint d'un jour de la semaine passée. Il était rentré de l'usine, Térésa garnissait les tables de la pension – assiettes, verres bon marché, couverts – et Faustine était sur les genoux d'un client. Il crut entendre les recommandations de Térésa : « Sois sage, Faustine, avec le monsieur, il te donnera des bonbons, il est gentil… »

Livide, il se rua sur sa compagne et noua ses doigts autour de son cou. Elle tenta de se dégager, en vain.

— Et ma petite Faustine, tu lui préparais le même avenir ? Si je t'avais épousée, si elle avait grandi dans cette maudite baraque, tu en aurais fait quoi pendant que je me serais éreinté à l'usine ? Tu l'aurais vendue pour trois sous, elle aussi !

— Non, Jean, non ! Je te le jure !

Il lâcha prise en la poussant en arrière. Dans la poche de son pantalon, il palpa les billets de banque qu'il aurait donnés à Térésa le matin. Depuis le mois de mars, il lui confiait sa paie, gardant une somme modeste qu'il expédiait à Claire pour la pension de sa fille.

— Adieu ! Et ne cherche pas à me revoir ! jura-t-il.

Jean sortit. Dans le couloir étroit, la chaleur était étouffante. Par la fenêtre de l'escalier, il vit le ciel plus pâle.

L'aube ne tarderait pas. Il entra sans frapper dans la chambre de Manuela. L'adolescente dormait, une épaule blanche pointait hors des draps.

— Lève-toi, petite ! Vite, je t'emmène...

Manuela devait être habituée à ces réveils nocturnes. Elle s'assit, haletante. En voyant l'amant de sa mère penché sur son lit, elle secoua la tête :

— Non, non, pas toi ! Pas toi, Jean...

— Tu te trompes, pauvrette, je ne te veux pas de mal ! Ce n'est pas mon genre. Prends tes affaires dans un baluchon. Tu dois t'en aller d'ici. Je t'attends devant la porte.

— Et où j'irai, hein ?

— J'ai une idée, fais vite...

Elle le rejoignit, courbant le dos, l'air affolé. Un pensionnaire cogna contre une cloison.

— C'est pas bientôt fini, ce raffut ?

Ils descendirent au premier étage. Roberto leur barrait le passage. C'était un solide gaillard de quinze ans et demi, presque aussi grand que Jean.

— Où tu vas, toi, avec ma sœur ? aboya-t-il.

Térésa dévalait les marches à son tour. Jean prit Manuela contre lui.

— Vous deux, foutez-moi le camp ! Tu ne me fais pas peur, Roberto. Je suis un ancien forçat, j'ai un couteau ! Si tu avances d'un pas, je te saigne.

Jean mentait, mais l'argument porta. Roberto s'écarta, tandis que sa mère égrenait un chapelet d'injures tout en pleurant. Enfin, ils furent à l'air libre.

— Dépêchons-nous, Manuela ! dit-il gentiment.

— Où tu me conduis comme ça ? interrogea-t-elle.

— Chez de bonnes dames... Je suis pas croyant, petite, mais je connais pas d'autre endroit où tu seras en sécurité.

Ils montaient l'immense escalier qui avait tant surpris Claire. Les cloches sonnèrent, un timbre cristallin accordé à la clarté mauve dont l'orient était voilé. Les oiseaux, cachés dans les feuillages des jardins voisins, lançaient leurs trilles joyeux.

— Je vais chez les sœurs, Jean ? demanda Manuela d'une voix vibrante d'espoir.

— Ouais, que ça te plaise ou non, car moi, je ne peux pas m'occuper de toi.

— Mais ça me plaît ! répondit-elle. Oh, comme je serai bien, au couvent des Clarisses. Elles me garderont, dis, tu promets ? Il paraît qu'elles apprennent à coudre, à chanter.

Il lui sourit sans rien ajouter. Manuela s'accrocha à la main qu'il tendait, afin de l'aider à gravir les dernières marches.

— Je le sentais, dans mon cœur, que tu es bon, toi ! dit-elle avec un regard empli de reconnaissance.

Jean était intimidé devant le couvent. Il tira sur la chaînette qui actionnait une cloche en bronze. Le son résonna haut et net. Manuela s'inquiéta :

— Il est peut-être trop tôt ?

— Mais non, ces dames-là, elles ont des messes toute la nuit à ce qu'il paraît. Tiens, écoute, quelqu'un vient.

La double porte en chêne s'entrouvrit. Une jeune religieuse les dévisagea.

— Je voudrais voir la Mère supérieure, je vous prie ! déclara Jean du ton le plus aimable possible.

Manuela fixait d'un air extatique le voile blanc que portait la novice et sa longue robe grise. L'adolescente était très pieuse. Depuis deux mois, elle devait rejoindre des hommes dans leur chambre, menacée du fouet par Térésa ; elle se croyait perdue. Elle devait se soumettre au désir des ouvriers, à leurs étreintes brusques, cela dans une odeur de sueur et de crasse. Manuela croyait bien avoir prié en vain. Mais Jean lui tenait la main, il l'avait emmenée vers ce lieu qui respirait la sainteté.

Tous deux se retrouvèrent dans le parloir. La novice leur avait dit de patienter. Pour l'ancien bagnard, c'était une expérience déconcertante. Il régnait là un profond silence, une profonde paix aussi. Un crucifix en ivoire trônait au-dessus de la cheminée. Dans une niche, une statue de la Vierge à l'enfant semblait les observer, un doux sourire aux lèvres. Manuela ouvrait des yeux éblouis, mais elle tremblait d'appréhension.

— Jean, et si elles ne veulent pas de moi, les sœurs, qu'est-ce que tu feras ? demanda-t-elle, inquiète.

— Si ce sont vraiment des saintes femmes, elles t'accueilleront.

Il la regarda, apitoyé.

— Quand tu seras plus grande, tu pourras t'en aller, chercher du travail.

— Oh non, je voudrais prendre le voile, Jean. Surtout, ne dis pas ce que je faisais, à la pension. Là, elles me mettraient à la porte.

— Ne t'inquiète pas. Tu ne retourneras jamais là-bas. Parole de Jeannot.

Confiante, Manuela se replongea dans la contemplation du parquet ciré et de la Vierge si belle. Des tourterelles roucoulaient dans un jardin voisin. L'adolescente fredonna très bas un *Ave Maria*.

La Mère supérieure revenait de la première messe, célébrée au point du jour, quand une converse lui signala qu'un homme et une enfant de treize ans environ l'attendaient au parloir. La religieuse fronça les sourcils, un peu surprise. Elle découvrit Jean, assis sur le banc, son béret entre les mains, mais son attention fut tout de suite attirée par une jeune fille mal vêtue et échevelée, qui reniflait.

— Monsieur, je vous écoute…

— Je me présente, Jean Dumont, madame… Je crois qu'il faut vous dire ma Mère, mais je ne suis pas instruit en religion. Je quitte ce pays et je voulais vous confier cette enfant. Dans sa famille, elle n'est pas heureuse.

— Monsieur, s'étonna la supérieure, je ne peux pas accepter ici tous les enfants miséreux ! Nous avons nos orphelines, et une bouche de plus à nourrir…

— Elle s'appelle Manuela, bredouilla-t-il, impressionné par l'autorité de son interlocutrice. Je vous assure, elle est très pieuse, il faut la garder avec vous.

— Est-ce votre fille ? Non, vous êtes trop jeune. Monsieur, j'espère qu'il ne s'agit pas d'une dévergondée cherchant refuge chez nous.

Manuela fondit en larmes, incapable de se défendre. Jean la fit se lever et la poussa vers la porte.

— Sors, petite, ça vaudra mieux.

L'adolescente, secouée par de gros sanglots, obéit. Le jeune homme reprit, fixant son beau regard bleu sur la religieuse :

— Ce sont des choses qu'il n'est pas facile d'avouer, surtout à une sainte dame comme vous… Je vous l'ai dit, le bon Dieu, je m'en suis jamais soucié, ou alors c'est le contraire, il m'a oublié. Je n'ai plus de famille, sauf une jolie petite de quatre ans. Pourtant, je vous fais confiance, vous protégerez Manuela. Sa mère la vendait à ses clients, la nuit… alors, je voudrais que vous la sauviez parce que, ces choses-là, ce sont les pires que je connaisse. Mon frère, il en est mort, à onze ans. Je vous enverrai de l'argent plus tard. Déjà, je vous donne ma dernière paie.

La supérieure baissa les paupières. Elle chuchota, cachant mal son émotion :

— Vous êtes un honnête homme, monsieur Dumont. Manuela est la bienvenue parmi nous. Elle pourra travailler à l'ouvroir, si cela lui convient… Nous prendrons soin d'elle. Soyez tranquille. Je vous remercie pour votre don. Nos pupilles en profiteront, n'ayez crainte. Je ne voudrais pas décevoir la foi que vous venez de témoigner.

Jean salua d'un signe de tête. La religieuse, la mine moins austère, le conduisit dans le couloir où Manuela allait et venait, ses bras minces croisés sur sa poitrine.

— Il ne me reste qu'à te dire au revoir, dit-il. Sois courageuse, Manuela, je t'écrirai, si c'est permis…

La supérieure eut un sourire compatissant.

— Bien sûr, ce n'est pas une prison, notre couvent, monsieur.

Elle prit congé. Transfigurée par une joie infinie, Manuela essuya ses paupières meurtries par les larmes. La novice réapparut.

— Suivez-moi, mademoiselle, je dois vous montrer l'ouvroir, le réfectoire et les dortoirs. J'espère que vous vous plairez parmi nous.

Jean vit les deux jeunes filles s'éloigner sous la voûte en pierre dorée d'un vaste corridor. Manuela lui fit au revoir de la main. Elle était radieuse. Derrière une porte vitrée, il aperçut un grand jardin, des profusions de roses rouges, des bosquets de buis entourant une autre statue de la Sainte Vierge, d'une taille respectable et en marbre blanc. Une paix infinie tomba sur lui. C'était un sentiment intense, ineffable, qu'il n'avait jamais éprouvé auparavant. Chagrins, rancœurs, jalousie s'étaient dispersés dans la fraîcheur de l'aube. Cela ressemblait à une délivrance. Un instant, il imagina son petit frère Lucien et Germaine, la mère de Faustine, le poussant vers le bonheur d'un geste plein d'amour.

— Peut-être qu'ils sont là-haut et qu'ils m'ont pardonné…

Autour de lui, le monde s'éveillait avec la lente montée du soleil au-dessus des plaines. Jean commença à marcher, nimbé d'une luminosité dorée. Il respirait l'air suave du matin, allongeant le pas, pris d'une merveilleuse impatience. Il n'avait plus un sou en poche, il devrait faire le voyage à pied, mais, au bout de la route, il savait que Claire l'attendait. Plus rien ne pourrait les séparer désormais.

5

Les secrets du moulin

Moulin du Loup, 2 juin 1905

Ce jour-là, Claire avait décidé de ranger de fond en comble son atelier. Depuis deux semaines, elle cueillait herbes sauvages et plantes médicinales, elle les faisait sécher, les pilait et les mettait en bocaux. Prise d'une frénésie de promenade solitaire, elle se levait à la première heure du jour et explorait talus, sous-bois, ou prairies en trempant ses jupes de rosée. De ces excursions, dont elle rentrait à temps pour préparer le lait chaud de Matthieu, la jeune femme rapportait une profusion d'armoises, de pulmonaires et de reines-des-prés, mais aussi des feuilles de saule et de tilleul.

La petite pièce était devenue un refuge contre l'agitation du moulin, un lieu odorant, à la pénombre agréable, où elle aimait s'enfermer, même si ce n'était que pour une heure ou deux.

Mais le lit pliant en fer que Léon avait installé était parsemé de brindilles et de fleurettes fanées, les araignées avaient tissé leur toile au coin des murs. L'emplacement de l'étagère ne lui plaisait plus. Aussi, depuis le début de l'après-midi, la jeune femme nettoyait-elle avec entrain, un foulard sur les cheveux, une vieille blouse de cotonnade en guise de robe, sur un jupon délavé par les lessives.

Les garçons étaient à l'école – une bénédiction. Basile gardait Faustine. Raymonde et Léon avaient décidé de monter au bourg avec leur fils, accompagnés d'Etiennette qui souhaitait rendre visite à sa famille. Quant à Colin et à ses ouvriers, ils veillaient à l'encollage d'une grosse commande de papier vélin.

— Pour une fois que personne n'a besoin de moi ! se répétait Claire, presque honteuse de la joie qu'elle ressentait.

Sauvageon dormait sur le seuil, ombragé par la vigne qui courait le long de la façade du bâtiment.

— Nous sommes bien tranquilles, dis, mon chien ! lança-t-elle en prenant un vieux balai.

Depuis son voyage à Auch, Claire était d'une humeur égale. Elle répétait à sa famille qu'elle avait repris Faustine et que cela suffisait à son bonheur. Pourtant, en secret, la jeune femme chérissait le souvenir des instants passés avec Jean sous le pont du Gers. Elle avait espéré le voir sur le quai de la gare, mais il n'était pas venu. Ensuite, elle avait guetté le facteur. Rien, pas une carte postale. Cela ne la décourageait pas. La certitude d'être aimée la rendait sereine.

Une fine sueur perlait à son front. Claire s'attaqua à un angle du plafond, ce qui fit tomber une pluie de particules de plâtre. Reculant un peu, elle renversa le seau d'eau sale qu'elle avait prévu de sortir.

— Zut ! J'en fais, des dégâts !

Elle se jeta à genoux et épongea de son mieux la flaque grisâtre à l'aide d'une serpillière. Cela l'empêcha de voir Sauvageon filer le nez en l'air. Peu de temps après, Claire s'immobilisa.

— Le ciel se couvre, il fait bien sombre tout à coup…

Un bref regard à l'étroite fenêtre la rassura à demi, le soleil brillait toujours. Soudain elle eut la certitude de ne plus être seule. Vite, elle se retourna pour voir une paire de chaussures poussiéreuses. Son cœur fut pris de folie. Sans même se redresser, elle sut qui était là.

— Jean ?

Il la releva en la prenant par la taille. Claire lui présenta un visage maculé de traînées noires, aux joues trop rouges. Ses vieux habits étaient trempés.

— Jean ! Oh… tu es là… Je te reçois dans un bel état !

La jeune femme ne comprenait pas l'acharnement du sort, qui ramenait son amour au moulin le jour même où elle se débattait entre les toiles d'araignée et les débris de plâtre. Mais il souriait avec tant de douceur et d'émerveillement qu'elle n'y pensa plus.

— Jean, moi qui rêvais de ton retour ! Je m'imaginais en belle robe de soie, fraîche et parfumée ! Je suis hideuse…

Il la contemplait, heureux à en pleurer. Une mèche brune échappée du foulard le bouleversait ; la chair moite de son décolleté le fascinait.

— Que tu es jolie, Claire ! Je n'en pouvais plus d'être loin de toi. Je t'aime tant.

Jean l'enlaça. Il la tenait enfin, bien serrée contre lui. Elle se perdait dans son regard bleu, presque en extase. Il n'y avait pas de plus beaux yeux sur terre que les siens. Elle s'inquiéta :

— Tu es revenu pour de bon, mon Jean ? Et Térésa…

— Ne parlons plus d'elle. Rien que son nom salirait ces murs, ce lieu. Un jour, je te raconterai. Maintenant, c'est le temps du bonheur.

Claire lui sauta au cou et chercha ses lèvres. Ils s'embrassèrent longtemps, sans oser une caresse. Cela les étonnait profondément d'être réunis, libres de s'aimer, de rire et de se toucher. Jamais ils n'avaient connu cette sensation de sérénité et de plénitude. Aucun gendarme ne viendrait les séparer, ils n'avaient à craindre ni la justice ni la menace d'un conjoint jaloux.

— Jean, allons à la maison, décida-t-elle. Basile sera si content, et ta petite Faustine…

— Notre Faustine ! rectifia-t-il. Nous l'élèverons ensemble.

Ces mots furent un baume magique sur les plaies mal cicatrisées que portait encore la jeune femme au cœur et à l'âme. Elle retint un sanglot d'émotion.

— Non, ma chérie, je t'en prie, pas de larmes. J'ai une idée : si on faisait un tour le long de la rivière avant d'affronter ta famille…

— Je ne sais pas si nous pouvons, les garçons vont rentrer de l'école, Faustine va réclamer son goûter.

— Tant pis, viens ! coupa Jean en la prenant par la main. Vite !

Sauvageon aboya joyeusement. Il les précéda quand ils descendirent dans la prairie voisine appartenant aux Roy. Sirius, le grand cheval blanc, les salua d'un hennissement. Roquette qui vieillissait ne broncha pas. Les jeunes gens couraient, plus graves que les instants précédents. C'était si bon, si incroyable de partager le soleil, l'odeur de miel des hautes herbes folles.

La fenaison approche et je ne serai plus seule ! exultait Claire, éblouie. Je dormirai près de Jean, nous danserons tous les deux sur les champs fauchés...

Je ne quitterai plus jamais cette vallée, pensait-il, heureux comme un voyageur qui revient au pays natal. Je passerai tous les jours qui me restent près de Claire.

Jean entraîna sa bien-aimée vers une crique dissimulée par les branches d'un saule pleureur. L'eau limpide chantonnait, glissant sur un barrage de grosses pierres. Des insectes voletaient, leurs ailes irisées de lumière. La jeune femme ôta ses sandales. Elle hésita quelques secondes, puis se débarrassa de sa blouse et de son jupon.

— Encore ! quémanda-t-il en effleurant la chemisette à fines bretelles qui descendait à mi-cuisse.

Entièrement nue, Claire avança jusqu'au milieu du ruisseau. Son foulard glissa et partit au fil du courant. Elle s'aspergea les épaules et le cou. Jean la rejoignit, nu lui aussi. Avec un rire tremblant, elle s'allongea, savourant la délicieuse fraîcheur de l'eau. Resté debout, il admira son corps ravissant, sa chair nacrée que le flot mouvant caressait. Elle le fixait, bouche bée, inondée de désir. C'était une sorte de miracle de le voir si proche, ses boucles brunes, son beau visage, le torse mince à peine ombré d'une toison frisée, le ventre plat, les cuisses robustes. Et toujours ces prunelles de saphir, ourlées de longs cils noirs.

Jean se glissa à ses côtés, d'abord saisi par le froid de la rivière. Mais tout de suite Claire lui tendit ses lèvres et noua ses bras autour de son cou. Ils jouèrent un moment, entrecroisant leurs jambes. Elle colla ses seins ronds contre lui ; il les couvrit de ses paumes.

— Claire, Claire, je t'aime, tu sais. Je t'aime !

— Mon Jean, mon Jean. Tu es là ! Oh, que c'est bon... Je n'ai jamais été aussi heureuse de ma vie ! Jamais...

Il se leva brusquement et l'entraîna hors de l'eau. Ils s'allongèrent sur l'herbe. Elle frissonnait, d'impatience et de froid. Jean la couvrit de tout son corps. En quelques secondes, ils furent brûlants de passion et de fébrilité. Claire sentait sous son dos le sol durci par l'été. La pointe d'un caillou aiguillonnait ses reins. Cela lui rappela la Grotte aux fées et leurs étreintes au clair de lune. Ils n'avaient plus à se cacher.

— J'en ai rêvé, de ce moment-là, sur la route ! Mais j'aurais marché encore bien des jours pour te retrouver... avoua-t-il en lui caressant le cou.

Il dévorait ses lèvres et mordillait son menton. Elle soupirait, haletait, parcourant de ses doigts le dos, le creux des reins de son amant. Il respirait plus vite.

— Claire, j'ai tellement envie de toi...

— Viens, viens ! Je te plais encore, dis, je n'ai pas trop vieilli...

— Petite coquette, tu réclames des compliments ! Tu es plus belle, voilà. Tes seins ont grossi, tes hanches sont rondes et douces, mais ce n'est pas ça qui te rend si belle, Claire ! C'est ton âme, ton cœur.

Elle secoua la tête en riant, ivre de joie. Il la fit sienne, les traits tendus par une extase inouïe. Ils effacèrent les années de vide et de chagrin, les nuits à gémir d'insatisfaction et de solitude. Jean ne pouvait se lasser du plaisir que Claire lui donnait. Elle était tendre, avide, coquine, grave.

Le clocher du village sonna cinq heures. Des écharpes de brume montaient de la rivière. Ils se relevèrent et s'étreignirent une dernière fois, contents d'être nus, tièdes et un peu las.

— Il faut retourner à la maison ! Ta maison, Jean ! s'exclama-t-elle.

Il eut un sourire d'enfant. Elle lui prit la main, décidée à ne plus jamais la lâcher…

Moulin du Loup, juillet 1905

— Jean, nos bans sont publiés, à l'église et à la mairie ! Je suis si heureuse. J'ai lu deux fois nos noms : Claire Roy, Jean Dumont. J'ai ri de joie tout le chemin. Je n'arrive pas à y croire, je vais être ta femme !

Claire revenait de Puymoyen. Elle était partie à l'aube, montée sur Sirius, dans le seul but de s'assurer que leur mariage était bien annoncé au village. De retour au moulin, tout exaltée, elle avait réveillé son amant d'un baiser très doux sur la bouche. C'était dimanche, ils pourraient passer la journée ensemble.

— Je t'ai apporté du café et des tartines !

Le jeune homme s'assit en rejetant les draps. Il se frotta les yeux, ensommeillé. Claire était si proche, sa gorge dégagée par un décolleté presque osé, ses cheveux relevés en chignon. Il l'attira à lui et mordilla son cou.

— Non, non ! Il y a trop de travail pour songer à ça ! dit-elle, un peu préoccupée.

— Du travail ! C'est pire qu'à l'usine ici. Dis, je me suis couché à quatre heures du matin, après ton père.

Colin Roy avait accueilli Jean Dumont à sa manière. Il ne voulait plus voir souffrir Claire. Le soir même de son arrivée, il l'avait pris à part.

« Ecoute, mon garçon, cette fois, ne joue pas de sales tours à ma fille. Je peux t'embaucher au moulin, mais tu dois être honnête. D'abord tu logeras dans son atelier, tant que vous ne serez pas mariés. Il n'est pas question que vous couchiez ensemble, au nez des enfants. J'ai des principes, même si je n'ai pas toujours été un exemple. Alors, des fiançailles rapides, et la noce le plus vite possible. »

Jean avait serré la main calleuse de son futur beau-père.

« Je n'avais pas d'autre idée, maître Roy. Je ne vous décevrai pas ! »

L'ancien forçat avait tenu parole. Il apprenait les secrets de la fabrication du papier et du carton avec rapidité et, devant la famille réunie, il avait passé au doigt de Claire une bague de fiançailles, un bijou bon marché, certes, mais la jeune femme le préférait à tout ce qu'elle avait possédé jusqu'à présent. Elle ignorait que Basile avait prêté l'argent nécessaire, Jean étant sans le sou. Le vieil instituteur éprouvait un tel bonheur qu'il aurait vendu sa dernière chemise pour ceux qu'il surnommait ses tourtereaux.

Dès que la maison s'endormait, Claire rendait visite à Jean sur le lit étroit de son atelier d'herboristerie, au milieu des bocaux et des bouquets pendus au plafond. Leurs ébats passionnés avaient le parfum des menthes, du serpolet et de l'aspérule odorante dont les fleurettes embaumaient chaque été l'armoire à linge du moulin.

Les ouvriers travaillaient souvent de nuit. Colin, dans ce cas, gardait les plus endurants. Jean en faisait partie. Claire se languissait jusqu'à midi, comme ce matin-là.

— Bois vite ton café, papa nous attend à la maison. Il a quelque chose à dire d'important.

— Claire, viens… J'ai pensé à toi pendant l'encollage, tu me manquais fort ! Je pense à toi sans arrêt, je suis fou de ma jolie petite fiancée.

Elle tourna le verrou, la mine faussement boudeuse. Ils ne venaient pas à bout de plusieurs années de frustration ; le désir les tourmentait du matin au soir.

Jean avala d'un trait le liquide trop chaud, croqua en hâte dans une tartine pour plus vite tendre les bras à la jeune femme. Elle avait ôté en hâte sa robe légère et, en chemise et culotte de dentelle, elle se ruait vers lui. Il la couvrit de baisers à travers le tissu, exultant quand il atteignait la chair soyeuse, un peu moite. Deux fois déjà, la nuit, en pleine extase, ils étaient tombés du lit de camp, large de soixante-dix centimètres seulement, et cela avait donné lieu à des fous rires mémorables.

— Allonge-toi, ma chérie, tu es belle, la plus belle…

La respiration saccadée, nu de la tête aux pieds, Jean savoura l'instant crucial, dont il ne se lassait pas, où il allait se fondre dans l'intimité chaude de Claire. Elle guettait aussi son approche, paupières mi-closes, offerte, délicieusement impudique. Enfin ils furent réunis, jambes et bras mêlés, haletants, soucieux de savourer un plaisir qui les bouleversait corps et âme. On frappa à la porte.

— Ohé, Jeannot, c'est Léon. Le patron, y te réclame ! Dis, tu aurais pas vu m'selle Claire ?

Jean étouffa un juron. Ramenée sur terre, Claire eut du mal à ne pas éclater de rire. Ils restèrent silencieux, figés.

— Eh, m'sieur Roy, il est pas là, Jean ! Sinon, il m'aurait répondu. Sûr, il a dû se lever de bonne heure...

Des pas traînants s'éloignèrent. Ils entendirent encore Colin maugréer de l'autre côté de la cour, puis les rires de Faustine et de Matthieu.

— Tu vois dans quelle situation tu me mets ! ironisa Claire. Je n'oserai plus sortir, maintenant.

— Tant mieux, je te garde toute la journée, répliqua Jean en reprenant l'acte où il en était.

La jeune femme poussa un gémissement. Ses reins se soulevèrent contre son gré à la rencontre du ventre de son amant. Ils furent bientôt comblés, en sueur, malades d'une joie extasiée.

— Vivement que nous soyons mariés, dit-il. Je t'aurai toujours dans mon lit.

Claire se rhabilla. Dix minutes plus tard, elle se glissait dans la cuisine, les joues en feu. Raymonde lui jeta un regard complice.

— Ah, madame, vous étiez au ruisseau, je l'avais bien dit à monsieur votre père...

Assis à la grande table, Colin fronça les sourcils. Il n'était pas vraiment dupe. Jean entra à son tour. Etiennette le suivait, tenant son fils Nicolas par la main. Faustine fit irruption, perchée sur le dos de Matthieu.

— Papa, maman ! On jouait à cheval ! clama la fillette.

Jean l'attrapa et la serra contre lui. Claire lui colla une bise sur la joue. La petite rayonnait entre ses parents. Elle ne gardait aucun souvenir de sa vraie mère.

— Allez-vous enfin m'écouter ! cria le maître papetier en tapant du poing.

On fit silence. Léon surgit du cellier, sa tignasse rousse en bataille.

— Bien, voilà ce que j'ai décidé. Dans trois semaines, Claire et Jean se marient. Je confie à ma fille le soin de préparer le repas et d'inviter nos amis. Mais un problème me tracasse depuis quelques jours. Un jeune couple a besoin d'une chambre et Basile ne peut pas héberger Matthieu plus longtemps. Notre vieil ami doit pouvoir se reposer sans qu'un garnement entre et sorte en claquant la porte. J'ai réfléchi et je me suis vu obligé de rompre un serment fait il y a plus de vingt ans à ma première épouse, Hortense. Venez !

Les yeux bruns de Colin pétillaient de malice. Malgré ses cheveux de neige, il paraissait très jeune dans de tels moments de fébrilité. Tous le suivirent à l'étage, intrigués. Le papetier se posta devant l'armoire où Claire rangeait les draps et les taies d'oreiller, lavés deux fois l'an par ses soins.

— Léon, Jean, il faut me déplacer ce meuble. Raymonde, Claire, peut-être que ce serait moins lourd si l'on vidait le linge.

— Papa, es-tu devenu fou ? protesta la jeune femme. Je venais juste de mettre des sachets de lavande entre les piles.

— Fais ce que je dis, ma fille, tu ne le regretteras pas.

La servante commençait à transporter les draps sur le lit de sa maîtresse. Matthieu, Nicolas et Faustine ne demandaient qu'à aider. L'affaire fut réglée plus vite que Claire ne l'aurait cru. Jean et Léon, un peu surpris, se chargèrent de l'armoire. A eux deux, ils la plaquèrent contre le mur voisin. Une porte apparut, peinte en marron, couverte de toiles d'araignée et de poussière.

La stupéfaction fut générale. Alerté par le vacarme, Basile vint aux nouvelles. Il restait allongé le plus souvent, les volets clos. La chaleur de ce mois de juillet l'épuisait.

— Mais, papa ! soupira Claire. Où mène cette porte ? Ne me fais pas languir, cachottier !

Colin sortit une clef rouillée de sa poche. Il désigna la cloison entourant le battant de bois.

— Eh bien, regarde ! C'est mon cadeau de noces !

La serrure résista, mais céda. Jean et Claire, les plus impatients, découvrirent le prolongement du couloir où ils se trouvaient. Une fraîcheur bienfaisante se dégageait de l'espace sombre, ainsi qu'une forte odeur de renfermé.

— Madame, il y a encore deux autres portes, qui se font face ! cria Raymonde, très excitée.

— Oui, coupa Colin, ce sont deux chambres. Hortense avait entassé là ses meubles de jeune fille, des lits inutiles. Il y a même un métier à tisser qui date de 1832, du temps de sa grand-mère. Quand nous nous sommes installés au moulin, elle m'a annoncé qu'il fallait condamner cette partie de l'étage. Je m'en moquais un peu. Deux grandes pièces suffisaient, même après la naissance de Clairette.

La jeune femme, tenant Faustine, avança. Etiennette retint Colin par le bras :

— Tu me fais habiter deux pièces minuscules au-dessus de la salle des piles ; c'est bruyant et humide. Alors qu'il y avait de la place ici. Mais quand il s'agit de ta fille, tu ne lésines pas sur les moyens…

— Tais-toi donc. Tu n'es jamais contente ! lança le papetier.

Madame Colin, comme on l'appelait au village, se tut les lèvres pincées. Elle se promit de faire payer à son mari ce nouvel affront. Un des ouvriers la courtisait. Cela la flattait et, depuis que ce solide gaillard la couvrait d'un regard de braise, Etiennette trouvait tous les prétextes pour déambuler dans la salle des piles, la réserve ou les étendoirs.

Claire avait l'impression de rêver tout éveillée. Elle qui pensait connaître la maison sur le bout des doigts, voilà qu'elle entrait dans une chambre inconnue, aux papiers peints de fleurs extravagantes, encombrée de meubles divers, commodes, sommiers, paravents, chaises empilées.

— Papa ! Et les fenêtres ? J'aurais dû les voir ! Est-ce que je peux ouvrir les volets ?

— Il faudra de l'huile, répliqua Colin. Les espagnolettes doivent être rouillées.

— Je m'en occupe ! s'écria Jean, ravi par la situation.

Le jeune homme craignait un peu de partager une chambre avec Faustine ou Matthieu. Il imaginait déjà des nuits d'amour libres de la moindre contrainte. En forçant, il réussit à débloquer la fermeture de la fenêtre, puis les volets. Claire se mordait les lèvres avec un air de gamine que l'on aurait bernée.

— Mais, papa, la vue donne sur le jardin en friche et la rivière. Cette fenêtre, je la voyais de loin !

— Ne te fâche pas, Clairette ! Souviens-toi, quand tu étais petite, je t'avais expliqué que tes arrière-grands-parents avaient fait condamner ces ouvertures à cause d'un impôt à payer. Tu n'as pas cherché à en savoir plus.

— C'est qu'on s'habitue aux choses ! ajouta Raymonde. Moi, maître Roy, je n'avais pas fait attention. Aussi, la vigne vierge et le lierre les cachaient à demi, vos volets.

Faustine, Matthieu et Nicolas sautaient sur un matelas roulé dans un coin. Des nuages de poussière s'élevaient, qui firent tousser Basile.

— Je retourne dans ma chambre, tempêta-t-il. Vous me ferez visiter quand le ménage sera terminé.

Claire traversa le couloir, radieuse. Jean la rattrapa. Il lui souffla, à l'oreille :

— Qu'est-ce que nous serons bien, rien que nous deux !

— Mon coquinou ! Ciel, que je t'aime ! avoua-t-elle hardiment.

La jeune femme crut que son cœur allait éclater de bonheur. Le regard bleu de son Jean sur elle, sa présence quotidienne au grand jour, sa main dans la sienne, jamais elle ne remercierait assez Dieu et la Providence de ce cadeau.

La seconde pièce leur sembla plus petite, mais elle était quasiment vide. Les murs en plâtre n'avaient jamais reçu de peinture ni de papier peint. Le métier à tisser y trônait, couvert de poussière. Matthieu se rua sur une petite porte et hurla :

— Venez voir, c'est tout noir là-dedans !

— Recule, s'égosilla Colin. N'avance surtout pas.

Jean fit reculer le garçon par le bras. Matthieu se dégagea, furieux. Il ne témoignait aucune amitié et très peu de respect à son futur beau-frère.

Le maître papetier demanda son briquet d'amadou à Léon, qui fumait une cigarette à la moindre occasion. A la faible clarté de la flamme, Claire et Jean aperçurent un cagibi envahi de toiles d'araignée et une trappe au sol, munie d'un gros anneau de fer. Un courant d'air froid les surprit.

— Papa, où va cette trappe ?

Colin ménagea son effet. Il dévisagea d'un coup d'œil tous ceux qui l'entouraient. Enfin il s'accroupit et souleva le panneau de bois. L'odeur particulière des cavités souterraines monta jusqu'à eux.

— Un puits ! s'étonna Raymonde. Au premier étage ?

Claire s'était mise à genoux. Elle cria, aux autres :

— Il y a des barreaux ! On dirait une échelle !

Nicolas et Matthieu s'appuyèrent sur le dos de leur sœur, au risque de la faire basculer en avant. Le papetier les saisit par le col de leur chemise et les écarta avec rudesse.

— Ah ! Bon sang ! J'aurais dû choisir un jour d'école pour ça. Filez, vous deux.

Claire prit son père par l'épaule. Elle le fixait, stupéfaite. Colin hocha la tête.

— Je sais, ma fille, tu vas me sermonner parce que j'ai gardé le secret des années. Alors, écoutez bien. Ce trou est l'entrée d'un souterrain. Hortense, dont la famille possédait le moulin depuis deux siècles, m'en a révélé l'existence pendant nos fiançailles. J'y suis descendu une fois, avec mon beau-père. Nous avions pris des torches. Je n'étais pas rassuré, pardi ! Le puits descend jusqu'au niveau de la rivière, ou bien celui de la salle des piles. Ensuite, ça descend encore, mais il y a des marches taillées dans la pierre. A mon avis, le souterrain passe sous le chemin car, le plus fort, c'est qu'il ressort dans une grotte de la vallée, à une centaine de mètres de chez nous.

Jean écoutait, fasciné. Léon lui donna un coup de coude.

— Dis, ça t'aurait arrangé, cette combine, quand tu te planquais dans la vallée pour retrouver ta belle !

Léon cligna de l'œil. Jean esquissa un sourire. Il se confiait souvent à son ancien camarade du *Sans-Peur*. Claire avait entendu. Rieuse, elle se blottit contre son bien-aimé.

— Si on avait su ça ! regretta-t-elle.

Colin referma la trappe. Il rendit son briquet à Léon. Raymonde jugea que les divertissements avaient assez duré. Son fils pleurait, attaché dans son lit.

— Je monte chercher César et je me dépêche de préparer le déjeuner. Heureusement que vos ouvriers sont de repos, le Jour du Seigneur, sinon ils mangeraient du pain dur.

Etiennette suivit la servante en clamant qu'elle avait faim et qu'elle n'attendrait pas une heure pour déjeuner. Jean et Léon se parlaient à l'oreille. Colin, lui, toisa ses fils d'un air menaçant :

— Vous, les garçons, interdiction formelle d'ouvrir ce débarras et de descendre là-dedans. Léon posera un verrou. Vous pourriez vous perdre, et ça grouille de chauves-souris et de rats, sans doute. Si vous désobéissez, ce sera le martinet !

L'avertissement porta. Plus instruite que son père, Claire voulait comprendre.

— Papa, maman ne t'a donné aucun renseignement sur ce souterrain ? Qui l'a creusé et pourquoi ?

— Selon ta mère, cela daterait de la Révolution de 1789. Les papetiers de cette époque devaient avoir des convictions royalistes. Ils auraient aidé les nobles à fuir de la vallée, les Des Riant notamment. Comme quoi les Giraud nous doivent une fière chandelle !

— Si Victor savait ça ! s'étonna Claire. Il faudrait le lui dire…

Jean lui lança un regard courroucé. La jeune femme avait oublié sa promesse faite après une de leurs étreintes : ne plus rencontrer le préhistorien, ne plus lui adresser la parole, ne pas citer son nom. Même si cela lui avait paru exagéré, elle ne voulait surtout pas contrarier son fiancé.

— Dites, patron, Jean et moi, on aimerait bien descendre

dans le puits, histoire de voir dans quelle grotte ça mène… Peut-être bien qu'il faudrait nettoyer le passage, ça pourrait servir !

— Après le repas, répondit Colin, amusé par l'enthousiasme de son domestique. J'ai faim ! Alors, Clairette, es-tu heureuse au moins ? Je voulais juste montrer les chambres, il a fallu que Matthieu fouine partout. J'aurais préféré parler du souterrain sans les garçons ! Ils ont l'âge des bêtises.

Claire embrassa son père. L'agrandissement subit de l'étage l'enchantait. Elle parcourut encore les deux chambres, tenant Faustine par la main. En pensée, elle disposait déjà rideaux de lin blanc, napperons en dentelle, bouquets de fleurs.

— Raymonde m'aidera ! déclara-t-elle. Il faut lessiver les planchers, aérer, mais c'est si inattendu, papa ! Tu te rends compte, moi qui me torturais l'esprit pour cette histoire de tous nous loger ! Je ne pouvais pas installer Basile dans une dépendance, ni au grenier.

Le papetier se sentit las, soudain. Il reprit :

— Je crois que ta mère avait condamné ces pièces à cause de la trappe. Elle vivait dans l'angoisse.

— Je la comprends… Léon, il faudra poser une serrure au cagibi, et un verrou. Je rangerai les clefs loin des enfants.

Jean ajouta qu'ils n'avaient qu'à s'installer dans la chambre en question, celle du souterrain. Claire protesta :

— Mais elle est bien plus petite que l'autre ! Je voulais y coucher Faustine, avec du papier peint à fleurs et un joli petit lit en fer forgé.

Etaient-ce les souvenirs de son existence de fugitif ? Jean aimait cette idée d'un lieu d'où l'on pouvait s'échapper ou se cacher. Il trouva un autre argument, sachant comment convaincre la jeune femme.

— Je ne dormirai pas tranquille si ma fille occupe cette pièce, verrou ou pas ! Et puis ce métier à tisser prend toute la place…

Claire s'empressa d'approuver. Elle guettait sur le visage de Jean la moindre ombre de contrariété, mais il lui souriait.

— Vite, allons manger ! J'ai hâte de me mettre au travail.

Angoulême, juillet 1905

Bertille était accoudée à la fenêtre de son salon. Elle guettait l'arrivée de sa cousine. Claire devait venir à Angoulême pour choisir un modèle de robe de mariée.

— Tu en profites pour te montrer aux passants ! ronchonna son époux, Guillaume.

— Il fait si chaud, il n'y a pas de mal à prendre l'air.

Le couple se querellait au moins deux fois par jour. Dancourt, dont la chevelure souple grisonnait, se leva.

— Eh bien, puisque je suis de trop, je descends à l'imprimerie Chagnaud. Je déjeunerai avec mon client.

Bertille approuva d'un signe de tête. Malgré un héritage qui les avait mis à l'abri du besoin pour de longues années, la jeune femme avait refusé de déménager. Elle persistait à tenir la librairie. Leur seule folie, c'était la grosse automobile qu'ils garaient sur la place du Champ-de-Mars, à portée de vue.

La porte claqua. Bertille soupira de soulagement. Elle savourait le moindre instant de solitude, qui lui permettait de rêver à son bien-aimé, Bertrand Giraud. L'avocat passait souvent à pied, rue de Périgueux. Ils s'adressaient des sourires et discutaient un moment. Plus le désir les consumait, plus il était refoulé au nom des convenances.

— Enfin, je le verrai à la noce…

Un coup de klaxon la fit sursauter. Une Panhard noire ralentissait. Le conducteur agita la main. Malgré les lunettes et la casquette, elle sut que c'était Bertrand. Il se gara devant le magasin. Bertille se rua dans l'escalier, sans l'aide de sa canne.

— Quelle bonne surprise ! s'écria-t-elle.

Il avança et, pâle d'émotion, lui serra la main.

— Chère amie, figurez-vous que j'avais proposé à Claire de la conduire à Angoulême, mais quand je suis passé au moulin, notre future madame Dumont avait changé d'avis. La famille était en pleine effervescence. Une histoire de pièces à repeindre, des chambres que votre oncle aurait cachées des années. Votre cousine m'a chargé de vous prévenir. Elle avait les yeux rouges, cependant.

— Des chambres cachées ! Je ne vois pas où ! s'étonna Bertille. Enfin, j'irai bientôt au moulin, cela m'intrigue... Pensez-vous que Claire avait pleuré ?

— Peut-être ou bien elle épluchait des oignons ! ironisa-t-il.

Ils se sourirent. Bien qu'un peu déçue, Bertille n'avait qu'une idée : se rassasier de la présence inespérée du jeune homme. Etourdiment, elle déclara :

— Moi qui avais expédié mon mari à l'autre bout de la ville pour être tranquille avec Claire. Mais j'ai le plaisir de vous voir ! Oh, Bertrand, je vous en prie, j'aimerais tant faire un tour en voiture ; j'étouffe dans l'appartement...

Il se dit qu'elle ne perdrait jamais ses manières directes, ni son franc-parler qui en choquait plus d'un.

— Et votre réputation, qu'en faites-vous ? s'enquit-il, mi-inquiet, mi-amusé.

— Je m'en moque ! Il suffit qu'un homme entre m'acheter un livre pour que les commères de la rue s'en donnent à cœur joie.

Elle esquissa une moue enfantine. Bertrand se sentit perdu. Une respectable matrone s'attarda devant la vitrine. Il dut s'écarter un peu.

— Pourvu qu'elle n'entre pas ! s'inquiéta Bertille. Je monte chercher mon chapeau et une écharpe, et nous partons en promenade.

Il devina qu'elle forçait sur ses jambes fragiles à la façon dont elle s'accrochait à la rampe. Pourtant, il n'osa pas la suivre, de crainte de la vexer. Très vite, la jeune femme réapparut, haletante.

— Sur les remparts, il y aura de l'air frais et j'aime beaucoup la vue ! dit-elle en riant.

Bertrand Giraud, avocat bien connu en ville, fut un peu gêné d'installer une jolie personne notoirement mariée dans sa voiture.

— Ne vous rendez pas malade ! murmura Bertille alors qu'il démarrait un peu vite. Il n'y a pas de mal à ça. Vous deviez arriver en compagnie de Claire, sans vous poser de questions sur ce que diraient les mauvaises langues. En quoi est-ce différent, s'il s'agit de moi ?

Il la fixa, soudain grave :

— Vous le savez très bien ! C'est une affaire de conscience. Je ne suis pas amoureux de votre cousine.

Elle devint rose de satisfaction. Ils se turent, car le bruit du moteur empêchait toute conversation. Ils doublaient des fiacres et croisaient des calèches. Bertrand dut prendre le carrefour de l'Eperon pour rejoindre le rempart du Nord. Le tramway remontait le boulevard Gambetta dans un épouvantable vacarme de ferraille malmenée. Ils longèrent bientôt l'esplanade Beaulieu avant de passer devant la cathédrale Saint-Pierre.

L'avocat se gara rue de l'Evêché. Le moteur fit un hoquet et s'arrêta.

— J'ai une idée, déclara-t-il. Ce qui vous manque, ma chère amie, c'est un jardin. Pouvez-vous marcher un peu ?

— Je n'ai pas pris ma canne ! fit-elle. Vous me donnerez le bras ?

— Bien sûr…

Ils avancèrent en plein soleil, comme un couple légitime. Bertille luttait contre une douce lassitude, à être si proche de Bertrand. En chemin, il s'expliqua :

— Ma grand-tante Adélaïde s'est éteinte en avril. J'ai hérité de sa maison. Ce sera la dot de ma fille aînée, Eulalie. Le jardin est une merveille, vous allez voir.

La bouche sèche tant elle était émue, Bertille découvrit une sorte de petit paradis. Hortensias, acanthes élégantes, rosiers centenaires fleurissaient le long d'un haut mur couvert d'un treillage en bois. Au milieu d'une pelouse d'herbe drue, un bassin en pierre abritait une eau limpide, une fontaine sculptée d'angelots. Quelques vestiges de colonnes de style romain se dressaient sous des bosquets de buis et de lilas.

— Quel endroit exquis ! s'extasia-t-elle. Merci, Bertrand, il fait si bon ici. J'aimerais avoir un jardin aussi beau que celui-ci, mais en ville.

Il la conduisit jusqu'à un banc en fer forgé. Dans ce décor, Bertille lui paraissait encore plus belle. Sa peau nacrée resplendissait, ses cheveux de soie blonds s'accordaient aux reflets d'or qui sertissaient les feuillages d'un vert sombre. Leur isolement les rendait sages.

— J'ignorais que madame des Riant était morte ! dit-elle, tout bas.

— Je la croyais en meilleure santé ! concéda-t-il. C'était une dame excentrique. Je l'ai peu connue, en fait. Cependant je l'admirais.

— C'est elle, n'est-ce pas, qui avait adopté une fillette malade ?

— Oui, et je m'étonne encore de la soudaine générosité de mon frère. Lui si égoïste, il avait accepté d'accueillir cette enfant à Ponriant. Je n'ai jamais bien compris pourquoi...

— Claire en sait peut-être plus que nous, marmonna la jeune femme Elle s'est occupée de Denise durant des mois.

Bertrand hocha la tête.

— Oui, c'est vrai, elle s'appelait Denise, comme notre sœur qui a vécu quelques semaines seulement.

Le sujet l'attristait. Il saisit la main de Bertille et l'étreignit.

— Parlons plutôt de choses gaies ! Claire est transfigurée depuis le retour de Jean. Je ne l'avais jamais vue aussi vive, aussi joyeuse. Voilà une noce que l'on n'espérait plus. Savez-vous que nous sommes invités, Marie-Virginie et moi, ainsi que les enfants. Cela m'a touché, vraiment...

Ils échangèrent un regard langoureux. Bertille n'y tint plus.

— Je suis au courant, Claire m'a prévenue. Cela sera pénible pour moi de vous voir entouré de votre famille. Oh ! Bertrand, je vous aime tant, et Guillaume ne me rend pas heureuse. Il veut un enfant et me harcèle. Je ne supporte plus qu'il me touche, si bien que nous sommes toujours fâchés. Si vous étiez libre, Bertrand, je divorcerais !

— A quoi bon ? Je ne suis pas libre et je ne tiens pas à briser votre ménage, ni à faire souffrir qui que ce soit... Surtout pas mon épouse. Je l'estime beaucoup. Je l'avoue, je n'ai jamais éprouvé à son égard les sentiments que je vous porte. Cela dit, quand j'étudiais le droit à Bordeaux, je n'avais qu'une idée, ne pas remettre les pieds à Ponriant. Frédéric gérait le domaine avec notre père, c'était à mon goût un univers de violence, de virilité… les chevaux à dresser, la chasse, autant d'activités qui me répugnaient. La première jeune fille que l'on m'a présentée, pendant un dîner, m'a paru convenir comme fiancée. Douce, discrète, sage.

Bertille fit la grimace. Bertrand venait de décrire son contraire.

— Mais vous pensiez à moi parfois ? Vous l'avez dit, un jour !

— Oui, c'est vrai ! Je vous ai toujours trouvée d'une rare beauté, et j'avais beaucoup de compassion pour vous. Attendez, ne boudez pas, vous m'attiriez aussi ; je n'ai jamais oublié votre petite main, que j'ai embrassée lors des obsèques de mon père.

Il souleva jusqu'à sa bouche la main diaphane de Bertille, baisa chacun des doigts, fins comme ceux d'un enfant.

— Ne faites pas ça, par pitié ! supplia-t-elle.

— J'ai au moins ce droit, ma chérie.

La jeune femme devint livide. Son cœur battait si fort qu'elle avait envie de pleurer. Elle se jeta soudain contre Bertrand, l'enlaça et l'embrassa sur la bouche. Incapable de résister à la fougue de celle qu'il idolâtrait, l'avocat renonça à lutter.

— Rien qu'une fois, je vous en prie, aimez-moi, aimez-moi…

— Oui, oui, mon ange !

Il se leva et l'aida à se coucher sur l'herbe lisse et fraîche. Sur ce lit de verdure, Bertille paraissait faite de cristal, de lait, de soleil. Ebloui, Bertrand ferma les yeux et enfouit son visage au creux de l'épaule menue, le nez chatouillé par une mèche soyeuse. Elle perçut un chuchotis :

— Je suis sûr que vous êtes une fée, que je vais vous briser, pataud et maladroit comme la plupart des amants.

Bertille souriait, l'étreignant très fort. Elle mordilla sa joue :

— Il faut essayer quand même, sinon je mourrai de désir.

Il eut une sorte de grognement égaré en dégrafant le haut de sa robe. Des seins ravissants, d'un blanc de nacre, lui apparurent. Il les caressa, éperdu d'émerveillement. Tremblant, il releva la jupe de taffetas beige, découvrant deux jambes graciles mais parfaites, moulées dans des bas que maintenaient des jarretières en dentelle, ornées de rubans. Une culotte en fine baptiste laissait deviner une toison blonde. Au comble du bonheur, Bertrand pensa en toute sincérité qu'il pouvait mourir, à cet instant. Ni son épouse ni la maîtresse qu'il fréquentait certains soirs ne portaient de la lingerie aussi charmante.

— Mon petit tanagra ! gémit-il.

Cela hérissa Bertille, car Guillaume la surnommait ainsi pendant leur voyage de noces. Elle chassa ce détail agaçant d'un geste de la tête. Bertrand avait posé son front contre son ventre. Il pleurait, frustré par un plaisir venu trop vite.

— Qu'avez-vous ? demanda-t-elle. Vous ne voulez plus de moi ?

— Oh que si ! s'écria-t-il en se redressant. Ce n'est pas ça… Mais c'était un moment si fort, si…

Elle l'attira sur sa poitrine, envahie d'une tendresse nouvelle.

— Mon cher amour, chuchota-t-elle. Ne soyez pas confus. Si vous saviez combien je suis heureuse. Nous avons le temps, personne ne nous trouvera ici. Visitons la maison, je parie qu'il y a des lits !

Ils se relevèrent, toujours enlacés. Bertrand chercha un jeu de clefs dans sa poche. L'austère demeure d'Adélaïde des Riant accueillit le couple au seuil de l'adultère. Bertille ne jeta pas un regard sur les deux salons, le billard, la bibliothèque. Seul l'intéressait le monumental escalier menant à l'étage.

— Venez ! dit-il, rasséréné. Je vous emmène dans une des chambres d'amis, celle qui donne sur le parc.

Devant le grand lit à baldaquin, la jeune femme se fit grave. Les persiennes diffusaient une pénombre complice. Sans un mot, elle ôta sa robe et défit son chignon. Une cascade de boucles légères croula sur ses épaules. Juste vêtue d'une chemise descendant à mi-cuisse, au ras des jarretières, elle tendit la main à Bertrand.

— Ciel, que vous êtes belle !

Elle s'allongea en travers de la courtepointe en satin rouge et appuya ses poings fermés sur ses paupières. Il comprit et se déshabilla. Une heure plus tard, ils reposaient côte à côte, épuisés, bouleversés. Malgré sa nature ardente et sensuelle, Bertille n'avait pas imaginé de tels sommets de jouissance, une fusion aussi parfaite entre deux corps et deux âmes.

— Je ne pourrai plus vivre sans toi ! susurra-t-elle d'une petite voix désespérée. Je voudrais rester ici !

Encore plus amoureux, frappé d'une stupeur délicieuse, Bertrand comprenait qu'il s'engageait dans une voie périlleuse, mais pour rien au monde il n'aurait reculé. Il se tourna vers Bertille, la contemplant avec passion.

— Et moi, comment te laisser partir en sachant que tu vas retrouver ton mari, qu'il a tous les droits sur toi… Le pas est franchi, cela ne servirait à rien de souffrir encore. Quel jour de la semaine peux-tu te libérer ? Je te donnerai la clef du jardin et je te rejoindrai.

Elle se lova dans ses bras, toute chaude de leurs étreintes.

— Je viendrai ! Et n'aie pas peur, Guillaume ne me touchera plus. Je te le promets. Tu seras le seul… Je saurai quoi lui dire !

Comme pour sceller son serment, la jeune femme embrassa son amant sur les lèvres. Il la renversa dans le fouillis de draps et la pénétra encore une fois.

Bertille passa le seuil de son appartement à sept heures du soir. L'avocat, très inquiet, l'avait déposée place du Champ-de-Foire. Elle devait marcher seule une soixantaine de mètres, et sans doute affronterait-elle les reproches et les questions de Dancourt. Il ne se trompait guère.

Guillaume était assis dans un fauteuil, en chapeau et costume. Il pianotait du bout des doigts sur les accoudoirs.

— Princesse, les voisins m'ont dit que tu avais fermé le magasin dès mon départ, que tu étais montée dans la voiture d'un homme…

La voix de son mari, dure et hargneuse, fit tressaillir Bertille. Très calme, elle répliqua :

— Arrête de m'appeler princesse ! Surtout quand tu parles sur ce ton accusateur.

La jeune femme s'assit sur une chaise. Sa hanche était parcourue d'élancements difficilement supportables. Pourtant elle préférait cette douleur à la seconde : avoir quitté Bertrand et ne pas le revoir pendant deux jours.

— Claire est venue ? interrogea Guillaume.

— Non ! s'énerva-t-elle. L'homme en automobile, c'était Bertrand Giraud. Il devait conduire ma cousine, mais elle avait du travail au moulin. Son voisin et ami, je te le rappelle, est donc passé me prévenir. Il m'a proposé de me déposer chez la couturière. J'ai regardé les modèles de robes de mariée. J'ai rencontré devant l'église Saint-Martial deux de mes meilleures clientes. Elles m'ont invitée à prendre le thé, et nous avons eu une idée. J'allais t'en informer, si tu n'avais pas aboyé comme un roquet. Ces charmantes dames ont envie de créer un salon littéraire ; c'est à la mode. Elles m'ont proposé de participer à ces journées, le mardi et le jeudi après-midi. J'en suis ravie… Je conseillerai des lectures, romans et poésies. Cela augmentera sûrement les ventes.

Bertille mentait avec un tel aplomb, la mine sérieuse, que son récit paraissait plausible. Dancourt hésitait à la croire. Il ronchonna :

— Cela ne me plaît pas, ce projet de salon littéraire. Tu vas courir à ta guise. Et nous pourrions fermer le magasin définitivement, nous n'avons plus besoin de ces revenus-là.

— Je mourrais d'ennui, dans ce cas. Ecoute-moi, Guillaume. Je suis ta femme, je ne te quitterai jamais. Cela dit, tu ne peux pas m'enfermer dans cet appartement. Tu connais ma passion pour la littérature ! Je t'en prie, laisse-moi agir à ma guise.

Il l'observait, lui trouvant un air triste et les lèvres plus colorées que d'ordinaire.

— Tu n'as pas de fièvre, au moins, ma petite chatte !

— J'avais oublié ma canne, je suis fatiguée.

Elle se leva et marcha jusqu'à leur chambre. Guillaume se précipita et l'aida à se coucher. Il lui embrassa le front.

— Je t'aime tant, ma princesse... Excuse-moi, je me suis comporté en rustre encore une fois. Veux-tu du thé ou du bouillon ?

Bertille ferma les yeux un court instant. La gentillesse de son époux lui donnait des remords. Elle endurait mieux ses colères ou ses reproches, qui lui permettaient de le mépriser.

— Je vais dormir un peu ! protesta-t-elle. Dîne, toi, tu es toujours affamé.

Dancourt caressa le ventre et les cuisses de la jeune femme, froissant le taffetas.

— J'ai faim d'autre chose, ma petite chatte, je n'en peux plus. Une semaine déjà...

Elle le fixa avec une expression farouche.

— Il faudra t'y faire, Guillaume. Je n'ai pas tout dit. Je sors de chez un docteur que l'on m'a recommandé. Il m'a interdit le devoir conjugal. J'ai fait quatre fausses couches en deux ans et cela me met en danger. En toute sincérité, puisque tu es incapable de te passer de ça, je te conseille de prendre une maîtresse. La marchande de fleurs, rue Saint-Roch, elle tomberait dans tes bras, si tu le voulais. Nous sommes riches, tu l'installeras dans un logement correct.

Bertille évoquait une jeune veuve bien en chair, aux boucles brunes, qui semblait trouver Guillaume fort séduisant.

— Tu n'as aucune moralité, princesse ! s'offusqua-t-il. Que fais-tu des sentiments ? C'est toi que j'aime, pas cette fille.

— Oh, ne sois pas hypocrite ! Depuis notre mariage, tu m'as sauté dessus tous les soirs, et même la journée, pour dormir ensuite, rassasié. Si tu m'aimes autant, justement, tu dois penser à ma santé.

Dancourt haussa les épaules, mais il alla se regarder dans le miroir du cabinet de toilette. La marchande de fleurs... Il en eut les mains moites, une chaleur au bas du ventre.

Bertille n'était plus la partenaire curieuse et docile des premiers mois de leur union. Elle subissait son insatiable appétit sexuel.

— Si même les médecins estiment que je dois tromper ma femme, pourquoi pas ! maugréa-t-il, avec la vague impression d'avoir été berné.

6

Avant la noce

Moulin du Loup, juillet 1905

Le jour qui vit la première étreinte de Bertille et de Bertrand, une animation fébrile régnait au sein de la famille Roy. Jean et Léon, le dimanche, n'avaient pas pu descendre explorer le souterrain. Un triste événement les en avait empêchés. La vieille jument, Roquette, avait succombé à une colique.

Devant le corps inerte de la malheureuse bête, Claire avait sangloté pendant une heure.

— C'est ma faute, je ne pensais qu'à ces deux chambres, à leur aménagement. J'ai fait le ménage là-haut avec Raymonde, je ne suis pas allée à l'écurie. Ma Roquette est morte sans moi.

La jeune femme avait vu dans cette perte un mauvais présage. Jean s'était évertué à la consoler ; elle n'en démordait pas.

— Chaque fois que je suis heureuse et comblée, je reçois un coup du sort ! C'est comme si une petite voix, en moi, me prévenait : « Ne te réjouis jamais, Claire ! »

— Enfin, ma chérie, tu déraisonnes. J'en ai vu mourir, des chevaux, au barrage dans la Creuse et à Auch. Léon nous l'avait dit, il y a une semaine, que Roquette mangeait peu et ne buvait plus. Elle était âgée, aussi.

Colin, les ouvriers et Basile avaient tenu les mêmes discours. En larmes, Claire avait coupé des crins de Roquette et les avait rangés dans une boîte en porcelaine. Ce geste, elle l'avait exécuté seule dans le pré, en chuchotant à la jument des mots très tendres.

— Je t'aimais, ma Roquette... Je ne t'oublierai jamais. Tu te souviens, quand je t'attelais, que nous partions toutes les deux au village ! Et, le jour de la naissance de Matthieu, tu as galopé bravement pour m'aider à trouver le docteur Mercier... A tous les moments importants de ma vie, tu étais là.

Sirius poussait des hennissements inquiets. De toutes ses forces, il appelait sa compagne de pâture et d'écurie, l'exhortant à se relever. Son âme simple, selon Claire, exprimait du chagrin. Lorsque Colin parla d'envoyer Léon chez l'équarrisseur de La Couronne, la jeune femme eut une vraie crise de nerfs.

— Non, ça jamais ! Il faut l'enterrer chez nous, sur nos terres ! Il est hors de question que je laisse Roquette être découpée et dépecée.

Elle les dévisageait, blême, ses yeux noirs brillant d'une révolte enfantine. Léon et Jean avaient compris sa détresse. Au lieu de jouer les aventuriers, lanterne au poing, dans les profondeurs du sol, ils s'étaient mis au travail, secondés par trois ouvriers du moulin.

— Je planterai un rosier sur sa tombe ! avait balbutié Claire. Elle sera toujours près de moi, et si vous me trouvez folle ou stupide, je m'en fiche !

Les hommes suaient et juraient, pioches et pelles en action. Raymonde leur portait des cruches d'eau coupée de vin rouge. A la tombée de la nuit, les trois enfants, attristés, avaient cueilli des brassées de fleurs des champs, dont ils avaient recouvert le grand corps sombre qui gisait au fond de la fosse creusée en lisière du pré.

Ces efforts menés pour la réconforter, la cérémonie puérile de l'ensevelissement et la chanson fredonnée par Faustine, qui l'inventait au fur et à mesure, avaient apaisé Claire.

Le lendemain, lorsque Bertrand était passé la chercher pour la conduire en ville, elle avait refusé de quitter le moulin. Afin d'épancher sa peine, la jeune femme voulait se consacrer aux deux chambres miraculeuses – ainsi les nommait-elle – tandis que Léon et Jean se préparaient à parcourir le souterrain.

Colin multipliait les recommandations.

— Faites attention, les jeunots, il a pu y avoir des éboulements depuis tout ce temps ! Enfin, peut-être pas, c'est taillé dans le roc ! Mais vous allez patauger, l'eau s'infiltre. Si vous n'êtes pas revenus ce soir, je descends avec deux de mes gars…

Cramponnée au cou de Jean, Claire en oubliait un peu Roquette.

— Ne va pas te blesser bêtement. Qu'est-ce qu'on deviendrait, Faustine et moi ?

— Câlinette, ne sois pas sotte, j'en ai connu d'autres ! Je suis revenu vivant du fond de l'océan…

Mais elle se pressait contre lui, ardente. Lorsque Jean lui murmurait son « Câlinette » à l'oreille, elle en avait les jambes coupées. Là encore, la jeune femme colla ses lèvres sur la poitrine de son amant. Matthieu les épiait du pas de la porte. Il vouait à l'homme qui lui volait sa sœur un sentiment proche de la haine. Tout haut, il leur lança :

— Si j'allais chercher monsieur Victor, c'est son métier, de fouiller la terre, pas celui de Jean…

— Tais-toi, Matthieu ! le gronda Claire. Ce souterrain nous appartient, personne n'a besoin d'être au courant.

Colin tira fort l'oreille de son fils.

— Oui, pas un mot quand tu retourneras à l'école. Le temps me presse, tiens, vaurien, que tu sois en classe.

Faustine prit la main du garçon. Choyée par tous, rassurée par la présence de son père et l'affection passionnée de Claire, la fillette s'éveillait chaque jour un peu plus. A quatre ans et demi, elle comprenait des choses que Nicolas ne concevait même pas.

— Viens, Matthieu, ordonna-t-elle. Tu avais promis de m'emmener pêcher des têtards.

Les deux enfants s'éclipsèrent. Dans le couloir, Nicolas leur barra le passage.

— Vous allez où ?

— Au ruisseau, on veut pas de toi ! menaça Matthieu. Retourne chez ta mère.

— Maman, elle est pas là…

La petite fille attrapa Nicolas par le bras. Elle se méfiait de lui, mais elle ne voulait pas le voir triste.

— Bon, prends un bocal à la cuisine. On t'attend dehors.

Pour ces mots-là, Faustine remercia Matthieu d'un large sourire. En fait, elle le menait par le bout du nez.

Etiennette courait entre les cordes où étaient disposées les feuilles de papier que le vent chaud séchait. Les étendoirs lui semblaient assez vastes pour abriter des étreintes furtives. Le mur du fond, surtout, que dissimulait le pâle alignement des feuilles qui s'égouttaient. Gontran l'attendait, une cigarette au bec. En jupon de calicot et chemise fine, la mère de Nicolas eut un rire bas, satisfait, en apercevant l'homme.

Ils s'étaient mis d'accord d'un coup d'œil, après le repas de midi. Etiennette, mince, sèche, ne transpirait jamais, même si son corps lui faisait l'effet d'un brasero. Elle s'inventait une belle histoire d'amour. Gontran lui ouvrit la bouche et y enfonça sa langue rudement. Il retroussa sa jupe et écarta la fente de la culotte.

— J'ai point le temps de m'amuser, le patron veille au grain ! grogna-t-il en déboutonnant sa braguette.

— Non, Colin s'occupe de cette sottise de souterrain ! Il n'ira pas aux piles avant un moment. Tu te rends compte, mon Gontran, qu'il ne m'a pas installée dans ces jolies pièces, à l'étage de la maison…

C'était le dernier des soucis de Gontran Moreau, embauché l'année précédente. La patronne, bien jeune et enjôleuse, lui plaisait. Quant au reste, il s'en fichait. L'ouvrier avait une carrure impressionnante, un quintal de muscles, une tête de plus que les autres. Il souleva Etiennette, la cala contre le mur et s'agita en elle quelques minutes, au rythme de ses ahans. Elle crut d'abord en mourir, puis s'habitua. Elle n'éprouva guère de plaisir, si ce n'est celui de la vengeance. Forcée à quatorze ans par Miton, ivrogne notoire, la fille de la laitière du bourg se contentait de peu. Le désir d'un homme lui suffisait quand il s'agissait d'elle.

— T'auras qu'à monter là après les repas, lança Gontran qui se rajustait. Une petite femme jolie comme toi, faut pas lui en promettre, faut tenir, sinon on porte vite des cornes. Dis, quand le patron me gueulera dessus, ça me fera bien rigoler. Pardi, je bois dans son verre !

Elle voulut l'embrasser ; il la repoussa.

— Pas le temps, je file aux cuves. A demain midi.

Etiennette se retint de pleurer. Pourtant, elle savait qu'elle reviendrait, pour cet instant si bref où Gontran l'enlaçait, le regard trouble.

Jean passa le premier. Agile, il se tenait d'une main aux barreaux ; de l'autre, il levait la lanterne. Léon attendit de le savoir un mètre plus bas pour s'engager à son tour dans le puits. Claire et Colin, penchés sur le trou d'ombre, regrettaient presque de ne pas faire partie de l'expédition.

— Tu es sûr que ce n'est pas dangereux, papa ? s'inquiéta-t-elle. J'aurais dû les suivre, une bonne épouse accompagne son homme partout.

— Clairette, vous n'êtes pas encore mariés ! Reste avec ton vieux père.

Elle lui confia, à l'oreille :

— J'aimais beaucoup ramper dans les grottes quand Victor me le proposait. Je suis une aventurière, au fond.

Colin lui adressa un bon sourire. Il ne se lassait pas de voir sa fille heureuse.

— Si on descendait casser la croûte ! proposa-t-il. De toute façon, nos gars reviendront par le chemin si le passage n'est pas obstrué.

Par précaution, il tourna le verrou installé par Léon. Une voix retentit dans le conduit.

— Ohé ! Patron, nous oubliez pas...

Claire s'aperçut en entrant dans la cuisine que les enfants avaient disparu. Raymonde lui affirma qu'elle ne les avait pas vus non plus.

— Je vais les chercher, ils doivent être affamés ! Nous avons tous la tête à l'envers, en ce moment.

Jean constata avec surprise que le puits avait été maçonné par des mains expertes. Les pierres irrégulières constituaient un mur circulaire qui résistait vaillamment aux siècles. Il toucha le fond et sentit la roche sous ses pieds. Léon dégringola près de lui.

— On a descendu de cinq mètres environ, mon Jeannot !

— Oui, maintenant on est sur du plat… Ah, regarde, les marches en pierre.

Ils avancèrent, promenant leur lanterne à droite et à gauche. La paroi rocheuse gardait les marques des outils qui l'avaient creusée.

— J'me demande bien qui c'étaient, les gens qu'ont eu besoin d'un souterrain aussi profond. Hein, Jean, des aristos, il a dit le patron ?

— J'en sais rien, Léon, écoute donc…

Jean s'arrêta, aux aguets. De l'eau suintait, s'infiltrant dans les méandres du calcaire. Des gouttes tombaient avec la régularité d'un tic-tac d'horloge. Le bruit, infime, résonnait dans le silence. En bas des marches grossièrement taillées, ils découvrirent des flaques boueuses.

— On peut dire que c'est humide ici ! observa Jean.

Léon commençait à se sentir oppressé. Il fit la grimace. Il pataugeait et il avait de la vase jusqu'aux chevilles.

— Il doit y avoir de sales bestioles là-dedans. Dépêchons-nous, j'ai hâte de revoir le soleil.

Jean, lui, éprouvait une fascination étrange pour ces lieux coupés du monde ; les odeurs de glaise et la fraîcheur ambiante le séduisaient. Il ne put s'empêcher de penser à Victor Nadaud, qui passait la majeure partie de sa vie à explorer grottes, cavernes et gouffres. Un des ouvriers du moulin lui avait raconté sans penser à mal que la jeune femme avait accompagné le préhistorien dans certaines de ses excursions sous terre, et, en imaginant Claire seule avec cet homme, dans une pénombre propice à l'intimité, il fut à nouveau jaloux.

A présent, ils pouvaient marcher debout, mais Léon courait presque. Jean l'obligea à ralentir.

— Dis, Léon, on est amis, n'est-ce pas ? A la vie à la mort ? On va sûrement suivre un long bout de chemin ensemble, au moulin. Tu as épousé Raymonde, je suis fiancé à Claire. Sois franc. Pendant ces deux ans que j'ai passés au loin, tu n'as rien vu de louche, je veux dire, au sujet de Claire et de ce type, Nadaud... N'aie pas peur de moi, je préfère la vérité.

A la clarté des flammèches, les deux hommes se regardèrent. Léon posa sur son ami des yeux ahuris.

— Attends, Jeannot, qu'est-ce que tu me chantes là ? Mademoiselle Claire, y a pas plus honnête. Victor, il soupait au moulin, il jouait avec les petits, et puis c'est arrivé qu'ils sont partis tous les deux dans la vallée. Sûr, je les ai pas suivis, mais je crois dur comme fer qu'ils n'ont jamais fauté, ça non. Lui, c'est un monsieur, il l'aurait pas touchée sans passer devant le curé. Qu'est-ce que je devrais dire, moi ! Raymonde, c'était la plus belle fille du village, elle en avait des prétendants... Mais elle m'a choisi, moi, un rouquin, fichtrement moche. L'amour, Jean, ça s'explique pas. Et j'vas te dire une chose, m'selle Claire, elle se tuerait pour toi ! Gâche pas tes chances de bonheur, mon pote !

Malgré la note de doute que contenait ce discours véhément, Jean fut rassuré. Il donna une bourrade affectueuse à Léon.

— Oh, je t'embête à me faire des idées. T'en fais pas, Claire et moi, on ne se quittera plus. Allez, en route, qu'on sorte de ce piège à rats !

Dix mètres plus loin, le souterrain amorça un virage, le sol se fit caillouteux et pentu.

— Je crois qu'on arrive dans une grotte, Léon ! Tu sens, l'air est différent. Bon sang, t'as vu ça...

Jean baissa sa lanterne. Sur sa droite, une cavité s'ouvrait. Deux crânes humains reposaient sur le sol, à demi enfouis dans une gangue d'argile. Léon se signa, effrayé.

— Moi, je reste pas là une seconde de plus, Jeannot ! Y a des macchabées, ils ont dû mourir là, de faim...

Jean s'accroupit et avança prudemment. Il constata tout de suite que les ossements ressemblaient à de la pierre.

— Je raconterai ça à Claire ! Il faudra qu'elle vienne, Léon. Je parie que ce sont des hommes des cavernes, comme dit monsieur Nadaud !

Ils continuèrent à remonter. Des chauves-souris voletaient et il faisait moins frais. Bientôt, une clarté familière, celle du grand jour, envahit une faille à deux pans, où ils ne pouvaient se tenir de front. Toujours en tête, Jean fut le premier à revoir la vallée verdoyante, l'azur d'un bleu pur.

— Oh ! Léon, viens par là !

Son ami le rejoignit et siffla de surprise. Du replat rocheux où ils étaient perchés, ils voyaient tous les bâtiments du moulin. La grotte étroite, pareille à une fissure dans la falaise, était située en aval du bief, à peu de distance de chez les Roy.

— Si j'avais connu ce passage, du temps où je me cachais, j'aurais pu rendre visite à Claire bien souvent. Bah, c'est trop tard ! Maintenant, nous avons le droit de nous aimer...

Jean souriait, ébloui par le paysage chatoyant de lumière et les chants d'oiseaux. Il entendit des rires, une douce voix de femme. Escortée de son chien-loup, Claire rentrait au moulin, portant Faustine sur son dos. Matthieu et Nicolas gambadaient, des bocaux pleins d'eau à la main. Il envoya un baiser à sa promise. Elle ne le voyait pas, mais elle chanta plus haut, comme si le vent lui avait porté ce précieux cadeau né des grandes falaises grises qui semblaient protéger le moulin et ses habitants.

Le jour suivant, à la table des Roy, la conversation porta souvent sur le fameux souterrain. Jean et Léon avaient raconté en détail leur expédition à Basile, très intéressé.

— Bon sang ! s'était-il exclamé, je dors au-dessus d'une curiosité historique depuis deux ans, sans m'en douter.

Les jeunes gens avaient montré à Colin, depuis la terrasse

du moulin, l'emplacement de la grotte qui communiquait avec le puits. En apprenant la présence de vestiges humains, durs comme de la pierre, Claire dut faire un gros effort pour ne pas courir chez Victor Nadaud. Matthieu, lui, boudait. Il tenait à prévenir en personne le préhistorien de la découverte. Jean finit par céder.

— Eh bien, d'accord, mettez-le au courant, ce grand homme, puisque c'est dans l'intérêt de la science !

La veille, sur le lit de l'atelier, Claire avait tenté de rassurer son futur mari.

— Quand comprendras-tu que je t'aime, que je t'adore ! Victor n'est qu'un ami. Sans le voir régulièrement, il n'y a aucune raison de l'écarter à jamais du moulin…

— Il voulait t'épouser ! Et puis il est savant, lui, il a étudié. Moi, je ne serai jamais qu'un ouvrier, un manœuvre.

— Mais non, Jean, ne sois pas si jaloux ! Basile t'a appris beaucoup de choses, et tu peux encore t'instruire.

Les promesses, les aveux étaient ponctués de baisers et de caresses. Jean s'était endormi apaisé. Ce sentiment de sécurité ne le quitta pas au réveil, si bien qu'il venait de permettre à Claire et à Matthieu de rendre visite à Victor. La jeune femme rédigea un court message, au cas où ce dernier serait absent.

Ils emmenèrent Sauvageon, mais Raymonde garda Faustine qui n'avait pas terminé son bol de lait. Claire aimait se promener, surtout en compagnie de son frère. Le garçon restait silencieux, fouettant les herbes du talus d'une baguette en noisetier.

— Matthieu, cours jusque chez Victor, tu peux tout lui raconter sans moi, si cela te fait plaisir ! lui dit-elle.

— Tu parles, je les ai même pas vus, les crânes… Jean, il ne veut pas m'emmener dans le souterrain. Il dit que je suis trop petit.

Claire avait remarqué l'animosité de son frère à l'égard de Jean. Elle ne prenait pas cela au sérieux. Elle était loin de soupçonner que cette antipathie réciproque n'était pas près de disparaître.

— Tu as bien mauvais caractère, gronda-t-elle. Voyons,

sois gentil, moi qui suis toute triste d'avoir perdu ma Roquette.

— Mais tu vas te marier. Tu es gaie quand même ! répliqua assez justement Matthieu.

— Bien sûr que je suis heureuse, mais je pense beaucoup à ma jument. Je ne le montre pas, mais j'ai de la peine.

Le hasard s'en mêla. Victor apparut au détour du chemin. Il portait un chapeau en toile et une veste légère. Ses lunettes sur le nez, un porte-documents en cuir sous le bras, il se dirigeait vers le moulin. En se trouvant confronté à Claire, il eut un soupir agacé.

— Bonjour, cher ami ! s'écria-t-elle. Matthieu a quelque chose à vous annoncer.

Le préhistorien ne se força pas à l'amabilité. Il dévisagea l'enfant.

— Bonjour ! Que se passe-t-il encore ? demanda-t-il sèchement.

Déjà contrarié, Matthieu poussa un cri de chagrin et se sauva en courant. Le chien-loup se lança sur ses traces.

— Victor, vous n'auriez pas dû lui parler sur ce ton ! Il a tant d'admiration pour vous. Ce n'est pas facile pour Matthieu, en ce moment…

— Ah ! fit l'homme d'un ton ironique. Vous faites allusion à votre prochain mariage avec un ancien forçat, que vous accueillez à bras ouverts, malgré les humiliations subies, le mal qu'il vous a fait… J'ai vu hier les bans publiés. Je savais que Dumont était au pays, mais cette union précipitée, vrai, vous me décevez !

Excédée, Claire haussa la voix :

— J'épouse l'homme que j'aime depuis huit ans ! Ce n'est pas une décision à la légère, il me semble. Et puis je ne suis pas la seule femme sur terre, enfin. Jean est jaloux de vous, vous êtes jaloux de lui, c'est consternant.

Elle tourna les talons. Il la rattrapa.

— Je vous dis au revoir, Claire, je m'installe quelques semaines chez le docteur Henri-Martin, pour ne pas entendre de chez moi les flonflons de votre noce. Je comptais passer vous saluer, vous m'avez évité un détour.

Claire virevolta, de plus en plus furieuse :

— Bon vent ! Au fait, Matthieu venait vous annoncer que nous avons trouvé des ossements au fond d'une faille rocheuse. Je les ai examinés, ils sont fossilisés. Mais ce n'est pas intéressant, sans doute.

Certaine de sa réaction, la jeune femme pressa le pas. Le préhistorien, muet de stupeur, resta planté au soleil, partagé entre sa passion d'archéologue et son amour. L'idée d'une fabuleuse trouvaille, dont la gloire rejaillirait sur son nom, triompha. Il cria, enthousiaste :

— Claire, attendez-moi ! De quelle grotte s'agit-il ? Sa position exacte… Comment sont disposés les os ?

Elle ne répondait pas, mais il la suivait. Ce fut ainsi que Jean Dumont, à l'heure du déjeuner, se retrouva en grande discussion avec son prétendu rival. Basile jubilait, assis entre les deux hommes. Matthieu, qui était rentré en pleurant, ne put s'empêcher d'écouter aussi. Victor s'en avisa.

— Matthieu, je te présente mes excuses, j'ai eu tort d'être désagréable avec toi. Pour me faire pardonner, je te propose de descendre dans le souterrain après le repas. Tu m'éclaireras, si maître Roy te donne la permission, et Jean aussi, qui me servira de guide…

Colin accepta de bon cœur. Jean soupira, mais consentit également.

— C'est une chance que Nicolas séjourne chez ses grands-parents, au village, déclara Claire, sinon il y aurait eu de la dispute dans l'air. Mes deux petits frères se querellent à la moindre occasion. Pas question que l'un fasse quelque chose et pas l'autre…

Victor et Jean se sourirent. La jeune femme savourait cet instant tant espéré, lorsque le facteur frappa au carreau. Il apportait une lettre d'Angoulême.

— Pour mademoiselle Roy ! clama-t-il, lorgnant la bouteille de vin blanc.

Claire lut son courrier, à l'écart des autres.

« Ma chère petite cousine, je pense que tu es très occupée par l'aménagement des chambres secrètes, que j'ai hâte de voir, mais je crois qu'une future mariée a besoin d'une robe. J'ai choisi deux modèles, le tissu, la couturière, je ne peux pas faire mieux. Viens demain en ville, sinon tu iras à l'autel en chemise et jupons… Ton affectionnée, Bertille. »

Un post-scriptum indiquait : « Pourrais-tu dire à Guillaume, lors de ta visite, que tu as besoin de moi au moulin deux jours pour préparer tes noces. Merci. »

Pensive, Claire replia la missive. Bertille souffrait de la nature possessive de son mari. Jean ne prenait-il pas le même chemin ?… Non, elle saurait le raisonner, lui prouver la force de leur amour.

Moulin du Loup, 17 juillet 1905

Claire s'étira de tout son long, à demi nue. Dès son réveil, elle avait pensé qu'il n'y avait plus qu'une semaine avant son mariage. Faustine dormait encore. La jeune femme lissa ses cheveux en écoutant le chant d'un merle.

— Comme Jean me manque ! Il couche à une vingtaine de mètres de moi. Je n'en peux plus d'attendre. Mais, bientôt, nous aurons notre chambre, rien qu'à nous.

C'était la mauvaise époque du mois, dans sa vie de femme, et cela l'arrangeait. Elle avait calculé que son indisposition serait terminée dans trois jours. Cela l'empêchait de rejoindre son fiancé, mais ils avaient décidé que cette courte période d'abstinence rendrait leur nuit de noces plus passionnée.

Elle se leva et descendit sur la pointe des pieds. L'aube dorait les fenêtres de la cuisine. Raymonde, son fils sur le bras, buvait un café.

— Bonjour, madame ! Alors, aujourd'hui, nous passons aux choses sérieuses. Votre cousine apporte la robe et le voile.

Claire l'embrassa avec émotion.

— Oui, ma chère Raymonde ! J'ai l'impression que nous ne serons jamais prêtes. La table doit être superbe ; j'ai loué de l'argenterie à Angoulême. Ce qui m'embarrasse le plus, c'est de compter parmi nos invités l'épouse de Bertrand Giraud. C'est une dame de la haute société bordelaise. Quand je pense qu'elle m'a proposé, par écrit, d'organiser le banquet à Ponriant, sous le prétexte qu'elle est bien faible pour se déplacer. Tu me vois trinquant à mon mari adoré, sous le toit où j'ai vécu avec Frédéric ?

— Bah ! soupira la servante. Ne vous en faites pas pour tout ça. Madame Giraud, c'est d'abord une femme, avec les mêmes soucis que nous. Mais elle est malade, tout le monde le dit au bourg. Ce qui me gêne, moi, c'est que vous m'ayez prise comme demoiselle d'honneur. Je ne peux pas croire que j'aurai la même toilette que madame Bertille, qui est toujours si chic.

Claire avait été inflexible sur ce choix. Raymonde et Bertille seraient ses demoiselles d'honneur, vêtues de soie bleue. Quand elle s'était rendue en patache à Angoulême, elle avait acheté des métrages de tissu et confié un patron à la couturière.

— Je souhaitais un mariage très simple, en famille ! confessa-t-elle après un temps de réflexion. Et toutes les jeunes et jolies personnes en bleu, la couleur des yeux de Jean, ses beaux yeux… Heureusement, Marie-Virginie s'est prêtée de bonne grâce à mon idée. Ses filles et Faustine seront habillées de la même façon. Elles tiendront mon voile, toutes les trois, une couronne de bleuets sur les cheveux.

Raymonde hocha la tête, pleine d'admiration.

— Je ne suis pourtant que votre servante, madame ! De me mettre en avant, il y en a qui jaseront à Puymoyen.

— Je m'en moque ! Si seulement tu acceptais de m'appeler Claire et de me tutoyer. D'abord, tu es ma gouvernante, voilà ! Gouvernante, c'est plus chic que servante ! Es-tu contente ?

Elles éclatèrent de rire. La révision du menu les rendit sérieuses. Colin avait engagé deux femmes du village pour le service. Elles aideraient à cuisiner la veille. Claire récita, en buvant son lait :

— Les œufs pochés aux truffes, sur un lit de laitues émincées, les confits d'oie aux cèpes, le gigot d'agneau à la crème, les pommes de terre à l'anglaise, persillées… et la pièce montée, que nous offre Bertille. Guillaume l'apportera d'Angoulême le matin même.

— Il manque du poisson, madame ! intervint Raymonde. Au pire, des écrevisses auraient fait l'affaire, en sauce…

— Il faudrait aller aux Halles pour en trouver. Je n'ai pas le temps d'organiser une pêche.

— Léon pourrait s'en charger avec les garçons. Cela les occuperait une soirée. Tenez, ce soir, on serait tranquilles, entre femmes. Jean les accompagnerait aussi. Je leur en parle à midi et je prépare un casse-croûte.

Claire trouva l'idée excellente. Certains jours, en effet, les hommes devenaient encombrants, surtout quand on causait dentelles, lingeries, fers à friser ou jarretières. Elle ouvrit un cahier dans lequel étaient consignées, de sa belle écriture, les recettes. Sur un feuillet détaché, Colin avait noté la quantité de vin à acheter à La Couronne, chez un viticulteur.

— Bertrand Giraud nous offre une caisse de champagne ! Oh, ma petite Raymonde, ce sera un beau mariage, nous danserons… Le vieil Eugène viendra avec son accordéon, et papa a réservé les services d'un violoniste.

Elles restèrent un long moment rêveuses, anticipant le plaisir de la fête. Claire eut soudain une moue inquiète :

— Pourvu que Jean se raisonne au sujet de Bertille ! Tu sais, j'ai eu du mal à le convaincre. Il ne voulait pas du tout qu'elle soit ma demoiselle d'honneur.

Raymonde hocha la tête. Le regard perdu, Claire revivait la scène. Jean échevelé, juste après une étreinte passionnée au petit matin, avait eu une expression méprisante, proche de la haine :

« Non et non, Claire, pas ta cousine ! Qu'elle vienne à l'église, loin de moi, mais cela suffira ! Cette fille, une vraie garce, a tout détruit. Si elle t'avait donné ma lettre, tu aurais su que j'étais vivant, tu m'aurais rejoint, tu me l'as juré ! Rien ne serait arrivé, j'aurais quitté la ferme des Chabin avant d'épouser Germaine… Nous n'aurions pas été séparés des années ! »

La jeune femme, effrayée par sa violence, avait répondu :

« Et cette fleur de lumière, ce petit trésor que la Providence nous a confié, ta petite Faustine, n'existerait pas ! De toute façon, quand tu m'as écrit, j'avais déjà épousé Frédéric Giraud, cédant à son chantage. Pourquoi remuer le passé, mon amour, il vaut mieux construire l'avenir, tu ne crois pas ? Bertille m'a demandé pardon je ne sais plus combien de fois, elle a éprouvé un repentir sincère… Accepte au moins pour moi, je l'aime comme une sœur malgré ses défauts. »

Jean connaissait bien Claire. Elle était capable de pardonner les pires iniquités. Au bout de trois autres discussions animées, il avait cédé pour ne pas la voir pleurer.

« Cela dit, préviens-la, ta Bertille, je ne lui accorderai pas un sourire, ni un bonjour, et c'est plus prudent qu'elle m'évite !

— Oh, mon Jean, sois raisonnable. Ignore-la, d'accord, mais si tu la croises, tu es capable de te contrôler. Je ne vais pas passer la journée de mes noces à vous surveiller et à redouter un esclandre… Sois gentil, je t'en prie. »

Il avait promis de se tenir correctement. Cela n'empêchait pas Claire d'appréhender l'inévitable rencontre entre sa cousine et son fiancé, sur le parvis de l'église, ou avant…

— Vous savez, madame, expliqua Raymonde, puisque Bertille vient aujourd'hui, ce serait aussi bien qu'elle présente des excuses à Jean. Ce serait terminé, comme ça. C'est dommage de vous tracasser, si peu de temps avant la cérémonie.

Un coup de Klaxon insistant les tira de leur conversation. A une heure aussi matinale, le visiteur faisait montre d'indélicatesse. Claire avait un pressentiment. Elle courut à la fenêtre et reconnut l'automobile bleue de Guillaume Dancourt.

— Oh ! C'est Bertille. Pourquoi faire autant de bruit ? Les enfants dorment encore, et Basile, sans doute… C'est bien elle, ça !

Sauvageon, couché sous la table, se mit à aboyer. Quelques secondes plus tard, Matthieu dévala l'escalier. En pyjama et pieds nus, il se précipita dehors.

Raymonde posa son fils dans la bercelonnette et suivit Claire jusqu'au perron. Les époux Dancourt délestaient la voiture d'un énorme carton rectangulaire, de boîtes rondes enrubannées et de paniers. Léon sortit de l'écurie et prêta ses bras.

— Mon Dieu, Bertille, il y en a, des paquets ! s'écria Claire.

— Madame Sorgna a fait des miracles, oui, ma couturière ! répliqua Bertille. Quand je recommande une personne, je ne mens pas sur ses qualités. Les robes de demoiselles d'honneur sont terminées, celle de Faustine aussi. Nous allons procéder aux essayages ; s'il y a des retouches, nous les ferons ce soir, à la veillée… Je suis si contente de dormir au moulin, comme avant, de respirer ce bon air !

Elle jubilait, frappait des mains telle une enfant devant des jouets. Guillaume salua à la cantonade. Il sortit du coffre de l'automobile une petite valise en cuir et s'installa au volant.

— A demain soir, Bertille ! grommela-t-il. Je repars. Ecartez-vous…

Jamais Claire ne l'avait vu aussi hautain. Elle chuchota à l'oreille de sa cousine, en l'embrassant :

— Il est furieux, on dirait ?

— Oui, de m'accorder deux jours de liberté, et une nuit ! N'en parlons plus, monsieur mon mari a de quoi se distraire en ville.

Un silence se fit. Matthieu bisa la joue de sa tante pendant que Raymonde retournait à ses fourneaux. De sa fenêtre, Etiennette toisait l'arrivante. La seconde madame Roy ne décolérait pas. Claire n'avait pas daigné la choisir comme demoiselle d'honneur. Dans l'espoir de la calmer, Colin lui avait dit : « Mais tu es mariée et mère de famille ; il faut des jeunes filles… » Ce à quoi elle avait rétorqué, ivre de rage : « Je suis moins âgée que Claire et Bertille ; et Raymonde, cette souillon, est mariée aussi, et mère d'un gosse de sept mois. Ta fille l'a fait exprès pour m'humilier, montrer à tout le monde qu'elle me méprise... »

Malgré sa rancœur, Etiennette s'habilla en toute hâte, afin de ne rien manquer du déballage des articles. Sa surprise fut immense quand Bertille sortit d'un papier de soie trois robes bleues, et non deux.

— Raymonde, monte te changer, je te suis. Tiennette, voici ta toilette, viens avec moi, nous ferons un défilé pour la future mariée.

— Mais... mais... bégaya l'ancienne servante.

Bertille riait de plaisir, sous l'œil complice de Claire, qui, avertie par son père, avait décidé que sa très jeune belle-mère serait également demoiselle d'honneur. La joie d'Etiennette donna le ton à cette journée réservée aux dames.

Agacé par des bruits de pas et des cris excités sur le palier, Basile rejoignit Claire dans la cuisine. Sanglé dans sa robe de chambre élimée, en chaussons de feutre, il prit son café, non sans bougonner. Matthieu, lui, beurrait les tranches de pain sur lesquelles il étalait de la confiture de framboises. Les terres et le jardin du moulin fournissaient aux Roy abondance de fruits et de légumes. Depuis le retour de Jean, Claire n'avait pas joué les paresseuses. Elle voulait remplir placards, cellier, étagères des meilleures conserves en vue de l'hiver.

Nicolas déboula, fort grincheux. Il avait faim et sa mère l'avait laissé tout seul.

— Mange donc, alors, et sois sage ! lui dit Claire.

Au bout de dix minutes, trois silhouettes nimbées de soie bleu azur firent leur apparition, couronnées de fleurettes en organdi, qui retenaient en arrière leur chevelure dénouée.

— Regardez-moi ça, les garçons ! s'exclama le vieil homme. Des fées nous rendent visite !

Le compliment enchanta Bertille, Raymonde et Etiennette. Claire applaudit, les larmes aux yeux.

— Je suis ravie ! balbutia-t-elle. C'est exactement ce que j'espérais : vous êtes magnifiques, toutes les trois.

Elle les contempla, très émue. Raymonde resplendissait, par sa carnation chaude et ses boucles d'un blond doré.

Etiennette, assez pâle, sous des mèches raides qui s'éclaircissaient, rayonnait d'une telle félicité qu'elle en devenait très jolie. La plus belle demeurait Bertille, si légère et menue qu'on la pensait prête à s'envoler, figurine de porcelaine aux cheveux d'ivoire.

Claire en vint à s'étonner. Sa cousine était-elle vraiment faite de la même matière que les autres femmes ?... Du sang courait-il dans ses veines ?... En tout cas, créature surnaturelle ou non, elle s'esclaffait, tourbillonnait, tenant le bas de sa robe pour esquisser un pas de valse.

— Nous sommes faites au moule, il n'y a pas un faux pli ! déclara-t-elle en s'inclinant devant Basile, conquis malgré lui par tant de grâce.

— Comment avez-vous fait, madame Bertille, pour mes mesures ? demanda Etiennette.

— J'ai estimé que nous étions de la même corpulence ! dit Bertille.

— Ah ! Princesse, s'écria Claire, maintenant que tu es là, je me sens rassurée. Tu es née pour diriger les pauvres paysannes comme nous !

— Ta robe de mariée, elle est où ? hurla Matthieu. J'veux la voir !

— Il faut dire « où est-elle ? » rectifia sa sœur.

Raymonde se précipita pour tourner le verrou. D'un air catégorique, elle déclara :

— Personne ne doit la voir avant le jour des noces, mon garçon. Claire va l'essayer, mais il ne faut pas que Jean entre à ce moment-là... Cela porterait malheur, et du malheur, ils en ont eu leur compte, nos tourtereaux !

Claire conduisit sa cousine, encombrée du grand carton, dans une des chambres fraîchement repeintes et retapissées. Bertille découvrit, stupéfaite, les pièces condamnées depuis des années.

— Quelle bêtise de s'être privés d'autant d'espace ! déplora-t-elle. Oncle Colin aurait pu nous le dire plus tôt. Nous avons habité ici des mois, avec Guillaume, tous les uns sur les autres, alors qu'il y avait largement de place. Comme j'aurais été à mon aise...

— Papa avait ses raisons ! rétorqua Claire. Il a respecté sa promesse, sans doute par peur d'un accident.

Les deux cousines se trouvaient dans la future chambre des mariés, aux murs fleuris de volutes roses sur fond jaune, cloisonnés de lambris peints en gris jusqu'à mi-hauteur. Un large lit au montant de cuivre attendait le couple, couvertures en satin piqué, oreillers dodus dans leurs taies de coton amidonné.

— Je n'ai qu'un souhait, ma princesse, connaître des milliers de nuits dans cette couche, avec Jean. Si tu savais à quel point je l'aime. Maintenant qu'il m'est revenu, j'en mourrais de le perdre.

Claire avait les yeux brillants. Bertille lui sauta au cou et l'embrassa sur la joue. Elle se blottit contre elle, fondant en larmes.

— Ma petite princesse, qu'est-ce que tu as ?

— Je n'en sais rien, trop de joie, trop d'émotions... Montre-moi donc ce fameux puits.

Léon avait posé une serrure neuve, ainsi qu'un gros verrou hors de portée des enfants. Claire ouvrit enfin l'étroite porte.

— Oh ! Cet air glacé, cette odeur de tombe ! Referme, Clairette, je n'aime pas ça ! Vite, essaie ta robe, tant qu'il fait encore frais.

Colin avait offert à sa fille une armoire de style Empire, rehaussée d'un haut miroir biseauté. Face à son reflet, la jeune femme se vit bientôt en chemisette et culotte. La mine grave, Bertille l'aida à enfiler le vêtement empesé, dont le tissu brillant glissait entre ses doigts.

— Quelle merveille ! s'écria Claire. Mon Dieu, princesse, tu aurais dû être modiste...

Aucun modèle n'ayant plu à sa cousine, Bertille avait dessiné elle-même une toilette, veillant aux finitions, au moindre détail. Le résultat dépassait toutes ses espérances.

— C'est vraiment ainsi que je t'imaginais ! déclara-t-elle, prenant appui sur sa canne-ombrelle qui ne la quittait jamais. Des perles pour la perle des femmes ! Quelque chose de simple, mais de sublime... Pourvu que cela plaise à Jean.

— Il serait difficile ! bredouilla Claire, incapable de détacher les yeux de son image. Mais, Bertille, c'est très décolleté, pour l'église ! Le père Jacques va me fustiger du regard.

— J'ai tout prévu, fit sa cousine en étouffant un rire malicieux.

Elle sortit du carton un voile de tulle arachnéen, serti de minuscules perles, qu'elle accrocha à l'aide de deux épingles de part en part du décolleté trop audacieux.

— Le soir, pendant le bal, tu seras contente de dévoiler ta gorge à ton époux... Et cela met ta taille fine en valeur, ainsi que tes hanches, ta poitrine superbe. Je suis si heureuse pour toi, ma chérie.

Encore une fois, la voix de Bertille trembla. Claire n'y prit pas garde. Elle effleurait du bout des doigts le bustier moulant ses formes, entièrement rebrodé de fausses perles d'un bel éclat. Les manches étaient agrémentées de satin ivoire ; la large jupe, elle aussi, était parsemée de perles cousues en forme de fleurs. La chair nacrée de la jeune femme, à peine hâlée par le soleil, en paraissait scintillante.

— Tu dis vrai, princesse, on ne pouvait faire plus simple, comme modèle. Pourtant, j'ai l'air d'une reine de conte de fées ! Et le voile ? demanda-t-elle avec fougue.

— Patience...

Bertille accrocha un diadème de perles, d'où partait un flot de tulle immaculé. Elle trottina jusqu'au palier, appelant bien fort :

— Raymonde, Tiennette, montez vite ! Elle est prête !

Matthieu et Nicolas avaient suivi le mouvement. Ils poussèrent des cris d'admiration en voyant leur sœur. Un rire en cascade y répondit. Réveillée par tout ce tintamarre, Faustine admirait également sa mère adoptive.

— Maman, tu es très belle ! gazouilla l'enfant.

Raymonde porta les mains à sa bouche ; les yeux émerveillés, Etiennette ne put s'empêcher de caresser le plastron emperlé. Sa vie durant, l'ancienne servante souffrirait de l'envie. Là encore, elle songea que sa toilette de noce, une robe très ordinaire, n'avait pas coûté le prix de celle-ci.

— Je descends me montrer à Basile ! s'écria Claire. Il ne doit pas se fatiguer !

— Dis donc, petiote, je suis encore ingambe ! fit une grosse voix à l'entrée de la chambre. Et je te ferai valser, quitte à rendre l'âme. Je ne voulais pas mourir sans vous savoir réunis, Jean et toi ; alors, je ne risque plus rien… Cela dit, puisque je suis à l'étage, je retourne m'allonger un peu, j'ai un discours à rédiger… Tu es superbe !

Claire lui envoya un baiser. Les jeunes femmes firent déguerpir Matthieu, gardant seulement Faustine à qui elles essayèrent sa toilette. Il y eut des froufrous, des jupons à l'air, des rires, mais elles redescendirent toutes les quatre dans leurs habits ordinaires.

Le reste de la matinée s'écoula en bavardages. Peu de temps avant le repas de midi, Claire emmena Bertille au potager.

— Viens, princesse, nous allons déterrer des carottes et arracher des radis.

Les trois enfants s'élancèrent, habitués à la suivre au jardin. Faustine prenait déjà son petit panier en écorce, que Léon lui avait fabriqué.

— Non, mes chéris, je voudrais être seule avec tante Bertille. Aidez plutôt Raymonde à mettre le couvert.

Les jeunes femmes traversèrent la cour. Par une petite fenêtre de la salle d'encollage, Jean les vit passer : Claire, brune et alerte, soutenait la blonde Bertille en la tenant par la taille. Comme consciente de ce regard insistant dans son dos, celle-ci se retourna, scrutant le mur du moulin. Il aperçut un fin visage inquiet, les prunelles grises affolées. L'étrangeté de leurs destins le frappa. Huit ans auparavant, il portait au bras le matricule des bagnards, il fuyait la police, et Bertille habitait ici, infirme, soumise au bon vouloir de sa famille. Le seul pilier, c'était Claire, généreuse, dévouée, implorant le pardon pour les uns et les autres… Claire qui soignait sa cousine, l'aidait à se laver, l'emmenait en brouette à la rivière.

Quelque chose se rompit dans sa poitrine, le dernier étau de rancœur et de mépris. Colin Roy l'avait accueilli et embauché. Il touchait à son vieux rêve : une existence honnête, une femme aimée, une enfant à chérir, un toit, des terres.

Jean s'essuya les mains au large tablier qui le protégeait des éclaboussures de pâte à papier et de colle. Il n'appréciait guère son travail. Etre toujours enfermé dans une atmosphère étouffante, humide et chaude lui pesait. Colin le croisa, alors qu'il se dirigeait vers la porte :

— Eh bien, où files-tu, mon garçon ?

— J'ai un mot à dire à Claire, je reviens tout de suite, monsieur !

Le papetier fronça les sourcils, perplexe. Il surveillait l'ouvrage de ses hommes depuis des années et repérait vite ceux qui ne mettaient pas de cœur à l'ouvrage. Son futur gendre en était un vivant exemple.

Bah ! Jean s'y fera ! songea-t-il.

Claire refermait le portillon du potager, montrant à Bertille ses nouveaux semis. Elle vit arriver Jean au pas de course. Un élan spontané la fit se placer devant sa cousine pleine d'appréhension. Le jeune homme s'arrêta.

Bertille recula un peu, mal à l'aise. La dernière fois qu'elle s'était retrouvée en présence de Jean, c'était pendant son procès, à Angoulême. Elle y avait assisté en fauteuil roulant, toute vêtue de noir.

— Bonjour, dit-elle d'une voix polie, sans oser le regarder.

Claire retint sa respiration, prête cependant à intervenir. Jean sauta d'un bond souple la barrière en bois et atterrit près de sa fiancée. Il murmura, d'un ton aimable :

— J'avais envie de prendre l'air, de saluer ma bien-aimée… Bonjour, Bertille, ça me fait plaisir de te voir marcher, c'est une sacrée chance que tu as eue, de guérir !

De plus en plus embarrassée, Bertille chuchota un oui presque inaudible. Très vite, elle ajouta :

— Je te demande pardon, Jean ! Si tu savais combien j'ai regretté mon geste. J'étais mauvaise, à cette époque. Je n'ai guère changé, mais, bon, j'essaie de m'améliorer.

Il avança vers elle. Claire le retint par le bras. Il se dégagea avec douceur.

— Je n'ai pas le droit d'embrasser ta cousine ? Je fais bientôt partie de la famille, pourtant !

Jean planta une bise sonore sur la joue diaphane que lui présentait une Bertille muette de stupeur.

— Le passé est derrière nous ! affirma-t-il. Bon, si je ne retourne pas à l'encollage, maître Roy va me sonner les cloches.

Claire le saisit par le poignet. Ils échangèrent un baiser aussi rapide que passionné. Elle le suivit des yeux tandis qu'il s'éloignait de cette démarche énergique qui le caractérisait.

— Quel bel homme il est devenu ! balbutia Bertille. Et ce regard bleu, ces cils noirs ! Je t'avouerai que j'avais peur de sa réaction, en ma présence, mais on dirait qu'il ne m'en veut pas...

— Oui, ce doit être ça. Jean ignore l'hypocrisie. Je suppose qu'il a accepté tes excuses. Je suis tellement soulagée. En fait, si je voulais être seule avec toi, c'était pour te parler de ça. Jean, il n'y a pas deux jours, jurait qu'il ne t'approcherait pas, qu'il ne te pardonnerait jamais. C'est à n'y rien comprendre ! Tant pis, cela me rassure, en tout cas.

Bertille glissa sa petite main dans celle de Claire. Elles parcoururent les allées. Entre les plates-bandes où poussaient choux, betteraves, carottes, navets, des touffes de fleurs – capucines orangées, marguerites, pavots, lupins – semaient des touches de couleur.

— Peut-être que Jean a juste envie de vivre en paix ! déclara soudain Bertille. Par amour pour toi.

— Peut-être ! Oh, princesse, j'en ai assez de me poser des questions. J'ai envie de profiter de cette belle journée...

Le déjeuner fut en effet très joyeux. Basile, rasé de frais, admirait tous ces jeunes visages autour de lui. Les deux petits garçons, toujours affamés, la ravissante Faustine, dont le babil l'enchantait, Claire, Jean, Bertille assis sur le même banc, mais aussi Léon à la tignasse en bataille, la jolie Raymonde, Etiennette. Colin, en bout de table, se réjouissait également de voir sa famille rassemblée. Peu lui importait la parenté. Il vouait une affection quasi filiale au vieillard et traitait la servante et son bébé comme des proches à qui il devait protection et respect.

Il régnait au Moulin du Loup une rare harmonie. Les discordes, querelles, remords et regrets s'étaient envolés. On savourait les grillons et le pain frotté d'ail, l'eau fraîche, la frênette pétillante, les sempiternelles monghettes enrichies de lamelles de lard grillé, l'épaisse purée de pommes de terre, fleurant bon le lait chaud et le beurre. Après le dessert, une compote de pommes et des biscuits à la cannelle, chacun rêvait d'une sieste.

Mais Colin se l'interdisait, c'était l'heure de rejoindre ses hommes. Depuis un an, les ouvriers apportaient leur repas dans une cantine en fer. Il leur fournissait le vin et le pain, mais les grandes tablées dans la salle commune n'avaient plus lieu qu'une fois par mois. Etiennette, qui veillait sur les revenus du moulin, en avait décidé ainsi. Le papetier, à contrecœur, avait cédé.

Jean devait suivre son patron et futur beau-père. Il se leva en soupirant. Après leur départ, Claire et Bertille allèrent s'allonger avec Faustine dans la chambre de Claire. Raymonde monta endormir le petit César qui faisait ses dents. Léon fila à l'écurie. Etiennette disparut elle aussi. Basile jura qu'il resterait couché jusqu'au goûter. Matthieu et Nicolas, eux, consentirent à se reposer aussi, car le soir il y avait la pêche à l'écrevisse…

La fin de l'après-midi fut consacrée à l'élaboration de flans à la vanille, cuits au lait de chèvre, Claire le jugeant plus léger. Bertille fit l'inventaire des nappes, serviettes, assiettes et verres du logis.

— Tu veux toujours dresser la table ici, dans cette pièce ? demanda-t-elle à sa cousine. C'est vaste, mais quand même…

— J'y tiens, princesse, je n'ai pas envie d'un repas de noces sous l'auvent du moulin, ni dans la grange. Papa a décidé qu'il servirait un verre aux ouvriers, enfin ceux qui seront venus à l'église, et cela se passera dans la salle commune. Nous avions eu l'idée d'y faire le banquet, mais je n'aime pas cet endroit, c'est triste... Ma cuisine sera superbe, vous verrez !

Raymonde qui berçait son bébé d'un pied en épluchant des pommes de terre s'en mêla :

— Nous serons dix-sept seulement, madame Bertille ! Moi, j'ai pensé qu'il faut prévoir une autre table, rien que pour les enfants ! Ils sont six. Nous n'aurions que onze grandes personnes à installer.

Claire esquissa une moue déçue. Le nombre onze lui déplaisait.

— Il faudrait un douzième convive, puisque nous avons prévu des rallonges. Mais qui ?

— Victor Nadaud, avança Raymonde d'un air malicieux. Lui et votre promis sont réconciliés, alors...

— Ils n'ont jamais été fâchés ! protesta Claire. Juste jaloux l'un de l'autre. De toute façon, Victor séjourne chez le docteur Henri-Martin jusqu'au mois d'août. Ensuite, ils viendront tous les deux explorer notre souterrain.

Toute lumineuse dans une robe jaune sans manches, Bertille éclata d'un rire aigu. Elle vint chatouiller sa cousine aux aisselles, en chantonnant :

— « La belle Claire est un bourreau des cœurs, la belle Claire a plein d'amoureux... »

Faustinc jouait à la poupée, assise sur une natte en raphia. Elle éclata de rire en frappant des mains.

— Tais-toi donc, princesse, protesta la jeune femme. Si les enfants répètent tes bêtises, Jean sera furieux.

Mais Raymonde riait aussi. Claire faillit renverser la casserole qu'elle maintenait sur un réchaud à alcool, car sa cousine la chatouilla encore. L'été se faisait si brûlant que personne ne souhaitait allumer la cuisinière avant le soir. Ce détail frappa Bertille.

— Tu as songé, Clairette, que nous allons cuire, nous, dans nos robes bleues ? Pour le repas, il faudra du feu dès l'aube.

La jeune maîtresse du Moulin du Loup n'était jamais prise au dépourvu. Elle pinça Bertille au menton, en lui répliquant :

— Apprends, petite citadine, que j'ai installé dans le cellier un fourneau droit, qui marche au charbon. Il y a même un petit four.

Elles discutèrent encore longtemps de l'organisation de la fête. On danserait dans la cour, pavoisée de fleurs en papier et de branchages. Le soir apporta un peu de fraîcheur. Léon, lui, déposa sur la fenêtre un seau plein d'abats qu'il avait été chercher à la boucherie du village malgré la chaleur ambiante.

Jean vint aux nouvelles après s'être lavé dans le ruisseau. Claire ne portait qu'un corsage à manches courtes, et ses cheveux étaient relevés en un chignon serré. Il l'embrassa au creux du cou, si doucement qu'elle en frissonna de plaisir. Nicolas et Matthieu, qui attendaient impatiemment l'heure de partir à la pêche, jouaient aux billes devant la cheminée.

Raymonde prépara un panier bien garni – saucisson, pâté en bocal, du pain tranché, du chocolat en tablette –, puis elle suivit Bertille à l'étage.

— Où vont-elles ? interrogea Jean.

— Faire un lit dans la future chambre de Faustine... Ma cousine est si contente de dormir ici, je lui ai proposé une pièce où elle sera tranquille. Guillaume est d'une jalousie maladive.

— Ah, je le comprends. Posséder une belle femme, ce n'est pas si facile. Moi, je te veux toute à moi, rien qu'à moi.

Ils échangèrent un baiser ardent qui les laissa haletants. Léon entra en faisant claquer ses sabots.

— Il serait temps de se mettre en route, Jeannot. J'ai récupéré les balances du Follet. Elles étaient rangées dans la soupente, au-dessus des écuries.

— Ah, quel brave garçon, notre Follet, constata la jeune femme. J'aurais aimé l'inviter à mon mariage... Il aurait fait le douzième convive ! Raymonde a eu une bonne idée : faire manger les enfants ensemble, sur une autre table. Mais nous ne sommes que onze adultes.

Jean éclata de rire, un peu moqueur :

— Est-ce que c'est très grave, mademoiselle ?

— Non, je ne pourrai rien avaler, ce jour-là, dans ma hâte d'être au soir, tous les deux dans notre lit tout neuf.

Il se pencha et l'enlaça en déposant de petites bises à la naissance de ses seins. Renversée en arrière, Claire frotta sa joue contre lui. Ils ne virent pas Matthieu qui avait arrêté de jouer et les fixait avec une sorte de dégoût.

7

Nuits de fête

La grande maison était plongée dans l'obscurité. La campagne bruissait du chant des grillons et des pas prudents des animaux en maraude, lapins, chats, fouines en chasse. La rivière faisait chanter les roues à aubes du moulin, mais toute la famille dormait…

Les pêcheurs d'écrevisse étaient rentrés harassés, contents d'exhiber un sac à demi rempli des crustacés luisants, à la carapace brune. Et chacun était parti se coucher.

Bertille veillait encore, accoudée à la fenêtre de sa chambre. En compagnie de Raymonde, de Claire et d'Etiennette, elle avait confectionné des fleurs en papier de trois couleurs : du blanc, du bleu, du rose. Son oncle Colin disputait une partie de cartes avec Basile en fumant sa pipe.

Comme nous étions bien ! conclut-elle. Ce brave Sauvageon gémissait dans son sommeil, étalé à nos pieds. Faustine, cette enfant si jolie, qui voulait nous aider… Et nous avons chanté, ri, raconté de vieilles légendes.

La jeune femme frissonna. Elle s'était mise en chemise de nuit, un voile de soie presque transparent, après une toilette soignée à l'eau tiède et au savon de Chypre.

Quel délice, ce vent frais ! se dit-elle encore.

Elle contemplait la vallée bleuie par la lune montante. En se penchant un peu, elle apercevait le carré plus clair d'un petit pré appartenant aux Roy, fauché en juin. Il descendait vers le ruisseau, qui alimentait la rivière des Eaux-Claires.

Ses yeux limpides scrutaient les ténèbres, en lisière des saules, guettant désespérément l'éclat jaune d'une lanterne.

Il doit venir, il faut qu'il vienne !

Sa montre indiquait dix heures et demie. Bertrand lui avait écrit qu'il quitterait le domaine dès que sa femme et ses enfants seraient au lit. Ce rendez-vous datait de trois jours. Bertille commençait à croire que son amant avait oublié. Mais cela lui paraissait inouï.

Il éprouve sûrement la même fièvre que moi ! Je lui manque autant qu'il me manque.

Elle s'en voulait un peu de trahir Claire en s'apprêtant à rencontrer l'avocat si près du moulin, d'autant plus qu'il était invité au mariage ; pourtant rien ne l'arrêterait. Ils vivaient tous deux une passion dévorante, esclaves de leurs désirs impétueux, inconscients des risques qu'ils prenaient. Soudain une lueur vola au ras du sol, au milieu du petit pré.

C'est lui… lui…

Bertille enveloppa ses épaules d'un large châle en coton, qu'elle comptait étendre sur l'herbe. Elle saisit en la maudissant sa canne en bambou, descendit et s'enfonça dans l'ombre des arbres, légère silhouette blanche à la démarche hésitante.

Etiennette écoutait ronfler Colin. Elle se tenait à sa fenêtre. Il était facile d'identifier celle qui s'esquivait, si blonde, et boiteuse.

Tiens, tiens, madame Dancourt aurait-elle un galant ?

L'ancienne servante eut un sourire satisfait. Bertille, à la fois dure et souple, la fascinait. C'était un peu son modèle, depuis des années, même si elle se savait moins belle et moins intelligente.

Bertille ne se doutait de rien. Avancer sans lampe à la clarté faible du ciel étoilé et d'une lune à son premier quartier lui coûtait des efforts. Elle se griffait aux ronces, se cognait à une branche, mais elle vibrait d'une joie extrême. Bertrand la devina, forme furtive qui se rapprochait. Il courut l'aider.

— Ma chérie, ma petite fée ! Comme c'était bon de savoir

que tu étais si proche de moi. J'avais tellement hâte de te retrouver.

Eperdu, tremblant, il la serra de toutes ses forces et la souleva. Quelques mètres plus loin, sur un tapis de trèfle, il disposa le châle et allongea sa bien-aimée.

— Jusqu'à l'aube ! s'exclama-t-elle.

— Oui, jusqu'à l'aube, notre première nuit tous les deux ! répondit-il en baisant ses cheveux et son front.

Moulin du Loup, 24 juillet 1905

— Vous avez vu ces nuages, patron ? s'inquiéta Léon, le nez levé vers un ciel couleur de plomb fondu. Il faudrait pas qu'il pleuve, pile le jour des noces !

Colin Roy, en costume de velours marron, portait une cravate et un chapeau neuf. Il avait coupé ses cheveux mi-longs, à la demande de Claire. Il aidait Léon à préparer la calèche ornée de marguerites et de bleuets cueillis la veille en abondance par les enfants. Sirius, sa robe immaculée soigneusement brossée et lavée, avait fière allure.

— C'est le cheval que son premier mari a offert à ma fille qui va la conduire à l'église… remarqua le papetier à voix basse. Le destin vous joue parfois des tours…

— Faut pas penser à ça, patron !

Le jeune homme transpirait en bouclant le harnachement. Il avait mis lui aussi une belle chemise à rayures, une veste noire, prêtée par Colin. Ses mèches rousses, généralement en bataille, se tenaient sages, enduites de gomina par Raymonde. Encore sous le choc d'être demoiselle d'honneur, la servante avait confié son fils à Jeanne, sa mère, qui viendrait assister à la cérémonie.

De sa chambre, Claire scrutait également le ciel. Après une semaine d'une chaleur étouffante, le temps virait à l'orage. Bertille qui coiffait sa cousine se lamenta, une épingle entre les dents :

— Pas de pluie, sinon, j'intente un procès aux puissances divines ! ironisa-t-elle.

Cela ne fit pas rire la future épousée, très pâle. Elles venaient de se quereller et chacune tremblait de nervosité. Bertille pensait avoir gagné le combat engagé en admirant le chignon tressé qu'elle avait réalisé.

— Je préfère garder mes cheveux longs ! répéta Claire. Je les ai nattés humides, avant-hier, pour qu'ils ondulent. Défais-moi cet échafaudage, princesse !

— Oh ! Tu m'ennuies, à la fin ! Tu auras l'air d'une bohémienne…

— Mes demoiselles d'honneur aussi, dans ce cas, puisque vous avez les cheveux dénoués, toutes les trois.

Bertille défit son ouvrage en jurant. Les mots grossiers qu'elle lançait de sa voix flûtée amusèrent Claire.

— Eh bien, félicitations, tu en apprends de jolies choses, dans les rues d'Angoulême !

A l'étage supérieur, Raymonde vérifiait l'ordonnance de sa toilette, rectifiant un pli de la robe. Son cœur battait fort à l'idée de parader aussi élégante dans le village. Elle ne disposait que d'un petit miroir. Il lui fallut beaucoup de gesticulations avant d'apercevoir en plusieurs étapes l'ensemble de sa personne.

Jean s'habillait chez Basile. Il était fin prêt depuis le lever du jour.

— Si on nous avait dit ça, hein, s'impatientait l'ancien bagnard, si on m'avait dit que j'épouserais Claire dans un si beau costume. Dommage, je ne le porterai qu'une fois.

Le vieil homme s'esclaffa, arrangeant le col de Jean :

— Ah ! Tu en as fait du chemin, brigand, depuis le soir où je t'ai trouvé dans la Grotte aux fées, le bras en sang. Tu te souviens ?

Ils se donnèrent l'accolade, aussi émus l'un que l'autre. Jean avait même les yeux un peu trop brillants.

— Un peu, que je m'en souviens ! bredouilla-t-il. Je m'étais coupé un bon bout de chair, pour effacer mon matricule. Bon sang, je crois que j'avais moins mal à l'estomac que ce matin. Dis, mon Basile, tu es sûr que notre pauvre Germaine ne m'en veut pas ?

— Mais non, gamin. Si l'au-delà existe, elle doit se réjouir de savoir sa fille et celui qu'elle aimait confiés à Claire. Je vais te dire une chose : Germaine, tu l'as rendue heureuse, sans doute plus que tu te l'imagines. Elle a eu un bon époux, sérieux, affectueux, une belle enfant, alors qu'elle se croyait condamnée à finir vieille fille. Qu'est-ce qu'on sait, nous, pauvres humains, du sort qui nous guette ? Certes, il était court son temps de joie sur la terre, mais elle l'a eu, grâce à toi !

Basile tapota la joue bien rasée de Jean. Le jeune homme s'essuya les yeux.

— Allez, gamin, pense donc à ton avenir, à Claire que tu n'as jamais cessé d'aimer. Vous êtes réunis, envers et contre tout, c'était écrit. Je ne suis pas croyant, ça non, mais j'ai parfois idée que des forces supérieures tirent les ficelles...

Jean eut un sourire triste. Il n'avait parlé de Manuela qu'à Basile, lui avouant les ignobles agissements de Térésa. Cela l'aurait gêné de confier ces saletés à Claire.

— Sais-tu, Basile, que j'ai ressenti une étrange impression, le matin où j'ai conduit Manuela au couvent, à Auch ? Cela ressemblait à une paix merveilleuse, qui m'envahissait, une espérance infinie. Parole, j'avais presque envie de rester là, d'apprendre à prier et à connaître Dieu.

L'ancien instituteur, les prunelles écarquillées, retint un juron. Jeune, il avait prêché l'anarchie avant d'adhérer aux mouvements socialistes. Depuis des années, il suivait dans la presse les prises de position, toujours hors norme, de Louise Michel, cette femme libre, active militante de gauche, qu'il avait connue pendant la Commune.

— Eh bien, gamin, tu m'en diras tant ! Bah ! Ne t'inquiète pas, dans les jupons de Claire, tu es en odeur de sainteté, c'est une bonne chrétienne.

Ils rirent tout bas. Léon les appela de la cour.

— Pressez-vous, là-haut, il commence à pleuvoir.

C'était vrai. En sortant sur le perron, Claire se trouva confrontée à une belle averse d'été. En toilette de soie bleue, Bertille gémit de dépit.

— Comment faire ? demanda-t-elle. Ce n'est vraiment

pas de chance ! Depuis trois semaines, il n'y a pas un nuage, et aujourd'hui il tombe des cordes.

Sous l'auvent de l'appentis, Etiennette, prête à partir, se désolait elle aussi. Claire lui fit signe de ne pas bouger et entra dans la cuisine. La table était déjà mise : nappe immaculée en dentelle épaisse, lavée au bicarbonate de soude pour obtenir un blanc pur, service en porcelaine de Limoges décoré d'un liseré doré, verres à pied achetés par Colin à Angoulême pour cet événement. Des petits bouquets de roses rouges égayaient l'ensemble. Au plafond, Léon et Jean avaient suspendu des guirlandes de fleurs en papier et de longues tiges de lierre. Les casseroles en cuivre, astiquées avec soin, jetaient des reflets d'or rose.

La jeune femme éprouvait un si profond bonheur que la pluie ne la décourageait pas. Elle avait tellement craint de transpirer, d'avoir les joues rouges. Jean descendit au même instant. Il ne l'avait pas encore vue en robe de mariée. Claire lui apparut, debout près de la fenêtre, sentinelle éblouissante d'un foyer qui leur était précieux. Le voile l'enveloppait d'une nuée laiteuse ; le bustier emperlé dégageait sa taille fine et sa poitrine ronde. Son beau visage éclairé par ses yeux de velours noir paraissait lumineux, d'un ivoire chaud.

— Que tu es belle ! balbutia-t-il. Une vraie reine, la reine de mon cœur…

Il s'approcha, lui prit les mains gantées d'une fine dentelle et les embrassa.

— Je suis content que tu laisses tes cheveux défaits, ils sont superbes.

La masse sombre, ondulée, croulait jusqu'aux reins de Claire. Maintenus en arrière par le diadème nacré, ils donnaient à la jeune femme un air d'adolescente.

— Toi aussi, tu es magnifique ! parvint-elle à répondre, émue. N'est-ce pas, Bertille, que mon Jean ressemble à un prince ?

— Tout à fait, le plus bel homme du pays ! acquiesça sa cousine.

Flatté d'être l'objet de pareils compliments de la part de deux filles ravissantes, Jean eut un sourire enfantin qui le rendait encore plus séduisant. Son habit gris clair, sa cravate assortie, le chapeau haut-de-forme, ses joues lisses, ses boucles brunes domptées par le peigne, il aurait passé aisément, dans les milieux huppés, pour un riche et digne héritier. Mais Claire songeait, bien que charmée, qu'elle l'aimait mieux en vieille chemise et pantalon de toile, ou entièrement nu.

— Il faudrait se décider ! déclara Raymonde.

Il pleuvait dru, à présent. On sortit les parapluies. La calèche fut amenée près du perron. Les quatre jeunes femmes se serrèrent à l'abri de la capote relevée, dans un concert de froufrous et de rires. Guillaume Dancourt eut l'à-propos de débouler peu de temps après au volant de son automobile. Il venait déposer la pièce montée.

Enfin ce fut le départ pour le village. Jean, Colin et Basile montèrent dans la voiture, avec les trois enfants impatients. Léon conduisait la calèche, protégé par un ciré.

— Dame, nous serons beaux pour la noce, de vraies chiffes ! pestait-il.

Le cortège s'ébranla. Rien ne se déroulait comme prévu, mais l'ambiance demeurait joyeuse. Sirius trottait vite, ravi de la balade. Claire contemplait sa vallée que l'eau du ciel vernissait, exaltant le vert de l'herbe et des feuillages.

— Cela me plaît, en fait, ce temps-là ! assura-t-elle, ce qui étonna ses compagnes.

Devant leurs mines surprises, elle s'expliqua :

— Je vais vous dire un secret, la première fois, avec Jean, c'était pendant un orage ; il pleuvait un peu, nous avons joué dans le ruisseau... J'en conclus que notre amour est placé sous le signe de l'eau, que c'est un bon présage !

Bertille pensait à Bertrand, à la nuit torride qu'ils avaient passée. Elle resta grave, tandis que Raymonde et Etiennette étouffaient leurs rires, excitées à la perspective de la cérémonie.

Les gens de Puymoyen, la plupart endimanchés, guettaient l'apparition des futurs mariés. Il y avait foule, car Claire était très aimée et les Roy représentaient une des familles aisées du pays. On tenait à être de la fête, à partager le bonheur d'une enfant de la vallée qui n'avait pas toujours eu de chance. Cela faisait, sur le parvis de l'église, une assemblée de parapluies et d'ombrelles desquels dépassaient jupes de satinette et pantalons empesés.

Bertrand Giraud se tenait à l'écart, près de son automobile. Son épouse Marie-Virginie était assise à l'intérieur et, sur la banquette arrière, les trois enfants du couple attendaient sagement. Eulalie et Corentine, en robe bleue, fixaient d'un air soucieux leurs bouquets de bleuets et de roses blanches qu'elles craignaient d'abîmer. Denis boudait, car Pernelle l'avait puni dès le lever du jour. Sous sa culotte de flanelle, la peau lui cuisait à cause des coups de martinet reçus.

— Les voilà ! cria une voix.

L'apparition de Sirius, majestueux, crinière au vent, des fleurs à son harnais, déclencha des exclamations de joie. Les trois demoiselles d'honneur agitèrent les mains, mais Claire recula un peu, intimidée d'être la reine du jour. L'automobile de Dancourt suscita aussi des hourras.

Jeanne, la mère de Raymonde, le petit César sur le bras, distribuait des coups de coude pour garder sa place au premier rang. Sa voisine de gauche n'était autre que Marguerite, la laitière, qui avait mis au monde Etiennette et s'en félicitait depuis que sa fille unique avait épousé le maître papetier.

Chacun se précipita pour abriter le cortège. Jean entra enfin dans la modeste église du bourg, escorté par Léon. Colin, lui, conduisait Claire à l'autel.

La future épouse se tenait bien droite, le visage un peu levé vers la nef du sanctuaire. Sur son passage, des exclamations admiratives fusaient. La mariée était vraiment belle, auréolée du voile de tulle aérien, son teint chaud exalté par le diadème en perles. Les filles enviaient le bustier emperlé qui moulait un corps épanoui aux formes harmonieuses. La traîne en satin de sa jupe glissait sur les vieux pavés gris et, ce jour-là, malgré le mauvais temps, les gens du bourg eurent l'impression de contempler une apparition. Bertille savourait l'instant, fière d'avoir conçu la toilette de noces idéale pour sa cousine.

— Papa, j'ai peur de fondre en larmes ! balbutia Claire en remontant l'allée centrale.

— Courage, ma Clairette !

La jeune femme admira tous les cierges allumés, les bouquets de lys et de roses, le vitrail de la nef resplendissant de vives couleurs malgré le ciel gris. Corentine et Eulalie Giraud tenaient la traîne de son voile, ainsi que la petite Faustine, très sérieuse et si jolie que les vieilles du village la montraient du doigt avec des regards émus. Derrière venaient Bertille, Raymonde et Etiennette, un bouquet entre les mains. Le bleu pâle de leurs robes illuminait la pénombre du sanctuaire.

Madame Vignier, l'épouse du maire, jouait la marche nuptiale à l'harmonium. Entouré des enfants de chœur, le prêtre arborait un sourire débonnaire.

Jean se sentait détaché de son douloureux passé. Son corps et son âme libérés étaient prêts à cette nouvelle vie. Il marchait vers Claire, sans pouvoir la quitter des yeux, admirant ce visage si familier. Le temps avait façonné ces traits harmonieux qui l'avaient habité pendant les années de séparation : sa bouche rouge et gracieuse, son nez fin, son front haut, son regard d'ombre et de lumière. Il pourrait désormais à sa guise chérir cette femme, sa femme. L'épouser devant Dieu lui semblait un véritable acte de foi, même s'il avait souvent rejeté la religion. Mais un sentiment indéfinissable envahissait Jean. Il se promettait de mener une existence dédiée au bien, à la tendresse.

Le voyant approcher, Faustine agita sa petite main. Un large sourire lui creusait une fossette au menton. Le père Jacques, une fois toute l'assistance entrée et installée, se lança dans un discours bienveillant.

— Mes chers paroissiens ! Nous sommes réunis aujourd'hui pour célébrer l'union de Claire et de Jean. Je tenais à rappeler combien est grande la mansuétude de Notre-Seigneur, qui a permis à cette femme et à cet homme de se retrouver après de pénibles épreuves. Je me réjouis de voir ici tant de sourires, de sympathie, et j'espère de toute mon âme que, des célestes cités de paix, des anges gardiens se pencheront sur eux et leur accorderont de très longues années de bonheur.

Assis près du porche, Basile hocha la tête. Il n'avait pas assisté à un office depuis les obsèques de son ennemi, Edouard Giraud. L'âge aidant, il goûta sans acrimonie la bénédiction des anneaux et l'échange des vœux. Son vieux cœur redonnait vie à la défunte Marianne, la mère de Frédéric et de Bertrand. Il crut percevoir sa présence à ses côtés et il ferma les yeux.

Agenouillée devant l'autel, Claire regardait Jean. Jamais le jeune homme n'avait vu une telle expression d'adoration sur son visage illuminé par l'éclat des cierges. Ils échangèrent un baiser très chaste.

Bertrand, lui, jetait des coups d'œil discrets sur le profil de Bertille, qui s'efforçait de ne pas se retourner. Tous deux rêvaient d'un autre univers, où ils seraient unis à jamais. Cependant, Guillaume tenait fermement le poignet de sa blonde épouse, tandis que Marie-Virginie, déjà lasse de toute cette agitation, s'appuyait contre son mari.

La foule reflua vers l'extérieur, précédée par Eulalie et Matthieu qui avaient pour mission de lancer les premières poignées de grains de riz. Des rires et des applaudissements éclatèrent. Claire sortit, radieuse, au bras de Jean.

— La pluie a cessé, mon amour ! se réjouit-elle.

Il la prit par la taille, impatient de l'avoir à lui tout seul. Un instant, il évoqua son mariage avec Germaine, en Normandie, mais il chassa vite ce souvenir, sans savoir que Claire aussi se rappelait, gênée, le jour où elle avait prononcé le « oui » traditionnel adressé à Frédéric Giraud. Ils n'eurent plus le loisir de réfléchir ensuite… Colin les entraîna sur le Champ-de-Foire où la noce devait poser devant un photographe. Faustine dansait en faisant virevolter sa robe ; ses boucles blondes leur tenaient lieu de soleil.

Puis ils allèrent à la mairie, s'engager devant la République et signer le lourd registre que leur tendait monsieur Vignier. Le cortège reprit la route du moulin à midi. Raymonde eut l'occasion de donner le sein à son fils sur un banc de la place. Elle avait reçu son compte de compliments et d'œillades envieuses.

— Tu es dans une bonne maison, lui dit sa mère, ça, on peut le dire.

— Je sais, maman, madame Claire est la meilleure personne du monde. Et mon Léon est un brave mari, travailleur et drôle !

Jeanne approuva, non sans penser à sa fille aînée, la malheureuse Catherine, morte en son printemps d'une fausse couche. Le petit César, éveillé et dodu, la consolait de ce deuil.

Colin, Etiennette et les enfants décidèrent de rentrer à pied, histoire de se mettre en appétit. Guillaume persuada Bertille de monter dans leur voiture en compagnie de Basile. Léon et Raymonde réussirent aussi à se loger à l'intérieur. C'était une conspiration tacite, qui visait à laisser les jeunes mariés disposer de la calèche.

Claire ne cacha pas sa joie. Elle s'installa sur le siège avant, rejetant son voile en arrière. Jean s'assit tout près d'elle. Sirius partit au trot sous les vivats et les au revoir égayés.

— Je ne peux pas le croire ! déclara-t-elle en riant. Je suis madame Dumont, enfin… C'était mon rêve le plus cher !

— Madame Dumont, je vous aime ! répliqua-t-il. Et je voudrais un baiser, un vrai. Pas comme à l'église.

Elle pouffa et lâcha les rênes. D'un geste discret, elle se débarrassa du voile qui rendait sage son décolleté. Vite, elle tendit ses lèvres. Jean les savoura, paupières mi-closes.

— Patience, je dois quand même surveiller mon cheval, dit-elle d'un air malicieux.

Ils se prirent la main. Parvenus au pont, la jeune femme fit tourner Sirius sur la route de Chamoulard, la direction opposée au moulin.

— Mais, qu'est-ce que tu fais ? demanda-t-il.

— Un petit détour, ce ne sera pas long !

— Que vont dire nos invités ?

Claire ne répondit pas. Elle affichait un air déterminé

et poussa l'allure. Un kilomètre plus loin, ils s'arrêtèrent. Jean aperçut une boucle de la rivière, une vigne abandonnée, des arbres alignés au milieu d'une friche envahie de ronciers et d'orties. Un cabanon en planches se dressait près de la route.

— Mon Jean ! commença-t-elle d'une voix timide. Je t'ai fait un cadeau. Chut ! Attends, je vais t'expliquer. Papa et moi, nous avons bien vu que tu n'aimais pas le travail du moulin… Je sais que tu préfères le grand air, la terre… Alors j'ai acheté ce verger à une vieille dame du bourg. Les arbres fruitiers sont en mauvais état, la vigne n'a pas été exploitée depuis six ans, mais, si tu t'en occupes bien, je pense que tu pourrais fournir la famille en vin, en pommes et en prunes. Chut, ne dis rien, pas encore… Un soir, tu m'as confié avoir honte parce que tu n'étais pas assez instruit. Mais, Jean, je ne suis jamais si contente qu'au jardin, ou dans les prés, à cueillir les herbes qui guérissent, à apprendre encore d'autres secrets de la nature. Nous avons la même passion, les plantes, la récolte. Et tu as cette cabane à remettre en état. En bicyclette, c'est à dix minutes de la maison.

Jean l'avait écoutée, tentant en vain de prendre la parole. L'émotion lui nouait la gorge. Ainsi Colin et Claire avaient deviné son malaise. Ils avaient compris qu'il souffrait, enfermé dans la salle des piles, n'ayant guère d'intérêt pour la pâte à papier, la colle ou les formes.

— C'est ton bien, dit-elle encore, et celui de Faustine, notre fille…

Cette fois, le jeune homme dut se frotter les yeux. Il n'avait pas mesuré avant cette heure-là la grande bonté de Colin Roy, ni la générosité discrète de Claire. Cette famille avait adopté Faustine sans faire de différence avec Matthieu et Nicolas. Basile lui-même bénéficiait du statut de grand-père respecté, alors qu'il n'avait aucun lien de sang avec les Roy. Il bredouilla, ébloui, infiniment soulagé :

— Merci, ma chérie, merci… Il n'y a pas de plus beau cadeau pour moi. Ce coin de terre, je le ferai fructifier ; nous viendrons y déjeuner sur l'herbe. Ah, si je n'étais pas en habit de fête, j'irais tout de suite inspecter les pieds de vigne et les pommiers.

Claire se pendit à son cou, quémandant un baiser. Un sourire illumina son visage :

— Demain, amour, nous avons le temps, toute la vie !

Assise aux côtés de Jean, Claire se disait que la vie était comme un fruit délicieux, qui souvent portait quelques épines ou délivrait un petit goût amer. Elle était enfin mariée à l'homme qu'elle chérissait depuis des années, sa maison resplendissait, le repas de noce était excellent, mais elle ne pouvait pas profiter de la fête. La responsable n'était autre que Bertille. Sa cousine boudait ostensiblement, la mine arrogante, jusqu'à ne pas répondre si on lui parlait. Son comportement suscitait une vague inquiétude.

Cela avait commencé quand Bertrand Giraud, sans songer aux conséquences, s'était préoccupé de son épouse avec des attentions délicates, de petits gestes charmants. Il lui tartinait de beurre des bouchées de pain, caressait sa joue ou l'exhortait à goûter des écrevisses. Toute la table l'avait entendu dire, d'un ton câlin : « Mange un peu, ma douce chérie, c'est exquis ! »

Bertille avait cru s'évanouir de colère. Déjà, elle appréhendait de voir le couple ensemble, mais elle espérait être confrontée à deux personnes ne s'estimant guère, confinées à des relations polies, sans tendresse excessive. Les minauderies de Marie-Virginie, assez jolie dans une robe de faille bleue et grise, et ses sourires las exaspéraient la jeune femme, malade de jalousie. Guillaume, l'air buté, faisait celui qui ne voyait rien, ne comprenait rien. Sa maîtresse, la marchande de fleurs, satisfaisait son appétit sexuel. Cela l'abrutissait un peu.

Basile et Léon, qui se demandaient quelle mouche piquait Bertille, refusant d'un geste sa part de viande ainsi que le vin, parlaient fort et échangeaient des plaisanteries afin d'attirer l'attention sur eux. Le maître papetier avait fait entrer les musiciens, car il pleuvait encore. Ils jouaient en sourdine pour ne pas gêner les convives.

Claire aurait voulu se perdre dans le regard bleu de Jean, savourer la joie immense qui l'alanguissait à l'idée de ces années qu'elle allait passer auprès de son bien-aimé. Elle n'osait pas, embarrassée par la vision de Bertille, raide, les doigts crispés sur ses couverts, comme prête à attaquer Bertrand et Marie-Virginie à coups de fourchette.

Les deux femmes engagées par Colin faisaient le service. Raymonde avait bien du mal à rester assise, comme une invitée. A chaque instant, un détail retenait son attention, un plat pas assez chaud, l'eau qui manquait.

Les six enfants, installés à une table plus petite, mangeaient en silence. On leur avait ordonné d'être sages et aucun d'eux n'osait discuter ou rire. Eulalie, l'aînée des Giraud, se cantonnait dans une attitude impeccable, les yeux baissés. Corentine, la cadette, adressait de légers sourires à Matthieu, mais le garçon aidait Faustine à boire ou lui essuyait le menton. Nicolas et Denis s'observaient non sans méfiance, prêts à se quereller à la moindre occasion.

Jean avait trinqué avec les ouvriers du moulin, puis avec Basile, Colin, Léon et Bertrand. Le vin sec, bien frais, lui montait à la tête. Sous la table, il posa une main chaude sur la cuisse de Claire avant de lui glisser, à l'oreille :

— Que j'ai hâte d'être au lit avec toi...

Elle lui répondit par un regard ardent qui en disait long, tout en décidant que Bertille ne gâcherait pas le jour de son mariage. Tout le monde la vit se lever, superbe dans sa robe d'ivoire et de perles.

— Excusez-moi et continuez à vous régaler ! Je vais accompagner Bertille à l'étage ; je vois qu'elle souffre de ces migraines dont elle est coutumière. J'ai ce qu'il faut, là-haut, pour la soulager. Viens, princesse, dépêche-toi...

Claire obligea sa cousine à quitter la table. A peine dans la chambre aménagée pour Faustine, les deux jeunes femmes s'affrontèrent.

— Ce n'est pas gentil, Bertille, de gêner mes invités avec tes grimaces et tes soupirs ! Qu'est-ce qui te dérange ? Parle donc ! Il s'agit de Bertrand, n'est-ce pas ? Mais réfléchis un peu, cet homme est marié, il a trois enfants. Que croyais-tu ? Qu'il se traînerait à tes pieds, devant nous ?...

Bertille se sentait mieux, déjà, car elle ne voyait plus Marie-Virginie. Son air hautain céda la place à un flot de larmes. Elle balbutia :

— Il n'a pas le droit, non, pas le droit de me traiter ainsi ! Je la déteste, tu entends ? Il m'avait promis de ne pas la toucher devant moi...

Un doute terrible envahit Claire. Elle secoua Bertille aux épaules en la fixant d'un air furieux.

— Tu couches avec lui ? C'est ton amant ? Parle, bon sang !

— Eh bien, oui ! Même qu'une nuit, je l'ai retrouvé dans les prés, derrière le moulin. Je le veux tout à moi, rien qu'à moi ! Sa femme, il s'en moque, enfin, c'est ce qu'il prétendait...

— Tu n'es qu'une garce, une traînée ! déclara Claire entre ses dents, juste avant de gifler Bertille à la volée, deux fois, une claque sur chaque joue. Tu ne penses qu'à ta petite personne, oui, tu te fiches de gâcher mon mariage et, si tu es venue dormir ici, ce n'était pas pour m'aider, tu voulais échapper à ce pauvre Guillaume !

Les coups avaient calmé les nerfs de Bertille. Appuyée contre le mur, elle sanglotait.

— Tu sais pourtant ce que c'est, Claire ? chuchota-t-elle. Quand tu courais rejoindre Jean, il y a huit ans, en me laissant seule, je n'avais pas intérêt à te le reprocher... Je l'aime, tu comprends, je l'aime à en perdre l'esprit. Lui, au moins, il me donne du plaisir. Pas seulement celui du corps, j'ai l'impression de toucher le paradis, de me fondre en lui. Claire, je l'aime, je l'aime tant...

Claire aurait pu décrire ainsi les sensations qu'elle éprouvait dans les bras de Jean. Sa vindicte tomba, il ne restait que son indignation.

— N'empêche, princesse, Bertrand a des enfants et une famille. Tu ne seras jamais que sa maîtresse. Dans ce cas, tu dois t'effacer en présence de son épouse, ne pas l'offenser.

Si Marie-Virginie n'a pas de soupçons, vu ta petite comédie à table, ce sera une chance. Va t'allonger un peu dans mon ancienne chambre. J'ai laissé notre lit de jeunes filles à Matthieu. Quand tu redescendras, sois plus aimable. Je t'en prie, Bertille. Pense un peu à moi !

— De toute façon, je ne peux pas supporter de les voir ensemble. Je préfère me tenir à l'écart. Je te demande pardon, je n'ai pas su me raisonner.

Claire retrouva ses invités. Le départ de la boudeuse avait détendu l'atmosphère. Bertrand eut un regard soucieux à l'adresse de la mariée, mais il ne posa aucune question.

— Ma cousine se repose ; elle ira mieux ce soir ! annonça Claire.

Les serveuses apportèrent la pièce montée, puis les trois bouteilles de champagne mises à refroidir dans un cuveau d'eau fraîche. Jean les déboucha et on trinqua encore.

— A Claire, à Jean ! Soyez heureux !

— Longue vie aux amoureux !

Basile fit tinter son couteau contre son verre, l'autre main haut levée.

— Je voudrais faire un petit discours en l'honneur de nos mariés ! déclara-t-il.

— Nous vous écoutons ! affirma l'avocat, content de la diversion.

Le vieil homme se redressa, prenant appui sur le bord de la table. Il regarda tour à tour Jean et Claire d'un air très sérieux.

— Mes petits, je n'ai pas eu d'enfants. Vous m'avez cependant offert la joie de la paternité. Toi, petiote, je te connais depuis que tu vas à l'école, toujours pimpante, avec deux petites tresses sur la tête et un tablier impeccable. Je t'ai vue grandir, devenir jeune fille, puis femme ! Je me réjouis de ton bonheur tout neuf, que tu as bien mérité. Toi, Jean, tu reviens de loin, comme on dit souvent… J'ai eu le plaisir de t'enseigner de nombreuses choses, mais tu n'as pas eu besoin de moi pour te montrer courageux, généreux, dévoué, charitable. Je suis fier de toi, fiston. Je suis soulagé aussi d'avoir vécu jusqu'à ce beau jour de juillet, qui vous voit mari et femme. Vous avez de plus votre petite Faustine à choyer, à éduquer. J'ai la conviction que ce sera une jeune personne formidable. Voilà ! Merci à vous tous d'être là, et surtout à vous, maître Roy.

Raymonde applaudit de toutes ses forces et les autres l'imitèrent. Barbouillés de crème pâtissière, les enfants demandèrent la permission de sortir de table.

— Si vous sortez, ne faites pas de bêtises, recommanda Claire. Restez à l'abri de la pluie, sous l'appentis.

Le violoniste, averti par l'arôme du café, joua un air plus entraînant. L'accordéoniste entonna en patois les paroles d'une bourrée. Colin battit la mesure de son pied, puis il clama, égayé :

— La chanson des papetiers ! Allez, tous en chœur ! Et donne-nous la mesure, Clairette !

La jeune femme commença à frapper du talon sur le plancher. Léon, Raymonde, Colin et Etiennette firent de même, afin d'imiter le bruit des maillets dans la pile. Le chant traditionnel, composé dans la province d'Angoumois réputée pour ses moulins à papier, n'avait pas résonné depuis longtemps chez les Roy. Charmé par l'ancienne complainte, Bertrand montrait encore plus d'énergie que les autres.

De bon matin, je me suis levé
Vive les garçons papetiers,
De bon matin, je me suis levé
Vive la feuille blanche !
Vive les garçons papetiers
Qui font leur tour de France !

A ma cuve, je suis allé
Vive les garçons papetiers
A ma cuve, je suis allé…

Bertille entendait le joyeux chahut, la musique, les éclats de rire. Elle reconnut la voix de l'avocat, mêlée à celles de la famille.

Ils s'amusent sans moi, se reprocha-t-elle. Plutôt, ils s'amusent bien plus sans moi ; j'étais de trop ! Je n'ai pas eu de champagne… C'est ma faute, aussi. Claire dit vrai, j'ai eu tort de me mettre dans une rage pareille. Bientôt, ils vont danser, et je n'y serai pas. Tant pis, je descends.

Elle se recoiffa un peu et lissa sa robe. Le miroir du coin toilette lui renvoya l'image d'une jeune femme livide, le nez rouge et les paupières meurtries.

— Cela passera sur le compte de la migraine !

Personne ne la vit s'arrêter à la dernière marche, car il faisait sombre en bas de l'escalier. Son oncle Colin se balançait en cadence, tandis que Claire chantait à pleine gorge une autre ballade bien connue des papetiers. Bertille eut des remords en voyant sa cousine si heureuse. Debout derrière la chaise du papetier, Claire faisait virevolter son ample jupe blanche, ses longs cheveux bruns dénoués. Elle était très belle. Raymonde chantait aussi, prête à bondir de sa chaise pour danser.

Quand Pierre partit de Provence,
En a parti mal à son gré ;
C'était pour l'amour d'une brune
Qu'on n'a pas voulu lui donner.
Seigneur, Seigneur, pour nos étrennes
La Guillaneu nous faut donner…

Quand Pierre fut sur les montagnes,
Entend un moulin à papier :
— Oh ! Da ! Bonjour, belle maîtresse,
Avez-vous besoin d'ouvriers ?
Seigneur, Seigneur, pour nos étrennes
La Guillaneu faut nous donner.

— Oh oui ! lui répond la maîtresse,
Pourvu qu'il sache travailler.
Pierre en a vite pris les formes,
Mignonnement les démenait.

Seigneur, Seigneur, pour nos étrennes
La Guillaneu faut nous donner.

— Mes jambes me démangent, mes amis ! déclara Colin. Poussons la table près de la fenêtre. Raymonde, tu me dois une valse ! Eh ! Le violoneux, accorde ton instrument...

Léon et Jean, aidés par Bertrand, déplacèrent le meuble. Marie-Virginie alla s'installer dans le fauteuil en osier, dix fois repeint en blanc, où Bertille avait fait d'interminables séjours quand elle était infirme.

— Où sont les petits ? demanda-t-elle. S'ils tombaient dans le canal !

— Sauvageon est avec eux ! répliqua Claire. Ne vous inquiétez pas, Marie-Virginie, il aboierait s'il se passait quelque chose.

Bertille en profita. Elle traversa la pièce en courant :

— Je vais voir ce qu'ils font ! dit-elle. Je me sens mieux...

— Ramène-les, princesse ! lui cria Colin, nous leur apprendrons la gigue et le quadrille des lanciers !

Raymonde versa du vin aux musiciens qui jouèrent de plus belle. La servante, malgré sa couronne de bleuets et sa toilette de dame, reprenait le gouvernail de la maison. Elle empilait des assiettes lorsqu'une poigne énergique la saisit à la taille.

— Tu es en congé, gamine, laisse ça !

— Oh ! Maître Roy ! gloussa-t-elle. Un peu plus, et je vous flanquais une gifle.

Ravi de son audace, Colin l'entraîna sur les vieux carreaux de terre cuite. Habile danseur, il la fit valser sous les bravos et les cris d'admiration. Détendu par le champagne, Guillaume invita Etiennette. Claire tendit la main à Jean, mais il refusa d'un petit signe.

— Je ne sais pas... Je suis pataud, un vrai ours !

— Allons, essaie, au moins. D'abord, il paraît que les ours dansent très bien.

— Je t'en prie, Claire, je n'ai pas envie d'être ridicule.

Un peu déçue, la jeune femme n'insista pas. Il y aurait toujours chez Jean des zones d'ombre, des peurs imprécises.

Elle pensa qu'il n'avait pas eu d'enfance. Attendrie, elle se pencha et l'embrassa sur le front.

— Excuse-moi ! lui dit-elle affectueusement.

Elle se promit de lui apporter toutes les joies simples dont il avait été privé. Des veillées où l'on casserait les noix en chantant, des crêpes à la Chandeleur. Chaque fête serait l'occasion de resserrer les liens de la famille.

Jean la regarda, navré d'avoir été un peu sec dans sa façon de parler. Elle le couvait des yeux d'un air si tendre qu'il l'attira sur ses genoux.

— Ma belle chérie, tu as épousé un ours mal léché, mais je me ferai pardonner cette nuit.

Bertrand s'inclina devant eux.

— Monsieur Dumont, me permettez-vous de convier madame Dumont à valser ?

Claire éclata de rire et s'élança au bras de l'avocat. Ils heurtèrent Colin et Raymonde et rirent encore plus fort. Bertille réapparut, tenant Faustine par la main. La petite avait les cheveux tout ébouriffés et emmêlés de graines de bardane. Corentine, Eulalie et Nicolas la suivaient.

Les danseurs s'arrêtèrent un instant, Claire la première.

— Où sont Matthieu et Denis ? interrogea-t-elle.

— Ils réparent une bêtise qu'ils ont faite ! répondit Bertille, souriante. Rien de grave, ils ont renversé un boisseau d'orge. Je leur ai donné une pelle, avec ordre de ramasser jusqu'au dernier grain.

— Tu es trempée ! s'exclama Guillaume. Quelle idée de ne pas prendre de manteau.

Elle haussa les épaules et se dirigea vers la table. Il restait du champagne ; elle s'en servit une coupe.

— Ta part de pièce montée est mise de côté dans le garde-manger ! cria Claire. Il y a tant de mouches…

Les fillettes, excepté Faustine, se réfugièrent près de leur mère. Il fallut l'obstination de Colin et de Léon pour les convaincre de danser la bourrée, mais bientôt des petits rires aigus dominèrent le son du violon et de l'accordéon. Les couples sautillaient, les joues rouges. On changeait de partenaire, le prenant par le coude, avant de se ruer vers l'homme ou la femme à sa portée. Bertrand ne s'était jamais autant amusé. Il se retrouva soudain au bras de Bertille, le temps de taper du pied, de la faire tourner sur elle-même. Elle le fixa de ses larges yeux gris, où il lut du chagrin et du désir. Mais Léon lui enleva la jeune femme, et ce fut Raymonde sa cavalière. Rassuré par le côté endiablé de la bourrée, Jean s'enhardit. Il se joignit au groupe sous l'œil réjoui de Basile qui fumait sa pipe, non sans taper du pied en cadence.

Marie-Virginie, dès qu'elle put attirer l'attention de Bertrand, lui demanda de la reconduire au domaine.

— Je suis vraiment lasse, Bertrand ! s'excusa-t-elle. Les filles et Denis peuvent rester ici. Vous n'aurez qu'à revenir après m'avoir déposée.

Il accepta, sachant que sa femme avait fait un gros effort pour assister à la cérémonie et au banquet. Léon les accompagna à la voiture en les abritant d'un grand parapluie noir.

A peine l'automobile sortie de la cour du moulin, Marie-Virginie déclara, d'une voix faible :

— Bertrand, vous aimez cette fille, Bertille, la fameuse libraire !

— Mais pas du tout, qu'allez-vous chercher, ma mie ? protesta-t-il d'un ton véhément.

— Oh, je vous en prie, pas de simagrées ! J'ai vu comment vous la regardiez. Je comprends mieux maintenant pourquoi j'ai en cadeau, de votre part, autant de romans... Vous la courtisez, vous devez être un client assidu !

Il se sentait acculé. Pourtant il était hors de question d'avouer. Il roula plus lentement, en cherchant les mots capables de l'innocenter.

— Ecoutez, ma chérie, je connais Bertille Roy depuis des années. Elle est arrivée dans la vallée à quinze ans, infirme. J'ai eu de la pitié à son égard, de l'amitié aussi, car, malgré tout, lorsque Claire était l'épouse de mon frère, Bertille faisait un peu partie de la famille. Nous étions presque cousins.

Le profil émacié de Marie-Virginie se crispa, comme sous le coup d'une profonde douleur. Bertrand, qui l'observait, détourna les yeux.

— Si vous ne l'aimez pas, alors, elle vous aime ! A table, elle me lançait des œillades meurtrières. Je n'aurais pas dû me mêler à ces gens, cela m'aurait évité de vous voir hurler et vous démener comme un homme du peuple… J'ai accepté l'invitation uniquement pour Claire, que j'apprécie. Peu m'importe, Bertrand ! Je ne suis pas de taille à lutter contre votre Bertille.

L'avocat secoua la tête, excédé. Il faillit écraser un lièvre qui avait déboulé sur la route.

— Vous voyez le mal partout, Marie-Virginie. Et je tiens à vous dire que les Roy sont une famille respectable. Hortense Roy, la première épouse de Colin, était une femme pieuse et sévère, qui a très bien éduqué sa fille et sa nièce. Bertille et Claire sont instruites, intelligentes et de bonne compagnie.

— Et fort jolies, n'est-ce pas ? ironisa-t-elle.

Bertrand se garait devant le perron de Ponriant. Pernelle accourait déjà, la mine soucieuse. Néanmoins, ses maîtres ne descendant pas du véhicule, elle patientait à l'abri de la verrière ouvragée.

— Voici votre garde-malade, laissa-t-il tomber. Cette vieille harpie vous paraît plus agréable à fréquenter que mes amis. Elle va vous coucher et vous dorloter, alors que vous n'êtes pas malade, à mon sens.

Il se radoucit, car elle était au bord des larmes.

— Je voudrais tant vous savoir rétablie ! Pardonnez-moi, vos soupçons m'ont blessé.

Bertrand l'enlaça avec une sincère tendresse. Il devina la maigreur de ce corps sous-alimenté, ce froid terrible qui ne quittait plus Marie-Virginie depuis le décès de leur petit Alphonse. Il l'aida à sortir de la voiture et la raccompagna dans le salon. Pernelle rôdait autour d'eux, indignée.

— Madame aura pris froid, vite, il faut l'allonger ! J'ai allumé le feu quand j'ai vu ce temps.

L'avocat laissa son épouse aux bons soins de la gouvernante. Le domaine lui parut sinistre. Il remonta le cœur lourd au volant de son automobile. Marie-Virginie entendit le bruit du moteur décroître. Une couverture moelleuse remontée jusqu'au menton, la jeune femme se cacha le visage de son bras replié. Elle aurait tout donné, à ce moment-là, pour sentir son bébé perdu contre son sein pour caresser le duvet de son front. Ses plus profondes extases, elle les avait connues en allaitant ses enfants tout petits, à l'âge où ils se contentent d'un baiser, d'une voix apaisante. Alphonse était mort à trois mois, il souriait, ouvrait et fermait ses doigts minuscules. La perte de ce nourrisson lui ôtait toute force et l'éloignait de ses filles et de son fils Denis, comme si elle lui reprochait, inconsciemment, d'être en aussi bonne santé, vif et aventureux.

Pernelle lui apporta un bol de potage. Elle le refusa.

— Mon mari m'a forcée à manger, là-bas. Vous aviez raison, ma pauvre Pernelle, je n'aurais pas dû aller à ces noces. Je suis épuisée, vraiment.

— Dormez un peu, madame, je vous réveillerai à l'heure du dîner. Je pense que monsieur et les enfants seront rentrés.

— J'en doute ! répondit-elle. J'en doute fort...

Elle se tut, soulagée de retrouver le domaine, l'unique lieu où elle se sentait à l'abri.

Bertrand reprit la route du moulin. Les propos de sa femme l'avaient plongé dans un malaise qui lui coupait toute envie de retourner chez les Roy. Il s'accablait de reproches et céda aux remords. Marie-Virginie souffrait d'une grave mélancolie et, lui qui s'était engagé à la protéger devant Dieu, il la trahissait. Il gara l'automobile près de la maison de Victor Nadaud, sans éteindre le moteur, se contentant de serrer le frein à main.

Je n'ai qu'à récupérer les enfants et rentrer. Cela rassurera Marie-Virginie ; elle verra bien que je me soucie d'elle et de ma famille.

Le jeune avocat appuya son front contre le volant. Il perçut soudain une caresse sur ses cheveux. Redressant la tête, il vit du tissu bleu et des cheveux d'un blond pâle.

— Bertille ?

— Je suis venue t'attendre, je voulais te demander pardon. Je me suis mal comportée à table.

Bertrand la regarda. Il aurait voulu lui crier que c'était vrai, qu'elle avait tout gâché, mais à la seule vue de son visage étroit, de ses larges yeux gris, de son cou d'un blanc à peine rosé, il comprit que jamais il n'échapperait à cette femme, car il l'aimait profondément.

— Marie-Virginie a deviné qu'il y avait quelque chose entre nous deux ! réussit-il à prononcer. Je crois que nous devrions en rester là. Je t'avais prévenue : je ne veux pas qu'elle soit malheureuse. Sa santé n'est pas des meilleures et je dois la ménager.

— Bien sûr ! répondit Bertille d'un ton paisible. Bien sûr. Restons-en là, comme tu le dis si bien, peu importe si j'en meurs. Moi, je suis solide, n'est-ce pas ? J'ignore la douleur du corps, du cœur.

Elle le salua d'un signe de tête et s'enfonça dans un sentier étroit, bordé de prunelliers et de ronces. Il remarqua que ses chaussures en satin étaient détrempées et boueuses.

— Bon sang ! jura-t-il avant de l'appeler. Bertille ! Bertille !

Il dut courir pour la rattraper. Quand il la saisit par les épaules, la jeune femme ne lui opposa aucune résistance, mais elle se tenait toute raide, une moue de mépris aux lèvres.

— Ecoute ! Je suis désolé ! Je pensais que tu pourrais te contrôler en face de mon épouse. Si tu es aussi jalouse, Bertille, il ne fallait pas te lier avec un homme marié ! enragea-t-il.

— Claire m'a dit ça, aussi ! Mais je t'aime, je ne fais pas de calculs, moi ! Je me suis donnée tout entière.

Bertrand fut bouleversé. Claire était au courant. Il respectait son ancienne belle-sœur, et l'idée qu'elle le savait infidèle le navrait.

— A quoi penses-tu ? jeta-t-il durement. C'était notre secret !

— Lâche-moi, c'est fini, tu entends, fini ! Tu n'es qu'un lâche, un menteur, un traître ! Je t'ai vu lui donner la becquée, la câliner, alors que tu m'assurais que vous aviez des rapports distants, qu'elle se refusait à toi. Les hommes sont tous les mêmes, des salauds ! Retourne au domaine, fais-lui un autre gosse et oublie-moi.

Il tenta de la prendre dans ses bras, repris par un désir maladif de ces jambes menues, de ce ventre lisse et ferme. Il voulait poser sa joue sur ces seins d'adolescente et tenir la jeune femme sous lui, ardente, affolée.

— Non, ne t'en va pas, Bertille, non... Moi aussi je t'aime ! Mais je ne peux pas briser ma vie comme ça, en claquant des doigts !

Elle le mordit au poignet, si fort qu'il saigna, avant de faire demi-tour. Bertrand, suffoqué par la douleur, la vit monter à bord de la voiture. Elle démarra, l'abandonnant au milieu du sentier.

L'arrivée de Bertille au volant d'un pareil véhicule stupéfia les deux femmes engagées par Colin, qui sortaient la cuve réservée aux grandes vaisselles. Raymonde les surveillait, si bien qu'elle fut la première à prévenir Claire.

— Madame, voilà votre cousine ! Je me demande ce qu'elle a fait de monsieur Giraud.

— Il lui aura prêté l'automobile ! fit Claire.

Guillaume les bouscula pour sortir. Il avait vu partir Bertille et commençait à se demander où elle était. Comme elle approchait, cheveux mouillés par la pluie, sa robe de noce plaquée sur ses formes, il hurla presque :

— Qu'est-ce que tu fais encore ! Où est l'avocat ?

— Il préférait marcher que de monter à mes côtés. C'est bien connu, les filles ne sont pas capables de conduire... Moi si ! Je voudrais rentrer à Angoulême, Guillaume.

Elle se réfugia contre lui, vraiment lasse. Dancourt, attendri, la cajola.

— D'accord, rentrons...

Claire trouvait que c'était un peu tôt, mais Bertille avait semé une si mauvaise ambiance pendant le repas qu'elle considéra son départ avec un certain soulagement.

— Je monte chercher vos affaires, madame ! s'écria Raymonde. Installez-vous dans la voiture de votre mari.

Colin se déplaça pour embrasser sa nièce, et il lui pinça la joue en signe d'amitié. Bertrand arrivait, l'air tranquille. Il ne souhaitait pas se démasquer devant la famille Roy et, après un bref salut à tous, il entra dans la maison.

— Corentine, Eulalie, Denis, nous partons. J'ai promis à maman de vous ramener très vite.

L'avocat serra les mains de Jean et de Basile, qui disputaient une partie de belote. Etiennette préparait de la pâte à crêpe, ce qui n'était pas dans ses habitudes.

— La pluie me donne toujours envie de sucre et de graisse ! expliqua-t-elle en embrassant les trois enfants Giraud déçus de partir si tôt.

— Papa, dit Denis, le plus hardi, pourquoi on ne peut pas rester encore et goûter aux crêpes de la maman de Nicolas ?

— Ne discute pas, trancha Bertrand. Nous rentrons.

Un quart d'heure plus tard, les jeunes mariés échangeaient un coup d'œil ravi. Ils avaient eu une belle journée de noces, à leur goût. Peu de monde, de la pluie douce d'été, des danses. Mais ils avaient hâte de retrouver la vie de tous les jours, de remettre leurs vêtements ordinaires. Jean et Claire avaient en commun le goût de la simplicité. L'apparence comptait peu, seules les véritables joies du cœur leur paraissaient essentielles.

Colin dégustait un verre de vin, assis près du fourneau. Il assaillait Etiennette de plaisanteries, de petites tapes sur les fesses. Elle le rabrouait à l'aide d'une grosse cuillère en bois qui lui servait à tourner sa pâte. Voyant sa fille assise près de Jean, le papetier déclara, après un temps de réflexion :

— Dites, les amoureux, puisque vous avez refusé de dormir à l'hôtel, ce soir, en ville, ce que je vous offrais de bon cœur, ça ne vous empêche pas de partir vous balader dans la vallée. M'est avis que les cagouilles doivent montrer leurs cornes, avec toute cette eau !

Matthieu et Nicolas bondirent du banc.

— Nous aussi, on peut y aller, papa ? demanda le plus jeune de ses fils.

— Non, mon garçon, pas question. Claire et Jean ont droit à une lune de miel.

Basile éclata de rire :

— Tiens, ça convient à ma petiote, de chercher des escargots dans les fossés, en robe de mariée, bien sûr.

— Oh, oui, ça me plaît ! approuva la jeune femme. Mais je vais me changer ! Tu viens, mon Jean ?

— Belote et rebelote ! annonça-t-il. Je te suis, ma petite chérie. Moi aussi, je vais ôter mon beau costume. Si jamais je le salissais !

Le couple monta à l'étage, main dans la main. Colin esquissa un rire tandis que Basile lui faisait un clin d'œil.

— Ils n'avaient qu'une envie, ces deux-là, se bécoter en paix ! fit le vieil homme. Vous avez eu raison, Colin, de les pousser à sortir. Vous jouez ?

Ils s'installèrent, heureux de l'odeur du feu dans la cuisinière, des fleurs et des branchages qui égayaient la pièce. Les enfants s'amusaient, assis sur une natte en paille de couleur ; Etiennette fredonnait. Bientôt l'huile chauffa dans la poêle à long manche et la pâte coula au creux du nid de fonte avec un grésillement prometteur.

Derrière les vitres, la pluie ruisselait, comme pour mieux enfermer dans leur refuge les habitants du moulin.

8

La vie de couple

Le retour de Bertrand Giraud au domaine de Ponriant ne fut pas des plus gais. Les trois enfants montèrent dans leur chambre respective avec la consigne de ne faire aucun bruit pour ne pas déranger leur mère.

Pernelle donnait ses ordres à voix basse, le regard dur. Bertrand voulut soigner sa morsure, mais la gouvernante vit la plaie.

— Un chien, monsieur ? L'espèce de bête fauve de Claire Roy ? Je m'en suis toujours méfiée, moi, de cet animal !

L'avocat pensait à son frère aîné, Frédéric, qui s'était suicidé, car il avait la certitude d'être atteint de la rage.

— Ce n'est rien, Pernelle, une égratignure. Préparez plutôt un goûter pour les petits. Des crêpes, cela leur ferait plaisir…

— Ils auront des tartines, monsieur, après un banquet de noces, ça suffira.

Pernelle lui tourna le dos en trottinant vers la cuisine. Bertrand jeta un coup d'œil sur la banquette garnie de coussins qui servait de lit de repos à sa femme. Marie-Virginie lui fit signe.

— Venez, mon ami…

Méfiant, il s'assit à son chevet. Elle le trouva décoiffé, très pâle, les paupières rouges.

— Pourquoi êtes-vous rentré si tôt ? On vous a chassé du paradis ? A coups de dents ?

Marie-Virginie posa un doigt sur la blessure. Bertrand sursauta et retint un gémissement.

— Je vais vous montrer pourquoi je suis déjà là ! lança-t-il sans ménagement. J'en ai assez de votre comédie ! Je suis un homme, je n'ai plus envie de vivre près d'un fantôme.

Il la souleva, un bras au pli de ses genoux, l'autre dans le dos. Elle ne pesait pas lourd, mais se débattait en silence.

— Que faites-vous, Bertrand, ça suffit !

Mais il la tenait fermement et grimpa ainsi à l'étage. Il l'emporta dans leur chambre. Il y faisait sombre, car les rideaux étaient tirés.

— Vous me soupçonnez, alors autant vous prouver que je suis bel et bien votre mari, que je compte faire valoir mes droits !

Comprenant ce qu'il voulait, Marie-Virginie eut une grimace horrifiée. Elle se mit à trembler.

— Non, pas ça, non, par pitié, j'appelle Pernelle...

Bertrand lui ferma la bouche d'un baiser digne d'un soldat ivre. A cet instant, sa colère froide d'amant frustré le métamorphosait en brute. Ils tombèrent sur le lit. Marie-Virginie eut vite ses jupes retroussées, comme une vulgaire servante, et son époux la pénétra aussitôt. Elle ferma les yeux, envahie de sensations oubliées. Le plaisir la terrassa, bref, intense. Lui, apaisé, tenta de se relever.

— Non, restez ! supplia-t-elle en le serrant contre elle. Je suis bien avec vous. Oh, Bertrand...

— Pardonnez-moi, j'ai été un peu rude.

— Je n'en suis pas morte ! protesta-t-elle.

Surpris, il la dévisagea. Elle souriait, heureuse d'avoir remporté une bataille dans la guerre qui l'opposait à Bertille.

Quelques mois plus tard, la maîtresse de Ponriant annoncerait à tous qu'elle était enceinte. Une lettre porteuse de l'heureuse nouvelle serait même postée du bourg, pour la librairie Dancourt, à Angoulême.

A quelques centaines de mètres en contrebas du plateau rocheux sur lequel était construit le logis de Ponriant, un couple marchait main dans la main, tête nue sous la pluie. Il longeait un sentier bordé d'un côté d'angéliques aux rondes ombelles blanches et de ronciers chargés de mûres. De l'autre côté coulait un modeste ruisseau. Jean et Claire faisaient un pèlerinage sur les lieux témoins de leur amour naissant. La jeune femme portait une nasse en métal qui contenait une centaine d'escargots.

— C'est le plus beau voyage de noces que nous pouvions faire, mon Jean ! exultait-elle. En godillots trempés…

Il éclata de rire. Il était tellement heureux que cela lui donnait une sorte de douleur dans la poitrine.

— Je ne veux rien d'autre, dit-il. Toi et la campagne. Ma Claire, nous sommes mariés. Je me répète ça sans arrêt. Tu étais belle, ce matin, dans l'église, une reine…

Il l'embrassa, juste avant de s'immobiliser.

— Tiens, c'est ici, je m'en souviens. Regarde, cette racine tordue, je m'y suis cramponné quand les gendarmes te parlaient. S'ils m'avaient pris ce soir-là !

Claire se blottit contre lui. Elle n'avait rien oublié. C'était huit ans auparavant, l'orage grondait. Jean se cachait dans la vallée, chez Basile, mais elle l'avait surpris à la nuit tombée, se baignant tout nu. Elle l'avait rejoint, encore neuve et impatiente. Les hommes lancés sur la piste de Jean Dumont par le sinistre Aristide Dubreuil, chef de la police angoumoisine, avaient déboulé dans le pré.

— Je suis sortie de l'eau et, me cachant de ma robe, j'ai joué les naïades, très gênée d'être surprise par ces messieurs ! rappela-t-elle.

— Ouais, et moi je les maudissais, car ils nous avaient dérangés, et en plus ils te voyaient à demi nue.

— Ensuite, renchérit Claire, comme j'avais cité le nom de Frédéric Giraud, ils m'ont laissée en paix, mais toi, tu m'as boudée.

— Et une fois rhabillés, nous sommes allés à la Grotte aux fées ! continua-t-il. Viens…

Ils se mirent à courir, fous de joie. Vivre au grand jour, ensemble, ne plus jamais craindre d'être séparés, c'était leur avenir. Jean retrouva facilement l'accès de la Grotte aux fées, mais un détail le déconcerta.

— Claire, quelqu'un a coupé le lierre, ce gros rideau de lierre qui dissimulait l'entrée.

— C'est Victor Nadaud, expliqua-t-elle. Il pense que cette grotte-là est une des plus intéressantes. Certains de ses amis préhistoriens sont venus la visiter.

Ils entrèrent, fascinés par le sable grossier qui tapissait le sol entre les rochers plats. Le temps abolissait les tragédies, les chagrins, les humiliations. Ici, à cette place, Claire s'était offerte à Jean, son beau corps vierge tremblant d'angoisse.

— Nous étions si jeunes ! J'avais peur, mais je n'aurais renoncé à toi pour rien au monde...

Jean prit sa femme dans ses bras. Elle posa la nasse et glissa ses mains fraîches sur sa peau en soulevant sa chemise. Il frémit tout entier.

— Ma petite femme adorée, ma Claire si douce.

Les paupières mi-closes, il respira ses joues et ses cheveux bruns. Elle se laissait cajoler, émerveillée par l'intensité de son bonheur. La bouche chaude de Jean effleura la chair de son cou et s'égara au creux de l'épaule.

— Mon Jean, je t'en prie, il vaudrait mieux rentrer au moulin. Nous sommes partis depuis deux heures. Je veux attendre d'être dans notre lit, ce soir.

Il pouffa en mordillant la naissance de sa gorge. Elle gémit et se dégagea.

— Claire, tu as dit toi-même que nous étions en pèlerinage... Ce soir, je te le promets, nous ferons tout dans les règles. Je mettrai mon pyjama neuf, celui que tu m'as offert ; toi, ta chemise de nuit que tu as cousue de tes jolies menottes. Nous coucherons dans nos draps brodés... mais me retrouver dans cette grotte, ça me rappelle des choses, des choses qui me rendent fou.

Jean haletait, aux prises avec les boutons du corsage de Claire. Il la pria à voix basse de céder.

— Ma Câlinette, je suis dans un état, je ne tiendrai pas jusqu'à cette nuit. Je t'aime, je t'aime fort ! Depuis une semaine, je ne t'ai pas eue, pas caressée.

Elle le saisit par le col de sa veste et le secoua en riant. Le chant de la pluie lui donnait l'impression qu'ils étaient loin de tout, hors du monde. Jean la força à s'allonger. Il releva sa jupe de lin et fit coulisser le lien de sa culotte. Claire noua ses jambes autour de ses reins. Il embrassa ses seins à travers le tissu et les libéra, le visage tendu par la violence de son désir.

— Mon mari ! balbutia-t-elle. Mon amour, je t'appartiens, fais ce que tu veux…

Ils s'affolèrent, liés par un long baiser avide. Jean, pourtant, savait se contenir. Il tenait à consacrer de précieuses minutes à exaspérer la passion de Claire, prodigue en savants attouchements, en hésitations calculées. Plus il se maîtrisait, plus elle le provoquait, comme prise de délire, ne mesurant plus ses paroles ni ses suppliques. Enfin, ils furent réunis, étroitement liés, jusqu'au moment où l'extase les terrassa.

Claire reprit conscience sous le regard attendri de Jean. Il la contemplait, soudain stupéfait à l'idée de pouvoir dormir avec elle le soir même et tous les autres soirs de leur existence.

— Je souffrais tant quand on devait se quitter, nous deux ! dit-il. J'en ai pleuré, parfois. J'avais tellement envie de te garder avec moi.

Elle se redressa, bouleversée.

— C'est fini, Jean, pour de bon. Nous ne serons plus jamais loin l'un de l'autre.

Ils rentrèrent au Moulin du Loup empreints d'une profonde sérénité. Faustine les guettait, assise sur le perron. En les apercevant près du porche, elle courut à leur rencontre, escortée par Sauvageon, qui avait pour la fillette un attachement proche de l'obsession.

— Papa ! Maman !

La petite fille riait, des fossettes aux joues, une main posée sur le dos du grand chien au sang de loup qui était prêt à mourir pour la défendre.

Après un dîner léger, la famille Roy alla se coucher. Jean et Claire avaient installé Faustine dans sa nouvelle chambre, mais l'enfant était inquiète à l'idée de dormir seule, malgré la présence de ses poupées. Du coup, il fut décidé que Sauvageon aurait le droit de dormir sur sa carpette.

— Il a la tête posée sur tes chaussons, ma chérie ! déclara Claire. Ils seront bien chauds demain matin.

Jean raconta une histoire, la jeune épousée chanta une berceuse. Enfin la fillette battit des paupières, bâilla et sombra délicieusement dans le sommeil. Ils sortirent sur la pointe des pieds. La hâte d'étrenner leur grand lit les rendait joyeux comme des enfants. Claire tourna le verrou de leur chambre en jubilant. Elle se dévêtit en dispersant ses habits sur le plancher ciré par ses soins. Jean, qui enfilait son pyjama, suspendit son geste.

— Eh bien, ta chemise de nuit ?

— Je n'en ai pas besoin…

Elle courut vers lui et le poussa en travers du matelas. Ils ne trouvèrent le repos qu'à l'heure où la lune se couchait derrière le rempart des falaises.

En s'éveillant, Claire put admirer Jean qui sommeillait. Elle connaissait chaque détail de ses traits, qu'elle rêvait de parcourir de baisers. Il en serait ainsi le lendemain, l'automne et l'hiver, l'an prochain.

Je ne serai plus seule, à me tourner entre mes draps… J'ai un homme à chérir, à aimer, et quel homme, le mien, mon Jean. Et il m'a donné la plus adorable des petites filles…

Par la fenêtre ouverte, le vent frais de l'aube se faufilait, riche de parfums savoureux. Le ciel mauve était d'une limpidité exquise. Les fleurs des champs, encore constellées de gouttes d'eau, espéraient le soleil. Aux senteurs de la menthe, du thym et des rosiers se mêla l'arôme puissant du café chaud.

— Nous aurons une belle journée ! se réjouit Claire.

Elle se rendormit, le cœur en fête.

Moulin du Loup, 25 octobre 1907

Claire tricotait un gilet pour Faustine, qui venait d'avoir sept ans. Assise sur un banc rustique, une planche posée sur deux grosses pierres carrées, elle s'appliquait à son ouvrage, comptant les mailles pour réaliser un motif bleu sur rose. Ses pensées vagabondaient au rythme de la danse que menaient les aiguilles de métal. Mariée depuis deux ans à Jean, la jeune femme savourait chaque jour et chaque nuit de sa vie de couple.

Eprise d'harmonie, elle avait appris à tisser un cocon de sérénité autour de ceux qu'elle chérissait. Bien sûr, il passait quelques nuages dans ce ciel paisible. Matthieu ne témoignait aucune affection à Jean, ni même de respect. Il s'opposait sous le moindre prétexte à celui qui, de fait, était son beau-frère. Etiennette se montrait de plus en plus paresseuse et capricieuse. Claire la soupçonnait de tromper son père avec un des ouvriers, Gontran, un individu on ne peut plus arrogant.

Quant à Bertille, elle ne venait plus au moulin. Cela datait de la naissance d'une petite fille au foyer de Bertrand Giraud, neuf mois exactement après le jour des noces de Claire et de Jean. Marie-Virginie n'avait pas hésité à baptiser l'enfant d'un prénom significatif : Victoire. Guillaume Dancourt, incapable de résister aux lubies de sa femme, avait vendu la librairie. Le couple tenait maintenant un magasin de confections pour dames place Marengo, près du grand magasin Au Petit Paris. Les deux cousines s'écrivaient rarement, de courtes lettres plus polies qu'affectueuses.

Une rafale de vent chargée d'humidité fit frissonner Claire. Elle leva la tête, certaine que le temps se mettrait à la pluie dès le lendemain.

Il était trois heures de l'après-midi. Dans le ciel pâle s'étendaient des nuages d'un blanc laiteux. Le soleil d'automne dorait les feuilles rousses de la vigne et toute la lisière du bois, à l'est. Jean travaillait à une cinquantaine de mètres, dans le verger. Ce coin de terre que sa femme avait acheté – son cadeau de mariage au bien-aimé – était devenu leur refuge. Ils avaient déjeuné là, à midi, d'une terrine, d'un pain cuit la veille et d'une tarte aux pommes.

Le cabanon réparé s'ornait de rideaux de dentelles et d'une couche de peinture verte. C'était le grand plaisir de Claire de passer la journée avec son mari, à bonne distance du moulin. Elle contempla l'alignement des trois rangs de vigne qui fournissaient aux ouvriers de Colin un petit vin rouge fruité et savoureux.

L'entretien de sa propriété occupait les journées de Jean. Il partait le matin, à bicyclette, un casse-croûte dans sa musette en bandoulière. Son rêve était de greffer les vieux pommiers pour les rendre plus productifs. Il avait aussi planté des pommes de terre, des citrouilles et des betteraves. Claire, également passionnée par le jardinage, déclarait forfait. Son potager ne produisait plus que des légumes utiles à la cuisine, et ceci en petite quantité.

— Mon gendre nourrit la famille ! déclarait souvent Colin. Et il vend le surplus au marché !

La vie se faisait douce, rythmée par des habitudes dont nul ne se plaignait. Pourtant, cet automne-là, un changement semait un brin de panique. Faustine était entrée à la communale, à Puymoyen. Claire avait pleuré le matin de la rentrée, mais elle avait bientôt apprécié de pouvoir consacrer plus de temps à Jean. Mais, dès que le clocher du bourg sonnait la demie de quatre heures, elle avançait sur le sentier bordé de buis, un raccourci que les enfants prenaient au retour de l'école. Sauvageon la précédait. Le grand chien-loup, d'un âge respectable, débordait d'énergie. Personne ne se doutait que Claire mêlait à sa pâtée des plantes et des racines pilées, qui le purgeaient et lui évitaient de souffrir de rhumatismes ou de bien d'autres maux.

— Câlinette, viens donc voir ! lui cria son mari.

— J'arrive…

Elle rangea tricot et aiguilles au fond d'un cabas avant de le rejoindre. A vingt-sept ans, la jeune femme avait gardé l'allure souple, dansante, d'une adolescente. Mince, ses longs cheveux bruns tressés dans le dos en une unique natte épaisse comme une corde, elle marchait vite parmi les herbes jaunies et les feuilles mortes.

Jean lui tendit la main. Elle la prit en riant.

— Qu'est-ce que tu veux me montrer de si important ? demanda-t-elle.

— Rien, il n'y a rien ! J'avais envie que tu sois près de moi, tout près.

Il l'enlaça, baisant le creux de son cou, sa joue, son front, avant de chercher ses lèvres. Elle l'embrassa, attendrie.

— Coquin, tu me déranges en plein travail, alors que je voulais terminer ce gilet pour ce soir. Faustine en a besoin. Elle a tellement grandi ces dernières semaines.

— Tes frères aussi ont poussé comme de la mauvaise herbe. Matthieu m'arrive au menton, à dix ans, et Nicolas le rattrape. C'est grâce à toi. Tu leur donnes tant d'amour, j'en serais jaloux, parfois.

Claire se blottit contre Jean. Ils étaient aussi amoureux que par le passé. Les mois écoulés, à dormir ensemble et à s'éveiller l'un près de l'autre, avaient renforcé leur complicité. Comme disait Raymonde, leur servante :

— Madame et monsieur, voilà un couple formidable, jamais une dispute…

Léon faisait la moue, croyant deviner un reproche dans les paroles flatteuses de sa jolie épouse. Leur fils César était si turbulent qu'on le confiait la plupart du temps à sa grand-mère Jeanne, la seule personne capable de le raisonner.

— Ma petite chérie, dit Jean à l'oreille de Claire, je suis le plus heureux des hommes.

Elle l'étreignit plus fort. Ils sursautèrent en même temps, car Léon accourait, essoufflé et les joues rougies par l'effort.

— Mon Dieu, il est arrivé un malheur ! gémit la jeune femme, qui pensait à leur vieil ami Basile.

L'ancien instituteur se portait à merveille, mais, à quatre-vingt-deux ans, on pouvait craindre un accident. Claire imagina une attaque ou une crise cardiaque.

— Oh ! Jeannot ! s'égosillait Léon. Faut que tu viennes au moulin, vite ! T'as de la visite !

Rassuré, le couple se précipita, coupant à travers l'alignement des pommiers et des poiriers.

— La peur que tu nous as faite ! lui cria Claire. Tout le monde va bien, tu es sûr ?

— Mais oui, ne vous en faites pas ! Seulement, y a une dame qu'a débarqué en taxi. Elle voudrait voir Jean.

Léon avait su remplacer le Follet, ce brave ouvrier qui avait donné sa vie pour sauver Nicolas, quatre ans plus tôt. Homme à tout faire de la famille Roy, il gratifiait le maître papetier de « patron » et appelait sans peine Claire « madame » après l'avoir traitée de « m'selle » durant des années. Mais Jean demeurait son camarade de navigation, son ami. Il avait tenté une fois de lui dire monsieur, cela avait fait rire l'intéressé.

Claire ressentit une panique irraisonnée. Elle imaginait déjà Térésa Rodriguez venant semer la tempête dans leur existence paisible. Mais Léon les aurait prévenus, puisqu'il connaissait la matrone espagnole. Jean ne semblait pas décidé à laisser en plan son travail. Les sourcils froncés, il jeta un regard désemparé autour de lui.

— Mais c'est qui, cette femme ? Elle ne s'est pas présentée ? Pourquoi veut-elle me voir, moi, justement ?

— Ecoute, Jean, ne te mets pas en rogne tout de suite ! Le patron m'a dit de courir te chercher, j'ai couru. Voilà ! Je retourne à l'écurie, j'étais en train de tirer le fumier.

Claire alla ramasser son cabas. Elle éprouvait une angoisse de plus en plus vive. Léon s'éloignait, les mains dans les poches.

— Il ne nous a pas décrit cette personne… remarqua-t-elle. On ne sait pas si elle est jeune ou vieille ! Jean, jure-moi qu'il ne s'agit pas d'une fille que tu aurais rencontrée dans la Creuse !

— Tu perds la tête ! Hormis Térésa, je n'ai pas eu de liaison sérieuse.

— Ah ! Tu avoues ! Quand tu étais employé au barrage, tu as couché avec des femmes…

— Peut-être, je buvais un peu trop certains soirs. Au

bourg, il y avait une maison peu recommandable ; je me suis soulagé, comme les autres types.

La jeune femme pinça les lèvres. La belle harmonie de ce jour d'automne était brisée. Elle s'était promis de ne pas souffrir du passé de son mari. Cependant il lui dissimulait encore des choses et cela la décevait.

— Je t'accompagne ! déclara-t-elle plus sèchement qu'elle ne l'aurait voulu. En bicyclette, nous serons vite au moulin, je monterai sur le porte-bagages.

Il approuva, les traits tendus. Elle jugea qu'il avait la mine d'un coupable.

— Jean, si tu as une révélation à me faire, profites-en, nous sommes seuls. Je préfère être avertie, savoir à quoi m'attendre !

Il la fixa, bouche bée. Un éclat de terreur troublait ses larges prunelles bleues.

— Et si c'était Simone, la grand-tante de notre petite Faustine, qui voudrait nous la reprendre ? Je pensais à ça, Clairette, et j'en ai le cœur à l'envers. Les Chabin ne se sont pas manifestés depuis mon arrestation. Ils me croient à Cayenne.

Cette éventualité affola Claire. Elle considérait la petite comme sa fille, à tel point qu'elle avait effacé de son esprit une évidence : Faustine avait sa famille maternelle en Normandie. Elle pressa Jean :

— Vite, allons-y, tu reviendras ranger tes outils ce soir, avant le souper. Autant savoir à quoi nous en tenir.

Jean pédalait avec vigueur. Cramponnée à sa taille, la jeune femme adressa une prière silencieuse au ciel, à ses anges et archanges.

Protégez-nous, par pitié ! Qu'on ne me prenne pas ma Faustine, je vous en supplie.

Ils dépassèrent Léon quelques mètres après le pont sur les Eaux-Claires. Près du porche du moulin, Raymonde les guettait, assise sur le muret du bief, son fils accroché à son cou. Elle fit un signe pour les arrêter.

— Madame, monsieur Jean !

Claire sauta du vélo. Elle secoua sa jupe et arrangea son

col. La servante avait une expression exaltée. Les imprévus l'amusaient.

— Je voulais vous prévenir, la dame est dans la cuisine avec monsieur Colin et monsieur Basile. C'est du genre timide, le patron ne peut rien en tirer. Elle attend monsieur Jean.

— De quoi a-t-elle l'air ? demanda-t-il.

— D'une honnête personne, jeune, bien vêtue. Et jolie, hein… Enfin, dépêchez-vous.

Claire eut l'intuition que Raymonde, qui était plus une amie qu'une domestique, leur cachait un détail important. Elle entra dans la maison la gorge nouée d'appréhension. Jean lui tenait la main ; il était si inquiet qu'il lui broyait les doigts. D'abord ils virent Basile, l'air ébahi. Assis près du vieil homme, Colin se grattait la barbe. L'inconnue leur tournait le dos. Elle était vêtue d'un manteau gris en velours et coiffée d'une toque et d'un chignon brun emprisonné dans une résille.

— Eh ! Voici Jean ! s'exclama le maître papetier. Jean Dumont ! Vous voyez bien qu'il n'était pas loin ! Et ma fille Claire, son épouse.

La visiteuse se leva précipitamment, faisant volte-face. Claire eut un vrai choc. Par quel prodige cette femme ressemblait-elle autant à Jean… La forme du visage, le nez, le grand front, et surtout les yeux, d'un bleu aussi pur, aussi intense, bordés de cils noirs.

— Mademoiselle ! bredouilla ce dernier en la saluant.

Le jeune homme était devenu très pâle. Il avait l'impression de se regarder dans un miroir. Claire rompit le silence embarrassé qui les engluait tous. On aurait dit qu'un sortilège les pétrifiait.

— A qui avons-nous l'honneur ? interrogea-t-elle d'une voix mal assurée.

— J'aimerais le savoir ! confirma Colin, mais cette charmante dame voulait parler à ton époux, rien qu'à lui.

— Je n'ai pas de secrets pour ma famille ! trancha Jean.

— Dans ce cas, commença l'étrangère d'une voix fluette,

je peux me présenter... Je suis Blanche Dehedin, votre sœur, monsieur.

Raymonde s'était glissée derrière Claire, ainsi que Léon. Seule manquait Etiennette, qui se remettait mal d'une fausse couche et gardait le lit depuis une semaine.

— Ma sœur ! cria Jean, interloqué. Qu'est-ce que vous racontez, je n'ai pas eu de sœur, que je sache !

— Calme-toi ! conseilla Claire. Il n'y a pas de quoi s'affoler. Le mieux est de s'asseoir et d'en discuter. Raymonde, sers-nous donc du café et du lait chaud, avec des biscuits. Je vous en prie, mademoiselle, rasseyez-vous.

— Merci, c'est gentil ! répondit Blanche Dehedin. Je suis désolée de vous déranger ainsi. J'aurais pu écrire, mais je préférais m'expliquer de vive voix. Et j'avais tellement hâte de faire la connaissance de mon frère, depuis que j'ai appris où il vivait.

Jean prit place au bout de la table. Il osait à peine regarder celle qui se prétendait sa sœur.

— Je vous écoute ! dit-il d'un ton rude. Tant que vous y êtes, donnez-moi des nouvelles de Lucien, oui, notre frère...

Claire comprit qu'il essayait de la piéger.

— Lucien, mais il est enterré sur l'île d'Hyères et vous le savez aussi bien que moi ! répondit Blanche. Je vous en prie, Jean, ne soyez pas si méfiant. Vous ignoriez mon existence, ce n'est pas une raison pour me mépriser. Je suis vraiment votre sœur et, qui plus est, nous sommes des jumeaux.

Raymonde, qui disposait les tasses, poussa un petit cri de surprise. Basile s'empressa de dire, le plus gentiment possible :

— Ne vous formalisez pas, mademoiselle, de la réaction un peu vive de notre Jean. Il y a de quoi être bouleversé ! Il se croyait seul au monde et il se découvre une sœur. Comment douter de vos paroles, quand on vous regarde ! Les mêmes yeux, la ligne des sourcils, le nez ! En tout cas, je constate que vous avez reçu une bonne éducation et que vous paraissez instruite, ce qui prouve que vous avez eu plus de chance que lui dans votre enfance.

Claire trouva les paroles de Basile trop directes. Gênée, elle sourit à la jeune femme. Celle-ci était rouge de confusion et elle marmonna, comme une excuse :

— Vous avez raison, monsieur. J'ai été élevée dans l'aisance et, par conviction humaniste, je suis devenue institutrice…

Blanche était au bord des larmes. Pas un instant elle n'avait imaginé devoir se confier en public.

— Excusez-moi, balbutia-t-elle. Je pensais que je pourrais avoir une conversation intime avec mon frère. Cela dit, je n'ai pas d'affreux secrets à avouer. Mon histoire est très simple. Jean, nous sommes nés le même jour, à Saint-Etienne du Rouvray. Vous devez vous souvenir de ce gros bourg, près de Rouen, que vous avez quitté après la mort de notre père…

— Oui, je m'en souviens ! concéda celui-ci.

— Nos parents, Emile Dumont et son épouse Aline, étaient très pauvres. Ils tenaient une modeste épicerie-buvette. Les clients, des ouvriers de la fonderie, avaient des ardoises[1], mais la plupart, à la tête d'une nombreuse famille, ne payaient pas leur dû, si bien que les affaires ne marchaient pas du tout. Quand notre mère a su, après l'examen minutieux de la sage-femme, qu'elle portait deux enfants, elle a perdu courage. Tout ceci, je l'ai appris il y a seulement deux ans, à la mort de notre grand-mère. Ensuite je me suis rendue moi-même à Saint-Etienne du Rouvray, où j'ai pu rencontrer d'anciens voisins de nos parents. J'espérais que j'aurais des renseignements sur toi, Jean, et sur notre petit frère Lucien.

Le tutoiement était venu naturellement aux lèvres de Blanche. Le jeune homme se radoucit, à présent plus curieux que méfiant.

— Notre grand-mère ? Laquelle ? Mais d'où sors-tu ? J'avais onze ans quand papa s'est tué à la fonderie. Il ne m'a jamais parlé d'une sœur. Et si nous sommes jumeaux, c'est encore pire. Il t'avait vue naître !

1. Avoir des ardoises : note que l'on réglait les jours de paie.

— Oui, il m'a même embrassée sur le front, paraît-il, en me disant adieu.

Un silence s'installa après cette déclaration énoncée d'un ton mélancolique. Claire caressa le poignet de Jean. Elle devinait son mari violemment ému. Il lui avait confié la dure existence du bagne, à Hyères et à La Couronne, et il évoquait souvent son cher petit frère Lucien, mais elle se rendait compte qu'il gardait enfouies les pages de son enfance, avant la mort de son père, justement.

Blanche but une gorgée de café et reposa la tasse.

— Mes propos paraissent incohérents parce qu'ils reposent sur un arrangement dont j'ignorais tout. Je vais essayer d'être précise. Aline, notre mère, était la fille unique d'une famille fortunée qui possédait des terres et des vignes, ainsi qu'une verrerie. Mais, à dix-huit ans, alors qu'elle était quasiment fiancée à un homme de son milieu, elle a rencontré notre père, Emile, lors d'une foire. Ils se sont aimés avec tant de passion qu'elle s'est enfuie et qu'elle l'a épousé en secret. Redoutant une mésalliance, ses parents lui avaient interdit de fréquenter celui qu'elle adorait. Cela ressemble à un roman mélodramatique ; pourtant, c'est la vérité. Oh, c'était une très jolie demoiselle ; j'ai des photographies.

Colin s'aperçut que les mains de son gendre tremblaient.

— Léon, sers-nous de la gnôle ! Ce genre de récit, ça vous secoue !

Blanche approuva d'un sourire navré.

— J'étais dans le même état que mon frère quand j'ai su la vérité. Après plus de vingt-cinq ans à croire que mes parents étaient décédés d'une fièvre typhoïde alors que j'étais bébé… Je m'égare encore. Donc, Aline apprend qu'elle porte des jumeaux. La sage-femme était formelle, elle avait senti deux têtes au toucher du ventre, et entendu deux cœurs. Notre mère, affolée à l'idée de donner à ces enfants une existence misérable, écrivit à ses parents. Elle les implorait d'élever un des deux petits s'ils naissaient viables. Ma grand-mère, Madeleine, accepta aussitôt, à une seule condition : le nouveau-né qu'elle emporterait ne devrait jamais savoir que ses parents étaient vivants. Elle s'installa dans une auberge du village, à la date prévue pour l'accouchement, et…

La jeune femme se tut un instant, reprenant son souffle. Personne n'osa faire de commentaires. Soudain, elle ajouta, en criant presque :

— Et elle m'a emmenée dans mes langes. Un cocher était prêt à partir, engagé spécialement. J'ai grandi à Guerville, en Normandie comme toi, mais dans la belle maison bourgeoise de la famille Dehedin, nos grands-parents. Et ils m'ont donné leur nom. Je suis allée à l'école religieuse, toujours bien vêtue, choyée par notre grand-mère. Grand-père, lui, était plus sévère. Pendant des années, Jean, ils m'ont raconté que j'étais orpheline, que je n'avais qu'eux sur terre. Cela ne m'empêchait pas de faire des cauchemars et d'être triste bien souvent. Quelque chose me manquait, d'indéfinissable… Les poupées et les jouets mécaniques ne m'amusaient pas longtemps. Je réclamais des cousins de mon âge, un frère ! Tu n'étais pas très loin de moi, à peine une soixantaine de kilomètres à vol d'oiseau…

Raymonde renifla et se moucha le plus discrètement possible. Léon faisait sauter son fils César sur ses genoux, car l'enfant perdait patience. Basile hochait la tête, médusé.

— Comment as-tu su la vérité ? demanda Jean, sans regarder sa sœur.

— D'abord, grand-père Jacques s'est éteint ; une maladie des reins. J'avais dix-sept ans. Grand-mère m'a encouragée à entrer à l'Ecole normale, car l'enseignement me tentait. J'ai eu un poste au Tréport. J'ai failli m'y marier. Mais je n'avais pas envie de perdre mon indépendance. J'ai obtenu une place à Paris… Et voilà qu'un jour, alors que je passais mes vacances chez grand-mère, elle m'annonce qu'elle souffre d'une tumeur, qu'elle est condamnée. Le docteur me confirme la chose. Je la revois, décharnée, livide, au creux de ses oreillers… « Blanche, ma chère petite, je ne peux pas me présenter devant Dieu sans être en règle avec ma conscience ! » Ce sont ses mots. Elle me prend la main en me fixant dans les yeux. « Blanche, je t'ai menti. Tes parents sont morts, certes, mais pas dans les circonstances que nous t'avons racontées. Ta maman, Aline, a eu deux fils. Jean, ton frère jumeau, puis Lucien. Elle n'a pas survécu à l'accouchement. » Elle m'a conté en détail l'histoire d'amour de sa fille avec Emile Dumont et le scandale que cela a provoqué dans le pays. J'étais sidérée, muette d'effroi et de colère. Je l'ai détestée, ce jour-là, de me révéler un tel secret sans ménagements. Sa confession a duré plus d'une heure. J'ai appris que mon père avait élevé seul mes frères, avant de finir brisé par une machine dans une fonderie. Hélas ! l'histoire s'arrêtait là. Grand-mère ignorait ce qu'étaient devenus Jean et Lucien…

Claire tremblait autant que son mari. Raymonde lui couvrit les épaules d'un châle. Basile s'écria, ragaillardi par l'indignation :

— Bon sang ! C'est une sorte de crime de cacher ça à une enfant innocente ! Le mensonge n'cst jamais profitable. Je vous plains, mademoiselle, d'avoir dû affronter ce coup du sort…

Blanche avait sorti un mouchoir rose de sa manche et se tamponnait les paupières.

— Madeleine Dehedin a survécu quinze jours à ses aveux. Je lui avais pardonné, puisqu'elle avait répondu, en s'occupant de moi, à la prière de notre mère. Mais cela n'a pas été facile. J'aurais préféré grandir avec mes frères et mes parents, même dans la pauvreté. J'ai beaucoup réfléchi à son geste. Je pense que maman n'était pas préparée à connaître la misère et les privations. Si elle a choisi de me confier à sa famille, qui avait rejeté Emile, et de garder le garçon, toi, mon pauvre Jean, c'est sûrement qu'elle craignait pour une fille les pires vicissitudes, celles où peuvent conduire la détresse et de mauvaises fréquentations…

Jean serra les poings, le regard dans le vague. Il éprouvait un chagrin enfantin, le sentiment aussi d'une cruelle injustice.

— C'est mon Lucien qui a payé le prix fort de toutes ces manigances ! Si ces gens étaient aussi riches que tu le dis, pourquoi n'ont-ils pas aidé notre père ? Notre grand-mère aurait pu se préoccuper de notre sort, à Lucien et à moi ? Je ne peux pas t'en vouloir, Blanche, d'avoir eu ce qu'il fallait, les jouets, les études, un toit sur ta tête, de bons repas, mais moi, j'ai toujours cru que les parents de maman étaient morts, et tu sais pourquoi ? Papa me l'avait dit ! Il répétait souvent : « Jeannot, faut se serrer les coudes, tous les trois, personne ne nous aidera sur cette terre ! » On crevait pas de faim, il travaillait dur… Moi, avant son accident, je me suis placé dans une ferme d'à côté, je gardais les moutons avec Lucien. Une fois orphelins, nous avons erré sur les routes en chapardant des fruits. Je marchais vers le sud, pour fuir l'humidité et le vent de la mer. L'hiver suivant, à Toulouse, j'ai dû voler pour nourrir Lucien, et nous avons fini sur cette maudite île !

La grande horloge sonna cinq heures. Colin poussa un juron :

— Ne vous méprenez pas, mademoiselle Blanche, je dois retourner au moulin. Mes ouvriers s'en sortent bien sans le patron, mais ils ont besoin de moi pour l'encollage. Vous dînez ici de toute façon ?

— Non, monsieur, je vous remercie, j'ai pris une chambre à l'auberge du village.

— Et les enfants ? s'exclama Claire. Je ne suis pas allée à leur rencontre… Ils vont arriver ! Le goûter n'est pas prêt.

Le quotidien reprenait ses droits. Blanche eut l'impression qu'un mécanisme bien huilé se remettait en marche, l'écartant de la maisonnée. Elle s'empressa de dire :

— Jean, écoute-moi, ce ne sera pas long… Je suis ici pour réparer une injustice. Si je t'ai cherché pendant ces deux dernières années, c'était aussi pour partager mon héritage avec toi. Grand-mère m'a légué la demeure familiale, la fabrique de verre et un capital important.

Léon en resta bouche bée. Colin, qui franchissait le seuil, se figea. Claire, elle, ne parvenait pas à se réjouir. Contre toute logique, elle avait l'impression que Jean ne lui appartenait plus, qu'elle risquait de le perdre. Elle considérait qu'il avait menti, en lui cachant qu'il était né et qu'il avait grandi en Normandie.

Matthieu, Nicolas et Faustine s'étaient assis sur un rocher plat où ils avaient coutume de bavarder, au retour de l'école. La pierre dominait le sentier par lequel Claire montait le soir. Sauvageon s'était couché aux pieds des enfants, dont il guettait l'arrivée à cet endroit précis.

Nicolas, qui avait toujours dix sous en poche, était allé à l'épicerie acheter des caramels qu'il distribuait sans souci d'équité.

— Deux pour Faustine, trois pour moi, un pour toi, Matthieu !

— Non, c'est pas juste, protesta-t-elle. Deux chacun.

Elle se tourna vers lui, fâchée. Ses grands yeux bleus avaient une expression menaçante. D'un geste vif, elle lui arracha le bonbon et le donna à Matthieu. Nicolas se jeta sur son demi-frère et reprit son bien. Le papier se déchira, la friandise tomba dans la terre humide.

— C'est ta faute, Faustine ! T'es qu'une sale voleuse, comme ton père ! jeta-t-il à la figure de la fillette. J'ai payé la mère Rigordin avec mon argent, je suis pas obligé de vous en donner, des caramels.

Faustine s'était reculée, frappée au cœur. Matthieu se leva, rouge de colère. Il empoigna Nicolas par le col de sa veste et le secoua.

— Retire ce que t'as dit, menteur ! T'as pas le droit de parler de ça !

— C'est toi qui me l'as raconté, eh, andouille... Que Jean, il avait été au bagne, même que c'était un forçat.

Du coup, Matthieu s'affola. Il frappa son frère en plein visage. Nicolas saigna du nez aussitôt. Penché en avant, sa chemise souillée de traces rouges, il haletait, vraiment furieux. Sauvageon se mit à aboyer.

— Je ne suis pas une voleuse ! cria Faustine en s'accrochant au bras de Matthieu. Papa non plus ! Je le dirai à maman, que tu es méchant ! Viens, Sauvageon, on rentre à la maison !

La fillette commença à dévaler la pente, mais Nicolas hurla :

— Peuh ! C'est pas ta mère, Claire ! Bécasse, va ! Même toi, Matthieu, t'as pas de vraie mère. Y a que moi !

Faustine courut à perdre haleine, précédée du chien. Claire lui avait expliqué un jour que sa véritable maman était morte, mais la fillette n'y pensait jamais. Après avoir craché à la figure de Nicolas, Matthieu se rua à la poursuite de la petite écolière aux boucles blondes, dont le tablier rose à carreaux disparaissait derrière les haies sauvages de buis.

Très nerveuse, Claire avait quitté la table et guettait, debout dans l'encoignure d'une fenêtre, le retour des écoliers. Elle avait beau se raisonner, la présence de Blanche l'oppressait.

— Je devrais me réjouir que Jean retrouve sa sœur, mais je ne peux pas. Je comprends mieux, maintenant, pourquoi il se plaisait en Normandie, chez les Chabin. C'était son pays natal, et il ne m'a rien dit, jamais…

Soudain elle vit Faustine franchir le porche. La fillette avait les joues en feu et un air ulcéré. Si Sauvageon n'avait pas été à ses côtés, Claire aurait cru que l'enfant était en grand danger.

— Jean, vite ! Faustine, elle a peur de quelque chose !

Le jeune homme se leva d'un bond pour voler au secours de son enfant, mais ce fut Colin, toujours sur le seuil, qui arrêta Faustine.

— Eh bien, mignonne, as-tu le diable aux trousses ?

Elle lui échappa pour se réfugier dans les bras de son père. Comme Matthieu déboulait lui aussi, Jean l'attrapa par l'épaule et le secoua.

— Qu'est-ce que tu lui as fait ?

— Toi, lâche-moi ! hurla le garçon.

— Papa, c'est Nicolas ! Pas Matthieu. Tu es toujours méchant avec Matthieu… dit la fillette.

Elle éclata en sanglots et se précipita vers Claire. Colin sortit enfin en promettant d'interroger son garnement de fils. César, que Léon avait confié à Raymonde, pleura de toutes ses forces lui aussi. Sauvageon, inquiet, lança un aboiement sonore, puis il avança droit sur Blanche en grognant. C'en était trop pour la jeune femme, habituée au calme et à la discipline.

— Chassez cette bête ! Mon Dieu, mais c'est un loup…

Claire rappela son chien. Il lui obéit immédiatement. Cependant, l'incident la marqua. Sauvageon ne se montrait jamais menaçant à l'égard des femmes.

— Excusez-moi, mademoiselle, dit-elle, je ne sais pas ce qui lui prend. Ne craignez rien, il est croisé de loup, c'est vrai, mais il ne vous fera aucun mal.

— Qui c'est, la dame ? demanda Faustine.

Un peu confus de s'être emporté, Jean vint prendre sa fille par la main. Il la conduisit près de la visiteuse.

— Je te présente ta tante Blanche.

Rassérénée, la jeune femme embrassa Faustine et lui caressa les cheveux.

— Que tu es jolie, ma chérie ! s'extasia-t-elle. Oh ! Jean ! Elle a hérité des yeux de maman, comme nous. J'ai une nièce, une ravissante petite nièce. Veux-tu du chocolat pour ton goûter ?

Blanche sortit de son sac une boîte ronde, contenant des chocolats fins, enveloppés de papier de soie. D'un geste, elle invita Matthieu à se servir aussi. Raymonde leur donna des tranches de pain beurrées.

— Je les conduis à l'étage, madame ! Ils joueront un moment avec mon César, comme ça, vous serez plus tranquilles pour discuter.

La servante avait perçu le malaise de Claire. Elle-même n'éprouvait guère de sympathie à l'égard de la nouvelle venue. Léon disparut dans le cellier. Dans la grande cuisine assombrie qu'égayait le ronronnement de la cuisinière en fonte ne demeurèrent que Basile, Claire, Jean et sa sœur, qui soupira de soulagement.

— Quelle agitation ! conclut-elle. Ta fille me paraît d'une nature capricieuse, Jean.

— Pas du tout ! protesta Claire. Faustine est très sage. Seulement, vous ne connaissez pas mon frère Nicolas, c'est un démon en culottes courtes. Il l'aura encore taquinée.

Jean coupa court.

— Blanche, tu parlais d'un héritage… Je te préviens, ça ne m'intéresse pas. Je ne veux rien ! Mes grands-parents méprisaient mon père, qui était un brave homme. Ils nous ont écartés de leur vie. Alors, garde ta fortune, ta verrerie et le reste ! Dis-moi plutôt comment tu as su que Lucien était mort sur l'île d'Hyères, et surtout de quelle façon tu m'as retrouvé ici, au moulin !

Basile renchérit, après un coup d'œil à Claire, qu'il voyait pâle et angoissée :

— Oui, Jean a raison, cela m'intrigue aussi.

— L'argent facilite les choses ! commença Blanche d'un ton amer. Je te le répète, Jean, je ne suis pas responsable de cette injustice. Je voulais la réparer avec l'espoir de renouer des liens d'affection… Je vis à Paris, comme je te l'ai dit. J'ai eu recours aux services d'une agence de police officieuse[1], en fournissant les éléments dont j'étais sûre. L'enquête a duré un an et demi et m'a coûté assez cher. L'homme qui était chargé de cette affaire connaissait bien son métier. Je ne vais pas entrer dans les détails. Il a jugé que deux garçons livrés à eux-mêmes, après la mort de leur père, avaient pu être conduits à des actes répréhensibles. Il s'est donc rendu à Hyères, où il a pu consulter les registres. Quel choc j'ai eu, en recevant ce courrier qui m'apprenait le décès précoce de Lucien et ta condamnation pour meurtre.

Blanche essuya quelques larmes, le regard perdu dans le vague. Elle ajouta :

— C'était cruel pour moi, et cela me montrait à quel point la différence d'éducation et de statut social modelait le destin des gens.

— Ce n'est pas nouveau, ça ! clama Basile. Je suis un socialiste convaincu, mademoiselle, et il suffit de lire Victor Hugo pour s'en persuader. Les chances dans la vie ne sont pas égales, que l'on naisse riche ou pauvre. Mais votre frère a eu la volonté de s'instruire. C'est un fervent lecteur. Nous causons même beaucoup politique et philosophie, lui et moi.

Jean gardait les mâchoires serrées. Il avait cru sentir une

1. Ancien nom des cabinets de détectives.

légère réprobation dans la voix de sa sœur jumelle. Claire lui prit la main. Elle ne comptait pas se mêler à la conversation, mais elle ne put s'empêcher de dire, assez sèchement :

— J'espère que vous avez eu un rapport équitable des faits qui ont poussé Jean à frapper le surveillant Dorlet... Que vous ne l'avez pas considéré comme un vulgaire criminel !

— Durant deux mois, j'avoue que si, madame ! avoua Blanche. Mais j'ai pu ensuite lire une copie de son procès à Angoulême, et la plaidoirie de l'avocat, maître Giraud, m'a réconfortée, ainsi que la grâce présidentielle. Cet été, je me suis rendue à la Ferme des Sept-Vents, car j'avais l'adresse de la famille Chabin. Tu as vécu là-bas, Jean, chez nous, en Normandie, après ce terrible naufrage. Nous étions encore une fois bien proches l'un de l'autre, sans le savoir. Quel affreux malheur pour ta fille, d'avoir perdu sa maman.

Claire en eut le cœur serré. Cette Blanche Dehedin était vraiment au courant de tout. Jean laissa échapper, les traits altérés par l'émotion :

— C'est le passé. J'ai dû surmonter bien des épreuves et j'ai souffert plus que tu l'imagines. A présent, je suis remarié, j'ai une famille... Claire élève Faustine depuis quatre ans. Nous sommes heureux et je n'ai pas besoin de plus. Tout l'argent que tu pourrais me proposer ne vaudrait pas l'amour de ma femme ni la bonté que les Roy m'ont témoignée.

Le jeune homme se leva brusquement. Il jeta un coup d'œil à la fenêtre. Le jour déclinait.

— Bien, je dois retourner au verger, ranger mes outils et fermer le cabanon. Tu comptes rester longtemps au bourg ? Léon peut te raccompagner à l'auberge en calèche. Je te rendrai visite demain...

Blanche se sentait éconduite. Malgré les derniers mots de son frère, elle n'en comprenait pas moins qu'on la considérait comme indésirable. Néanmoins, c'était une jeune femme dotée d'un tempérament fort, qui ne renonçait jamais à ses projets.

— Assez longtemps, en effet ! Je remplace l'institutrice en

poste à Puymoyen, à partir du premier novembre. J'aurai donc Faustine comme élève...

Claire et Jean se regardèrent, stupéfaits. Ils étaient loin de s'attendre à cette réponse. Blanche souriait, rêveuse. Elle avait fait en sorte de se rapprocher de son frère, jusqu'à obtenir ce poste en Charente grâce à ses relations et à ses qualifications. Il lui restait une bataille à livrer : se faire aimer de lui.

— Fichtre ! grommela Basile.

Du coup, il alluma sa pipe, ce qu'il n'avait pas osé faire depuis l'arrivée de la séduisante Blanche Dehedin.

9

Frère et sœur

Quand Jean glissa sa main sous la chemise de nuit de sa femme, le soir même, il la sentit tout de suite se raidir. Claire se montrait rarement réticente à ses invites, si bien qu'il n'insista pas.

— Qu'est-ce qui te tracasse ? demanda-t-il en lui caressant la joue.

— A ton avis ? Pendant tout le repas, il n'y a eu qu'un sujet de conversation, ta sœur Blanche et cet héritage qu'elle t'apporte de grand cœur. Basile et papa en avaient l'air stupide, à la fin.

Il garda le silence un court instant. Désireux d'amadouer Claire, il l'attira contre lui.

— Ecoute, Câlinette, la seule raison qui me ferait accepter cet argent tombé du ciel, c'est bien la gratitude que j'ai pour ton père et pour notre vieux Basile. Sans t'oublier, toi. Vous m'avez accueilli, vous avez élevé ma fille, pardon, notre fille, et tu m'as offert ces lopins de terre qui représentent tant pour moi. Si je peux aider à mon tour... Ton père rêve d'acheter une nouvelle machine à papier, qui permet un travail plus rapide et plus rentable. Et je pourrais acquérir trois hectares supplémentaires, qu'un de nos voisins laisse en friche. Je voudrais planter des pommiers, des arbres de qualité. Fabriquer du cidre.

Claire perdit patience. Elle repoussa son mari et se redressa dans la pénombre.

— Toi et tes pommiers ! Ah, tu es bien normand, puisqu'il

paraît que c'est le pays du cidre. Cela te rappellera les meilleurs souvenirs de ton existence, sûrement…

La voix était glaciale, le ton, si dur que Jean fut intrigué. Il ralluma la lampe à pétrole après avoir tâtonné pour retrouver son briquet à amadou. Surprise par la clarté revenue, Claire se tourna afin de lui cacher son visage.

— Mais tu pleures ? s'inquiéta-t-il. Qu'est-ce qui te prend, Claire ? Je comprends que cela te cause un choc, l'apparition de ma sœur jumelle ! De là à te mettre dans un tel état… Elle ne te menace en rien.

La jeune femme secoua la tête, obstinée.

— Il n'y a pas que Blanche et ses grands airs. Tu m'as menti, Jean ! Depuis des années. Tu m'avais raconté tous ces mois d'errance sur les routes, avec ton frère, votre arrestation dans le sud de la France, mais tu ne m'avais pas dit que tu étais né en Normandie, que tu avais grandi là-bas. Je ne suis plus surprise qu'une fois rescapé du naufrage tu aies choisi de t'installer dans ce pays précisément. Tu retrouvais tes véritables racines et tu étais heureux auprès de Germaine. Avoue donc que si ce fouineur de policier, Dubreuil, ne t'avait pas arrêté, tu serais toujours chez les Chabin, dans ta ferme, à t'occuper de tes merveilleux pommiers…

Claire se tut, haletante. C'était si peu dans sa nature de faire preuve de mesquinerie, de persiflage, que Jean en fut irrité. Il avait l'impression de la découvrir sous un nouveau jour, sans vraiment comprendre qu'elle cédait à une jalousie longtemps refoulée. Il aurait pu la rassurer, la consoler, mais, à bout de nerfs lui aussi, il gronda :

— Et j'aurais peut-être un fils, si tu n'avais pas confié une certaine lettre à Léon[1].

L'ancienne accusation qui les avait cruellement meurtris l'un et l'autre ressurgissait. Claire balbutia, bouleversée :

— Ta sœur nous sépare déjà ! Nous étions heureux, et le passé remonte…

— Par ta faute ! déclara Jean. Ce n'est pas malin de me

1. Voir *Le Moulin du Loup*.

rappeler tout ce que j'ai perdu. Bon sang, Claire, quelle importance que je sois né en Normandie ou au diable ?

— Tu m'as menti ! s'entêta-t-elle d'une voix tremblante. Si Blanche te le propose, je suis sûre que tu la suivras à Guerville. Tu m'abandonneras parce que je ne peux même pas te donner d'enfant.

La jeune femme se mit à sangloter. Agacé, Jean éteignit la lampe et se recoucha en lui tournant le dos.

— Que tu es sotte ! Elle vient d'obtenir un poste d'institutrice au bourg. Pour le moment, elle ne semble pas prête à décamper ! grogna-t-il.

Claire ne répondit pas tout de suite, mais ce point-là aussi la tourmentait. Elle jugeait Blanche Dehedin selon ses critères personnels : une jeune femme très jolie, bien éduquée, instruite et volontaire. Ce constat l'affolait sans raison valable. Elle secoua l'épaule de son mari. Ils ne s'étaient jamais endormis fâchés. Après avoir provoqué sa colère, elle souhaitait se réconcilier.

— Mon Jean, par pitié, pardonne-moi ! Je t'aime trop fort, j'ai peur de cette femme. Réfléchis. Nous n'avons aucune preuve qu'elle soit ta sœur. Si c'était un piège ? Tu ne trouves pas cela bizarre, justement, qu'elle soit nommée à Puymoyen, dans une petite école de campagne ? Si près du moulin ? Comment a-t-elle réussi ce tour-là ?

Il poussa un juron. Les doigts menus de Claire s'aventuraient en bas de son ventre et effleuraient ses cuisses.

— Tout le monde au moulin est d'accord sur un point : Blanche me ressemble beaucoup. C'en est presque bizarre ! Et elle connaît des détails qui ne trompent pas. Réfléchis, Claire. Elle n'a pas caché avoir payé les services d'une sorte de détective. Dès qu'elle a su où je vivais, ce n'était pas difficile, puisqu'elle était dans l'enseignement, de demander une mutation ici. Tu as trop lu de romans, voilà ce que c'est. Tu ferais bien de prendre les choses du bon côté. J'ai une sœur, ma jumelle, et, ma foi, elle est charmante.

Malgré les larmes qui maculaient encore son visage, Claire se lova contre le corps de Jean. Il sentit la pointe de ses seins sur un de ses bras. Elle avait relevé sa chemise de nuit, afin de passer une jambe sur les siennes. Il fut envahi de désir, d'autant plus qu'il était exaspéré.

— Claire, je ne suis plus d'humeur à présent ! maugréa-t-il d'un ton faible.

— Tu mens encore, toujours. Jean, ne me repousse pas, je t'en prie.

De sa chair douce émanait un frêle parfum de lavande. Elle reniflait, cramponnée à lui, offerte. Il ne put résister et l'étreignit. Mais, sans doute par vengeance, le jeune homme fut moins délicat que d'ordinaire, ne s'embarrassant pas de caresses ou de mots d'amour. Claire ne songea pas à s'en plaindre. Tant qu'ils seraient étroitement liés, peau contre peau, terrassés par un plaisir intense, rien ne les atteindrait vraiment.

La semaine qui suivit, Jean passa beaucoup de temps à Puymoyen, en compagnie de sa sœur. Blanche logeait à l'auberge. Ils y déjeunaient ensemble et se promenaient l'après-midi. Il l'emmena visiter ses terrains, sa vigne, son verger, la cabane qu'il avait réparée et repeinte. Au fil de leurs discussions, soit joyeuses, soit mélancoliques, les jeunes gens apprenaient à se connaître, et ils devinrent vite complices, se découvrant les mêmes goûts dans différents domaines.

Le samedi, Colin Roy annonça à Claire qu'il souhaitait inviter Blanche Dehedin à déjeuner le lendemain, dimanche. Elle n'osa pas le contrarier ; pourtant il ne fut pas dupe de son manque d'enthousiasme.

— Eh quoi, Clairette, tu te méfies de ta belle-sœur ? Elle m'a plu, à moi. Je la reverrais volontiers, autour d'un bon repas, qui lui prouverait que nous l'accueillons dans notre famille avec sympathie.

— A cause de sa fortune ? dit la jeune femme tout bas.

— En voilà de drôles de manières ! s'étonna Colin. Jean fait partie de la famille. Donc, Blanche aussi. J'ai demandé à Léon de tuer deux lapins ; tu devrais nous faire ta recette au vin blanc.

— Pourquoi me demandes-tu mon avis, puisque tu as

tout prévu ! rétorqua Claire, agacée. Je n'ai pas envie de cuisiner. Raymonde s'en occupera ! Tu m'as donné du courrier à trier, et le carnet de commandes n'est pas à jour. Etiennette n'est même pas capable de surveiller tes comptes.

Claire baissa le nez sur tous ces documents qu'elle avait rapportés du bureau. Colin sortit en se grattant la barbe. Les femmes et leurs humeurs changeantes demeuraient un mystère pour lui.

Le maître papetier traversa la cour et jeta un coup d'œil à la fenêtre de son logement, situé au-dessus de la salle des piles. Il pleuvait dru. Le vent brassait les saules bordant le canal.

— Sale temps ! ronchonna-t-il. Il ne fait pas chaud, non plus…

A peine entré dans le vaste bâtiment, Colin eut une quinte de toux. Les ouvriers chargés de surveiller la pâte à papier, que les lourdes piles brassaient au fond des grosses cuves, relevèrent la tête. Ce bruit, ils l'entendaient bien souvent depuis quelques semaines.

— Dites, patron, je vous conseille des pastilles de miel ! cria Robert, un quadragénaire au crâne chauve.

— Ma fille me gave de tisanes, pas de souci ! rétorqua le papetier.

Gontran, qui veillait à l'empilement des formes, sifflota. Personne ne l'entendit marmonner, moqueur :

— A son âge, aussi, la santé fout le camp. Si je n'étais pas là, la patronne se dessécherait sur pied.

L'homme et Etiennette continuaient à se retrouver au fond des étendoirs, avec maintes précautions, car ils craignaient tous les deux d'être découverts. Pour donner le change, au cas où elle deviendrait enceinte, l'épouse infidèle stimulait aussi les ardeurs de Colin. Dix jours plus tôt, elle avait fait une fausse couche dont elle se remettait difficilement. Gontran en concevait de la mauvaise humeur ; leurs rendez-vous lui manquaient.

Si elle a quelque chose de travers, j'irai voir ailleurs ! se disait-il en sachant qu'il n'en ferait rien. Le petit qu'elle avait perdu était peut-être de lui ; cela chatouillait son orgueil de mâle en le poussant à un début de vraie tendresse.

Claire était rarement seule. Dès que son père eut quitté la grande cuisine où régnait une température agréable, elle abandonna son travail. Les enfants avaient suivi Léon et Jean à l'écurie. Raymonde chantait à l'étage, malgré les cris de colère de son fils.

— Le petit César n'est pas facile à élever ! remarqua-t-elle. Il faudrait plus d'autorité. Ses parents le gâtent trop et lui cèdent toujours. Cela ne l'empêchera pas, sans doute, de devenir un brave garçon.

Son cœur se serra. Elle ne pouvait oublier les mots de Jean à propos de ce fils qu'il aurait pu avoir si Germaine Chabin avait survécu. Encore une fois, la jeune femme déplora l'infirmité secrète dont elle souffrait. La nature lui refusait la joie d'être mère. Elle avait consulté en secret un médecin à Angoulême. Il avait été formel. Ses organes féminins étaient ceux d'une fillette ; il lui était impossible de concevoir un enfant. Elle avait dû se confier à Jean. Il l'avait consolée, mais Claire imaginait parfois qu'il la désirait moins, qu'il la trouvait anormale.

— C'est ainsi ! Je ne peux que me résigner...

Un hurlement strident, à l'extérieur, l'arracha à ses réflexions. Elle courut ouvrir la porte. Un étrange spectacle l'attendait. Blanche Dehedin gisait au milieu de la cour, à demi couchée dans une flaque d'eau. A deux pas, Sauvageon grognait, la gueule retroussée sur des crocs encore impressionnants. Déjà Jean et Léon accouraient.

— Au secours ! A l'aide ! s'égosillait la jeune femme, trempée et blême de terreur. Cette bête m'a renversée.

Confuse, Claire oublia ses préventions contre sa belle-sœur. Elle siffla le chien-loup qui trottina aussitôt vers elle et grimpa les marches du perron.

— Qu'est-ce qui t'a pris ? gronda-t-elle. Allez, file dans le cellier.

Quotidiennement, le moulin accueillait des clients et des fournisseurs. Jamais l'animal ne s'était montré agressif. Le comportement de Sauvageon la surprenait, mais, au fond, elle y voyait un signe. L'instinct de loup de l'animal pressentait un danger.

— Je suis navré, Blanche ! disait Jean en soutenant sa sœur qui boitait, un rictus de souffrance au visage. De l'autre main, il portait une petite valise en cuir souillée d'une boue grise.

— Ma cheville me fait mal ! se plaignit-elle. Les pavés de votre cour sont si glissants.

Claire fit appel à toute sa bonne volonté, mais les mimiques et les remarques de Blanche l'irritèrent à nouveau. Raymonde, César pendu à son cou, vint aux nouvelles.

— Ma femme va te soigner ! déclara Jean. Elle connaît les plantes, si tu voyais son atelier d'apothicaire !

— Il me faut un médecin ! protesta Blanche. Nous ne sommes plus au Moyen Age. Moi qui venais te montrer des clichés photographiques de la verrerie et de notre mère. Je les ai reçus par le courrier de ce matin. J'avais écrit à notre grand-tante, la suppliant de vite me les envoyer. J'étais toute contente. J'ai marché depuis le village, et il a commencé à pleuvoir. Quel dommage !

Léon tournait sa casquette entre ses doigts. Il n'avait pas envie de monter à Puymoyen en bicyclette par ce temps.

— Est-ce que je dois aller chercher le docteur ? demanda-t-il.

Les enfants firent irruption, excités par l'incident. Faustine dévisageait d'un air curieux cette fameuse tante qui serait bientôt sa maîtresse d'école. Matthieu avait entendu la question de Léon et hurla :

— Je peux y aller, moi ?

— Non, moi ! décida Nicolas. Je cours plus vite que toi.

— Du calme ! gronda Claire. Basile fait sa sieste. Personne ne bouge sans mon accord. Blanche, laissez-moi examiner votre jambe… Je prépare des onguents salutaires pour les entorses, mais je ne suis pas une sorcière pour autant.

Jean lui lança un coup d'œil furieux. Raymonde se retenait d'éclater de rire. Blanche se retrouva installée dans le fauteuil en osier, près du feu. C'était une des traditions du moulin. Les jours où l'humidité pénétrait les murs et les os, on allumait la cuisinière et la cheminée. La vision des flammes et des grosses bûches de chêne rougeoyantes réchauffait les plus transis.

Raymonde posa son fils en lui ordonnant de ne pas bouger. Elle n'éprouvait aucune sympathie pour Blanche, ce qui ne l'empêcha pas de proposer du café à la jeune femme.

— Du café ! s'écria celle-ci d'un ton effaré. Je n'en bois pas. Je préférerais du thé.

Colin avait appris l'incident. Il venait aux nouvelles. Le papetier salua leur visiteuse le plus aimablement du monde.

— Je suis confus, mademoiselle ! Mais cela me permet de vous faire part d'une invitation à déjeuner, demain. Je comptais sur Jean pour vous la transmettre, car il avait prévu de monter au village vous voir. Votre frère est devenu un fils pour moi, alors considérez ma famille comme la vôtre.

Assise sur la pierre de l'âtre, Claire examinait la cheville de Blanche. Elle remarqua le changement d'expression de sa belle-sœur, qui adressait à Colin un large sourire ébahi.

— Comme c'est gentil à vous, monsieur ! Je déplore encore plus cet accident. Je ne me sens plus en état de marcher. Il faudrait me reconduire à l'auberge, que je m'allonge. Demain, je crois que je serais incapable de revenir à midi. C'est bien dommage…

— Eh bien, tu n'as qu'à dormir ici, au moulin ! déclara Jean d'un ton protecteur. Avec ce fichu temps en plus. Matthieu couchera dans la chambre de Faustine ; je monterai le lit de camp en fer. Il suffira d'une paire de draps propres. Raymonde, tu feras le nécessaire.

La servante retint un mouvement d'humeur, avant de répondre un « Oui, monsieur Jean, tout de suite » exagéré. Aussitôt elle prit son fils et disparut à l'étage.

— Si une domestique avait répondu ainsi à notre grand-mère, s'étonna Blanche, elle aurait été congédiée sur-le-champ. Tu es d'une patience, Jean !

— Ah, que voulez-vous ! soupira Colin. Raymonde a grandi chez nous ; elle gagne en audace chaque année qui passe.

Claire s'était levée. Elle se couvrit d'un châle et sortit.

Longer le mur de la maison et se réfugier dans son atelier l'aidèrent à reprendre son calme. Blanche Dehedin lui faisait l'effet d'une tempête dévastatrice. Elle chercha l'onguent le plus efficace sur une des étagères, avec l'envie de rester à l'écart, de laisser les siens admirer la nouvelle attraction : la sœur de Jean.

Même les enfants sont bouche bée devant elle, dans l'espoir de recevoir une friandise ! pensait-elle. Quelle sournoise. Elle a réussi son coup. Sa cheville n'a rien du tout. Bientôt, elle logera chez nous, elle chassera ma Raymonde et Sauvageon. Je suis sûre qu'elle a fait exprès de tomber pour se faire inviter cette nuit. Jean ne m'a même pas consultée, il prête la chambre de Matthieu sans me demander mon avis… Je ne compte plus.

L'excès de sa colère aurait dû alarmer Claire. Pour l'instant, elle subissait une évidence dont elle ne prenait pas conscience. Une autre femme, jeune et jolie, venait d'entrer dans la vie de son mari. Elle avait su évincer Térésa, mais contre une sœur retrouvée, riche et enjôleuse, le combat serait différent.

Quand elle fut de retour dans la cuisine, Blanche montrait les fameuses photographies. Ce n'était qu'un concert d'exclamations ravies et de questions.

— Là, c'est la verrerie, un très beau bâtiment. Mes grands-parents employaient plus de trente ouvriers. Et là, c'est une plage, et la mer à perte de vue. Faustine, tu n'aimerais pas jouer sur le sable, te tremper les pieds ? Une petite Normande comme toi devrait connaître la mer…

La fillette fixait avec émerveillement le cliché représentant une vaste étendue d'eau d'un bleu vif sur lequel flottait un bateau à voile.

— Ce sont des couleurs ajoutées ! précisa Blanche. L'image est repeinte, pour rendre l'ambiance du paysage. C'est tellement plus beau, en vrai. Ah, Jean, passe-moi mon sac, j'ai acheté des pastilles à la menthe au bourg. Matthieu, Nicolas, tendez vos mains, toi aussi, Faustine.

Claire retint un soupir. Elle reprit sa place sur la pierre de l'âtre, non sans se dire qu'elle semblait agenouillée aux pieds de Blanche, comme un être inférieur. Elle massa la cheville de sa belle-sœur avec de la pommade et la banda.

— Voilà, vous sentirez de la chaleur, puis un réel soulagement ! expliqua-t-elle. Ce sera vite guéri ; je n'ai senti aucun gonflement.

— Merci, Claire, vous avez des doigts de fée, et non de sorcière... déclara la jeune femme. Hélas ! je souffre encore.

Jean tenait entre ses mains une photographie collée sur un carton rigide dont il ne pouvait détacher les yeux. Claire s'approcha de lui, émue par l'expression tragique qu'il avait.

— Qui est cette personne ? demanda-t-elle.

— Notre mère, à vingt ans... dit-il d'un ton nostalgique.

— Elle était très belle, dit-elle sincèrement. Tu as son regard bleu, ses cils bien noirs et fournis. Le menton aussi, les pommettes hautes...

— Blanche aussi lui ressemble ! répliqua Jean.

Exaspérée, Claire décida de servir le goûter. S'efforçant de vaincre sa nervosité, elle noua un tablier à sa taille et commença à couper des tranches de pain. Avec du beurre et de la confiture faite par ses soins, ainsi que du lait chaud, elle savait que tous se régaleraient. Colin en jugea autrement.

— Clairette, sors donc ces délicieux biscuits à l'anis que tu as achetés au marché. Vous verrez, Blanche, c'est un pâtissier de Villebois, une petite ville de la région, qui les vend.

— Tu sais où ils sont rangés, papa, fais la distribution. Je monte porter une tisane à Basile ; ce temps humide le met au supplice.

En fait, elle sautait sur l'occasion pour quitter la pièce. Basile la reçut avec des grimaces de dépit.

— Quand même, je souffre le martyre avec mes rhumatismes, et personne ne vient m'aider à descendre. J'entends des oh ! et des ah !, je sens une bonne odeur de café, mais je m'apprêtais à crever de faim tout seul dans mon lit.

Le vieillard devenait acariâtre, par moments, de façon imprévisible. Un jour, c'était le bon grand-père chenu, capable de raconter trois histoires à la suite aux enfants ;

le lendemain, il se montrait capricieux et geignard. Claire en conçut de l'amertume.

— Comme si j'avais l'habitude de t'affamer, Basile ! répondit-elle en arrangeant son édredon. Je t'ai préparé de la tisane de thym et tu as trois belles tartines.

— Vu les dents qui me restent, des chicots, j'aurai du mal à digérer tout ce pain. Ah, autant en finir… Ce n'est pas une vie, d'être impotent, de dépendre de la bonne volonté des autres.

Claire ne répondit pas. Elle se cala dans un petit fauteuil canné, au chevet de son vieil ami. Il la regarda attentivement. Il lui prit la main. Elle sursauta au contact des doigts décharnés, glacés.

— Basile, il te faudrait une bouillotte, tu es gelé.

— On s'en fiche, petiote. Qu'est-ce qui te tracasse, tu as ta tête de chien battu !

La jeune femme s'était toujours confiée à Basile, en toute franchise. En dix ans, ils avaient partagé bien des chagrins, des joies aussi.

— Je suppose que je suis sotte, que je manque de générosité, dit-elle, les larmes aux yeux. Tu ne comprendras sûrement pas, mais je n'ai que toi à qui en parler. Je ne supporte pas ma belle-sœur, la merveilleuse Blanche Dehedin. Jean l'a traitée froidement, le jour de son arrivée, mais elle l'a embobiné en quelques jours et maintenant il est en admiration devant elle.

Basile eut un sourire moqueur. Il plissa ses paupières flétries et s'écria, d'un ton réjoui :

— Mais tu es jalouse, petiote ! J'avoue que cela m'étonne de ta part. Cette jeune personne m'a paru…

— Tais-toi, coupa Claire, je connais le refrain ! Charmante, bien élevée, élégante, une perle rare. Figure-toi que mademoiselle s'est étalée dans la boue, qu'elle prétend avoir la cheville en compote, et que Jean lui a tout de suite proposé de dormir ici. Je parie que Léon ira chercher ses malles demain et qu'elle va s'installer chez nous pour des mois.

— Et alors, même si c'était le cas ? maugréa Basile avec

malice. Toi aussi tu es instruite, belle fille, et tu aurais pu enseigner. De plus, tu as bien hébergé ta cousine Bertille, une vraie vipère, durant des années.

Eberluée, Claire s'enflamma :

— Je te défends de dire du mal de Bertille ! Je l'aime ! Elle a son caractère, d'accord, mais au moins elle est drôle et affectueuse…

Brusquement la jeune femme éclata en sanglots. La blessure était plus profonde, Basile le devina. Il ralluma sa pipe, songeur.

— Allons, ne te rends pas malade. Je sais ce qui te fait peur, ma petite. Tu crois que Blanche va te voler Jean, et surtout Faustine. Tu as honte, dis, de ne pas pouvoir être mère ?

— Oui, bredouilla-t-elle. Si elle tourne la tête de ma chérie, avec ses discours sur la mer, la Normandie, je la perdrai tôt ou tard.

— Claire, tu as élevé ton frère Matthieu, et en grande partie ce sacripant de Nicolas. Faustine t'appelle maman, elle t'adore. Sois heureuse d'avoir eu cette chance que d'autres femmes n'ont pas. Et n'agace pas ton mari en jouant les mégères, tu donnes le beau rôle à Blanche. Jean t'aime passionnément, il ne va pas t'abandonner pour sa sœur, qu'il connaît peu. Tiens, aide-moi donc à me rendre présentable, je serai mieux en bas, près du feu. Je vais étudier la situation, petiote. Tu as un allié, ton vieux fou de Basile.

Elle essuya ses joues, un sourire hésitant aux lèvres.

— Merci, j'en avais bien besoin…

Blanche repartit le dimanche soir à Puymoyen. Jean la raccompagna en calèche. Elle lui avait offert le portrait de leur mère et le jeune homme l'avait déjà encadré et accroché au mur de la chambre conjugale. Claire était si soulagée de voir sa belle-sœur regagner l'auberge du bourg qu'elle se lança dans la préparation d'un gâteau de Savoie avec l'aide de Faustine.

Pendant le dîner de la veille, et au déjeuner, Blanche avait lancé d'une voix douce quelques remarques déplaisantes au goût de Claire. Leur invitée avait semblé désireuse de tout savoir des uns et des autres, afin de leur témoigner de la gentillesse ou de l'indifférence. Léon avait droit à ses sourires, car il était l'ami de Jean, un camarade de naufrage. Colin, beau-père accueillant du frère retrouvé, et Basile, qui avait appris à lire à l'ancien bagnard, méritaient flatteries et rires en grelot. Mais Raymonde, humble servante, héritait de réflexions sèches, au même titre qu'Etiennette.

Vis-à-vis de Claire, Blanche faisait preuve de prudence. Mais là encore, ses compliments sur la bonne tenue de la maison, sur la qualité de sa vaisselle et des repas pouvaient se révéler à double tranchant. Deux fois aussi, Faustine avait été grondée, la réprimande étant suivie d'un constat à voix basse : « Cette enfant est mal éduquée. »

Pour toutes ces raisons, Claire n'avait jamais battu avec tant d'énergie le mélange de sucre et de jaunes d'œufs indispensable à l'élaboration du gâteau de Savoie. Elle obtint en un temps record une crème mousseuse, d'un blanc laiteux. Si elle avait pu écouter la discussion qui avait lieu dans la calèche, cela aurait été bien pire.

Blanche s'était plainte à intervalles réguliers de sa cheville. Pourtant elle insista pour s'asseoir sur le siège avant de la voiture, près de Jean. Quiconque les aurait vus ainsi, épaule contre épaule, mêmes cheveux noirs et souples, même regard d'un bleu intense, les traits presque identiques, aurait vite conclu qu'il s'agissait d'une sœur et de son frère. Les jeunes gens présentaient la ressemblance typique des jumeaux de même sexe, alors qu'ils auraient très bien pu être fondamentalement différents.

— Tu serais plus à l'abri sur la banquette arrière, Blanche ! lui dit Jean dès les premiers mètres sur le chemin. Il pleut.

— Je préfère rester à côté de toi, profiter de ta présence le plus longtemps possible. J'étais si bien au moulin…

Jean la regarda attentivement. Elle contemplait la vallée noyée de pluie et les arbres au feuillage roux. Il n'avait pas mis longtemps à lui offrir une grande place dans son cœur.

Blanche était de son sang, et c'était pour le jeune homme quelque chose de capital, de précieux. Parfois, lorsqu'elle souriait, il croyait revoir leur petit frère Lucien. Cela le surprenait aussi, de se sentir très proche d'elle.

— Nous aurons beaucoup d'occasions de nous rencontrer, déclara-t-il avec entrain. Tu habiteras à quelques kilomètres. Sans doute, tu auras un logement au-dessus de l'école.

— Oui, bien sûr, quand madame Thibaut aura déménagé, mais elle n'est pas pressée. Je devrai me contenter encore deux mois de ma chambre, à l'auberge. Le soir, c'est d'un triste, le décor n'est pas réconfortant.

— Eh bien, loue une maison, ce n'est pas l'argent qui te manque. Tu m'inviteras à déjeuner, je te fournirai de bons légumes et du vin.

Blanche lui prit la main, attendrie. Leur isolement et le balancement du véhicule la détendaient. Elle ne luttait plus pour s'imposer ou séduire. Cela la rendait encore plus jolie. Jean y fut sensible et l'embrassa sur la joue.

— Je suis bien content d'avoir une sœur aussi belle ! confessa-t-il. Cela m'ennuie que tu retournes au bourg. Tu aurais dû rester au moulin ce soir. Je n'aime pas te savoir seule.

— C'est gentil, Jean, mais j'ai l'habitude. Je n'ai pas eu une vie très gaie jusqu'à présent. Nos grands-parents étaient sévères. Je devais étudier, coudre, ne pas jouer avec les enfants des ouvriers. Je rêvais d'aller à la plage, ils ne voulaient pas. Oh, j'aimerais tant emmener Faustine au bord de la mer et à Guerville. Nous avons une magnifique maison là-bas.

Les yeux de Jean se mirent à pétiller. Il ralentit l'allure de Sirius, à hauteur du pont. Il craignait d'arriver trop vite à Puymoyen.

— Je serais heureux de faire un voyage en Normandie. Je pourrais aller sur la tombe de ma première femme. Pauvre Germaine… C'était une bonne personne, sais-tu…

Blanche soupira et fit le geste d'essuyer une larme.

— C'est un sort cruel de ne pas être élevé par sa véritable mère. Je suis bien placée pour le savoir. Petite fille, je pleurais souvent le soir, dans mon lit, je rêvais de voir maman entrer et se pencher sur moi. Pourtant je ne la connaissais pas. Il faudra parler de Germaine à Faustine, elle aura bientôt l'âge de comprendre.

— Nous avons le temps, elle a juste sept ans.

— Jean, c'est une enfant intelligente et vive, mais trop dissipée. Tu peux me faire confiance, je suis enseignante. Elle aurait besoin d'être raisonnée, de s'assagir. Va-t-elle au catéchisme ?

— Oui, comme Matthieu et Nicolas. Elle n'est pas en retard, tu verras, Basile lui a appris à lire et à compter.

Le front soucieux de Jean et son expression inquiète firent fondre sa sœur de tendresse. Elle s'écria :

— Pardonne-moi, je t'ennuie avec mes questions ! Je suis trop sérieuse, on me l'a souvent reproché. Tu m'as dit que tu voulais greffer des pommiers, je m'y connais. Raconte…

Ils entrèrent dans le bourg, plus complices que jamais. Jean quitta Blanche à regret. Sur le chemin du retour, il décida d'annoncer à Claire l'idée qu'il avait eue.

Claire s'était assise près de la cuisinière, dans le fauteuil en osier. Elle bavardait avec Raymonde qui donnait de la bouillie à son fils calé sur ses genoux. La pièce embaumait le sucre chaud. Basile était allongé à l'étage et les enfants jouaient aux osselets. La jeune femme caressait Sauvageon, enfin libéré. Le chien avait été enfermé dans la grange pendant le séjour de Blanche, qu'il terrifiait. Pour l'instant, il jouissait de la chaleur du feu, sa grosse tête grise posée sur les genoux de sa maîtresse.

— J'ai l'instinct du loup ! chuchota Claire à sa servante. Non, ne te moque pas. Si Sauvageon ne l'aime pas, cette fille, moi non plus.

L'animal releva la tête et grogna de plaisir.

— Il se fait vieux ! ajouta-t-elle. Heureusement, je le soigne à ma façon. J'aimerais bien qu'il courtise une louve et me rapporte un de ses rejetons.

— Oh, madame ! Ce ne serait pas convenable ! plaisanta Raymonde en imitant les haussements de sourcils de Blanche Dehedin.

Claire pouffa. Il faisait sombre derrière les carreaux et le vent se levait. Elle aimait de toute son âme chaque soirée passée au moulin, dans sa maison qu'elle estimait confortable et assez vaste pour eux tous. Soudain, un bruit l'alarma.

— Ecoute, Raymonde, le grincement des roues de la calèche, les sabots de Sirius sur les pavés... Jean est de retour.

— Léon l'attendait à l'écurie. Ils seront tous les deux boueux et crottés, soupira la servante. Et affamés comme mon César.

Jean entra le premier. Faustine se leva et courut vers lui. Elle vouait à son père un amour passionné.

— Alors, ma jolie ! demanda-t-il. As-tu été sage ?

— Mais oui, papa. Je m'amusais.

— Et tes lettres, ton alphabet, tu ne les oublies pas, au moins ? Je veux que tu sois une bonne élève quand ta tante Blanche sera ta maîtresse.

La fillette lui échappa en riant. Elle rejoignit les garçons à cloche-pied. Jean eut un geste d'agacement. Claire fit celle qui n'avait rien entendu. Elle n'avait pas envie de bouger, ni de se quereller avec son mari. Pendant le repas, celui-ci parut de meilleure humeur. Il était ressorti avant la nuit, comme bien souvent, pour enfermer les chèvres à l'écurie.

Colin et Nicolas quittèrent la table les premiers, emportant le plateau destiné à Etiennette. Raymonde débarrassa, empila la vaisselle sale qu'elle laverait à son réveil. Son fils César sur le bras, elle salua Jean qui fumait une cigarette assis près du feu.

— Je vais au lit, patron !

— Appelle-moi encore une fois comme ça et je te frotte les côtes ! plaisanta Jean.

Claire monta coucher Faustine et Matthieu. Tous les soirs, les deux enfants embrassaient Basile au passage. Le vieil homme dînait de plus en plus souvent dans sa chambre.

Il lisait, un bonnet en laine sur le crâne, sa pipe éteinte entre les dents.

— Tu n'as plus besoin de rien ? demanda Claire.

— Non, ma belle.

La jeune femme borda Faustine et lui chantonna une comptine. La fillette soupira :

— J'aimais bien quand Matthieu dormait là, dans le lit en fer. Il me racontait des histoires.

— Et je vous entendais rire et chahuter ! Dors vite, ma chérie. Tu vas à l'école demain. Tu as Sauvageon pour te protéger.

— Oui, maman…

Faustine se pelotonna sous ses couvertures et ferma les yeux. Claire savourait ce mot « maman » prononcé avec une tendresse si sincère. Elle redescendit après avoir embrassé Matthieu. Jean n'avait pas bougé, le regard fixé sur les flammèches du foyer. Cela la rassura. Ils étaient rarement seuls dans la cuisine.

— Je vais nous faire une tisane de verveine !

— Pas pour moi, je me suis servi une goutte…

Claire aperçut la bouteille d'eau-de-vie de prune posée près de lui, à même le carrelage. Cela lui fit songer à Frédéric, son premier mari, qui buvait beaucoup.

— Une tisane serait préférable à cette heure-ci, mais je suppose que tu en avais envie !

Elle s'approcha et l'enveloppa d'une étreinte passionnée. Il se tourna un peu, cherchant ses lèvres. Elle répondit à son baiser, tout heureuse de leur intimité retrouvée. Cela lui donna envie de prolonger la soirée.

— Je vais commencer une écharpe pour papa, il tousse souvent. J'ai acheté de la laine bleu ciel au colporteur.

La jeune femme s'assit en face de lui sur un tabouret. Elle ouvrit un cabas en cuir et en tira des pelotes et des aiguilles. Jean l'observait d'un air distrait.

— Je brasse trop d'idées en ce moment ! dit-il sans préambule. Tiens, hier, je pensais à Victor Nadaud. As-tu des nouvelles de lui ?

— Oui, il envoie régulièrement l'argent du loyer avec une

carte postale. Le mois dernier, il était en Italie. Tu fais bien de m'en parler, je dirai à Léon d'aller chauffer la maison à cause de l'humidité.

Claire comptait ses mailles. Elle souriait, apaisée par cette ambiance calme des veillées dont elle ne se lassait pas : le crépitement du feu, les volets clos, la promesse de s'allonger l'un contre l'autre, plus tard. Jean s'étira et bâilla, avant d'ajouter :

— C'est plaisant, cette paix, ce silence. Câlinette, puisque nous sommes tranquilles, je voudrais te confier quelque chose. J'en ai dit deux mots à ton père, il est d'accord. Voilà…

Il hésitait, moins sûr de lui soudain. Claire se mit à rire tout bas :

— Vas-y, qu'est-ce que tu as de si grave à m'annoncer ?

— C'est à propos de ma sœur, et j'ai l'impression que tu ne l'apprécies pas. Alors, je t'en prie, écoute-moi et ne te mets pas en colère.

Déjà, elle s'était crispée, sur la défensive. Jean poursuivit, gêné :

— Eh bien, je crois que Blanche serait mieux logée ici, au moulin, qu'à l'auberge. Je te le répète, Colin est de mon avis. Ce n'est que provisoire, le temps qu'elle puisse emménager à l'étage de l'école. Le matin et le soir, elle pourrait faire le chemin avec les enfants. S'il pleut ou s'il gèle, Léon les conduira en calèche.

Très digne, Claire rangea ses pelotes de laine et ses aiguilles. Elle referma le cabas, le posa contre sa chaise et croisa les mains sur ses genoux.

— J'en étais sûr, tu boudes ! s'écria-t-il.

— Ne réveille pas les petits ! ordonna-t-elle d'une voix tremblante. Je te rappelle que nous n'avons pas de chambre inoccupée.

— Voyons, Claire, ne sois pas têtue. C'est un peu ridicule que Matthieu dispose d'une pièce pour lui seul. Il peut dormir chez Basile ou avec Faustine.

Elle secoua la tête, furieuse. Le charme était rompu. En

imaginant sa belle-sœur installée sous leur toit, partageant chaque repas, Claire perdit patience.

— Jean, Matthieu dort dans mon ancienne chambre. J'y ai passé des années, Bertille aussi. Cela ne me plaît pas, de la céder à une étrangère. Je ne comprends pas... Blanche est fortunée, elle n'a qu'à louer une maison à Puymoyen.

— Alors que nous sommes à deux kilomètres à peine ? Elle se sent seule, dans une région inconnue. Que lui reproches-tu, à la fin ?... Tu as dit une étrangère ! Tu devrais l'aimer autant que je l'aime, c'est ma sœur jumelle, Claire !

La jeune femme menait un dur combat. Au fond de son cœur, elle savait que Jean avait raison et que l'inimitié qu'elle éprouvait se fondait sur des sentiments peu chrétiens. Elle aurait voulu accepter d'emblée cette solution, accueillir Blanche à bras ouverts. Cela lui était impossible.

— Tu l'aimes ? demanda-t-elle. Il y a quelques jours, tu ignorais son existence. C'est une personne pleine de qualités, je te l'accorde, mais elle critique sans cesse notre manière de vivre, elle rabroue Raymonde et bat froid à Etiennette.

— Claire, là, tu dis n'importe quoi ! Oui, je l'aime, même si je la connais peu. Elle était triste de rentrer au bourg, je peux te l'assurer.

— Je n'en doute pas. Rien ne l'obligeait à venir s'exiler en Charente. Depuis qu'elle est arrivée, tout va de travers entre nous. Excuse-moi, c'est la vérité. Tu fais à peine attention à moi, tu prends des décisions sans me consulter.

Jean se servit un second verre d'eau-de-vie et l'avala d'un trait. Son visage prit une expression dure.

— Je sais ce qui te dérange, dit-il. Du jour au lendemain, j'ai changé de condition. Tu me préférais ancien bagnard, misérable. Cela te flattait de m'offrir un toit, une vie de famille, un bout de terre. Mais je suis devenu un riche héritier, j'ai des biens en Normandie, je ne dépends plus de votre bonté, à vous, les Roy, et cela te chiffonne... Tu n'es qu'une égoïste.

Il se leva dans un grand geste de colère en attrapant son ciré. La porte claqua. Il faisait nuit noire et la pluie tombait dru. Claire resta frappée de stupeur, le cœur brisé. Les reproches de Jean l'avaient touchée en plein cœur. Livide, le regard rivé à la place où se trouvait son mari un instant plus tôt, elle ne pouvait même pas pleurer. Le pire, c'était cette petite voix intérieure qui lui chuchotait que Jean n'avait pas entièrement tort.

Je devrais avoir honte, s'accusa-t-elle. Jean a raison. Je crains par-dessus tout qu'il désire habiter à Guerville et reprendre la direction de la verrerie, et que je sois obligée de le suivre, comme le ferait une bonne épouse soucieuse de la réussite de son mari et de son bonheur.

Elle revoyait les clichés photographiques de Blanche, la maison des Dehedin aux allures de manoir, le parc superbe, les bâtiments de la verrerie. Elle pensa à Faustine, qui pourrait bénéficier d'une existence aisée, faire de longues études, fréquenter la bourgeoisie normande.

Quand Jean est parti, il y a des années, pour s'embarquer, se dit-elle encore, j'étais prête à tout laisser pour le suivre à Paris ou en Amérique. Maintenant, je refuse de m'éloigner du moulin, de ma vallée. Je ne suis qu'une égoïste… Pourtant je l'aime, je l'aime de tout mon être.

Comme si elle allait partir à l'aube, Claire dressa l'inventaire de son cher foyer. Cela commença par les casseroles en cuivre, les meubles entretenus avec soin, sa chambre, son potager et son jardin d'herbes médicinales. En évoquant Sirius, le cheval qu'elle chérissait, les premières larmes coulèrent le long de son nez. Il y avait aussi ses chèvres, ses lapins, surtout une vieille femelle rousse qui lui avait donné plusieurs portées, et Sauvageon, le chien coupé de loup.

— J'étais si heureuse ici ! gémit-elle.

La liste continuait, elle en avait le ventre noué. Comment renoncer au sourire malicieux de Matthieu, ce frère qu'elle avait élevé, à la tendresse malhabile de Nicolas, et à Basile, à Raymonde, à son père dont la santé l'inquiétait. Bientôt des figures extérieures lui apparurent : tous les gens qui venaient au moulin, le laitier, le colporteur, les fournisseurs de colle et de chiffons, Jeanne, la mère de sa servante.

Pas un instant elle n'eut l'idée de sortir, de chercher Jean. Il lui en voulait sûrement. Elle se sentait coupable. Il revint au bout de dix minutes, son ciré ruisselant. Il parut surpris de la voir dans la même attitude, comme pétrifiée.

— C'est un vrai déluge, dehors... dit-il.

Elle le regarda secouer ses vêtements et repousser les lourdes boucles brunes qui collaient à son front. Un autre soir d'automne, il était entré ainsi, trempé, après deux mois passés à La Rochelle. Elle s'était ruée sur lui, fébrile, malade de désir. C'était avant leur mariage respectif, avant la mort de Germaine et de Frédéric. Claire conclut très vite que les drames du passé les avaient tous deux marqués dans leur âme et leur chair.

— Pardonne-moi ! supplia-t-elle. Je ne sais pas ce qui m'a pris d'être aussi bornée et méfiante.

Il l'avait rejointe et se chauffait les mains à la cuisinière.

— Jean, j'ai eu peur de vous perdre, toi et Faustine. C'est un sentiment peu honorable, mais j'ai l'impression que Blanche veut vous voler à moi. Bien sûr, je me trompe, ce sont des fadaises. Je suis jalouse, et ce n'est pas du tout glorieux de ma part. Toi, tu me partages avec tous ces gens, mes frères, mes amis, ma famille... Oh, je ne trouve pas mes mots. Pardonne-moi, je suis désolée. J'ai gâché ta joie, et celle de ta sœur sans doute.

Claire tendait vers lui son doux visage au dessin harmonieux. Il la regardait d'un air perplexe. Elle était mieux que belle. Sa séduction tenait à la courbe enfantine de ses lèvres, aux yeux sombres pleins de bonté. Il se souvint de l'adolescente exaltée qui, dix ans auparavant, l'avait découvert dans la grange de Basile. A cette époque, elle n'avait pas cette expression grave et tendre, elle n'était que vivacité et audace. Une jeune fille inconsciente de sa beauté et de son pouvoir sur les hommes, déjà généreuse, prête à lutter contre toutes les injustices.

— J'ai des torts aussi, Claire, déclara-t-il. Je me suis emballé, comme si je devenais un autre Jean. Mais je veux que tu le saches, je n'avais pas l'intention de te faire souffrir, ni de te vexer.

Il l'obligea à se lever en la prenant aux épaules. Ses doigts étaient brûlants.

— Viens dans mes bras, Câlinette, faisons la paix.

Evidemment, la jeune femme fondit en larmes, blottie contre son mari. Entre deux hoquets, elle chevrota :

— Si tu veux habiter à Guerville, je te suivrai.

Jean éclata de rire en la serrant plus fort.

— Que tu es bête, parfois ! Je n'ai pas envie d'être patron, ni bourgeois. Et mes arbres, ma vigne ? Ce qui me plairait, ça oui, c'est t'emmener là-bas avec Faustine. Au printemps, tiens, quand les pommiers sont en fleurs à perte de vue... Et la mer, Câlinette, les plages immenses, les falaises. Les mouettes qui se laissent porter par les vagues.

— Nous irons, Jean ! promit-elle. C'est ton pays natal et celui de notre fille.

Claire frotta sa joue dans le cou de son homme. Lui aussi semblait soulagé, n'appréciant guère les querelles et les conflits.

— Tout à l'heure, dit-il soudain, quand je te parlais de Victor, c'était dans l'idée de loger Blanche. Je me disais que cela te dérangerait moins. Nadaud ne vient que l'été, et encore. Elle te verserait un loyer plus intéressant, à mon avis.

La jeune femme soupira. La solution lui aurait convenu, mais sa loyauté le lui interdisait.

— Non, je ne peux pas mettre Victor à la porte. Il y a toutes ses affaires, sa collection de fossiles, de pierres taillées. J'ai signé un bail, lui aussi. Ne te tracasse pas, mon amour. Je vais installer Blanche dans la chambre de Matthieu. Il faudrait des rideaux neufs, quelques bibelots et un nécessaire à toilette. Faustine sera ravie de récupérer son protecteur. Ce soir encore, elle le réclamait.

Jean recula, l'air soucieux. Claire lui lança un regard surpris.

— Il ne faudrait pas, à la longue, que ton frère en profite ! s'inquiéta-t-il. L'occasion fait le larron, dit-on. Il est toujours à cajoler Faustine, à la chatouiller. Enfin, tu me comprends...

Claire fut outrée. Elle se dégagea de l'étreinte de Jean.

— Comment oses-tu soupçonner Matthieu ? dit-elle,

éberluée. Il n'a que dix ans, il n'est pas vicieux. Jean, ce sont des enfants. Ils ont grandi ensemble. Là, tu exagères. Je sais que tu n'aimes pas beaucoup mon frère, mais quand même !

— J'ai vu de drôles de choses, gamin, au bagne ! Les garçons, même à cet âge-là, ne sont pas des as de vertu.

— Je t'en prie, tais-toi ! lui ordonna-t-elle. Tu es plus averti que moi à ce sujet, mais ne salis pas l'image que j'ai de mes deux chéris. Je surveillerai Matthieu, je lui demanderai d'être moins démonstratif avec Faustine, mais c'est vraiment pour te tranquilliser. Vous, les hommes, vous voyez le mal partout.

Jean l'embrassa sur la bouche, de façon explicite. Ils éteignirent la lampe, ne gardant qu'une chandelle dans son bougeoir pour monter l'escalier. Une fois encore, ils se réconcilièrent au creux de leur grand lit, dans l'obscurité complice.

·

Moulin du Loup, fin novembre 1907

Claire était assise dans le bureau de son père, une petite pièce que Léon avait repeinte au début de l'automne. La jeune femme travaillait tous les matins à la gestion du moulin. Elle vérifiait les commandes, les livraisons et les comptes. Les ouvriers avaient coutume de discuter avec elle quand il s'agissait de comparer la qualité des feuilles de papier ou de prévoir la production de carton, son domaine de prédilection. Colin ne cachait pas que l'initiative de sa fille de fabriquer des cartons fins pour les emballages de jouets et de produits de toilette avait sauvé les Roy de la faillite.

Jean est prêt à dépenser une part de son capital pour rénover les bâtiments, acheter cette machine, pensait-elle, mais cela m'ennuie. Nous avons toujours su maintenir la tête hors de l'eau... Si nous gardons nos clients, il n'y a pas de soucis à se faire.

Elle était lucide. La maison et le moulin, les terres alentour leur appartenaient. Ils ne manquaient jamais ni de charcuterie – ils élevaient un cochon chaque année –, ni de volailles, ni d'œufs. Les fruits abondaient, les légumes aussi, grâce aux deux potagers et à la terre fertile de la vallée. Les chèvres fournissaient du fromage et du lait pour les enfants.

Depuis des années, nous n'achetons que la farine, le sucre et le café, le vin aussi, mais, à présent, Jean produit un bon petit rouge, bien suffisant pour la table.

Malgré ces récapitulatifs réconfortants, Claire avait décidé de réduire le nombre des ouvriers. Le premier sur la liste serait Gontran, même si Colin prétendait que ce colosse morose et râleur était dur à la tâche.

Il y a des bruits qui courent, sur Etiennette et lui. Papa est bien le seul à ne pas les entendre.

Elle commençait à classer des bordereaux quand on frappa. Jean et Blanche entrèrent.

— Nous ne te dérangeons pas au moins ? demanda son mari. Blanche voudrait visiter le moulin. Nous lui promettons ça depuis un mois déjà.

Claire se leva. Elle avait oublié que c'était jeudi. Elle adressa un sourire bienveillant à sa belle-sœur emmitouflée dans un manteau cintré en fourrure de martre. La cohabitation avec Blanche se passait beaucoup mieux que prévu. Sa fonction d'institutrice l'accaparait. Elle partait tôt le matin avec les trois enfants, rentrait le soir en leur compagnie, dînait avant la famille et se réfugiait dans la chambre qui lui avait été attribuée. Là, elle se penchait sur les cahiers de ses élèves, les devoirs à corriger, et préparait les leçons du lendemain.

Le dimanche, elle se rendait à la messe à pied, même s'il pleuvait. En somme, elle était plus discrète qu'on aurait pu le penser et semblait prendre de soigneuses précautions pour ne pas déranger les Roy dans leur façon de vivre. Les remarques, les piques aigres avaient disparu. Raymonde avait son opinion quant à ce revirement :

« Elle a eu ce qu'elle voulait, madame. Alors, elle se tient à carreau ! Quand même, elle n'est pas méchante. Ce beau boulier qu'elle a offert à mon César… Elle n'était pas obligée. »

Claire enfila une vieille blouse grise et conduisit Jean et sa sœur dans la salle des piles. Il y régnait une tiédeur humide en raison des braseros allumés sous les cuves. Colin et ses ouvriers, au fond du vaste bâtiment, procédaient à l'encollage des feuilles de vélin royal qui avaient mis le double du temps ordinaire pour sécher. Il pleuvait depuis quinze jours. La maîtresse des lieux désigna une pièce adjacente :

— Là, c'était le pourrissoir. Les chiffons se décomposaient dans de l'eau. Une couche de petits champignons noirs indiquait qu'ils étaient prêts à être broyés par les piles à maillets. Je vous parle des anciennes méthodes, Blanche. Nous utilisons maintenant de la cellulose, de la fibre de bois, mais mes cartons sont encore à base de chiffon.

Blanche jeta des coups d'œil impressionnés aux mécanismes massifs que les roues à aubes actionnaient par le biais d'un arbre à cames. Claire ajouta, d'un ton rêveur :

— Voyez, la pile à maillets est un peu comme un marteau géant hérissé de pointes à son extrémité. Le mouvement de pilonnage permanent brasse la pâte à papier que l'on verse ensuite dans des formes...

— Je vous admire, Claire, s'écria Blanche, de supporter ce bruit assourdissant et cette odeur étrange !...

— J'ai grandi ici. Papa me chassait dès que je m'aventurais dans cette salle, mais je revenais en cachette.

Jean était fier de sa femme, qui expliquait l'usage de chaque outil d'une voix posée, en termes simples et précis.

— Voici un de nos tamis, reprit Claire. Ce petit motif, en fil de cuivre, sert à estampiller nos papiers, il crée le filigrane, ce dessin que l'on aperçoit en transparence. Jadis, c'était un oiseau ; depuis deux ans, j'ai imposé une tête de loup. Ainsi, même quand Sauvageon nous quittera, car il vieillit, comme nous tous, son souvenir demeurera. Après tout, c'est à cause de lui que le moulin a changé de nom.

Ils saluèrent Colin à distance, puis Blanche voulut visiter les étendoirs. Elle demanda, intriguée, en quelle circonstance le lieu avait été débaptisé. Claire lui montra le trou et sa chute d'eau.

— Un de nos ouvriers, surnommé le Follet, s'est tué

dans ce puits naturel en sauvant mon frère Nicolas de la noyade. Mon chien, qui est né d'une louve, a senti le danger. Oh ! C'est compliqué à raconter et cela me rend triste de remuer ces souvenirs. Jean passait au tribunal le même jour, à Angoulême. Bref, Sauvageon hurlait si fort que les gens sont accourus. Hélas ! le Follet a payé de sa vie son dévouement à notre famille[1]...

Jean caressa les cheveux de sa femme.

— C'est du passé. Viens, montons aux étendoirs. Blanche, figure-toi que Claire aimait jouer là-haut quand elle était toute petite. Elle se disait que toutes ces feuilles blanches en train de sécher étaient des ailes d'ange.

— Mais vous êtes une poétesse qui s'ignore, Claire ! Parole d'institutrice !

Ils grimpèrent avec entrain les marches en pierre, étroites et glissantes. Jean, moqueur, expliqua :

— Vingt-deux kilomètres de corde de chanvre, petite sœur ! Combien d'allers et de retours quand on sait que ce plancher mesure environ une trentaine de mètres, ou plus ? Voici un beau problème de calcul ! Fichtre, je vais arpenter...

Sous le regard égayé des deux femmes, Jean se mit à marcher d'un pas régulier, qu'il estimait d'un bon mètre. Plus il s'éloignait, plus il comptait fort. Sa voix, bien qu'affaiblie par les rafales de vent, sonna aussi sinistrement que le glas pour Etiennette et Gontran. Vite, l'épouse de Colin baissa jupons et robe et tenta d'agrafer son corsage. Lui, dégrisé, la repoussa et remit son pantalon. Mais Jean avait eu le temps de voir une jambe gainée d'un bas noir, un carré de peau blême et deux silhouettes affolées. Il fit demi-tour aussitôt, en courant presque.

— Il fait trop froid, j'abandonne ! annonça-t-il. Il y aurait de quoi attraper un bon rhume. Ne bougez pas, surtout, j'arrive. Rentrons boire au chaud une chicorée...

Blanche, qui frissonnait, approuva. Claire fronça les sourcils, déconcertée par l'attitude de Jean et son intona-

1. Voir *Le Moulin du Loup.*

tion fausse. Elle le connaissait assez pour être sensible aux moindres nuances de sa voix. Cependant, elle descendit la première en recommandant à sa belle-sœur de bien tenir la rampe en métal scellée dans le mur.

Ils traversaient la cour pavée quand Claire aperçut Léon qui s'éloignait sur le chemin, à bicyclette, en pédalant comme un forcené. Raymonde sortit en courant de la maison. Elle hurlait :

— Madame, venez vite ! C'est monsieur Basile…

10

Un ami s'en va

Claire sentit son cœur bondir si fort qu'elle crut perdre connaissance. Raymonde sanglotait en se cramponnant à elle.

— Madame, faites vite, je vous en prie. Monsieur Basile est tombé de son lit. J'ai entendu un gros bruit. J'ai appelé, rien… Alors je suis montée et je l'ai trouvé sur le plancher, comme mort. Mais il respire encore. Léon est parti chercher le docteur. J'ai pensé que c'était la première chose à faire.

Jean s'était déjà rué à l'intérieur de la maison. Claire entraîna la servante vers le perron :

— C'est bien, Raymonde, vous avez bien fait, pour le médecin ! Le temps qu'il arrive…

La jeune femme se précipita vers l'escalier en relevant ses jupes, suivie de Raymonde qui pleurait.

Blanche entra dans la cuisine peu après, tremblante d'émotion. Elle aimait beaucoup le vieillard qui lui racontait à l'occasion ses débuts d'instituteur et qui lui prêtait des livres. Cependant elle n'osa pas monter.

— Ma tante ? fit une petite voix. Est-ce que pépé va mourir ?

Entourée de Nicolas et de Matthieu, Faustine la regardait d'un air terrifié. Les garçons avaient eux aussi une mine attristée. Ils jouaient avec des petits soldats de plomb quand il y avait eu ce choc sourd, à l'étage, et très vite les cris de Raymonde et Léon affolé.

— Venez là, mes enfants ! soupira Blanche. Nous allons

attendre tous les quatre des nouvelles. Jean et Claire sont auprès de Basile. Le docteur va venir.

— Mais est-ce que pépé va mourir ? répéta Faustine, la bouche tordue par une grimace de chagrin. Moi, je ne veux pas…

Blanche s'était assise près de la cuisinière. Elle attira la fillette dans ses bras, tandis que Matthieu et Nicolas jetaient des regards craintifs autour d'eux, comme si un monstre rôdait.

— Monsieur Drujon, enfin Basile, que vous aimez si tendrement, est très âgé. Je ne sais pas ce qui se passe. Nous pourrions prier ensemble, pour que la Vierge Marie le protège.

Faustine joignit les mains sur la poitrine, mais Nicolas recula et se sauva. Il n'aimait pas les prières.

— Je vais prévenir mon père ! dit-il en sortant.

Matthieu l'aurait bien imité ; pourtant il ne bougea pas. Faustine avait les yeux pleins de larmes. Blanche vit soudain Sauvageon approcher.

— Comment le chien est-il entré ? interrogea-t-elle.

C'était le seul point qui posait problème. La jeune femme n'avait pas vaincu la peur viscérale que lui inspirait l'animal. Claire jonglait avec les horaires de sa belle-sœur, gardant Sauvageon dans la maison quand Blanche n'y était pas, le mettant dehors dès qu'elle s'y trouvait. Elle agissait ainsi à regret, mais force lui était de constater l'animosité inexplicable de son vieux compagnon à l'égard de leur invitée. Là encore, il grognait, le poil hérissé.

— Oh, mon Sauvageon ! gémit Faustine.

Les prunelles dorées de la bête s'adoucirent. La petite fille cessa de prier et se jeta à genoux, les deux bras autour du cou du chien. Elle le serrait de toutes ses forces, le visage enfoui dans la fourrure épaisse et humide.

— Mon Dieu ! balbutia Blanche. Matthieu, fais-le partir. S'il m'attaquait…

— Il n'est pas méchant, coupa Faustine, il me console. Tu vois bien, ma tante, qu'il est venu pour moi, parce que pépé est très malade.

— Avant, déclara Matthieu, il dormait au pied du lit de Faustine. Maintenant il n'a plus le droit.

Cela sous-entendait une vague accusation, ce dont Blanche fut vexée. Elle avait cru bien faire en disant à Jean que ce n'était pas sain, un animal dans une chambre, mais elle comprenait que les enfants lui en voulaient.

L'arrivée de Colin la soulagea.

— Comment va Basile ? demanda-t-il en ôtant ses sabots boueux.

— Je ne sais pas, dit-elle. Claire, Jean et Raymonde sont toujours là-haut. Mon cher Colin, avant de monter à votre tour, pourriez-vous remettre Sauvageon dehors ?

Le maître papetier hésita, à cause de Faustine, toujours accrochée au cou du chien. La fillette le suppliait en silence. Pour la première fois, il ne céda pas au charme de la jeune femme.

— Mademoiselle Blanche, je vais vous donner un conseil. Si vous laissez cette bête tranquille, elle vous fichera la paix aussi ! Tant que vous aurez une telle frousse, il sera méfiant à votre égard. Soyez raisonnable, à la fin.

Sur ces mots, il se dirigea vers l'escalier.

Basile ronchonnait, pendant que Claire le bordait et arrangeait ses oreillers.

— Ce n'est pas la peine de faire tant d'histoires parce que je suis tombé du lit, petiote ! maugréa-t-il. Et toi, Jean, ne prends pas cet air tragique… Tu ferais mieux d'aller me chercher un verre de fine.

Raymonde activait le feu du gros poêle en fonte. Elle protesta :

— Oh, monsieur Basile, ce n'est pas gentil, ça ! Je vous croyais mort, moi, tout raide par terre, les yeux blancs.

— Je me suis assommé, la belle affaire ! Ce n'est qu'une culbute… J'en ai vu d'autres sur les barricades, à Paris ! Une balle dans l'épaule, un soldat qui m'a esquinté la jambe à coups de baïonnette. Je ne suis pas à l'article de la mort ! Ne faites pas ces têtes d'enterrement.

Claire esquissa un pauvre sourire. Elle avait eu une telle peur que ses jambes tremblaient encore. Jean n'était guère plus vaillant. Ils avaient pris conscience d'une façon aiguë et brutale de l'importance du vieil homme dans leur vie. C'était un ami, un personnage instruit, un sage, et de plus le témoin principal de leur amour.

— Je n'oublierai jamais que tu m'as rejoint en Normandie, Basile, que tu as su être un vrai père pour moi et un grand-père pour Faustine, plus patient et plus aimant que Norbert Chabin qui a rejeté ma fille, sa petite-fille ! déclara le jeune homme[1].

— Allons, mon petit gars, du cran ! Je vais casser ma pipe un de ces jours, j'ai quatre-vingt-deux ans… Nous en avons profité, dis, de notre amitié.

Raymonde essuya une larme, bouleversée par la discussion. Colin entra après avoir toqué une fois à la porte. Il avait entendu la voix de Basile et en était rassuré.

— Eh bien, c'était une fausse alerte ! plaisanta le papetier. Cet idiot de Nicolas a déboulé dans la salle des piles en gueulant que le pépé était mort ou presque. Je vois que vous rouspétez encore, c'est bon signe.

— Mon cher Colin, au moins vous prenez les choses du bon côté ! Je me suis empêtré dans le drap et j'ai basculé la tête la première. Pensez, j'étais sonné quand Raymonde est montée. Je voulais garnir le poêle. Avec cette fichue pluie, mes rhumatismes me torturent.

Claire tendit l'oreille. Quelqu'un montait. Elle courut sur le palier et se trouva nez à nez avec le jeune Marcel Font, le successeur du docteur Mercier. C'était un long et mince gaillard aux cheveux blonds, à la moustache fine.

— Ah, docteur, entrez. Monsieur Drujon a fait une chute. Il a perdu connaissance.

— Ah ! fit le médecin, voyons ça.

Elle le précéda jusqu'au chevet de Basile, qui la congédia d'un regard ironique. Tous sortirent. Jean, Colin et Raymonde descendirent dans la cuisine ; Claire patienta en déambulant le long du couloir. Contre toute logique, un pressentiment l'accablait. Elle doutait de la véracité des propos de son vieil ami.

---

1. Voir *Le Moulin du Loup*.

L'examen lui parut interminable et, plus les minutes s'écoulaient, plus elle avait la conviction que l'incident n'était pas si anodin que ça. Le docteur sortit enfin, ajustant son chapeau d'une main.

— Alors ? demanda-t-elle tout bas.

— Que vous dire ? Le cœur n'est pas fameux… Je penche pour un malaise de cette nature. Il lui faut du repos, une nourriture digeste. Je vous ai laissé une ordonnance, un reconstituant qui fait merveille, mais…

— Mais ? bredouilla-t-elle.

— Son cœur est fatigué ; il peut s'arrêter de battre n'importe quand. Il m'a prié de vous prévenir, vous seule.

Le médecin la salua, sans bouger toutefois. Claire, pressée de parler à Basile, entrouvrit la porte de la chambre.

— Si je peux me permettre, madame Dumont, c'est bien la nouvelle institutrice qui est en bas… Je l'ai croisée au bourg. Quelle jolie femme ! Blanche Dehedin, je crois ?

— Oui, docteur, et il s'agit de ma belle-sœur, la sœur de mon mari, bien sûr, mes autres frères étant trop jeunes pour avoir une épouse… Elle vient de Normandie et loge chez nous.

Marcel Font n'en espérait pas tant. En d'autres circonstances, l'intérêt de ce jeune et aimable médecin, récemment installé dans la région, lui aurait paru opportun. Si Blanche convolait, elle partirait. Même si les deux femmes commençaient à sympathiser, Claire redoutait de voir la cohabitation perdurer et cela la gênait, à cause de son chien, relégué à l'extérieur de la maison la plupart du temps. Mais là, elle ne pensait qu'à Basile et prit congé du docteur.

Qu'il paraît fragile ! pensa-t-elle en approchant du lit.

La lampe de chevet était allumée et son éclat accusait sans pitié les traits émaciés de l'ancien communard. Les rares cheveux, d'un blanc jaune, laissaient à nu le crâne brillant.

— Basile… Alors je ne me trompais pas ? s'inquiéta Claire. C'est grave…

Elle s'assit sur une chaise, le plus près possible du malade. Il la regarda, mi-navré, mi-moqueur.

— Petiote, garde ça pour toi, je te prie. Les hommes

se croient forts, mais tu as vu Jean, il était prêt à tourner de l'œil. Je te connais, tu aimes la franchise. Mais devant Raymonde, cette brave gosse, et mon Jeannot, je préférais tricher encore un peu.

Claire ne cherchait pas à cacher les larmes qui jaillissaient de ses yeux. Elle tenait entre les siennes la main squelettique de Basile.

— Quand même, tu vas te battre ? supplia Claire. Pour moi, les enfants et Jean… Si tu te reposes, si je te soigne bien…

Il eut un geste d'indifférence en la fixant d'un regard resté incisif, hardi.

— Je peux m'en aller en paix, petite. Vous êtes mariés, Jean et toi, et riches. Les enfants savent lire et écrire, Faustine fait ma fierté. Elle ira loin, cette gosse. Pousse-la à devenir institutrice, l'éducation a comme vertu de modeler l'individu et notre société a besoin de têtes pensantes. Je n'ai jamais méprisé les femmes, bien au contraire. Elles sont l'avenir, à mon avis. Sais-tu, quand je me suis effondré, tout à l'heure, avec cette douleur à la poitrine, j'ai appelé Marianne. Oh ! A voix basse, je ne pouvais pas respirer. Je ne crois pas en toutes ces bondieuseries, la vie éternelle et le paradis, mais si j'avais une chance de la revoir, dans leur fichu au-delà, je serais le plus heureux des hommes.

Claire souriait, attendrie. Elle contemplait et écoutait Basile avec avidité, afin de ne rien oublier de lui : ses mines intimidantes de maître d'école, sa voix encore chaude et timbrée.

— Tu l'as aimée très fort ? Je te revois, à l'annonce de son décès. Désespéré, dur, agité aussi. Moi, je ne comprenais rien, je ne pensais qu'à mon louveteau.

Le vieillard ferma à demi les paupières. Il étreignit les doigts de Claire.

— Si je l'ai aimée, cette femme ? Tu n'en as pas idée. J'ai dû me contenir bien des fois pour ne pas monter au domaine de Ponriant l'arracher à sa brute de mari, ce pourceau de Giraud. Il l'a tuée, sans la frapper, non, il l'a laissée mourir.

Claire se pencha un peu, effarée :

— Comment le sais-tu ? Tu n'as pas de preuves... Enfin, tu délires, Basile !

— Oh non ! Il y a eu des rumeurs, des ragots. Pernelle était bavarde, son neveu, Louis, encore plus. Ils ont entendu de drôles de bruits et des cris, la nuit de sa mort. Mais Edouard Giraud terrorisait ses domestiques ; personne n'a bronché. Le lendemain, il paraît qu'il buvait à sa liberté retrouvée. Ce fumier a eu un moment des vues sur toi.

Ecœurée par ce qu'elle venait d'entendre, Claire se leva. Les mots de Basile la replongeaient dans un passé haï, dont elle avait réussi à effacer la charge de souffrances et d'humiliations.

— Tu te fatigues à parler autant. Je vais te chercher un bol de bouillon de pot-au-feu. Je l'avais dégraissé pour les enfants. Mais je reviens vite, je ne te lâche plus ! affirma-t-elle.

— Veillez, car vous ne savez ni le jour ni l'heure ! ironisa-t-il d'un ton amusé.

— Tu cites les Evangiles maintenant ! s'étonna Claire.

— Et alors, je suis baptisé, j'ai dû suivre le catéchisme, sinon ma mère m'aurait rossé... Mais je te préviens, petiote, quand je serai raide, rayé de la carte du monde, je veux un enterrement civil, pas de cérémonie à l'église ni de messes. Cela vous fera des économies. Promets-moi...

Claire secoua la tête, incapable de répondre. Enfin elle s'écria :

— N'exige pas ça de moi, Basile ! Je ne suis guère pieuse, je ne cours pas tous les dimanches à l'église, et c'est en grande partie ta faute, avec tous tes discours philosophiques, mais de là à te priver des sacrements... non, non et non ! Et ta tombe ? Pas de croix, pas de fleurs ?

Le vieil homme haussa les épaules.

— Après tout, qu'est-ce que j'en aurai à faire, une fois mort ? Si cela te console, ma petiote chérie, agis à ta guise. Mais je viendrai te tirer les orteils dans ton lit... Bouh ! Je ferai un beau revenant !

Claire sortit et faillit claquer la porte. Basile blaguait sans se rendre compte combien il la torturait. Elle descendit en sanglotant, un mouchoir sur la bouche pour étouffer l'écho de ses larmes. Jean la vit ainsi et la prit dans ses bras.

— Claire, que se passe-t-il ? Ne me dis pas que…

— Mais non, il va bien ! Seulement il me fait de la peine à me dicter ses dispositions, au cas où il… Je ne veux pas qu'il nous quitte !

Elle pleura plus fort, blottie contre son mari. Raymonde et Léon la regardaient, consternés. Faustine et Matthieu se serrèrent l'un contre l'autre. Blanche observait la scène d'un air gêné. Claire pria Jean de sortir un instant avec elle. Ils se tinrent sur le perron, protégés par l'auvent. Il pleuvait à torrents.

— Jean, je ne veux pas te mentir, je m'en voudrais trop ! commença-t-elle. Le docteur m'a dit la vérité ; Basile m'avait demandé de te la cacher. C'est trop lourd à porter seule. C'est son cœur. Il doit éviter le moindre effort. Je ne peux pas accepter, je l'aime tant.

Les jeunes époux se regardèrent, tous deux émus et anxieux. Ils avaient l'impression d'être ramenés dix ans en arrière, quand ils se retrouvaient en secret chez Basile, alors vaillant, protecteur, complice aussi de leur passion.

— Nous allons prendre soin de lui, dit Jean, et ses prunelles d'un bleu intense brillaient de détermination. L'hiver arrive, il faut que Basile garde la chambre, qu'il ait bien chaud, qu'il soit dans le calme.

Claire se réfugia contre lui, réconfortée par son étreinte énergique. Soudain elle se dégagea :

— Je dois lui monter du potage. Toi, remplis une hotte de bûches, du chêne de trois ans, bien sec.

Ils échangèrent en souriant une promesse muette : lutter ensemble pour prolonger l'existence si fragile d'un homme qu'ils aimaient et respectaient.

La vie quotidienne reprit son cours. Au fil des conversations, à table ou près du feu, toute la famille sut bientôt la menace qui pesait sur Basile. Il ne le soupçonna pas un instant. Jean n'avait guère de travaux en cours, vu la pluie persistante. Il disputait avec le vieil homme de nombreuses parties de cartes ou de dames. Ce qu'il avait surpris dans les étendoirs, Etiennette et Gontran en flagrant délit, lui était un peu sorti de la tête. Il y pensa un soir, mais évita de l'avouer à Claire. Elle était si nerveuse qu'il préférait la ménager.

Les enfants eurent le droit de rendre visite à leur « pépé » à condition de ne faire aucun bruit et de ne pas s'agiter. Matthieu, dès le retour de l'école, proposait à Claire ou à Raymonde de les aider. Le garçon ne craignait pas de grimper l'escalier quatre ou cinq fois afin de vérifier que Basile ne manquait de rien.

— Je suis un vrai coq en pâte ! répétait le malade.

Ce fut une époque paisible, où chacun mettait de côté ses petits soucis et ses contrariétés. Blanche apprit à supporter la présence du chien-loup, qui ne se préoccupait plus d'elle. Dès que Faustine allait au lit, Sauvageon la suivait. Jean avait levé l'interdiction.

— Ça les rassure d'avoir un bon gardien dans leur chambre. Ils sentent que nous sommes inquiets.

L'institutrice ne songeait plus à protester. Elle se plaisait chez les Roy et faisait l'impossible pour être agréable à tous. Quant à Claire, il fallut l'empêcher de dresser un lit pliant emprunté à Jeanne, la mère de Raymonde, au chevet de Basile. Le vieil homme avait été le premier outré de cette idée.

— Non mais, petite, tu ne vas pas jouer les infirmières... J'ai besoin d'intimité. Jean et Léon se chargent des corvées pénibles, cela m'agace assez.

Il parlait du seau d'hygiène à vider et de la toilette. Mais Claire ne dormait plus que d'un œil. La nuit, elle se dressait, affolée, et se levait pour coller une oreille à la porte de Basile. S'il ronflait, elle repartait rassurée ; dans le cas contraire, elle ouvrait et marchait jusqu'au lit, guettant le rythme de sa respiration. Le docteur Marcel Font était repassé durant la semaine afin d'avoir des nouvelles. Il faisait ses visites à cheval, ce qui plaisait à Claire.

— Les cavaliers deviennent rares ! lui dit-elle un matin. Les gens sont toqués de la bicyclette ou de ces automobiles hors de prix, qui marchent au pétrole, en plus.

Dans la vallée et au bourg, il n'y avait que Bertrand Giraud qui roulait au volant d'une Panhard-Levasseur. L'avocat n'était pas venu au Moulin du Loup depuis la naissance de sa fille Victoire. Les Dumont le croisaient au bourg, le plus souvent par hasard. Ces rencontres donnaient lieu à un échange de politesses, un bref bavardage. Jamais Bertrand ne demandait de nouvelles de Bertille. C'était le souvenir délicieux autant que douloureux de la jeune femme qui le tenait à l'écart. Du parc de Ponriant, il contemplait souvent un petit pré, en contrebas du potager de Claire. Là, une nuit d'été, Bertille et lui avaient fait l'amour à la clarté des étoiles. Le jeune avocat avait cru posséder une fée surgie des bois…

En ce début d'après-midi du 5 décembre, Claire décida de tricoter au chevet de Basile. Le matin, elle l'avait trouvé très pâle et fatigué. Elle s'installa, son cabas à laine posé au pied de sa chaise.

— Tu n'as pas fini ton bouillon de légumes à midi… Ce soir, tu avaleras de la daube, de gré ou de force. Elle mitonne depuis hier. La viande sera fondante, les carottes, tendres à souhait. Et Raymonde n'a pas économisé le vin.

Le vieil homme la fixa, comme s'il n'avait rien écouté.

— Petiote, ça ne me réussit pas de rester couché des jours et des jours. Ce docteur Font est un imbécile. Je me sentais mieux quand je descendais manger avec vous tous. Dès que je suis seul, je brasse des idées noires. Et puis, je n'ai plus de forces…

— Evidemment, tu refuses de te nourrir ! lui reprocha-t-elle en comptant ses mailles.

— Claire, je n'ai plus envie de continuer. Vous me soignez bien, je suis dorloté, comme tu dis, mais à quoi bon ? Je suis si las.

Elle suspendit le geste régulier de ses doigts et le dévisagea.

— Ne parle pas comme ça ! Tu veux que je te fasse la lecture ?

— Non, je te remercie... Tiens, ce qui m'aurait fait plaisir, c'est de relire les lettres que Marianne m'envoyait, au temps de notre pauvre amour interdit. Elle les déposait dans un arbre creux, près de chez moi ; j'allais les récupérer, ému comme un jeune homme... Je les ai perdues, ces lettres. Je ne sais pas quand, ni pourquoi ! Je les croyais dans un coffre, sous des chemises.

Claire poussa un petit cri. Jetant son tricot sur le lit, elle se leva.

— Basile, je suis impardonnable ! Ne m'en veux pas, je t'en prie. Cela date de si longtemps. Quand Jean se cachait chez toi, après son évasion, il les avait trouvées. Je m'en souviens, ce soir-là, il était furieux à cause de Frédéric Giraud. Il me les avait données et je les ai prises alors que j'aurais dû les ranger à leur place. Nous n'avons aucune excuse... Je crois savoir où elles sont, enfin je l'espère.

Le vieil homme paraissait interloqué plutôt que fâché. Il murmura :

— Les avez-vous lues ? Claire, regarde-moi en face ! Tu les as lues, c'est ça...

— Oui, une nuit où j'étais trop malheureuse, après le départ de Jean pour La Rochelle. J'étais toujours seule dans la maison, à veiller sur Matthieu qui était bébé. Pardon, Basile, je n'avais pas le droit, mais j'avais envie de savoir la vérité sur toi et Marianne.

— Bah ! Quelle importance à présent ! La jeunesse est curieuse.

Le malade ferma les yeux. Claire aurait préféré un sermon, quelques jurons bien sentis. L'inertie et la soudaine indifférence de Basile la tracassaient. Elle se pencha, pour toucher son front. Il somnolait.

Les lettres ? se dit-elle. Où les ai-je mises ?

Elle sortit de la pièce et se précipita dans sa propre chambre où régnait un ordre parfait. Elle fouilla sa commode, dérangeant les piles de mouchoirs repassés et parfumés à l'eau de lavande, les chemisettes fines. Elle s'attaqua à la grande armoire en chêne sculpté, divisée en deux parties. L'une servait de penderie, l'autre était garnie d'étagères. La jeune femme glissait ses mains entre le linge immaculé, explorait du bout des doigts le fond du meuble. Tout en haut, elle avait rangé un carton rond à chapeau. Se hissant sur la pointe des pieds, elle put l'attraper.

— Peut-être qu'elles sont là ! Mon Dieu, aidez-moi à retrouver ces lettres...

Claire sortit un foulard de cou en linon rose, une aumônière en perle appartenant à sa mère. Soudain elle aperçut des enveloppes nouées ensemble par un ruban mauve.

— Ah ! les voilà ! Quelle chance j'ai !

Basile dormait. Elle posa le paquet près de lui et attendit son réveil en tricotant. L'écharpe qu'elle souhaitait terminer pour Noël s'allongeait. Claire croyait entendre le tic-tac de l'horloge, au rez-de-chaussée, tant la maison était silencieuse. Mais un attelage déboula dans la cour. Les roues cerclées de fer crissèrent sur les pavés trempés et un homme hurla un ordre pour ralentir les chevaux.

Ce doit être le livreur de cellulose... songea-t-elle. Quel chahut !

Le vieillard ouvrit les yeux. Il se tourna vers la fenêtre et vit tout de suite le profil de la jeune femme.

— Petiote, as-tu les lettres de Marianne ? J'aurais voulu les emporter avec moi quand on me mettra en terre.

— Chut ! fit-elle. Tu vas pouvoir les relire, regarde...

Elle lui tendit la pile d'enveloppes. Basile les prit entre ses mains qui tremblaient fort. Il parvint à défaire le ruban qu'il porta à sa bouche.

— Laisse-moi, petiote ! Enfin, d'abord, donne-moi mes lunettes. Dans le tiroir de ma table de chevet.

Claire obéit, très émue. Elle ne savait que dire. Elle embrassa Basile sur le front et sortit.

Il pleuvait tant, à quatre heures, que Jean décida de prendre la calèche et de monter au bourg, afin de ramener Blanche et les enfants. Claire l'approuva.

— Ils ont emporté des parapluies, mais tu as raison, c'est plus prudent. Il y a de quoi attraper froid avec ce déluge. Peux-tu passer à l'épicerie, acheter deux gousses de vanille ? Je voudrais faire du flan pour Basile ; il préfère le sucré, en ce moment.

Jean s'équipa d'un ciré de marin et d'un chapeau à larges bords. Il demanda, d'une voix tendue :

— Tu es sûre qu'il va bien ? Relire ces lettres pourrait lui causer un choc fatal.

— Je suis montée le voir deux fois déjà. Il est assis dans son lit, ses lunettes sur le nez, et je le dérange quand je prends des nouvelles. Va vite, mon Jean.

Elle l'embrassa, caressant ses joues rasées de frais. Il posa sur elle son regard bleu magnétique.

— A tout à l'heure, ma Câlinette...

Léon tapait ses godillots sur le perron. Il réprima un rire, ayant entendu le petit nom doux de sa patronne.

— Fait un temps de chien, parole ! maugréa-t-il. Sirius est attelé, prêt pour la balade.

— Raymonde est en haut avec César, lui dit Claire. J'ai garni la cheminée et la cuisinière.

— Oh, mais je vais me tourner les pouces, dans ce cas ! déclara Léon avec une grimace.

Jean lui décocha une bourrade affectueuse. Ce grand escogriffe aux cheveux en broussaille se dévouait pour la famille Roy. Il aimait aussi les faire rire. Claire se dit qu'elle était profondément heureuse malgré les aléas du quotidien et les ombres qui pesaient sur sa joie de femme.

Elle assista au départ de Jean qui menait le cheval blanc né dans les écuries de Ponriant. Sirius se mit au trot aussitôt en lançant un hennissement sonore.

— Cela m'aurait plu, pensa-t-elle encore, d'accompagner Jean au village, mais je ne peux pas. C'est l'heure de monter sa chicorée à Basile.

Claire alla préparer la boisson chaude qu'elle agrémentait de miel et de lait. Elle coupa des tranches de pain pour le goûter des enfants. Quand elle entra dans la chambre, son malade semblait mal en point. Couché de tout son long, la tête renversée en arrière, il avait la bouche ouverte.

— Basile ! cria-t-elle. Qu'est-ce que tu as ?

A son grand soulagement, il reprit une attitude normale et la regarda.

— Ce que j'ai, petite, c'est du chagrin à revendre. Mais je te remercie d'avoir retrouvé ces lettres. J'ai passé toutes ces heures avec Marianne ; c'était comme si elle chuchotait à mon oreille.

La jeune femme l'aida à se redresser et disposa le plateau muni de montants qui en faisaient une tablette une fois dépliés.

— Bois un peu, cela te soutiendra ! insista-t-elle. Tu es pâle, j'ai cru que...

— Non, ôte-moi ça du lit, Claire ! supplia-t-il. Je ne veux rien, juste parler. Toi et moi, sans personne.

Elle le débarrassa et s'assit à son chevet. Un vertige la prenait, à détailler la face altérée du vieillard.

— Je dois te faire une confession, commença-t-il. Bien des choses sont dites dans ces lignes qu'elle m'a écrites, mais pas toute la vérité. Nous nous sommes aimés, Marianne et moi. Une fois que son mari était en voyage, elle est venue me rendre visite. Je n'étais plus tout jeune, déjà, mais la fièvre nous a pris. J'avais eu des maîtresses avant, mais avec elle c'était autre chose. L'harmonie, la douceur, la tendresse.

La voix de Basile vacillait. Claire luttait pour ne pas pleurer, à bout d'émotion devant cet homme qui revivait les plus beaux jours de sa longue vie.

— Cela a duré tant que Giraud était absent. Pour notre malheur, elle a conçu un enfant. Une fille... Marianne a vécu sa grossesse comme un calvaire. Elle avait dû subir le joug de l'époux légitime afin de justifier son état. Moi, je savais comment il la traitait. Si elle ne m'avait pas arraché la promesse de rester à distance, de ne jamais la trahir, je serais allé au domaine la chercher pour l'emmener loin de ce porc.

— Calme-toi, Basile, tu trembles… lui recommanda-t-elle.

— Le bébé n'a pas vécu longtemps ! ajouta-t-il. Denise, ils l'ont appelée Denise. Dis-moi, petiote, tu as vécu à Ponriant quand tu as épousé Frédéric. Tu n'as jamais rien appris au sujet de l'enfant ? Je me demande encore pourquoi elle est morte, à quelques jours à peine. Je ne l'ai même pas vue. Qui peut jurer qu'elle était de mon sang. Ni Dieu ni diable. Mais, au fond de mon cœur, j'ai la réponse !

Le vent grondait dehors, le poêle crépitait. Suspendue aux lèvres de son vieil ami, Claire ne prêtait aucune attention aux bruits de la maison. Un dilemme se posait à elle. Fallait-il révéler à Basile ce qu'elle savait depuis des années, ce dont elle avait si soigneusement gardé le secret ? Il en souffrirait et, à son avis, il méritait de mourir en paix, plutôt que hanté par une vérité atroce. Elle bredouilla, très pâle, en détournant le visage :

— Je ne sais rien de plus que toi ! Je t'assure…

— Alors regarde-moi en face, Claire ! Tu n'as pas l'air surprise d'apprendre ça. Petiote, nous avons affronté bien des épreuves, tous les deux. Si tu as quelque chose à me dire, dis-le.

— Non, par pitié ! Basile, je suis si triste. Je voudrais que tu te ménages, que tu manges. Pourquoi remuer ces vieilles histoires ?

Brusquement, il lui saisit le poignet. Les doigts secs et osseux avaient une force désespérée.

— Bon sang, Claire, si tu as de l'affection pour moi, sois franche ! Comment est morte Denise ? De quelle maladie ?

— Lâche-moi, enfin ! protesta-t-elle. D'accord, je préfère te le dire, par honnêteté. Frédéric, le soir de notre mariage, s'est confié. Depuis son adolescence, il portait le poids d'un drame terrifiant. Je crois même que cela l'a rendu mauvais, l'a poussé à boire et à se montrer violent. Basile, Denise n'est pas morte en bas âge, mais à douze ans, au domaine.

Je l'ai soignée et divertie. J'avais accepté d'en assumer la garde avec l'aide d'une femme de charge.

Claire débitait très vite son récit dans sa hâte d'en finir. Elle n'osait pas lever la tête, fixant un détail de la couverture.

— Edouard Giraud était persuadé que Marianne l'avait trompé. Il a cru tuer le bébé né d'un adultère. Mais Pernelle, qui devait s'occuper du corps, l'a remis à Frédéric en lui conseillant de demander secours à sa grand-tante Adélaïde des Riant, qui habitait Angoulême. Denise a survécu aux coups de cette brute faite homme... Pourtant, pour elle, il aurait mieux valu mourir. Elle était difforme, infirme et si menue ; elle avait les membres atrophiés, le visage abîmé.

Les larmes coulaient sur les joues de Claire.

— Comme elle aimait Frédéric ! Elle le reconnaissait et son regard s'allumait quand il entrait. Adélaïde tenait à la savoir au domaine, sous notre protection. A cette époque, tu avais disparu de la vallée. J'ignorais où tu te trouvais. Matthieu jouait avec elle, mais il n'en a aucun souvenir. Elle s'est éteinte la veille de ses treize ans. Les domestiques ont dit, quand Frédéric s'est suicidé, qu'elle l'appelait. Lui n'a jamais eu de doute. Il pensait sa mère incapable d'être infidèle... Nous avons dû mentir à Bertrand, lorsqu'il séjournait à Ponriant avec Marie-Virginie. Il ne saura jamais, lui, et c'est mieux ainsi.

Basile respirait avec peine, une main posée sur son cœur. Il tressaillit, épouvanté :

— Alors, j'espère qu'il y a quelque chose après la mort. Que je puisse croiser Edouard Giraud en enfer pour lui faire payer son crime. Je l'ai toujours haï, mais là...

La porte s'ouvrit alors d'une simple poussée. Claire étouffa un cri de consternation. Bertrand Giraud se tenait sur le seuil de la pièce. Il était si blanc que la jeune femme comprit tout de suite. Il les avait écoutés...

Le visiteur pointa un doigt accusateur sur le vieil homme. D'une voix méconnaissable, dure et rauque, il lui lança :

— Vous avez de la chance d'être souffrant, alité et âgé, monsieur Drujon. Je vous respectais, je vous estimais ! Vous venez de salir la mémoire de ma mère, et vous, Claire, vous m'avez honteusement berné. Je ne remettrai jamais les pieds ici, au moulin !

Bertrand sortit en claquant la porte si fort que le chambranle en trembla. Cela n'avait duré qu'une poignée de secondes, mais Basile se voila le visage de ses deux mains.

— Petite, j'ai trahi le serment fait à Marianne... Elle ne voulait pas que ses fils sachent, pour nous deux.

— Peu importe ! coupa-t-elle. Elle-même n'a jamais su que Denise avait survécu, que Frédéric lui rendait visite à Angoulême, la comblant de jouets et de cadeaux. Il l'aimait, cette pauvre fillette. Oh ! Basile, je dois réconforter Bertrand. Avec un peu de chance, il ne sera pas loin. Quand je pense qu'il s'est tenu à l'écart durant des mois, et qu'il vient chez nous aujourd'hui. Comment te sens-tu ? Je vais appeler Raymonde pour qu'elle veille sur toi...

— Non, non ! geignit le vieillard. Je veux que tu parles à Bertrand. Tu trouveras les mots, toi, avec ton grand cœur. Va, Claire, il a dû avoir un sacré choc, ce brave petit avocat. C'est lui qui tient le plus de Marianne, ma chère Marianne... Une martyre, comme cette pauvre enfant qui était ma fille et que je n'aurai même pas connue ni embrassée.

Elle approuva, descendit en courant et enfila un manteau de son père. Sans souci de détremper ses pantoufles chaudes, elle pataugea dans la cour, luttant contre les bourrasques.

— Sa voiture est encore là ! dit-elle en longeant la Panhard. Où est-il, lui ?

Soudain Claire aperçut une silhouette sous l'appentis. Bertrand s'était assis sur un tas de bûches. Il fumait une cigarette. Elle le rejoignit, aussi soulagée que gênée. Il la dévisagea avec fureur.

— Avez-vous d'autres secrets ignobles à me confier, Claire ? bougonna-t-il. Ce que j'ai entendu me suffit... Mon Dieu, moi qui venais prendre des nouvelles de... lui.

— A-t-on idée d'écouter aux portes ! répliqua-t-elle, un peu froissée qu'il fût entré ainsi dans la maison.

— Ne vous méprenez pas, se défendit-il. J'ai croisé Jean

en calèche près du pont. Je rentrais chez moi. Il m'a dit très vite que vous étiez tous soucieux quant à la santé de Basile qui a le cœur fatigué. J'ai jugé correct de faire le déplacement, afin de m'informer de son état. Léon m'a dit de monter, que vous étiez à son chevet. La porte n'était pas fermée et j'ai surpris votre conversation.

La jeune femme se percha sur le tas de bois près de lui et le regarda. Il avait versé quelques larmes. Cette réaction enfantine la bouleversa.

— Bertrand, je suis désolée. Vous n'auriez pas dû...

— Oui, je sais, je n'aurais jamais dû savoir ! Frédéric me traitait vraiment comme le dernier des abrutis. Me cacher une chose pareille. Comment réagiriez-vous, Claire, si d'un coup vous appreniez que votre mère n'était qu'une catin, que votre père est un abominable assassin et qu'une demi-sœur avait la figure d'un monstre et pas une once d'âme.

— Là, vous faites fausse route ! dit-elle doucement. Cela vous va mal d'injurier votre maman, une femme aimée de tout le pays, et de nier une part d'humanité et de conscience à Denise. Vous refusiez de l'approcher, à Ponriant. Vous avez même déclaré un soir que votre grand-tante déraisonnait en nous imposant une créature aussi misérable. Bertrand, je vous connais. Que vous soyez choqué, outré, passe encore, mais n'exagérez pas. Frédéric vous a menti dans le seul but de vous protéger, de vous épargner des révélations douloureuses.

Il jeta son mégot et l'écrasa du bout de sa chaussure avec une rage ridicule. Un peu de couleur revenait à ses joues, mais il claquait des dents, ce qui rendait son élocution hésitante.

— Pourquoi dites-vous que ça me va mal, de juger ma mère, la femme en qui j'avais une confiance aveugle ? balbutia-t-il.

— Jésus nous a laissé des paroles d'une limpidité parfaite. Oui, dans les Evangiles... *Que celui d'entre vous qui n'a jamais péché lui jette la première pierre !* Il protégeait alors la femme adultère. Allons, Bertrand, à moins d'être un imbécile, ce dont je doute, vous saviez que votre mère était très malheureuse. Elle avait le droit d'aimer ailleurs, surtout un homme cultivé, un amoureux des belles lettres et des livres, comme elle. Certaines amours nous entraînent à rompre des serments qui nous enchaînent… Soyez sincère, cela vous est arrivé aussi !

L'avocat comprit qu'elle faisait allusion à sa cousine Bertille.

— Cela n'a rien à voir ! plaida l'avocat, sans conviction.

— Et pourquoi ? Vous l'aimiez à la folie, et Bertille vous adorait. Je connais les affres de la passion. Accordez ceci à votre mère qu'elle a payé chèrement deux semaines de félicité et de tendresse.

— Ah ! Taisez-vous ! cria Bertrand en se levant. Je ne peux pas me remettre en un claquement de doigts de tout ce bourbier. J'ai l'impression de n'avoir rien vu, rien compris. Mon père a osé s'en prendre à un nouveau-né, sans aucune preuve que ce n'était pas son propre enfant. Denise… je m'en souviens. Je l'avoue, sa vue me répugnait. Mais, si Frédéric m'avait dit que c'était ma sœur, cela aurait été différent… Au revoir, Claire, je ne vous en veux pas. Mais j'ai besoin de réfléchir, d'être seul. Vous êtes le dernier témoin de cette sordide affaire… J'aimerais en discuter avec vous une autre fois. Victoire tousse beaucoup, et Marie-Virginie est suspendue à son souffle. J'étais allé prévenir le médecin.

— Courage, Bertrand ! Et sachez que je n'ai pratiquement aucune lettre de ma cousine, juste une carte de vœux au jour de l'An.

— Cela ne m'intéresse pas ! lança-t-il en haussant les épaules.

Il courut jusqu'à son automobile en se protégeant de sa lourde veste en drap noir. Claire retraversa la cour dès qu'il eut fait démarrer le véhicule. Elle avait froid et mal au cœur.

Je ne comprendrai jamais rien au destin ni au hasard. Si Jean n'avait pas pris la calèche, il n'aurait pas croisé l'avocat à cet instant précis, et rien ne serait arrivé.

Elle entra dans la cuisine la gorge nouée par l'émotion. Bertrand n'avait pas fini de ressasser par le détail ces affreuses révélations. Elle était certaine qu'il n'oserait pas les confier à son épouse.

Du cellier s'élevait un bruit régulier de martèlement. Léon réparait enfin une étagère réservée aux conserves en bocaux. Claire pensa aux enfants qui seraient transis et affamés en rentrant. Elle ouvrit le tirage de la cuisinière et se sécha les cheveux avec une serviette de toilette propre.

— Vite, je dois monter rassurer Basile ! Quelle journée, mon Dieu, quelle journée. Et cette pluie… Vivement que Jean soit là, je n'en peux plus.

La jeune femme grimpa néanmoins les marches le plus rapidement possible. Raymonde descendait du grenier, César cramponné à son cou. La servante fredonnait :

— *Quand nous chanterons le temps des cerises…*

Claire lui sourit en entrant dans la chambre. Le vieil homme semblait endormi. Il avait les yeux fermés, une main sur le drap. L'autre pendait du lit.

— Basile ! hurla-t-elle. Basile, non… Oh non, pas ça…

Elle se pencha sur lui, guetta son souffle. Il ne respirait plus. Avec délicatesse, elle toucha ses doigts inanimés et effleura le front ivoirin.

— Basile, je t'en prie, réveille-toi ! gémit-elle. Tu ne m'as pas dit au revoir, les enfants n'ont pas pu t'embrasser. Je t'en supplie, Basile, ne nous laisse pas… Tu étais seul, tout seul. Je ne voulais pas ça, surtout pas ça.

La jeune femme tomba à genoux. Elle sanglotait, ivre de révolte et de chagrin. Une main compatissante se posa sur son épaule.

— Madame, murmura Raymonde, madame, je suis navrée. Je n'ai pas entendu d'appel, aucun bruit. Il est parti sans souffrir, comme on plonge dans le sommeil… Ne vous reprochez rien, cela aurait pu se produire pendant la nuit. Madame, vous me faites de la peine, relevez-vous.

Claire voulait pleurer tout son soûl. Elle trembla, secouée de frissons nerveux :

— Je le savais, que Basile était en sursis, mais cela ne devait pas se passer comme ça… Il s'est éteint le cœur plein de haine et de rancune, il ne m'a pas attendue. Pire, il m'a forcée à quitter la pièce et je suis sûre qu'il se sentait perdu. Je t'en prie, demande à Léon d'aller à Ponriant, le docteur Font doit s'y trouver ; Bertrand Giraud l'attendait. Et je voudrais que le curé vienne aussi. Le père Jacques avait de l'estime pour Basile. Un des ouvriers, en débauchant, pourrait le prévenir.

— Oui, madame, je m'en occupe. Tenez, je vais y aller moi-même. Je confierai César à ma mère. Elle en vient à bout, et je crois qu'elle trouve son plaisir à garder ce petit bandit.

Le garçonnet suçait son pouce, debout près des jupes de Raymonde. Claire lui caressa la joue, en apprécia l'arrondi et le velours. Cela lui faisait du bien de voir l'enfant, au seuil de son existence, alors que Basile était glacé déjà, muet à jamais. C'était ce qui blessait le plus la jeune femme. Elle bredouilla :

— J'écrirai quelque chose pour le lire à l'église. C'était un homme si discret que les gens ignoraient combien il a lutté pour la justice. Il m'a tant appris, Raymonde.

Un brouhaha s'éleva en bas, dans la cuisine. Sauvageon aboyait, Faustine riait aux éclats. Claire tressaillit. Les garçons chahutaient ; Jean les faisait taire.

— Peux-tu dire à mon mari de me rejoindre ? Tu demanderas à ma belle-sœur de retenir les trois petits et de les faire goûter.

— Oui, madame. J'envoie Léon à Ponriant et un des ouvriers au bourg, chez le curé.

— Merci, Raymonde… Nous aurons un bien triste Noël cette année.

Jean fut accablé. Il refusait d'y croire. Les mains crispées sur le bois du lit, il fixait le vieil homme avec une expression hallucinée. Comme Claire, il ne supportait pas l'idée de cette mort subite, bien que prévisible.

— Je comptais lui proposer une partie de manille, ce soir ! dit-il tout bas. Il me paraissait encore vaillant hier… Toujours à plaisanter, à me raconter sa jeunesse.

Il pleurait sans honte, Claire blottie contre lui. Ils se tenaient enlacés sans pouvoir détacher leurs regards de leur vieil ami. Pressentant l'arrivée imminente de son père, la jeune femme se vit obligée de révéler à son mari ce qui s'était passé durant l'après-midi. Jean ignorait l'histoire de Denise et sa parenté avec l'ancien instituteur.

— A cause de moi, conclut-elle, Basile s'est éteint dans la plus cruelle confusion. Je me sens coupable, Jean, mais il exigeait la vérité.

— C'était tout lui, ça, de t'imposer des aveux quelques minutes avant de mourir. Ne t'inquiète pas, Claire, il saura arranger les choses là-haut. Il se disait mécréant, athée, mais moi je pense qu'il n'aurait pas ce sourire au visage s'il n'était pas parti apaisé.

Ces paroles furent un baume pour elle, tout en l'étonnant. Jean reniait Dieu quand elle l'avait rencontré. A présent, il témoignait d'une foi simple, presque naïve, mais réelle.

Colin entra, son chapeau à la main. Etiennette apparut à son tour, pâle, plus curieuse qu'affligée. Le maître papetier hocha la tête et se signa. Personne ne dormit cette nuit-là, au moulin, hormis les trois enfants, dont Blanche prit soin avec sérieux et un total dévouement. Faustine était inconsolable. Sa tante lui permit, à regret, de dormir dans le lit de Matthieu, qui serra la petite fille dans ses bras.

— N'aie pas peur, lui dit-il, je veille sur toi. Pépé est au ciel, avec les anges et le bon Dieu.

Deux jours plus tard, Basile Drujon était mis en bière. Un corbillard tiré par un percheron roux transporta le cercueil jusqu'à l'église. Claire n'avait pas trouvé de fleurs. Aussi décora-t-elle l'église de houx et de branches de sapins. Toute la famille Roy était là, vêtue de noir. Les ouvriers du moulin assistaient aux obsèques, mais les gens du bourg, qui connaissaient peu le défunt, n'étaient pas nombreux.

Le maire et son épouse s'étaient déplacés par respect pour Colin. Madame Vignier jouait de l'harmonium comme à chaque cérémonie religieuse.

— Tu as du chagrin, ma petite Claire, mais il faut accepter ! dit simplement Bertille à sa cousine au moment de remonter l'allée centrale du sanctuaire.

— Merci d'être là, répondit la jeune femme. Quand je t'ai envoyé le télégramme, je n'avais guère d'espoir de te voir.

— J'aimais bien Basile, même s'il ne m'appréciait pas. Mais si je suis venue, c'est pour toi, Claire, toi seule. Guillaume a eu le bon goût de rester en ville pour tenir le magasin.

Elles se prirent la main. Bertille n'avait pas changé. Vêtue d'une superbe robe en velours gris brodée de fleurs noires, elle était très mince, ses épaules menues couvertes d'une étole de fourrure. Une toque assortie faisait ressortir la blondeur lunaire de ses cheveux lisses et roulés en chignon sur la nuque. Claire avait remarqué de fines rides au coin des yeux de sa cousine, mais ses larges prunelles grises avaient le même éclat insolent, teinté cependant d'une nuance de détresse.

Quand toute l'assistance fut assise, le père Jacques célébra une courte messe. Il fit ensuite l'éloge de Basile Drujon, le décrivant comme un libre penseur, certes, mais un homme honnête, épris d'un idéal républicain. Le prêtre savait que Claire avait préparé de sa plume un hommage. Il l'invita d'un geste à prendre la parole. Elle se plaça près du cercueil couvert d'un drap noir ouvragé. Sa voix d'abord hésitante prit vite de l'assurance.

— Basile, qui fut pour moi un ami et un grand-père d'adoption, m'a quittée sans que je puisse lui dire tout l'amour et le respect que je lui portais. Il est arrivé dans notre vallée des Eaux-Claires alors que j'étais une petite fille contente d'aller à l'école et de m'instruire. Mon père lui a loué une maison proche du moulin, ce qui a été une bénédiction pour moi. Basile a été instituteur, dès l'âge de vingt ans. Il a consacré son bel âge d'homme à dispenser un précieux enseignement à ses élèves. Souvent il m'expliquait la nécessité première de l'instruction, considérant la lecture et l'écriture comme des clefs d'évolution afin de changer de statut social. Grand admirateur de monsieur Jules Ferry, qui a instauré une loi indispensable[1], Basile Drujon a également combattu pour l'égalité et la justice, sur les barricades de la Commune, en 1870, aux côtés de Louise Michel. Il en était fier… Je tenais à dire aussi qu'il se reconnaissait athée, un « mécréant » selon ses mots, mais qu'il m'a accordé la consolation de cet enterrement catholique. Ce n'était pas un homme ordinaire. Jusqu'à son dernier souffle, il se préoccupait d'apprendre à nos enfants, Nicolas, Matthieu et Faustine, les secrets de l'univers, l'histoire, la géographie, le calcul et la littérature. J'espère de toute mon âme qu'il aura une place de choix auprès de Notre-Seigneur, même s'il est le premier surpris d'un tel événement…

Une rumeur courut parmi les rangs de l'église. Jamais on n'avait entendu un tel discours. Mais Claire était aimée dans la région pour sa générosité et sa gentillesse. La jeune femme retenait ses larmes, désireuse d'ajouter quelques mots encore. A cet instant, elle aperçut Bertrand près du bénitier. L'avocat la fixait, la face tendue. Colère ou compassion, elle l'ignorait. En repliant la feuille qu'elle tenait à la main, elle déclara, en redressant la tête :

— Si l'existence de Basile n'a pas toujours été exemplaire, à l'instar de nous tous, il a connu de grands chagrins. Mais je suis témoin qu'il n'a pas agi par insouciance ou égoïsme, loin de là…

Elle ne put continuer, ébranlée dans tout son être. Trop de souvenirs lui revenaient, les longues discussions au coin du feu, les romans commentés, les promenades au soleil quand elle lui apprenait à son tour le mystère des plantes et leurs vertus médicinales.

D'un pas rapide, Claire rejoignit Jean et Colin. Elle s'effondra sur le banc et balbutia :

— J'aurais voulu faire mieux ; je crois que personne ne peut comprendre combien je l'aimais.

Assise derrière eux, Bertille se retourna vers la grande porte voûtée. Un regard l'appelait, insistant. Elle reconnut Bertrand. Depuis deux ans, ils ne s'étaient pas vus. Il la

1. Rendant l'école obligatoire, gratuite et laïque.

salua d'un signe discret. Elle ne répondit pas et se replongea dans la contemplation rêveuse des statues ornant l'autel. Son amant l'avait trahie, elle n'était qu'amertume et rancœur. Sur le parvis de l'église, alors qu'un mouvement de foule les mettait en présence, elle lui lança d'un ton bas et froid :

— Comment se porte votre fille, Victoire ?

L'avocat se raidit. Fascinée de le voir si proche, Bertille ne pouvait pas s'éloigner malgré son ressentiment. Elle pensait ne jamais lui pardonner. Le lendemain même d'une nuit de griserie, de pure passion, qui les avait vus nus sur l'herbe d'un pré, Bertrand était rentré chez lui et avait renoué des relations conjugales avec son épouse.

— Mon enfant, mon innocente petite fille se meurt ! rétorqua-t-il avec un sanglot sec. Réjouissez-vous, madame.

Aussitôt il recula et se fondit parmi les autres silhouettes vêtues de noir, qui s'abritaient sous de grands parapluies vernis de pluie.

Dès le lendemain des obsèques, une discussion mémorable opposa les habitants du Moulin du Loup à l'heure du dîner. Raymonde avait mis la table et vérifiait la cuisson de sa daube qu'elle comptait servir avec des pommes de terre à l'anglaise.

Claire ne surmontait pas son chagrin. Elle avait pleuré une partie de la nuit, et rien ne la déridait, ni la douceur câline de Faustine ni la tendresse de Jean, lui-même très secoué par la mort soudaine de leur vieil ami.

— Madame, ça ne va pas ? interrogea gentiment la servante. J'ai fait une galette au beurre pour le dessert.

La jeune femme se tenait frileusement près de la cuisinière, un mouchoir humide roulé en boule entre les doigts.

— Je n'ai pas faim du tout, Raymonde. J'aurais voulu que Bertille reste avec nous hier soir. Je l'ai à peine vue ; elle est repartie en patache, juste après la mise en terre. C'est à cause de Bertrand Giraud. Il a eu tort de lui parler ainsi. Elle était blessée au cœur… Lui dire qu'elle pouvait se réjouir parce que son enfant agonisait…

— Ce ne sont pas vos affaires, madame. Venez donc à table !

A cet instant, la voix aigre d'Etiennette s'éleva. Assise près de Colin sur un des bancs, elle avait l'attitude raide des gens outragés qui demandent réparation.

— Puisque la chambre de Basile est libre, j'estime que nous n'avons plus de raisons de loger au-dessus de la salle des piles. C'est humide, sombre et peu pratique. Je ne peux pas faire à manger, nous devons venir ici matin, midi et soir…

— Tu n'as jamais eu envie de cuisiner ! protesta Claire. Cela t'arrangeait d'être nourrie sans aucun effort de ta part, et bien nourrie. Il y a un petit fourneau là-haut. Du temps où Guillaume Dancourt y habitait, il se préparait du café et un plat chaud le soir.

Colin toussa et se racla la gorge. Il avait été dûment chapitré sur ce sujet depuis l'aube.

— Etiennette n'a pas tort. Nicolas dort sur un lit pliant, alors qu'il pourrait partager la belle pièce qu'occupe Matthieu.

La querelle qui allait éclater eut le mérite de tirer Claire de son abattement. Elle les rejoignit à table, tandis que Jean lui caressait le dos au passage pour la réconforter.

— Papa, est-ce que tu perds la tête ? s'écria-t-elle. Tu as oublié que Blanche a pris la chambre de Matthieu, qui dort dans celle de Faustine !

— Je n'ai pas oublié, Claire, mais le fait est là : même si cela me plaisait, je ne pourrais plus vivre dans cette maison, sous mon toit, pas davantage que ma femme et mon fils !

Blanche Dehedin baissa le nez sur son assiette vide. Le ton montait et elle sentait que la conversation s'envenimait.

— Je suis navrée, déclara-t-elle d'un ton net d'enseignante. Tout ceci est ma faute. Vous avez eu l'amabilité de m'accueillir en obligeant Matthieu à me céder son petit domaine. Ne vous tracassez pas, je chercherai un logement dès demain au village.

— D'autant plus, insinua Etiennette, que vous avez votre salaire et votre capital. Quand on est riche, les portes s'ouvrent vite. Si vous avez l'intention de rester en Charente, achetez donc une maison à Puymoyen. L'épicière vous renseignera ; elle est au courant de tout ! persifla-t-elle.

Ce fut à Jean d'intervenir. Il tapa du poing sur la table, furieux :

— Blanche est chez elle ici, et je parle aussi au nom de Colin. Vous étiez d'accord, beau-père, oui, vous le premier… Et ma sœur verse une pension à la hauteur de sa générosité. Si quelqu'un doit s'installer chez Basile, c'est bien elle. Matthieu reprendra sa chambre, et Faustine n'en dormira que mieux, car ils bavardent et chahutent trop souvent.

Etiennette, la bouche pincée, croisa les bras sur sa maigre poitrine. Elle fulmina, en jetant un regard en coin sur le maître papetier :

— C'est quand même un monde d'être reléguée dans un taudis ! Et quoi que vous en pensiez, Jean, Colin en a assez de céder sa place à tous ceux que vous ramenez au moulin. Je peux faire le décompte, Basile, votre fille et maintenant votre sœur !

— Non mais quel culot ! s'indigna Claire en tremblant de colère. De quoi te mêles-tu ? Tu n'as pas ton mot à dire ! Jean est mon mari, il peut recevoir sa famille !

Raymonde approuvait en silence, debout près de la cuisinière. Il y eut un moment où tous prirent la parole en même temps, Colin en ronchonnant, Etiennette sur le ton aigu qui lui était coutumier, sans oublier Jean, dont la voix couvrait les appels au calme de Blanche. Claire s'était levée et faisait les cent pas de la fenêtre à la cheminée, sous les yeux inquiets des trois enfants.

— Mes pommes de terre vont être réduites en purée ! déclara enfin la servante sans espoir d'attirer l'attention. Mangez un peu, vous causerez plus tard.

Blanche Dehedin se leva de table également. Elle frappa

une bouteille avec la lame d'un couteau. Le tintement cristallin obtint l'effet souhaité, à savoir quelques secondes de silence. Elle sauta sur l'occasion pour s'exprimer :

— Cessez de vous quereller, on se croirait dans une basse-cour ! J'ai pris ma décision, je libérerai la chambre de Matthieu demain matin. Comme me l'a conseillé Etiennette, je louerai un appartement ou j'achèterai une maison au bourg. Ce sera un investissement. Si je quitte la région un jour, je la revendrai peut-être avec profit… Jean, ne t'oppose pas à mon choix. Et vous, mon cher Colin, sachez que je vous suis reconnaissante de m'avoir si gentiment hébergée. Ce qui m'a permis de passer beaucoup de temps près de mon frère. De toute façon, cette situation se serait arrêtée au mois de janvier, date à laquelle je disposais de l'appartement de madame Rives, l'institutrice dont j'ai pris la classe. Je ne pouvais pas bousculer cette dame, vu son âge. Il faut reconnaître, Claire, que madame Etiennette a le droit de réclamer une chambre plus agréable.

Le « madame Etiennette » n'était pas dénué d'ironie. Claire le sentit et adressa un sourire résigné à sa belle-sœur. Mais Jean ne capitulait pas.

— Blanche, il n'en est pas question ! Allons, tout fonctionne comme sur des roulettes depuis que tu habites avec nous. Les enfants font le trajet jusqu'à l'école en ta compagnie, matin et soir. Ils ont de meilleures notes, surtout les garçons, car tu surveilles leurs devoirs. Je n'ai pas envie que tu partes…

Léon, campé devant la porte du cellier, une barrique sous le bras, fit une suggestion devant satisfaire toute la famille :

— Pourquoi donc vous casser la tête ? s'écria-t-il. Que monsieur et madame Roy s'installent au premier, dans la chambre de ce pauvre pépé Basile… Nicolas et Matthieu peuvent partager l'autre pièce, où mademoiselle Blanche était logée.

— Tais-toi donc, Léon ! coupa Jean. Ma sœur restera ici !

— Ben justement, Jeannot, tu m'as pas laissé finir… Foi de Léon, je retape le logement à l'étage du moulin, qui sera brillant comme un sou neuf. Suffit de me fournir du papier à tapisserie et de la peinture ; moi j'ai déjà l'huile de coude. Et ta sœur, parole, elle aura son deux-pièces à trois pas de chez toi. Avec le petit fourneau et le poêle. Je lui monterai son bois et du charbon.

Fier de son idée et de ses jeux de mots, Léon ôta sa casquette, guettant des félicitations.

— Eh bien, dit Blanche, si cette solution fait le bonheur de tous, elle me convient, à moi.

— Mais non, protesta Jean, il y a le bruit des piles et des roues à aubes, et c'est sombre, humide !

— Ah, quand il s'agit de votre sœur, vous changez de refrain ! pesta Etiennette. En fait, c'était juste assez bon pour une femme de mon genre…

Claire se réfugia dans le fauteuil en osier qui, selon elle, conservait quelque chose de sa cousine. Bertille y avait passé des années, infirme mais magnifique, toujours élégante et charmeuse.

— Je vous en prie, faites moins de bruit ! implora-t-elle. Je n'en peux plus. Basile n'est plus là pour se moquer de vos mesquineries, vous en profitez. Léon a du bon sens ; si Blanche accepte, restons-en là…

En son for intérieur, Claire comprenait un peu sa belle-sœur. La chambre où Basile avait agonisé, et Hortense Roy avant lui, elle n'y aurait dormi pour rien au monde. Etiennette s'en moquait, elle, comme elle se moquait de Colin, de son fils et des règles élémentaires de morale.

— Bien sûr, je paierai tous les frais ! ajouta Blanche Dehedin. Cela va m'amuser de décorer à mon idée mon nouveau logis…

Raymonde put servir la daube et les pommes de terre. Colin soupira de soulagement. D'abord contrarié, Jean partagea vite l'enthousiasme de sa sœur.

Les jours suivants, ce fut le grand chambardement. Léon se dépensa, travaillant même la nuit, heureux de recevoir un petit salaire que Blanche lui versait en cachette. Quand tout fut lessivé, gratté, blanchi, Jean et les ouvriers transportèrent sous la pluie battante armoire, coffres et literie, tandis que Raymonde et Matthieu battaient les tapis à l'abri sous l'appentis.

Claire, elle, décida d'écrire le détail de ces événements familiaux à Bertille, qui devait sombrer dans la plus amère des mélancolies.

11

Jours d'hiver

Moulin du Loup, 21 décembre 1907

— Je n'ai jamais connu un mois de décembre aussi triste ! se plaignait Claire qui triait des lentilles.

Elle étalait les petites graines brunes sur le bois impeccable de la table, cherchant du bout des ongles les menus cailloux mêlés aux légumineuses.

Raymonde approuva d'un signe de tête. Les deux femmes étaient seules dans la cuisine.

— Je suis bien d'accord avec vous, madame ! dit la servante. Nous avons perdu monsieur Basile, un homme comme on n'en fait plus, et, au domaine de Ponriant, ils pleurent encore la petite Victoire. Une fillette de deux ans, quel malheur ! Si je mettais en terre mon César, je crois que j'en mourrais aussitôt.

Claire jeta un regard navré vers la fenêtre la plus proche. La pluie ne cessait pas. Cela durait depuis plusieurs semaines. La rivière avait grossi et ses eaux boueuses inondaient les berges. L'humidité imprégnait tissus et boiseries malgré les feux entretenus soigneusement. Dehors, Léon fendait du bois. Elles entendaient les chocs sourds du merlin dont le tranchant divisait les grosses bûches de chêne que Colin avait fait livrer.

— Une chance que Jean dispose d'une solide fortune, à présent ! ajouta Claire. C'est bien la première fois que nous devons acheter du bois. D'ordinaire, celui coupé sur nos terres suffit… Et Faustine tousse beaucoup, mon sirop de sureau ne la calme même pas. Je ne voulais pas l'envoyer à l'école, mais mademoiselle Blanche en a décidé autrement.

La jeune femme avait insisté non sans rancune sur le mademoiselle, qu'elle n'employait pas, en temps normal, pour désigner sa belle-sœur.

— Demain, c'est jeudi, votre petite restera bien au chaud. Et après-demain aussi, gardez-la, ce qui nous amènera aux vacances.

— Tu as raison, Raymonde, je suis sa mère, je n'aurais pas dû céder à Blanche ! Elle finira par nous gouverner tous ! dit Claire avec rancœur.

Les tensions s'exaspéraient, à cause de la pluie et du confinement. Jean avait renoncé à ses travaux extérieurs et donnait un coup de main à son beau-père, deux ouvriers étant malades.

— Plus rien n'est comme avant, de toute façon ! ajouta encore la jeune femme. Si je ne t'avais pas, Raymonde, je me sentirais bien seule, à présent que Jean travaille avec mon père.

Claire se leva, les bras croisés sur sa poitrine. Elle jeta un regard à sa cuisine. Si un ordre parfait régnait, ainsi qu'une propreté méticuleuse, elle trouvait la pièce empreinte de tristesse.

— Les murs sont trop sombres ! conclut-elle. Cet ocre rose que j'aimais tant s'est terni… Raymonde, crois-tu que Léon pourrait repeindre avant Noël ? En blanc crème, comme dans le logement de ma belle-sœur, et les portes en gris perle.

— Ah ! fit la servante. Quand même, vous songez à Noël ? Je n'osais rien dire, moi, mais je pense, madame, que les enfants ne doivent pas payer pour nos chagrins. Une belle fête, cela les consolerait… Et vous aussi, cela vous changerait les idées ! Chaque année, vous décorez les poutres de houx et de branches de pin, avec tous ces rubans rouges qui sont dans le placard de votre chambre.

— Je me refusais cette petite joie ! constata Claire. A cause du décès de Basile. Mais tu as raison, nos petits seraient trop contents. Je t'en prie, va chercher Léon et demande-lui, pour le coup de peinture. Tu sais ce que je vais faire, Raymonde ? Un sapin, un sapin de Noël comme en ville. Je demanderai à Jean d'en couper un sur le plateau de Ponriant. Nous leur ferons la surprise, après-demain, quand ils rentreront de l'école.

Ce projet redonna des couleurs à la jeune femme. Rassérénée, la servante courut prévenir Léon. Elle ne fut pas longue à revenir.

— Madame, mon petit mari est d'accord. Demain, il vous badigeonnera vos murs. Je monterai au bourg avec lui, en calèche, acheter ce qu'il faut. Madame Rigordin propose de la droguerie depuis qu'elle a agrandi sa boutique. Mais, dites, il fait un froid dehors. Le temps change ; je vous parie qu'il va geler cette nuit.

Elles se sourirent, soulagées d'avoir trouvé un dérivatif à leur morne quotidien. Claire se précipita à l'étage. Devant la porte de l'ancienne chambre de Basile, elle marqua une pause. Etiennette et son père occupaient les lieux depuis trois semaines.

Quelle garce ! se dit-elle en évoquant la mince figure de sa belle-mère. Quand je pense qu'elle couche avec cette brute de Gontran…

Jean avait avoué, au retour du cimetière, ce qu'il avait vu dans les étendoirs. Le jeune homme, dont le regard bleu suivait la silhouette lointaine d'Etiennette, avait murmuré :

« Je ne voudrais pas t'affliger davantage, Câlinette, mais en voilà une qui ne mérite pas un mari comme ton père. Elle fricote avec un des ouvriers, le pire, Gontran. »

Ces mots avaient frappé Claire en plein cœur. Après avoir écouté les explications de Jean, elle avait pesé le pour et le contre. Dire la vérité à Colin n'était pas une solution facile. Le maître papetier, épris de sa si jeune épouse, aurait beaucoup souffert de sa trahison. Son sens de l'honneur l'aurait poussé à la chasser du moulin. Déjà violent et capricieux, Nicolas se serait vu privé de sa mère. Aussi, Claire avait gardé le secret, mais elle vouait un profond mépris à Etiennette.

Et elle a eu l'audace de réclamer cette chambre où Basile vécut des années, d'exiger de nouveaux papiers peints, un paravent en laque, un lit en cuivre. Papa a dépensé sans compter… Enfin, les choses ne se passent pas trop mal. La grande maison est mieux chauffée et plus saine. Mon pauvre père, il tousse tellement…

Claire s'enferma dans sa propre chambre. Elle fouilla sa penderie et dénicha ce qu'elle cherchait, un carton à chapeau. Là, dans du papier de soie rose, étaient rangées des étoiles en plâtre peint, d'une belle couleur dorée semée de paillettes. Elle les avait achetées l'année précédente, lors d'une sortie à Angoulême à la même période.

Je les accrocherai dans le sapin, et non plus au-dessus du lit de Faustine. Elle les adore, mais je pense que cela lui fera encore plus plaisir qu'elles ornent notre arbre de Noël.

Claire se figea, prise d'une soudaine angoisse. La toux sèche et persistante de Faustine résonnait au fond de son cœur. Une rumeur courait dans la vallée, selon laquelle Marie-Virginie Giraud serait atteinte de la phtisie, et qu'elle aurait transmis la terrible maladie à sa fille Victoire, qui en était morte.

Mon Dieu, si jamais notre petite chérie avait attrapé ce mal ! Et mon père ?

Réprimant un frisson, Claire se releva, toute tremblante. Elle devait en parler à Jean. Raymonde la vit redescendre, le visage crispé par une panique irraisonnée. Elle s'enveloppa d'un manteau et se munit d'un parapluie.

— Où allez-vous, madame ? demanda-t-elle. Ce n'est pas l'heure du retour de nos écoliers !

— Je veux dire quelque chose à Jean…

Claire sortit, tout de suite saisie par le froid. Elle constata qu'il ne pleuvait plus, pas une goutte, hormis le chant des gouttières dont le trop-plein se déversait avec un bruit de cascade. Couché à l'entrée de la grange, Sauvageon guettait sa maîtresse. Le chien-loup était attaché, car il multipliait les fugues à peine la nuit tombée.

— Je te libérerai à quatre heures, lui cria-t-elle. Tu iras

à la rencontre des petits… Vieux coquin, va ! Tu aimerais courir les femelles, mais non, je te garde.

Elle se hâta vers la double porte donnant dans la salle des piles. Une vague tiédeur la réconforta. Les braseros rougeoyaient sous les grosses cuves, Colin Roy continuant à fabriquer ses papiers selon la tradition familiale. L'acquisition d'une nouvelle machine ne servirait sûrement à rien, selon Jean, puisque le papetier s'obstinait à travailler comme au siècle précédent.

Cela plaisait à la jeune femme, qui aimait le ronronnement chuintant des roues à aubes et le martèlement des piles. D'un coup d'œil, elle s'aperçut que son mari n'était pas là et passa dans la salle voisine, où étaient empilées les formes garnies de pâte. Colin et Jean, secondés par Etienne, un des plus vieux ouvriers, nettoyaient le sol au jet d'eau.

— Eh bien, messieurs, s'écria-t-elle d'une voix faussement enjouée, dès qu'il s'arrête de pleuvoir, vous prenez le relais ?

Jean la regarda et son visage s'illumina d'un grand sourire.

— C'est gentil de nous rendre visite ! dit-il. Viens un peu là, ma femme…

Claire se réfugia dans ses bras. Les mains de Jean dans son dos et le baiser léger qu'il posa sur ses lèvres suffisaient presque à l'apaiser. Colin, égayé, voulut lancer une plaisanterie, mais il se mit à tousser jusqu'à en perdre le souffle.

— Papa ! gronda Claire. Quand vas-tu consulter le docteur ? Tu as une mine !

— Tais-toi donc, Clairette, tes tisanes et tes pastilles de miel me soignent à merveille. Qui ne tousserait pas, vu ces trombes d'eau qui noient le pays ? Je dois monter aux étendoirs vérifier le séchage, si par hasard mes feuilles de vélin peuvent sécher un jour, avec ce déluge…

La jeune femme s'affola. Il y avait de fortes chances, malgré les frimas et les averses, qu'un couple fût occupé là-haut. Etiennette n'était pas dans sa chambre, ni Gontran dans les parages.

— Nous y allons, Jean et moi ! proposa-t-elle. Nous avons à discuter.

Elle entraîna son mari dans la cour. Les apercevant, Sauvageon aboya et grogna en tirant sur sa chaîne.

— Calme, mon chien ! hurla-t-elle dans l'espoir de faire décamper Etiennette et son amant.

Jean comprit. Il l'attira contre lui, en chuchotant :

— Ils y sont, j'ai vu partir ce fumier de Gontran… Claire, ça ne peut plus durer. Il faut les dénoncer à ton père ! J'ai honte pour lui. Ils le font cocu aux yeux de tous. Crois-moi, les autres ouvriers savent à quoi s'en tenir… Le vieil Etienne crache sur les pas de Gontran dès qu'il le croise. Si personne ne parle, c'est pour protéger Colin.

— Tant pis ! répondit-elle. Jean, j'ai peur que papa soit malade, plus malade qu'il n'y paraît. La phtisie, comme Marie-Virginie et la pauvre gamine de Bertrand. Avec cette humidité, en plus… Et puis Faustine qui tousse aussi, nuit et jour.

Ils se tenaient en bas de l'étroit escalier grimpant jusqu'au plancher des étendoirs. Jean avait pâli.

— Faustine ? Tu crois qu'elle serait atteinte ? Ne dis pas ça, Claire, j'en deviendrais fou… Il faut la conduire chez le médecin dès ce soir !

La terreur qu'elle lisait dans son regard d'azur la rendit raisonnable.

— Ecoute, le mieux serait que le docteur Marcel passe ici et les examine tous les deux. Je ne voulais pas t'effrayer. Faustine a le nez pris, elle n'a pas de fièvre et mange normalement. Je confierai un courrier à ta sœur demain matin. Le docteur viendra…

— D'accord, je te fais confiance, Câlinette ! Mais je préfère prévenir que guérir. Ne perds pas de temps.

Il n'osait pas lui confier ses propres doutes en ce qui concernait Colin. Le patron, comme il l'appelait parfois, imitant les ouvriers, avait vraiment une mauvaise toux et des instants de faiblesse.

Un pas lourd résonna à proximité. Ils levèrent la tête : Gontran s'engageait déjà dans l'escalier, les mains à sa braguette qu'il reboutonnait. Derrière lui, la figure chafouine d'Etiennette changea d'expression, passant d'une satiété bestiale à l'anxiété.

— Surtout, ne vous cachez pas ! maugréa Jean. Un peu plus, et maître Roy vous découvrait…

La rage du jeune homme était perceptible. Gontran eut un sourire narquois, un mégot au coin des lèvres. Il n'aimait pas le gendre de son patron, qu'il estimait prétentieux et dur.

— J'ai pas de comptes à vous rendre, môssieur le bagnard ! susurra-t-il en bousculant Jean. Dégagez, j'ai du boulot, moi…

Le coude de Gontran heurta Claire à la poitrine, car elle se tenait près de son mari. Elle ne put retenir un petit cri de douleur. Jean fut incapable de se dominer. D'un bond, il attrapa l'homme par le col de sa veste.

— Espèce d'ordure ! Je te vire ! Fous le camp et ne remets plus les pieds ici… Tu as assez sali la réputation de maître Roy !

Etiennette était pétrifiée. Bouche bée, elle essayait d'imaginer la suite des événements. A toute vitesse, elle dressa un tableau désespérant. Colin la giflerait et la quitterait. Elle serait condamnée à implorer l'aide de sa mère, à travailler dans une ferme voisine. Tout ce qu'elle avait patiemment gagné, les toilettes, les bijoux, la sécurité et l'honorabilité, elle en serait dépouillée. Claire n'hésiterait pas à l'humilier, à lui voler Nicolas. L'ancienne servante se mit à sangloter, mais elle pleurait sur son propre sort.

— Non, mais, le blanc-bec, tu ne me touches pas ! menaçait Gontran d'une voix basse, afin de ne pas attirer l'attention. Tu te sens plus pisser, rapport au magot que ta pimbêche de sœur t'a fourré entre les pattes… D'abord t'as pas à me donner d'ordres…

Jean leva le poing, cogna Gontran de toutes ses forces. Surpris, le nez en sang, l'employé tituba avant de se rétablir et de foncer sur son agresseur qu'il dominait d'une demi-tête. Claire s'interposa, au risque de prendre un coup.

— Bon, ça suffit ! hurla-t-elle. Suivez-moi dans le bureau,

Gontran, que je vous règle votre semaine. Je partage l'avis de mon mari : vous n'avez plus rien à faire chez nous.

Le ton glacé et la dignité naturelle de Claire douchèrent l'ouvrier. Elle précisa :

— Et pas d'esclandre, je vous prie ! J'ai patienté, mais j'étais au courant de votre liaison avec ma belle-mère. Dans son intérêt, et je n'agis pas par bonté d'âme, mais pour mon malheureux père, soyez discret. Disparaissez !

Etiennette devina qu'elle tairait l'incident. Rassurée sur ce point, elle pleura de plus belle à la pensée de perdre son amant. Gontran ne lui accorda pas un regard. Il accompagna Claire jusqu'au petit bureau, empocha son dû et, perché sur son vélo, il s'éloigna.

Jean la rejoignit. La jeune femme avait les doigts serrés sur un coupe-papier, un air absent au visage. Elle grelottait.

— C'est fini, Claire, ce salaud a filé. Ton père n'a rien vu, ni rien entendu.

Il l'enlaça, ému de la voir si forte et si fragile à la fois. Elle posa sa joue contre son épaule.

— Et elle ? Tu ne lui as rien dit ?

— Cela me démangeait de la gifler, mais j'avais peur de me salir. Elle est veule, une bête rampante ! dit-il avec dégoût. De la race d'une Térésa, sans moralité ni pudeur.

Ce discours fit sursauter Claire. Jean n'avait plus jamais fait allusion à l'ardente maîtresse, d'origine espagnole, qu'il était prêt à épouser. Elle n'eut pas loisir de l'interroger, car il poursuivit, très bas :

— Je n'avais pas jugé bon de te le dire, mais Térésa prostituait sa fille de treize ans. Quand j'ai voulu partir, elle m'a proposé de prendre du plaisir avec sa gosse. J'ai pensé à mon Lucien et j'ai eu envie de la tuer, comme un être malfaisant qu'il faut exterminer.

Claire sentit le corps de Jean frissonner. Elle soupira, choquée par ce qu'elle apprenait.

— Qu'est devenue Manuela ? Elle se prénommait ainsi, je crois…

— Avant de prendre la route, je l'ai conduite chez les sœurs. Ah, si tu savais ce que j'ai ressenti dans l'enceinte du couvent. Un calme infini, une sérénité rare. Le jardin était magnifique, avec des statues de marbre. J'ai promis à la Mère supérieure d'envoyer de l'argent et j'ai tenu parole, deux ans plus tard... Il y a une semaine en fait, quand mon capital a été transféré à Angoulême.

— Quel cachottier ! dit Claire, ravie au fond de découvrir son mari sous un nouveau jour. Tu ne me racontes jamais rien de tes petits secrets.

— Blanche le sait... Je lui ai demandé conseil.

Les mots piquèrent la jeune femme. Depuis l'intrusion de Blanche dans leur vie, elle luttait pour ne pas être jalouse de la complicité qui unissait le frère et la sœur.

— Rentrons à la maison, soupira-t-elle. Je ne veux plus penser à Gontran, déjà que je dois supporter Etiennette sous mon toit. Au fait, Jean, j'aimerais décorer un sapin pour Noël, oui, dans la maison. Si tu pouvais m'en couper un, assez grand. Les enfants ont besoin de réconfort et de magie, après la mort de Basile qu'ils considéraient comme un grand-père...

— Un sapin dans la maison ? s'étonna Jean. Où vas-tu chercher des idées pareilles ?

— Je t'en prie, Jean ! implora-t-elle. Cela se fait dans le Nord et dans beaucoup de familles, en ville. Je ne voulais pas fêter Noël, mais ce serait mal vis-à-vis de nos petits. Nous en discutions Raymonde et moi, et maintenant je suis malade d'impatience. J'ai envie d'un merveilleux Noël, avec des gâteaux extraordinaires, du champagne, un festin ! Cela fera fuir le malheur, très loin du moulin... Il faudra assister à la messe, monter au bourg à pied avec des lanternes.

Claire le suppliait de ses beaux yeux noirs, les lèvres tendues pour l'embrasser. Elle lui parut si jeune et si belle qu'il éclata de rire.

— Mon trésor ! dit-il, déjà charmé. Tu séduirais le monde entier avec ta mine de petite fille. Soit, je couperai un sapin et nous oublierons nos peines, les vilenies des uns et des autres. Faustine sera éblouie... Il faut que ce soit une surprise.

— Evidemment ! répliqua-t-elle. C'était prévu !

Etiennette tournait en rond dans sa chambre. Elle avait fait sa toilette et changé de robe. La violente altercation qui avait précédé le départ de Gontran lui laissait un goût amer et l'envie de tout casser. Quand la porte s'ouvrit assez brusquement, la jeune femme sursauta, craignant l'irruption d'un Colin furieux et épris de vengeance. Mais ce n'était que Claire.

— Je ne serai pas longue ! déclara celle-ci à la coupable. Je ne sais pas si tu as un peu de mémoire, Etiennette. Je préfère te rappeler certains souvenirs. Lorsque tu es entrée à notre service, ma mère Hortense était encore en vie. Elle te traitait sans bonté et t'accablait de travail, j'en suis témoin… Moi, cependant, je t'ai toujours respectée et protégée. Tu étais une enfant, à mes yeux, affamée, déguenillée. Je n'avais qu'une pensée, t'aider de toutes les façons possibles. Ensuite maman est morte et tu as réussi à épouser mon père. Je me demande pourquoi, mais il t'aime. Aussi, n'aie pas peur, je ne te trahirai pas. Je ne veux pas qu'il souffre, pas plus que Nicolas, qui est mon demi-frère… Mais fais en sorte, désormais, de te conduire dignement, de ne pas souiller notre nom. Dans quatre jours, c'est Noël, j'espère que cette fête nous aidera à effacer nos erreurs et nos chagrins. Je te conseille de ne pas revoir cet homme. Il a profité de toi. Je voudrais bien comprendre ce qui te pousse à coucher avec des types aussi répugnants…

Etiennette haussa les épaules. Plus rusée qu'intelligente, elle ne s'était jamais posé de questions sur les exigences de son corps. Le désir d'un individu mâle la paralysait et, si bref fût-il, l'instant où un sexe viril la pénétrait la rendait faible et dolente. Pour ces quelques minutes, elle perdait toute prudence.

— Ton fils… ton Nicolas, tu l'aimes ? demanda encore Claire.

— Bien sûr, que je l'aime !

— Alors pense un peu plus à lui. Tu imagines combien il serait triste s'il entendait des commérages sur toi, à l'école ou au village. Je t'en prie, réfléchis avant de te jeter à la tête du premier venu, au nez de ton mari devant Dieu, qui est aussi mon père, par malheur. Une dernière chose, je lui ai dit que Gontran avait insulté Jean et que je l'avais renvoyé.

Claire s'en alla. Elle espérait que son sermon porterait ses fruits. Une fois seule, Etiennette s'assit au bord du lit. Un vide rongeait son ventre et sa poitrine. Gontran avait disparu. Son existence lui apparut morne, sans saveur. Savoir son amant tout proche dissipait l'ennui des heures monotones. Depuis des semaines, la jeune femme se levait en songeant au rendez-vous au fond des étendoirs, et elle se couchait avec la sensation tenace du plaisir étrange qu'elle en retirait.

— Maintenant, c'est fini ! se lamenta-t-elle. J'le verrai plus...

Colin était entré sans bruit. Il la découvrit en larmes, toute menue dans la lumière grise que dispensait la fenêtre.

— Qu'est-ce que tu as, Tiennette ? s'étonna-t-il. Voyons, qui t'a fait de la peine ?

Le maître papetier était épuisé. Il s'allongea et, du bout des doigts, caressa la hanche de sa femme à travers le tissu.

— A quoi bon pleurer, petite sotte ! dit-il d'une voix lasse. Je ne t'encombrerai pas longtemps. Tu te figures que je suis aveugle... Ma fille a congédié Gontran qui s'éclipsait chaque jour dix minutes, et je te retrouve en train de sangloter. Sois patiente. Quand tu seras veuve, vous aurez le moyen de vous mettre ensemble. Il habite du côté de Vœuil.

Etiennette n'osait plus respirer ni bouger. Elle avait écouté, stupéfaite, et se répétait chaque phrase. Il lui sembla judicieux de se défendre à sa manière.

— Que veux-tu ? Tu ne me touches plus. Tu t'endors et tu ronfles. Mais de quoi tu parles, à la fin ? Tu n'es pas si vieux...

Colin bâilla, en grommelant :

— Je t'annonce que je suis fichu ! Claire tenait à ce que je voie un médecin. J'ai consulté lundi dernier, en douce. J'aurai de la chance si je tiens jusqu'en avril... Et puis, je me méfiais de cette saleté de toux. J'évitais de te contaminer.

La jeune femme se leva et s'écarta du lit. Malgré l'affection qu'elle éprouvait pour Colin, elle n'avait aucune vocation de garde-malade, ni l'envie de mourir.

— La phtisie ? balbutia-t-elle.

— Oui ! Il y a eu plusieurs cas dans la région. Ecoute, Tiennette, pas un mot à quiconque, surtout pas à ma fille. Nicolas dort dans la chambre de Matthieu, il ne risque rien. Toi, tu n'as qu'à t'installer sur le lit de camp. Il est plié derrière le paravent. Je ne veux pas que mes gars, au moulin, aient pitié de moi. Je travaillerai tant que je pourrai. Je crèverai debout, voilà. Bon sang, dire que, même malade, même en sachant que tu te donnais à cette brute, tu m'échauffes le sang. Tu es la seule fille que j'ai connue capable de me rendre fou.

Le front moite, les pommettes rouges, le papetier lorgnait la jupe en velours brun de son épouse. Il se rappelait ce jour tiède où, retroussant sa robe de servante en calicot rayé, il avait vu les cuisses maigres, très pâles. Une fièvre de la posséder s'était emparée de lui, comme ce jour-ci.

Etiennette, le regard trouble, sentit ses jambes vaciller. Elle revint vers Colin et se coucha près de lui.

— Viens ! insista-t-elle. Si tu me veux, viens donc...

Il ne résista pas, haletant d'un désir décuplé par la certitude d'une mort prochaine. Leur étreinte fut ardente et rude, rythmée par les grincements du sommier. Colin oubliait délicatesse et tendresse. Peut-être qu'au fond de lui il se vengeait de l'affront subi, mais sa jouissance atteignit son paroxysme.

Raymonde et Claire, occupées à tartiner de beurre des tranches de pain, perçurent des gémissements et le couinement du lit. La servante devint rouge de confusion.

— Vraiment, ce n'est qu'une chienne ! fulmina Claire, outrée. Les enfants vont arriver, mon père est fatigué, elle s'en fiche.

— Si vous le dites, madame, vous avez sûrement raison ! répliqua Raymonde. Mais faut être deux pour faire ces choses. A vous entendre, la dame serait plus en faute que le monsieur !

Claire consentit à sourire. Plus tard, elle s'expliquerait. Sauvageon aboya avec frénésie, ce qui signifiait que la petite troupe, comme disait Jean, revenait de l'école : Blanche et les trois enfants.

— J'ai mes raisons pour insulter Etiennette, dit Claire. Cependant tu as raison sur un point, il faut être deux et mon père pourrait lui aussi se montrer plus discret. Au moins, quand ils logeaient dans l'autre bâtiment, ils ne gênaient personne.

Faustine entra la première. Elle riait en silence, son bonnet en laine rose constellé de flocons.

— Maman ! annonça-t-elle. Je n'ai pas toussé, aujourd'hui, et il neige !

— Ma chérie, ma jolie chérie ! s'écria la jeune femme en courant embrasser sa fille.

Elle ne se lassait pas de contempler le visage rond, les doux yeux bleus – ceux de Jean – et de sentir le velouté des joues. Elle souleva l'enfant et la fit tournoyer à bout de bras. Par la porte restée ouverte, elles virent la cour nappée de blanc, les toits de l'appentis et de la grange déjà duveteux. Matthieu et Nicolas aidaient Blanche à marcher sur les pavés couverts de verglas.

Sa belle-sœur avoua, d'un air désolé :

— C'est si glissant… Je crains de tomber ! Quel froid, chère Claire !

Blanche avait un sourire irrésistible quand elle oubliait son statut d'institutrice.

— Mieux vaut la neige que la pluie ! claironna Raymonde qui s'était approchée du seuil.

Claire posa Faustine. Au prix d'un effort louable, elle effaça de son esprit ses inquiétudes et sa hargne contre Gontran. C'était bientôt Noël, et elle en ferait le plus merveilleux des Noëls.

— Maman, j'ai libéré Sauvageon ! dit soudain la fillette. Le pauvre, il pleurait fort au bout de sa chaîne.

— Pourtant il n'est pas là, avec nous ? s'étonna Claire. D'habitude, il te suit de près…

— Il a filé droit vers les bois ! rétorqua Matthieu. Il avait besoin de se dégourdir les pattes.

Claire cacha son agacement. Le chien-loup se comportait d'une drôle de manière depuis quelques jours. Elle avait l'impression qu'une petite voix lui dictait une réponse à ses questions, mais il faisait trop froid pour l'écouter. Elle s'empressa de refermer la porte et de servir le goûter. Raymonde ferma les volets et activa le feu. Blanche buvait son chocolat chaud et soupirait d'aise.

Léon et Jean ne tardèrent pas à rentrer eux aussi. Ce fut l'heure tranquille des devoirs, faits sous la lampe, et de la soupe mise à mijoter. Dehors la neige ruisselait, aussi drue que les pluies précédentes.

Le lendemain, il continua à neiger. Les alentours du moulin se peuplèrent de bosses cotonneuses et de creux bleuâtres, tandis que saules et noisetiers, couverts d'un blanc pur, semblaient se fondre dans le paysage immaculé.

Matthieu et Nicolas, chaussés de bottes en caoutchouc, une grosse écharpe sur le nez, entreprirent une excursion jusqu'au pont. Claire leur avait demandé de rapporter du houx – un arbuste proliférait au bord de la route montant à Ponriant – et des brassées de lierre. Les deux garçons exultaient, heureux de l'aventure et de la confiance qu'on leur accordait. Ils s'enfonçaient jusqu'aux genoux dans l'épaisse couche de neige et gobaient des flocons, la tête renversée en arrière, bouche grande ouverte.

— C'est bientôt Noël ! répétait Nicolas. Maman disait qu'on le fêterait pas, mais je suis sûr que si…

— T'as raison ! claironnait Matthieu. Ça sentait le sucre chaud, quand on est sortis ; sûr que Claire va faire des caramels.

Au moulin, Faustine boudait. Elle voulait se promener aussi, mais son père avait refusé.

— Ne fais pas cette mine ! lui dit Claire. Nous allons jouer aux fées de la confiserie, des jolies dames de la taille de mon pouce qui ont le pouvoir magique de fabriquer des bonbons délicieux.

Blanche brodait des mouchoirs aux initiales de Jean pour les lui offrir à Noël. Elle crut bon de donner son avis :

— Ne lui remplissez pas l'esprit de pareilles fadaises, Claire. Les fées n'existent pas, voyons. Faustine a déjà tendance à imaginer mille histoires impossibles quand nous rentrons le soir par votre raccourci. Elle nous dit qu'il y a des lutins sous les buissons de genévriers, un dragon dans le souterrain du moulin.

— Où est le mal ? Faustine lit des contes et elle a l'âge de rêver, intervint la jeune femme. Dans cette vallée, il y a des grottes profondes et nombre de légendes y sont nées. Les nuits de pleine lune, des gens ont aperçu des formes légères, laiteuses, qui dansaient au bord de la rivière ou au sommet des falaises !

Raymonde pétrissait de la pâte. Elle jeta un coup d'œil à son fils installé dans une chaise haute et coupa :

— Moi, tout ce qui n'est pas normal me donne la chair de poule ! Mon César, s'il voyait des fées, il pourrait en rester fada, ébahi sa vie durant.

Blanche éclata de rire, en considérant ses deux compagnes d'un regard sidéré.

— Un froid inhabituel, de la neige, et vous voici replongées dans des superstitions ridicules. Claire, vous êtes une femme instruite, comment pouvez-vous croire à ces récits farfelus ?

L'intéressée ne répondit pas tout de suite. Elle tournait son caramel à l'aide d'une longue cuillère en bois, guettant l'instant où le sirop – du sucre et un peu d'eau – passerait au stade du petit boulé, propice à l'élaboration de pastilles croquantes. Afin d'obtenir plus de saveur, elle avait ajouté au mélange du miel et du cacao en poudre. Faustine oublia sa déconvenue, fascinée par l'odeur alléchante qui montait de la casserole en cuivre.

— Maman, j'aurai le droit d'en manger avant les garçons ? demanda-t-elle.

— Peut-être, si tu me fais un sourire, un vrai sourire !

— D'accord, tu es la plus gentille des mamans, alors…

La fillette souriait de toutes ses dents, en sautillant d'un pied sur l'autre. De sa voix fluette, elle chantonna :

— Tante Bertille, je crois que c'est une fée ! J'ai un livre de contes, et, sur une image, on dirait tante Bertille avec ses longs cheveux presque blancs et des grands yeux de la couleur des nuages…

Faustine exagérait la prononciation des mots en haussant le ton. Claire éclata de rire, mais Blanche fronça les sourcils et la réprimanda :

— Sois sage, tu fais le pitre, ce n'est pas correct, Faustine !

— Oh ! Laissez-la s'amuser ! protesta Claire. Ce n'est qu'une enfant. De plus, elle a raison. Ma cousine ressemble à une fée. Nous l'appelions tous « princesse » lorsqu'elle vivait ici. Si vous la rencontriez, Blanche, vous verriez combien elle est belle ! Et puis zut à la fin, ne vous mêlez pas sans arrêt de l'éducation de ma fille.

— Vous semblez oublier, Claire, que j'ai eu l'occasion de voir votre cousine à l'enterrement de Basile. Certes, c'est une jolie femme, mais elle n'a rien d'exceptionnel. Quant à Faustine, je vous rappelle que je suis plus proche d'elle que vous, par le sang… et grâce à nos origines normandes. C'est ma nièce !

Une prise de bec menaçait. Raymonde fit diversion :

— Faustine, viens là. Je vais étaler ma pâte et garnir les moules. Toi, si tu veux, tu n'as qu'à découper des lanières avec la roulette. Nous les poserons sur les fruits, après, pour décorer les tartes.

La fillette se précipita vers la table. Claire enrageait sous une apparence tranquille. Blanche et ses allusions perfides ne lui feraient pas rater ses caramels. Le souffle court, elle versa le liquide brûlant et visqueux sur la plaque de marbre huilée réservée à cet usage. Un cadre en bois retenait la matière souple au luisant de cire.

— Voilà, dès que cela aura refroidi, je découperai des carrés…

— Je t'aiderai, maman ! cria Faustine qui ne savait plus où donner de la tête.

Blanche rangea son ouvrage dans la panière doublée de satinette rose qu'elle tenait de sa grand-mère Madeleine.

— Est-ce que je peux me rendre utile, moi aussi ? interrogea-t-elle d'une voix radoucie. Claire, vous êtes fâchée… pardonnez-moi. J'ai été élevée dans l'austérité et la rigueur. Je ne sais pas me distraire !

La jeune femme détailla sa belle-sœur, qui s'était levée et s'approchait. Vêtue d'une jupe droite en lainage vert foncé, d'un corsage beige à plis serrés, ses épaules rondes couvertes d'un châle bariolé, elle lui présentait un visage ravissant, aux courbes pures et harmonieuses. Cela la troublait toujours, de lui voir aussi le même regard que Jean, de ce bleu intense rehaussé par les cils drus et noirs.

— Je vous pardonne de bon cœur, Blanche ! concéda-t-elle. Et je crois qu'en vérité, vous vous imposez une rigueur qui n'est pas en accord avec votre nature profonde. Faisons la paix, la trêve de Noël ! J'ai du chagrin et des soucis… mais cela ne m'empêchera pas de fêter comme il convient la naissance de Jésus.

Bouleversée par tant de magnanimité, Blanche se jeta dans les bras tendus de Claire. Elles s'étreignirent, entre le rire et les larmes. Jean qui entrait, son chapeau festonné de neige, en fut stupéfait. Faustine lui fit signe sans renoncer à son rôle de pâtissière.

— Pour une surprise, c'est une belle surprise ! fit Jean. Je passais boire un café bien chaud avant de me changer pour l'encollage.

Les deux jeunes femmes se séparèrent. Claire vint embrasser son mari qui lui glissa, à l'oreille :

— Mission accomplie, ma Câlinette ! Léon est en train de cacher ton sapin sur le plancher de la grange.

— Merci, mon Jean.

— C'était une jolie balade, mais j'ai les pieds gelés. J'ai appelé Sauvageon. Hélas ! il n'a pas pointé le bout du nez.

— Bah, il doit avoir trouvé une âme sœur au fond des bois ou dans les rues du bourg. Pourvu qu'il ne dévore pas un mouton… dit-elle.

Jean avala un café et croqua un biscuit. Il préféra ne

pas parler à Claire des traces inquiétantes que Léon et lui avaient relevées, à l'orée de la forêt.

— J'ai une bonne nouvelle ! annonça-t-il en s'apprêtant à sortir de nouveau. Colin a donné leur congé de Noël aux ouvriers. Ils débauchent ce soir et ne reviendront que le 26. Ton père s'accorde quelques jours de repos. Il fait bien, les feuilles de papier ont gelé durant la nuit, aux étendoirs. Avec ce froid, poursuivre le boulot conduirait à un sacré gâchis.

— Tant mieux, dans ce cas ! approuva-t-elle. Nous ferons en sorte qu'il ne s'ennuie pas.

— Je jouerai aux cartes avec lui ! déclara Blanche. Ou aux dames.

Les joues rouges, un sourire béat aux lèvres, Raymonde dressait en silence la liste des plats savoureux qui agrémenteraient la table du moulin. Elle se priverait de sommeil si nécessaire, mais la famille se régalerait.

Jean parti, Etiennette descendit l'escalier. Elle avait senti l'odeur exquise du caramel et des fruits cuits au sirop destinés à garnir les tartes. Contre toute logique, elle regrettait sa conduite, pleurait déjà Colin et éprouvait un amour éperdu pour son fils. Cela lui coûtait de se l'avouer, mais elle avait envie d'être bonne et sage, de participer aux préparatifs de la fête.

— Claire ? dit-elle très bas en attirant la jeune femme à l'écart. Je monte au bourg pour me confesser. J'ai trop de remords au cœur, je vous jure… Expliquez à Colin où je suis. Si je passe le prévenir, il m'empêchera d'y aller à cause de la neige.

— Tu plaisantes ? demanda Claire. Toi, aller à confesse ? Et qui me prouve que tu ne cours pas retrouver ton amant…

— Pensez ce que vous voulez ! rétorqua-t-elle. Moi je vous dis que j'ai du repentir et que je veux être lavée de mes péchés avant Noël. A l'avenir, je serai une bonne mère et une bonne épouse.

L'ancienne servante portait un manteau en lapin blanc et une toque assortie. C'était un cadeau de Colin. Claire savait pardonner, fidèle en cela aux préceptes de l'Evangile.

— Je te crois, Tiennette. Sois prudente, tu mettras deux fois plus longtemps que d'habitude. Rentre avant la nuit...

— Oh oui, ne vous en faites pas. Après l'église, je passerai embrasser ma mère.

Il s'agissait de Marguerite, la laitière, qui vendait beurre et lait frais en visitant avec sa charrette tirée par un âne les fermes et les maisons isolées.

— Fais à ton idée ! ajouta Claire, soulagée d'éprouver une sorte de pitié affectueuse pour Etiennette.

Le soir, toute la famille se coucha très tôt, juste après le dîner. Claire se serra contre Jean. Leur chambre était plongée dans la pénombre, mais la lucarne du poêle dispensait une faible luminosité pourpre. La jeune femme se sentait à l'abri, bien au chaud.

— J'aime la neige ! confia-t-elle à son mari. Dehors il fait très froid, le vent siffle, et moi je suis dans tes bras, dans notre lit douillet.

Jean lui répondit d'un baiser au coin des lèvres. Il avait envie de la protéger, de la chérir sans rien exiger d'elle. Il s'abandonnait au sommeil, épuisé par une dure journée de labeur, mais Claire était d'humeur bavarde.

— Sais-tu que je renonce à mon projet de repeindre la cuisine demain ? Léon s'occupe de mes chèvres et du cheval, il coupe le bois et entretient les feux. Ce serait un surplus de travail pour lui. Mais je compte lessiver les boiseries et changer les rideaux...

— Tu as raison, Câlinette !

— Sais-tu, reprit-elle, que Faustine n'a pas toussé de la journée ? Je l'ai gavée de miel et de tisane de tilleul. Elle m'a aidée à couper mon caramel et à repasser la nappe damassée. Figure-toi qu'Etiennette est montée au village, oui, pour se confesser. Quand elle est rentrée, bien après les garçons, elle avait l'air d'une sainte. Je ne me moque pas, je la crois sincère. C'est un premier miracle de Noël... Jean ?

Le jeune homme sursauta, rouvrit les yeux.

— Jean, j'avais oublié de te raconter la visite du facteur. Bertille a envoyé un paquet pour les enfants, des cadeaux. Ils auront chacun un livre superbe, avec des gravures de Gustave Doré, et un harmonica. C'est dommage qu'elle ne vienne pas. Ils sont invités chez des cousins, Guillaume et elle. Oh ! écoute...

Claire s'était assise brusquement. Découvert, Jean tira les draps sur lui.

— Mais je t'écoute, ma chérie ! grogna-t-il, à demi assoupi.

— Non, pas moi... je croyais que c'était le vent... écoute donc ! Ces hurlements...

La jeune femme en avait le souffle coupé. Elle avait déjà entendu ces longs cris sinistres, la nuit où les Giraud menaient une battue aux loups, dix ans auparavant. Et une autre nuit tragique, quand Frédéric avait été mordu par un fauve enragé, ce qui avait poussé son premier époux au suicide[1].

Jean s'était redressé à son tour. Aux aguets, il retenait sa respiration.

— Bon sang ! jura-t-il. Alors je ne me trompais pas. Ce matin, Claire, en allant chercher un sapin, Léon et moi nous avons vu de nombreuses empreintes, plus grosses que celles des chiens. J'avais lu un article dans la gazette, au bistrot du bourg, qui relatait des attaques de troupeau, dans le nord du département.

— Des loups... Le froid et la neige les rendent imprudents. Ils s'approchent des habitations ! déclara la jeune femme. Et Sauvageon ? Il va se faire tuer s'il rôde dans les bois. Demain, je monterai Sirius, j'irai le chercher.

Jean alluma la lampe à pétrole. Claire lui apparut, les cheveux nattés, en chemise de nuit à col haut. Elle avait l'air d'une adolescente apeurée.

— Tu n'iras nulle part. Je ferai un tour, moi, avec le fusil. Ne nous affolons pas, il n'y a pas de risque en plein jour, sur le chemin du village.

1. Voir *Le Moulin du Loup*.

— Mais là, je parie que les loups rôdent autour de la bergerie.

— Non, les chèvres ne bêlent pas. Elles feraient un beau tapage, sinon.

Ils attendirent, tous leurs sens en alerte. Les hurlements faiblissaient. Claire préféra se lever et ouvrir la fenêtre. Elle repoussa un volet et scruta les ténèbres. Des rideaux de flocons coulaient du ciel.

— Les enfants resteront à la maison, dit-elle en refermant. Je décrète qu'ils sont en vacances. Je n'ai pas envie qu'ils se fassent croquer !

— Ma chérie, ils sont un peu grands pour finir sous la dent des loups. Matthieu et Nicolas pourraient se défendre s'ils ont un solide bâton. Comment prépareras-tu ta surprise s'ils passent la journée ici ? Viens te coucher, je suis tout à fait réveillé maintenant.

La voix de Jean avait changé d'intonation. Plus caressante, un peu rauque. Claire s'allongea en hochant la tête en signe de négation.

— Pas ce soir, monsieur mon mari, j'ai fait vœu de chasteté jusqu'au premier de l'An.

— Quoi ? s'étonna-t-il. Mais je ne suis pas d'accord du tout, moi !

— Hier, papa et Etiennette nous ont imposé l'écho de leurs ébats. J'ai eu honte pour eux, et pour nous deux, car nous devons faire les mêmes bruits et nous agiter autant.

— Ainsi que Raymonde et Léon, tous les couples du pays… il n'y a pas de quoi rougir ! Câlinette, tu es si douce, toute chaude.

Jean glissa ses mains sous la chemise de nuit et chatouilla les cuisses de Claire qui fit mine de se débattre. Ils s'étaient abstenus de relations les jours suivant la mort de Basile, mais, depuis une semaine, leur ardeur amoureuse reprenait ses droits.

— Alors, éteins la lampe ! ordonna-t-elle.

Il s'empressa d'obéir. Quand il se retourna, elle était nue. Elle se jeta à son cou.

A l'autre bout du couloir, Etiennette et Colin ne dormaient pas non plus. Le maître papetier réfléchissait, le corps de sa femme alangui contre le sien.

— A quoi penses-tu, demanda-t-elle. Tu m'en veux encore ? Le curé m'a donné l'absolution pour mes péchés, et j'ai dit trois *Notre Père*. Je vais te soigner, tu ne mourras pas...

— J'écoute les loups ! Je me souviens d'une autre époque, quand Hortense était vivante, que tu couchais dans un recoin du grenier, une gosse de quinze ans, qui avait peur du hibou et de sa patronne. Vois-tu, Tiennette, j'ai l'impression que c'est toujours un mauvais présage d'entendre chanter les loups par gros temps de neige.

— Colin, ne dis pas de bêtises, moi j'ai envie d'être heureuse avec toi. Au bourg, les jours de foire, les filles de mon âge me montaient la tête, elles me disaient que j'étais à plaindre d'avoir un vieux mari. A force d'avoir Gontran sur mes pas, qui me reluquait et me faisait de l'œil, j'ai cru que je pouvais lui céder. J'ai le vice dans la peau, ma mère me le répète assez... Tu es bien bon de m'avoir épousée, va !

Le papetier lui caressa le ventre et les seins. Il avait envie de pleurer parce qu'il l'aimait au-delà de ses fautes et de ses bassesses. Elle lui ôtait le sens de la dignité, mais il s'en souciait peu à présent qu'il se savait condamné, et même avant, en fait.

— Etiennette, ne te reproche rien. Tu m'as donné ta jeunesse, et tant de plaisir que j'en étais obsédé, au travail, en ville, partout. Je me levais le matin, impatient d'être au soir, pour t'avoir dans mes bras. J'ai une chose à t'avouer, et je devrais filer à confesse, moi aussi.

Elle se redressa sur un coude pour le dévisager.

— Dis-moi ! dit-elle, intriguée.

— Un soir du mois d'août où j'avais besoin d'une feuille de vélin royal, pour la montrer à un client potentiel, je suis allé en prendre une aux étendoirs. Aucune ne me convenait. J'ai donc marché jusqu'au fond... Vous y étiez, tellement affairés que cela vous rendait aveugles et sourds. Si tu crois que j'ai piqué une colère, que j'ai eu l'idée de vous cogner, comme l'auraient fait la plupart des hommes... Non, j'étais aussi excité qu'un taureau et j'ai dû me soulager, à dix pas de vous. La nuit, je t'ai honorée deux fois, et tu m'as demandé ce que j'avais bu pour être en pareille forme. Peut-être bien que j'ai le vice dans la peau, comme dit ta mère. Tant que tu ne me quittes pas, je suis prêt à te laisser courir…

Cet aveu perturba la jeune femme. Ses joues blêmes prirent une teinte rose. Elle accordait à Gontran des faveurs qu'il réclamait, auxquelles Colin n'avait jamais eu droit. L'attitude de son mari la déconcertait, elle était incapable d'y réfléchir, de le comprendre. Son instinct la guida. Les larmes aux yeux, elle se rapprocha de lui :

— Alors tu étais au courant depuis tout ce temps, et tu ne m'as pas chassée ni battue. Mon Colin, ce que tu es brave quand même… Ce type, il ne te valait pas, pour la chose. Et puis toi, je t'aime, que tu aies les cheveux blancs ou non. Je t'aime, Colin… Pardonne-moi.

Elle pinça la flamme de la chandelle et s'allongea sur lui dans le noir complice. Dehors, la tempête se déchaînait.

Dans le bâtiment voisin, Blanche lisait un recueil de poésies, *Emaux et Camées* de Théophile Gautier, l'auteur du roman d'aventures intitulé *Le Capitaine Fracasse*, qu'elle avait beaucoup aimé fillette.

La jeune femme s'interrompit un instant, surprise par les chocs sourds qui ébranlaient ses volets. Elle fut soulagée d'être haut perchée, à plus de onze mètres de la cour, car, ainsi, elle était certaine que seul le vent était responsable de la chose.

Si elle appréciait la décoration de son logement, Blanche se sentait particulièrement isolée. Quelques minutes plus tôt, des hurlements étranges l'avaient effrayée. Pas une seconde, malgré son angoisse, elle n'avait envisagé de se réfugier dans la maison familiale. Pour cela, il aurait fallu sortir, longer le mur de la cour. Elle préférait encore rester dans son lit, le verrou mis à sa porte.

Quel mauvais temps ! se dit-elle, incapable de reprendre sa lecture. Il faudra que je parte en avance, demain, le chemin sera pénible.

Blanche régla son réveille-matin à six heures, puis elle jeta un regard circulaire sur sa chambre. C'était un carré parfait, avec une petite cheminée en marbre noir. Un poêle en fonte émaillée, d'un gris bleuté, suffisait à chauffer. Les murs étaient peints d'un blanc crème, les boiseries en gris clair. Au sol, le parquet resplendissait, encaustiqué par Raymonde, et un tapis fabriqué en Orient, aux teintes rouge et or, apportait une touche de confort. La jeune femme avait choisi des rideaux d'un rouge assorti qu'une cordelette jaune safran maintenait repliés à hauteur d'un mètre, créant un effet agréable à l'œil.

Des tableaux, qu'elle appelait des marines, étaient disposés à intervalles réguliers. Une armoire en chêne sculpté se dressait en face du lit à la tête ouvragée. La pièce voisine était aménagée en salle à manger, une grande table faisant office de bureau, entre les repas. Là, Blanche corrigeait les devoirs de ses élèves et rédigeait son journal. Claire lui avait rendu visite, encombrée d'une part de gâteau et d'une cruche de lait tiède, et elle s'était extasiée sur l'atmosphère chic des lieux.

« Vous avez fait de ce petit appartement un vrai coin de paradis ! avait-elle dit à sa belle-sœur. J'étais montée une fois ou deux, mais Etiennette ne faisait jamais le ménage, cela ressemblait à un capharnaüm. Comme cela sent bon, aussi… »

Blanche avait révélé son secret : elle faisait brûler de l'encens, des bâtonnets parfumés achetés dans un port de Normandie, en provenance des lointains pays d'Asie.

Vivement qu'il fasse jour ! se dit-elle en entendant les rugissements du blizzard.

Bien que raisonnable et logique, la sœur de Jean ne put s'empêcher d'imaginer l'immensité du moulin désert, autour d'elle et en dessous, la salle des piles et ses engins tarabiscotés plongés dans la pénombre, la course des rongeurs sur les poutres. Il lui vint l'idée de trouver bientôt un époux à son goût, mais aucun homme n'avait eu le bonheur de lui plaire. C'était encore pire depuis qu'elle chérissait son frère jusqu'à la passion…

Dans leur chambre du grenier, délimitée par un rectangle de cloisons en planches de frêne, Raymonde et Léon se croyaient à bord d'un navire en perdition. Le vent s'engouffrait par le moindre interstice entre les tuiles et grondait, secouait les cheminées du toit.

— Ma poulette, tu parles d'un bazar, ce soir ! Vaut mieux être sous l'édredon que sur les chemins. Une chance que ta mère ait pu venir chercher notre César, hier. Il l'aime, sa mémé. Et puis nous deux, ça nous repose, hein ?

Jeanne, devenue veuve, réclamait souvent son petit-fils qu'elle adorait. Cela arrangeait ses parents qui travaillaient dur. Il était convenu qu'ils reprendraient César à la messe, la veille de Noël.

— Tu n'as pas entendu des hurlements ? s'inquiéta soudain Raymonde, ses superbes cheveux blonds croulant sur ses épaules. On dirait des loups. Ils viennent de la Braconne, sûrement.

— Tiens, je le savais, moi, qu'ils étaient dans la vallée. Jean et moi, on a vu des traces ce matin.

— Mon Dieu ! Et les garçons ont fait un grand tour cet après-midi…

Raymonde se signa.

Ils auraient pu être attaqués !

Léon alluma une cigarette, goguenard :

— N'aie pas peur, les loups, c'est rien d'autre que des gros chiens, du genre de Sauvageon. Tant qu'ils n'ont pas la rage !

— Tu ne le vois pas à distance, malin, s'ils ont la rage… Ce sont de sales bêtes, voilà ce que j'en dis. Eteins la lanterne, je me lève avant l'aube, moi. J'ai de la cuisine à faire. Et laisse tes mains sur le drap, ce n'est pas le bon soir pour la bagatelle, je suis indisposée depuis ce matin.

— Eh flûte ! grommela Léon.

Le lendemain matin, les environs du moulin présentaient un spectacle fantastique. Les hautes falaises, qui paraissaient brunes dans tout ce blanc, n'en étaient que plus impressionnantes. Deux grands peupliers s'étaient brisés et barraient la rivière en partie couverte de glace. L'épaisseur de neige atteignait soixante centimètres, mais le gel avait fait son œuvre, pétrifiant la surface, dure comme du roc, si bien qu'il s'avérait périlleux de marcher.

Jean et Léon déblayèrent le perron à la pioche et à la binette, puis l'arrosèrent d'eau chaude, ce qui eut pour résultat de le transformer en une patinoire redoutable. Blanche, emmitouflée de la tête aux pieds, n'osa pas s'y aventurer. Elle resta plantée dans la cour, son gros cartable à la main.

— J'ai bu un thé chez moi ! cria-t-elle à son frère. Je pars une demi-heure plus tôt pour ne pas prendre du retard, vu l'état du chemin. Dis à Claire qu'elle devrait garder les enfants à la maison.

— Blanche, tu ne vas pas monter au bourg toute seule ? s'inquiéta Jean. Attends-moi, je t'accompagne ! Matthieu et Nicolas viennent aussi, tu auras une fière escorte, trois gaillards, tu te rends compte ?

La jeune enseignante parut rassurée. Elle annonça, d'un ton brave :

— J'ai mis des crampons à mes bottines ! Je les ai achetés il y a cinq ans, quand je suis allée en excursion dans les Alpes. Regarde, avec ça, impossible de glisser…

Blanche s'élança, enhardie au point de grimper sur une congère et de se percher sur la butte verglacée. Claire ouvrit la fenêtre :

— Soyez prudente, quand même, et s'il se remet à neiger fermez votre classe et rentrez vite.

— Oui, ne vous inquiétez pas.

Matthieu et Nicolas déboulèrent de derrière la maison. Raymonde avait jugé plus sage de les faire sortir par le cellier, l'escalier en pierre étant impraticable. Jean rentra cinq minutes. Quand il ressortit, il avait le fusil de chasse de Colin en bandoulière.

— Pourquoi prends-tu une arme ? demanda sa sœur.

— Bah, sait-on jamais… Une bande de loups rôdait, cette nuit.

— Mais, Jean ! s'étonna Blanche. Le bourg n'est pas loin et il fait jour. Tu penses qu'il y a un danger ?

Il haussa les épaules. Ils se mirent en route. Claire agita la main, soulagée de garder Faustine au chaud. La fillette dormait encore.

— Alors, madame ! dit Raymonde. C'est « votre journée ». Il faut installer votre sapin avant le retour des garçons. Buvez déjà votre lait chaud, j'y ai ajouté une goutte de café.

— Le problème, c'est notre Faustine ! Nous pouvons commencer à décorer la cuisine avec elle, mais si je veux qu'elle ait la surprise, pour le sapin de Noël, comment la tenir à l'écart ? Et puis elle est triste, à cause de Sauvageon. Elle l'attend, la pauvrette, en se reprochant de l'avoir détaché avant-hier. Moi aussi, cela me préoccupe. Mon chien ne fera pas le poids s'il se bat avec des loups. Ils le tueront…

Raymonde ne sut que répondre. Après un temps de réflexion, Claire prit sa décision.

— Tant pis, expliqua-t-elle à sa servante. Vers deux heures, je l'enverrai dans sa chambre se reposer un peu. Elle lira ou jouera. Nous dresserons l'arbre, près de l'horloge, et nous le décorerons. Et ensuite, j'irai la chercher. Ma chérie sera la première à profiter de la surprise.

12

Sauvageon

La matinée de ce jour de neige parut si délicieuse à Claire qu'elle en garderait longtemps le souvenir. Colin et Etiennette eurent le bon goût de paresser au lit, allant jusqu'à demander à Raymonde de leur monter le petit déjeuner. Léon, lui, se chargea de garnir le bûcher, adjacent au cellier, d'un gros tas de bûches de chêne.

Avant de s'atteler à la tâche, il alla chercher sous l'appentis les branches de houx aux graines rutilantes, le gui et le lierre dont le feuillage persistant, d'un vert lustré, avait inspiré une nouvelle idée de décoration à la jeune femme.

— Merci, Léon, j'ai tout ce qu'il me faut sous la main. Des petits clous, un marteau et l'escabeau.

— Le houx et le gui, je sais ce que vous en faites, à cause des autres Noëls, s'écria-t-il, mais le lierre, là, je me demande…

— Tu verras bien, grand curieux.

Claire lui adressa un sourire ravi. Si quelqu'un ne posait aucun problème au moulin, c'était bien Léon. Sanglée dans un vaste sarrau bleu, Raymonde préparait le nécessaire pour la confection de ses brioches aux fruits confits. Excellente danseuse, la servante était dotée d'une belle voix. Les mains dans la farine, elle ne tarda pas à entonner un de ses airs préférés, « Il pleut, il pleut, bergère ». Claire lui avait appris que la chanson était tirée d'une opérette composée par un certain Fabre d'Eglantine, un écrivain mort guillotiné pendant la Révolution. Raymonde en avait été affligée et, à la moindre occasion, elle chantonnait le refrain.

Faustine accourut, en chemise de nuit. Elle vit d'un seul coup d'œil le feu qui pétillait dans l'âtre et Claire affairée à nouer des rubans rouges à des guirlandes de lierre, tandis qu'un parfum de fleur d'oranger, de levain et de lait chaud lui sautait aux narines.

— Bonjour, maman, bonjour, Raymonde ! Vous préparez Noël ?

La fillette tenait sa poupée de chiffon contre son cœur. Claire l'embrassa.

— Oui, ma chérie, et tu vas nous aider. Dès que tu auras avalé une tartine et ton chocolat chaud. Il faudra t'habiller aussi.

Emerveillée par la table en partie encombrée de houx, de gui et de feuillages, Faustine s'installa sur un des bancs, juste en face de la belle tresse de pâte blonde que Raymonde badigeonnait de jaune d'œuf et de sucre en poudre.

— Chante encore ! supplia l'enfant. La chanson de pépé Basile, avec les cerises…

— Oh, ma petite chatte, dit-elle, très émue, que tu es mignonne. Je voudrais bien te faire plaisir, mais j'ai peur que cela rende ta maman triste.

— Alors, encore la bergère !

Claire avait entendu. Elle contempla les lourdes boucles dorées de sa fille par le cœur, puisque sa chair de femme demeurerait stérile, et une onde d'amour infini la bouleversa. Un bonheur inconnu l'envahit, qui combla son âme et lui fit accepter la perte de Basile et l'inquiétude que lui inspirait la santé de son père.

Une heure plus tard, perchée sur la dernière marche du lourd escabeau en bois, elle accrochait aux poutres, en créant des volutes et des serpentins, le lierre enrubanné de rouge vermillon. Debout sur une chaise, Faustine lui passait d'un air sérieux des clous et des bouts de ficelle. La cuisine embaumait la brioche cuite à point et le café.

Jean entra, le visage rougi par le froid et les kilomètres parcourus.

— Me voilà ! claironna-t-il. Blanche et les garçons sont bien arrivés à l'école. Nicolas est tombé sur les fesses, près du pont, mais il n'a pas eu une égratignure. J'ai promis d'aller les chercher ce soir. Oh ! Mais c'est superbe...

— Tu as vu, papa, comme c'est beau ! s'écria Faustine en se dandinant.

— Attention, ta chaise pourrait basculer ! recommanda Claire.

Jean ôta bonnet et écharpe, gants et bottes. Il rangea le fusil qui n'avait pas servi, ce dont il se réjouissait. Le jeune homme était grisé d'air glacé, de la vision constante d'étendues blanches, de stalactites cristallines au rebord des toits, du ciel cotonneux. Il saisit Claire par la taille et la chatouilla.

— Es-tu fou ? Moi qui ai le vertige ! protesta cette dernière.

— Viens donc un peu en bas, plaisanta-t-il. Si je te laisse faire, tu vas changer la maison en jardin. J'ai une surprise, ma Câlinette. Regarde, j'ai acheté des bougies à l'épicerie, avec des pinces en métal doré, spécialement fabriquées pour tenir dans les sapins de Noël. Tu es contente, au moins ?

La jeune femme n'eut pas le loisir de répondre. Faustine cramponnait la main de son père :

— Montre, papa ! Delphine, ses parents ont mis un sapin chez eux, on le voit par la fenêtre. Il y a des joujoux suspendus dedans. Et elle m'a dit qu'ils mettront des bougies, le soir de la messe. Alors nous aussi, nous avons un sapin ! Maman, où est-il ?

Claire fit les gros yeux à son mari. Il comprit trop tard. Raymonde éclata de rire.

— Pour une gaffe, ça, c'est une gaffe ! Vous qui aviez si bien prévu votre coup, madame.

Avec une mimique désolée, Jean ouvrit une boîte en carton rose dans laquelle étaient rangées en ligne de petites bougies torsadées en cire blanche. Les pinces étaient fixées sur le couvercle, étincelantes, de vrais bijoux pour Faustine qui les caressa d'un doigt respectueux.

— Tant pis ou tant mieux ! se résigna Claire. Mon secret est découvert. Pour la peine, Jean, tu vas trouver un moyen de faire tenir le sapin bien droit. Léon a prévu un seau de terre et de cailloux.

Personne ne put forcer Faustine à rester au chaud. Elle implora son père de l'emmener dans la grange où était caché l'arbre. Claire la couvrit de lainages et lui enfila des bottillons.

— Merci, maman que j'aime, merci ! répétait Faustine, au comble de la joie.

Une fois prête, elle se jeta au cou de sa mère et la serra très fort. Puis elle courut dehors. Parvenue au milieu de la cour, elle cria à tue-tête, trébuchant, glissant, redressée in extremis par Jean ou Léon.

— Sauvageon, reviens, c'est Noël demain ! Reviens, mon chien !

Ces appels naïfs, pleins d'une foi enfantine, émurent Claire et Raymonde qui se tenaient sur le seuil de la maison.

— Hélas ! madame, je crains que votre bête ne revienne jamais ! dit la servante.

— Si, elle reviendra ! affirma Claire. Je le sens. Sauvageon ne me trahira pas, nous avons vécu tant de choses ensemble.

Toute autre personne, à l'écoute de pareils propos, se serait offusquée ou, du moins, étonnée. Mais Raymonde hocha gravement la tête. Plus elle connaissait la jeune femme, plus elle la croyait en relation étroite avec les forces mystérieuses de la nature.

Quand Colin et Etiennette descendirent, vers midi, ils furent accueillis par une odeur inhabituelle, balsamique et fraîche. C'était le sapin, dressé devant une des fenêtres, à un pas de la grande horloge au décor de fleurs peintes. La mine concentrée, Claire installait sur les branches de l'arbre des pinces en métal. Faustine, en tirant la langue, accrochait une étoile en plâtre constellée de paillettes.

— Comme ça sent bon, et que c'est joli ! balbutia Etiennette. Oh, Claire, vous avez des idées extraordinaires.

— J'en suis stupéfait ! blagua le maître papetier. On se croirait à l'église, du temps de ce brave curé Bernard. Lui aussi, il décorait un sapin qu'il plaçait près de la crèche. Une coutume nordique. Normal, ce prêtre venait de la frontière belge.

— Mais ça te plaît, papa ? demanda Claire, rose de plaisir.

— Evidemment, Clairette. Je serais difficile si je disais non. J'en connais deux qui vont avoir une de ces surprises…

Faustine lança un rire de lutin. Elle n'attendait que le retour de Matthieu et de Nicolas.

— Ils seront sur le cul ! s'exclama-t-elle en sautillant d'excitation.

Les six adultes furent médusés. Colin pouffa, Etiennette aussi. Claire et Jean échangèrent un regard horrifié. Raymonde, elle, lança un coup d'œil furieux à Léon qui tentait de prendre la fuite.

— Faustine, c'est un gros mot ! gronda Jean. Qui t'apprend à parler aussi mal ?

— Mais c'est Léon qui l'a dit tout à l'heure, dans la grange. Oui, il a dit que les garçons seront sur le cul.

— Veux-tu te taire ! Tu fais exprès de répéter ! protesta Claire en riant. Ce n'est pas beau, cette expression. Et je pense que tu ne la comprends même pas.

— Si, répliqua la fillette doucement. J'ai compris. Léon voulait dire que Matthieu et Nicolas seront si contents devant l'arbre qu'ils en tomberont assis par terre.

Désarmée devant tant d'innocence et de perspicacité, la jeune femme n'insista pas. La décoration du sapin reprit. Colin suggéra de découper des guirlandes dans des chutes de papier argenté qu'il avait gardées. Etiennette, timide et silencieuse, mania bientôt les ciseaux et la colle.

Que nous sommes heureux ! songeait Claire. C'est ce dont je rêvais, une atmosphère un peu magique, la famille réunie, sans querelles. Même Etiennette a un air différent. Elle me fait de la peine, à implorer mes sourires. Il manque Blanche et mon Sauvageon.

Raymonde ne chômait pas un instant. Elle vissa au bord d'une petite table un hachoir en aluminium. Léon dut rapporter du cellier, où la servante tenait la viande au frais, du lard salé et un morceau de porc.

— Tiens, épluche-moi donc trois oignons et dix gousses d'ail ! ordonna-t-elle à son mari. Le persil, il faudra s'en passer, il a dû geler.

— J'en ai du séché ! lui dit Claire. Dans mon atelier.

— Il aura autant de goût, madame. Je prépare la farce des pâtés en croûte et, du pâté sans persil, ce serait un péché.

— J'y vais ! Cela me fera du bien, un petit tour dehors. Je sortirai par la porte de derrière, comme les garçons. Non, Jean, j'y vais seule. J'en profiterai pour donner de l'orge à mes biques et une poignée d'avoine à Sirius.

Faustine aurait bien accompagné sa mère, mais elle n'osa pas le demander. Elle se consola vite, assise près du sapin qu'elle aurait pu contempler des heures.

Claire frissonna en se retrouvant à l'extérieur. Le jour baissait déjà, mais la jeune femme s'attarda à observer sa vallée, qui lui parut plus vaste dans sa toilette hivernale. Les champs et les prairies s'étendaient à perte de vue, entre les deux remparts que formaient les falaises, plus élevées cependant au bord de la rivière. Les cheminées de Ponriant fumaient, et, en pensant à Marie-Virginie qui pleurait sa dernière-née, à Bertrand tout autant affligé, Claire poussa un gros soupir de compassion.

Je ne dois pas être triste ! se reprocha-t-elle.

Elle avait pris un solide bâton en noisetier qui lui fut très utile, car les amas de neige durcis étaient autant de pièges, plus glissants encore que le matin. Elle contourna la maison et repassa sous les fenêtres. Par les vitres nettoyées la veille, elle vit le sapin, les poutres ornées de lierre et de houx, une harmonie de vert sombre et de rouge vif accordée à la clarté jaune des lampes que Jean avait dû allumer.

Chaque année, nous aurons un sapin de Noël, à cet endroit précis ! se promit-elle.

La jeune femme ne s'attarda pas dans son atelier d'herboristerie où régnait un froid polaire. Ses doigts, engourdis et maladroits, malgré les gants de laine, la faisaient souffrir. Un petit bocal en poche, rempli de persil émincé et séché, Claire faillit renoncer à rendre visite à ses chèvres et à son cheval.

Je deviens paresseuse, ma parole ! Si je veux mériter un bon goûter, je dois y aller… Blanche et les garçons vont affronter bien pire au retour du bourg.

Elle avança encore, piquant le bout du bâton pour garder l'équilibre. Bien sûr, cela lui rappela Bertille, obligée de se déplacer avec une canne. Très coquette, sa cousine avait même commandé à un artisan une ombrelle et un parapluie capables de la soutenir, ce qu'elle jugeait plus élégant selon la saison.

A chaque pas, Claire espérait apercevoir la silhouette grise de Sauvageon, mais le paysage avait tout d'un désert blanc, parsemé d'ombres bleutées au pied des falaises. D'abord, elle entra dans l'écurie. Le grand cheval blanc la salua d'un hennissement joyeux.

— Mon Sirius, je te délaisse ! Tu préfères Léon, à présent. Au printemps, nous referons des promenades…

Elle flatta son encolure musclée, lissa une mèche de sa crinière avant de lui distribuer une ration d'avoine.

— Cela te réchauffera !

Le nombre de chèvres ayant augmenté, Léon avait aménagé une nouvelle bergerie au fond de l'écurie. Sirius appréciait le voisinage des biques parquées derrière une barrière en planches. Claire gratta sa préférée entre les cornes et distribua l'orge. Elle décida de sortir du bâtiment par la seconde porte qui communiquait avec le jardin potager. La voix de Jean, lointaine, étouffée, la fit tressaillir.

— Claire, il est quatre heures, je monte au village !

Il était sur le chemin, agitant la main. Elle lui envoya un baiser.

— Je ne t'ai pas embrassé ! lui cria-t-elle.

— Tu te rattraperas ce soir, Câlinette…

L'écho multiplia la fin de ce surnom affectueux qui la gênait souvent en présence des ouvriers ou des visiteurs. Mais Jean en riait.

— Sois prudent !

Il lança un oui presque inaudible à cette distance et s'éloigna. Claire rentra si vite à la maison qu'elle faillit tomber à trois reprises. Raymonde vit tout de suite qu'elle était contrariée.

— Qu'est-ce qui vous arrive, madame ?

— Je suis vexée, je n'ai pas vu l'heure tourner et Jean est parti au bourg sans m'embrasser.

— Clairette, sois raisonnable ! Quel âge as-tu ? lui reprocha son père.

— A-t-il pris le fusil ?

— Non, m'dame ! précisa Léon. Notre Jean prétend que c'était pas la peine. Les bêtes ont dû filer... Je dois pas les nommer, pour ne pas faire peur à m'selle Faustine, mais vous m'avez compris ?

— Je le sais, qu'il y a des loups dans la vallée, Léon ! affirma Faustine. Ils hurlaient fort, cette nuit. Matthieu est venu dans ma chambre, on les a écoutés tous les deux. Je n'ai pas peur d'eux, parce que Sauvageon, c'est un loup aussi. Papa me l'a dit. Enfin, il a dit un demi-loup.

Claire étreignit Faustine, la couvrant de baisers.

— Oui, mon trésor. Mais son père était un brave chien. Sauvageon nous aime et il reviendra vite pour quémander sa part de confit d'oie et une tranche de brioche.

Raymonde se remit à chanter.

Jean n'avait pas pris le raccourci, pénible à monter, car encombré de rochers et d'arbustes courbés par le poids de la neige. Le large chemin qu'empruntaient charrettes et automobiles avait l'avantage d'être dégagé, bien que très glissant lui aussi. Il marchait le plus vite possible, dans sa hâte de rentrer au moulin et d'assister à la réaction des garçons devant le magnifique sapin. Il revit la figure sérieuse de sa fille quand elle avait lancé son retentissant « ils seront sur le cul ». Cela le fit rire, avec le recul.

Mes petites femmes chéries ! se dit-il.

D'épais nuages noirs roulaient dans le ciel gris, poussés par le vent du nord. Il sentit un flocon sur son nez, puis un autre et encore un autre.

Bon sang, la nuit va tomber d'un seul coup, et je crois

qu'une belle tempête se prépare, mais, en se dépêchant, il fera encore jour pour le retour.

Il apercevait déjà les toits des premières maisons et le clocher de l'église. En passant près d'une grange à demi effondrée – la bâtisse avait brûlé l'été précédent –, une forme rousse, inerte, attira son regard. Il hésita. C'était sans doute une bête morte de froid. Un bois de châtaigniers s'étendait alentour, une pointe de forêt à mille mètres à peine de l'entrée de Puymoyen.

Mais on dirait un chien, oui, le chien de madame Vignier.

Jean approcha du cadavre, qu'il retourna de la pointe du pied. L'animal avait son collier en cuir neuf, un détail qui conforta le jeune homme dans sa déduction. Quand il était venu à la foire, une semaine auparavant, l'épouse du maire promenait son chien, un croisement de berger et de barbet, un sympathique bâtard au poil flamboyant.

Pauvre bête…

Il l'examina, le dos parcouru de frissons en remarquant une large plaie sanglante à la gorge. Le ventre avait été dévoré.

Je ne peux pas y croire ! C'est un loup ou plusieurs loups qui ont fait ça. Si près du bourg ! J'ai intérêt à prévenir les gens et à annoncer la mauvaise nouvelle à madame Vignier.

Anxieux, Jean recula. Il s'apprêtait à se remettre en route lorsqu'un homme taillé en colosse surgit du coin de la grange en ruine. C'était Gontran. L'ouvrier frappait du poing droit bien serré sur la paume de sa main gauche. Une casquette enfoncée jusqu'aux sourcils, le col de sa veste relevé, il ricanait.

— Je savais bien, pardi, que tu passerais par là avant la demie de quatre heures. Eh, môssieur Jean, faudrait qu'on règle nos comptes, sans ta bonne femme pour te protéger…

Jean nota la voix pâteuse, l'œil voilé. Gontran avait bu. L'alcool, ajouté à sa hargne naturelle, en faisait un ennemi dangereux.

— Fiche-moi la paix, lui cria-t-il. Qu'est-ce que tu me veux ? Je n'ai pas envie de me battre.

— T'as les jetons, blanc-bec, tu fais moins le malin qu'au

moulin, dis ? Pourtant, les bagnards, y savent cogner, mais à force de roucouler dans les jupes de ta patronne, t'as plus de couilles !

La technique était simple. Jean la connaissait. Gontran ferait tout pour le provoquer et le mettre en rage. S'il entrait dans son jeu, il était perdu.

— Ecoute, je sais que tu es en colère. Tu as perdu ta place, un bon salaire, et peut-être que tu aimais bien Etiennette. Mais si tu me frappes, je porterai plainte, tu auras des ennuis en plus. Il y a plus grave… Tu as vu le chien, celui de la femme du maire. Des loups l'ont tué, j'ai repéré des traces. Je dois prévenir ceux du village.

— Ce que j'en ai à foutre, moi, de ce clébard ! rugit l'ouvrier. Ne m'embrouille pas, viens te battre, trouillard, merdeux, petit cocu !

Jean oublia prudence et raisonnement. La fureur le submergea. Gontran, penché en avant, la bouche ouverte sur des dents jaunes, se confondait avec le surveillant Dorlet qui avait causé la mort de son petit frère Lucien, avec l'ignoble Dubreuil, ce policier sans âme responsable de l'accident qui avait coûté la vie à Germaine, sa première femme[1]. Il fonça sur lui, lui assénant un coup de tête en pleine poitrine. Puis il cogna encore, mais avec les poings, au hasard, aveuglé par des larmes de rage. Ce n'était pas sa volonté, de replonger dans un univers de violence et de haine.

— Ah… le fumier ! brailla Gontran.

L'ouvrier empoigna le jeune homme et le jeta à terre. Là, il lui planta un genou dans l'estomac et lui décocha un terrible coup sur le crâne. Du sang gicla, aussitôt figé par la neige gelée. Le corps de Jean eut un spasme puis se détendit.

— Tu as ton compte, blanc-bec… éructa l'homme. Je vais t'apprendre le respect, moi.

Il le souleva aux épaules et lui frappa la tête contre le sol. Enfin, il le tira par les chevilles, le faisant basculer dans le fossé.

---

1. Voir *Le Moulin du Loup*.

— J'espère qu'un loup viendra te gober les tripes, fils de pute ! maugréa Gontran. Moi, je vais boire un coup à ta santé.

Blanche contemplait la grosse caisse en planches qui contenait le gramophone qu'elle offrirait à la famille Roy pour Noël. Le colis avait été livré la veille, à la poste, et le facteur venait de le lui apporter. Ses élèves étaient parties. La classe vide sentait cette odeur de craie et de savon noir que la jeune femme affectionnait tant. Sur son bureau, un bouquet d'hellébores – on les appelait plus familièrement les roses de Noël – que la petite Delphine, la fille du boucher, lui avait offert le matin. Les fragiles fleurs blanches avaient souffert du gel, mais l'attention était touchante.

Que je suis sotte ! se dit-elle. Comment vais-je faire pour que cet appareil parvienne au moulin sans dommage ? Si seulement il n'avait pas neigé, j'aurais pu donner une pièce à Léon, qui serait venu le chercher en calèche demain… ou ce soir.

Le gramophone était un modèle récent, à pointe de lecture en saphir, conçu par la firme Pathé selon le brevet d'Edison, un inventeur américain de génie dont la plus célèbre découverte était l'ampoule électrique à incandescence. Blanche avait acheté également une dizaine de disques d'opérettes et de musique classique. Maintenant elle s'en voulait d'avoir donné l'adresse de l'école de filles et non celle du moulin. Mais, à l'instar de Claire, elle tenait à l'effet de surprise de son cadeau qui, à son avis, comblerait petits et grands.

Qu'il fait sombre, déjà ! s'inquiéta l'institutrice en regardant par une des fenêtres. Il recommence à neiger. Si je ne trouve pas une solution tout de suite pour ramener la caisse au moulin, personne ne pourra venir la prendre demain. Ce serait trop bête.

Elle en aurait pleuré de déception. Soudain, on frappa deux coups à la porte de la classe. Matthieu entra aussitôt.

— Tante Blanche, on part devant, Nicolas et moi. Jean

est en retard. Nous, on passe par le raccourci. Si on le croise, on lui dira que tu l'attends.

— Je vous l'interdis ! Nous rentrons tous ensemble, et avec Jean. Tu sais bien qu'il y a des loups dans les bois.

— Mais on courra, on fera des glissades. Je t'en prie, tante Blanche ! Les loups, ils doivent être loin. Nicolas et moi, on n'a pas peur.

Au fil des jours, les deux garçons avaient fini par tutoyer la jeune femme en l'appelant tante comme le faisait Faustine, même si elle n'avait aucun lien de parenté avec eux.

Blanche jugea que, seule avec son frère, elle lui exposerait son souci sans révéler le contenu de l'encombrante caisse.

— D'accord, mais vous ne traînez pas en chemin et, si vous apercevez des loups, jetez-leur des pierres. Il paraît qu'ils sont craintifs. Enfin, c'est ce que dit Claire.

Matthieu poussa un cri de joie et disparut. La jeune femme ôta son grand tablier en coton gris, enfila son manteau et mit sa toque. Elle fermait la classe pour presque trois semaines et elle fit une dernière inspection.

Je vais emporter mes fleurs, elles feront joli sur le buffet de la cuisine.

La lumière déclinait rapidement. Les clefs de l'école en main, Blanche attendit encore, en restant près de la fenêtre donnant sur la cour, afin de voir Jean arriver. Son retard la surprenait, mais elle était loin de soupçonner la vérité. Bientôt il fit nuit. Elle sortit avec un coup d'œil désolé à la caisse qu'elle devait abandonner.

Le bourg lui sembla désert. Les gens se calfeutraient chez eux, ce qui n'avait rien de surprenant, tant le froid était vif, oppressant. Des flocons voltigeaient, le vent grondait. Blanche marcha vers la boutique de madame Rigordin, dont la vitrine illuminée ressemblait à un phare bienveillant au sein des ténèbres glacées. Elle s'y réfugia, réconfortée par le tintement cristallin du carillon. L'épicière remplissait un bocal de boules de guimauve roses et blanches.

— Tiens, mademoiselle Dehedin ? Qu'est-ce que vous faites dehors, si tard... Il y a belle lurette que les écoliers sont rentrés chez eux !

— J'attendais mon frère, il ne voulait pas que je fasse le chemin toute seule.

— Monsieur Jean ? reprit la femme, qui avait un faible pour le jeune homme. Il est venu ce matin m'acheter des pinces à bougies qu'on accroche dans les sapins, et les bougies qui vont avec. J'en ai commandé cette année, parce que monsieur le maire a sacrifié à la mode, il a planté un arbre dans son salon, qu'il voulait éclairer.

— Ah, vous l'avez vu ce matin ! dit Blanche, surprise, sans prêter vraiment attention ni au discours de l'épicière ni à son histoire de sapin.

— Sûr, il n'a pas pu monter au bourg ! poursuivit celle-ci. Enfin, jetez un œil au Bistrot des amis, quoique ce n'est pas le genre de votre frère d'y traîner à cette heure-ci. Je serais vous, je me dépêcherais de retourner au moulin, par le sentier que prennent les gamins. Vous y serez en dix minutes…

— Surtout que j'ai des crampons ! soupira son interlocutrice.

Elle salua, souhaitant de bonnes fêtes à la commerçante. La place du Champ-de-Foire était balayée par des rafales de flocons qui piquaient la peau du visage. Blanche s'aventura jusqu'à la porte vitrée du café enfumé. Elle aperçut des silhouettes d'hommes accoudés au zinc, mais son frère n'était pas là.

Toujours pas de Jean ! constata-t-elle. Je vais repasser par l'école, au cas où il serait dans la cour.

Elle fut encore bredouille. Le cœur serré par l'angoisse, Blanche se résigna à quitter le périmètre rassurant des maisons. Dès qu'elle dépassa la dernière bâtisse, il lui sembla plonger dans un gouffre obscur malgré la luminosité ténue que dégageait le paysage enneigé. Jamais elle n'avait connu pareille épreuve. Le silence lui pesait, conférant une ampleur impressionnante au moindre battement d'ailes, au craquement d'une brindille sous ses talons. Le chemin descendait et la pente ne facilitait pas sa progression.

Tant que je n'entends pas hurler les loups, je n'ai rien à

craindre ! se rassura-t-elle à voix haute. Il suffit de ne pas céder à la panique.

Une fois qu'elle eut traversé le plateau, le vent reprit sa danse folle. Pourtant, à plusieurs reprises, il s'apaisa, et cela permit à la jeune femme de percevoir l'écho d'un bruit de pas derrière elle.

C'est peut-être Jean ! pensa-t-elle, infiniment soulagée.

Mais elle n'osa pas appeler. Jean, s'il la suivait ou tentait de la rattraper, l'aurait déjà hélée.

— Qui est là ? demanda-t-elle, envahie d'une terreur affreuse.

En peu de temps, la personne la plus civilisée pouvait ressentir l'affolement de la proie traquée par un chasseur invisible, surtout au sein de la nuit, entourée d'arbustes et de rochers aux formes massives. Ce fut le cas pour Blanche. Elle s'arrêta, posa son cartable qui lui pesait, prête à fuir à toutes jambes au risque de se casser le cou. Le bruit retentit à nouveau, mais elle ne discernait rien, hormis le fouillis des branches nappées de givre. Eperdue, elle pivota pour découvrir en contrebas les toits du moulin aux fenêtres resplendissantes.

— Je ne suis plus loin… Mais les loups ! Ils me suivent…

Depuis l'aube de l'humanité, cependant, deux sortes de fauves cohabitaient. L'animal affamé, en quête d'un gibier sans défense, et l'homme aux instincts de bête, attiré par une victime plus fragile que lui. Celui qui traquait la jeune institutrice n'avait rien d'un loup, bien qu'il fût poilu, puissant et avide de meurtrir une chair innocente.

Gontran, en la voyant immobile, aussi démunie qu'une fillette, fut sur elle en deux enjambées. Quand Blanche avait collé son nez à la vitre du bistrot, il l'avait reconnue immédiatement. Il était sorti et l'avait vue s'éloigner. Sa vengeance serait complète. Dumont avait connu le bagne dès l'enfance. Etiennette lui avait raconté le passé de Jean. Les coups, il devait connaître et les oublier à peine encaissés.

La haine rendait l'ouvrier rusé. En s'attaquant à celle qu'il surnommait « la pimbêche » Gontran savait qu'il atteindrait le jeune homme en plein cœur.

Déséquilibrée, Blanche tomba à la renverse. Elle voulut se débattre, mais cela ne fit qu'empirer sa position. Elle avait la tête dans le sens de la pente et les jambes surélevées. Un mufle chaud et humide écrasait sa bouche. Le baiser infligé avait quelque chose d'un viol, une langue dure forçant le barrage de ses dents. Son agresseur empestait la vinasse et le tabac. Elle suffoquait, car il s'était couché sur elle et la maintenait au sol de tout son poids.

— Non, non, lâchez-moi ! cria-t-elle.

Un sentiment d'irrémédiable la rendait folle de terreur. Elle était vierge et comptait le rester jusqu'au jour où elle serait vraiment amoureuse. A vingt ans, elle avait répondu à la cour pressante d'un professeur de latin, mais il s'était contenté d'embrasser ses poignets et sa joue. Il lui déplaisait et elle l'avait découragé très vite. Mais elle supposait que l'amour physique pouvait être source de bonheur et d'extase si une femme s'y livrait de son plein gré. Le contact répugnant de l'inconnu la révulsait. Des doigts rudes s'insinuèrent sous sa jupe. Elle hurla de toutes ses forces, proche de l'hystérie.

— Tais-toi, bécasse ! Sinon je réduis ta petite gueule en bouillie…

Blanche identifia l'accent traînant, la voix éraillée. Elle avait assez entendu Gontran dans la cour du moulin pour ne pas se tromper. Il respirait de plus en plus vite, lui débitant des obscénités. Entre son honneur et sa beauté, la jeune femme n'hésita pas.

— Au secours ! hurla-t-elle, avec l'espoir insensé que ses cris parviendraient au moulin, que Jean et Léon accourraient.

Ils luttaient, l'un pour assouvir son désir, l'autre pour s'échapper. L'ouvrier voulut passer un bras sous sa victime afin de la relever et de la maintenir plus aisément, mais ils glissèrent dans la pente.

— Bordel, vas-tu arrêter de gigoter ! T'es plus courageuse que ton frère, toi !

Il la gifla.

— A l'aide ! hurla-t-elle, épuisée et épouvantée.

Il y eut alors un bruit léger de galopade, suivi d'un aboi rauque. Une forme sombre déboula d'un taillis de noisetiers avec un grognement menaçant. Gontran se redressa à demi, inquiet. Sauvageon lui sauta à la gorge, manqua son but, gêné par le col haut de la veste. Il planta ses crocs dans la chair du visage, tira, attaqua de nouveau, s'en prit à une oreille. Assis dans la neige, l'homme était bien en peine de se débarrasser de l'animal massif et furieux.

Plus leste, Blanche s'était levée et reculait. L'irruption du chien-loup qui l'avait tant terrorisée les premiers temps de son séjour au moulin lui faisait l'effet d'un rêve éveillé. Le combat qui se livrait à quelques pas, dans la pénombre duveteuse de la nuit noyée de neige, tenait pourtant du cauchemar. Soudain Sauvageon poussa un hurlement de douleur. Il se cambra, tétanisé, puis roula jusqu'aux pieds de la jeune femme. Gontran l'avait frappé avec une pierre, juste avant de s'évanouir, la face en sang.

— Mon Dieu ! Cette brute a tué le chien de Claire… Oh non, pauvre bête, qui m'a sauvée… Je dois le ramener, il le faut, pour Claire et Faustine.

Blanche sanglotait, brisée de fatigue et d'émotion. En tremblant convulsivement, elle ôta son manteau ainsi que ses gants humides et glacés et se laissa tomber à genoux. Ses doigts enfouis dans l'épaisse fourrure, elle tenta de soulever Sauvageon pour le coucher sur son vêtement, qui, selon son plan, servirait de traîneau. Elle n'avait plus de force, mais une volonté de fer. Après des efforts qui la mirent en sueur, elle réussit. Le chien-loup ne bougeait pas ; pourtant il vivait. Blanche avait vérifié deux fois, en collant sa joue contre son flanc, que son cœur battait encore.

— Voilà, tu es bien installé… Tiens bon, Sauvageon !

Elle put nouer les manches, ce qui lui paraissait judicieux. Enfin, elle cramponna le bas du manteau et commença à descendre le sentier, avec la terreur d'être suivie et rattrapée par Gontran. Malgré son obsession d'atteindre le moulin au plus vite, un détail la troublait.

Jean devrait me chercher, à l'heure qu'il est ? Il fait nuit noire et il neige. S'il est arrivé au bourg après mon départ, il aura sûrement interrogé les commerçants. Madame Rigordin lui dira que j'ai pris le raccourci.

Blanche ne pouvait concevoir une négligence ou un oubli de la part de son frère. Elle refusa néanmoins de s'inquiéter, acharnée à tirer son étrange attelage, gémissant quand le corps du chien tressautait à cause d'un affleurement de roche dissimulé par la neige.

— Mon Dieu, merci... soupira-t-elle en voyant tout proche le muret du bief et le portail grand ouvert.

Claire regarda l'horloge pour la vingtième fois en dix minutes. Elle ne pouvait plus se réjouir du spectacle charmant des trois enfants assis près des branches basses du sapin et qui jouaient au jacquet en bavardant. Son inquiétude se changeait en panique.

Matthieu et Nicolas étaient rentrés seuls. A peine passé le seuil de la cuisine, les garçons n'avaient vu que l'arbre décoré, comme illuminé par l'éclat doré des pinces à bougies. Faustine trépignait, pressée de leur raconter sa participation à la surprise. Elle les avait conduits devant le sapin, expliquant qu'au retour de la messe, le lendemain soir, on allumerait les petites bougies et que ce serait encore plus beau.

Depuis, ils ne s'éloignaient plus de l'arbre de Noël. Ils avaient goûté en l'admirant. Claire les avait interrogés. Matthieu fut bref :

— Jean était en retard ; tante Blanche l'a attendu. Ils vont arriver, t'en fais pas.

Le retard prenait une proportion alarmante. La jeune femme ne tenait plus en place. Elle ouvrait si fréquemment la porte pour scruter les ténèbres que Colin se plaignit.

— Clairette, ce sont des adultes ! Ils vont s'arranger pour emprunter une lanterne au village si quelque chose les a retenus. Tu me fais geler...

— Votre père a raison, madame ! renchérit Raymonde.

— Moi, je suis d'accord avec la patronne ! déclara Léon. C'est louche qu'ils ne soient pas là. Je vais avancer jusqu'au pont avec deux lanternes. Jean, c'est mon ami. Sans lui, je serais bouffé par les poissons depuis belle lurette.

— Merci, Léon ! bredouilla Claire.

Le jeune homme enfila un ciré et des bottes en caoutchouc. Raymonde le coiffa d'un bonnet et lui noua une écharpe au cou. Claire alluma les lanternes et s'enveloppa d'un châle. Elle avait la ferme intention de rester un moment sur le perron.

— Quelqu'un appelle dehors !... s'écria Nicolas.

— C'est papa ! cria Faustine qui s'était levée d'un bond.

Ce fut la ruée vers la porte. Claire sortit la première, brandissant une des lampes. Bousculée par sa fille et Léon, elle faillit trébucher et tomber dans l'escalier. Au gré du faisceau lumineux, un tableau invraisemblable apparut aux spectateurs. Blanche gisait dans la neige, échevelée et en robe. Elle s'appuyait sur un coude, comme pour protéger un assemblage de tissu et de fourrure parsemé de flocons.

— Aidez-moi, je vous en prie ! Je ramène Sauvageon, il est blessé... Jean, où est Jean ? Où est mon frère ?

Raymonde chaussa des sabots cloutés et s'élança ; Léon et Colin aussi, ce dernier en chaussons. Claire était incapable de réagir. Elle aurait pu courir au secours de sa belle-sœur, pleurer de joie à l'idée de revoir son chien et de le soigner, mais Jean avait disparu. Pendant quelques secondes, paralysée par un sentiment de catastrophe, elle ne bougea pas, se répétant qu'elle n'avait pas embrassé son mari quand il était parti au village et qu'elle ne le reverrait peut-être jamais.

— Claire ! Qu'est-ce que tu as ? Viens donc...

C'était la voix de son père. Lui et Léon portaient Blanche, à demi inconsciente. Elle descendit les marches en courant, comme si elles n'étaient pas verglacées, et se pencha enfin sur Sauvageon. Le chien-loup avait une blessure sanguinolente au crâne. La jeune femme palpa ses flancs et perçut son cœur au rythme lent.

— Il est assommé, il faut m'aider, je ne peux pas le soulever.

Matthieu et Nicolas vinrent à son secours. Faustine pleurait et riait en caressant une des pattes de l'animal. Elle lui dit, à l'oreille :

— Maman va te guérir, n'aie pas peur.

Mais c'était elle qui tremblait d'appréhension, car Sauvageon avait les yeux révulsés et saignait. La cuisine prit des allures d'infirmerie. Raymonde finissait d'installer Blanche dans le fauteuil en osier, lui allongeant les jambes sur un tabouret recouvert d'un coussin. Etiennette tendait une couverture pour envelopper la rescapée d'un drame dont ils ignoraient tout. Les questions seraient pour plus tard.

— Il me faut de l'alcool, du baume de consoude, du linge propre ! ordonna Claire en examinant plus minutieusement la plaie du chien.

— Léon, donne-moi du cognac, un bon verre ! demanda Colin qui frictionnait de vinaigre le front de Blanche.

Celle-ci but une gorgée d'eau-de-vie et se ranima aussitôt. Elle jeta un regard effaré sur ceux qui l'entouraient. Elle cria encore une fois :

— Où est mon frère ? Où est Jean ?

— Mais, mademoiselle Blanche, expliqua Raymonde, il est monté au bourg à quatre heures moins le quart pour vous raccompagner, les garçons et vous.

Claire lavait les chairs tuméfiées de Sauvageon. Elle s'efforçait au calme, afin de soigner le mieux possible son chien. Léon dit tout haut ce qu'elle pensait :

— Alors, il a eu un souci. Avec l'état du chemin, il a pu tomber, se casser une jambe… Je suis habillé, j'y vais.

— Je viens avec toi, décréta le papetier. On ne sera pas trop de deux s'il ne peut pas marcher.

— Non, Colin, tu ne vas pas sortir par ce froid, et puis il neige dru ! intervint Etiennette, très pâle. Je t'en supplie, ce n'est pas prudent.

— Ne sois pas sotte, j'en ai vu d'autres.

— Papa, elle a raison, si tu tombais malade, encore plus malade ! insinua Claire qui bandait la lourde tête de Sauvageon. C'est à moi d'y aller.

— Assez ! coupa Blanche d'une voix forte. Vous êtes là à jacasser, je ne peux même pas vous dire ce qui s'est passé…

Un sanglot lui coupa le souffle ; elle ne pouvait plus parler tant elle grelottait. Claire confia le chien à Faustine et s'approcha de sa belle-sœur.

— Pardonnez-nous… Tout le monde s'affole à cause de Jean.

— Et moi ? balbutia Blanche. Vous pensez que je ne suis pas malade d'inquiétude ? En plus, l'homme qui m'a agressée, cet ignoble Gontran, a dit une chose bizarre… que j'étais plus courageuse que mon frère… parce que je ne me suis pas laissée faire. Claire, je vous l'assure. Pourtant, sans votre brave bête, ce sale type serait parvenu à ses fins. Oui, votre chien a bondi des buissons et m'a défendue.

Cette déclaration, entrecoupée de gémissements et de pleurs, provoqua un lourd silence. Raymonde porta ses mains jointes à sa bouche, comme pour étouffer un cri d'horreur, tandis qu'Etiennette roulait des yeux désespérés.

— L'ordure ! hurla Colin. Il a essayé de… enfin, vous n'avez rien ?

Le papetier jeta un coup d'œil gêné à ses fils. Il leur fit signe de s'écarter. Claire avait pris le visage de Blanche au creux de ses paumes. Du bout des doigts, elle rangeait les mèches de cheveux noirs, collées au front et aux pommettes. Maintenant, elle déchiffrait les marques de la lutte farouche livrée par sa belle-sœur. Une de ses lèvres était fendue, alors que le haut de son corsage pendait, déchiré.

— Mon Dieu, et vous avez ôté votre manteau pour transporter mon chien. Qu'est-il advenu de Gontran ?

— Il s'est effondré, évanoui sans doute. Sauvageon lui a déchiqueté la figure, je crois. Il a eu ce qu'il cherchait, cette brute. C'était un cauchemar, Claire… J'avais pris le raccourci, mais il y avait des bruits de pas. Je me suis arrêtée un instant, et là, là, quelqu'un m'a renversée. Il a… il a…

Blanche pleura plus fort, puis elle s'écroula dans les bras de Claire, cachant son visage contre son épaule.

— Occupe-toi bien d'elle ! conseilla Colin qui avait un caban et des bottes, son chapeau de feutre et le fusil à son épaule.

— Papa ! Réfléchis… Le mieux serait d'atteler Sirius.

— Ah ça, non, m'selle ! dit Léon. La neige est trop haute

et trop dure. Les roues de la calèche se briseraient dès les premiers mètres.

— Alors va le seller, je le monterai ! décida la jeune femme. A cheval, j'irai deux fois plus vite que vous à pied.

— Là, vous parlez d'or, m'selle ! s'exclama Léon. Mais je connais mon Jeannot ! Il voudrait pas vous savoir dehors par une nuit pareille. Par contre, maître Roy, on ferait bien de se mettre en route en emmenant Sirius en longe. Il a ses fers à crampons. Si on trouve Jean en rade, il pourra monter à cheval.

Claire aurait bien aimé se dégager de l'étreinte de Blanche. Colin vint l'embrasser :

— Ma fille, tu es la maîtresse de maison et la plus forte ici. Tu dois veiller sur les enfants et sur ta belle-sœur. Raymonde et Tiennette te soutiendront. Enfermez-vous bien et ne sortez pas. Si cette canaille de Gontran n'a pas rendu l'âme, il peut chercher à se venger. Je vais retrouver Jean, je te le promets. Bien vivant, peut-être au bistrot...

Blanche se redressa, outrée :

— Colin, comment pouvez-vous plaisanter ? Je crains le pire, moi.

Le papetier ne répondit pas. Il sortit, suivi de près par Léon qui avait pris soin d'embrasser Raymonde. Les quatre femmes se retrouvèrent seules.

— Autant faire souper les gamins ! proposa la servante. Il est plus de huit heures.

Faustine s'était assise près de Sauvageon. Elle le caressait en murmurant des mots tendres. Matthieu s'approcha de Claire et noua ses bras autour de sa taille, posant sa joue entre ses seins. Son frère lui manifestait rarement de l'affection, car il grandissait et se montrait plus réservé. De plus, il n'aimait guère Jean. Cela datait du jour d'été où ce dernier avait emmené Faustine contre la volonté de la famille.

— Je suis là, Clairette, la consola-t-il. Je vous protégerai.

— Merci, Matthieu, je sais que je peux compter sur toi et sur Nicolas. Vous êtes de braves garçons. Mon Dieu, quel silence...

Elle disait vrai. Le tic-tac de l'horloge résonnait, chaque

respiration était perceptible, de même que le râle de Sauvageon et le chuintement des flammes. Un hennissement s'éleva dans la cour.

— Sirius nous dit au revoir ! ajouta Claire. Voilà, ils s'en vont.

Etiennette alla dans le cellier. Elle en rapporta un panier rempli de bûches. Elle garnit le foyer de la cuisinière et surveilla la cuisson du coq au vin dont la sauce brune embaumait. Sa situation était des plus pénibles. Seule Claire savait les relations coupables qu'elle avait eues avec l'ouvrier et, d'évidence, elle la tenait pour responsable de l'incident. Il lui parut préférable de monter dans sa chambre, afin de fuir les regards furibonds qu'elle lui lançait.

— Je ne me sens pas très bien ! bégaya-t-elle en guise d'excuse.

— Cela n'a rien d'étonnant ! persifla Claire.

Blanche avait observé la scène. Réchauffée, étourdie par l'alcool, la jeune femme éprouvait une lassitude presque agréable, qu'elle compara au repos du guerrier après un rude combat.

— Comme vous êtes méprisante avec Etiennette, Claire ! fit-elle tout bas pour ne pas être entendue de Nicolas qui se mettait à table. Ce ne doit pas être facile d'avoir une belle-mère plus jeune que vous, mais elle paraît aimer votre père très sincèrement.

— Ma chère Blanche, ne cherchez pas à comprendre. Ce soir, vous seriez aussi furieuse, à ma place. Comment vous sentez-vous ? Si vous souhaitez vous reposer, je vous prête mon lit de grand cœur.

— Oh non, je veux rester ici, avec vous tous ! protesta-t-elle. Je ne me sentirai bien qu'en revoyant Jean sain et sauf.

— Moi aussi... renchérit Claire. Je voudrais vous remercier, de tout mon cœur, d'avoir eu la volonté et le courage de nous ramener Sauvageon. Je vous suis tellement reconnaissante !

— J'aurais été bien ingrate de l'abandonner, lui qui m'a sauvée...

La présence des trois enfants les empêchait de discuter à leur aise. Blanche avait très envie de se confier pour exorciser les minutes atroces qu'elle avait vécues, mais pas devant eux. Ce fut à nouveau le silence. Raymonde servit du potage au vermicelle. Faustine réclama un bol pour manger au chevet du chien-loup.

— Non, ce n'est pas la peine, dit Claire, je vais te remplacer.

A peine agenouillée près de l'animal, la jeune femme surprit le regard que Blanche posait sur le sapin décoré.

— Que c'est beau ! Je ne l'avais même pas vu… Et le lierre aux poutres, le houx…

— J'ai aidé maman à mettre les bougies et les guirlandes ! claironna Faustine. Quand Matthieu et Nicolas sont rentrés, ils étaient trop contents.

— C'est une merveilleuse idée, une magnifique surprise ! murmura Blanche, la gorge nouée par une émotion sincère. J'en rêvais depuis que je suis toute petite, mais mes grands-parents me refusaient cette joie. Ils prétendaient que c'était une coutume païenne, impie. Claire, vous êtes un ange ! Les enfants, nous allons croiser les doigts pour que demain soir, la veille de Noël, toute la famille soit réunie, après la messe, et que la fête soit superbe…

Claire était au bord des larmes lorsque Faustine supplia :

— Et que mon papa revienne !

Raymonde se signa. La servante d'ordinaire si bavarde se montrait singulièrement discrète.

— Qu'est-ce que tu as ? lui demanda Claire.

— J'écoute, madame… Les volets sont bien clos, en bas ; et à l'étage, j'ai verrouillé la porte, mais j'écoute… Le vent est de plus en plus fort, la neige crépite sur l'auvent du perron. Je pense à nos hommes.

Cette réponse, débitée d'une voix tendue, apeura les deux autres jeunes femmes. Elles prirent conscience du déchaînement des éléments, autour du moulin, et de leur isolement.

— Mon père risque de prendre froid, s'inquiéta Claire. Mon Dieu, faites qu'ils retrouvent vite Jean et qu'ils rentrent tous les trois.

Les enfants prirent leur dessert, impressionnés par la tension insolite qui régnait dans la cuisine.

— Vous devriez monter vous coucher ! leur dit Blanche. Demain, tout ira mieux, j'en suis sûre.

— Votre tante Blanche a raison ! déclara Raymonde. Je prépare vos bouillottes.

Faustine fit la grimace. Elle n'avait aucune envie de dormir, de s'éloigner de Sauvageon et du sapin de Noël.

— Maman, je t'en prie, j'aurai peur, là-haut, sans toi.

La fillette se pencha sur le chien et reçut en plein cœur l'éclat d'un œil doré.

— Maman, il est réveillé, il remue la queue !

Claire, qui caressait l'animal depuis un moment, poussa un cri de joie. Sauvageon lui tendit une patte, un rictus amical découvrant ses crocs.

— Tu es tiré d'affaire, toi ! bredouilla-t-elle. Vieux coquin, coureur des bois... Raymonde, as-tu du lait et des restes de viande ?

— Bien sûr, madame, je vous apporte ça.

Les garçons accoururent, rassurés. Matthieu avoua qu'il avait prié, pendant le repas, pour la guérison de Sauvageon. Blanche se leva sans bruit. Elle approcha du chien et se mit à genoux près de lui. Ses doigts, d'abord timides, effleurèrent la fourrure. Enfin elle le caressa à son tour.

— Merci, Sauvageon ! J'avais tort de me méfier de toi. Tu es le meilleur chien du monde.

Faustine éclata de rire en embrassant Blanche. Claire ferma les yeux quelques secondes, le temps d'implorer le ciel, Dieu et ses saints de dissiper la tempête, de lui rendre Jean, Léon et Colin.

— Allons, les enfants, au lit ! répéta Raymonde. Madame, nous pourrions les installer tous les trois dans la même pièce en dépliant un lit de camp pour votre fille. Comme ça, mademoiselle Blanche disposerait de la chambre de Faustine.

Claire fixa la servante avec gratitude. Elle n'avait pas pensé à cela.

— C'est une excellente idée ! reconnut-elle. Et je vous

permets de chanter des comptines, de vous raconter des histoires.

Ravis de l'aubaine, les garçons se ruèrent dans l'escalier, Faustine sur leurs talons. Raymonde triturait un torchon, la mine défaite :

— Il fallait bien ça, madame, pour qu'ils acceptent de se coucher. Et puis, qu'ils ne fassent pas attention à ce chahut dehors... Tendez l'oreille, ce n'est pas le vent qu'on entend ! Le vent, il s'est calmé.

Des plaintes rauques, sinistres, résonnaient dans la vallée, montant et décroissant avant de s'élever encore. Les appels lugubres semblaient tout proches, leur écho se répercutait jusque dans la cheminée. Sauvageon se releva à demi, babines retroussées. Il se mit à grogner, la tête tournée vers la porte.

— Les chèvres... Elles bêlent comme des folles ! s'alarma Claire.

Sa belle-sœur la saisit par le bras et se blottit contre elle. La servante en aurait bien fait autant.

— Les loups ! Ce sont les loups ! articula Blanche avec peine. Mon Dieu, maintenant j'ai honte d'avoir laissé cet homme dans le sentier, blessé, en sang... Il sera dévoré...

— M'est avis, mademoiselle, intervint Raymonde, qu'il a repris ses esprits et qu'il ne risque plus rien. Je vous admire de vous inquiéter à son sujet, après ce qu'il a voulu vous faire. Et, pour être logique, je vous dirais que, si les loups avaient mangé Gontran, ils ne viendraient pas mener leur sarabande sous nos murs, vu la taille du bonhomme !

Claire esquissa un pauvre sourire.

— Nous ne sommes pas en danger ici. Ils n'ont qu'à hurler, ils ne pourront jamais entrer. Mais si Léon et papa reviennent avec Jean et le cheval...

— Ils ont le fusil ! indiqua Blanche en essayant de se rassurer. Oh, je ne sens plus mes jambes.

Les jeunes femmes durent la soutenir pour la reconduire à petits pas jusqu'au fauteuil.

— Il faut qu'elle mange et qu'elle se repose encore ! dit la servante. Je lui sers de la soupe.

— Moi, je monte voir les enfants, s'écria Claire. Je reviens tout de suite.

Colin et Léon avaient pris le chemin carrossable. Ils entraient dans Puymoyen après une progression pénible sur la neige gelée. Ils s'estimaient cependant chanceux, car la nouvelle couche de flocons, plus tendre, ne tarda pas à leur faciliter la marche. Sirius s'était montré nerveux au départ de l'expédition, mais, passé les premières maisons du bourg, le cheval s'apaisa.

Un spectacle inattendu les arrêta à hauteur de l'église.

— Mais qu'est-ce qu'ils ont tous ? bégaya Léon. Il n'y a pas bal, quand même ?

Une bonne partie de la population du village s'était regroupée sur la place du Champ-de-Foire. Les lanternes et les torches en grand nombre dissipaient l'obscurité. Colin devina des fourches et des fusils. Des chiens aboyaient, surexcités.

— Bon sang, ce n'est pas la guerre ! Que font-ils ? ronchonna-t-il.

— Patron, cria le jeune domestique, je vois Jean, là-bas, à côté de m'sieur le maire. Dites, il a le crâne enrubanné.

— On avait raison, il a eu un accident. Mon garçon, attache le cheval au premier anneau. Cette bête n'aime pas la foule, moi non plus…

Le papetier avança d'un pas rapide en faisant signe à son gendre. Jean dut jouer des coudes pour venir à sa rencontre.

— Colin ! Que faites-vous là ?

— Et toi ? Claire se rongeait les sangs, car tu ne rentrais pas. Léon et moi, nous sommes partis à ta recherche.

Quelques personnes se rapprochèrent, dont monsieur Vignier en tenue de chasse. Le maire serra la main du maître papetier.

— Quelle nuit, mon cher Colin ! Les loups ont dévoré le chien de mon épouse et ils ont emporté un mouton du père Maurice. Nous avons décidé d'une battue. J'ai envoyé un télégramme à la police d'Angoulême pour demander l'aide d'un lieutenant louvetier, mais nous attendons encore la réponse.

— Que t'est-il arrivé ? demanda Colin à Jean en voyant des traces de sang sur son col de chemise. Tu es tombé ?

— On m'est tombé dessus ! maugréa le jeune homme. Gontran. Il avait bu, il m'a provoqué. Je venais de trouver le cadavre du chien de madame Vignier.

— Et moi, j'ai pu tirer votre gendre de son fossé avec le fils de ma bonne, car nous cherchions le chien ! expliqua le maire non sans une sorte de fierté. Figurez-vous, Colin, que je me penche sur la dépouille sanglante de Jerry et que, très choqué par l'état de la pauvre bestiole, j'entends gémir. C'était Jean, la tête ouverte, couché dans la neige. Nous l'avons conduit chez le docteur Font, qui l'a pansé et désinfecté, même recousu, deux points.

Léon tapota affectueusement l'épaule de son ami.

— Et où est-il, ce fumier de Gontran ? s'écria-t-il. Faut le coincer, Jeannot, parce qu'il s'en est pris à ta sœur aussi, oui… Elle a failli y perdre son honneur, mais Sauvageon l'a sauvée, comme quoi les loups sont pas pires que certains types !

Colin retint un soupir d'exaspération. Il voulait apprendre la nouvelle à Jean avec ménagement, loin des curieux. Déjà le maire, le secrétaire de la mairie et le patron du bistrot savaient que mademoiselle Dehedin, l'institutrice, avait subi les avances de l'ouvrier.

Jean secoua Léon par le bras, l'air mauvais :

— Quoi ? Ce salaud a osé s'en prendre à Blanche ! Raconte donc !

— Plus tard, coupa Colin. Ta sœur n'a rien, elle est au moulin, en sécurité.

— Et Gontran cuve son vin en cellule ! s'empressa d'annoncer monsieur Vignier. Dès que Jean nous a dit ce qui s'était passé, nos gendarmes l'ont cherché et arrêté. Votre ouvrier, Colin, revenait par le chemin des buis, et dans un sale état. La joue droite arrachée, un morceau d'oreille en moins. J'en conclus que c'est le chien de votre fille qui l'a arrangé de la sorte, d'après les propos de votre domestique.

Colin allait répondre, quand il s'aperçut que Jean avait disparu, ainsi que Léon.

— Mon gendre doit courir à la gendarmerie ! soupira-t-il. Venez avec moi, il faudra le raisonner. Il va faire du scandale, sinon. Je tiens à préciser, mon ami, que j'ai renvoyé cet ouvrier. Il a voulu se venger de notre famille.

Le maire approuva, les lèvres pincées. Une autre rumeur circulait, comme quoi le maître papetier était le dindon de la farce, sa jeune femme couchant avec Gontran, et que ce serait Claire, sa fille, qui aurait congédié l'homme qui déshonorait Colin.

Un adolescent accourut, un papier à la main. Il sortait du bureau de poste, ouvert exceptionnellement à neuf heures du soir, vu les circonstances. Il clamait à gorge déployée que personne ne viendrait les aider, qu'il fallait mener la battue sans louvetier. Les gens se mirent à crier et à agiter outils et fusils.

Jean, lui, se heurtait aux deux représentants de la maréchaussée du bourg. Barrant le seuil de la minuscule gendarmerie, ils entendaient bien protéger leur détenu des foudres du jeune homme.

— Monsieur Dumont, vous n'entrerez pas. Le coupable sera interrogé par nos soins et nous convoquerons un de nos supérieurs si nécessaire.

— Alors, faites-le dès demain matin ! hurla Jean. Il m'a fracassé le crâne, ça, je m'en moque, mais je viens d'apprendre qu'il a malmené ma sœur… Gardez-le bien enfermé, sinon je…

— Tais-toi donc, Jean ! fit la voix de Colin. Nous allons faire une déposition et ensuite il faudra rentrer au moulin. Je suis épuisé. Ce n'est plus de mon âge, de cavaler par ce froid.

— Votre beau-père n'a pas tort, renchérit monsieur Vignier. N'ayez crainte, Gontran répondra de ses actes. Maintenant, ce qui nous préoccupe, ce sont ces maudites bêtes. Le garde-chasse m'a parlé de plusieurs meutes de loups qui seraient descendues des forêts à l'est d'Angoulême. Mais ils ne sont jamais à l'endroit que l'on croit…

Léon jeta des coups d'œil anxieux vers les zones d'ombre de la place. Colin et Jean se regardèrent et eurent la même idée.

— Bon sang, il serait temps de se mettre en route !

Pourtant, ils ne quittèrent Puymoyen qu'une heure plus tard.

13

Un Noël au moulin

Claire avait bordé les trois enfants en les rassurant de son mieux. Les hurlements les effrayaient. Ils avaient bien compris que ce n'était plus le vent qui menait un tel tapage.

— Je savais bien que vous les entendiez, ces loups affamés… leur dit-elle. Raymonde espérait que non. Mais vous ne risquez rien, bien au chaud dans votre lit. Ils vont se lasser de tourner en rond, de se cogner le nez à nos murs en grosses pierres.

— Mais papa et pépé Colin ? gémit Faustine.

— Ils sont forts et ils ont le fusil. Demain soir, nous rirons bien de tout cela en allumant les bougies du sapin… Vous n'avez qu'à chanter plus fort que les loups ! Je redescends, tante Blanche et Raymonde ont besoin de moi.

— Toi, Clairette, tu les connais un peu, les loups, à cause de Sauvageon… déclara Matthieu.

— Oui, et je vais leur dire de décamper !

— Et maman, demanda Nicolas d'une petite voix triste, pourquoi elle reste dans sa chambre, toute seule ?

Claire promit de rendre visite à Etiennette. Elle laissa une chandelle sur la commode. La petite flamme jaune aurait, à son avis, le même pouvoir de réconfort que les feux qui, dans la nuit des temps, défendaient l'entrée des grottes.

— Soyez très courageux, mes chéris ! recommanda-t-elle en sortant.

La porte à peine refermée, Faustine courut se réfugier dans le lit de Matthieu. Il la cala contre son épaule.

— N'aie pas peur, je te protège ! chuchota-t-il.

— Je n'ai plus peur ! affirma la fillette.

— Moi, j'suis tout seul, comme ma mère ! ronchonna Nicolas C'est pas juste.

Claire frappa plusieurs fois chez Etiennette sans obtenir de réponse. Elle la crut endormie et s'engagea dans l'escalier. De la cuisine, Raymonde l'appela :

— Madame, venez, j'ai fait de la tisane. Elle est à point.

Néanmoins un doute insensé empêchait Claire d'avancer. Elle demeurait figée, une main sur la rampe, un pied dans le vide.

Personne ne pourrait dormir un soir pareil… se dit-elle en virevoltant.

Elle ouvrit doucement la porte. La chambre était vide, la lampe, allumée. Il y régnait une certaine pagaille, des vêtements épars, sur les chaises et le fauteuil, mais il n'y avait personne. Claire écarquilla les yeux, stupéfaite.

— Voyons, où est-elle… En bas, peut-être, au cabinet d'aisance.

La jeune femme dévala les marches. Raymonde ouvrait un pot de miel ; Blanche avait repris sa place près de la cuisinière, une couverture sur les genoux. Elle les interrogea, envahie d'un affreux pressentiment :

— Avez-vous vu Etiennette ?

— Non, madame ! dit la servante, étonnée.

— Enfin, ce n'est pas possible ! balbutia Claire. Elle n'est pas dans sa chambre et je n'ai pas entendu marcher dans le couloir. Bon, je remonte, je dois vérifier. Je suis sotte, je n'ai pas fouillé ma chambre, ni celle de Faustine.

Elle prit dans le buffet une lampe à pile que Jean avait achetée en ville et elle se rua à nouveau dans l'escalier. Raymonde et Blanche la suivirent. Aucune des trois ne prêta attention aux grognements répétés de Sauvageon, tant la disparition d'Etiennette les préoccupait. Il ne leur fallut pas longtemps pour constater que la jeune femme avait disparu comme par enchantement. Elles se trouvaient dans la chambre de Claire, dont la vue donnait sur la campagne. De là, les cris des loups paraissaient encore plus proches.

Affolée, Claire ouvrit la fenêtre et les volets. Ses compagnes la serraient de près, malades de peur. Elles pensaient être confrontées à des rideaux de flocons, à une nuit dense et opaque, mais le ciel s'était dégagé. Les bourrasques avaient emporté la masse de nuages au loin. Une lune ronde argentée, cernée de nuées d'étoiles, versait sur le paysage blanc une clarté fantomatique.

— Là, regardez ! s'écria Raymonde. Les loups…

Blanche se signa, la gorge nouée. Des silhouettes grises, parfois brunes, déambulaient dans le jardin. Une des bêtes grattait de ses ongles durs le bois de la porte du cellier.

— Mais que veulent-ils, à la fin ? dit Claire d'un ton furieux. Si encore ils s'acharnaient à entrer dans la bergerie, ce serait plus logique.

— Madame, il y a nos salaisons, nos réserves de viande, vos fromages. Les loups ont meilleur odorat que nous, et sûrement le ventre creux.

— Dans ce cas, pourquoi ne chassent-ils pas des chevreuils ou des sangliers ! s'étonna Blanche. Le gibier ne manque pas, dans la forêt. Claire, dites quelque chose…

— Je réfléchis ! répondit celle-ci. Mon premier mari, Frédéric Giraud, me parlait souvent des loups et des renards. Il connaissait bien les mœurs des bêtes sauvages. J'essaie de comprendre ce qu'ils cherchent.

Soudain, elle se retourna et considéra d'un œil méfiant un des placards.

— Oh non, pas ça ! Le souterrain…

Raymonde avait compris et laissa échapper un juron bien senti. Claire venait d'ouvrir une double porte. Blanche s'approcha et devina l'orifice sombre d'un puits. La trappe en planches qui le fermait d'ordinaire avait été déplacée.

— Mais de quoi s'agit-il ? s'écria-t-elle.

— Un secret de la maison ! répliqua Claire. Je croyais que Jean vous en avait parlé. Ce puits débouche dans un souterrain, creusé il y a des siècles. Il rejoint une des grottes des falaises, située en face du moulin. Etiennette est partie par là. Elle savait où je cachais les clefs, dans le tiroir de mon armoire à linge. Mon Dieu, a-t-elle perdu l'esprit ? Et c'est bien elle, de faire n'importe quoi… Les enfants auraient pu tomber !

— Madame, protesta la servante, pas ce soir. Ils ne sortiraient de leur lit pour rien au monde, à cause des loups. Par contre, vous dites vrai, cette pauvre Etiennette est devenue folle.

Blanche n'en pouvait plus. Elle se boucha les oreilles en respirant très vite.

— J'en ai assez ! Par pitié, Claire, fermez la fenêtre et ce placard ! Je ne supporte plus leurs cris.

Au même instant, un hurlement farouche retentit dans toute la maison, puissant, rauque. Il était entrecoupé d'aboiements, mais prenait de l'ampleur, résonnant si fort que les trois femmes en furent épouvantées.

— Cela vient d'en bas, de la cuisine… C'est Sauvageon ! s'alarma Claire, impressionnée.

Comme pour lui donner raison, il y eut soudain l'écho d'un galop rapide et accompagné d'un bruit de griffes sur le plancher du couloir. Le chien-loup entra dans la pièce après avoir poussé la porte d'un coup de patte. Il fut en deux foulées au bord du trou béant, d'où s'élevait une odeur de glaise et d'eau de roche. L'animal se pencha en lançant de petites plaintes aiguës.

— Sauvageon, qu'est-ce que tu as ? demanda Claire qui s'était mise à genoux près de lui en le caressant. Tu ne peux pas t'en aller par-là, et je ne t'ouvrirai pas la porte du rez-de-chaussée. Les loups te tueraient, tu n'es pas vraiment un des leurs…

Blanche assistait à la scène. Elle était tellement éberluée qu'elle en oubliait ses nerfs torturés. Certes, elle avait compris que sa belle-sœur vouait une amitié profonde au chien-loup, mais, en l'écoutant lui parler avec la patience qu'elle accordait aux enfants, son esprit rationnel de personne instruite battait de l'aile. Raymonde, elle, ne s'étonnait pas.

Claire s'allongea et, avançant prudemment la tête et le torse, elle éclaira avec sa lampe l'intérieur du puits. Il lui sembla distinguer une autre clarté, vacillante, irrégulière. Elle appela :

— Etiennette ! Si c'est toi, reviens tout de suite... Ne fais pas de bêtises, pense à Nicolas !

Sauvageon jappa. Une voix monta des profondeurs de la terre :

— Claire, j'arrive... Vous n'allez pas me croire !

C'était Etiennette. Elle apparut en contrebas de sa belle-fille, maculée de boue et échevelée. Haletante, elle se hissa vers Claire, grâce aux échelons en fer scellés dans la paroi.

— Il y a une bête dans le souterrain ! annonça-t-elle à peine debout dans le placard. Je voulais tant me rendre utile. Dès que j'ai vu les loups de ma fenêtre, j'ai eu l'idée de sortir et de les faire détaler. J'avais prévu d'enflammer des branches de genévrier, qui brillent tant quand elles brûlent, et de leur agiter au nez. J'avais pris le briquet de Colin et du papier. Je serais sortie par la grotte et des genévriers, il en pousse là-bas.

Blanche et Raymonde, muettes d'incrédulité et de stupeur, n'osaient pas l'interrompre. Claire ne se gêna pas :

— Tu racontes n'importe quoi ! Une fille aussi peureuse que toi, pas plus grosse qu'une brindille... Tu comptais nous débarrasser d'une meute de loups affamés !

— D'abord, j'ai peut-être beaucoup de défauts, s'exclama Etiennette, mais je ne suis pas si peureuse que ça ! Demandez à ma mère. Quand j'étais gosse, un soir de janvier qu'un loup suivait notre charrette, je lui ai flanqué un coup de sabot sur la gueule en me suspendant à demi dans le vide. Et puis, ces loups dehors, ils n'ont pas faim.

Claire haussa les épaules, déconcertée par la véhémence de sa jeune belle-mère, plutôt attendrissante dans ses habits maculés d'argile jaune, le visage coloré et exalté.

— S'ils ne veulent pas à manger, que font-ils autour de la maison ?

Etiennette tapa du pied, en montrant Sauvageon du doigt :

— Ils veulent la même chose que votre chien ! Je vous ai dit qu'il y avait une bête dans le souterrain : c'est une louve. Elle a une patte cassée et elle s'est cachée au fond d'un recoin, là où Victor Nadaud avait déterré des silex. Elle a grogné. J'ai rebroussé chemin.

— Comment es-tu sûre que c'est une femelle en chaleur ? interrogea Claire.

— Je ne suis pas sotte au point de ne pas reconnaître un mâle ou une femelle ! Et puis elle sentait fort... En plus, au village, les chiennes aussi sont en chasse[1].

— Si c'est ça, les loups n'auraient pas perdu sa trace, ils seraient tous dans le souterrain, eux aussi. A moins qu'elle ait brouillé sa piste en traversant la rivière ! avança Claire.

Etiennette ignora la réponse de sa belle-sœur et déclara qu'elle descendait manger un morceau. Blanche suggéra qu'elle devrait changer de jupe et de corsage. Raymonde décida de faire frire du millas et d'ouvrir une bouteille de cidre.

Restée seule, Claire referma soigneusement l'entrée du puits et verrouilla le placard. Sauvageon aboya en grattant un des battants de la porte.

— Toi, ça suffit ! lui cria-t-elle. Viens à la cuisine. Ta plaie saigne encore, je dois refaire ton pansement. Voilà ce que c'est d'être amoureux.

Elle dut le tirer par son collier. Une fois dans le couloir, le chien-loup sembla se résigner à obéir. La jeune femme eut un sourire mélancolique. Elle pensait à Basile, qui se serait régalé de l'anecdote.

— Il m'aurait dit : Petiote, nous allons écrire une fable. *La Louve et ses prétendants*... A la manière de monsieur de La Fontaine ! Mon Dieu, qu'il me manque, mon cher vieil ami...

Claire se dit ensuite qu'il faudrait abattre la louve, car elle ne pourrait pas la soigner.

— Si elle a une patte cassée, elle a dû se traîner au fond de la grotte et ramper. Ce sera cruel de la tuer, après tous les efforts qu'elle a faits pour trouver un refuge sûr, mais nous serons bien obligés.

---

1. Se dit d'une chienne en chaleur.

Dans la cuisine, le spectacle du sapin et du plafond décoré la ramena au temps présent, à Jean qui était peut-être blessé lui aussi. Sauvageon se coucha devant la cheminée. Raymonde disposait sur les braises du foyer la large poêle à long manche qui servait à dorer le millas au beurre.

— Madame, je suis passée voir les enfants. Le hurlement de votre chien les avait terrifiés. Je les ai rassurés. Faustine était couchée dans le lit de Matthieu. Je l'ai grondée, mais elle n'a pas voulu retourner dans le sien.

Etiennette croquait du chocolat en tablette. Elle s'était lavé les mains et le visage, mais avait gardé ses habits terreux qui, en séchant, devenaient raides. Elle sirotait un verre de cidre. Claire tendit l'oreille. Les loups continuaient leur tapage.

— C'est à croire qu'il n'y a qu'une femelle dans tout le pays ! déclara-t-elle.

— Je ne veux plus parler des loups ! coupa Blanche. Je suis tellement inquiète pour Jean. Cela nous aiderait à patienter et à garder courage de bavarder toutes les quatre. Claire, si vous me racontiez votre vie à Ponriant ? Je savais que vous aviez été mariée à un Giraud, mais rien de plus. Et qui est ce Victor Nadaud dont a parlé Etiennette ?

— Oh, à quoi bon ! répliqua Claire, épuisée. Ce n'est pas très gai, ni intéressant. Mais… Ecoutez… ces bruits dehors, des bruits de roues, de sabots… et des voix…

La jeune femme se précipita vers une des fenêtres, l'ouvrit et poussa un des volets. Elle vit aussitôt des lanternes et des silhouettes d'hommes, Sirius était attelé à un char à bancs, ainsi qu'un énorme cheval de trait, le percheron du boucher. Perché sur le siège avant, Jean lui faisait signe. Comme Sauvageon, il avait le crâne enveloppé de linges sanglants, mais il lui souriait.

— Ils sont là ! cria-t-elle, et sa voix vibrait d'une joie infinie.

Claire courut à la porte et l'ouvrit toute grande. Colin montait déjà les marches du perron en prenant appui sur un bâton ferré.

— Papa ! Que je suis soulagée ! jeta-t-elle en lui sautant au cou.

— Je t'ai ramené ton mari… dit-il d'un ton las.

Blanche se tenait aussi sur le seuil, au bras de Raymonde. Léon et le commis du boucher descendaient une caisse volumineuse du véhicule.

— C'est à mademoiselle Dehedin ! expliqua le robuste gaillard, plus habitué à manier des quartiers de viande. Monsieur le maire et l'instituteur ont pensé que c'était une bonne idée de le lui rapporter ; ça n'allait pas traîner toutes les vacances dans sa classe.

— Oh, merci ! J'avais oublié ce colis ; pourtant, j'en avais parlé à mon collègue, c'est vrai…

Les deux hommes entrèrent dans la cuisine, précédés par Raymonde, tout heureuse de retrouver son Léon.

Jean grimpa l'escalier en vitesse, les yeux rivés au visage de sa sœur, comme s'il voulait déceler la moindre trace des brutalités qu'elle avait endurées.

— Jean ! s'écria Claire. Mon Jean, quelle peur j'ai eue !

La jeune femme étreignit son mari avec passion, en frottant sa joue contre la sienne, glacée et rêche.

— C'est fini, je suis là ! lui dit-il en se dégageant délicatement.

Il se précipita vers Blanche qui lui tendait les mains, secouée de sanglots secs. Le frère et la sœur s'enlacèrent, de façon si étroite et fougueuse que Claire en fut embarrassée.

— Mais rentrez donc au chaud ! s'exclama-t-elle. Nous en avons, des choses à nous raconter. Jean, des loups rôdent sous nos fenêtres depuis plus d'une heure. Mais je crois que vous les avez fait fuir. Et que t'est-il arrivé ? Raconte ! lui demanda-t-elle impatiemment.

Il se sépara de Blanche, sans la lâcher. Claire constata qu'il avait un air dur, à la limite de la haine, et elle s'alarma.

— Jean, viens boire un verre de vin, tu es si pâle.

Enfin elle put refermer la porte. Raymonde servait de l'eau-de-vie de prune au commis du boucher, ainsi qu'à Léon. Ce dernier bredouilla, égrillard :

— Je dois dételer Sirius et aider Vincent à se remettre en

route. Sans m'sieur Freignac, qui est un brave homme et un boucher hors pair, nous serions encore à marcher sur le chemin, gelés jusqu'à l'os. Mais m'sieur Freignac a prêté son char à bancs et son percheron. Et nous voici sains et saufs.

Claire ne savait plus où donner de la tête. Des traces de pas boueuses maculaient le carrelage rouge, Colin s'était affalé dans le fauteuil, Etiennette sur ses genoux. Elle le caressait et chuchotait à son oreille. Le commis débitait en patois une histoire de battue aux loups et de branle-bas de combat au bourg. Blanche, assise sur la mystérieuse caisse, se cramponnait à la main de Jean, debout à ses côtés.

— En tout cas, s'exclama Raymonde surexcitée, les loups ont dû se sauver en vous entendant entrer dans la cour ! Ecoutez, madame, il n'y a plus de hurlements dehors... Et votre chien a cessé de grogner !

Claire chercha Sauvageon des yeux, mais l'animal avait disparu.

— Oh non... gémit-elle. Il a dû profiter de tout ce chambardement pour filer dehors. Je n'en peux plus !

Jamais la séculaire cuisine du moulin n'avait connu une telle agitation. Il fallait s'expliquer, et personne n'osait commencer. Léon et le commis sortirent. La famille s'attabla devant le millas, frit à point et sucré. Jean se retrouva entre sa femme et sa sœur. Il les prit toutes les deux par l'épaule, avant de soupirer :

— Calmez-vous. Quelle journée, et surtout quelle soirée...

Le silence se fit. Jean exposa avec des mots simples et efficaces le récit de sa mésaventure, la découverte du chien de madame Vignier, du moins ce qu'il en restait, et sa lutte inégale contre Gontran. Quand Blanche comprit que le même homme les avait agressés tous les deux dans un délai assez restreint, elle devint rouge de colère.

— J'espère que cette crapule croupira en prison !

L'institutrice martelait le bois de la table de ses petits poings noués.

Ce fut à son tour de faire le récit de son retour par le raccourci, mais la jeune femme modéra ses paroles, afin de ménager sa pudeur. Cependant, elle fut franche. L'ouvrier, fin saoul, l'avait embrassée de force, et il avait des intentions ignobles. Elle fut plus explicite sur l'apparition inespérée du chien-loup et sur ses efforts pour le transporter jusqu'au moulin.

— Qu'ils mettent Gontran en prison, il ne m'échappera pas le jour de sa libération ! marmonna Jean, les mâchoires crispées. Je serai patient, mais il paiera pour ce qu'il t'a fait, Blanche. On m'a tué Lucien, je ne laisserai personne abuser de toi. Je te vengerai, quitte à endosser à nouveau l'uniforme des bagnards.

Les mots du jeune homme avaient claqué, nets. Claire comprit que son mari n'effacerait jamais la mort de son petit frère et les sévices qui avaient précédé ce décès. Le destin lui avait offert un autre être de sa chair et de son sang à chérir et à protéger. Si Gontran avait violé Blanche – et Claire en tremblait de dégoût et de révolte – Jean aurait revécu la tragédie de son adolescence, la même impuissance face à un crime inacceptable. Elle chuchota, d'un ton pondéré :

— Mais Sauvageon veillait. Il a défendu ta sœur et il l'a sauvée. C'est un miracle, comme il y en a souvent à l'époque de Noël. Jean, tu ne dois pas chercher à te venger, ni t'imaginer au bagne. Tu as Faustine à élever, et moi qui t'aime.

Colin renchérit, en fixant son gendre :

— Là, je suis d'accord avec Claire. Laisse donc la justice s'occuper de ce type. Il sera puni. Nous pouvons tous témoigner. D'ailleurs, j'ai raconté à la gendarmerie ce qui s'est passé. A présent, mes enfants, ne vous en déplaise, je monte me coucher, je suis vanné.

— Oh, monsieur Roy ! s'écria Raymonde. Et nous alors ? Les loups autour de la maison, Etiennette qui est descendue dans le puits, cela ne vous intéresse pas ?

— Ma petite femme m'a confié son escapade. Il y a une louve blessée dans le souterrain. Demain, j'aurai repris des forces. Je descendrai avec Léon et je l'achèverai d'une balle dans la tête. Bonne nuit.

Etiennette le soutint jusqu'à l'escalier en adressant un au revoir général du bout des doigts. Claire dut se contenir.

Elle avait envie d'avouer à Blanche la vérité. Ses pensées se bousculaient, amères et confuses.

Si mon père était au courant, pour Gontran et sa chère petite femme, comme il dit, cela me soulagerait. J'avais raison de me méfier de lui. Parmi les ouvriers, il était le seul que j'évitais. Ce n'est qu'une grosse brute imbibée d'alcool. Il a failli tuer Jean, déshonorer Blanche et qui sait si, son forfait accompli, il ne l'aurait pas étranglée. Après Noël, je parlerai à papa, il le faut…

Ce projet l'apaisa. Si Claire avait soupçonné la servitude veule où sombrait le maître papetier, son désir forcené de prendre du plaisir à tout prix avant sa fin qu'il supposait prochaine, elle aurait été profondément écœurée.

Léon réapparut en se frottant les mains pour les réchauffer. Il arborait un sourire enfantin et un nez rougi par le froid.

— Le commis est reparti, et moi je prendrais bien une petite goutte avant d'aller au lit.

Raymonde tenait son auditoire. Elle prit la parole. Non sans talent, la servante mit en scène les affres de leur soirée, les loups sous la fenêtre, le cri affreux de Sauvageon, Etiennette remontant du puits couverte d'argile.

Jean ne se déridait pas. Il regardait sa sœur et la serrait plus près de lui. Soudain il passa l'index sur la lèvre coupée.

— Aïe ! fit Blanche. C'est sensible…

— Pardon, je ne voulais pas ! Ma petite sœur chérie, imaginer que le mufle dégueulasse de ce salaud t'a souillée, penser que…

Blanche eut une réaction inattendue. Elle repoussa son frère et se leva du banc.

— Arrête, maintenant ! Je ne suis plus une gamine, je n'ai pas besoin d'être consolée. J'ai su me défendre par mes propres moyens avant l'intervention de Sauvageon. Et je m'en suis tirée sans dommage. Jean, nous avons le même âge, je ne suis pas une gosse innocente. Ecoute-moi bien : je ne veux plus jamais entendre parler de Gontran. Je le hais, pourtant, et il t'a blessé. Cela dit, nous sommes ensemble. Demain soir, nous fêterons Noël. Je refuse de gâcher la joie des enfants et de ta femme. Et surtout, je te préviens, n'approche pas cet odieux individu quand il sera libéré. Je ne supporterai pas de te savoir coupable d'un acte de violence, encore emprisonné, jugé.

— Mais… balbutia le jeune homme.

— Raymonde, voulez-vous m'accompagner à l'étage ! demanda Blanche. Et vous, Léon, si vous aviez l'amabilité de monter mon colis, personne ne doit y toucher, ni le bousculer.

Très droite, Blanche embrassa son frère et sa belle-sœur. Ce ne fut qu'une fois couchée dans le lit de Faustine, un peu étroit pour elle, le regard posé sur la caisse contenant le gramophone, que la fière institutrice fondit en larmes, le nez enfoui au creux de l'oreiller. Ce n'était pas à cause des pattes fouineuses de Gontran sur ses chevilles, ni en raison de la terreur éprouvée ou de l'épuisement. Elle se souvenait, malade de honte, de l'amour anormal, passionné qui l'avait rendue faible et folle de bonheur quand Jean, son frère jumeau, l'étreignait en la couvrant de baisers, tous deux vacillants, sur le perron verglacé.

— Je n'aime que lui, je n'aimerai que lui, toute ma vie ! geignit-elle. Mais c'est mon frère… Oh ! Comme j'ai honte !

Raymonde et Léon, lequel avait battu ses records de zèle pour monter la caisse, discutaient à voix basse, assis sur la pierre de l'âtre. Jean, dérouté par l'attitude de Blanche, se tourna vers Claire.

— Toi qui es une femme, peux-tu m'aider à comprendre sa réaction ? chuchota-t-il.

— Peut-être qu'elle était à bout de nerfs et trop orgueilleuse pour tolérer ta compassion un peu démonstrative, mon Jean… Blanche fuit le contact des hommes, je crois. Tu as beau être son frère, tu es du sexe opposé, et ce n'est plus une enfant.

Elle entreprit de dérouler le pansement humide que du sang imbibait.

— Mon baume cicatrisant est ici. J'ai soigné mon chien… C'est le tour de mon mari.

— Le docteur Font m'a recousu et il a versé de l'antiseptique sur la plaie.

— Je préfère nettoyer tout ça et te bander avec un linge propre. Ce sera vite fait.

Quand elle eut terminé, Claire s'aperçut que Jean dormait presque, à demi écroulé sur la table. Elle fit signe à Léon de venir l'aider.

— Il faut le mettre au lit. Sa blessure doit l'affaiblir ! Raymonde, va te coucher aussi, tu n'en peux plus.

— Et vous, madame ?

— Je rangerai un peu, ne t'inquiète pas. Je n'ai pas sommeil.

Une heure plus tard, Claire quittait l'enceinte du moulin. Chaudement vêtue, elle tenait une lanterne à bout de bras. La neige glissante ne l'arrêterait pas, d'autant plus qu'elle avait emprunté les sangles munies de crampons de sa belle-sœur. Une besace à l'épaule, la jeune femme suivait le chemin des Falaises, mais en direction de l'ouest, vers la Grotte aux fées et les autres cavernes qu'elle avait naguère explorées en compagnie de Victor Nadaud.

La nuit demeurait très claire, la luminosité de la lune se reflétant sur la neige. Le froid était intense. Le paysage entier avait l'allure d'un décor pétrifié.

Noël ! Noël ! se répétait Claire. La trêve sacrée, l'enfant Dieu dans l'étable… Jésus, notre Sauveur. Quand j'étais petite, à l'église, je priais de tout mon cœur pour que les anges veillent sur mes parents…

A marcher ainsi, seule dans la vallée silencieuse, la jeune femme s'abandonnait à une griserie oubliée : la liberté. Elle n'avait pas peur, car elle obéissait à l'élan de son cœur. Les loups s'étaient enfuis vers d'autres collines, d'autres vallons. Au fond, elle n'avait jamais eu vraiment peur des loups.

Ce sont des errants, des bêtes traquées depuis la nuit des temps ! se dit-elle. Ils ne sont pas si dangereux.

Elle commença à grimper vers une des grottes. Elle s'accrochait aux branches des rares arbustes, aux lourdes pierres échouées sur la pente, nappées de glace. Ce fut la partie la plus difficile de son périple. Dès que Claire progressa dans la caverne, au sein de la falaise, la température plus douce lui fit l'effet d'une chaleur inouïe. Ses mains la démangeaient, ses joues brûlaient. Enfin, elle s'engagea dans le souterrain. Des chauves-souris hibernaient là, suspendues aux aspérités de la voûte rocheuse, semblables à de petits paquets noirâtres. Pour en avoir gratté le sol à l'aide d'un pic, sous le regard bienveillant de Victor, elle savait où se trouvait le dégagement dont avait parlé Etiennette.

Un grognement menaçant l'obligea à ralentir. Elle sifflota, avançant à pas prudents. Elle avait pu se tromper dans ses déductions.

— Sauvageon, ne crains rien, c'est moi, Claire…

Elle leva plus haut la lanterne et vit une silhouette dressée au milieu du passage. Le chien remuait la queue. Il s'était débarrassé du pansement et dardait son regard doré sur la jeune femme.

— J'étais certaine que tu serais là, avec la louve ! chuchota-t-elle en le caressant. Je voudrais la soigner. J'ai su que je devais venir, pour la sauver comme tu as sauvé Blanche… Mais il faut que je m'approche d'elle…

Claire s'accroupit, scrutant le recoin où était tapie la femelle. Une de ses pattes avant présentait une courbure anormale. La peau semblait à nu, souillée de sang épais. La louve recula en montrant les crocs.

— Tu étais prise dans un piège, lui dit-elle.

Elle ouvrit avec lenteur sa besace. L'animal se sentait acculé et pouvait l'attaquer, même affaibli et blessé. Claire crut entendre la voix de Frédéric Giraud, lorsqu'ils bavardaient en se promenant à cheval.

« Je préfère abattre un loup d'un coup de fusil, et non disposer sur mes terres ces engins en métal qu'affectionnent nos paysans, des mâchoires en acier qui se referment sur la gueule de la bête ou sur sa patte, lui infligeant des souffrances atroces. Certains loups, et les renards aussi, se mutilent pour se délivrer du piège… »

Claire n'hésita plus. Elle présuma que la présence de

Sauvageon, que la louve tolérait et peut-être appréciait, était un atout.

— Je dois agir très vite, voilà tout. Elle n'a pas pu chasser, donc elle a faim. Et si elle a faim, ça marchera...

D'un geste assuré, la jeune femme déboucha un flacon d'éther et en imbiba un chiffon, qu'elle fourra dans un morceau de viande crue qu'elle avait emporté et fendu à l'avance. Prestement, elle jeta son appât. Sans cesser de grogner, la louve renifla la nourriture et mordit dedans. Sauvageon aboya, comme s'il exigeait sa part. Mais la femelle secoua la tête et se contorsionna, avant de retomber sur le flanc, haletante.

— Sage, mon chien ! Je n'ai pas le choix...

Elle versa de l'éther sur un chiffon plus grand et avança, courbée en deux, jusqu'à la bête somnolente. Elle lui enveloppa la truffe du tissu.

— Avec cette dose, elle ne sentira rien, ajouta-t-elle, parlant tout bas pour garder confiance.

Sous l'œil de Sauvageon, couché à ses côtés, Claire palpa la patte pour évaluer la gravité de la fracture. Elle passa de l'éther sur la lésion purulente et étendit un onguent de sa fabrication, à base de grande consoude, une plante réputée pour réparer les chairs meurtries. Enfin, elle banda le membre cassé en prenant soin de le maintenir dans une position correcte. Afin de rendre rigide le pansement qui devait faire office de plâtre, elle l'enduisit d'argile, ajouta deux baguettes de noisetier et ligota le tout.

— J'ai fait de mon mieux ! soupira-t-elle.

La satisfaction d'avoir mené à bien sa mission la faisait trembler d'exaltation. Sauvageon se redressa, lui aussi pris de frénésie. Il gémissait, quémandant des caresses. Claire noua ses bras autour de son cou et cacha son visage dans la fourrure épaisse.

— Reste ici, avec elle. J'ai de la viande ; tant pis si Raymonde crie au scandale, demain, en cherchant les rôtis de bœuf et l'épaule d'agneau.

Du sac, Claire sortit la manne promise et la disposa sur

une pierre plate. Elle vida le contenu d'une gourde, de l'eau fraîche sucrée, dans une gamelle.

— Je reviendrai demain avant la nuit ! dit-elle à son chien. Laisse-lui à manger, toi, sinon gare à tes vieux os.

La louve dormait, plongée dans un état comateux, à cause de l'éther. Claire se releva et reprit sa lanterne. Elle fut rassurée de voir Sauvageon s'allonger près du corps de sa compagne, actuelle ou future. L'idée du trajet de retour ne la décourageait pas.

Pourtant, il me suffirait de suivre le souterrain pendant une dizaine de mètres, et je pourrais monter par le puits, arriver dans ma chambre, si je n'avais pas refermé la trappe et verrouillé le placard. Jean en ferait, une mine, s'il me voyait.

La jeune femme s'éloigna. Elle longea une galerie puis une autre et se retrouva dans la grotte. Avant de descendre le talus, Claire contempla sa vallée, les champs enneigés, la rivière bordée de saules et de frênes dont les flots scintillaient entre les plaques de glace mollement agitées par le courant. Le moulin lui présentait ses toitures blanches, un carré de lumière jaune indiquant la lucarne de l'escalier.

Ma chère vallée, ma maison… pensa-t-elle avec une réelle émotion.

Une chape de fatigue pesa au creux de sa nuque, au bas de son dos.

Maintenant, j'ai le droit de me reposer, oui. Je vais rentrer chez moi et, toute glacée, je m'allongerai près de Jean. Je n'aurais pas pu chanter à la messe du soir, ni savourer le repas si la louve était morte.

Un jour, Blanche dirait que la séduction de sa belle-sœur tenait à son caractère original, à son dévouement pour les réprouvés, les malades et les animaux. Ce jour-là, elle aurait appris à mieux la connaître, à ses dépens, et elle comprendrait que la beauté de Claire, évidente à qui la regardait, était décuplée par les qualités de son cœur et la force de son âme. Mais il faudrait allumer, auparavant, bien des bougies à une série de sapins de Noël.

Puymoyen, 24 décembre 1907

Faustine s'appliquait à cacher son impatience. La messe serait bientôt terminée et ils pourraient rentrer au moulin. L'église lui paraissait très belle, avec tous les cierges translucides aux flammes dansantes et les bouquets de houx et de fragon disposés sur l'autel, mais elle ne pensait qu'à sa maison, au sapin, aux cadeaux qui seraient distribués après le réveillon.

Elle tourna la tête dans l'espoir de voir les personnages de la crèche, le bœuf et l'âne surtout, qu'elle aurait bien emportés dans sa chambre. Le père Jacques avait fabriqué une maisonnette en planches, couverte de mousses et de paille, qui représentait l'étable de Bethléem ; l'ancienne, qui servait depuis vingt ans, ne tenait plus debout. Les paroissiens avaient admiré le travail de leur curé, notamment la décoration constituée de galets peints en doré et de plantes vertes prêtées par les femmes du village.

De l'autre côté de l'allée centrale, Faustine reconnut Denis Giraud, entouré de ses sœurs Eulalie et Corentine. Leur père, « l'avocat » comme on le surnommait dans la vallée, était tout vêtu de noir. Elle adressa au jeune garçon qui la fixait un sourire très doux. Elle savait qu'il était triste à cause de la petite sœur enterrée au cimetière. Matthieu, aussitôt, lui tira les cheveux, une boucle vagabonde à portée de ses doigts. Elle faillit crier.

Claire se pencha et les gronda tout bas.

— Tenez-vous tranquilles !

Madame Vignier fit courir ses doigts sur le clavier de l'harmonium, jouant les premières notes de « Minuit, chrétiens », le plus célèbre chant de Noël depuis un demi-siècle[1]. L'épouse du maire n'avait jamais aussi bien joué. Elle pleurait en silence la perte de son chien, en silence seulement, car monsieur Vignier jugeait cela ridicule d'avoir tant de chagrin pour un animal.

1. D'Adolphe Adam, 1803-1856, compositeur français. Paroles de Placide Cappeau, 1808-1877.

La foule se leva et les enfants de chœur entonnèrent le premier couplet. Claire se mit à chanter aussi, les larmes aux yeux. « Minuit, chrétiens » la transportait toujours vers de hautes sphères de foi et de bonté. Jean lui prit discrètement la main et la serra fort. C'était une promesse de paix, de bonheur partagé.

La jeune femme savourait ces instants de foi intense et de communion avec les autres fidèles. En quelques heures, conflits et froidure s'étaient apaisés. Au matin, le gel avait relâché son emprise ; une pluie mêlée de flocons s'était chargée de rendre chemins et routes plus praticables. Ils étaient montés à Puymoyen en calèche, les trois enfants, Blanche, Jean et elle.

Les choses se sont arrangées au mieux ! songea-t-elle. Raymonde et Léon viendront à la messe demain matin et ils déjeuneront chez Jeanne, bien contente de garder encore son petit César. Papa a eu raison de rester au chaud, bichonné par Etiennette. Elle m'a demandé pardon, pour tout le mal qu'elle faisait sans en avoir vraiment conscience. C'est la trêve de Noël. Oh, j'ai hâte de rentrer, et puis j'ai faim, une faim de loup.

Claire retint un sourire, en scandant les mots du chant :

— *Peuple, à genoux ! Attends ta délivrance… Noël ! Noël ! Voici le rédempteur…*

A cinq heures du soir, elle était descendue dans le puits avec des déchets du repas de midi. Sauvageon et la louve étaient couchés l'un contre l'autre. La femelle avait grogné, mais elle s'était ruée sur la viande. Claire espérait l'apprivoiser. Colin, prévenu de son exploit de la nuit, avait juste marmonné :

« Une fille folle, j'ai engendré une fille folle… Mais n'aie crainte, plus question de la tuer, ta bestiole, tu me jetterais un sort… »

Jean avait eu droit à un récit plus détaillé, dans leur lit tiède où ils étaient tous deux enlacés.

« Tu n'as pas pu la laisser souffrir, disait-il, c'est bien toi, ça ! Sauvageon te fera marcher sur les mains, à te ramener ses conquêtes… »

Il l'avait embrassée. En se réveillant, sa soif de vengeance s'était évanouie. Jean s'en remettait à la justice ; il n'avait aucune envie de perdre sa nouvelle fortune, l'estime des gens de la région et encore moins sa précieuse famille.

Faustine poussa un gros soupir. Elle se hissa sur la pointe des pieds pour demander très bas à Matthieu ce qu'était un « rédempteur ». Il répondit qu'il ne savait pas. Debout devant eux, Blanche chantait à mi-voix. Son collègue, l'instituteur de l'école de garçons, s'entêtait à l'observer, avide d'attirer son attention. Avant d'entrer dans l'église, elle l'avait remercié pour le transport de la caisse. Depuis, il bombait le torse, ravi, se berçant d'illusions. Blanche n'éprouvait qu'une cordialité respectueuse pour lui, n'appréciant guère son front bas, son nez en trompette et la verrue qu'il avait au menton. La sœur de Jean était d'une nature pieuse, bien que férue de philosophie et de science. Elle avait consacré sa journée à se laver l'esprit des images obsédantes de l'ouvrier couché sur elle, forçant sa bouche. Ses nombreuses lectures lui servaient de référence, autant les articles des gazettes que les romans naturalistes.

La femme est souvent la proie du désir de l'homme, se disait-elle. Beaucoup de très jeunes filles, en temps de guerre, ont subi les pires outrages. Je n'ai pas à me plaindre de ce que j'ai enduré, un baiser de soudard… Ma vertu est restée intacte !

Dotée d'une force d'âme peu commune, assez proche de celle de Claire, Blanche Dehedin avait tiré un trait énergique sur l'épisode qui la marquerait néanmoins longtemps et qu'elle associerait à la nuit où les loups encerclaient le moulin.

Le prêtre levait le ciboire vers la voûte blanche aux arcatures d'une sobre harmonie. Le vase contenant les hosties consacrées étincelait à la clarté des cierges.

Avant le premier de l'An, se promit Blanche, je monterai au bourg et je me confesserai. Le père Jacques m'inspire confiance ; il saura me conseiller, peut-être. Et si c'était une punition divine ? J'ai peut-être dû affronter Gontran pour expier les sentiments contre nature que je dissimule à tous.

La jeune institutrice eut envie de se retourner une seconde fois afin de reprendre possession du visage de son jumeau, ce dont elle ne se lassait pas. Il était juste derrière elle.

A l'avenir, je dois me montrer plus distante, décida-t-elle, ne plus me réjouir de l'affection qu'il me témoigne, la refuser.

Elle soupira, attristée. Ce renoncement lui coûterait. La vieille cloche du sanctuaire se mit en branle et bientôt le son profond vibra dans l'air nocturne. Faustine échappa à la main de Claire. La fillette se glissa entre les jupes des dames et bouscula un monsieur en habit de velours côtelé. Elle se faufila ainsi jusqu'à la crèche. Marie et Joseph, peints en couleurs tendres, du rose, du bleu et du brun laiteux, contemplaient un berceau en osier encore vide. Denis Giraud se tenait près d'elle.

— Le petit Jésus n'est pas encore né ? demanda-t-elle.

— Le père Jacques le mettra dans la crèche après la messe de minuit. Mon père nous a emmenés à la vigile de Noël[1], car il voulait rentrer tôt, au chevet de notre mère ! s'attrista Denis.

— Pourquoi tu ne viens plus à l'école ? demanda Faustine. Et au moulin, dis, tu pourrais venir jouer avec moi au moulin ?

— Un professeur nous donne des leçons, au domaine, et puis ma mère ne veut pas que je vienne chez vous.

Denis se hâtait d'admirer Faustine, ses joues rondes couleur de pêche mûre, ses longs cils blonds, son joli nez. Elle pouffa, amusée de le voir si sérieux. Il eut un mouvement vers elle, comme pour l'embrasser, mais Claire se glissa entre eux.

— Bonsoir, Denis, chuchota-t-elle. Comme tu as grandi ! Tu salueras tes parents de ma part.

Le garçon se sauva en balbutiant un au revoir. Matthieu n'était pas loin de Claire et il voulut prendre Faustine par l'épaule. Jean l'en empêcha.

— Imbécile ! dit-il à son très jeune beau-frère. Denis n'allait pas la manger.

1. Une des quatre messes célébrées à Noël avant la messe de minuit.

Le trajet du retour fut assez joyeux. Jean menait la calèche, Nicolas et Matthieu assis à côté de lui sur le siège avant. A l'intérieur du véhicule, protégées par la capote en cuir noir, Blanche et Claire encadraient Faustine. Sirius allait au pas ; en projetant des éclaboussures, ses sabots fendaient la glace attendrie par le redoux.

— Il faut chanter ! claironna la fillette. Les trois anges qui apportent des cadeaux… ou des comptines, tante Blanche en connaît !

— Eh bien, commence, Faustine ! proposa la jeune enseignante.

— « Nous n'irons plus au bois, les lauriers sont coupés, la belle que voilà ira les ramasser… »

La voix fluette de l'enfant s'élevait, charmeuse. Nicolas reprit le refrain :

— Entrez dans la danse, voyez comme on danse… »

Jean se prêta au jeu. Claire savourait le bonheur retrouvé sous un vaste ciel d'un bleu profond piqueté d'étoiles. Elle cajola sa fille adoptive, qui ajouta un éclat de rire à la chanson.

Une surprise les attendait au moulin. Au rebord des fenêtres de la cuisine, le long de la balustrade du perron, étaient disposées des loupiotes en verre teinté, garnies de chandelles. C'était d'un effet si ravissant que Claire frappa des mains, subjuguée.

— Mais qui a eu cette idée ? s'écria-t-elle. Comme c'est accueillant…

Jean sauta du siège, un air mystérieux au visage. Blanche dit très vite à sa belle-sœur :

— C'est mon cadeau, pour vous et le reste de la famille. Je les avais rapportées de notre verrerie, à Guerville, dans une de mes malles. J'ai jugé que cela vous ferait plaisir. Mon grand-père les fabriquait pour les boutiques du nord et de l'est de la France.

Claire embrassa Blanche avec effusion.

— Merci mille fois ! J'ignorais que cela existait. Je ne sors jamais de ma vallée.

Les enfants dansaient en bas des marches, éblouis par ces

lumières multicolores. Raymonde, en toilette du dimanche sous son tablier blanc, ouvrit la porte.

— Le dîner est prêt, entrez vite, messieurs, mesdames.

Colin présidait, assis au bout de la table, à la place que Basile avait occupée des années. Le maître papetier, d'une pâleur de cire, mais les joues rouges, débouchait une bouteille de vin blanc. Il portait son costume en drap noir et une chemise blanche amidonnée, un lacet aux bouts argentés noué à son cou. Ses cheveux de neige, assez longs, avaient été brossés et attachés sur la nuque.

— Que tu es beau, papa ! déclara Nicolas. On dirait un monsieur de la ville.

— Hé ! fiston, je suis un monsieur, mais de la campagne. Un des derniers maîtres papetiers de la Charente, de ceux qui sont fidèles à une tradition de qualité. J'espère que tu me succéderas, Nicolas.

Impressionné, le garçon marmonna un oui hésitant. Etiennette, dans une nouvelle robe en velours rouge au bustier brodé, le fit asseoir près d'elle. Coiffée d'un chignon haut, des boucles d'oreille en strass ravivant son teint, elle ressemblait plus à une courtisane qu'à une dame, malgré tous ses efforts.

Léon, lui, exhibait fièrement des mèches gominées, une raie au milieu le rendant méconnaissable. En chemise large à fines rayures, il avait cependant belle allure.

Jean s'assit à l'autre bout de la table, en face de Colin. Chez les Roy, les domestiques partageaient chaque repas, sans discrimination de classe, mais ils prenaient garde de s'installer à l'extrémité des bancs afin d'assurer le service.

Blanche se retrouva à la gauche de son frère, à côté de Faustine et des deux garçons. Claire était entre Etiennette et Léon. On discuta de la messe, de la crèche qui fleurait encore bon le bois juste équarri, mais ce n'étaient que des paroles éparses, entre deux bouchées des délices élaborées par Raymonde. Les enfants se régalaient en levant souvent le nez vers les gros bouquets de houx vert, les guirlandes de lierre et les rubans rouges.

Faustine contemplait le sapin, avalant tout rond dans l'espoir d'en finir plus vite avec l'interminable festin. L'absence de Sauvageon ne l'inquiétait pas, car Jean et Claire lui avaient expliqué que le chien était devenu l'ami d'une louve blessée, qu'ils habitaient le souterrain et que le lendemain ils auraient eux aussi un vrai repas de Noël composé des restes du dîner.

« Mais ils n'ont pas peur, dans le noir ? avait-elle demandé.

— Non, les bêtes vivent souvent dans des tanières très sombres. »

Cela avait suffi à rassurer la fillette. Elle n'avait déjà plus faim et tournait entre ses doigts le carton bleu, rehaussé d'un liseré doré, sur lequel était inscrit le menu. Colin avait écrit de sa plus belle plume, pour chaque convive, la liste des plats. Faustine lut tout bas, en articulant bien :

Asperges à la sauce hollandaise
Pâtés en croûte truffés
Rôtis de bœuf aux cèpes…
Trou normand
Rissoles fromagères
Brioches aux fruits

Faustine détailla le contenu des assiettes et du plat en argent où fumaient les confits d'oie sur un lit de cèpes grillés et de pommes de terre.

— Grand-père, tu t'es trompé ! s'exclama-t-elle. Il n'y a pas de rôtis de bœuf. Ce sont des confits, et tant mieux, parce que c'est meilleur…

Claire eut un petit rire gêné. Raymonde rajusta sa coiffe de lin en roulant des yeux furibonds.

— Figure-toi, Faustine, que la viande s'est envolée du garde-manger la nuit dernière. Alors, j'ai dû ouvrir des pots de confits, que je gardais pour Pâques.

— Quelqu'un a volé les rôtis ? s'étonna Matthieu.

— Va savoir, fils, maugréa Colin dont le regard pétillait d'ironie.

— Et ça se mange, du trou normand ? interrogea à nouveau Faustine.

Ce fut au tour de Blanche de rire gentiment. Jean s'empressa de répondre, attendri par la mine soucieuse de sa fille.

— Il s'agit d'un verre d'alcool que l'on boit entre deux plats copieux, afin d'aider la digestion. Ce soir, ce sera du calvados. Tante Blanche nous a offert une bonne bouteille. C'est de l'eau-de-vie de Normandie, que l'on fait avec des pommes…

— Et ce n'est pas un désinfectant pour les plaies diverses de certains blessés ! plaisanta Blanche en fixant Claire avec malice.

La conversation s'orienta sur les différences de saveur des alcools français. Léon ne jurait que par le cognac, dont les vignobles s'étendaient à l'ouest du département.

— Quand j'ai pris le train à La Rochelle pour débarquer au moulin de m'sieur Roy, j'en ai traversé, des hectares de vigne.

Colin appréciait l'armagnac et le calvados, avec un penchant pour ce dernier, plus fruité. Après la dégustation des brioches, Raymonde prépara du café. Claire s'esquiva en direction de sa chambre où elle avait caché ses paquets. Chez les Roy, la distribution des cadeaux avait lieu juste avant minuit. La jeune femme avait lu dans *L'Illustration*, une revue à laquelle elle s'était abonnée, qu'un véritable mythe avait pris naissance aux Etats-Unis et dans les pays anglo-saxons depuis la fin du siècle précédent. De nombreux dessins le représentaient, là-bas, ce fameux père Noël. On le jugeait inspiré du saint Nicolas des contrées du Nord, que l'on fêtait le 6 décembre en offrant joujoux et sucreries aux enfants.

Le père Noël ! se dit-elle en souriant. Un gros bonhomme en pelisse rouge, à la barbe blanche, qui apporte des jouets en passant par les cheminées. Faustine n'y croirait jamais, encore moins les garçons. Mais c'est une jolie idée…

Elle redescendit, les bras chargés de cartons emballés dans du papier de couleur, enrubannés d'une ganse dorée. Les livres expédiés par Bertille pesaient lourd. Toute la famille s'était rassemblée autour du sapin, les trois enfants assis à même le tapis, les adultes sur des chaises.

Jean brandissait un briquet.

— Câlinette, j'allume les bougies de l'arbre.

— Il faut éteindre les lampes ! commanda-t-elle.

Léon courut baisser la mèche des suspensions qui dégagèrent une légère odeur de pétrole. Au sein d'une pénombre douce, une à une, les fines bougies resplendirent, jetant des reflets sur les pinces en métal, faisant scintiller les guirlandes de papier argenté. Quant aux aiguilles du sapin, comme vernies, elles luisaient doucement et leur ombre dentelée ornait le mur rose entre les fenêtres. Faustine en aurait pleuré d'extase. Colin lui-même se sentit une âme enfantine devant la beauté de l'instant. Mais il n'était pas le seul. Pour Blanche, Etiennette, Raymonde, Léon et Jean, le sapin illuminé prenait une dimension magique, source de joie pure qui les aidait à oublier les drames du passé, les soucis, leurs erreurs. Claire percevait toutes ces émotions frémissantes au cœur de chacun. Elle joignit les mains, éblouie, comblée. C'était le plus beau Noël au Moulin du Loup.

— Et les cadeaux ? s'impatienta Matthieu.

Blanche se leva sans bruit et se rapprocha de la caisse contenant le gramophone, qu'elle avait recouverte d'un tissu chamarré. Claire répartit les paquets en disant bien fort le nom de l'intéressé. Faustine découvrit son livre, des contes de Perrault, puis l'harmonica. Matthieu et Nicolas avaient tous les deux une édition de luxe d'un roman d'aventures, aux images superbes, ainsi qu'un harmonica eux aussi. Claire leur offrait à chacun le canif de poche qu'ils convoitaient. Elle avait acheté à Faustine un nécessaire à couture ravissant : un panier à double couvercle qui contenait une boule à épingles en forme d'oiseau, un dé en cuivre, une paire de ciseaux et des bobines multicolores.

Les garçons eurent aussi un louis d'or, cadeau de leur père. Raymonde et Léon eurent droit au même cadeau, en remerciement pour leur fidélité et leur dévouement.

Jean, qui s'était rendu à Angoulême au milieu du mois, avait choisi d'offrir des boîtes de chocolats, une par personne. A Claire, il tendit un écrin en cuir vert servant de présentoir à un collier de perles.

— Mais, tu n'aurais pas dû, cela coûte une fortune ! balbutia-t-elle, stupéfaite.

— Je ne trouvais rien d'assez beau pour toi, avoua-t-il.

— Oh, je n'oserai jamais le porter ! Tu seras bientôt ruiné, mon Jean.

— N'y compte pas. Je deviens un as de la finance. J'ai placé de l'argent.

Elle l'embrassa, radieuse dans sa robe de satin rose et son châle en cachemire qui enveloppait ses épaules rondes. Jean se tourna vers Blanche, sortant de sa poche intérieure un second écrin, rouge celui-ci. Sa sœur l'ouvrit : une broche en or étincelait sur de la soie bleue. Le bijou avait la forme d'un papillon aux ailes incrustées de minuscules pierres précieuses, rubis et émeraude.

— Jean, Claire a raison de te gronder, c'est un présent trop luxueux.

— Non, coupa-t-il, ce sont des investissements. Le bijoutier me l'a expliqué. La maison Anaclet, en face du Bon Marché, rue de Périgueux. Perles et pierreries sont des valeurs sûres.

— Ecoutez-le ! s'esclaffa Léon. Un vrai monsieur, mon Jeannot ! Il a vite appris les bonnes manières et la façon de brasser les sous...

La remarque déplut à Blanche. Raymonde décocha un coup de coude à son époux.

— Tais-toi donc, idiot ! Et les chaussettes que je t'ai tricotées, elles te plaisent, au moins ?

— Mais oui, ma poulette... susurra-t-il au creux de son cou.

La servante le foudroya du regard en le repoussant.

— Mon pauvre Léon, le vin et le calvados te montent à la tête. Tiens-toi bien !

Jean vint les surprendre en pleine querelle. Il chatouilla le menton de Raymonde et, comme elle riait, surprise, il lui mit un troisième écrin dans le creux de la main. Il donna à son ami un boîtier en ébène. Le couple en resta bouche bée.

— Eh bien, regardez ce que c'est ! leur dit Claire.

— Ben ça ! bégaya Léon. Une montre ! Je peux pas le croire, mon Jeannot ! Tu me sauves la vie sur le *Sans-Peur*, et en plus de ça, tu m'offres une montre… Raymonde, tu as vu la chaîne ? En argent…

— Et toi, vois donc mes boucles d'oreilles ! De l'or, des brillants ! Je les porterai à la messe demain ; j'en connais qui n'en reviendront pas.

La servante faillit sauter au cou de Jean, mais elle se contint. Cependant, elle osa une grosse bise sur la joue.

— Je voulais vous gâter, tous les deux, car vous êtes surtout des amis et non pas des domestiques ! précisa-t-il.

Colin reçut un encrier en bronze avec le porte-plume à manche d'ivoire. De la part de sa fille, il eut des mouchoirs brodés à ses initiales, un travail de patience pour Etiennette, et un ouvrage détaillé sur l'Italie, illustré de photographies. C'était un pays dont il rêvait depuis sa jeunesse. En le feuilletant, il découvrit une enveloppe à l'intérieur.

— Qu'est-ce que c'est ? s'étonna-t-il.

Le papetier la décacheta et aperçut une liasse de billets de banque. Claire vint près de lui. Elle lui parla, très bas :

— Jean et moi, nous tenions à ce que tu fasses un beau voyage, en Italie justement. Au printemps… Etiennette et toi, vous pourrez loger dans les meilleurs hôtels et prendre des premières classes dans le train. Le docteur Font m'a conseillé une région sèche et ensoleillée… dont le climat peut te guérir. Il a dit la vérité à Jean en lui recousant le crâne. Cette maladie se soigne. Nous ferons tout pour te sauver, papa !

Colin baissa la tête, ému.

— Bravo pour le secret professionnel, je vais changer de docteur ! dit-il, légèrement en colère.

Claire l'enlaça en le serrant dans ses bras.

— Nous t'aimons tant ! Tu es l'âme du moulin et tu dois te battre… Le médecin t'a jugé vigoureux et capable de supporter le voyage. Tu devras rester là-bas au moins deux mois.

— Deux mois ! répéta Colin, éberlué. Et qui fera tourner le moulin, c'est le cas de le dire… Non, ce n'est pas possible, cette affaire. Que diront mes ouvriers ?

Avec patience, la jeune femme lui exposa ses arguments. Elle lui démontra que ses hommes connaissaient si bien leur métier qu'ils pouvaient se passer de lui, surtout si sa santé était en cause.

— Et j'ai mis souvent la main à la pâte, ainsi que Jean ! ajouta-t-elle. Tu peux avoir confiance en moi. Je t'en prie, papa, je ne veux pas te perdre.

Le papetier capitula, l'air réjoui.

— Si tout est prévu sans que je donne mon avis ! Merci, ma fille, et toi aussi, Jean ! Je visiterai l'Italie. Si je m'imaginais… Rien que d'y penser, je me sens en pleine forme.

Blanche perdit patience tant elle avait hâte de dévoiler sa surprise. Elle frappa dans ses mains :

— J'ai un cadeau qui profitera aux petits et aux grands !

D'un geste solennel, la jeune femme ôta le tissu de la caisse. Elle avait pris soin d'enlever les clous avec une pince avant de monter au bourg pour la messe. Le couvercle glissa entre ses doigts.

— Jean, viens m'aider !

Le frère et la sœur soulevèrent avec délicatesse un bel objet en bois verni, semant de la paille alentour, une garniture qui avait protégé l'appareil pendant son transport depuis Paris.

— C'est quoi ? demanda Nicolas, ébahi.

— Un gramophone ! répondit Blanche, heureuse des exclamations qui résonnaient autour d'elle. Il faut le poser bien à plat, tenez, sur le coin de la table.

Elle sortit ensuite un cornet en forme d'entonnoir qu'elle fixa à l'endroit indiqué. Blanche manipulait tous les accessoires sans hésiter, ce qui lui conférait un certain prestige.

— Cet appareil permet d'écouter de la musique… Une pointe en saphir lit les sons enregistrés sur des cylindres en cire, des disques, et j'en ai choisi une dizaine. Des opérettes, des concertos de grands compositeurs. Matthieu, voudrais-tu tourner la manivelle, là, sur le côté ?… Jean, attrape le paquet rouge sur le bord de la fenêtre ; ce sont les disques.

Devant une assistance recueillie, Blanche posa le saphir sur le disque qui tournait. Un grésillement s'éleva, très vite suivi des accords en cascade d'un piano. Puis une voix puissante retentit, qui entonnait l'ouverture de *La Traviata*, une œuvre de Verdi, précisa la jeune femme. Ce fut un véritable concert, à la lumière du sapin et du feu.

Le Pays du sourire, La Bohème, La Veuve joyeuse... Les enfants s'endormirent sur le tapis, bercés par les mélodies qui se succédaient, les sopranos et les ténors, les violons et les harpes. Jean remplaça Matthieu à la manivelle, Claire voulut essayer aussi.

— Pour un cadeau sublime, déclara Colin entre deux disques, c'est un cadeau sublime, ma chère Blanche.

L'institutrice eut un sourire timide avant de répondre, d'une voix douce :

— Je n'ai jamais vécu un aussi merveilleux Noël ! Et c'est grâce à vous tous.

Claire saisit sa belle-sœur par la taille. Le gramophone jouait une valse.

— Dansons, Blanche ! Papa, Léon, Raymonde, tous en piste, la pièce est assez grande. Il faut danser. Etiennette, debout...

Les deux jeunes femmes tournoyaient, les yeux brillants, un rire muet aux lèvres. Jean les contemplait. Il s'estima l'homme le plus heureux de la terre.

14

Scènes de vie

Moulin du Loup, 15 mai 1908

Claire s'était assise quelques instants au soleil, sur le perron, pour lire la longue lettre que son père lui avait envoyée de Rome. L'enveloppe contenait un choix de cartes postales destinées aux trois enfants et qui représentaient des vestiges imposants d'édifices romains, le Colisée, un immense théâtre, le Panthéon, les thermes de Caracalla.

La jeune femme avait travaillé depuis l'aube dans la salle des piles, à la mise en route de la pâte qui fournissait le carton fin. Jean traversa la cour pour la rejoindre.

— Alors ? demanda-t-il. Ton père apprécie-t-il le voyage ?

— Plus que ça, il en devient poète… Si tu savais comme il décrit bien les rues, les petits restaurants, le ciel. J'espère que tout ce périple ne le fatigue pas trop. Enfin, dans une semaine, ils vont s'installer à la pension de famille Lini, près de Naples. Là, il sera au repos complet, avec de l'air marin et de la chaleur. Si la maladie n'a pas régressé à son retour, nous serons obligés de le placer dans un sanatorium…

La voix de Claire trembla. Elle voulait sauver son père de la tuberculose qui venait d'emporter Marie-Virginie Giraud, la dame du domaine de Ponriant. La mort d'une femme qui avait son âge, mère de trois enfants, la révoltait. Jean devina qu'elle pensait à l'épouse de l'avocat.

— Claire, ne t'inquiète pas. Colin est résistant, lui, robuste. Il nous reviendra guéri. Je n'ai vu qu'une fois

Marie-Virginie, quand je lui ai ramené Denis. Elle paraissait frêle et déjà souffrante. Tu te souviens, je t'ai raconté comment j'ai sorti Denis de la rivière, la première fois que je suis revenu dans la vallée et que tu te promenais avec Victor Nadaud...

— Ah oui ! Et tu avais cru que je l'aimais ! Idiot, va...

Jean lui caressa la joue et entra dans la cuisine. La lumière et la chaleur de ce beau mois de mai y pénétraient à flots. Raymonde nettoyait des laitues du jardin. Claire s'étira et dénoua ses cheveux prisonniers d'un foulard. Son regard erra du côté des falaises. Elle espérait deviner deux silhouettes grises à l'entrée d'une grotte qui s'ouvrait dans le rocher presque vis-à-vis du moulin.

Sauvageon et sa louve en avaient fait leur tanière. Les deux bêtes, le lendemain de Noël – un Noël qui resterait mémorable – avaient quitté le souterrain obscur pour investir l'étroite cavité.

J'ai nourri pendant quatre mois la compagne de mon chien, mais elle se méfie toujours de moi ! songea-t-elle. Je croyais l'apprivoiser, je me trompais. Je ne peux pas l'approcher. Elle restera sauvage. Tiens, je pourrais l'appeler ainsi. Sauvage et Sauvageon...

La jeune femme se leva et se cambra en portant ses mains à la taille. Son dos était douloureux, car le travail de papetière se révélait plus pénible qu'elle ne l'avait imaginé. Les salles du moulin demeuraient humides malgré la saison.

— Ce n'est pas étonnant que papa ait les poumons atteints !

Léon sortit de l'écurie en poussant une brouette de fumier. C'était le grand nettoyage après un hiver rigoureux, et le jeune homme avait entrepris de curer la litière de Sirius à fond, ainsi que la bergerie. Le fumier, entassé derrière la grange, servirait d'engrais au potager. Le cheval, lui, disposait d'un grand pré au bord de la rivière.

— Alors, patronne, des bonnes nouvelles de maître Roy ? lui lança-t-il.

— Oui, mon père va de merveilles en merveilles ! Il s'extasie même sur les ânes du marché. Etiennette n'a jamais été si gaie, m'écrit-il.

— Je veux bien le croire ! gloussa Léon. En voilà une qui n'aurait pas quitté le bourg sans votre famille.

Claire ne répondit pas. Elle déposa l'enveloppe dans son atelier fraîchement chaulé par les soins de Jean. La petite pièce où elle entreposait ses herbes dans des bocaux ou des sacs de toile lui servait aussi de refuge quand il lui arrivait d'avoir envie de calme, de solitude.

Avec le printemps, l'activité du bourg et des paysans renaissait. Un épicier ambulant de Torsac passait même au moulin pour proposer ses produits : épices, café moulu, babioles en tous genres. Les labours de janvier terminés, les sols ensemencés, nombre de charrettes et de vélos défilaient sur le chemin des Falaises.

— Pourvu que toute cette agitation ne dérange pas la louve… En plus, j'ai promis à Faustine de l'emmener voir les louveteaux demain.

Les amours de Sauvageon et de la femelle blessée s'étaient déroulées dans la plus farouche discrétion. Cependant Claire, au fil de ses visites à la grotte – toujours chargée de viandes cuites, de pain dur, de croûtes de fromages ou d'os de poulets – avait compris très vite que la louve était pleine. Trois petits étaient nés à la fin de février, au fond de la cavité. La jeune femme l'avait su aux étranges couinements provenant de la bête couchée sur le flanc, dans la pénombre.

Les louveteaux s'aventuraient à présent sur le replat caillouteux, curieux de découvrir le vaste monde qui se limitait encore, pour eux, à la vallée, à la pente semée d'une herbe verte et de genévriers piquants. Claire avait réussi à conduire Matthieu, Nicolas et sa fille aux abords de la tanière, mais les petits de Sauvageon avaient battu en retraite, se cachant derrière un bloc de pierre. Et la louve s'était montrée menaçante.

Il vaut mieux la laisser en paix. Sauvageon l'empêcherait d'attaquer Faustine, je crois, mais je ne prendrai pas le risque.

Elle nota, en surveillant le degré de séchage d'un bouquet d'armoise, qu'une automobile roulait sur le chemin. Le ronflement du moteur s'atténuait quand il y eut l'écho caractéristique de sabots ferrés, à quelque distance.

Des cavaliers ? se dit-elle. Je me demande qui passe là, à cheval…

Intriguée, Claire courut jusqu'au portail. Deux hommes montés sur des haridelles[1] s'éloignaient déjà, au trot. Elle distingua l'éclat métallique d'un canon de fusil.

Ce n'est pas l'époque de la chasse, pourtant.

La suite des événements ne lui donna pas l'occasion d'appeler Jean ou Léon. Elle se mit à courir afin de vérifier la direction que prenaient les inconnus. Quelques dizaines de mètres plus loin, elle vit les chevaux à l'arrêt, les rênes nouées à un arbuste, alors que la voiture noire était garée. Et un premier coup de feu éclata. Puis un second.

— Oh non ! Cela vient de la grotte… Non ! Sauvageon !

Elle releva sa jupe et se rua à l'assaut du talus. Quatre individus en tout occupaient le replat pierreux.

— Ne tirez pas ! s'égosilla-t-elle. Par pitié, ne tirez pas !

Mais une troisième détonation ébranla l'air tiède et suave du « joli mai » que tant de chansons célébraient. Claire bouscula l'homme qui l'empêchait d'approcher.

— Attention, madame, ce sont des loups !

— Non, ces animaux m'appartiennent ! Il y a mon chien…

Mais Sauvageon n'était pas dans la grotte. La jeune femme fut prise d'une nausée. La belle louve gisait sur le flanc, dans une flaque de sang. Les balles lui avaient fait éclater le ventre. Un de ses petits était couché près d'elle, déchiqueté par un des projectiles. Un cavalier ramassa un des louveteaux par la peau du cou, affermit sa prise et lui cogna la tête de toutes ses forces contre la paroi rocheuse.

— Assez ! hurla Claire. Espèce de lâches ! De quel droit les avez-vous tués ?

La rage et le chagrin la rendaient à demi folle. Elle frappa l'homme au visage, le griffa. Malgré les larmes qui l'aveu-

1. Mauvais cheval efflanqué.

glaient, elle eut conscience qu'un autre personnage, habillé de toile beige, tentait de la calmer. Des mots lui parvinrent :

— Madame, je vous en prie… Je suis désolé.

Quelque chose de doux et de poilu lui fut tendu. Haletante, Claire reçut dans ses mains le troisième louveteau, bien vivant. Il grognait et mordillait sa chair de ses dents minuscules, pointues comme des aiguilles. Jean arriva à son tour, accompagné de Léon. Devant le massacre, ils eurent le même cri écœuré.

— Mais qu'est-ce que ça signifie ? s'exclama Jean. Messieurs, vous êtes sur la propriété de mon beau-père, Colin Roy. Seul le chemin en contrebas est communal.

Claire enveloppa le petit animal dans son tablier. Si elle le posait au sol, il irait renifler sa mère.

— Madame, dit l'inconnu, je me présente, Hector Rives. Je suis un ami de Victor Nadaud. Comprenez notre peur. Ce matin, au point du jour, je suis arrivé ici, en compagnie de mon neveu Xavier. Je comptais fouiller cette grotte, la plus intéressante, selon Victor. Il m'avait parlé d'une galerie inexplorée. Nous n'avons pas pu entrer à cause de la louve et d'un autre loup, le mâle sûrement, qui avait une tache blanche au crâne… et…

— Il s'agit de mon chien ! coupa Claire d'un ton froid. L'avez-vous tué aussi ?

— Non, reprit le dénommé Hector Rives. Nous sommes repartis en voiture et j'ai prévenu le garde champêtre du bourg.

Une voix à l'accent traînant, mais au débit rapide, s'éleva.

— Eh oui, c'est moi, j'ai pris mon fusil, mon camarade André a sellé nos chevaux, et voilà !

— Et voilà ! répéta Jean en imitant le garde-chasse Vous avez abattu une louve, deux louveteaux, et vous comptez empocher la prime. D'abord, je ne vous connais pas, ni votre collègue. Vous n'êtes pas de Puymoyen.

— Que si ! répliqua l'homme. J'ai pris mes fonctions le mois dernier. Je me présente, Nestor Firet. Le vieil Alcide ne tenait plus sur ses jambes, il fallait le mettre en retraite. Et si je m'en tenais à la loi, votre dame aurait une amende de garder en sa possession une bête féroce, classée nuisible. C'est peut-être vos terres, mais ça change rien. Les loups, faut les abattre et montrer la patte coupée à la mairie.

Léon se faufila jusqu'à la dépouille de la louve et se campa devant.

— Vous couperez rien du tout, parce que ça ferait de la peine à ma patronne, qui est la meilleure patronne du pays. On va l'enterrer avec ses rejetons.

— Et je vous conseille de filer ! ajouta Jean. Vous avez assez fait de dégâts comme ça.

Hector Rives s'interposa, se jugeant responsable. Il sortit des billets de banque de son portefeuille et les fourra dans la main du garde-chasse.

— J'aurais dû passer au moulin, ce matin, expliquer mon intention. Je suppose que vous êtes Claire, madame... Victor m'a affirmé que vous soutiendrez mes recherches, que vous êtes férue de préhistoire.

Elle approuva en silence. Certes, c'était un malheureux concours de circonstances et, les loups ayant une sinistre réputation, la réaction de Rives était normale. Cela n'ôtait rien au sentiment de gâchis irrémédiable qu'elle éprouvait. Très bas, elle supplia Léon et Jean de s'occuper du corps de la louve et de ses petits.

— Si Sauvageon revient, il comprendra qu'elle est morte ! Je voudrais qu'il ne s'en rende pas compte. Il la cherchera, mais il ne saura pas que des hommes l'ont abattue. Oh ! Tous ces efforts pour rien.

Xavier Rives, du haut de ses seize ans, jetait des regards effarés sur son oncle Hector, mais surtout sur cette belle jeune femme qu'il trouvait ardente et passionnée. La fougue qu'elle avait mise à défendre les louveteaux l'avait subjugué ; la façon qu'elle avait de parler d'un chien comme d'un humain le stupéfiait. D'autres avant lui – livreurs de cellulose, nouveaux clients du moulin, promeneurs angoumoisins du dimanche qui la croisaient – avaient été séduits par Claire. Un de ses atouts était de ne pas avoir conscience de son charme. Ainsi Xavier admirait-il l'ovale de son visage, son nez fin, sa bouche sensuelle, son teint de pêche que rehaussait l'éclat noir de sa chevelure drue et souple. Il put soudain se perdre dans les yeux de velours sombre, ce jour-là pleins des larmes contenues d'une colère légitime.

— Je suis navré, madame ! s'excusa-t-il.

Claire se tourna vers Xavier, dont la figure encore enfantine et l'expression bienveillante la réconfortèrent.

— Il y a de quoi être choquée ! J'avais soigné cette louve qui avait eu une patte cassée par un piège. Elle s'est croisée avec mon chien, lui-même bâtard de loup. Ils ne causaient de tort à personne, je les nourrissais.

Le garde champêtre fixait les billets de banque d'un air hésitant. Il les enfouit dans sa poche, souleva sa casquette et s'en alla, le fusil à l'épaule. Son acolyte le suivit.

— Rentre au moulin, Claire ! ordonna Jean. Accompagne-la, Léon, et rapporte-moi une pelle et une couverture usagée, une de celles que l'on utilise à l'écurie.

— J'y cours ! clama Léon.

Hector Rives et son neveu semblaient vraiment embarrassés. Ils serrèrent la main de Jean et descendirent vers le chemin, non loin de la jeune femme. Elle s'en aperçut.

— Je vous dis au revoir, messieurs. Je n'ai pas le cœur à vous offrir quelque chose à boire. Si vous désirez fouiller cette grotte, ayez l'amabilité de revenir plus tard.

Claire leur tourna le dos. Enroulé dans son tablier, le louveteau gémissait, mais il ne s'agitait pas.

— Qu'est-ce que je vais faire de toi, pauvre orphelin ? Et ton père, où est-il parti, précisément ce matin ?

Raymonde, à qui elle raconta le drame, essaya de la raisonner.

— Madame, ce genre d'accident était inévitable ! Et vous avez eu de la chance, en fait. Dites-vous que si Sauvageon avait vu débouler ces bonhommes avec un fusil, il les aurait menacés, et votre chien serait mort à l'heure qu'il est. Tenez, une écuelle de lait pour votre protégé.

Le louveteau but avidement. Claire lui donna de la couenne de porc qu'il ingurgita en remuant la queue.

— La louve voulait les sevrer, il me semble ! expliqua-t-elle à la servante. Je l'observais de loin. Elle les repoussait quand ils tétaient.

Une fois repu, le petit animal parcourut la cuisine en humant le sol. Il s'arrêta dans un recoin où Raymonde calait une grosse panière.

— Ah, voyez donc, madame, il a senti le carré de laine sur lequel dormait Sauvageon. Je vais le lui étaler par terre, il se couchera peut-être.

Après deux autres tours de la pièce, le louveteau se roula en boule sur le tissu imprégné de l'odeur familière du chien-loup. Claire remarqua qu'il acceptait déjà ses caresses.

— Raymonde, c'est une femelle ! Je la garde. Grâce à elle, la lignée de Moïse et de Sauvageon se perpétuera. J'en connais une qui va être à la fête : c'est ma Faustine. Pense un peu, un bébé loup à la maison.

Un bruit que les deux femmes identifiaient sans mal se fit entendre. Sauvageon venait de pénétrer dans la maison. Le poil boueux, la langue pendante, il repéra immédiatement son rejeton.

— Où as-tu été courir ? s'écria Claire. Tu chassais...

L'animal ne pouvait pas répondre. Il traquait un lièvre et s'était égaré dans une zone marécageuse de la vallée. Bredouille, il avait regagné la grotte, mais la louve avait disparu, ainsi que leurs petits. Pourtant, il y avait Jean, là-bas, et Léon. Les hommes lui avaient ordonné de rentrer au moulin.

Claire lui offrit de la soupe, accompagnée de morceaux de viande. Sauvageon dévora la nourriture avant de se coucher près du louveteau.

— Il faut trouver un nom pour ma louve ! soupira-t-elle. Un très beau nom. Nous en chercherons un ce soir, avec les enfants.

Sur ces mots, la jeune femme éclata en sanglots. Raymonde s'assit près d'elle et la berça dans le nid douillet de ses bras.

— Voyons, madame, vous êtes triste, ça je comprends, mais cette louve, vous l'avez sauvée, elle a eu sa saison de joie avec votre chien. Elle serait partie, ses petits sevrés, et jamais vous n'auriez su ce qu'elle serait devenue.

— J'aurais préféré, bégaya Claire en reniflant. Ils lui ont tiré dessus presque à bout portant, Raymonde. Elle a dû avoir peur, elle est morte avec l'idée que les hommes sont des traîtres et que je l'avais peut-être attirée dans un piège depuis Noël…

La servante secoua la tête, consternée par ces propos, qui, selon elle, allaient trop loin.

— Madame, êtes-vous sûre qu'une bête sauvage raisonne comme nous ?

— Non, cria Claire, je n'en suis pas certaine, mais si c'était le cas ? Nous ne sommes pas à leur place. Oh, pardonne-moi, ma Raymonde, la vue de son sang, et l'ignoble brute qui a fracassé le crâne du petit, et…

— Chut, ne vous rendez pas malade. Plus vous y penserez, plus vous serez en colère et triste. Et les enfants, hein ? Qu'est-ce que vous allez leur dire ? Il faudrait adoucir les choses, surtout pour Faustine qui aura du chagrin.

Le retour de Jean et de Léon obligea Claire à se dominer. Son mari l'étreignit et la cajola. Il était inutile de lui chuchoter des paroles de réconfort, car il la connaissait bien. Sa femme méprisait la violence, même si elle cédait parfois à son appel. Elle maudissait les chasseurs en tous genres. Ce qui s'était passé la marquerait et aucun discours ne l'apaiserait. Ce fut elle qui balbutia :

— J'aurais pu empêcher ça, Jean ! Je n'ai pas couru assez vite. D'habitude, je monte à la grotte très tôt, mais il y avait la pâte à carton à mettre dans les formes. Je n'ai rien deviné. Ah, j'en veux à Victor d'avoir envoyé ce Rives fouiller la vallée sans nous avertir…

Léon servit quatre verres de vin. C'était le seul moyen selon lui de se remettre d'une émotion forte. Jean s'attabla et attira Claire près de lui. Elle cacha son visage au creux de son épaule.

— Là, ma Câlinette, ne pleure plus. Tu as récupéré un des louveteaux, c'est déjà ça… Pense donc à notre voyage de cet été, quand nous serons sur les plages de Normandie. Nous mangerons des moules dans une guinguette. J'en connais une, sur le port de Bessin-en-Virois. La semaine prochaine, nous irons tous les deux à Angoulême acheter un maillot de bain pour toi et Faustine, à la Reine Blanche, tu sais, ce grand magasin, près de la poste, place du Mûrier.

— Tu connais mieux la ville que moi maintenant ! bredouilla-t-elle en reniflant. De toute façon, je ne sais pas nager…

— Moi si ! Je t'apprendrai…

Le couple avait prévu un séjour à Guerville, escorté par Blanche et leur fille, à la fin du mois de juillet. Colin serait de retour, ils n'auraient plus à assurer la marche et la gestion du moulin.

— Non, Jean ! déclara la jeune femme. Il faut repousser ce voyage à l'année prochaine. Personne dans cette maison ne saura élever la petite louve, la « fille » de mon Sauvageon. Je dois lui apprendre les bonnes manières, la propreté et l'obéissance. Si nous partons et qu'il lui arrive malheur, je m'en voudrais trop. Je l'expliquerai à ta sœur ce soir.

Jean la regarda, sidéré par sa décision. Il jeta un coup d'œil exaspéré à la petite bête couchée près du chien.

— Attends un peu, Claire ! Tu ne vas pas changer nos projets à cause de ces deux-là ! C'est ridicule, à la fin… Léon et Raymonde sont capables de soigner un chiot, ils n'auront qu'à l'enfermer dans l'ancienne bergerie. Câlinette, nous nous absentons trois semaines seulement !

Elle se leva, la bouche tremblante.

— Trois semaines, c'est trop long ! Je veux rester ici, chez moi. Tu n'as qu'à partir avec ta sœur et ta fille, vous vous amuserez encore mieux… Et puis arrête de m'appeler Câlinette, je ne suis plus une gamine !

Claire se rua dans l'escalier et courut le long du couloir. Ils entendirent claquer une porte.

— Et merde ! bafouilla Léon.

— Tu l'as dit, mon vieux ! soupira Jean.

La situation ne fit qu'empirer avec le retour de Blanche et des trois écoliers. Claire avait emporté le louveteau dans son atelier en prévenant Raymonde qu'elle ne voulait pas être dérangée. Mais Jean avait tout raconté à sa sœur, devant les enfants, si bien que Faustine courut rejoindre sa mère. Elle trouva la porte close.

— Maman ! Ouvre ! Je veux voir le bébé loup… Dis, c'est vrai qu'un garde champêtre a tué la femme de Sauvageon et les autres petits ?

Matthieu s'en mêla. Il appela aussi. Claire dut les faire entrer.

— Je voulais un peu de tranquillité, c'est trop demander ? s'écria-t-elle. Mon Dieu, pourquoi Jean a-t-il parlé de ça…

Faustine lança un coup d'œil inquiet à Claire. Soudain la fillette vit le louveteau caché sous le lit en fer.

— Matthieu, il est là ! Regarde.

Ils s'accroupirent et chuchotèrent en sifflant et en faisant claquer leur langue.

— On va le garder, dis, Claire ? lui demanda son frère.

— Oui, j'en ai bien l'intention ! rétorqua-t-elle. Maintenant mes chéris, allez goûter. Je vous assure que j'ai besoin d'être seule. Je cherche un nom pour cette petite louve. Et je suis très malheureuse… J'irai mieux ce soir, je vous le promets.

Faustine s'approcha de sa mère assise sur un tabouret. Elle la serra dans ses bras menus et frotta sa joue contre son épaule.

— J'ai plein d'idées de noms, maman ! Après le goûter, je les écrirai sur une feuille et je reviendrai te les lire.

— D'accord, Faustine.

La jeune femme ferma les yeux dès que les enfants sortirent. La tension nerveuse qui la rendait irritable et désagréable ne retombait pas. Déjà elle regrettait ce qu'elle avait dit à Jean.

— Quelle triste journée ! constata-t-elle.

Le plus dur était de s'avouer qu'elle était soulagée de repousser la date de leur voyage en Normandie. En vérité, ce pèlerinage sur la terre natale de Jean et de Faustine ne lui plaisait pas. Deux heures plus tard, elle enferma son protégé à double tour et regagna la maison. Sauvageon lui fit la fête. Il l'attendait, couché sur le perron.

— Mon pauvre chien, tu ne comprends rien, toi non plus ! Tu n'as plus ta petite famille…

Dans la cuisine régnait une ambiance tendue. Blanche surveillait les devoirs de Nicolas, alors que Jean aidait Faustine à consulter le dictionnaire. Léon et Raymonde n'étaient pas là.

— Maman ! clama la fillette. Je peux te lire les noms ? Alors écoute, papa aime bien Vénus, comme la déesse romaine, et aussi Diane… Moi, je voudrais l'appeler « Grotte » parce qu'elle est née dans une Grotte.

— Ce serait affreux, une bête nommée « Grotte » ! coupa Blanche.

Claire se retint d'éclater en larmes.

— Je monte me reposer ! dit-elle. Je me sens mal.

Blanche se leva dans un bruissement de jupons. Elle barra le passage à sa belle-sœur.

— C'est un peu facile de fuir, Claire ! Jean m'a avertie que vous désiriez annuler tout simplement notre séjour à Guerville. Cela tient du caprice. J'ai pris des dispositions, les domestiques ont dû préparer les chambres et le manoir. Je me réjouissais tant de ces vacances avec Faustine, vous et Jean !

Les deux femmes s'affrontèrent du regard. Claire répliqua :

— Ah, vos domestiques préparent les chambres plusieurs semaines à l'avance. Quel zèle ! Blanche, personne ne vous empêche de partir tout de suite en Normandie, mais seule. J'ai besoin de mon mari et de ma fille. Ce n'est pas important, pour vous, que l'on ait tué ma louve, une mère allaitant encore ses trois petits… Je ne me remettrai de ce drame qu'ici, au moulin.

Blanche leva les bras au ciel de façon un peu théâtrale.

— Mais enfin, Claire, à la mi-juillet, dans plus de deux mois, vous n'aurez plus de chagrin ! Et, comme le pense Jean, Léon pourra s'occuper de votre bestiole.

La querelle aurait pu durer longtemps. Par chance, quelqu'un frappa à la porte, dont l'un des battants demeurait ouvert. Claire distingua l'ombre d'un visiteur. Il pouvait s'agir d'un client. A contrecœur, elle renonça à monter dans sa chambre. Victor Nadaud entra en costume de lin beige, un canotier à la main.

— Ma chère Claire, je suis venu vous présenter des excuses ! J'ai appris le navrant malentendu de ce matin, et votre colère. Hector m'a expliqué en détail l'incident. Je l'ai rencontré chez le docteur Henri-Martin à l'heure du déjeuner.

Le préhistorien se faisait rare dans la vallée. Il envoyait des cartes postales, quelques lettres succinctes et un mandat pour le loyer. Claire le dévisagea attentivement. Il avait le teint hâlé de ceux qui voyagent et s'attardent dans les pays ensoleillés : l'Italie, la Grèce, la Turquie. Il avait la barbe courte, la moustache fine, et toujours cet air de gentillesse, ce sourire séduisant.

— Vous m'en voulez beaucoup, Claire ? insista-t-il avec une expression désolée.

— Oui, je suis furieuse et révoltée ! répondit-elle. Vos amis, l'oncle et son neveu, sont des imbéciles ! Vu le nombre de grottes qu'il y a dans notre vallée, ils pouvaient en fouiller une autre, ou du moins me rendre visite, me prévenir que des loups les effrayaient. Mais non, la réaction du commun des mortels sera encore et toujours de faire parler la poudre, de tuer sans hésiter des animaux sans défense !

Jean vint serrer la main de Victor, fort embarrassé par l'attitude exaltée de Claire. Blanche s'approcha aussi, de crainte d'être impolie si elle ne saluait pas le visiteur.

— Ma sœur, Blanche Dehedin, qui est institutrice au bourg, la classe des filles, bien sûr ! dit Jean.

— J'ignorais que vous aviez encore de la famille, s'étonna Nadaud. Je suis enchanté de faire votre connaissance, mademoiselle…

Devant Claire boudeuse, Blanche expliqua, d'une voix douce :

— J'ai souvent entendu parler de vous, monsieur ! Il paraît que vous avez eu le bonheur de découvrir des silex taillés et des ossements humains dans les cavités de la vallée.

Je rêvais de voir vos collections d'outillage préhistorique. L'archéologie me passionne.

— Vous m'en voyez ravi ! Je compte passer un mois dans la région ; je serai flatté de vous montrer mes trouvailles. Je peux même vous en prêter pour votre classe.

Matthieu vint à son tour serrer la main de Victor. Le garçon se souvenait des soirées animées en sa compagnie, des pique-niques au bord de la rivière, agrémentés de récits évocateurs sur l'homme des cavernes.

— Bonsoir, Matthieu ! dit le visiteur. Que tu as grandi... Et c'est Faustine, cette ravissante personne ? Nicolas, toi aussi tu pousses comme un champignon.

Tous ces aimables commentaires étaient empreints de gêne. Victor était vraiment content de revoir les enfants, Jean et Claire, mais il déplorait que ce fût dans de telles circonstances.

— J'aimerais tant que vous me pardonniez ! ajouta-t-il en saisissant la main de la jeune femme. Et votre père, encore au travail, je parie ?

Claire fit non de la tête. Elle avait tant de choses à raconter à Victor, qu'elle n'avait pas vu depuis plus d'un an. Sa présence atténuait sa peine.

— Mon père et son épouse visitent l'Italie ! précisa-t-elle.

— Maître Roy a franchi nos frontières ! s'étonna le préhistorien. Oh, si je l'avais su, je lui aurais conseillé quelques sites admirables, comme Pompéi, et des auberges de la baie de Naples où l'on peut déguster des plats traditionnels...

— Tant pis, coupa Claire. Il avait les poumons atteints, vous me comprenez ? Jean lui a offert le séjour là-bas. Oui, mon mari est un homme fortuné, à présent. Mais n'ayez pas cette mine contrite, mon ami. Si vous restiez dîner ce soir... N'est-ce pas, Jean ? Nous en profiterons pour discuter. Il y a eu des changements au moulin. Et pourquoi pas un repas dehors ?

— Je monte prévenir Raymonde ! proposa Blanche. Ce sera délicieux de manger en plein air, il fait si bon...

Il en fut ainsi. Léon et Jean dressèrent une table dans le petit jardin d'agrément situé en contrebas du perron, sur une avancée de terre que des murets moussus soutenaient. Un saule pleureur y trônait. C'était un lieu plaisant, qui offrait une vue panoramique sur les collines voisines flanquées de pans de falaises.

La servante disposa une grande nappe bleue et distribua assiettes en porcelaine et argenterie aux trois enfants qui participaient volontiers aux tâches ménagères.

— Je n'ai qu'un couvert de plus, songeait Raymonde, mais je vais améliorer le menu. Une omelette au lard ne sera pas de trop, une salade verte, et aussi de la mâche.

Installé sous les branches aériennes du saule, Victor Nadaud se disait que l'atmosphère du Moulin du Loup était différente. Cela tenait peut-être à l'absence d'Etiennette, qu'il n'appréciait guère. A son avis, l'épouse du papetier, avec ses mines et ses remarques inutiles, perturbait l'harmonie du lieu et de la famille. Jean lui avait servi un verre de son vin blanc, issu des cépages qu'il cultivait à quatre kilomètres à peine, au pied des rochers de Chamoulard. Certes, Claire arborait un air triste, mais les allées et venues joyeuses des enfants et la grâce radieuse de Blanche Dehedin qui lui faisait la conversation lui donnaient une impression de bien-être rare.

Victor apprit ainsi comment la jeune et jolie institutrice avait retrouvé son frère. Il apprit aussi le récent décès de Marie-Virginie Giraud, la dame de Ponriant.

Après le potage au cresson et la savoureuse omelette luisante de graisse, Raymonde leur apporta un gratin de bettes, en garniture d'un sauté de lapin persillé.

Claire dut se forcer à avaler afin de ne pas contrarier la servante. Faustine, que l'état de sa mère tracassait, eut une idée.

— Maman, est-ce que je peux ouvrir à Loupiote ? Elle jouera dans l'herbe avec Sauvageon.

— Qui est Loupiote ? s'étonna la jeune femme.

— Mais la petite louve ! Tu te souviens, à Noël, tante Blanche t'avait offert des loupiotes en verre de toutes les couleurs. Elle disait ce nom-là, pour tes lampes. Alors j'ai appelé le bébé Loupiote...

Victor éclata de rire, imité par Blanche. Jean avança que c'était amusant comme trouvaille.

— Loupiote ! répéta Claire. Ce n'est ni élégant ni digne d'un loup. Pourtant cela sonne bien. Va la chercher, nous la présenterons à notre invité.

Faustine partit en courant, suivie de Matthieu et de Nicolas. Léon les observait du perron où il fumait une cigarette. Pour l'occasion, lui et sa femme avaient préféré prendre leur repas dans la maison avec leur fils César.

« Un dîner dehors, dans le petit jardin, avait dit Raymonde, nous ne serions pas à notre place. Madame a protesté, mais je sais ce que je fais, mon Léon. »

Il l'avait serrée de près en l'embrassant dans le cou.

« Eh, nous sommes bien tranquilles, tous les deux ! »

C'était le cœur du printemps. La sève était montée dans les arbres, leur feuillage d'un vert acide s'épanouissait. Les talus, les fossés, les champs et les prairies se paraient d'une nuée de fleurettes sauvages que butinaient déjà abeilles et papillons.

Les enfants revinrent vite, l'animal apeuré blotti dans les bras de Faustine. Claire s'en empara et le flatta.

— Elle me connaît déjà bien ! se félicita-t-elle. Je veux l'apprivoiser, m'en faire aimer autant que de Sauvageon.

Victor jugea le tableau que composaient la jeune femme et le louveteau d'un charme exquis. Il s'enflamma, tandis que Blanche buvait ses paroles :

— Aux temps anciens, comme le fait Claire, nos ancêtres ont dû se retrouver dans le même cas de figure. Les chasseurs, armés de lances à pointe de silex et vêtus de peaux, avaient tué un couple de loups, ce prédateur qui vivait, je pense, des restes de repas que laissaient les hommes. Et ils ont adopté les petits, poussés par cet élan de pitié qu'une toute jeune créature inspire parfois. Au fil des siècles, le loup s'est fait chien, docile, accoutumé à attendre sa pitance de la main de son maître.

— Dans ce cas, intervint Blanche, comment expliquez-vous que les deux races existent encore de nos jours ?

— Excellente remarque, mademoiselle ! s'exclama Victor.

Je me suis posé la question. Sans doute, certains loups confinés dans des régions isolées n'ont pas cohabité avec l'homme. Quant aux autres, ils ont pu se croiser avec des chiens sauvages dont on soupçonne l'existence, et être à l'origine de nos fidèles compagnons.

Intéressée, Claire déposa la petite louve à ses pieds. Sauvageon se précipita et lui fit une toilette énergique. Les deux animaux se mirent à jouer, à grands renforts de jappements et de couinements, avant de se lancer dans une sarabande comique.

— Oh ! Regardez Sauvageon ! claironna Faustine. Il fait le fou comme un bébé, bien qu'il soit vieux, tout de même.

Le spectacle était si drôle, si attendrissant que Claire sentit l'étau de sa gorge se desserrer. Plus détendue, elle put rire avec les enfants. Jean lui prit la main.

Raymonde descendait les marches en pierre menant au jardin. La servante, un plateau en main sur lequel étaient présentées une tarte à la rhubarbe confite et des soucoupes de crème fraîche, fut touchée par la beauté de cette table illuminée de chandelles, sur fond de crépuscule aux mille gammes de bleus et de roses. Le visage des convives, doré par la clarté des flammes, lui parut d'une beauté insolite. Un vent chaud agitait des mèches folles au front de Claire et faisait palpiter le col de dentelle de Blanche. Elle éprouva une joie étrange, en espérant ne jamais quitter le moulin et la famille Roy.

20 mai 1908

Bertille sortit de son magasin après avoir recommandé à sa vendeuse de déballer les nouveaux chapeaux de paille livrés le matin même. L'air tiède et le ballet des pigeons dans le ciel d'un bleu pur lui donnaient envie de flâner un peu. La place Marengo et la rue du même nom étaient très fréquentées, plusieurs commerces tenant boutique à cet endroit stratégique de la ville. Les Angoumoisins l'empruntaient du matin au soir, du Champ de Foire jusqu'à la place Bouillaud et son hôtel de ville.

La jeune femme laissa passer le triporteur Au Planteur de Caïffa, dont le conducteur, un jeune homme à la moustache arrogante, la salua et freina. Elle lui achetait des épices et surtout du café frais moulu.

— Vous n'avez besoin de rien, madame Dancourt, aujourd'hui ?

— Non, merci, ça attendra demain…

Il s'éloigna en prenant garde au passage d'un fiacre. Il fallait pour circuler faire attention aux voitures à cheval, aux taxis automobiles et aux bicyclettes qui devenaient le moyen de locomotion le plus prisé et le plus économique, sans oublier les tramways.

Sur le seuil de la boucherie Marquais, l'épouse dodue du boucher prenait le soleil. Bertille était une de ses bonnes clientes.

— Votre commande est prête, madame Dancourt, entrez donc…

— Non, je monte jusqu'au jardin de la Mairie ; je repasserai à midi.

La femme y alla d'un large sourire, un brin obséquieux. Bertille s'attarda devant la vitrine du magasin Aux fines couleurs, dont les présentoirs remplis de pinceaux, de brosses et de pots de gouache la charmaient toujours.

Elle fit tinter sur les pavés le bout en cuivre de son ombrelle, qui lui servait de canne. Ses voisins n'étaient pas dupes de son stratagème, car on devinait en étudiant sa démarche une légère boiterie. Cependant, personne ne songeait à se moquer. Bertille avait tant d'allure, elle était si élégante et séduisante qu'elle suscitait l'admiration, voire le désir.

La jeune femme regrettait souvent sa librairie de la rue de Périgueux, sans aucune raison précise. La confection pour dames rapportait plus, l'appartement situé au-dessus du magasin comportait deux étages et des pièces spacieuses. Guillaume appréciait les boiseries en chêne blond, la salle de bain, les cheminées en marbre blanc. Deux des chambres, inutilisées, leur servaient de remise où ils rangeaient les vêtements invendus, protégés par des housses de calicot.

Bertille s'en serait réjouie, dans un autre temps, quand elle était une autre femme. Depuis près de trois ans, elle était comme aveugle et sourde au monde extérieur. Rien ne l'intéressait vraiment, et vendre un modèle de robe, vanter un col brodé lui coûtaient des efforts. La pire des épreuves, elle l'affrontait le soir en se couchant près d'un homme qui ne lui inspirait plus aucun sentiment. Son mari… toujours amoureux, ce qu'elle déplorait.

Ce matin-là, la jeune femme essayait de se divertir au spectacle des vitrines qu'elle longeait, à peine attentive à son reflet dans les vitres. Par habitude, elle s'habillait avec soin, accordant ses bijoux à la couleur de ses toilettes. C'était encore la seule activité dont elle tirait des bribes de plaisir.

Gênée par l'alignement de chaussures en cuir sur des présentoirs au beau milieu du trottoir, Bertille recula d'un pas. Son coude heurta la poitrine d'un passant. Elle se retourna et trébucha, aussitôt retenue par une poigne d'homme.

— Excusez-moi, monsieur, je suis désolée…

Elle en perdit la voix et le souffle. Bertrand Giraud se trouvait là, son visage à trente centimètres du sien. Il ne ressemblait guère à l'image qu'elle en gardait, datant de leur liaison passionnée. Amaigri, en deuil, les cheveux rasés, il ne portait même pas de chapeau.

— Bertrand ! C'est bien vous ? balbutia-t-elle. Quel hasard…

— Ce n'est pas un hasard, Bertille ! se troubla-t-il. Je vous avais aperçue de loin, je souhaitais vous parler. Au moment de vous aborder, il y a eu ce faux pas de votre part. Et ce serait difficile de ne pas vous remarquer, il n'y a que vous pour porter une robe aussi somptueuse, en semaine, à l'heure des emplettes au marché.

Bertille luttait contre le malaise qui l'envahissait. En elle, la crainte, la joie et le chagrin se bousculaient. La présence de Bertrand l'atteignait au cœur. Cet homme n'était ni beau ni bien bâti et sa peau blême paraissait tavelée par les taches de rousseur plus abondantes que par le passé. Mais elle l'aimait avec autant de force, de folie. Tout son corps frustré de lui vibrait d'un douloureux appel.

— Comme je voudrais me blottir dans vos bras ! avoua-t-elle. Si vous m'aimiez encore. Claire m'a écrit ; je suis navrée, pour votre femme. Mon cher ami, je vous plains... D'abord votre enfant, ensuite...

Il la prit au coude et lui désigna le jardin de l'hôtel de ville, tout proche.

— Si nous marchions un peu, jusqu'au bassin et son jet d'eau ! Cela nous rappellera la rivière, près du moulin.

Elle accepta, fébrile. Sa nature impatiente et vive reprenait ses droits. Durant des mois, Bertille s'était murée dans un silence languissant, car Bertrand la dénigrait et la rejetait. Il suffisait qu'ils soient tous les deux au soleil, qu'elle sente les gravillons d'une allée bordée de rosiers nains pour qu'elle respire de nouveau à son aise.

— Dites, Bertrand, vous le pensiez vraiment, ce que vous m'avez dit aux obsèques de Basile ? Vous me jugez si mal que vous m'estimiez capable de me réjouir de la mort d'une petite fille ? En quoi ai-je mérité votre mépris, votre haine ?

Il s'écarta un peu, croisant les mains derrière le dos. Elle y vit de la froideur, alors qu'il menait lui aussi un dur combat pour ne pas l'enlacer et la consoler. Mais il était avocat au palais de justice et, parmi les promeneurs, il pouvait se trouver un collègue du barreau ou l'épouse d'un membre de la Cour.

— Vous m'aviez abandonné, dit-il tout bas, le soir du mariage de Claire. Par caprice, il me semble, ou plutôt par jalousie. Ce que j'ai enduré, en vous perdant, vous n'en avez pas idée.

— Oh si ! s'écria-t-elle. J'aurais pu en mourir, Bertrand, surtout quand j'ai compris, car je sais compter, ce qui s'était passé à Ponriant les jours suivants. Victoire est née neuf mois plus tard, et votre épouse a pris soin de m'envoyer un faire-part... Sans parler de ce prénom, que j'ai reçu comme une gifle. Hélas ! à quoi bon remuer tout ceci ? Cela me fait honte. Votre fillette repose au cimetière, sa mère aussi. Vous êtes libre de me croire ou non, mais j'ai beaucoup pleuré en apprenant ces tristes nouvelles. Je vous plaignais, je vous imaginais accablé, désespéré, et cela me rendait malade.

La jeune femme s'éloigna de lui et s'assit sur un banc, en pleine lumière. Des enfants jouaient autour du bassin au rebord de calcaire grisâtre. Un garçonnet en costume marin poussait son bateau en bois à l'aide d'une baguette. Les rayons du soleil irisaient d'or les gouttelettes d'eau limpide que la fontaine dispersait au vent.

Bertrand hésita à rejoindre Bertille. Elle regardait une nourrice qui poussait un landau. Il observa son profil d'une pureté exquise, la longue jupe droite en faille jaune, le corsage entièrement plissé d'un ivoire soyeux, le châle de dentelles fines, le chapeau en organdi orné d'une fleur en perles.

Ma petite fée, pensa-t-il, étonné de la retrouver toujours aussi belle, aussi singulière.

Il se décida à prendre place à ses côtés, non sans jeter des coups d'œil inquiets autour de lui.

— Est-ce si grave de bavarder avec une ancienne connaissance, à dix heures du matin ? demanda-t-elle. Je n'ai pas si mauvaise réputation en ville ; notre histoire est restée secrète.

— Les ragots peuvent nuire, et quand je dis cela je pense surtout à vous. Bertille, pardonnez-moi. J'étais dans un état de nerfs affreux, à l'enterrement de Basile Drujon. Et vous m'êtes apparue, fragile mais hostile. Je vous détestais de m'avoir quitté. J'ai voulu vous punir !

— Vous avez réussi... soupira-t-elle. J'étais déjà si malheureuse. Le jour des noces, en vous voyant avec vos enfants et votre femme, j'ai compris que l'adultère était une chose grave. Nous avons eu tort de braver les interdits. Je me suis sentie coupable. J'ai décidé de mener une vie exemplaire, de donner de l'affection à mon mari. Vous oublier, c'était un défi, un vœu intime, et cela m'a brisée. Afin d'éviter des souvenirs que je chérissais, je ne mettais plus les pieds au moulin, je me privais de l'amitié de ma cousine. Cette vallée, c'était vous ; le pré en bas de la bergerie, c'était encore vous. J'ai failli convaincre Guillaume de déménager, de nous installer à Poitiers. Mais je n'ai pas pu m'y résoudre.

Certains jours, je m'appuyais à une fenêtre du salon, je guettais le visage des gens dans la rue dans l'espoir de vous voir. Cela m'a coûté d'assister aux obsèques de Basile. Je l'ai fait uniquement pour Claire, que je savais affligée.

Elle se tut, levant la tête vers le ciel. Des corneilles volaient près des courtines de la vieille tour médiévale de forme octogonale où la sœur du roi François Ier, Marguerite de Valois, avait vécu des siècles auparavant.

Bertrand l'avait écoutée avec attention. Il prenait conscience des souffrances morales de la jeune femme. Embarrassé, il changea de sujet assez maladroitement :

— Hier, j'ai accompagné mes enfants à Bordeaux, en train. Ils vont passer les vacances d'été chez une sœur de Marie-Virginie. Elle habite Mérignac, mais elle possède aussi une villa sur la côte atlantique. Eulalie et Corentine, mes filles, sont très choquées par la perte de leur mère ; Denis aussi, évidemment. Mais c'est un drôle de garçon. Il prétend que Pernelle, la gouvernante, le battait et le châtiait avec l'assentiment de mon épouse. Figurez-vous qu'il m'a supplié de le confier à Claire. Votre cousine a bien assez de gamins à s'occuper… Il pleurait quand je suis reparti, pauvre Denis. A la rentrée, mes filles seront pensionnaires chez les sœurs de Sainte-Marthe. Quant à mon fils, je l'enverrai volontiers à la communale du village. Le problème, c'est que je m'absente du domaine du matin au soir. Et il a peur de Pernelle.

Bertille sourcilla, en chassant du bout des doigts une guêpe importune. Elle osa enfin fixer son ancien amant dans les yeux.

— Je vous conseillerais de renvoyer cette femme, qui menait la vie dure à Claire. Engagez une personne de confiance, comme Raymonde, la servante de ma cousine, qui mérite plus le titre de gouvernante d'ailleurs… Denis serait rassuré et il est en âge de rentrer seul de l'école, de vous attendre.

— Ce serait la meilleure solution, en effet ! concéda l'avocat.

Ils se sourirent, émus, car c'était la première fois qu'ils

discutaient ensemble en amis et adultes raisonnables. Bertrand ajouta :

— Et votre magasin, cela doit vous plaire, la mode, les beaux tissus ! Vous ne manquez de rien. Je ne veux pas vous savoir triste, et je vous demande encore pardon des mots injustes qui vous ont blessée. Mais, quand son enfant agonise, un bout de chou innocent, l'esprit s'affole, la douleur du cœur est telle que l'on frôle la folie. Vous êtes la seule à qui je peux confier une atroce vérité… J'ai eu moins de chagrin, moins d'épouvante au chevet de Marie-Virginie. Elle ne tenait plus à la vie, de toute façon, depuis la mort de Victoire.

Bertille se contenait. Elle aurait pu se plaindre à Bertrand de la morosité de son foyer ou des colères de son mari. Cela lui parut dérisoire. Pourtant elle ne put s'empêcher de dire :

— Il ne faut pas dire que je ne manque dc rien, mais l'essentiel, je ne l'ai pas, je ne l'aurai jamais. C'est vous. Je dois rentrer… Au revoir, Bertrand. Je vous remercie. Je me sens mieux, puisque vous n'êtes plus fâché.

Elle se leva, petite, enfantine dans sa manière de parler et de reprendre son ombrelle. Il en fut bouleversé. C'était un supplice de ne pas l'embrasser, de la laisser disparaître sans même l'étreindre, ni la toucher. Il avoua, en la saluant :

— Je vous aime, princesse…

Cette petite phrase acheva de guérir Bertille de sa mélancolie.

— Alors je suis heureuse ! répondit-elle en s'en allant.

A dater d'un certain dîner au Moulin du Loup, un soir de mai, Victor Nadaud reprit l'exploration des grottes de la vallée des Eaux-Claires. Il partageait son temps entre Puymoyen et Villebois, assistant dans ses recherches son ami Henri-Martin. La famille Roy se réjouissait de voir l'ancienne maison de Basile de nouveau occupée, les fenêtres ouvertes durant les beaux jours, la cheminée couronnée d'un panache de fumée en hiver.

Léon en déduisit que le préhistorien avait le béguin pour

Blanche, mais celle-ci ne lui témoignait qu'une sympathie nuancée de respect. Victor Nadaud était un homme instruit et cultivé. Elle appréciait surtout sa science, sans songer un instant à autre chose.

Le voyage en Normandie n'eut pas lieu cet été-là. Claire put profiter pleinement des premiers mois de sa louve. Colin revint d'Italie en bien meilleure santé et reprit son travail de papetier. L'année suivante, Raymonde était enceinte. L'accouchement était prévu pour le mois d'août. Claire refusa encore une fois de s'absenter.

Ce fut en juillet 1910 que le voyage tant espéré par Jean et sa sœur devint possible. On boucla les valises, après des jours de discussion sur ce qu'il fallait emporter. Le départ et l'interminable cérémonie des au revoir faillirent venir à bout de la patience polie de Blanche. Sa belle-sœur, émue aux larmes, embrassait dix fois son père, Matthieu et Nicolas. Elle avait dressé sur papier une liste de recommandations si détaillée que Jean en avait eu le fou rire.

Au moment de monter dans la calèche – Léon les conduisait à Puymoyen où ils prendraient un car, une nouveauté dans le pays, ces véhicules transportant plusieurs passagers pour une somme modique –, Claire caressa Sauvageon et Loupiote, agenouillée devant eux.

— Et si mon chien mourait pendant mon absence ! déclara-t-elle avec des regards anxieux alentour. Il a treize ans, c'est un âge avancé…

— Madame ! la gronda Raymonde. Il me paraît en bonne santé, il a de l'appétit et galope aussi vite qu'un chiot.

— Et ta fille ? ajouta Claire en se relevant. Si jamais elle se blessait ou tombait dans le canal ! Je ne serai pas là pour lui appliquer un de mes onguents ou la frictionner avec mon eau de mélisse.

— Madame ! soupira la servante. Ma petite Thérèse n'a qu'un an, elle ne marche pas encore. Allez donc vous distraire un peu et envoyez-nous de belles cartes postales.

Jean trépignait d'impatience, très chic dans un costume de toile brune, avec chemise blanche et canotier dont la mode persistait. Le jeune homme craignait de rater le train.

— Claire, nous sommes en retard ! grommela-t-il.

— Ton mari a raison ! intervint Colin. Profite donc de ton séjour. Tu retrouveras tout à la même place au retour. Il n'y a rien de mieux que de voyager. Je me revois en Italie ; j'étais un autre homme… Etiennette ne pense qu'à visiter un autre pays étranger, depuis. Alors file, ma Claire, et amuse-toi bien au bord de la mer.

Le maître papetier trichait un peu. Il s'était souvent langui de sa vallée, de la rivière et de son moulin, à paresser sur la terrasse de l'auberge, dans la baie de Naples ou sur les contreforts des Alpes. Mais il ne l'aurait avoué pour rien au monde.

Matthieu regardait Faustine avec une telle insistance que la fillette se retourna. Ses longs cheveux blonds noués d'un ruban rose, boucles éparses sur les épaules, elle portait une robe neuve, des bas blancs et des chaussures vernies. A dix ans, ses rondeurs et son port de tête hardi la faisaient paraître plus âgée.

— Ne sois pas triste, Matthieu ! lui dit-elle. Je serai là pour ton anniversaire.

L'adolescent haussa les épaules et tourna les talons. Nicolas assistait au départ lui aussi, mais le cœur rongé d'envie. Il aurait voulu voir la mer. Faustine allait prendre le train, dormir dans un petit château, un manoir, comme disait tante Blanche.

Enfin, la calèche s'éloigna sur le chemin des Falaises. Claire ne cessait de se frotter les yeux en prétextant qu'un moucheron l'avait fait pleurer. Personne ne fut dupe.

15

Le voyage à Guerville

En déambulant parmi la foule sur le quai de la gare d'Angoulême, Claire se revit six ans plus tôt, le matin de son départ pour Auch. Elle avait déjà été effrayée, à cette époque, par le bruit et les odeurs du chemin de fer. Là, il lui sembla que tout était devenu plus grand, plus menaçant, la verrière, l'étalement des voies, le grincement d'étranges machines cahotant sur les rails, le souffle puissant et lugubre des locomotives.

— Jean, tiens bien la main de Faustine, recommanda-t-elle à son mari encombré de leurs deux valises. Il y a tant de gens…

— Je ne peux pas ! s'écria-t-il. Elle est avec Blanche, ne t'inquiète pas. Suis-les, elles cherchent notre wagon. Nous sommes en première classe.

La jeune femme courut presque, chargée d'un gros sac de voyage en cuir et du bagage de sa fille. Elle fut soulagée d'apercevoir la masse blonde des cheveux de Faustine. Des soldats la bousculèrent et jetèrent des excuses railleuses.

Oh ! Mon Dieu, se dit-elle, qu'est-ce que je fais ici ? Je serais tellement mieux à la maison.

Blanche grimpait sur le marchepied en lui faisant signe. L'institutrice avait l'air paisible des gens accoutumés à tous les moyens de transport. La sœur de Jean avait séjourné à Paris et à Bruxelles.

— Montez, Claire, lui conseilla-t-elle, ce sera plus calme dans notre compartiment… N'ayez pas cette mine affolée, il n'y a aucun danger. Le train est de plus en plus performant, de même que les automobiles. C'est l'ère moderne, le progrès. Ah, voilà Jean !

Ils se retrouvèrent tous les quatre dans le compartiment réservé à leurs noms, un lieu plus agréable que le quai. Blanche ferma la porte à soufflets.

— Nous sommes chez nous ! déclara-t-elle. J'ai pris six places, car c'est un long trajet et je voulais que nous disposions d'assez d'espace sans être gênés par des voisins. Faustine, installe-toi.

La fillette ouvrait de grands yeux ébahis. L'endroit la charmait. Les banquettes en velours gris étaient dotées d'un carré de tissu blanc, à dentelles, là où l'on appuyait sa tête. Le haut de la fenêtre s'ouvrait avec une manivelle argentée. Elle regardait son père qui calait les valises sur de larges étagères munies d'un rebord.

— Allons-nous bientôt démarrer ? demanda-t-elle à voix basse. Je suis pressée de voir la campagne ; enfin, une campagne que je ne connais pas. Et des villes…

— Tu peux parler plus fort, Faustine ! déclara sa tante. Personne ne te surveille.

Assise au fond du compartiment, Claire retint un soupir agacé. Si Blanche devait continuer à leur apprendre comment se tenir en société, la moutarde lui monterait au nez. La joie évidente de Jean l'obligea à se calmer. Il riait tout bas, ôtait sa veste et son canotier, calait sous son bras le journal qu'il avait acheté dans le hall de la gare.

— Comment on fera pour manger ? interrogea encore la fillette. Raymonde n'a pas donné de provisions !

— Ce train est équipé d'un wagon-restaurant, Faustine ! expliqua Blanche. Et j'aimerais que tu t'exprimes mieux. Il ne faut pas dire « comment on fera » mais « comment ferons-nous » ! Quand nous serons à Guerville, j'ai l'intention de te présenter à des cousins, du côté de mon grand-père. J'espère que tu ne me feras pas honte !

Confuse, Faustine se réfugia près de sa mère. Claire murmura, d'un ton froid :

— Que veux-tu, ma chérie, comparées à tante Blanche, nous sommes des provinciales.

— Voyons, Claire ! s'indigna Jean. Ne dis pas de sottises. Dans ce cas, ma sœur est une provinciale aussi puisqu'elle est née et a grandi dans un village. Elle n'est pas parisienne et je sais, grâce à Basile, que seul celui qui n'est pas de Paris est un provincial ! Et toi, Faustine, ta tante a raison, surveille ta façon de parler, à l'avenir.

De plus en plus nerveuse, Claire se fit la réflexion que le destin de Jean n'était pas ordinaire. Après une enfance misérable, sans guère d'instruction, il avait échoué au bagne. Devenu son mari, il avait pu exploiter une vigne et un verger et apprendre le travail de papetier. Mais un coup du sort – l'apparition de sa sœur jumelle – le propulsait vers un monde inconnu, celui des notables, des nantis. Il était riche, issu d'une branche respectable de la bourgeoisie normande. Cet itinéraire assez singulier le troublait plus qu'il ne le montrait. Epris d'une existence simple en famille, il lui fallait se mettre au diapason de Blanche Dehedin, et ce n'était pas toujours facile.

Un sifflement retentit. L'énorme convoi s'ébranla en vibrant sur les rails. Le train avançait, ce qui stupéfia Faustine. Elle serra la main de Claire et se plongea dans la contemplation du décor en mouvement, derrière la vitre. Très vite, ce furent des maisons, des jardinets qui succédèrent aux autres trains garés sur des voies adjacentes et aux poteaux goudronnés.

— Ah, cette fois, je commence à y croire ! s'écria Jean. Nous partons vraiment. Direction la Normandie…

Il jeta un regard rêveur sur les collines voisines, couvertes de blés dorés et d'orges d'un blond rosé. Huit ans plus tôt, il avait fait le même trajet interminable, en sens contraire, les fers aux pieds et aux poignets, en présence du sinistre Dubreuil et de gendarmes. C'était pour être jugé au tribunal d'Angoulême. Mais le président Loubet l'avait gracié[1].

1. Voir *Le Moulin du Loup*.

— Jean, à quoi penses-tu ? demanda Blanche, rayonnante d'un bonheur proche de l'extase.

— Oh, à rien du tout ! Je vais lire mon journal…

Claire avait deviné, elle. Sur les traits sensibles de son mari, elle avait su lire une sorte de douleur muette. C'était furtif, comme l'ombre d'un nuage ternit quelques secondes un coin de jardin ensoleillé. Elle ferma les yeux, la tête appuyée contre le montant gansé de cuir de la fenêtre.

Blanche adore son frère, pensait-elle, et cela me rend parfois jalouse, malgré les années qui passent. Mais moi j'ai un avantage. Le passé de Jean et le mien sont étroitement liés depuis douze ans. Je l'ai connu jeune forçat en fuite, un couteau au poing. Je l'ai aimé tout de suite, à une époque où il ne savait ni lire ni écrire, où il mêlait des mots d'argot à la plupart de ses phrases. Et j'étais à son procès, des années plus tard, malade d'amour et de peur.

Pendant que la jeune femme réfléchissait, paupières closes, une expression de douce fatigue au visage, Blanche l'observait. Le voyage commençait juste ; elle n'avait pas encore sorti de son sac le roman qu'elle comptait lire. Etudier la physionomie de Claire, dans une attitude proche du sommeil, ravivait une blessure ténue, de celles qui exaspèrent sans cesse la chair, quasiment invisibles, mais aiguës, telles une épine sous la peau ou une esquille de verre au bout d'un doigt. Pour elle, il n'y avait aucun moyen de se soigner.

Il y a trois ans, se disait Blanche, à l'idée de rencontrer ce frère dont j'ignorais l'existence, combien j'étais impatiente, heureuse. Mon jumeau… J'aurais dépensé toute ma fortune pour obtenir son adresse, le point exact de la planète où il vivait. Et je n'ai pas été déçue. Jean ressemblait trait pour trait au frère dont je rêvais. Je m'étais préparée à la plus cruelle déconvenue, sachant qu'il avait grandi en colonie pénitentiaire. J'aurais pu me retrouver face à un rustre, une jeune brute sans instruction. Sûrement, je dois considérer comme une bénédiction le fait qu'il ait croisé le chemin de la famille Roy. Basile Drujon lui a appris à lire ; mieux, il lui a donné le goût de la lecture, des belles lettres. Pourtant, je n'imaginais pas Jean marié à une femme du genre de Claire.

C'est une individualiste ! Certains prétendent qu'elle aurait pu devenir institutrice, c'est vrai. Pour une fille élevée à la campagne, qui n'a suivi que les classes de la communale et deux ans de lycée, elle est étonnante. Mais ces manies qu'elle a, avec ses animaux. Elle leur parle et les cajole. Le cheval, les chèvres, et cette louve qui la lèche et la suit partout. Et je soupçonne Claire d'avoir des idées féministes, voire anarchistes, à cause de l'influence de Basile qui ne cachait pas son passé de communard…

Ce fut au tour de Jean de surprendre sa sœur en pleine songerie.

— Est-ce que tu aurais sommeil, Blanche ? dit-il en repliant le journal. Non, je sais ! Je parie que Victor Nadaud te manque déjà…

Elle lui décocha un regard faussement furieux. Il la taquinait beaucoup ces derniers temps au sujet du préhistorien.

— Cet homme est charmant et intéressant, mais il ne me plaît pas ! s'entendit-elle répondre.

Claire dormait, car l'angoisse du départ lui avait valu une nuit d'insomnie. Blottie contre elle, Faustine ne se lassait pas d'admirer le paysage qui variait au gré des kilomètres parcourus.

— Jean, tu ne devrais pas te moquer ainsi devant ta fille ! ajouta Blanche.

— Oh ! Si tu me réprimandes, je pique un somme moi aussi…

Le jeune homme étira ses jambes, croisa les mains sur son ventre et ferma les yeux. Sa sœur, par jeu, lui chatouilla le menton du bout de son éventail. Il poussa un petit cri et saisit le poignet de Blanche.

— Coquine ! Cette fois, je dors, ne me dérange plus. Réveille-moi à Caen.

— Bien avant, bêta ! Nous dormons à Nantes ce soir et nous déjeunons dans une heure environ.

— Alors, secoue-moi quand il sera temps de trouver le wagon-restaurant.

Blanche promit, soudain grave. Une émotion incontrôlable l'envahissait lorsque son frère la couvait ainsi de son regard bleu. Elle avait de brusques envies de lui sauter au cou et de l'embrasser. Au début, la jeune femme avait cru que leur lien de parenté était la source de cette chaude vague d'amour qu'elle éprouvait près de lui. Mais elle avait vite compris. Elle aimait son frère comme on aime un homme. Elle le désirait. Lui seul avait le pouvoir de la troubler, d'éveiller ses sens. Souvent, allongée au milieu de son trop grand lit, Blanche osait concevoir une relation charnelle avec Jean, sûre qu'elle connaîtrait alors la fusion parfaite des corps de sexe opposé, la communion de deux âmes semblables, bref, l'extase ultime capable de combler le vide qui la rongeait.

Ce secret honteux l'avait tourmentée des mois, jusqu'au jour où elle s'était confessée. Le père Jacques, familier des faiblesses humaines et des dérives de ses paroissiens, avait su la réconforter. Bercée par l'allure régulière du train, elle se remémora les bonnes paroles du prêtre.

« Ne vous affligez pas, mademoiselle, avait-il répondu. Une sœur peut aimer avec passion son frère jumeau, et vous plus qu'une autre, car vous avez été séparée de lui dès la naissance. C'est peut-être, comme vous le pensez parfois, un piège du ciel, afin que vous en retiriez un enseignement. En la personne de Jean, vous voyez la perfection faite homme, mais nous, pauvres mortels, nous ne sommes jamais parfaits ni exemplaires. Cela prouve quelle exigence sera la vôtre à l'heure d'épouser celui qui viendra pour vous, n'en doutez pas. Ce désir que vous jugez coupable, vous ne l'auriez pas ressenti si le destin vous avait permis de grandir auprès de votre frère, protégée par lui, accoutumée à sa séduction et à sa présence. Je crois tout simplement aussi que vous n'arrivez pas à le considérer comme un parent, l'ayant connu adulte, mûri par de terribles épreuves. Laissez faire le temps, il accomplira son œuvre de paix, de complicité innocente… »

Blanche secoua la tête, afin de ne pas se souvenir de la suite. Mais les mots s'étaient gravés dans son cœur.

« Néanmoins, avait ajouté le père Jacques, je dois vous conseiller de fuir votre frère. Ce serait salutaire. Vous m'avez avoué que, pour obtenir ce poste dans notre commune, il vous avait fallu graisser la patte d'un haut fonctionnaire. Cela me désole, car une jeune femme aussi instruite et jolie aurait mieux à faire que de s'enfermer dans une école de campagne dans l'unique but de pouvoir vivre près de l'homme qu'elle convoite... Un homme marié, père de famille, du même sang que vous. Soyez courageuse, mademoiselle, partez ! Vous m'entendez, partez ! Un autre poste, à Angoulême notamment, vous tiendrait à distance de Jean et favoriserait des rencontres propices à une union respectable. Votre âme est en grand danger, ma pauvre petite...

La jeune femme retint un soupir. Le curé de Puymoyen l'avait cernée sans une seule fausse note.

Je n'ai pas eu de chance ! se dit-elle. Ce prêtre est intelligent. Certains, à sa place, auraient crié au scandale, à la damnation. Non, il m'a tenu un discours sensé, lucide.

Pourtant Blanche n'avait pas quitté la vallée. Le Moulin du Loup exerçait sur elle une véritable fascination. Elle se donnait des excuses : une affection maternelle à l'égard de sa nièce Faustine, le bon air, un logement pittoresque perché au-dessus de la salle des piles, l'amitié de sa belle-sœur, enfin toute la famille et Jean, surtout Jean. Matin et soir, elle se nourrissait de ses sourires, de ses baisers sur la joue, des discussions qu'ils avaient, près du feu ou sur le muret du canal.

Il ne se passera jamais rien d'équivoque entre nous, se rassura-t-elle ; alors j'ai le droit de vivre près de lui.

Blanche prit son livre, *La Maternelle*, de Léon Frapié, un roman qui avait reçu le prix Goncourt six ans plus tôt, en 1904. Elle voulait se réjouir sans arrière-pensée de leur séjour à Guerville et de toutes les excursions prévues. Ils iraient admirer les falaises d'Etretat et le port de Dieppe, ils mangeraient des moules à Fécamp.

Faustine s'émerveillait de tout. Le wagon-restaurant où ils se rendirent après un arrêt à la gare de Tours lui sembla un endroit extraordinaire. Manger des tranches de saucisson et des pommes de terre sautées, assise près de la fenêtre – elle avait vu des chevaux galopant dans un pré immense –, la comblait d'une joie intense. C'était une enfant discrète, la plupart du temps. En compagnie de Matthieu et de Nicolas, elle pouvait rire très haut ou courir comme une folle, mais, loin du moulin, elle se montrait sage. Douée pour l'observation minutieuse des choses et des gens, elle était frappée par chaque détail. Blanche aurait pu lui demander de rédiger un texte sur le début du voyage, les descriptions auraient été d'une rare précision.

Là, la fillette admirait la vaisselle, de la porcelaine à feu d'un blanc pur, souligné d'un liseré doré. Les serviettes en coton, au bord de dentelle, méritaient aussi son attention. Quant au serveur, elle le jugeait l'homme le plus poli de la terre. Jean et Blanche bavardaient, trinquant avec leurs verres remplis de vin rouge. Claire participait sans entrain à la conversation. Elle grignotait, vite contrariée par une minuscule limace cachée dans un repli d'une feuille de sa salade.

— Vraiment, cette laitue n'a pas été nettoyée correctement ! constata-t-elle. Raymonde nous proposait un panier garni. Nous n'aurions pas eu de mauvaise surprise, au moins.

— Dans ce cas, rétorqua Blanche, il aurait fallu voyager en troisième classe pour couper du pain sur nos genoux et le tartiner de fromage puant !

Jean tiqua, surpris. Sa sœur professait rarement de pareilles opinions. Elle se disait souvent socialiste, ardente républicaine.

— Il n'y a pas de mal à ça ! répliqua-t-il. L'argent ne fait pas la valeur d'un individu…

— Oh ! soupira Blanche, je plaisantais ! Jean, tu me connais, c'était une boutade. Claire boude, elle se plaint pour des broutilles. J'ai l'impression de lui imposer ces vacances dont nous rêvions, toi et moi.

— Pas du tout ! s'écria la jeune femme. Seulement, je vous trouve différente, Blanche, depuis ce matin.

— Peut-être ! conclut celle-ci. Je suis si heureuse de revoir Guerville, le manoir, notre fabrique, que je redeviens l'insupportable jeune fille élevée par un couple âgé, sévère, et snob… D'accord !

— Snob ! répéta Faustine. Qu'est-ce que c'est ?

— Des gens prétentieux, imbus de leur place dans la société, ma chérie ! expliqua Blanche. Faisons la paix, Claire, je ne recommencerai pas à vous assommer avec ma vanité ridicule.

Jean eut un rire hésitant. En fait, sa femme avait exprimé ce qu'il ressentait. Mais il aurait pardonné bien plus à sa sœur. L'incident fut vite oublié.

A Nantes, ils couchèrent au Grand Hôtel des Voyageurs. Blanche partagea sa chambre avec Faustine. Elle donna un bain à sa nièce qui joua, ravie, avec les robinets en cuivre, un pour l'eau chaude, un autre pour l'eau froide.

Lorsque la fillette, coiffée de deux longues nattes couleur de miel, enfila sa chemise de nuit en calicot rose, Blanche s'émut de la beauté de l'enfant. Elle la savait d'une intelligence vive, dotée d'une excellente mémoire, et elle imagina pour elle un avenir à sa convenance.

— Ma petite chérie, lui dit-elle, continue à bien travailler à l'école. Je t'aiderai à poursuivre tes études. Quel métier te plairait ?

— Je veux faire comme maman, cueillir des plantes qui soignent, avoir des chèvres, un cheval. J'habiterai au moulin, avec Matthieu. Il m'a juré qu'on se marierait quand on sera grands.

— En voilà des sottises ! s'écria la jeune femme. Faustine, tu n'aimerais pas être institutrice ? C'est un bon métier ! Ou infirmière.

— Non, tante Blanche ! Moi, je ne veux pas gronder les enfants, et il faut corriger les devoirs, mettre des notes. Je sais faire des fromages, déjà, avec le lait des chèvres. J'irai les vendre à la foire… Maman m'a appris !

Le terme maman appliqué à Claire hérissa une fois de plus la sœur de Jean.

— Tu devrais dire belle-maman ! dit-elle si bas que la fillette ne fit pas vraiment attention. Je vais te dire un secret, reprit Blanche. En Normandie, tu pourras faire la connaissance de ton grand-père, Norbert, et d'une grand-tante, Simone. Tu as de la famille, là-bas… Tu le sais, Faustine, que Claire n'est pas ta véritable mère ?

L'enfant haussa les épaules, indécise. C'était si loin, perdu tout au fond de plusieurs années de bonheur. Nicolas lui avait parfois jeté à la figure que sa vraie mère était morte, mais cela datait ; Faustine n'y pensait jamais. Elle poussait, drue et joyeuse, entourée de l'amour de Jean et de Claire.

— Mais c'est quand même ma maman ? demanda la fillette d'un ton anxieux.

— Oui, bien sûr, elle a pris soin de toi et, j'en suis témoin, elle te chérit et te gâte. Un peu trop, souvent. Cependant, j'estime important que tu rencontres ces personnes, qui ont très envie de te voir. Ce sera une surprise ; tu dois me promettre de garder le secret.

— D'accord, promit Faustine.

Ce secret gâcha un peu la joie de la petite voyageuse. Claire lui avait enseigné la franchise et les risques du mensonge, en lui confiant qu'elle-même, jeune fille, avait dû mentir à ses parents.

« J'avais tort, disait-elle à l'enfant, mais c'était pour courir dans les bois et sauver une belette d'un piège. Ensuite, j'allais en cachette rendre visite à ton papa, car je l'aimais très fort. Ce n'était pas bien et, des années plus tard, j'ai tout raconté à ton grand-père Colin. »

Les adultes étaient difficiles à comprendre, se mit à penser la fillette, ils avaient tous les droits, alors que les enfants devaient obéir, se taire, ne pas poser trop de questions.

De Nantes, le train rejoignait Rennes, puis Caen et enfin Rouen. Un soleil de plomb pesait sur le convoi qui traversait des plaines et des vallons, des pâturages et des champs où la moisson battait son plein. La journée dans le compartiment surchauffé fut pénible pour tous. Claire et Blanche étaient en corsage à manches longues et rêvaient de sentir un peu d'air sur leurs bras. Jean déboutonna le col de sa chemise. La partie haute de la fenêtre était baissée au maximum, mais cela ne suffisait pas à les rafraîchir. Le crépuscule fut accueilli avec un sincère enthousiasme.

— Tu es bien silencieuse, ma chérie ? remarqua Claire en serrant Faustine dans ses bras. Et plus patiente que nous.

— Je suis pressée d'écrire une carte postale à Matthieu ! déclara la fillette. Grand-père m'a donné des sous. J'en achèterai aussi pour Raymonde et Léon, et Nicolas…

Jean lui assura que c'était une bonne idée et qu'il faudrait envoyer des images des plages et des falaises normandes. Blanche regrettait son coup de tête. Elle n'aurait pas dû avoir cette discussion avec Faustine, dont la mine soucieuse la tracassait.

Quelle mouche me pique, parfois ! se reprocha-t-elle. Je pouvais attendre le matin du rendez-vous pour la prévenir.

En personne pratique et avisée, Blanche avait tissé sa toile. Elle correspondait depuis un an avec Simone Chabin, la tante de Germaine, première épouse de son frère. Le courrier ne dépassait pas Puymoyen, puisque les lettres étaient distribuées à l'école. La jeune femme avait écrit de longues lettres véhémentes, afin d'exposer l'actuelle situation de Jean, le dépeignant tel un héros de roman d'aventures soumis aux caprices d'un sort cruel, pour être à la fin récompensé. Elle avait aussi insisté sur leur conduite à eux, qui avaient rejeté une fillette de deux ans parce que son père avait été arrêté. Le résultat ne s'était pas fait attendre. Norbert et Simone – cette dernière logeait maintenant à la Ferme des Sept-Vents – souhaitaient connaître Faustine et se confondaient en remords bien tardifs.

A Rouen, ils prirent deux chambres dans un établissement de luxe, près de la gare. Le lendemain, un train plus petit, proche du tortillard, les conduirait jusqu'à Guerville. Jean et Claire confièrent encore une fois leur fille à Blanche après le dîner. Faustine monta l'escalier majestueux de l'hôtel en comptant les barres en cuivre qui maintenaient un tapis rouge. Elle avait décidé, pendant le repas, de considérer comme un jeu le secret de sa tante.

Blanche lui fit prendre un bain rapide et la coucha en lui donnant à lire *Les Mémoires d'un âne* de la comtesse de Ségur. Elle se dévêtit, ne gardant qu'une chemisette et une culotte en soie qui descendait à mi-cuisse.

— Il a fait si chaud, aujourd'hui. Je ne résiste pas au plaisir de me plonger dans l'eau tiède ! déclara Blanche.

Cette intimité qu'elles partageaient déconcertait Faustine. Jamais elle n'avait vu sa tante sans son chignon roulé sur la nuque. A présent une cascade noire ondulante recouvrait ses épaules à la peau nacrée.

— Maman a les cheveux plus longs que toi, dit la fillette. Ils arrivent en bas de son dos. Tu es très jolie, comme ça, tante Blanche.

— Ce n'est pas poli d'observer quelqu'un avec autant de curiosité, Faustine ! Tu ferais mieux de lire...

— Pardon ! bredouilla l'enfant. Dis, ma grand-tante Simone, quel âge elle a ? C'est quand que tu m'emmènes la voir ? Maman sera là, et papa aussi ?

Blanche s'apprêtait à glisser un pied dans la baignoire. Elle se retourna et regarda sa nièce par la porte entrebâillée.

— Tu le verras bien... Mais une chose est sûre, je m'arrangerai pour y aller seule avec toi. Ce sera plus amusant. Et je t'en prie, fais un effort, tu t'exprimes très mal... Il faut dire « Quel âge a ma grand-tante » et « Quand m'emmènes-tu la voir »...

Faustine préféra reprendre sa lecture en pensant que ce n'était pas drôle d'avoir une institutrice pour tante.

Claire et Jean étaient allongés dans la pénombre de leur chambre, la fenêtre ouverte ainsi que les volets. La clarté vague des réverbères leur convenait. Ils reposaient après une étreinte douce, nus et apaisés. La jeune femme avait pris un bain, le premier de sa vie. A Nantes, malgré l'insistance de Jean, elle n'avait pas osé.

— Comme c'est étrange, lança-t-elle, d'être aussi loin du moulin et de la maison, de se retrouver tous les deux dans un hôtel qui a tout d'un palais. Tu crois que nous pourrions faire installer une salle de bains chez nous ? Ce serait épatant !

— Epatant ! répéta-t-il, égayé. Si cela te plaît, je te l'offre. Tu étais belle dans l'eau, tu m'as rendu fou. Je ne te vois pas assez souvent toute nue.

— J'ai ma pudeur ! répondit-elle, effarouchée.

— Ah ! C'est nouveau ! Dans la Grotte aux fées, il y a dix ans, tu faisais moins de manières.

— Et toi tu n'étais pas un riche héritier, cigare aux lèvres et canotier à dix francs, issu de la branche Dehedin ! minauda-t-elle.

Jean commença à la chatouiller le long des cuisses, puis dans le creux du cou. Claire faillit hurler et se débattit. Ils roulèrent dans le fouillis des draps et s'embrassèrent.

— Sois gentille si tu veux ta baignoire ! En zinc ou en fer émaillé ?

— En n'importe quoi... C'était si agréable. Depuis des années, je me lave par petits bouts, ou je me trempe en chemise dans le ruisseau. Ta sœur a sans doute raison : nous sommes des provinciaux, des paysans. Dorénavant, j'exige le confort moderne au moulin...

Il lui ferma la bouche d'un nouveau baiser, plus gourmand. Claire noua ses jambes autour de la taille de son mari. Elle se sentait d'humeur amoureuse.

— Finalement, haleta-t-elle, j'apprécie les voyages, surtout la nuit.

Jean étouffa un gémissement en s'abîmant en elle. Ils échangèrent encore, à mi-voix, des promesses d'amour et de bonheur.

— Nous avons le temps de visiter Rouen ! annonça Blanche au petit déjeuner. Notre train ne part qu'à treize heures. La cathédrale Notre-Dame est magnifique, de style gothique flamboyant. La tour de Beurre qui a été édifiée à la fin du XVe siècle s'élève jusqu'à soixante-dix-sept mètres. De la dentelle de pierre... Et Rouen a vu naître un écrivain que j'apprécie, Gustave Flaubert.

Claire reposa sa tasse de café, vivement intéressée :

— L'auteur de *Madame Bovary !* J'ai beaucoup aimé ce roman. Bertille aussi.

— Cela ne m'étonne guère de vous deux... répliqua Blanche en souriant. Cet ouvrage a pourtant valu à son auteur de comparaître en justice pour immoralité. Mais je suis de votre avis, Claire, c'est un très beau texte malgré son propos.

Jean dégustait un croissant. Il se mit à rire :

— J'ignorais que les écrivains allaient au tribunal ! Quel crime peut-on commettre avec des mots ?

Blanche fronça les sourcils, prenant son air de maîtresse d'école, comme disait sa belle-sœur.

— Les mots sont le reflet des idées, Jean. Baudelaire aussi a subi les foudres des censeurs pour son recueil *Les Fleurs du mal*. Ce qui me semble légitime : certains de ses poèmes sont inconvenants, choquants.

— Baudelaire, observa Claire, ma cousine le considère comme un des plus grands poètes de tous les temps. Je fais confiance à Bertille, elle tenait une librairie.

Faustine gigotait sur sa chaise. Elle voulait bien visiter la ville, mais elle avait hâte d'être à Guerville, « au manoir » et surtout au bord de la mer. La conversation l'ennuyait.

— Dépêchons-nous, dit Jean qui avait deviné l'impatience de sa fille.

La promenade fut des plus plaisantes. Blanche les guida jusqu'au cœur de la ville. Ils virent le Gros-Horloge, une horloge géante qui paraissait sculptée dans de l'or et des matériaux précieux. Surplombant une des anciennes portes, elle jouxtait un beffroi gothique.

Faustine s'intéressa davantage à la tour Jeanne-d'Arc. La bergère devenue guerrière était représentée dans son livre d'histoire, et la fillette l'admirait d'avoir été si courageuse. Mais les Anglais l'avaient brûlée, ici, à Rouen, après un séjour en prison.

— Jeanne d'Arc était vraiment enfermée dans cette tour ? s'écria-t-elle, impressionnée.

— Oui, je t'assure ! affirma Blanche.

Les proportions gigantesques de la cathédrale Notre-Dame et ses flèches d'une architecture aérienne fascinèrent Claire et Jean.

Ils achetèrent des pâtisseries et de la limonade pour manger dans le train qui n'aurait pas, celui-ci, de wagon-restaurant. Ils prirent un fiacre pour regagner la gare où leurs bagages avaient été transportés par le personnel de l'hôtel. C'était la dernière étape avec, au bout du trajet, le village de Guerville.

Jean foulait le sol de ses ancêtres. Il éprouvait une émotion profonde en songeant que sa mère Aline était née là, qu'elle avait peut-être marché à l'endroit exact où il se tenait. Blanche lui saisit le bras.

— Je suis si contente que tu sois enfin chez nous ! Un de mes cousins doit venir nous chercher en automobile. Ah, il arrive.

Une superbe voiture apparut devant eux. Claire aperçut au volant un homme d'une trentaine d'années, très blond. Les salutations faites, ils se rendirent au manoir. Le terme employé par Blanche était excessif. Ce n'était en somme qu'une belle demeure de maître, flanquée d'une tour carrée. L'ensemble de la bâtisse avait quelque chose d'imposant, mais Claire avait remarqué que c'était le cas de bien des constructions de la région. L'espace ne manquait pas, en Normandie, ni la pierre de taille.

Le logis du moulin n'a rien à lui envier ! songea-t-elle.

Elle évoqua son foyer, à des centaines de kilomètres, et son cœur se serra. Vraiment, sa maison avait aussi fière allure, avec son fronton triangulaire en surplomb de la porte double, aux battants cloutés, sa terrasse à balustres et ses murs palissés de rosiers. Jean regardait le parc entouré d'une enceinte dissimulée par des haies de buis et de troènes. Un jardinier arrosait un massif de pétunias aux couleurs pastel. Une allée de sable blanc conduisait au logis.

Faustine n'osait plus dire un mot. Plus que Claire, elle était sensible à l'harmonie du lieu. Blanche fut accueillie par une femme en tablier blanc au sourire gêné qui s'écria :

— Quelle joie de vous revoir, mademoiselle ! Les chambres sont prêtes, et le dîner aussi. Alors, cette belle fillette, c'est votre nièce ?

— Laisse-nous entrer, Gertrude, voyons ! Je te présente mon frère, Jean.

La domestique joignit les mains, la bouche arrondie pour marquer son ravissement :

— Bonsoir, monsieur ! Eh bien, vous lui ressemblez, à notre demoiselle. Quand je pense que vous êtes le fils de mademoiselle Aline ! J'étais sa nounou, savez-vous ? Oui, je l'ai vue grandir, votre maman, une personne de qualité, au cœur gros comme ça…

Le jeune homme aurait embrassé Gertrude pour cet accueil. Il se contenta de lui adresser un tel sourire que la vieille femme fut tout de suite conquise.

Claire comprit mieux l'expression « le manoir » en découvrant l'intérieur de la maison Dehedin. Le hall immense, carrelé de noir et de blanc, aux colonnes de marbre, le double escalier à la rampe ouvragée en bronze justifiaient à eux seuls ce vocable. Deux salons s'alignaient à gauche, alors qu'à droite la salle à manger abritait un lustre de cristal et une table immense.

— Nous visiterons plus tard, déclara Blanche. Gertrude va vous montrer vos chambres. Jean-Sébastien, tu restes dîner avec nous ?

La jeune maîtresse des lieux s'adressait à ce cousin taciturne qui n'avait pas daigné échanger un mot avec Claire ou Jean. Sidérée par le luxe qui l'entourait, Faustine commença à trépigner. Elle avait envie d'aller au petit coin. Heureusement, la domestique l'entraîna à l'étage. Elle la mena dans une pièce ravissante, aux rideaux fleuris, au lit à baldaquin.

— Vous avez un cabinet de toilette, mademoiselle Faustine, et les commodités sont dans le couloir. Je vais ranger vos effets personnels ; vous avez deux armoires à votre disposition.

L'enfant ne répondait pas, se demandant comment trouver les fameuses commodités. Claire vint à son secours. Elle occupait avec Jean une chambre voisine et voulait s'assurer que sa fille ne la cherchait pas. Quand Faustine fut soulagée, la jeune femme pria Gertrude de les laisser.

— Mais, madame, c'est à moi de ranger les toilettes de mademoiselle Faustine et…

— Je préfère que vous l'appeliez Faustine ! expliqua

Claire d'un ton aimable. Elle peut aussi défaire seule sa valise. Je ne tiens pas à la rendre prétentieuse ou paresseuse.

Jean croisa la malheureuse Gertrude, désemparée et contrite. Il parcourut la pièce et effleura d'un doigt la tapisserie neuve, aux motifs en relief, qui recouvrait les murs.

— Dis donc, chuchota-t-il à Claire, ma mère était née dans la soie et l'or. Je ne me sens pas à ma place. Tous ces bibelots valent une fortune, et les meubles, les tableaux...

— Je reconnais que, de l'extérieur, on n'imagine pas que c'est aussi vaste. Plus de quinze pièces, d'après ta sœur. Ce qui me surprend, moi, ajouta Claire plus bas, c'est que Blanche s'exile en Charente, dans un modeste logement, alors qu'elle pourrait vivre dans le luxe.

— Sans doute qu'elle ne s'y plaît pas ! soupira Jean. Je descends me promener dans le parc.

Dix minutes plus tard, Claire et Faustine s'accoudaient à l'une des fenêtres pour contempler le jardin d'ornement, la fontaine et le bassin, de même que les frondaisons du parc.

— Maman, regarde, il y a papa et tante Blanche ! Là-bas, sur un banc. Dis, je peux aller avec eux ?

— Tu retrouveras ton chemin ? Il faut suivre tout le grand couloir, descendre l'escalier, traverser le hall.

— Mais oui, ne t'inquiète pas, maman...

Le soleil déclinait, l'air se faisait léger, suave. Claire guetta la sortie de sa fille, la porte principale étant visible de son observatoire. Elle la vit bientôt gambader sur la pelouse, caresser une rose rouge et se ruer vers son père.

Je ne suis qu'une étrangère, moi ! pensa la jeune femme.

Au dîner, le cousin blond n'était pas là. Blanche paraissait l'avoir oublié. Son départ soulagea Jean et Claire qui l'avaient trouvé antipathique. Ils firent un véritable festin. Gertrude servit des huîtres gratinées, des filets de colin en sauce onctueuse et du riz. Au dessert, la domestique apporta des sorbets à la fraise.

— C'est très froid ! s'étonna Faustine qui goûta la première.

— Evidemment, le sorbet est préparé dans un appareil rempli de glaçons, qui gèle la pulpe du fruit ! lui dit sa tante.

Claire avoua qu'elle n'avait jamais mangé un dessert aussi délicieux.

— Cela rafraîchit, déclara Jean, aussi émerveillé que sa fille.

Le ton de leur séjour était donné. De savoureux repas, des levers tardifs et un grand calme. Pas un membre de la famille ne se présenta au manoir. Les parents des petits cousins qui devaient jouer avec Faustine déclinèrent l'invitation de Blanche. Dès le lendemain, celle-ci proposa à Jean de visiter la verrerie. Le frère et la sœur firent le trajet, assez court, à pied.

— Tu verras, notre grand-père et son père avant lui avaient à cœur le bien-être de leurs ouvriers. Ils ont fait construire des maisons, créant ainsi la rue principale que les gens ont vite appelée la rue de Paris. Il y a des commerces, une boulangerie, une épicerie-tabac, une boucherie et un café. L'église n'est pas grande, mais je l'aime beaucoup. Je venais y prier à l'âge de Faustine...

Jean écoutait et approuvait. Enfin il put avoir une vue d'ensemble de Guerville, au modeste clocher et aux maisonnettes alignées. La verrerie lui parut en mauvais état, du moins les structures. Les cheminées étaient fissurées, ainsi que certains murs. Le contremaître vint saluer Blanche. Elle murmura, dès qu'il fut éloigné :

— Ils fabriquent surtout des bouteilles en verre brun, maintenant. Jadis, tous les ateliers fonctionnaient, produisant des services de table, des gobelets et des verres de lampe. Je compte revendre la verrerie et la maison. Un notaire étudie la proposition d'un acheteur allemand.

— Tu es bien décidée ? demanda-t-il. Réfléchis un peu, Blanche. Tu as des souvenirs dans ce village et tu risques de céder la propriété à perte.

— Si tu avais souhaité reprendre le flambeau, relancer l'usine et t'installer au manoir avec moi, ta femme et Faustine, je n'aurais pas eu à vendre. A quoi bon entretenir des biens inutiles ? Je me sens mieux dans la vallée et j'apprécie ma classe, à Puymoyen.

La discussion commencée dans la rue de Guerville se poursuivit à chaque repas. Claire s'en mêla :

— Je pense comme Jean, Blanche ! Vous regretterez de vous séparer de cette belle maison, surtout de la bibliothèque. Tous ces livres rares, ces encyclopédies…

Claire avait craint de s'ennuyer ferme chez sa belle-sœur, mais, depuis qu'elle passait la majeure partie du temps dans la bibliothèque, les heures filaient.

— Je vous fais cadeau des ouvrages qui vous intéressent ! répliqua Blanche. Avez-vous remarqué le bureau en ébène, près de la fenêtre de gauche ? J'étudiais là, des semaines, des mois. Je rêvais d'une amie ou d'une cousine qui viendrait me distraire… J'ai connu la solitude dans cette magnifique demeure ! Je sais que Jean préfère ses terres du moulin, qu'il se sent mal à l'aise ici. Je vendrai.

Apitoyée par l'air languissant de Faustine, Gertrude eut l'idée de convier à un goûter sous la tonnelle deux fillettes du village. Elles furent intimidées, au début de l'après-midi. Bientôt, elles jouèrent toutes les trois à chat perché et à cache-cache.

Au bout d'une semaine d'oisiveté, Blanche déclara qu'ils pliaient bagages. Elle avait réservé des chambres dans un hôtel du Tréport.

— Cela ne sert à rien de s'attarder ; il n'y a guère de distractions, leur dit-elle. Le charme de ce pays, c'est surtout le bord de la mer…

Jean perçut de l'irritation dans la voix de sa sœur. Il réussit à se retrouver seul avec elle dans le premier salon. Claire était montée coucher Faustine.

— Qu'est-ce qui ne va pas, Blanche ? Sois franche, tu es préoccupée. Rien ne nous oblige à partir aussi vite…

— J'en ai assez de dormir dans cette maison, de voir le parc et la mine rougeaude et désolée de Gertrude et du jardinier. Ils attendent de moi quelque chose que je ne peux pas leur donner : la vie d'avant, du temps de mes grands-parents.

— Enfin, est-ce si grave ? Nous avons fait de belles

balades, tous les quatre, Faustine espère revoir ses petites amies du village et Claire apprécie la bibliothèque.

Blanche tapota le vernis brun du piano à queue. Son regard se voila, comme si elle cherchait à s'abstraire du décor.

— Jean, j'espérais des heures radieuses, chez nous, à Guerville. Il n'en est rien. Notre famille se divise en deux parties, les Dehedin, du côté de notre grand-père et les Remery, du côté de grand-mère Madeleine. Nous avons donc, toi et moi, quelques cousins éloignés. Mais j'ai fait aussi des recherches à la mairie de Saint-Etienne-du-Rouvray, pour retrouver des parents de notre père, Emile Dumont. Rien. Ils sont morts.

Le jeune homme sentit qu'elle tournait en rond, dissimulant ce qui la chagrinait vraiment.

— Blanche, tu me caches quelque chose... depuis notre arrivée. Allons, dis-moi !

Elle lui fit face, les yeux pleins de larmes. Il l'enlaça, désireux de la consoler.

— Ah, vous les femmes, vous êtes trop sensibles... murmura-t-il. Je parie que tu te rends malade pour des bêtises.

Elle se dégagea avec brusquerie :

— Ce ne sont pas des bêtises ! Personne ne veut nous rendre visite, nous sommes mis à l'écart comme des pestiférés ! J'avais prévenu cousins, cousines et un grand-oncle de notre séjour à Guerville. Ils font les sourds ! Quelle humiliation...

Jean alluma un cigarillo. Le discours de Blanche lui paraissait obscur, comme sa réaction de brûlée, quand il la tenait dans ses bras.

— Et sais-tu pourquoi ces gens nous évitent ? demanda-t-il.

— Oh oui ! J'ai cru bon de raconter nos retrouvailles à tous, car je voulais que tu sois reconnu par notre famille et accueilli... Trois lettres ont suffi, dans lesquelles je racontais l'histoire de notre séparation à la naissance et l'amour de notre mère pour un ouvrier. Au début, j'étais surprise de ne pas avoir de réponse, mais cela ne m'inquiétait pas trop. J'étais en Charente, près de toi. J'ai annoncé notre venue il y a deux ans… Toujours pas de réponses. Et là, le même silence. Jean-Sébastien, qui nous a conduits ici, m'a dit la vérité, tout en refusant de partager notre dîner. Les Dehedin et les Remery ont cru à une fable que j'aurais inventée à ton sujet. Ils pensaient que maman avait eu la faiblesse de céder à un homme, qu'elle était morte en me mettant au monde et que mes grands-parents m'avaient élevée. Enfin, un tissu de mensonges orchestré par notre grand-mère. Le résultat est là. Ils te prennent pour un imposteur, mon amant, que sais-je… et refusent de te connaître. Je suis sûre aussi qu'ils sont furieux. J'étais l'unique héritière de la verrerie et du domaine. A présent, je partage ma fortune avec toi. Ils se méfient.

Jean poussa un petit sifflement moqueur.

— Quelle charmante famille ! dit-il. Je ne tiens pas non plus à les rencontrer, dans ce cas. Blanche, as-tu parlé de mon passé ?

— Même pas, soupira-t-elle. Si je l'avais fait, je n'ose pas imaginer leurs réactions. Je suis navrée, Jean. Alors, tu me comprends… Je vends tout et nous aurons de quoi finir rentiers, sans travailler. Il faudra doter Faustine également…

— Une dot ? Je n'aime pas ça. Les temps changent, Blanche. Faustine n'aura pas besoin de dot.

Il jeta un coup d'œil sur les tableaux ornant les murs, les lustres, le guéridon en marqueterie. Si sa sœur éprouvait une terrible déception, confrontée au mépris de sa famille, Jean cédait à la mélancolie, dans cette magnifique demeure à l'atmosphère pesante. Il avait espéré se rapprocher de sa mère, dont il avait vu désormais plusieurs portraits, autant en peinture qu'en photographie. Aline avait vécu entre ces murs, ses doigts avaient parcouru les touches du piano, ses pieds avaient foulé les allées du jardin ; pourtant il ne subsistait rien de sa présence passée.

— Tu as raison, Blanche ! déclara-t-il tristement. Vends ce que tu veux et partons vite. J'ai juste de la peine pour Gertrude. Cette femme est d'une rare gentillesse. A son âge, elle ne se placera plus dans une autre maison. Sais-tu qu'elle m'a parlé souvent de maman ? Je n'ai que ça d'elle, les souvenirs d'une domestique... Il paraît qu'Aline était douce et rieuse, qu'elle aimait les chevaux.

Blanche approuva d'un air indifférent. Le lendemain, ils firent leurs adieux à Gertrude, qui sanglotait. Le jardinier, assez âgé lui aussi, tenait sa casquette à la main. Jean leur promit une rente intéressante, ce qui atténua leur peine.

Les quatre vacanciers prirent la route du Tréport en taxi. Lorsque Claire entendit le prix de la course, elle fut effarée. Mais Jean et sa sœur avaient l'intention de profiter sans retenue de leur richesse.

Claire porta les mains à son cœur qui battait trop fort. Elle venait de découvrir l'immensité de la mer, les parfums iodés des embruns, la longue plage de galets et de sable, les fières falaises blanches où les vagues se déchiraient dans un chant tumultueux. C'était un univers tellement nouveau qu'elle en aurait pleuré. Faustine riait, elle, ses lourds cheveux blonds décoiffés par le vent du large.

— Alors, mes petites femmes, qu'en dites-vous ? cria Jean.

— Je suis toute remuée, répondit Claire. C'est extraordinaire !

Ils avaient pris pension dans un hôtel cossu dont les fenêtres avaient vue sur la mer. Une heure après leur installation, le couple et la fillette avaient fait une promenade sur les hauteurs de la ville, à la fois port de commerce réputé et station balnéaire très prisée depuis que le roi Louis-Philippe, au siècle précédent, y avait fait édifier la première villa, aux allures de palace. Blanche, qui avait enseigné au Tréport durant trois ans, préférait se reposer. Elle connaissait sur le bout des doigts les lieux et les gens.

— Papa, je peux me baigner tout de suite ? demanda Faustine.

— Tu attendras demain matin ou ce soir avant ton goûter ! répliqua Jean. Ta tante t'a déjà expliqué que tu dois avoir digéré et que c'est moins dangereux à marée basse. Là, quand la mer gronde aussi fort, que les vagues frappent la falaise, personne ne va à l'eau.

Ils décidèrent de flâner sur le quai François Ier où abondaient magasins et restaurants. Claire et Faustine achetèrent des cartes postales, une maquette de bateau de pêche pour Matthieu et un poisson en céramique coloré pour Nicolas. La fillette eut droit malgré ses dix ans à un seau en fer et à une pelle qui, selon Jean, servirait à construire un château de sable.

Après avoir admiré l'église Saint-Jacques, ils rentrèrent à l'hôtel. Vivre quotidiennement dans le luxe et la paresse n'enchantait pas Claire, mais elle était beaucoup plus joyeuse qu'à Guerville. Le ballet criard des mouettes au-dessus des toits et les allées et venues des bateaux dans la rade du port la ravissaient.

A l'heure de son premier bain de mer, elle prit peur. Déjà qu'elle dut se changer dans une cabine de planches. Au moment d'en sortir, les bras et les jambes à demi nus, la panique l'envahit. Le tissu bleu foncé moulait son corps. A travers la porte, elle appela son mari, assis à proximité, en maillot et impatient de se rafraîchir.

— Jean ?

— Oui, es-tu prête, à la fin ?

— Je n'ose pas me montrer aussi dévêtue ! Et si je me noyais…

— Claire, ne sois pas sotte ! Faustine et Blanche ne veulent pas entrer dans l'eau sans toi. Viens.

La jeune femme se décida, un bonnet à volants contenant la masse de ses cheveux. Jean lui saisit la main.

— Tu es ravissante !

— Tu as vu tous ces gens sur la plage ? Je n'ai jamais montré mes mollets.

Jean éclata de rire et la força à courir vers la mer assagie et d'un bleu turquoise.

— Vous en avez mis du temps ! s'écria Blanche en s'élançant dans l'eau.

Ils la virent fendre les flots d'une démarche conquérante,

puis plonger et nager aussitôt la brasse. Faustine poussa une exclamation de surprise.

— Elle est courageuse, tante Blanche !

— Oui et non ! lui dit Jean. Elle a l'habitude, car, quand elle enseignait au Tréport, elle se baignait souvent.

Claire avança d'un pas ; l'eau lui entoura les chevilles. Elle recula :

— C'est glacé, je ne pourrai jamais…

Faustine fut plus hardie. Tenant la main de son père, elle ne tarda pas à gesticuler, le menton au ras des vaguelettes qui déferlaient. Jean revint chercher sa femme. Enfin elle sentit sur son ventre et sur ses seins la caresse de la mer. Autour d'eux, baigneurs expérimentés ou novices riaient bien haut, pataugeaient ou faisaient la planche.

Blanche donna une leçon de brasse à Faustine. Claire se contenta d'écouter les conseils de son mari, à qui elle répétait :

— Non, je ne te crois pas, je ne peux pas flotter. Si je fais ce que tu dis, je coulerai…

Ils riaient, complices, éperdus d'une ivresse nouvelle. Jean ne se lassait pas de tenir Claire, de profiter de sa tenue légère pour oser des caresses sous l'eau. Le soir, ils firent l'amour avec fébrilité, le désir exacerbé. Ils se sentaient très jeunes. Les trois jours suivants, il y eut la cérémonie quotidienne du bain de mer et les jeux sur la plage, les repas de fruits de mer, huîtres, crabes, moules et homards.

Blanche les observait, de plus en plus jalouse de leur bonheur. Elle enviait la poitrine ronde de sa belle-sœur, sa peau mate, tandis que la vue de son frère, les muscles lustrés par l'eau, les cuisses solides, la troublait jusqu'au malaise. De jolies inconnues essayaient d'attirer l'attention de ce beau garçon au regard limpide, mais il les ignorait.

Faustine partageait à nouveau la chambre de sa tante. Ce n'était pas par souci d'économie, loin de là. Blanche avait décrété qu'une fille de dix ans ne devait pas dormir avec ses parents, ni seule. Cela lui permettait de nouer des liens qu'elle voulait étroits et affectueux avec sa nièce.

Le quatrième soir, à demi endormie, la fillette l'interrogea :

— Quand est-ce que tu m'emmènes voir ma famille ? Tu te souviens…

— Oui, je me souviens. La semaine prochaine, quand nous serons à Honfleur. Sinon nous mettrions trop de temps pour leur rendre visite.

Blanche avait failli renoncer à son projet, échaudée par l'attitude de sa propre famille. Il lui déplaisait aussi de mentir à son frère. Elle avait pris sa décision la nuit précédente, le cœur déchiré d'envie et d'amertume. Ce serait une façon de punir Claire de l'emprise qu'elle exerçait sur Jean.

C'est une bien petite vengeance, puisqu'elle n'en saura rien ! pensa la jeune femme, exaspérée.

16

Les ombres du passé

Le tortillard traversait une large vallée, découpée par les haies de saules et de chênes qui délimitaient une infinité de prairies. C'était le bocage, à perte de vue. Le bétail abondait, à la grande joie de Faustine. Ce paysage verdoyant et ombreux lui plaisait. Blanche s'efforçait de bavarder, de répondre aux nombreuses questions de sa nièce, mais elle avait du mal à cacher sa nervosité. Leur escapade avait tout d'une fuite. Elles avaient pris le train ; une ligne secondaire desservant une série de bourgades de la Basse-Normandie.

— Qu'est-ce que tu as ? finit par demander la fillette. Tu n'as pas l'air contente.

— J'ai un peu faim, voilà tout. Ce matin, je ne pouvais rien avaler. Ce n'est pas toujours drôle, les secrets…

Faustine accepta l'explication, elle-même inquiète à l'idée de voir ce grand-père et cette grand-tante dont personne ne lui avait jamais parlé auparavant.

Blanche avait tout organisé. Ce n'était pas difficile : Jean et Claire la suivaient sans discuter. Elle jouait les guides et justifiait ses choix de villégiature. Quand elle leur avait proposé, une fois à Honfleur, de faire une balade en mer jusqu'à Trouville, une plage renommée, le couple, plus amoureux encore, n'avait pas hésité à lui confier Faustine. Ils vivaient une lune de miel imprévue qui se terminerait dès leur retour au moulin.

« Merci de tout cœur, ma chère Blanche, de garder Faustine toute la journée ! avait dit Claire en l'embrassant.

Grâce à vous, je comprends mieux la signification du mot vacances. Je n'oublierai jamais ce voyage… »

Depuis ce baiser de sincère gratitude, les remords tourmentaient Blanche, mais il était un peu tard pour faire demi-tour. Les Chabin comptaient sur leur visite à une date convenue par courrier depuis des semaines. Elles descendirent à Saint-Sever.

— Comment on fera pour les reconnaître ? interrogea Faustine.

— Ils nous attendent près de la gare pour nous conduire à la Ferme des Sept-Vents, là où tu es née, ma chérie. Nous reprenons le train à six heures ce soir. Nous serons rentrées à l'hôtel avant le retour de tes parents.

— Et ce soir, on ne dira pas le secret à papa ? Ni à maman ?

La jeune femme ne répondit pas. Elle venait d'apercevoir une lourde charrette peinte en vert, tirée par un énorme cheval roux aux crins jaunes. Sur le siège, un homme leur faisait signe. L'ombre du chapeau de paille qu'il portait cachait son visage.

— Je crois que c'est ton grand-père !

Les salutations furent empreintes de gêne. Blanche avait surtout correspondu avec Simone, qui maniait assez bien la plume et la langue française. Norbert Chabin, à soixante-six ans, ressemblait à un vieillard. La face d'un rouge sanguin, des chicots dans la bouche, mal rasé, il était vêtu de son costume du dimanche, mais pieds nus dans des sabots maculés de terre séchée.

— Eh ! s'écria-t-il en passant un doigt rugueux sous le menton de sa petite-fille, tu as changé, mignonne. Dites, elle est grande pour son âge ! Je croirais revoir ma pauvre Germaine.

Blanche marmonna une parole aimable et monta à l'avant du véhicule. Faustine dut s'asseoir à l'arrière, entre un tas de corde, deux tonnelets et une botte de paille. L'esprit de la fillette se diluait, vide, par prudence, de toute pensée. L'aspect de l'étranger l'effrayait. Il sentait fort et l'avait regardée avec trop d'insistance. Le prénom « Germaine » lui martelait les tempes. C'était sa vraie mère, sans visage, sans voix.

La ferme, heureusement, lui parut accueillante. Un chat noir et blanc sommeillait au soleil, allongé au sommet d'un muret. Elle entendit meugler des vaches, tandis qu'une forte odeur d'étable était exaltée par la chaleur matinale. Simone Chabin apparut, sortant d'un long bâtiment au toit couvert de chaume, aux murs crépis, garnis de croisillons en planches. La femme lâcha le seau qu'elle tenait, essuya ses mains à un tablier grisâtre et courut vers Faustine.

— Dieu tout-puissant, qu'elle est belle ! s'extasia-t-elle. Que je suis contente, Sainte Vierge !

Sous l'œil perplexe de Blanche, la fillette fut couverte de baisers, serrée contre une poitrine molle et proéminente. Simone Chabin pleurait en hoquetant, sans relâcher son étreinte.

— Faut trinquer ! clama Norbert.

Faustine retenait ses larmes. Ce n'était pas de l'émotion, mais de la peur. Les bras de sa grand-tante lui coupaient le souffle. Enfin Simone la lâcha, en balbutiant :

— J'ai mis la table dedans ; fait trop chaud dehors ! Va te promener, ma jolie, pendant qu'on boit un coup avec ton pépé.

Blanche arborait un sourire figé. Chaque minute qui passait, elle regrettait davantage d'avoir fait cette folie d'écrire aux Chabin, pour donner la possibilité à sa nièce de connaître sa famille maternelle. Un coup d'œil lui avait suffi pour noter l'état de délabrement de la ferme. L'ancien jardin servait de basse-cour, le fumier débordait d'un enclos à demi écroulé. La jeune femme jugea aussi que le maître des lieux devait boire beaucoup et dès le matin, ce qui se devinait à son haleine et à son élocution pâteuse.

— Entrez, hurla Simone, échevelée sous sa coiffe d'un blanc douteux. Vous devez avoir une fringale !

L'intérieur de la maison d'habitation au sol de terre battue et aux murs noircis par la fumée confirma les soupçons de Blanche. Elle était trop bien éduquée pour examiner en détail le décor. Cependant, la mauvaise tenue du logement l'effraya. Jean lui avait parlé d'une belle ferme, d'un lit fermé en panneaux de chêne, de rideaux en dentelle aux fenêtres. Mais huit ans s'étaient écoulés, et peut-être la mort tragique de Germaine avait-elle semé le désordre et la misère morale chez les Chabin. Et qui dit désordre et misère morale dit également ivrognerie, découragement, solitude. En tout cas, pour la jeune institutrice, c'était une plongée dans un univers sordide.

Ils s'attablèrent. La conversation tourna autour d'une vache qui avait eu des jumeaux, du cidre qui se vendait à perte – leurs verres en étaient la preuve, remplis d'une piquette acide et trouble –, des pluies de printemps. Simone surveillait la quantité de nourriture qu'avalait Faustine.

— Mange donc ! lui criait-elle. C'est du canard. Je l'ai tué hier…

La fillette gardait les yeux rivés à son assiette pour ne pas voir son grand-père et sa grand-tante. Elle mastiquait avec application un morceau de viande coriace et sanglant. La sauce grasse servait de liant à des pois cassés. En dessert, Simone servit une tarte aux pommes.

Ni elle ni Blanche n'étaient accoutumées à la pauvreté, encore moins à la saleté. En compagnie de Claire, Faustine rendait souvent visite à des métayers, à de petits artisans qui ne roulaient pas sur l'or, mais dont les épouses mettaient un point d'honneur à entretenir leur modeste foyer. L'enfant sut faire la différence. Il manquait autre chose que de l'argent, ici… Ces gens n'étaient pas heureux.

Norbert, lui, arrosait chaque bouchée d'une gorgée d'eau-de-vie.

— Ah, mon frère souffre de l'estomac, expliqua Simone. Il prétend que l'alcool l'aide à digérer. Vous savez, mademoiselle, depuis qu'il a perdu sa fille, ce n'est plus le même.

— Sûr, ma pauvre Germaine, elle avait la tête solide, elle… gémit Chabin en tapant du poing sur la table. Sûr que si ma pauvre Germaine n'était pas morte je n'en serais pas à picoler…

Blanche approuva poliment. Faustine lui lança un regard désemparé.

Nous repartirons le plus vite possible ! pensa la jeune femme. Il y a un train à quatre heures cet après-midi. J'ai fait une grave erreur… Cet homme est déjà ivre. Qui sait ce qu'il va raconter devant la petite.

Seule Simone semblait se souvenir de ses recommandations. Blanche avait insisté : Faustine ne savait rien du passé de son père en Normandie et ce n'était pas le moment de lui en parler.

A voix haute, elle proposa à sa nièce de sortir de table et de se promener un peu dehors, au grand air. C'était une précaution, à son avis, car l'état de Chabin empirait au rythme des bolées de cidre qui s'ajoutaient aux verres de calvados.

Faustine sortit en s'empêchant de courir. Simone la gratifia d'une tape sur la fesse.

— Elle obéit bien, et sage avec ça… dit-elle à Blanche.

La fillette respira à son aise une fois dans la cour. Le vent agitait la haie de buis, mais le soleil ruisselait. Ses pas la menèrent droit vers le chat, assis telle une statue aux yeux d'or. Il se laissa caresser et ronronna.

— Il faudrait un chat chez nous ! décida-t-elle. Je le dirai à maman.

L'animal se lassa et sauta de l'autre côté du mur. Faustine marcha en direction de l'étable d'où montaient des souffles puissants et des bruits de chaînes.

— Les vaches sont enfermées. Je pourrai les voir de près…

Pour atteindre la porte, elle longea le tas de fumier malodorant. Et là, elle vit une tête de canard, les plumes blanches maculées de sang séché à l'endroit du cou tranché. Le volatile dardait sur elle un œil terne, affreux. Ce spectacle la paralysa. Même si Raymonde et Léon, au moulin, abattaient aussi des volailles et des lapins, ce n'était pas au nez des enfants et rien ne traînait ensuite. Faustine en eut mal au cœur. Elle rebroussa chemin, sans un regard pour les premiers pommiers du verger, que Jean soignait avec tant de zèle affectueux, jadis.

Le chat surgit d'un bosquet de lilas. La fillette le prit dans ses bras, la gorge serrée, et, à petits pas craintifs, elle alla s'asseoir sur un banc en pierre contre le mur de la ferme, pratiquement sous la fenêtre grande ouverte. Personne, à l'intérieur, n'eut conscience de sa présence. Par malchance, les Chabin avaient des voix fortes, et ils criaient.

— Sur mon lit de mort, braillait Norbert, je verrai encore ma pauvre Germaine, le ventre comme un ballon, qui courait sur la route derrière la voiture des gendarmes. Sauf vot' respect, mademoiselle, votre frère Jean, gracié ou pas, c'est un assassin. La police l'a dit et le journal de Caen aussi. Alors, au pays, j'suis un couillon, un gars qui a marié sa fille unique à un forçat, un bagnard… La honte qu'on a eue, elle s'effacera pas, même si votre frère nous dédommageait, puisque vous dites qu'il est riche à millions à cette heure !

— Elle a souffert le martyre, notre Germaine, renchérissait Simone. C'est moi qui l'ai ramassée, cassée de partout. Elle s'était accrochée au fourgon et, comme les chevaux trottaient déjà, ils l'ont entraînée et elle a lâché prise. Deux jours pleins, son agonie, à gémir, à se vider. Le sang lui sortait du ventre, on a dû brûler le matelas après. Pensez, elle devait accoucher à Noël. Le bébé qu'elle portait, il était vigoureux. Il est mort en même temps qu'elle et c'était une pitié d'enterrer une femme grosse de six mois. J'étais là, moi, mademoiselle, comme je l'ai dit dans ma lettre, quand les gendarmes sont arrivés. Il ne faisait plus le malin, votre frère.

Blanche écoutait. Elle était très pâle, prise au piège d'une curiosité malsaine qui lui aurait fait demander des détails, pour un peu. C'était une page méconnue de la vie de Jean qu'elle découvrait. Faustine, sur le banc, restait bouche bée, assoiffée, étourdie par les battements de son cœur que chaque parole torturait.

— Le pire, dans cette histoire, poursuivit Norbert, c'est qu'on aurait pu vivre tranquille des années. Jean, il était estimé au bourg de Saint-Sever. Le cidre qu'il fabriquait, c'était du bon. Les commandes lui tombaient dessus. Ma pauvre Germaine vendait le beurre et la crème, du fromage.

Vous seriez venue à cette époque, mademoiselle, la ferme Chabin, qui est mon bien, n'avait pas cette allure. Mais ma sœur, Simone, elle n'a pas six bras. Faut traire les bêtes, les mener au champ, et la cuisine…

Blanche se fit la réflexion que la malheureuse Simone avait des excuses. De toute évidence, elle était bien la seule à travailler.

— Et le pire du pire, bégaya encore Chabin, c'est les gendarmes qui me l'ont dit. Le lendemain de l'arrestation de Jean, pendant que ma pauvre Germaine râlait dans son lit, brisée de part en part…

Faustine aurait voulu se boucher les oreilles, mais elle tenait le chat, se consolait de sa chaleur soyeuse et de ses clignements de paupières, car il n'avait jamais été autant caressé. Elle perçut le soupir agacé de Blanche qui, elle, n'en pouvait plus d'entendre le « ma pauvre Germaine » dont l'homme faisait une litanie geignarde.

— Figurez-vous que les gendarmes, ils avaient soupé avec le policier, un certain Dubreuil, oui… un gars des Charentes, à ce qu'il paraît.

— Cause plus vite, Norbert, coupa Simone, soudain exaltée. Laisse, je raconte mieux que toi. Eh oui, mademoiselle, ce policier s'est vanté de sa chance, à Caen. Il disait qu'il aurait jamais mis la main sur Jean Dumont si son ancienne promise, Claire Roy, celle qui est sa femme maintenant, n'avait pas envoyé un gosse poster une lettre, au village où vous enseignez. Dubreuil, c'est son nom, il a bousculé ce gosse qui a perdu l'enveloppe. Et là, il la ramasse et il lit le nom de Jean et notre adresse, ici, aux Sept-Vents. J'ai toujours eu dans l'idée que cette fille, Claire, avait fait exprès. Vous me direz ce que vous voulez, mais, sans la lettre, notre Germaine serait vivante, elle aurait un petit garçon ou une jolie fillette comme Faustine et la ferme ne serait pas délabrée. Bagnard ou pas, Jean Dumont, il bossait dur. Je m'en souviens.

Blanche était stupéfaite. Elle ignorait ce point de l'histoire. Son frère avait pris soin de le lui cacher, pour ne pas embarrasser Claire qui avait déjà tant souffert de ce fâcheux concours de circonstances[1].

— Moi, ce que je dis, ajouta Chabin, c'est que cette bonne femme, elle aurait planté un couteau dans le cœur de ma pauvre Germaine, ça aurait été du pareil au même. Vous comprenez, mademoiselle, qu'à cette époque, je pouvais plus voir ma petite-fille sous ce toit, à ma table… J'étais en colère, une sainte colère… Mais j'ai eu tort, sûr.

Faustine se leva du banc. Elle s'éloigna sur la pointe des pieds, terrifiée à l'idée d'être découverte ou rappelée par sa tante. Un chagrin immense l'assommait, elle se sentait perdue. Un sentiment d'urgence la poussait à s'enfuir, loin de tous ceux qui l'avaient trahie.

Elle tourna le coin de la grange et se mit à trottiner entre les pommiers. Les arbres, innombrables, couvraient un terrain en pente douce. Le chat qui la suivait s'arrêta et s'étira.

Faustine courait, la gorge en feu. Elle traversa un mince ruisseau en trempant ses bas et ses chaussures. Des ronces retinrent le bas de sa robe, elle tira et reprit sa course haletante. Les ombrages du bocage normand lui servirent de refuge. Elle longea un chemin creux, bordé de hauts talus herbeux. Puis un autre, encore un autre. Il fallait échapper à tante Blanche, au vieux Norbert ricanant, à Simone qui louchait un peu, et surtout échapper à son père et à sa fausse mère, Claire. Les mots résonnaient dans son esprit, la frappant d'épouvante. Cela ranimait de vagues souvenirs, aussi. Nicolas, lui, ne mentait pas quand il lui criait que Jean n'était qu'un voleur, un ancien bagnard, et qu'elle n'avait pas de maman.

— Claire, elle a tué la mienne de mère, la pauvre Germaine ! s'emporta-t-elle en reprenant son souffle, à l'abri d'un gros saule au tronc tortueux. Je la déteste, je les déteste…

Faustine était au-delà de la fatigue. Elle prit d'autres sentiers, se désaltéra en buvant l'eau claire d'un ruisseau, courut le long d'un pré où dormaient des chevaux, debout

1. Voir *Le Moulin du Loup*.

sous les arbres. Elle se faufila au travers des haies et rampa sous les clôtures en fil de fer.

Quand elle se jugea en sécurité, la fillette s'assit à même la terre d'un fossé. Là, elle put pleurer.

Blanche vivait les moments les plus pénibles de sa vie. Elle s'était crue martyrisée par ses grands-parents, avait perdu trois ans à envier l'épouse de son frère qu'elle s'était imaginé aimer d'une passion défendue et délicieuse. A présent, elle aurait donné sa fortune et sa vertu pour serrer Faustine dans ses bras et ne plus éprouver l'atroce angoisse qui la tenaillait. Elle marchait dans une herbe haute et douce en relevant le bas de sa jupe, le cœur pris dans un étau. A voix basse, la jeune femme murmura soudain :

— Si nous la retrouvons saine et sauve, plus jamais je ne me plaindrai de quoi que ce soit, je savourerai les petits bonheurs de mon métier, je chérirai Claire et Jean de la même affection. Oh ! Mon Dieu, rendez-moi ma nièce, ma chère petite Faustine…

La fillette avait disparu. C'était Simone qui, la première, avait appelé l'enfant en ne la voyant pas autour de la ferme. Elle voulait lui offrir le missel de Germaine. Blanche en avait profité pour sortir aussi, avide de soleil et de brise marine. Elle ne pourrait pas oublier, même si elle le désirait, l'instant où Simone était venue à sa rencontre, les bras levés au ciel, en criant ces mots :

— Je ne sais pas où est passée la gamine ! J'ai fait le tour des bâtiments, j'ai appelé, elle ne répond pas…

Penché à la fenêtre, fin saoul, Norbert avait craché. Dégoûtée, Blanche avait appelé à son tour, de plus en plus fort. Simone et elle s'étaient aventurées sur le chemin du bourg. Elles scrutaient les environs en espérant distinguer une robe rose ou un éclair blond.

— Qu'est-ce qui lui a pris de se sauver aussi loin ? avait gémi Blanche. Cela ne lui ressemble pas, et elle ne connaît pas le pays du tout.

D'un coup, elle avait compris. Faustine avait dû entendre

le récit de son grand-père, mêlé à celui de sa grand-tante. Norbert, vite dégrisé, s'était lancé dans les recherches lui aussi. Cela faisait déjà deux heures qu'ils fouillaient tous les trois les bosquets de noisetiers, le verger et les prés voisins.

— Quelqu'un l'a enlevée ! hurla Blanche, épuisée d'avoir marché autant et si rapidement. Elle vous a écoutés, elle est partie comme une folle et on lui a fait du mal, on l'a enlevée…

Simone se signa. Ils longeaient un sentier raviné, sous l'œil curieux d'une vache rousse et blanche. Sans cesse, ils appelaient la fillette. D'une autre ferme, au Beny-Bocage, des gens accoururent. Il s'agissait du patron et de ses employés.

— Ma petite-fille a disparu ! clama Norbert. Elle a dix ans.

— Une robe rose, des bas blancs et les cheveux blonds ! cria Blanche. Je suis sa tante.

Les hommes se dispersèrent en promettant de reconduire l'enfant perdue aux Sept-Vents s'ils la trouvaient. Simone commença à parler d'un étang tout proche. La lèvre inférieure tremblante, la femme déclara, d'un ton lugubre :

— Si jamais la gosse s'est jetée à l'eau !

Blanche sentit ses jambes vaciller. Un vertige la saisit. Elle allait s'évanouir, ne plus sentir ce poids abominable au creux de sa poitrine. Simone la secoua :

— Faudrait peut-être prévenir son père !

— Mon Dieu, Jean ! chevrota Blanche. Il ne me pardonnera jamais, tout est ma faute.

Norbert hocha la tête. Il n'avait plus l'habitude de pareilles courses.

— Je dirai que le mieux, c'est de rentrer à la ferme, pas de battre la campagne. Peut-être bien que la petite, elle y est revenue et nous attend.

— Je dois envoyer un télégramme à Honfleur, à l'hôtel ! affirma la jeune femme.

Elle songea que Jean et Claire devaient être encore à Trouville. Ils n'apprendraient la nouvelle que tard dans la soirée, car ils comptaient prendre le dernier bateau. Cependant ils rebroussèrent chemin, appelant encore : à la ferme, où ils parvinrent à cinq heures de l'après-midi, seul le chat les accueillit. Blanche emprunta la bicyclette rouillée de Simone et pédala à vive allure vers le bourg. Son corps devenait insensible à l'effort. Faustine avait disparu. Elle voyait sa nièce aux prises avec des dangers effroyables, des chiens enragés, un pervers, les eaux glauques de l'étang.

La poste était fermée. Une commerçante lui donna l'adresse de la préposée qui, devant la détresse et les larmes de Blanche, accepta d'ouvrir le guichet et d'expédier le télégramme. Les gens venaient se renseigner. Des hommes proposèrent aussitôt leurs services, dont un chasseur qui se vantait de posséder le meilleur limier de la région.

— Merci, merci, dit Blanche, essoufflée.

Elle dicta un texte lourd de sens : *Sommes à Saint-Sever, Faustine disparue. Urgent venir ferme Chabin.*

Claire et Jean avaient rejoint Trouville en bateau. La mer était agitée, si bien que la jeune femme s'était sentie oppressée et accablée de nausées. Après avoir visité la jetée et admiré tous les bibelots que proposaient les marchands dans une suite interminable de boutiques, ils voulurent déjeuner. Mais il y avait une telle foule que Jean eut des difficultés à trouver une table de restaurant disponible.

— Je commence à me languir de la maison ! déclara Claire au dessert. Je n'ai pas touché un chien depuis notre départ.

Jean éclata de rire. Il lui caressa la main. L'après-midi les vit marchant sur la plage immense, pourtant envahie de monde. Les vagues roulaient, écumeuses, si bien qu'ils renoncèrent à se baigner.

Eux qui avaient pensé profiter de leur intimité, la vue des enfants qui jouaient dans le sable et leurs rires les faisaient songer à Faustine.

— Je me demande ce qu'elles font, toutes les deux ! se demanda Claire vers quatre heures. Blanche avait parlé d'une balade en vélo. L'hôtel en loue… J'espère que notre chérie ne s'ennuie pas de nous.

— Nous serions mieux dans notre chambre, Câlinette.

Tu as raison, il y a trop de gens ici, et c'est d'un chic. Nous n'avons qu'à rentrer à Honfleur et nous reposer.

Il l'embrassa dans le cou, une lueur douce troublant son regard bleu. Claire devina ses intentions. Elle préférait être seule avec lui, loin de tous ces étrangers.

— Oui, rentrons… acquiesça-t-elle.

Ils reprirent le bateau de plaisance après une heure d'attente. Le trajet leur parut plus court, moins houleux. Le couple contempla la côte, les plages de galets, les collines d'un vert tendre.

— Ce qui m'a le plus impressionnée, déclara la jeune femme alors qu'ils approchaient du port, ce sont les falaises d'Etretat. On dirait des portes taillées de main d'homme, mais ce sont les vagues qui ont creusé la pierre… Et cette aiguille de roc, pointée vers le ciel, face au grand large. J'ai hâte de montrer les cartes postales à mon père et à Matthieu.

— Au moins, répliqua Jean, notre fille aura vu du pays, des sites formidables. Je te parie qu'elle racontera son voyage en détail à toutes ses camarades de classe à la rentrée. Et à la famille entière.

Ils s'enlacèrent, attendris d'aimer Faustine aussi fort et de remplir leur rôle de parents dans la complicité et la tendresse. Dès qu'elle foula le quai, Claire sortir de son sac en tapisserie un objet emballé de papier de soie.

— Qu'est-ce que c'est ? demanda-t-il.

— Une boîte à bijoux pour Faustine. Regarde, elle en avait envie à Etretat. Je l'ai achetée pendant que tu cherchais des places à la terrasse du restaurant.

Le coffret était recouvert de coquillages de formes variées, l'intérieur était tapissé de velours rouge. Jean eut un sourire malicieux :

— Tu la gâtes trop, il lui faudra bientôt une autre valise pour rapporter tout ce qu'elle a voulu…

Dans le hall de l'hôtel, décoré de plantes vertes et de hauts miroirs, le réceptionniste leur fit signe.

— Monsieur et madame Dumont, un télégramme vient d'arriver pour vous.

Immédiatement, Claire se figea, une main à son cœur.

— Il y a eu un malheur au moulin… Mon père peut-être.

Jean se précipita et déchiffra le message. Il se retourna, un tel air tragique au visage qu'elle fut saisie de frissons.

— Faustine a disparu ! balbutia-t-il. C'est Blanche qui a envoyé ça !

Il lui tendit le papier, qu'elle lut à son tour. Les mots dansaient sous ses yeux, des mots qui la terrassaient. Son mari suppliait déjà le réceptionniste de leur trouver un taxi, une automobile rapide. Le personnel accourait. Une des femmes de chambre soutenait Claire, livide.

Dix minutes plus tard, ils roulaient vers Saint-Sever.

Faustine se recroquevilla davantage sur elle-même. Le soleil se couchait et l'ombre bleue du soir envahissait le fossé. La fillette avait tellement sangloté et gémi qu'elle avait le nez tuméfié et les paupières en feu. Son chagrin prenait des proportions démesurées, et l'approche lente de la nuit renforçait la peur lancinante dont personne ne la sauverait. Du fond de son désespoir, l'enfant se rattachait à un visage aimé, celui de Matthieu. Il était l'ami fidèle, le frère chéri.

« Mais il va partir du moulin parce qu'il a eu le Certificat d'Etudes. Il ira en pension, à Angoulême… » hoqueta-t-elle.

Plusieurs fois, les saules, les chênes et les oiseaux du bocage avaient entendu ce murmure navré. Faustine s'était enfuie. Elle ne voulait pas revoir ses parents, ni sa tante. Pourtant, le seul endroit de la terre où elle désirait se retrouver, c'était le Moulin du Loup. De toute son âme blessée, elle implorait un miracle, s'adressant soit à la sainte Vierge, soit à Jésus, son fils, qui guérissait les aveugles et les paralytiques.

— Je vous en prie, faites que je puisse rentrer chez moi, tout de suite, ou que Matthieu vienne me chercher…

Elle avait parfois envie de se lever et de marcher vers le sud, car, bonne élève en géographie, elle avait la certitude qu'en prenant cette direction elle arriverait un jour en Charente.

C'est loin, hélas ! très loin.

Toutes les régions parcourues en train défilaient dans sa mémoire. Elle mettrait au moins un an, à pied. Une bête brune aux oreilles rondes déboula à un mètre. Faustine poussa un cri de surprise. D'un bond, la martre grimpa le talus et disparut.

Il y en a une, de martre, au moulin. Matthieu voulait la piéger parce qu'elle tuait les poules de maman...

Le mot « maman » avait franchi ses lèvres, alors qu'il ne fallait plus le prononcer. Du récit de Norbert Chabin, la fillette avait surtout retenu une chose : Claire, qu'elle aimait si fort, était responsable de la mort de sa vraie mère, la « pauvre Germaine ». Et Jean, son père, à qui elle vouait une adoration sans limites, était un assassin. Faustine savait très bien ce que cela signifiait. Le monde enchanté de l'enfance où elle se complaisait avait volé en éclats. En même temps, leurs voix, leurs baisers lui manquaient et, à l'idée d'être séparée d'eux pour toujours, elle se remit à pleurer. Au loin, des vaches meuglaient et des galops mystérieux ébranlaient le sol.

Ce sont des chevaux, j'en ai vu dans un pré.

Une chouette hulula. Faustine l'aperçut à la cime d'un arbre mort qui avait une silhouette bizarre, comme celle d'un chandelier géant à trois branches. Elle renifla, affamée et assoiffée.

Je pourrais rentrer à la ferme. Ils sont de ma famille ! pensa-t-elle. Mais il y aura tante Blanche. Je la déteste. C'est elle qui a voulu m'emmener chez eux, c'est elle...

Le vent lui apporta l'écho d'un aboiement rauque et claironnant. La peur de la nuit balaya tout le reste.

— Matthieu, au secours ! appela-t-elle tout bas. Viens, Matthieu...

— Ah ça, voilà Jean ! s'exclama Norbert. Oui c'est bien lui. Ils sont en automobile... Il n'a pas changé de figure, le gendre !

Blanche aurait voulu se jeter dans un trou de souris ou

s'envoler pour ne pas affronter son frère. En compagnie de Simone et du fermier, elle se tenait au bord du chemin. Les voisins des Chabin s'étaient mobilisés ; ils cherchaient la fillette. Le garde champêtre était venu aux nouvelles. Des femmes aussi, curieuses de l'événement, observaient la voiture noire aux chromes étincelants qui avait surgi du crépuscule.

Jean se rua vers son ancien beau-père. Le jeune homme avait une expression terrifiante, chaque trait de son visage tendu par l'angoisse et la colère.

— A quelle heure Faustine a disparu ? Et pourquoi surtout ? Avez-vous un cheval, une lanterne ?

Claire accourait, le chignon défait, en larmes. Elle avait pleuré pendant tout le voyage.

— Jean, dit-elle en ne regardant que son mari, notre chauffeur propose de faire un tour dans les autres villages. C'est un père de famille, il veut nous aider.

A bout de résistance nerveuse, Blanche, durement secouée par le drame, voulut se jeter dans les bras de Jean. Il la repoussa, les yeux fous de rage contenue :

— Qu'est-ce que tu venais faire ici ? Enfin, je m'en moque, de ton cerveau tordu, de tes discours. Je veux ma fille. Je pars, il fera bientôt nuit.

— Je crois qu'elle a surpris une conversation qui l'a affolée ! dit sa sœur. Seulement, elle a pu demander refuge chez des voisins.

— Donc, personne ne l'a emmenée ; elle s'est sauvée. Si elle avait été recueillie dans une famille d'ici, cela se saurait. Bravo, Blanche ! Moi qui te faisais confiance.

Il s'éloigna. Malgré la panique qui lui brouillait l'esprit, Claire nota que Jean se repérait très bien. On sentait qu'il connaissait les lieux par cœur. Il courut à l'étable et en ressortit en tirant par sa longe le gros cheval de trait qu'il avait nourri, brossé et soigné des années plus tôt. Simone apportait déjà une lanterne. Jean lui lança un coup d'œil méfiant.

— Merci, j'ai un briquet...

Claire le vit sauter sur le dos de l'animal. Elle s'élança :

— Jean, je viens avec toi !

— Non, reste là au cas où Faustine reviendrait.

Elle le vit guider le cheval entre les pommiers. Une pensée incongrue traversa son esprit. Jean n'avait jamais voulu monter Sirius, au moulin. Une main se posa sur son épaule. C'était Blanche.

— Claire, je vous en supplie, pardonnez-moi. Je croyais bien faire en amenant Faustine dans sa famille. Je ne pouvais pas me douter que…

— Que vous la mettiez en danger ? J'ignore ce qui s'est passé, mais ce n'est qu'une enfant. Elle a besoin de ménagement ! Mais regardez donc autour de vous ! Quel beau tableau pour une fillette de dix ans ! Si je la perds, s'il lui est arrivé malheur, je pourrais vous étrangler de mes mains.

Blanche n'avait jamais vu sa belle-sœur dans un tel état de fureur. Simone Chabin qui s'approchait des deux femmes recula. Le vieux Norbert jaugea l'inconnue. Elle avait du caractère, ça oui.

— Alors, c'est vous, l'épouse de Jean ? lui cria-t-il.

Claire hocha la tête. Elle était à la Ferme des Sept-Vents, où Jean et Germaine habitaient et travaillaient ensemble. Là, ils avaient fait l'amour et Faustine avait vu le jour. Cela lui paraissait invraisemblable de fouler le même sol, celui de l'arrestation par les gendarmes, celui d'une autre vie de son mari.

— Voulez-vous un verre de calva ? proposa Simone qui avait pitié d'elle. Eh, cette petite, vous l'avez élevée, alors que nous, on l'avait reniée. Sûr, vous devez vous ronger les sangs…

Sans prêter attention à Blanche assise sur le banc et secouée de sanglots, Claire suivit Simone dans la maison. A peine entrée, elle vit ce qui avait échappé aux visiteuses, à midi. Au milieu du plateau d'un mauvais bahut, un globe en verre protégeait l'unique photographie de Germaine. La mère de Faustine posait en robe de mariée, sa large coiffe raide d'amidon. Le cliché avait une drôle de forme.

— Norbert, après l'accident, il a pris une paire de ciseaux

et il a découpé Jean. Tenez, on voit encore sa main sur le bras de Germaine.

— Je peux comprendre ce que vous ressentiez. Cela a dû être très pénible pour vous tous, cette mort injuste. Mais s'il y a un coupable, c'est bien moi, dit la jeune femme.

— A cause de la lettre !

— Oui, comment le savez-vous ?

— C'est justement ce qu'on expliquait à mademoiselle Blanche après le repas. Un gendarme était au courant, il l'a raconté à Norbert. Si la petite nous a entendus causer, sûr qu'elle a eu du chagrin.

Claire prit conscience des dégâts qu'une telle révélation avait pu provoquer chez la fillette. Quelque part, cela la rassura un peu. Faustine devait se cacher ; elle n'avait pas été enlevée. Néanmoins, elle était en danger.

Si un sale type la trouve ! se dit-elle, de plus en plus pâle.

— Buvez donc un coup, ça vous remettra ! insista Simone. On est bien avancés, tous autant qu'on est… La gamine est perdue, ça ne sert à rien de chercher à se disputer.

Malade d'anxiété, Jean suivait un vieux chemin creux, semé de cailloux. Le cheval marchait d'un bon pas. Le jeune homme déplorait de retrouver le paysage si familier du bocage dans de telles conditions. Quand il avait épousé Germaine, il était prêt à consacrer sa vie à la terre féconde des Sept-Vents. Il avait veillé sur les pommiers des Chabin avec le soin que l'on porte aux enfants. Des souvenirs doux-amers le hantaient : la pudeur de sa première femme, sa gentillesse, sa foi naïve.

Je n'étais pas malheureux, songeait-il, mais j'avais une épine dans le cœur, la trahison de Claire. Enfin, ce que je croyais une trahison.

Il avait si peur pour sa fille qu'il évita de songer au passé. Jean se sentait affaibli par la disparition de Faustine. Il n'osait même pas concevoir qu'elle avait pu mourir. Il l'appelait d'une voix forte, mais tremblante.

Allons, se raisonna-t-il. De quoi serait-elle morte ? Il n'y a pas de bêtes féroces, ici. A part un ivrogne qui s'en prendrait à elle…

Cette seule idée le tétanisa. Aucun père ne pouvait supporter le viol d'une enfant innocente, que l'on a chérie et protégée. Cependant Jean vivait avec le poids d'un frère cadet ayant subi ce martyre honteux.

Pas deux fois ! supplia-t-il.

Il croisa des gens des fermes alentour qui appelaient la petite fille et l'avaient cherchée des heures. Il les remerciait en se présentant, la voix tendue, les gestes raides. Pourtant il avait peu d'espoir, car le bocage avait cette particularité de multiplier à l'infini prairies étroites, sentes cachées par des taillis, chemins profonds et fossés. Un vrai labyrinthe qu'il faudrait des heures à fouiller.

Il faisait presque nuit, mais il n'alluma pas la lanterne. Les chemins qu'il suivait, les prés qu'il traversait, semant la pagaille parmi veaux et vaches, il les connaissait bien. La lune se levait et suffisait à l'éclairer. Jean tenta de s'imaginer à l'âge de Faustine.

Je me planquerais au ras du sol, dans l'endroit le plus inaccessible. Elle a pu se nicher n'importe où et ne pas répondre quand on l'appelle.

Le jeune père avait l'impression de percevoir la peur et le chagrin de son enfant. Soudain il pensa à l'étang où ils allaient parfois pêcher le dimanche, avec Germaine. Si sa fille s'était noyée… Un cri lui monta aux lèvres, de terreur et d'horreur.

— Germaine ! Si tu es au ciel avec les anges, aide-moi ! Veille sur notre petite, par pitié. Je t'en prie, sauve-la.

Jean arrêta le cheval et regarda autour de lui. Il devait emprunter des sentiers où l'animal aurait du mal à avancer.

— Attends-moi là, mon vieux Pompon. Régale-toi, l'herbe est drue, je n'ai jamais vu une si belle herbe ailleurs qu'en Normandie…

Un sanglot lui coupa la parole. Il se dirigea vers le bas d'un pré, les yeux rivés à un arbre mort dont la forme insolite attira son attention.

Ah ! Le chandelier des farfadets !

C'était Germaine qui lui avait appris comment les anciens du pays surnommaient l'arbre au bois lisse, pareil à de l'ivoire, dont la résistance aux pluies, au gel et aux orages lui avait valu la réputation d'être enchanté, son tronc creux abritant des créatures légères et malicieuses, farfadets, fadets ou esprits follets. Jean en avait ri, jadis. Là, un pressentiment lui vint, comme si Germaine, justement, l'avait guidé. Il cria, encore plus fort :

— Faustine ! Faustine...

La voix toute proche de son père tira la fillette de sa somnolence. Elle se redressa. Si elle appelait aussi, c'en serait fini du noir plein de bruits effrayants, de sa solitude. Mais elle devrait vivre auprès d'un homme qui, elle ne savait comment, avait échappé à la justice. Un assassin.

— Faustine ! Ma chérie, où es-tu ? Je t'aime tant...

Elle comprit que son père pleurait au ton bizarre qu'il avait, à sa respiration haletante. Dans les contes de fées qu'elle lisait, les méchants étaient toujours punis – ogres, sorciers, brigands – et elle commença à penser que, si Jean n'était pas en prison, peut-être qu'il n'avait rien fait de très grave, après tout.

— Papa ! lança-t-elle, indécise.

Tout à coup, un halo jaune dissipa les ténèbres. Faustine vit passer Jean tenant la lanterne, dans le pré situé deux mètres plus haut. Un talus envahi de ronces les séparait. Si elle ne criait pas, il poursuivrait son chemin.

— Papa !

Le jeune homme s'immobilisa. D'abord il se crut victime d'une hallucination, tant l'appel était ténu.

— Faustine, c'est toi ?

La fillette s'était levée et cherchait à se hisser hors du fossé. Engourdie, elle tâtonnait, car il faisait très sombre. Une épine lui griffa la joue. Mais Jean se ruait à son secours. Il écrasa du pied la broussaille qui les gênait et la saisit aux poignets.

— Ma chérie, mon trésor, la peur que j'ai eue...

Il bredouillait et pleurait. Dès qu'il voulut la serrer contre lui, sa fille fit un bond de côté.

— Qu'est-ce que tu as ? Tu es fâchée ? Parle-moi, dis-moi…

Elle fit de la tête un non vigoureux. Jean, désemparé, lui prit la main.

— Maman est très inquiète, elle nous attend à la ferme. Viens, nous allons rentrer à cheval. Le vieux Pompon est dans un pré, pas loin d'ici.

— Non ! hurla Faustine. Je veux plus voir Claire, c'est pas elle, ma maman, et même que c'est sa faute si ma vraie mère est morte, la pauvre Germaine…

Bien qu'infiniment rassuré d'avoir retrouvé sa fille, Jean sentait une colère encore plus folle l'envahir. Jamais Faustine n'aurait dû apprendre si tôt la vérité sur Germaine et l'affreux accident qui l'avait tuée.

— Viens, répéta-t-il, nous devons discuter de tout ça.

Une fois perchée sur Pompon et ceinturée par les bras de son père, Faustine éclata en sanglots. Elle était si triste que les muscles de son cou lui faisaient mal, car elle se crispait sans cesse. Il lui semblait que plus jamais elle ne pourrait rire ni s'amuser. Jean se mit à parler. Il savait que, pour vaincre les ombres du passé, menaçantes et perfides, il devait tout avouer à son enfant de dix ans. Il raconta avec des mots précis et simples l'histoire de sa vie, sans mentir ni tricher. Ce ne fut qu'en évoquant Lucien, son petit frère, qu'il n'entra pas dans les détails.

— Le surveillant du bagne, sur cette île, était une brute. Il a fait souffrir Lucien d'une façon ignoble, et Lucien en est mort. J'étais si désespéré, si furieux que j'ai frappé cet homme avec une pelle, la pelle qui me servait à enterrer mon frère… Oui, j'ai tué le surveillant, mais j'ai été gracié par le président de la République, le personnage le plus important de France…

Il dut expliquer comment on graciait un accusé. Il reprit son récit, et Faustine écoutait, bouche bée, déjà réconfortée. Elle aussi se sentait capable de frapper celui qui toucherait à Matthieu, à Nicolas ou au petit César.

Le naufrage du *Sans-Peur* et le sauvetage de Léon la fascinèrent. Jean n'omit rien, pas même l'acte malveillant de Bertille, qui avait caché à tous qu'il était vivant en Normandie. Le point le plus grave, c'était l'arrestation, la mort de Germaine. Il devait innocenter Claire.

— Maman n'est pas coupable. Elle est trop gentille, vois-tu. Léon, notre Léon que tu aimes beaucoup, était tout content d'apprendre que j'avais survécu et que j'avais une belle fillette, toi... Claire lui a donné mon adresse en lui recommandant d'être discret, car, à l'époque, je n'étais pas encore gracié... Mais un policier me cherchait. Il a croisé Léon à Puymoyen, il a pu lire l'adresse sur la lettre. Deux jours plus tard, il arrivait avec des gendarmes aux Sept-Vents...

Cette partie du récit fut une épreuve pour Jean.

— Je n'ai rien vu, moi, mais je me souviens de tes cris. Tu hurlais, ma pauvre chérie. C'est pépé Basile qui m'a dit comment l'accident s'est produit, parce que ta vraie mère, Germaine, était si malheureuse qu'elle a couru et qu'elle est tombée[1]...

— Alors, ce n'est pas à cause de maman ? demanda Faustine, toute vibrante d'une joie immense.

— Non, mais même moi je lui ai reproché cette histoire de lettre et la mort de Germaine. Je me suis enfui, comme toi, loin du moulin, et je t'ai laissée à Claire. Et tu sais pourquoi ?

— Non, papa... pourquoi ?

Jean céda au bonheur le plus intense, car sa fille appuyait sa joue contre sa poitrine à lui. C'était le signe qu'elle était apaisée et confiante.

— Eh bien, dit-il, c'était le souhait de ta mère Germaine. Elle est morte en sachant qu'une femme très bonne et affectueuse s'occuperait de toi. Et puis, les morts vivent au paradis quand ils ont été de braves gens. Tout à l'heure, en te cherchant, j'ai imploré Germaine de m'aider à te trouver, de veiller sur toi. Je crois qu'elle était là, dans le bocage, auprès de sa Faustine...

Claire entendit la première l'écho des sabots sur le pavage

1. Voir *Le Moulin du Loup*.

de l'écurie. Elle sortit de la ferme en courant. Une lumière jaune dansait dans le bâtiment sombre, qui jetait des reflets sur des boucles blondes. Le père et la fille avaient déjà mis pied à terre.

— Mon Dieu ! Faustine ! hurla la jeune femme en ouvrant les bras. Tu es là, ma chérie…

Si l'enfant refusait de l'approcher, tant pis. Elle ne pouvait pas se contrôler, elle voulait la toucher, s'assurer qu'elle était bien vivante, l'embrasser. La fillette s'élança et se colla au corps de Claire. Elles restèrent enlacées longtemps, sans penser à rien d'autre qu'à l'ivresse d'être réunies, de s'aimer toujours aussi fort.

— Maman, je veux rentrer au moulin, chez nous.

— Je te le promets, demain nous rentrons… oui, demain.

Norbert et Simone Chabin se tenaient sur le seuil de la ferme, gauches et dépités. Jean leur avait à peine adressé la parole. Claire serra la main de ces gens ravagés par un malheur vieux de huit ans. Le moteur du taxi ronronnait ; à l'intérieur le chauffeur affichait un air soulagé. La jeune femme lui fit signe qu'ils arrivaient, avant de dire gentiment au couple :

— Je suis navrée de refuser votre invitation à souper, mais vous comprenez la réaction de mon mari. Nous sommes épuisés et pressés de ramener Faustine à l'hôtel. J'aurais aimé faire votre connaissance dans de meilleures conditions.

— Faudra revenir, quand la gamine sera plus grande ! bredouilla Simone, les joues brillantes de grosses larmes. Dieu merci, elle n'a rien eu qu'une belle peur, comme nous tous.

Claire approuva, certaine qu'elle ne reviendrait jamais à Saint-Sever, ni à la Ferme des Sept-Vents qui se délabrerait davantage au fil des ans. Blanche, silencieuse et blême, salua les Chabin d'un hochement de tête.

— Venez donc, lui dit sa belle-sœur. Nous n'allons pas vous laisser ici, même si nous en avons très envie, Jean et moi.

— Faustine n'a pas voulu que je l'embrasse, ni que je lui parle ! se lamenta Blanche. Je vous en prie, il faut lui expliquer que je pensais agir pour son bien !

— Ah, vraiment ! Non, je ne vous crois pas, dit Claire froidement. Vous vouliez la séparer de moi. Je ne suis pas aveugle, figurez-vous, et je sentais votre contrariété chaque fois qu'elle m'appelait maman. Faustine est assez intelligente pour deviner vos manigances, et elle vous en veut de l'avoir attirée dans ce piège. Elle a souffert à cause de vous. Il me semble que vous avez tout perdu, Blanche, votre frère, votre nièce et mon amitié.

Le trajet de retour fut animé par le chauffeur. Il tenait à citer tous les hameaux qu'il avait visités et à relater les propos des gens qu'il avait rencontrés. Blanche était montée à l'avant et fixait la route, que les phares éclairaient. A l'arrière, Faustine s'était endormie, la tête sur les genoux de Claire, les jambes sur ceux de son père.

Jean la monta dans leur chambre en la portant. Le personnel et des clientes au courant de la disparition de l'enfant guettaient leur arrivée et se réjouirent de l'heureux dénouement.

Claire se coucha près de Faustine, qui avait avalé, à demi assoupie, un bol de potage et une part de flan. Elle avait bu trois verres d'eau, aussi, et n'aspirait qu'à se rassasier de la présence tendre et douce de celle qui désormais serait sa vraie maman.

— Mon trésor, ma petite chérie, murmurait tendrement la jeune femme pour la bercer de son amour. Si je t'avais perdue, je crois que ma vie n'aurait plus eu aucun sens, jamais. Et ton papa serait mort de chagrin. Mais tu es là, Faustine, mon ange, notre ange à tous.

Jean écoutait, très ému, assis au bord du lit. Il leur caressa le front à toutes les deux, puis il sortit. Blanche s'était préparée à le recevoir, à subir ses reproches et sa colère. Quand il entra, sans même frapper, elle observait son reflet dans le miroir de l'armoire.

— Pardon, Jean ! s'écria-t-elle en continuant à détailler

sa bouche au dessin un peu hautain, ses yeux si bleus aux cils drus et noirs, son nez fin.

Elle relevait sur son visage tant de traits de ressemblance avec son frère qu'elle en eut le vertige. Jean la saisit par le coude.

— Blanche, peux-tu m'expliquer ?

Il lui trouva un air bizarre, proche de la folie. Elle était ravissante, les cheveux défaits, le regard étincelant, mais il la lâcha, inquiet. Sa colère s'effritait.

— J'avais refusé de conduire Faustine au cimetière, sur la tombe de Germaine, la trouvant trop jeune ; c'est pourquoi tu as décidé de mettre les bouchées doubles, de lui présenter ce qui restait de sa famille, un vieil ivrogne qui exploite sa sœur restée célibataire. Que pouvait-elle en retirer de bon ? Ma fille a tout entendu. Elle n'avait plus aucun repère, elle croyait nous détester, Claire et moi.

— Claire et toi ! Claire et toi ! cria Blanche en l'imitant, proche de l'hystérie. Est-ce ma faute si ces gens affreux ont bu à rouler sous la table, s'ils me déballaient le passé sans prendre de gants ? Tu ne m'avais pas dit le rôle de ta chère Claire dans ton arrestation, mais je ne t'avais pas posé la question… Tu lui as pardonné, mais moi, je n'aurai pas cette chance, tu vas en profiter pour me haïr, et tout le monde sera content…

Jean en perdit contenance. Il souhaitait des excuses, il s'attendait à parler de cette épouvantable journée, non pas à être confronté à une sœur qu'il hésitait à reconnaître, les joues en feu, le poing serré.

— Je ne compte pas dans ta vie ! ajouta-t-elle en frissonnant. Tu n'aimes que Claire, et je suis juste bonne à jouer les gouvernantes…

— Blanche, je t'en prie, calme-toi. Je me doute que tu as éprouvé les mêmes tourments que nous, mais arrête de crier.

Elle se jeta sur lui et se pendit à son cou.

— Je voudrais vivre avec toi, seule avec toi, sans ta femme, sans ta fille. Nous sommes jumeaux, Jean. Tu es une partie de moi, et je t'appartiens. Oui, je voulais blesser Claire, cela m'exaspérait quand Faustine l'appelait maman.

Personne ne me dit « maman », je n'ai pas connu d'homme, ils ne veulent pas de moi, et toi non plus. Je n'aurai pas de jolie fillette blonde pour me dire « maman »... J'en ai assez de te voir dans les bras de Claire, je n'en peux plus.

La scène avait quelque chose d'insupportable. Jean gifla sa sœur dans l'espoir de la faire taire. Blanche vacilla, une main à sa joue marbrée de taches roses. Elle s'écroula dans un fauteuil et fondit en larmes.

— Je crois que tu devrais chercher un autre poste d'institutrice à la rentrée, dit-il de façon péremptoire. Pour le bien de tous.

Il claqua la porte.

17

Retour

2 août 1910

Claire et Jean avaient pris un taxi à la gare d'Angoulême. La grosse automobile rouge roulait au ralenti sur le chemin des Falaises. Faustine avait réussi à actionner la petite manivelle commandant l'ouverture de la vitre arrière et elle sortait sa tête blonde le plus loin possible dans sa hâte d'apercevoir les toits du moulin. Ses parents avaient dit la vérité. Dès le lendemain de « la fugue de leur fille » ils étaient montés dans le premier train pour Rennes. Il y avait eu une nuit à Nantes, et maintenant ils revenaient chez eux. L'été faisait de la vallée des Eaux-Claires un décor inoubliable. Près de la rivière, la végétation semait des nuées vertes et des ombres tièdes, tandis que les falaises reflétaient une lumière crue, abritant dans leurs anfractuosités lézards, serpents et sauvagines.

— J'espère que Loupiote va me reconnaître ! s'inquiéta Faustine. Et la petite Thérèse aussi…

— Bien sûr ! Nous ne sommes pas partis si longtemps, Dieu merci ! répondit Claire. Comme je suis heureuse d'être ici. Je ne voyagerai plus, même si le bord de mer a ses charmes.

L'absence de Blanche créait un léger malaise. Faustine n'osait pas parler de sa tante, car Jean lui-même n'y faisait aucune allusion. Quant à Claire, elle était résolument décidée à ne plus voir sa belle-sœur.

— Papa, maman ! On arrive…

Le couple avait envoyé un télégramme pour annoncer leur retour avec quelques jours d'avance, en précisant la date exacte. A peine la voiture était-elle dans la cour qu'un comité d'accueil accourait.

— Matthieu !

Le garçon précédait Raymonde, Léon et Nicolas. Faustine ouvrit la portière et se rua vers le perron. Elle suffoquait de bonheur. Sauvageon distança Matthieu et sauta sur sa petite maîtresse en manquant la renverser.

Claire descendit du véhicule, hérissée par la somme exorbitante que demandait le chauffeur. Jean avait tort, à son avis, de continuer à dépenser de l'argent sans compter. Cela choquait son sens de ménagère soucieuse d'être économe et pratique. Mais en voyant son père sortir de la salle des piles, dans son éternel tablier maculé de colle sèche et de fragments de pâte à papier, tout souriant sous sa couronne de cheveux blancs, elle pensa que ces machines à moteur avaient du bon, car elles permettaient des déplacements rapides.

— Papa ! s'écria-t-elle. Toujours au travail ?

— Eh oui, je suis débordé, Clairette. Des nouveaux clients, des Anglais… Dis-moi, tu as une mine superbe, c'est l'air marin qui te réussit.

Ce furent des embrassades interminables, pendant que Jean et Léon se chargeaient des valises et des paquets. Faustine dansait d'un pied sur l'autre en tenant les mains de Matthieu. Il la dépassait presque d'une tête déjà, mais elle le trouva encore plus beau, avec son regard sombre semblable à celui de Claire, ses cheveux bruns et son sourire ébloui.

— Alors, interrogea-t-il. Tu as vu la mer ? J'ai regardé sur l'atlas de géographie ; tu t'es baignée dans la Manche, pas dans l'océan.

— Je sais nager, se rengorgea la fillette. Enfin, si papa me tient sous le menton. Et Nicolas… Loupiote ?

— Nicolas est parti avec Etiennette au village et Loupiote, j'ai dû l'enfermer dans l'écurie. Elle s'est sauvée deux fois pour courir le mâle…

Claire, qui caressait Sauvageon, tendit l'oreille. Raymonde crut bon d'expliquer que la louve était en chaleur et ne tenait pas en place.

— Je ne voulais pas que vous la perdiez, madame. Alors je la garde de force.

Les deux femmes s'embrassèrent. Colin regarda le taxi s'éloigner. Il jeta un coup d'œil alentour.

— Et Blanche, où est-elle ? demanda-t-il.

— Ma sœur avait des affaires à régler en Normandie. Elle rentrera plus tard ! répliqua Jean très vite. Moi, je suis pressé de reprendre mes outils, de sarcler et de biner. Léon, as-tu traité la vigne à la bouillie bordelaise[1] ?

— Oui, Jeannot, ne te fais pas de bile…

Faustine voulait offrir les cadeaux immédiatement, mais Claire lui conseilla d'attendre le retour de Nicolas.

— Oh, maman, je lui donnerai le sien ce soir, je t'en prie !

— Bon, d'accord…

Chaque membre de la famille présent cet après-midi-là reçut un souvenir de Honfleur, de Trouville ou du Tréport. Petites maquettes en bois précieux de voiliers ou de chalutss, colliers en coquillages, casquettes de marin ornées d'une ancre en métal doré. Faustine distribuait, gracieuse et rieuse. Claire s'émerveillait de la voir si joyeuse et si vive. Elle lui accorda la permission de faire une promenade avec Sauvageon et Loupiote, à condition de tenir la louve en laisse.

— Vous n'y pensez pas, madame ! s'exclama Raymonde. Les bêtes, ce n'est pas comme nous, la famille ne compte pas. Votre chien, il s'intéresse de près à sa fille, vous comprenez… Je veux dire, qu'elle soit sa fille ou non, lui, il a une idée en tête…

— Bien sûr ! coupa Claire. Ils n'ont qu'à emmener l'un ou l'autre, pas les deux ensemble.

Les enfants s'éclipsèrent. Jean eut un regard gêné. La servante, en toute innocence, évoquait un point sensible. Le

1. Traitement à base de sulfate de cuivre et de chaux contre le mildiou, une maladie grave causée par des champignons microscopiques.

jeune homme souffrait encore d'avoir lu dans les yeux de sa sœur un désir ardent, ce qui lui paraissait contre nature. Il fit la comparaison avec l'intérêt de Sauvageon pour Loupiote et en déduisit que Blanche avait cédé au même instinct bestial. Claire savait la vérité, il lui avait raconté la scène. Elle aussi baissait le nez, embarrassée.

— Qu'est-ce que vous nous cachez, s'inquiéta Colin. Parlez donc ! Les gosses sont dehors et ils ne reviendront pas avant le dîner, à mon avis.

Il fallut raconter le drame en détail, la décision de Blanche de présenter Faustine aux Chabin, à la suite d'un plan bien élaboré, à leur insu. La disparition de la fillette et les recherches acharnées des paysans provoquèrent l'émotion. Léon jurait. Raymonde poussait des ah ! et des oh ! Claire et Jean préféraient taire les vrais motifs de la jeune femme, car c'était choquant et déroutant, et ils ne souhaitaient pas ternir sa réputation.

— Et comme ça, vous êtes fâchés ! soupira le papetier. Si vous voulez mon opinion, il n'y a pas de quoi se brouiller à vie. Faustine n'avait pas à écouter une conversation entre adultes et elle a provoqué bien du remue-ménage en se sauvant… Blanche n'avait pas tort. Vous étiez en Normandie, c'était une occasion de se réconcilier avec ces gens.

— Papa ! protesta Claire. Sais-tu à quel point nous avons eu peur ? J'ai cru que je ne reverrais jamais ma fille, oui, je dis bien haut ma fille, car je suis sa mère depuis des années. Tu prends la défense de Blanche, mais, je suis désolée, je ne lui pardonnerai pas. Elle aurait dû nous informer de son dessein. Norbert Chabin et sa sœur Simone ont l'air de miséreux… Lui, il boit !

Colin haussa les épaules. Il devinait qu'il y avait autre chose dans la colère triste de Jean et de Claire. Un élément lui faisait défaut.

— Je suppose que Blanche était la première à regretter son geste et à s'inquiéter pour sa nièce… insista-t-il. Bon sang, avouez que si Faustine n'avait rien entendu, elle aurait passé un moment agréable dans la ferme où elle est née, et que le soir, elle et sa tante vous auraient confié leur escapade…

— Sûrement pas, dit Claire. Blanche avait parlé de son projet à notre fille en l'obligeant à nous mentir. Elle n'avait pas l'intention de nous prévenir. Je trouve sa conduite inadmissible. Jean pense qu'elle va changer de poste. Dans ce cas, Raymonde, je trouve que vous devriez vous installer dans l'appartement dès qu'il sera libre. Jean est d'accord, n'est-ce pas, Jean ?

— Tout à fait. Avec deux enfants, vous ne pouvez pas rester dans cette pièce exiguë, au grenier. Bien, je monte me changer. J'en ai assez de jouer les riches héritiers en canotier !

Il se leva et quitta la pièce. Colin fixa Claire d'un air narquois.

— Ton mari est contrarié par cette histoire…

— On le serait à moins, papa ! répondit-elle. Il avait placé sa sœur sur un piédestal. Elle en est tombée avec fracas.

— Je suis sûr que cela t'arrange. Vous étiez en bons termes, mais pas de vraies amies. Je me trompe ?

Ce fut au tour de Claire de se lever. Elle adressa un sourire à Raymonde, qui brassait de la pâte à crêpes.

— Moi aussi, je vais reprendre mes vêtements de tous les jours. Il fallait être élégante à Guerville et dans les hôtels de luxe où nous séjournions…

Le papetier retourna au travail. Léon s'approcha de Raymonde et lui colla un baiser dans le cou :

— Eh bien, ils en font une mine, les vacanciers ! On dirait qu'ils sont mieux au fond de la vallée, à brasser la terre ou le linge sale.

— Tiens, ça ne m'étonne pas ! remarqua la servante. En tout cas, comme je connais madame, elle a des goûts simples. Ce n'est pas le genre de mademoiselle Blanche…

— Ah, toi, si Claire ne buvait plus de lait, tu n'y toucherais pas non plus, rien que pour l'imiter.

Le couple se chamailla à voix basse. Thérèse les observait. C'était un beau bébé de treize mois. Assise dans un parc en bois, elle agitait son hochet. De l'avis général, l'enfant tenait de sa mère ses cheveux d'un blond sombre et sa fossette au menton, mais elle riait beaucoup, comme son père.

La vie quotidienne reprit ses droits. Claire, en jupe de cotonnade rose aux motifs délavés par de nombreuses lessives et en corsage blanc, rendit visite à son cheval, qui était dans un pré assez éloigné. Au retour, elle passa distribuer des croûtons de pain dur à ses chèvres et examina les chevreaux nés au printemps. Elle délivra Loupiote, les enfants ayant choisi d'emmener Sauvageon, plus docile. La louve lui fit une fête exubérante : gémissements, coups de langue sur les bras et le nez, sauts et soubresauts.

— Ma belle, ils t'enferment, toi qui es faite pour les grands espaces et la liberté.

Elle lui mit une laisse et termina la promenade par son jardin. En revoyant le portillon en bois, le gros arrosoir en zinc et ses bordures d'herbes aromatiques et médicinales, Claire éprouva un bonheur démesuré. Avec une attention scrupuleuse, elle se pencha sur la menthe encore en fleurs, si parfumée sur l'estragon d'un vert sombre, sur le buisson de thym que les abeilles assaillaient. Grisée par les senteurs retrouvées de ses plantes bien-aimées, la jeune femme arracha quelques intrus, orties et liserons, et cueillit du persil et de l'oseille, car elle rêvait d'une omelette.

Enfin, elle s'assit à même la terre tiède et contempla les murets palissés de vigne, de capucines et d'une vieille glycine. Loupiote se coucha à ses côtés, posant sur sa chère maîtresse réapparue le feu de ses prunelles obliques. L'animal n'avait rien d'un chien, haut sur pattes, mince et souple, le poil gris et abondant.

Des vols de corneilles semblaient danser au gré du vent, jetant des cris rauques. Les falaises profilaient leur fière silhouette, pareilles à des vagues de pierre prises de folie, qui auraient déferlé vers le ciel.

— Nous sommes bien, dis, toutes les deux ! soupira Claire. Je suis enfin chez moi !

Jean, à un kilomètre de sa femme, ressentait un peu la même joie, teintée de mélancolie cependant. Durant quelques années, il avait eu une existence paisible entre

Claire, Faustine et Blanche. Ces trois personnages féminins lui apportaient amour, sécurité, distractions et tendresse. Sa sœur avait su trouver sa place au moulin. Elle était devenue un maillon d'une chaîne familiale solide et rassurante. Malgré sa rancune, il savait que sa jumelle lui manquerait.

Le jeune homme déambulait entre les rangs de vigne en évaluant la maturité du raisin et l'état du feuillage. Des minuscules points bleus témoignaient du traitement soigneux qu'avait effectué Léon.

— Bon sang ! jura-t-il en écrasant une motte de terre sous son talon. Colin a raison, en fait. J'aurais dû revoir Blanche avant de prendre le train. Je l'ai giflée et j'ai claqué la porte. Tout ce qu'elle a dit, son regard bizarre, c'était peut-être une crise de nerfs à cause du choc qu'elle a eu… Je sais qu'elle adore Faustine. Elle a eu aussi peur que Claire et moi.

Des champs voisins montaient les ordres d'un laboureur à son cheval. Des moutons bêlaient dans une prairie bordant la rivière. Le calme familier de la vallée, l'étendue verdoyante de ses terrains et les pommiers chargés de fruits jaunes le rendaient à lui-même. Tous ces jours en Normandie, Jean les avait vécus en forçant son caractère, afin de ne pas décevoir Blanche. Il avait été plus poli que d'ordinaire, il avait surveillé son langage pour être au diapason des Dehedin qui, eux, refusaient de le rencontrer.

A présent, en pantalon de velours et gilet de corps, une casquette en toile sur la tête, le véritable Jean se réveillait et déplorait sa conduite. Il s'installa à califourchon sur une caisse qui lui servait souvent de banc et tira une bouteille de limonade de son cabas.

Si je l'ai giflée à la volée, songea-t-il, c'est que j'avais peur d'elle, mais pourquoi… J'étais tellement furieux à cause de Faustine.

Il s'interrogea avec loyauté. Avait-il eu envie, lui aussi, d'embrasser sa sœur, comme un amant et non en frère ? Il revit plusieurs moments de leurs vacances, les bains de mer, les soirées à flâner sur la plage. Blanche était une jolie fille, bien faite, séduisante, mais il eut beau se creuser la cervelle, il ne se souvenait pas de l'avoir désirée.

Elle délirait quand elle m'a crié toutes ces drôles de choses ! se dit-il encore. La pauvre, il faut la comprendre, toujours célibataire à trente ans bien sonnés... Elle n'a pas eu d'amoureux ni connu d'hommes... ou elle s'en cache bien.

Ce qui l'attristait le plus, c'était de ne pas savoir où était sa sœur, ni ce qu'elle avait décidé de faire. Il pensa lui écrire, mais se demanda à quelle adresse. Toutes ses affaires personnelles étaient dans le logement du moulin.

— Bah, elle sera obligée de revenir ici, même si elle a demandé un nouveau poste. Je lui parlerai... Claire sera moins en colère. Nous verrons bien comment nous arranger.

Jean se mordit la lèvre inférieure. Il était en train de prévoir le retour de Blanche, une réconciliation, alors que Claire et lui avaient promis l'appartement à Raymonde et Léon.

En voilà, des soucis... constata-t-il.

Il faisait très chaud. Des nuages d'un gris vaporeux commençaient à couvrir le bleu du ciel. Très loin, le tonnerre gronda. Le jeune homme marcha jusqu'au ruisseau qui coupait ses terres pour se rafraîchir. Tout de suite, il entendit des éclats de rire. Il écarta les branches basses, au feuillage dense, d'un saule pleureur.

Sous l'œil impassible de Sauvageon, couché sur la berge, Faustine et Matthieu s'éclaboussaient, debout dans l'eau. Sa fille avait relevé sa jupe et enlevé ses bas. Elle était décoiffée et riait, les joues en feu. Le garçon était torse nu, ruisselant, le pantalon retroussé aux genoux. Soudain, comme ivres d'avoir tant ri, ils s'enlacèrent, essoufflés. Matthieu serra un peu fort cette grande enfant à qui Jean trouva d'un coup des manières de femme. Le frère de Claire ne résista pas, il déposa un baiser sur la joue lisse de Faustine.

— J'étais trop malheureux sans toi...

Soumis à une rude tension nerveuse les jours précédents, Jean fut envahi en quelques secondes d'une sorte de rage mauvaise. Il se jeta en avant et trébucha contre une racine, se trempant jusqu'à la taille. D'un grand geste brusque, il sépara les deux enfants. Matthieu n'avait pas sa chemise. Ne pouvant le saisir par le col du vêtement, Jean l'attrapa aux épaules et le poussa de toutes ses forces en arrière. Il lui asséna deux grosses claques.

— En voilà des façons ! hurla-t-il. Que je vous reprenne à vos petits jeux ! Faustine, sors de là et rentre à la maison. Toi, Matthieu, je te préviens, ne la touche plus. Tu es en âge de comprendre ce que je veux dire.

Stupéfait, Matthieu dévisageait Jean avec une expression de haine qui le vieillissait.

— T'as pas le droit de me frapper ! hurla-t-il. On faisait rien de mal, on s'amusait. T'es qu'une sale brute…

Faustine n'osait pas s'éloigner. Une peur insensée la paralysait. Elle ne l'aurait pas eue, cette peur, un mois auparavant. Depuis, il y avait eu le terrible mot d'assassin dans la bouche édentée de Norbert Chabin.

— Papa, je t'en prie, ne le tue pas ! cria-t-elle d'une voix chevrotante.

La supplique et ce qu'elle avait de pathétique firent des ravages dans l'esprit de Jean. Il comprit que, même si sa fille avait accepté ses explications et semblait l'aimer autant, le mal était fait. Dès qu'il se montrerait violent, elle se souviendrait qu'il avait déjà tué un homme.

— Je ne veux pas le tuer, enfin ! balbutia-t-il. Je me suis emporté, j'ai eu tort… Mon gars, ça va ?

Il essaya d'approcher Matthieu. L'adolescent lui échappa. Il sortit à longues enjambées du ruisseau, ramassa sa chemise et ses chaussures et disparut derrière les arbres. Faustine pleurait.

— J'étais si contente, papa ! gémit-elle. On avait trop chaud, on voulait se baigner, comme à la mer.

Jean l'aida à remettre ses sandales. Il se sentait infiniment coupable.

— Ma chérie, pardonne-moi. Il y a une chose que tu dois savoir… Je regrette d'avoir frappé Matthieu, et je te jure de ne pas recommencer. D'accord, il y a longtemps, et tu sais comment, j'ai causé la mort de quelqu'un. Cela ne veut pas dire que je suis dangereux. Tu dois me croire. Aussi, tu deviens une grande fille. Tu ne peux plus jouer avec des garçons plus âgés…

— Mais Matthieu, c'est mon frère ! protesta-t-elle.

— Non, et tu le sais très bien. Il raconte au village qu'il t'épousera plus tard. Vous n'avez aucun lien de parenté.

Faustine resta silencieuse. Ce jour-là, elle renonça à une part de son enfance, celle de l'amour confiant, de la spontanéité et de l'innocence.

— Tu n'as jamais aimé mon frère ! dit Claire dès qu'elle apprit l'incident. Même quand il était bébé, tu le trouvais laid dans son berceau. Jean, tu me déçois ; le gifler aussi fort. Il a des marques au visage… Même papa est vexé que tu aies soupçonné son fils d'être vicieux, de profiter de la naïveté de Faustine. Matthieu aura treize ans dans deux semaines. Il est sérieux, bon élève, mais également tendre et câlin. Comment as-tu osé imaginer qu'il se comportait mal avec notre fille ?

Jean haussa les épaules, dépité. Ils étaient dans leur chambre. Tout le monde dormait. Le dîner qui aurait pu être joyeux avait eu des airs de soupe à la grimace. Matthieu ne levait pas le nez, Faustine boudait. Nicolas, mis au courant par son demi-frère, jetait des regards méprisants à Jean. Fine mouche, Etiennette serina que l'ambiance du moulin avait changé, que cela ne servait à rien de rentrer plus tôt de Normandie pour le regretter ensuite.

Colin battait froid à son gendre, avec qui il avait eu une explication houleuse. Bref, chacun fut soulagé de se coucher tôt.

— Tu as gâché notre retour ! ajouta Claire. Je me croyais au paradis, ici, mais l'enfer me poursuit…

— Ah ! N'exagère pas ! s'énerva Jean en se glissant entre les draps. L'enfer, tu ignores ce que c'est. Si tu avais connu les dortoirs de la colonie pénitentiaire, la soupe réduite à de l'eau tiède où flottaient des feuilles de betteraves, tu pourrais te plaindre. Pour Faustine, je préfère être trop prudent que pas assez. Je suis un homme, et Matthieu le devient. Nous avons des élans parfois difficiles à maîtriser. Si tu avais vu Faustine, l'air qu'elle avait, à demi nue dans le ruisseau... C'était... c'était impudique ! Il serait temps que tu lui sonnes les cloches, que tu mettes les points sur les i au sujet de la condition des femmes !

Sur le point de s'allonger aussi, Claire bondit en arrière. Les poings sur les hanches, elle déclara, tout bas :

— Et comment tu la conçois, la condition des femmes ? Cela ne te dérangeait pas, quand on s'arrosait au clair de lune, entièrement nus dans le même ruisseau ! Je suis certaine que ces deux enfants ne pensaient pas à mal, mais toi, tu as fait en sorte qu'ils se sentent fautifs. Dès qu'ils auront de la tendresse à exprimer, ils n'oseront pas.

Elle s'assit au bord du lit, les cheveux brossés, la chair nacrée de ses bras lustrée par le halo de la lampe à pétrole. Jean la contempla en faisant quelques calculs. Ils n'avaient pas fait l'amour depuis six jours au moins. Il tendit la main et caressa sa hanche.

— Bas les pattes ! lui ordonna-t-elle en lui assénant une tape sur les doigts. Je n'ai pas le cœur à batifoler. Je te parlais de mon frère, que j'ai élevé ! Pourquoi le détestes-tu ?

Jean lui tourna le dos. Il était las de la querelle et, au fond, il estimait avoir raison.

— Je te dis que Matthieu poussait un peu loin l'affection. Et Faustine a déjà des formes. J'aime bien ton frère, seulement il m'agace.

— Pourtant, c'est mon portrait ! répliqua-t-elle. Je crois, moi, que tu lui en veux depuis le soir de sa naissance... Je devais partir avec toi à La Rochelle, et maman est morte de ses couches ! J'ai dû renoncer à te suivre[1]...

— Je serais bien idiot de reprocher ça à un gamin qui n'a pas connu sa mère. Tu as une belle opinion de ton mari !

Claire se décida à éteindre la lampe. Elle se mit au lit avec prudence, prête à repousser Jean.

— N'empêche, lança-t-elle, je suis sûre que c'est ça...

1. Voir *Le Moulin du Loup*.

Il fit volte-face brusquement et l'attira contre lui. Elle se raidit en tentant de se dégager.

— Pardonne, Câlinette. J'aime trop Faustine, et depuis que j'ai cru la perdre, aux Sept-Vents, je brasse de sales idées. Cent fois quand je la cherchais à cheval, j'ai imaginé le pire. Un homme abusait d'elle, incapable de se défendre. Cela me rendait fou. Le pire, c'est qu'elle m'a cru capable de tuer Matthieu.

— A cause de la bêtise de ta sœur ! renchérit Claire.

— Pas vraiment. Nous sommes responsables aussi. Il fallait lui raconter mon passé avant de partir en Normandie. Quel gâchis ! Cela me rend triste pour Blanche. Elle doit souffrir, loin de nous ! C'est comme si je ressentais son chagrin. Elle voulait bien faire, Colin dit vrai.

C'était le comble pour Claire. Elle se leva, prit son oreiller et quitta la chambre, outrée. Jamais encore elle n'avait déserté le lit conjugal. Jean la rattrapa dans le couloir et lui vola un baiser.

— Si tu ne reviens pas tout de suite, dit-il à son oreille, je fais un sac et je m'en vais ! Je ne plaisante pas.

Elle voyait à peine son visage tant il faisait sombre, mais, à sa voix, Claire sut qu'il était sincère. La menace était sérieuse. Domptée, elle reprit sa place, les larmes aux yeux. Sa terreur d'une séparation fut si forte qu'elle mendia l'acte refusé quelques minutes plus tôt.

— Je ne peux plus vivre sans toi, Jean ! Fâchons-nous des semaines s'il le faut, mais ne pars pas, je t'en supplie. Je t'aime…

Il l'embrassa et l'embrassa encore. Le matin, ils étaient réconciliés.

Un dimanche, dix jours plus tard, la lourde charrette du boucher entra dans la cour du moulin. Vincent, le commis du commerçant, sauta du siège. Un autre garçon l'accompagnait. Jean et Léon allèrent à leur rencontre.

— Salut, la compagnie ! s'écria le visiteur. Je viens déménager les effets personnels de mademoiselle Blanche. Elle a dit comme ça que la servante pouvait aider à tout emballer dans ses malles qui sont rangées sur le palier.

— Où est ma sœur ? demanda Jean.

— Au bourg, pardi ! Le logement de l'école est libre. Elle préfère y habiter, rapport à la commodité. Ça lui fera une bonne trotte de moins, matin et soir.

Claire et Raymonde sortirent à leur tour. Elles assistèrent ainsi à l'arrivée d'un troisième personnage, celui-ci à bicyclette.

— Mais c'est votre ami, monsieur Nadaud, déclara la servante.

Victor souleva son chapeau, échangea des poignées de main avec les hommes et vint saluer les jeunes femmes. Le préhistorien, le teint hâlé, était tout sourire. Il s'habillait de manière élégante et pratique, toujours des chemises en toile beige aux poches abondantes, un pantalon assorti et un ceinturon. Mince et robuste, il resplendissait d'un bonheur mystérieux.

— Que vous arrive-t-il ? s'étonna Claire.

— Considérez-moi comme quasiment fiancé ! déclara-t-il d'un air amusé. Oui, à quarante-deux ans. Je ne crains pas le ridicule, n'est-ce pas ? Mais ma future épouse a toutes les qualités requises : l'instruction, l'éducation, la passion de l'archéologie, la beauté et le charme. Une perle rare…

Raymonde rejoignit Léon, craignant d'être indiscrète en écoutant leur conversation. Ebahie, Claire félicita Victor.

— Surtout, lui confia-t-il, n'allez pas croire que je vous ai oubliée. J'avais des sentiments profonds et sincères à votre égard. Cela dit, vous en aimiez un autre… Et, de toute façon, qu'importe, puisque j'entre quand même dans la famille.

Claire n'eut plus aucun doute.

— C'est Blanche… avança-t-elle en s'efforçant de paraître ravie.

— Bien sûr, c'est Blanche, votre délicieuse belle-sœur ! Nous serons voisins bientôt, chère Claire. Un an au moins. Ensuite, il est question de nous installer à Angoulême, rue de l'Evêché. Je compte racheter la maison d'un ami.

La jeune femme descendit le perron au bras de Victor. Elle cherchait Jean des yeux. Son mari s'éloignait sur le chemin des Falaises. Il avait emprunté le vélo de Léon et pédalait avec vigueur.

Tout recommence ! se dit-elle.

Jean ne savait pas du tout ce qu'il comptait faire ou dire en frappant à l'appartement situé au-dessus de l'école de filles. La voix de Blanche résonna : « Entrez ! » Elle ne doutait pas qu'il s'agissait de lui. Il tourna le loquet et franchit le seuil. Sa sœur époussetait une commode en bois verni. En le reconnaissant, elle tressaillit.

— Jean ! Je ne pensais pas que tu viendrais… Je voulais t'écrire, je n'ai pas eu le temps.

La jeune femme portait une ravissante robe jaune à rayures qui marquait sa taille fine et dégageait ses épaules.

— Je n'ai rien à t'offrir, désolée… s'excusa-t-elle. Je dois acheter à l'épicerie des casseroles, de la vaisselle.

Il tournait en rond, allait aux fenêtres et jugeait de la vue. Une chape de gêne pesait sur eux. Jean finit par déclarer, d'un ton évasif :

— C'est lumineux et propre… Tu seras mieux qu'au moulin.

— Je ne resterai pas longtemps. Puisque tu es là, autant te prévenir, Jean. J'ai accepté d'épouser Victor Nadaud. Non, ne fais pas ces yeux-là… Ce n'est pas un geste désespéré. Voyons, arrête de déambuler, assieds-toi.

Il lui obéit, prenant place sur un tabouret. Il se releva et marcha aussitôt droit vers elle :

— A quoi bon te jeter à la tête d'un homme que tu n'aimes pas ? Blanche, je venais te présenter des excuses. J'ai été dur avec toi le soir où nous avons retrouvé Faustine. Tu n'étais pas dans ton état normal, et moi non plus. Tu peux revenir chez nous. Claire comprendra…

Blanche s'appuya au dossier d'un fauteuil. Elle paraissait sereine.

— Non, Jean. Cette crise entre nous a eu du bon. J'ai

pu réfléchir à ma conduite. Je croyais sincèrement t'aimer de façon anormale, pour une sœur. Je me trompais. Victor me l'a expliqué ! Figure-toi que je l'ai rencontré dans le train, entre Tours et Angoulême. Il s'est mis à côté de moi. J'étais désespérée, et, en fait, très contente de le revoir. Je lui ai tout raconté !

— Tout ! répéta Jean, sidéré.

— Oui, comme à un ami, comme à un prêtre. Il m'a rassurée avec des mots simples et logiques. Plus le temps passait, plus je me sentais près de cet homme d'une rare intelligence. Selon lui, j'ai été victime de notre ressemblance, de notre gémellité. Peut-être qu'en toi je me désirais, je m'appréciais enfin.

— C'est un peu compliqué, ton histoire ! soupira-t-il. Mais ça ne m'étonne pas de la part de Nadaud. Ce type sait couper les cheveux en quatre et il a une provision de théories fumeuses.

— Absolument pas. Je suis certaine qu'il touche à la vérité. J'étais jalouse de Claire, de votre entente, je te voulais à moi seule afin de te posséder, disons de t'aliéner. La preuve, je rêvais de te garder à Guerville, avec Faustine, et de chasser ta femme.

Jean sursauta, froissé par l'aveu. Blanche éclata de rire :

— C'est terminé ! Je t'assure. Le temps le démontrera. A Poitiers, déjà, je ressentais une attirance profonde pour Victor. Je regardais son épaule et je m'imaginais la joue blottie là. Il l'a deviné. Oh ! Jean, comment te convaincre que je ne mens pas ? D'abord il y a eu la peur atroce, quand Faustine a disparu. J'ai juré de renoncer à mes folies, à mon obsession, toi… Le soir, tu étais si froid et si dur que j'ai eu cette horrible crise de nerfs. A présent, un avenir à mon goût m'attend. Je serai l'épouse d'un scientifique, un homme passionné par ses recherches. L'été, nous voyagerons. Il a promis de m'emmener en Italie, à Pompéi… et en Egypte. Le bonheur était à ma portée et je restais aveugle. Si tu savais combien je regrette de l'avoir repoussé pendant deux ans. Cela nous aurait évité bien du chagrin.

Blanche tira d'une valise une paire de rideaux en lin, bordés de dentelle.

— A notre âge, inutile de faire traîner les fiançailles ! ajouta-t-elle. En octobre, nous serons mariés... Tu seras mon témoin, dis ?

Elle minauda, à la fois très différente et fidèle à elle-même. Jean se frotta le menton, embarrassé par sa joie et son impatience.

— C'est très rapide, ce choix ! s'écria-t-il. Mais si cela te rend heureuse, en vrai, je n'ai plus qu'à te féliciter. Et Victor Nadaud te mérite, petite sœur. Je l'admire, ce gars-là.

La jeune femme traversa la pièce et se jeta dans ses bras. Jean faillit reculer et se dégager ; cependant Blanche le serrait fort et pleurait.

— Je suis navrée de vous avoir causé autant de peine, s'excusa-t-elle. Je t'assure que j'en ai encore des remords. J'écrirai à Claire et, dès qu'elle m'aura pardonné, je lui rendrai visite. Faustine me manque aussi.

Blanche relâcha son étreinte d'un geste gracieux. Ils discutèrent un bon moment de la déchéance de Norbert Chabin et de Simone, réduite au rôle de domestique chez son propre frère. Très vite, ils retrouvaient le plaisir d'échanger leurs sentiments et leurs idées. Jean lui parla du petit drame familial qui avait eu lieu le jour de leur retour.

— Claire prend l'amitié de Matthieu et de Faustine à la légère, pas moi. Je serai vigilant.

— Suis ton intuition, répondit-elle, je ne veux pas m'en mêler. J'ai fait assez de dégâts comme ça.

Il constata surtout que sa sœur avait l'esprit occupé par sa romance avec le préhistorien. Elle se retenait de chantonner et surveillait son reflet dans le miroir du vestibule.

— Tu es belle, dit-il gentiment. J'espère que tu auras un enfant bientôt. C'était un de tes rêves, aussi...

— Oui, cela me comblerait.

Ils se quittèrent plus unis et complices que jamais. Blanche se pencha à la fenêtre de sa chambre et regarda son frère marcher dans la cour de l'école. Son cœur lui faisait mal d'une ivresse trop grande.

Je suis guérie ! se répéta-t-elle. Vraiment guérie. J'étais dans les bras de Jean et je n'ai rien ressenti d'ambigu, mais rien, sauf de l'affection, de la joie.

La jeune femme contempla les toits ocre du village et les bosquets de buis au sud qui annonçaient le plateau calcaire surplombant les falaises. Elle envoya un baiser au ciel, aux hirondelles qui traçaient de longues courbes dans l'air chaud de l'été.

Moulin du Loup, 30 septembre 1910

Claire vérifia une dernière fois la valise contenant les vêtements de Matthieu. Son frère partait pour sa première rentrée de pensionnaire, à Angoulême, au lycée Saint-Paul.

— Les deux blouses grises, les pyjamas…

Des gouttes vinrent s'écraser sur le tissu rayé en coton doux. La jeune femme pleurait. Au moment de la séparation, elle prenait la mesure de l'amour que lui inspirait Matthieu. Elle l'avait élevé, bercé, grondé.

Mon petit ! pensa-t-elle soudain. Pourvu qu'il ne soit pas trop triste, loin de nous.

La famille l'avait rassurée. L'adolescent pourrait rentrer le samedi et pour les vacances. Mais cela n'empêchait pas une angoisse toute maternelle de déchirer le cœur de Claire. Colin, en père soucieux de l'instruction de son fils, n'avait pas autant d'états d'âme.

Je vais rendre visite à Bertille, se promit-elle. Ce serait bien qu'elle s'occupe de lui les jeudis. Il la connaît peu, mais, justement, ils auront l'occasion de se rapprocher.

Elle entendit un coup de Klaxon dans la cour. C'était Bertrand Giraud qui s'impatientait. L'avocat conduisait ses filles en ville et le papetier lui avait demandé de déposer Matthieu devant le lycée. Claire l'accompagnait. Aussi avait-elle veillé à sa toilette. En tailleur de serge brune, une toque à voilette posée de côté sur ses cheveux noirs, elle s'estimait élégante mais discrète.

La vie est bizarre ! songea-t-elle en bouclant la valise.

Depuis la mort de Marie-Virginie, Bertrand se montre plus détendu. Il passe souvent au moulin, il discute avec papa, il semble apaisé…

Claire se demanda si le jeune veuf avait revu Bertille. A l'approche de l'automne, affligée par le départ de Matthieu, elle envisageait de renouer bien des amitiés. Une seule personne demeurait indésirable sous son toit : sa belle-sœur Blanche. Elle ne parvenait pas à lui pardonner sa conduite.

On klaxonna à nouveau. Jean déboula dans la chambre du garçon, mais il ne vit que son épouse.

— Qu'est-ce que vous fabriquez ? Dépêche-toi, Claire, Bertrand a déjà du retard. Où est Matthieu ?

— En bas, je suppose. Il voulait embrasser Raymonde et Nicolas.

Elle n'osa pas mentionner Faustine. Jean attrapa les bagages et dévala l'escalier. Claire suivit le mouvement, agacée par cette précipitation. La cuisine était déserte. D'une fenêtre, elle aperçut Raymonde et Léon avec leurs deux petits. Ils admiraient la nouvelle automobile de l'avocat, une De Dion-Bouton grise dont la capote pouvait se rabattre en été. Bertrand avait néanmoins gardé sa Panhard noire. Il s'en servait les jours de mauvais temps.

Mais où est Matthieu ? s'inquiéta-t-elle. Peut-être à l'écurie en train de caresser Sirius et Loupiote… Il aime tant les animaux, comme moi.

La jeune femme sortit à son tour. Elle découvrit Colin, Etiennette et Nicolas en bas du perron. Tout le monde s'était réuni afin d'assister au départ du pensionnaire. Jean hurla :

— Appelle Matthieu, Claire !

— Oui, trouvez-le ! insista Bertrand, assis au volant.

Faustine apparut alors, un panier à la main. Elle venait de nourrir les poules et les canards, un petit travail qui lui plaisait.

— Ma chérie, as-tu vu Matthieu ? interrogea Claire.

— Non, je ne sais pas où il est.

Elle avait sa mine des mauvais jours. Elle longea la voiture en jetant un coup d'œil hautain aux demoiselles de Ponriant,

Corentine et Eulalie, installées à l'arrière, coiffées du même béret en lainage beige et vêtues de robes identiques.

— Peut-être bien qu'il est aux commodités, suggéra Etiennette. La frousse, ça donne mal au ventre, et il avait peur de l'internat. Nicolas le sait, lui.

Nicolas ne desserra pas les lèvres. Léon, toujours dévoué, se mit en quête de Matthieu. Il revint au bout de dix minutes, essoufflé.

— Le gosse n'est pas au petit coin, ni dans les bâtiments. Les ouvriers ne l'ont pas vu. Je suis même monté dans le grenier, j'ai crié comme un fada dans le potager.

Bertrand descendit de la voiture. Il tira de sa poche intérieure un paquet de cigarettes de marque anglaise et en alluma une.

— Je fume beaucoup depuis la mort de ma femme... Excellent remède contre le spleen.

Claire lui adressa un sourire crispé. La disparition de son frère, à l'heure exacte où l'avocat devait les emmener en ville, lui semblait étrange.

— Je ne supporte plus qu'un enfant soit introuvable ! dit-elle en l'excusant encore. Matthieu a dû se promener une dernière fois. Il était malheureux, je l'ai senti.

— Bon sang ! jura Colin. Il ne manquait plus que ça... Partez, Bertrand, ne vous mettez pas en retard à cause de nous. La discipline n'est pas le point fort de ma fille.

Une querelle couvait. Claire préféra ne pas répondre. Si son père commençait à critiquer devant témoins l'éducation donnée à un fils qu'il avait renié des années, elle risquait fort de piquer une colère. Jean s'éloigna, furieux.

— Je prends un vélo et je fais un tour le long de la rivière. Je te préviens, Claire, si je le trouve, ton frère, je lui tire les oreilles.

Faustine était singulièrement impassible. Elle grattait le crâne du vieux Sauvageon, couché à ses pieds. Loupiote, jalouse, lui mordillait les chaussures.

Colin décida de fouiller les salles du moulin.

— Maintenant, c'est sûr, il s'est enfui ! annonça-t-il.

En s'excusant, Bertrand se remit au volant et démarra.

Le moteur crachota et gronda avant de ronfler à un rythme satisfaisant. Les falaises répercutèrent le bruit sourd de la mécanique bien huilée. De sa cachette, Matthieu suivit des yeux le véhicule.

Voilà, c'est pas ce soir que je dormirai en pension ! triompha-t-il.

L'adolescent était couché à plat ventre dans la grotte qui avait abrité les amours de Sauvageon et de la mère de Loupiote. Son beau costume bleu marine était maculé de terre sèche, d'un jaune douteux. Il tenait entre ses dents la pipe de Basile, le seul grand-père qu'il ait connu. Ce n'était qu'un ami, pas un membre de la famille, mais Matthieu s'en moquait. Il entretenait le souvenir du vieil homme mort, dont il n'avait pas oublié les discours virulents sur la liberté, l'anarchie, le droit des peuples à disposer d'eux-mêmes.

Je dispose de ma vie ! Je veux rester dans la vallée, moi...

Il vérifia le contenu d'une besace en cuir. Du pain, une gourde d'eau, du chocolat en tablette, une pomme et, le plus important, des bougies et un briquet.

Ils ne me trouveront pas ! se promit-il en écoutant des appels en provenance du moulin.

Matthieu avait choisi cette grotte avec l'idée de se réfugier dans le souterrain qui rejoignait la maison. Il savait que Jean et Léon risquaient de le chercher là, précisément, mais ce passage comportait tant de petites galeries qu'ils tourneraient en rond sans le voir. Et si les recherches s'étendaient dans toute la vallée, lui en profiterait pour monter par le puits sec jusqu'à la chambre de Claire. Il avait un complice en la personne de Nicolas.

Jamais il n'aurait avoué que la raison principale de sa fugue, c'était Faustine. Quitte à être séparé d'elle, il préférait être tout proche qu'exilé en ville. La fillette lui avait raconté comment elle avait pu se dissimuler des heures dans le bocage et cela l'avait encouragé à l'imiter.

Faustine ! se troubla-t-il.

Il l'aimait. Cela datait de son arrivée chez les Roy. Il avait cinq ans ; elle babillait, haute comme trois pommes, âgée de vingt-quatre mois. De l'enfant recueillie, Matthieu aurait pu dessiner le visage sans la moindre erreur. Un grain de beauté à la joue droite, près du nez fin, des lèvres coquines et très roses, des prunelles d'un bleu limpide. Elle sentait le savon de Chypre et l'eau de Cologne ; ses cheveux blonds fonçaient sur la nuque. A la moindre crainte, en cas de chagrin ou d'égratignure au genou, Faustine se réfugiait près de lui et quémandait un câlin.

— J'ai juré de la protéger, je ne peux pas m'en aller en pension ! dit-il d'un ton rogue, mais les larmes aux yeux.

Soudain des voix retentirent sur le talus en contrebas. Matthieu aperçut son père et un des ouvriers. Le papetier parlait fort.

Papa est en colère, je file...

Il recula en rampant et en éparpillant de la main les menus cailloux déplacés qui auraient indiqué sa présence. Il s'enfonça dans les profondeurs de la falaise. Dès qu'il fit noir, il alluma une bougie. Ce n'était pas la première fois qu'il venait là. Ce lui fut facile d'atteindre le souterrain, où l'on pouvait marcher à l'aise grâce à la voûte taillée de main d'homme, au sol plan.

Matthieu s'assit, guettant le moindre bruit. Il croqua la pomme et jeta le trognon. Personne ne venait. Son cœur battait dans sa poitrine, car le silence l'affolait. Le halo de la petite flamme éclairait la paroi rocheuse, parfois lisse, parfois hérissée de cristallisations. A deux mètres, il observa le recoin au plafond bas, naturel celui-là, où la louve s'était réfugiée, la patte cassée. Au même endroit, Victor lui avait appris à gratter le sol pour en extraire des outils en silex.

— Il y avait des ossements humains, aussi !

Cette pensée le dérangea. Cependant, il s'estimait bien caché et en sécurité. Il ne tarda pas à avoir les jambes engourdies. En s'étirant, il renversa la bougie calée entre deux galets. Ce fut l'obscurité complète, effrayante.

— Le briquet, vite...

Il chercha dans ses poches, au fond de la besace. Enfin tout autour de lui, à tâtons. Cela dura longtemps. Les zones qu'il parcourait du bout des doigts livraient des cailloux, de la terre glaise ou de la pierre suintante d'humidité. Matthieu s'entêta et recommença plusieurs fois l'inspection. Le briquet était introuvable.

— J'ai dû le laisser tomber quand j'ai allumé la bougie au début. Je me dépêchais…

Il décida de rebrousser chemin en avançant lentement. Arrivé à l'embranchement de deux galeries, il s'engagea dans la plus étroite, où un homme adulte ne pouvait se faufiler.

Au moulin, c'était l'affolement. Il faisait nuit et Léon revenait du bourg, escorté des gendarmes. Victor Nadaud et Blanche les suivaient de près. Leurs lanternes dansaient au sein des ténèbres comme des feux follets.

Faustine et Nicolas écoutaient les conversations croisées des adultes, dont les voix de différentes tonalités composaient un concert discordant. La grande cuisine paraissait emplie de monde : Colin, Etiennette ravie de l'agitation, Claire et Jean, Raymonde, Léon, leurs enfants, et les nouveaux arrivants, les fiancés Victor et Blanche, flanqués de la maréchaussée en cape noire et képi.

Ce fut à cet instant précis que Sauvageon, assis sur son derrière, leva la tête, tendit le cou et se mit à hurler à la mort. Le silence se fit immédiatement. Loupiote, couchée sous la table, se leva et, après avoir reniflé le cou de son père, poussa elle aussi des cris sinistres.

— Mon Dieu, gémit Claire. Si c'est à cause de Matthieu… Ils ont senti qu'il était en danger ! Tu te souviens, papa, comment mon chien a su que Nicolas était tombé dans le ravin et se noyait ?

— Eh bien, qu'ils servent à quelque chose, tes fichus bâtards ! pesta le papetier hors de lui. Ils devraient avoir assez de flair pour retrouver mon gamin…

Blanche était d'une pâleur anormale. Elle était très émue. C'était la première fois depuis son retour de Normandie qu'elle remettait les pieds au moulin, et il avait fallu un drame pour cela, similaire de plus à celui qui s'était déroulé à la Ferme des Sept-Vents. Elle aurait voulu consoler Claire, la rassurer, mais elle n'osait pas l'approcher. Les deux femmes évitaient même de se regarder.

Un des gendarmes, novice et très impressionné par l'atmosphère tendue, chuchota qu'il sortait. Le malheureux voulait se soulager dans un coin sombre. A peine vit-il la porte entrebâillée, Sauvageon se rua en avant en bousculant le jeune homme. Jean arrêta Loupiote en saisissant son collier. Claire en fut consternée :

— Il a filé. S'il trouve la piste de Matthieu, ce sera sans nous…

Nicolas secoua le poignet de Faustine pour attirer son attention :

— Viens dans le cellier deux secondes… C'est important.

— Pour quoi faire ?

— Viens, je te dis, c'est un secret !

Elle se résigna, anxieuse. Avec Nicolas, elle ne savait jamais ce qui pouvait se passer. C'était un garçon discret et taciturne, assez doué pour la dissimulation. Il accumulait les bêtises et les mensonges, mais on ne le soupçonnait pas, car il était malin et ne craignait pas les punitions.

Ils se glissèrent dans la pièce obscure, où la fraîcheur exaltait des parfums divers, celui des salaisons suspendues aux poutres, des tonnelets de vin au fort relent aigre.

— Matthieu m'a expliqué son plan, avoua Nicolas. Je te dis où il est si je peux te toucher, sous ta culotte…

Faustine s'écarta un peu, furieuse.

— Tu triches toujours. Tu ne sais rien du tout, t'es qu'un vicieux ! Si tu me touches, je le dirai à mon père ; il te frappera, et pas doucement.

La menace porta, Jean était le seul dont se méfiait le garçon. L'envie de vendre la mèche le rendit bavard.

— Matthieu, il a emporté des provisions et des bougies. Il voulait se cacher dans le souterrain. Et plus loin dans d'autres grottes, après…

— J'en étais sûre ! s'exclama Faustine. Je lui avais demandé de ne pas partir hier. Mais c'est dangereux !

La fillette retenait beaucoup de choses. Un jour, Victor Nadaud avait mis en garde les gens du moulin en précisant que la grotte reliée au souterrain comportait des galeries en pente raide qui pouvaient descendre jusqu'à une nappe d'eau. Elle frissonna.

— Je dois le dire à maman ! Matthieu, il peut mourir, et ce sera ma faute.

Nicolas la chercha, les mains en avant. Il effleura du doigt les cheveux de Faustine.

— Non, moi j'ai promis à Matthieu de garder le secret !

— Alors, t'avais qu'à pas me parler ! cria-t-elle, certaine que Claire ou Jean entendrait.

Colin poussa le battant à la volée. Il tira les enfants du cellier.

— Qu'est-ce que vous complotez ? Ce n'est pas le moment de nous causer d'autres soucis !

Claire se précipita vers sa fille et la dévisagea.

— Faustine, où est Matthieu ?

— Dans le souterrain…

— C'est impossible ! protesta Jean. Il y a une heure, j'y suis descendu avec Léon, nous avons appelé et exploré les recoins. Il n'y a personne.

Victor vint tapoter l'épaule de Claire en lançant un coup d'œil inquiet à son futur beau-frère.

— Jean, retournons-y ! Je connais bien le réseau. Il y a des sortes de puits, des pièges mortels… Le temps presse.

Une véritable expédition s'organisa. Les gendarmes décidèrent, guidés par Colin, de se rendre à la grotte. Léon, Jean et Victor, équipés de lampes à pile, se préparèrent à descendre dans le souterrain.

Matthieu était à bout de forces. Il avait erré à quatre pattes dans un boyau tapissé de boue, qui plongeait dans le sein de la terre. Souvent il se cognait le front ou le crâne à la paroi. La terreur l'envahissait, car le passage était si étroit et si bas, qu'il ne pouvait pas faire demi-tour. Reculer lui paraissait trop fatigant. Il avait parcouru, à son avis, une longue distance, et jamais il ne réussirait à se repérer. Sa besace le gênait. Parfois il restait immobile, allongé contre le sol et, après maintes contorsions, il saisissait de la nourriture pour diminuer le volume du sac.

Le désespoir l'affaiblissait. Au début de son aventure, il éprouvait une griserie frondeuse à l'idée de faire une fugue, comme Faustine en Normandie. A présent, il se trouvait idiot et d'une imprudence insensée.

— Je vais mourir… s'écria-t-il. Même si on me cherche, ce sera trop tard. Faustine, au moins, elle était dehors, elle voyait le ciel, la lune.

Il éclata en sanglots. A treize ans, il ne pleurait plus, mais là, personne ne le verrait. Il s'abandonnait à la panique.

Tout à l'heure, se dit-il en hoquetant, j'ai cru entendre des voix, mais, sûrement, je deviens fou parce que je suis dans le noir depuis trop longtemps.

Soudain il songea à sa sœur, Claire. Il évoqua son regard de velours, la douceur de sa voix. Elle lui avait servi de mère, et il lui en était reconnaissant. Avec la politesse, la charité et le respect des autres, la jeune femme lui avait enseigné le courage et la volonté.

Non, je veux pas mourir ! décida-t-il. Je dois continuer, peut-être que je vais trouver une sortie…

Il avança encore sur un coude, en poussant de ses genoux écorchés. Sa main libre lui servait à explorer l'espace devant lui. Après trois mètres environ, Matthieu eut l'impression que les parois s'élargissaient et que la voûte se relevait. Il tenta de se redresser et il put se tenir à genoux. Il fut soulagé de s'asseoir, de se dégourdir. Il reprenait confiance, prêt à suivre le même boyau en sens inverse quand l'écho d'une respiration rapide le pétrifia. Il n'était plus qu'un enfant en pleine épouvante, imaginant une créature mystérieuse lancée à sa poursuite. Le bruit se rapprochait.

Il voulut hurler et s'enfuir, mais une masse poilue le renversa, alors qu'une langue tiède lui parcourait le visage et le cou.

— Sauvageon ? C'est toi, Sauvageon ? Oh, mon chien, mon brave chien que j'aime…

L'animal geignait et se colla à son maître. Matthieu pleurait, les bras autour du corps de l'animal.

Sauvageon n'avait pas de lanterne ni de corde, mais il possédait un atout plus précieux : son sens de l'orientation et son instinct de loup. Vingt minutes plus tard, Matthieu en fut stupéfait ; il croyait avoir rampé sous la terre pendant un temps infini. Ils arrivaient tous les deux à l'air libre, hors de la grotte.

Matthieu cria de joie en apercevant des étoiles et la cime des frênes, mais aussitôt Colin l'attrapa par sa veste. Le garçon devina la silhouette des gendarmes.

— Sale petit crétin, j'ai cru crever de peur ! gronda son père en le giflant à tour de bras.

L'instant d'après, le papetier serrait son fils contre son cœur en le cajolant comme un gamin de six ans. Sauvageon remua la queue et reprit en solitaire le chemin du moulin. Il avait fait son travail de gardien, le reste ne le concernait pas.

Claire conduisit son frère à Angoulême en calèche dès le lendemain. Assis à côté d'elle sur le siège avant, il gardait un air résolument renfrogné. Sa malle de pensionnaire occupait l'arrière du véhicule. En traversant Puymoyen, ils virent Blanche devant la mairie ; elle les salua d'un signe amical.

— A cause de ton idée stupide, fulmina la jeune femme, j'ai dû me réconcilier avec ma belle-sœur hier soir. Pourtant je lui en veux encore pour ce qu'elle a fait cet été…

L'adolescent ne répondit pas. Elle lui décocha un petit coup de coude :

— Matthieu, tu ferais mieux de te résigner, car tu es obligé d'entrer au lycée de garçons. Tu verras, cela passera vite, et il y a les vacances. Sais-tu à quoi ce voyage me fait penser ?

— Non, dis… maugréa-t-il.

— Cela me rappelle le jour déjà lointain où j'ai quitté le domaine de Ponriant, montée sur Sirius. Aujourd'hui, il tire notre calèche, mais à cette époque c'était un sacré numéro, qu'il fallait tenir fermement. Et ce jour-là, après la mort de mon premier mari Frédéric, je suis rentrée au moulin, et je t'avais assis devant moi, sur la selle. J'avais une telle envie d'être à la maison, ma maison bien-aimée. Et tu riais quand Sirius trottait, et moi je te serrais contre moi. Tu étais si petit ! Tu gazouillais, déjà bavard.

— Je ne suis pas bavard ! coupa Matthieu.

— Ah ça, je l'avais remarqué ! répliqua-t-elle. Je plaisantais, dis, parce que tu refuses de me parler, justement, et ce n'est pas très gentil... Faustine aurait compris, elle, que je plaisantais !

Le prénom résonna dans le cœur du garçon jusqu'à la douleur. Il eut une sorte de sanglot étouffé.

— Claire, je vais être trop malheureux, sans vous tous, sans Faustine.

— Bertille viendra te chercher le jeudi, et tu vas étudier des matières passionnantes. Sois courageux, mon petit frère, le temps passe plus vite que tu crois...

Matthieu hocha la tête tristement. Il se sentait rejeté du paradis et séparé d'un de ses anges qui se nommait Faustine.

18

Le jeu des fiançailles

21 mars 1912

Claire ne fut pas très surprise, ce soir-là, de voir Denis Giraud raccompagner encore une fois Faustine et César jusqu'au moulin. Cela devenait une habitude. Les trois écoliers se séparaient devant le porche en pierre donnant sur la cour. Le fils de leur voisin et ami, Bertrand, menait une vie tranquille depuis que ses sœurs étaient pensionnaires à Angoulême. Il allait à la communale du bourg et il rentrait au domaine par le chemin qui lui plaisait le plus.

Bien des choses avaient changé à Ponriant depuis le décès de Marie-Virginie. Pernelle était partie, ainsi que Louis et Louise, des bessons qui se mariaient chacun de leur côté, renonçant eux aussi à leur place. Une femme de Puymoyen, veuve et très pauvre, était devenue la gouvernante, veillant au ménage et à la cuisine. Le sort de Denis, qui vivait seul avec son père, chagrinait la nouvelle domestique et elle le gâtait tant qu'il avait pris quelques rondeurs. Entre Bertrand et son fils régnait une certaine complicité non dénuée d'affection. Mais l'adolescent était irrésistiblement attiré par le Moulin du Loup et la famille Roy-Dumont. Après s'être contenté, pendant des mois, de rôder sur le chemin des falaises en bicyclette ou de passer comme par hasard plusieurs fois par semaine devant le bief, Denis s'enhardissait. Il tentait de gagner l'amitié de César en lui offrant des billes et des sucres d'orge. Il trouvait là un prétexte pour approcher Faustine et discuter avec elle.

Claire qui revenait du potager serra la main du garçon. Il lorgnait la porte de la maison avec un air d'envie.

— Tu peux goûter avec nous, si tu veux ! lui dit-elle gentiment. Raymonde a fait un énorme gâteau aux pommes.

— Je veux bien ! remercia le garçon, qui était d'un naturel timide.

Elle continua à lui parler en le guidant vers la cuisine :

— Tu peux m'appeler Claire, je ne me fâcherai pas ! constata-t-elle. J'ai remarqué que tu raccompagnais souvent ma fille et César. Maintenant que Matthieu et Nicolas sont lycéens, vous êtes les seuls enfants à rentrer de l'école du bourg par le raccourci, et ça me rassure de vous savoir tous les trois... La broussaille envahit le plateau et le sentier est de plus en plus accidenté.

— Je peux le faire tous les soirs, madame ! répliqua Denis, saisissant l'aubaine. C'est sur ma route ; ça ne me dérange pas.

Faustine faillit éclater de rire. Elle n'était pas dupe des vraies raisons de Denis qui la dévorait des yeux dans la cour de récréation, de l'autre côté de la grille séparant garçons et filles. Cela la flattait, même s'il n'était pas le seul de la vallée à la regarder avec admiration.

L'empressement de Denis agaçait Jean mais amusait Claire. A douze ans, Faustine avait des allures de jeune fille, avec des petits seins pointus et des lèvres roses et charnues. Elle posait sur le monde deux larges prunelles bleues, ourlées de longs cils couleur de bronze : le regard magnétique de son père...

Claire découpa la pâtisserie, dorée et fondante, et en servit des parts égales. Raymonde installa sa fille Thérèse, une gracieuse poupée de deux ans, dans sa chaise haute. Après un hiver froid et pluvieux, le printemps reprenait ses droits. Les saules se couvraient de chatons gris duveteux et les pissenlits égayaient d'or jaune les prairies.

— Où est papa ? s'écria Faustine en se levant de table. Dans sa vigne ? J'ai envie de lui rendre visite. Je peux prendre la bicyclette de Léon… Je ferai mes devoirs demain, puisque c'est jeudi.

— Je viens aussi ! claironna César. Je suis sûr que mon père, il est aussi à la vigne.

— Jean et Léon sont à Angoulême ! coupa Claire. Vous restez ici ou vous jouez dans la cour.

— Mais, d'abord, on peut montrer la vieille pile à maillets à Denis, hein, maman ? hurla César en attrapant un coin du tablier de Raymonde.

— Non, monsieur Colin a des visiteurs, il ne faut pas le déranger ! rétorqua la servante.

Denis suivait les conversations et observait. C'était une manie chez lui, qu'il avait prise à force d'être puni par Pernelle et par sa mère. Le châtiment qu'il recevait consistait à demeurer immobile dans un coin du salon ou à passer deux heures enfermé dans sa chambre. Pour se distraire, il détaillait le mur, les tableaux ou le paysage, les particularités des toitures, des bâtiments, écuries, grange, chenil désaffecté…

La grande cuisine du moulin le passionnait, avec ses casseroles en cuivre accrochées aux poutres et l'horloge au coffre peint de fleurs et de lierre. Il mangeait sa part de gâteau lentement pour pouvoir s'attarder encore. Devant la cheminée où fumaient quelques braises dormait le vieux Sauvageon. A quinze ans, le chien-loup avait toujours le poil épais – Claire le lotionnait avec de la décoction de bardane, une grande plante aux larges feuilles –, l'œil vif et le trot rapide. Les gens du village et les fermiers de la vallée s'étonnaient de sa longévité et de sa bonne santé. L'adolescent savait que Faustine vouait un amour inconditionnel à l'animal ; donc il l'aimait aussi. Couchée près de lui, il y avait Loupiote, la louve. Sur un des buffets, il contempla ensuite un merle que Léon avait recueilli juste tombé du nid, une aile cassée.

— Encore gâteau ! ânonna Thérèse en agitant sa cuillère.

— Petite gourmande ! glousssa Raymonde. Vous avez entendu, madame, comme ma pitchoune parle bien…

— Oui, elle est mignonne à croquer.

Claire colla un bisou bruyant sur la joue satinée du bébé.

Denis aurait voulu habiter là, rester sous l'aile de ces deux jolies femmes au sourire facile. Mais son assiette était vide. Il se leva et reprit son cartable.

— Merci beaucoup, madame, euh… Claire !

— Mais c'était un plaisir, Denis ! répondit-elle sur un ton très solennel. Transmets mes amitiés à ton père.

Faustine était perchée sur la balustrade du perron. Dès qu'elle vit Denis sortir, elle cria :

— Maman, je peux promener Loupiote ? Jusqu'au pont, pas plus loin ? Comme ça, j'accompagne un peu Denis !

— Emmène César, dans ce cas ! répliqua Claire de l'intérieur. Et revenez vite…

L'adolescente pouffa et dévala les marches, la louve sur ses talons. Denis, stupéfait de sa chance, n'osait pas franchir le portail.

— Et César ?

— Ne t'inquiète pas, il a filé se cacher dans un coin de la grange ou de l'écurie. Il appelle ça ruser. Raymonde a toujours du travail et sa fille à surveiller. Au bout d'un moment, elle oublie de chercher César… Oh, c'est un sale garnement, voilà. Nous serons plus tranquilles sans lui.

Ils avancèrent sur le chemin, grisés par les exhalaisons des buis, ne prêtant plus attention aux falaises grises qui leur étaient si familières. Denis jetait de brefs coups d'œil à Faustine. Il la trouvait d'une beauté éblouissante. Sa chevelure blonde nouée sur la nuque d'un ruban rose, elle lui présentait un visage ravissant, rond et mobile.

— Tu dois t'ennuyer, au domaine ? lui demanda-t-elle soudain. Tes sœurs ne sont jamais là.

— Un peu, avoua-t-il, mais je ne suis pas malheureux.

— Quand même, ta mère est morte, et ta petite sœur aussi…

Ces deuils successifs avaient marqué Faustine, très affectueuse et dévouée aux plus petits. La réponse du garçon la déconcerta.

— Ma sœur était très malade, elle souffrait beaucoup.

J'ai prié Dieu de la reprendre, pour qu'elle n'ait plus mal. Et ma mère…

Ils s'arrêtèrent près du pont. Faustine contempla la course de l'eau limpide et vive. Denis hésitait à en dire davantage.

— Je serais désespérée si maman mourait ! dit-elle, un frisson glacé lui parcourant le dos.

— Oui, parce que Claire, elle t'aime ! lança Denis avec amertume. Ma mère à moi, je crois qu'elle me détestait. Chaque fois que Pernelle me cherchait des histoires, ma mère était d'accord pour me punir. Et un jour…

Il se tut. Faustine le fixa, le bleu de ses yeux assombri par la curiosité.

— Un jour, ajouta-t-il, elle m'a frappé avec un des fouets de l'écurie ! Plein de coups, dans le dos ; comme ça, mon père ne pouvait pas voir les marques.

— Qui, Pernelle ?

— Mais non, ma mère ! Elle ne m'embrassait jamais, moi, c'était toujours mes sœurs qui avaient droit à des câlins, à des jouets.

Le cœur tendre de Faustine fondit de compassion. Elle s'assit sur le parapet moussu et tendit la main.

— Viens près de moi, Denis. Ça me fait de la peine, ce que tu racontes. Claire n'est pas ma vraie maman, mais je l'adore.

Il prit place à ses côtés. Faustine étudia ce visage qu'elle croyait bien connaître et découvrait sous un nouveau jour : Denis avait les cheveux châtains, une mèche en travers du front, le nez fin et les joues creuses.

Il se troubla sous cet examen minutieux.

— Je voudrais me marier avec toi ! déclara-t-il, aussitôt rouge de confusion.

— Alors tu dois me donner un baiser ! minauda-t-elle.

Denis ne se fit pas prier. Il posa ses lèvres sur cette bouche douce comme une fleur, si proche de la sienne. La louve furetait autour d'eux. Ils ne la virent pas humer le vent et s'éloigner au trot vers le chemin de Chamoulard.

Faustine exultait de fierté. Elle avait un nouvel amoureux, le futur maître du domaine de Ponriant. A l'école, ses camarades jouaient à se choisir des fiancés dans la cour des garçons. Elle leur affirmait toujours qu'elle en avait déjà un, Matthieu, qui était au lycée, en ville. Demain, elle pourrait se vanter d'être la petite femme de Denis.

— Tu ferais mieux de rentrer, lui dit-il au même instant. Sinon, ta mère sera fâchée.

— Mais non, maman n'est pas sévère… Mon père, si ! Où est Loupiote ?

Faustine s'affola. Elle se mit à appeler la louve et à scruter les environs, la mine dépitée.

— Si je ne la retrouve pas, là, ça se passera mal. Maman ne veut pas qu'elle coure, à cause de son instinct de bête sauvage. Elle pourrait attaquer des troupeaux… Denis, je t'en prie, aide-moi à la chercher !

— Là-bas, regarde ! s'écria-t-il. Elle monte dans le bois, tu la vois ?

— Oui… mais elle est déjà loin ! Pourquoi elle ne revient pas… Loupiote obéit bien, d'habitude !

— Elle a dû sentir une bête, un chevreuil…

Faustine s'élança sur les traces de Loupiote. Denis n'eut pas le choix, il la suivit, abandonnant son cartable près du pont. A cet endroit de la vallée, les falaises s'abaissaient, coupées de failles étroites où poussaient dru ronces, prunelliers et genévriers. C'était le royaume des sauvagines et des renards. L'hiver, des sangliers creusaient là des bauges profondes, gorgées de boue. Sur le plateau plus pentu qu'aux abords du moulin s'étendaient des bois touffus, des repousses de châtaigniers ou de chênes. Les deux enfants s'engagèrent sur un sentier étroit qui montait raide.

— Loupiote ! hurlait Faustine à intervalles réguliers. Reviens, ma belle.

Denis avait plus de difficultés que l'adolescente à se frayer un passage parmi la végétation épineuse. Il craignait d'abîmer son costume en serge brune, même s'il ne risquait plus les foudres de Pernelle. Faustine se moquait de déchirer sa jupe ou son corsage. Les joues en feu, les bras égratignés, elle fonçait droit devant, en s'aidant d'un bâton.

— Attends-moi un peu ! lui cria-t-il.

— Dépêche-toi ! J'entends des bruits, là-bas... On dirait que Loupiote grogne.

Il s'arrêta net, apeuré. Les récits de chasse des rares amis de Bertrand faisaient état de cerfs furieux chargeant les imprudents ou de loups enragés.

— Laisse-la se débrouiller, ta chienne ! dit-il en reprenant son souffle.

— Ce n'est pas une chienne, Denis. Sa mère était une louve, son père Sauvageon est coupé de loup. Elle a plus de flair qu'un chien, et plus de courage aussi.

Faustine avait clamé ces mots, tournée vers son fiancé du jour, les mains aux hanches. Elle se laissa rattraper, cependant.

— Un autre baiser, sinon je ne t'attends plus, lambin...

Un homme d'âge mûr, plus expérimenté que Denis, aurait pensé en voyant et écoutant la fille de Jean qu'elle deviendrait plus tard une jeune femme redoutable, experte dans l'art de mener ses conquêtes par le bout du nez. Pourtant elle n'était pas méchante. La nature s'était montrée précoce, dans son cas, et de vagues désirs, une sensualité latente la tourmentaient. Cela datait d'un matin où elle s'était réveillée les cuisses mouillées de sang et où Raymonde et sa mère lui avaient expliqué les secrets du corps féminin.

Denis baisa encore les lèvres, plus chaudes, un peu humides. Son cœur s'emballa. C'était délicieux, plus enivrant encore que le vin blanc qu'il buvait en cachette, dans la cave de Ponriant. Ce fut elle qui le repoussa, un peu inquiète de le voir si hardi.

— Viens, on continue ! ordonna-t-elle en prenant ses distances.

Ils traversèrent une clairière encombrée de troncs d'arbres, abattus l'année précédente. Faustine aperçut une forme grise derrière un buisson de houx.

— Loupiote, maintenant tu viens là tout de suite ! s'égosilla-t-elle. Au pied, Loupiote, et vite !

La louve lança un jappement sec. Denis rétorqua :

— Tu ferais mieux d'aller la chercher, elle a un collier, non ?

— Je fais à mon idée, répondit l'adolescente. Elle doit obéir, venir au rappel. Maman l'a dressée.

— Si elle a trouvé une charogne, ça m'étonnerait qu'elle t'écoute, ta louve... se moqua-t-il.

Faustine trépigna d'impatience. Elle appela encore. Cette fois, l'animal apparut et se dirigea vers eux en foulées souples.

— Mais qu'est-ce qu'elle a dans la gueule ? dit la jeune fille.

Denis n'avait pas envie de le savoir, car la chose paraissait répugnante. Il marmonna, en reculant :

— J'en étais sûr, qu'elle mangeait de la charogne...

— On dirait un vieux gant ! s'étonna Faustine.

Elle caressa Loupiote et examina l'objet qui en effet ressemblait à un gant. Soudain elle poussa un hurlement de dégoût.

— Oh, non, non ! Denis, il y a de la chair dedans... et ça pue...

Faustine s'éloigna, penchée en avant. Elle se mit à vomir avec des hoquets affreux. Très gêné, le garçon ne se sentait pas très bien non plus. La louve mordillait encore le gant en cuir d'où émergeait une matière jaunâtre et cireuse. Il préféra s'écarter. A pas lents, il marcha jusqu'au bosquet de houx. L'odeur était pestilentielle. Denis tira son mouchoir de sa poche et s'en couvrit la bouche et le nez. Un cadavre gisait face contre terre : un homme. Près de lui, en plus d'une hachette, se trouvait une gamelle en fer-blanc, comme celle que l'on emporte pour casser la croûte sur son lieu de travail.

— Faustine ! appela-t-il. Viens vite, il y a quelqu'un de mort, là...

— Je veux pas le voir ! paniqua-t-elle. Faut prévenir ma mère, vite !

Denis approuva en silence. Il lui restait un devoir sacré à accomplir, mais il lui faudrait l'aide de la jeune fille. Il se rua vers Loupiote.

— Faustine, on ne peut pas lui laisser la main de ce gars, quelle horreur ! Si elle la mange, c'est pas catholi...

Il ne put rien ajouter, une nausée lui tordant le ventre. A son tour, il courut vomir près d'un arbre. Les deux fiancés avaient piètre allure, livides, les yeux dilatés par l'effroi. Ils se regardèrent, pris du même besoin de quitter la solitude menaçante de ces sous-bois humides et de retrouver l'asile d'une maison, la protection des adultes.

— Loupiote, lâche ça ! ordonna Faustine.

A bout de nerfs, elle ramassa une branche et frappa la louve. D'une voix stridente, elle répéta l'ordre, jusqu'à obtenir ce qu'elle exigeait. Aussitôt, elle prit Loupiote par le collier et détala. Denis fit de même. C'était une course effrénée. Ils se cognaient à des arbres, glissaient sur de la boue et trébuchaient. Quand la distance lui parut suffisante, l'adolescente lâcha la louve, que la galopade amusait.

— On va au moulin d'abord ! cria Denis en devinant la route et le pont.

— Où voulais-tu aller ? haleta-t-elle.

— A la gendarmerie, mais c'est trop loin.

Du perron, Claire guettait le retour de sa fille. César étant réapparu seul, dix minutes après le départ de Faustine, la jeune femme cachait mal sa contrariété. De plus, Raymonde avait cru bon de la mettre en garde.

— Il faut la surveiller, notre Faustine, madame. César m'a raconté qu'elle se vante, à la sortie de l'école, d'avoir quatre fiancés. De là à en vouloir un cinquième…

— Ce sont des enfantillages, Raymonde ! Nous y avons joué aussi !

— Peut-être, madame, mais la beauté attire le diable. Ma pauvre sœur Catherine en est morte, rappelez-vous !

Raymonde évoquait rarement le souvenir de sa sœur aînée, une belle fille blonde qu'elle avait vue agoniser pendant deux jours à la suite d'une fausse couche. Le vrai responsable de sa mort n'était autre que Frédéric Giraud, le premier mari de Claire, connu pour être un coureur de jupons notoire[1].

Aussi, lorsque Denis et Faustine déboulèrent dans la cour

1. Voir *Le Moulin du Loup.*

du moulin, la mine hagarde, elle était toute prête à se fâcher, mais elle n'en eut pas l'occasion. Les premiers mots du garçon la glacèrent.

— Madame ! Il y a un cadavre dans les bois de Chamoulard, un homme ! Votre louve l'a senti...

— Elle m'a rapporté un gant, maman, et dedans, il y a la main ! raconta Faustine.

— Mon Dieu, quelle horreur ! s'exclama Claire.

Raymonde avait entendu. Elle accourut. Ce fut le branle-bas de combat. César alla en courant chercher Colin. Le maître papetier arriva très vite, escorté de ses ouvriers. Les adolescents durent raconter en détail les circonstances de leur macabre découverte.

— Et Léon n'est pas là pour monter au bourg et avertir les gendarmes ! soupira Claire. Qui est ce malheureux ? Personne ne s'est soucié de sa disparition... Dans ce cas, il devait être de passage dans la région !

L'apparition d'une automobile fit diversion. C'était Bertrand Giraud. Il descendit de sa voiture et se précipita vers son fils.

— Où étais-tu, Denis ? J'étais rentré plus tôt d'Angoulême et, en passant le pont, j'ai vu ton cartable par terre. J'étais inquiet, bon sang !

— Papa, ce n'est pas ma faute.

Claire, Raymonde et Colin entreprirent d'exposer la situation à l'avocat. Il proposa immédiatement de remonter au village.

— Dans une heure, il fera nuit, constata Colin. Les gendarmes ne pourront pas identifier le corps...

— Si c'est la clairière à laquelle je pense, ajouta Bertrand, une route y conduit de l'autre côté du bourg. Il faut quand même sortir cet homme du bois. Claire, pouvez-vous garder Denis ?

— Bien sûr, les enfants sont bouleversés. Je m'occupe d'eux...

La jeune femme frissonna. Elle enferma la louve dans l'écurie et Sauvageon dans son appentis, tant elle craignait que les deux bêtes s'échappent et retournent s'en prendre au cadavre de l'inconnu.

— Tout le monde à la maison ! ordonna-t-elle. Raymonde a allumé le feu ; il fait frais dès que la nuit tombe…

César considéra Denis et Faustine comme des héros. Il regrettait de ne pas les avoir suivis. Il allait les interroger, mais sa mère l'attrapa par le col de son sarrau.

— Toi, garnement, finis d'apprendre tes leçons. Ces deux-là ont besoin de se reposer.

— Je leur prépare du lait chaud avec une goutte d'eau-de-vie ! dit Claire. Ma pauvre chérie, tu as l'air malade.

— J'ai vomi, maman, avoua Faustine.

— Moi aussi, madame, parce que ça sentait fort ! renchérit le garçon.

Jean et Léon rentrèrent une demi-heure plus tard. Les deux hommes se rendaient fréquemment en ville depuis que Jean avait acheté une automobile. A la moindre occasion, le jeune homme prenait le volant de sa Traction Grégoire, un modèle très récent[1].

Ces déplacements réguliers ne plaisaient guère à Claire, mais elle avait profité du véhicule pour rendre visite à Matthieu un jeudi, chez Bertille.

— Oh ! Jean, enfin tu es là ! soupira-t-elle. Si tu savais ce qui se passe ! Faustine et Denis ont trouvé le corps d'un homme dans les bois de Chamoulard.

— Je suis au courant, nous avons vu un attroupement sur la place du bourg. Les gendarmes se mettaient en route. Et qu'est-ce que tu faisais si loin du moulin, Faustine ? Et toi, Denis, pourquoi étais-tu avec ma fille ?

Jean avait posé la question d'un ton hargneux. Cela ne rassura pas sa fille qui se disculpa vite :

— Je courais après Loupiote, papa. Elle s'était sauvée. Denis m'a aidée à la chercher.

Jean ne répondit pas ; il semblait de mauvaise humeur. Il s'assit au coin de la cheminée et alluma une cigarette.

1. La firme Grégoire était installée en banlieue parisienne et commercialisa ce modèle qui fit sa renommée dès 1911.

Raymonde mit la soupe à chauffer. Denis jugea l'atmosphère du moulin beaucoup moins agréable.

— Alors, as-tu trouvé ce que tu voulais en ville ? demanda Claire pour briser le silence insolite qui s'instaurait.

— Oui, à la droguerie Foret, rue de Périgueux ! déclara son mari.

— Eh bien, tant mieux ! Jean, qu'est-ce que tu as ? Un souci...

— Non, je suis fatigué, c'est tout. J'aimerais dîner et me coucher. Faustine, as-tu fait tes devoirs ?

— Je n'ai pas eu le temps, papa ! protesta l'adolescente. Et puis demain, c'est jeudi...

— Je te rappelle que tu passes le Certificat d'études, cette année. Ta tante estime que tu n'as pas suffisamment travaillé le mois dernier. Tu n'entreras pas à l'Ecole normale supérieure en te promenant tous les soirs.

Claire secoua la tête, agacée. Jean se montrait de plus en plus sévère avec Faustine qui était une excellente élève malgré son caractère dissipé.

— Bien, nous n'avons qu'à nous mettre à table. Bertrand a dû accompagner les gendarmes. Tu mangeras avec nous, Denis.

Le repas fut morose, malgré les tentatives de Colin Roy pour distraire les convives. Etiennette se mouchait souvent, car elle était enrhumée. César eut droit à une claque, parce qu'il s'amusait à loucher. Plus tard, Claire se souviendrait de l'ambiance pesante de ce dîner, mais elle la jugerait paisible avec le recul, comparée à ce qui devait suivre.

Léon commençait à desservir quand un bruit de moteur résonna dans la cour. La lumière des phares dansa à travers les vitres, car les volets n'étaient pas fermés.

— Ah ! C'est monsieur Bertrand ! s'écria la servante.

Mais l'avocat se contenta de remercier Claire d'avoir gardé Denis.

— Je remonte vite au domaine, il est tard ! dit-il sur un ton d'excuse. Le brigadier a délimité le périmètre. Ses hommes vont ramener le corps à la gendarmerie et le docteur Font l'examinera.

Bertrand chatouilla la joue de son fils :

— Comment te sens-tu, Denis ? Vous avez dû avoir sacrément peur, Faustine et toi !

— T'inquiète, papa, je vais bien. J'ai dîné, et c'était très bon. Raymonde fait mieux la cuisine que Mireille…

— Qu'elle vienne se promener par ici, votre gouvernante ! dit la servante. Je lui donnerai des conseils. C'est une brave femme, en tout cas.

Bertrand et Denis s'en allèrent. Plus rien ne troubla ni la soirée ni la journée du lendemain. Comme tous les jeudis, César alla pêcher des têtards à l'épuisette dans le canal du bief. Faustine amusa la petite Thérèse, puis elle fit ses devoirs. Jean et Léon greffaient des pommiers. Etiennette décida de broder un napperon pour sa mère qui fêterait bientôt ses quarante ans. Ils ignoraient encore qu'au village, le « mort des bois de Chamoulard » faisait beaucoup parler. Un journaliste d'Angoulême, toujours à l'affût de nouvelles sensationnelles, avait eu vent de l'histoire par le conducteur de la patache et il frappait à toutes les portes dans l'espoir de glaner des informations succulentes.

L'orage qui planait sur le Moulin du Loup éclata à cinq heures du soir, alors que Jean et Léon venaient de rentrer du verger. César, une tartine de confiture à la main, vint annoncer que du monde arrivait.

Claire sortit sur le perron. Le brigadier de gendarmerie Gustave Menier, récemment nommé à Puymoyen, montait déjà les marches. Deux de ses hommes l'encadraient.

— Messieurs, dit-elle, entrez donc…

La mine grave, ils s'arrêtèrent entre la cheminée et la longue table où se tenaient Faustine, Jean, Léon et Colin, ce dernier venu siroter un verre de limonade.

— Maître Roy, bonsoir, mesdames, messieurs…

Raymonde salua d'un petit signe de tête. Comme Claire, elle se demandait ce que leur voulait la maréchaussée. L'affaire du mort ne les concernait pas, a priori, même si Faustine et Denis l'avaient découvert.

— Alors, brigadier ? demanda Colin. Qu'est-ce qui vous amène ?

Embarrassé, l'homme ne put s'empêcher de fixer Faustine, toute blonde et rose.

— Je voudrais interroger mademoiselle Dumont ! C'est rapport à la lettre d'adieu que nous avons trouvée dans le portefeuille du mort de Chamoulard, le dénommé Albert Delaporte. Il apparaît que mademoiselle Dumont connaissait ce jeune homme.

Jean bondit de son siège et s'approcha du brigadier.

— C'était l'apprenti du forgeron… Mais, bon sang, qu'est-ce qui s'est passé ? On l'a tué ?

— Que non, monsieur Dumont ! Il s'est suicidé. D'après l'examen du docteur Font, Albert se serait coupé lui-même la main gauche à coups de hachette. L'objet gisait d'ailleurs près du corps. La mort est survenue par hémorragie.

Claire observa Faustine. L'adolescente roulait des yeux affolés.

— C'était un garçon de l'Assistance publique, reprit le brigadier. Un brave gosse un peu simple d'esprit et, par conséquent, placé chez le forgeron par cette administration. Notre enquête nous a permis d'établir que le jeune Delaporte, appelé comme conscrit, puisqu'il était âgé de dix-huit ans, n'a pas supporté l'idée de quitter le bourg… et…

— Une minute, vous avez parlé d'une lettre ? interrompit Jean. En quoi ma fille est-elle concernée ? Ce n'est qu'une enfant !

— Mon mari a raison. Faustine ne connaissait pas ce garçon. Vous faites erreur ! protesta Claire.

Le brigadier se racla la gorge. Il extirpa d'une poche intérieure de sa veste une enveloppe et en sortit un papier qu'il déplia.

— Le portefeuille d'Albert Delaporte se trouvait dans la doublure de son manteau. Par chance, nous avons pu le récupérer, il n'était pas trop endommagé. A propos, le décès remonterait à trois semaines environ.

Faustine détourna la tête. Elle crut sentir à nouveau l'épouvantable odeur du cadavre. De grosses larmes coulaient le long de son nez. Elle ne pouvait pas admettre que la forme sombre couchée au pied du houx était ce qui restait d'Albert, que la matière cireuse et puante, dans le gant, c'était la main qu'il s'était coupée. Elle n'osait pas s'enfuir ni se boucher les oreilles. Le gendarme lut à haute voix, en articulant avec soin :

— « Je préfère mourir que partir de Puymoyen où je suis heureux. Si je pars au service militaire, je ne verrai plus ma fiancée Faustine, la plus belle fille du pays. J'ai trop de chagrin de la perdre. Au paradis, je pourrai veiller sur elle. » Il a signé de son nom, Albert, ajouta le brigadier, mais il a dû dicter la lettre à une tierce personne, le forgeron affirmant qu'il ne savait pas écrire. L'enquête permettra d'établir de qui il s'agit.

Claire et Raymonde poussèrent un petit cri de consternation. Nul ne put empêcher ce qui se produisit alors. Jean se rua sur sa fille, la força à se lever du banc et, dès qu'elle fut debout, toute tremblante, il la secoua violemment, en la tenant aux épaules.

— Qu'est-ce que ça signifie, Faustine ? hurla-t-il. Dis-moi pourquoi ce pauvre gars parlait de toi ? Dis ! Est-ce que c'est toi, sa fiancée ? Tu as douze ans et, à douze ans, on ne court pas les garçons !

— Papa, arrête ! geignit l'adolescente en sanglotant. Tu me fais mal...

Jean la secoua encore plus fort, sous le regard effrayé de Claire. Colin tapa sur la table :

— Jean, calme-toi ! Il y a forcément une explication !

— Fichez-moi la paix, vous ! rugit le jeune homme. Elle va me répondre, à la fin ! C'est ma fille, personne n'a d'autorité ici sur elle, à part moi, son père.

La petite Thérèse se mit à hurler de terreur, si bien que Raymonde dut l'emmener à l'étage. Dans l'escalier, elle croisa Etiennette qui descendait, alertée par les éclats de voix.

— Allons, monsieur Dumont, du calme ! s'interposa le brigadier. Nous sommes là pour éclaircir l'affaire. Je suis bien d'accord avec vous, une enfant de l'âge de votre fille ne peut être considérée coupable d'avoir joué avec les sentiments d'un jeune homme. Mais le forgeron nous a confirmé que le pauvre Albert était naïf et crédule. Il a pu être abusé par des individus mal intentionnés.

— Dans ce cas, qu'est-ce que vous lui voulez, à ma fille ? répliqua Jean sans lâcher Faustine.

— Eh ! La même chose que vous : entendre sa version des faits… soupira le gendarme.

— On a joué ! hurla soudain Faustine. Juste joué… Je pouvais pas savoir, moi, qu'il allait mourir ! Maman, j'ai peur !

Claire se précipita vers elle et la prit dans ses bras. L'adolescente claquait des dents, ce qui ne l'aidait pas à s'expliquer.

— Voyons, ma Faustine, remets-toi ! lui dit doucement la jeune femme. Je suis sûre que tu n'as rien fait de mal. Raconte-nous ce qui s'est passé.

Jean retroussa ses manches et se mit à tourner en rond dans la pièce, les mâchoires crispées. Il avait un air si dur et si froid que Claire avait l'impression de voir un étranger. Faustine hoqueta des paroles entrecoupées de petits sanglots :

— Albert, il était venu à l'école, pendant quatre jours, réparer la grille et le portail. Pendant la récréation, et à midi, quand on déjeunait sous le préau, il me faisait signe, il m'envoyait des baisers. Une fois, il a réussi à me parler ; il me disait qu'il voulait m'épouser. Mes camarades et moi, on riait, parce qu'il bégayait, qu'il avait un air bête, un peu… Après, il m'a offert des caramels et du ruban bleu. Il répétait qu'on était fiancés, qu'il devait me faire des cadeaux, mais je croyais que c'était pour rire… Les autres filles, elles se moquaient de lui. Pas moi…

Elle se tut, incapable de continuer. Jamais elle n'avouerait devant tout le monde ce qui s'était passé ensuite.

— Le malheur, déclara le brigadier, c'est que, ce pauvre petit gars, il prenait la chose au sérieux, et je voudrais bien mettre la main sur le crétin qui l'a poussé à un geste fatal. C'est lui le coupable, le type qui a écrit la lettre sous la dictée d'Albert. Il pourrait être accusé d'avoir laissé notre conscrit se donner la mort. Maître Giraud est bien d'accord avec moi.

— Bertrand Giraud est au courant de ces détails ? demanda Claire, réconfortée d'avoir un allié d'importance.

— Oui, il est passé ce midi à la gendarmerie s'informer de l'identité du défunt. Bon, cette demoiselle n'a rien d'autre à dire ?

Faustine, tête basse et frissonnante, resta muette. César crut bon de fanfaronner :

— De toute façon, Faustine, elle en a plein, de fiancés, à l'école et au moulin… Même qu'elle l'a embrassé, Albert ! Derrière le lavoir du bourg.

Léon, inquiet, s'empressa de gifler son fils.

— Veux-tu te taire, andouille. File là-haut voir ta mère.

Le mal était fait. Jean arracha sa fille des bras de Claire et lui asséna deux grandes claques. Colin entraîna les gendarmes vers le perron.

— Venez, brigadier, je pense qu'il faut laisser mon gendre interroger la petite sans témoins. A mon avis, c'est une histoire de gosses qui a tourné beaucoup plus mal que prévu, et je le déplore.

Le papetier voulut conduire les trois hommes dans son bureau, mais ils prirent congé.

— Nous reviendrons, hélas ! monsieur Roy, tant que l'enquête ne sera pas close ! assura Gustave Menier d'un air soucieux. C'est peut-être une histoire de gosses, comme vous dites, mais il y a eu mort d'homme. Et ce malheureux Albert n'aura droit qu'à la fosse commune puisqu'il n'a pas de famille…

Colin n'eut pas le courage de les raccompagner jusqu'au portail. Accablé, plus ému qu'il ne voulait le montrer, il s'appuya au mur. Un concert affreux lui parvenait de la cuisine. Il reconnut la voix flûtée de Claire, les pleurs de Faustine et les vociférations de son gendre.

Jean serait-il devenu fou ? se demanda-t-il.

Le spectacle qu'il découvrit paraissait confirmer ses craintes. Jean avait juché sa fille sur un des bancs. Il lui broyait le bras droit d'une poigne furieuse. Claire pleurait en silence, soutenue par Léon plus blanc qu'un linge.

— Tu vas tout me raconter, petite catin, tout ! clamait Jean. Si j'avais pu deviner, moi, couillon que je suis, que ma fille unique avait le diable dans le corps ! Voilà ce que c'est, aussi, de ne pas t'avoir mise en pension chez les sœurs... Blanche avait raison : il fallait t'enfermer !

Faustine était au-delà des larmes et des supplications. Terrifiée par la rage qui défigurait son père, elle gardait la bouche ouverte, le souffle coupé. Jean la gifla encore.

— Qui as-tu embrassé d'autre ? Albert, et puis qui ?

Colin réprima l'envie de se jeter sur son gendre. Il prit Claire par l'épaule et la cajola. Elle entendit, à son oreille :

— Bon sang, raisonne ton mari, il perd la boule...

— J'ai essayé, mais il m'a repoussée. J'ai cru qu'il allait me frapper aussi.

Faustine réussit à déglutir, puis à respirer. Elle n'en pouvait plus d'avoir peur et de souffrir. Ses joues lui semblaient en bouillie, ainsi que son bras.

— J'ai embrassé Denis, et Valentin Pressignac, le fils du bureau de tabac, Nicolas m'a obligée, un soir...

Jean regarda autour de lui, comme s'il avait oublié que le jeune homme était également interne en ville. Etiennette s'en félicita. Colin n'y tint plus.

— Maintenant, Jean, laisse ta gamine en paix ! Nicolas, je lui frotterai les côtes aux prochaines vacances. Et toi, Faustine, explique à ton père que tu as dû recevoir des baisers sur la joue, pas de quoi fouetter un chat...

L'adolescente approuva, soulagée. Elle n'avait pas pensé à ça.

— Mais oui, papa, ils m'embrassaient sur la joue, pas comme vous faites avec maman.

— Et tu jures qu'ils ne t'ont pas touchée, ces saligauds ? Touchée où c'est défendu ?

Rouge de honte, Faustine put enfin pleurer. Elle se sentait exposée aux regards réprobateurs de toute la famille. Son corps la dégoûtait. Cependant, elle avait eu assez de courage pour ne pas citer Matthieu.

— Non, papa, c'était pour s'amuser qu'on se fiançait...

— Et cela se passait au nez de ta tante Blanche ! Celle-là, elle ferait mieux de quitter l'enseignement si elle n'est pas capable de surveiller ses élèves ! pesta Jean, les yeux étincelants de fureur.

Il secoua à nouveau sa fille. Faustine cria de toutes ses forces, prise d'une panique incontrôlable. Brusquement, elle devint livide. Son front se couvrait de sueurs, des points bruns l'aveuglaient. Elle eut très chaud, très froid et se sentit toute molle. On la vit tournoyer sur elle-même et s'effondrer. Jean parvint à la retenir. Il tituba sous son poids, lui évitant une chute en arrière sur le carrelage.

— Mon Dieu ! gémit Claire. Ma pauvre chérie, elle s'est évanouie.

Le malaise de son enfant eut sur le père outragé l'effet d'une douche glacée. Il jeta un regard affolé à Léon.

— Viens me filer un coup de main, bon sang...

— Espèce de sale brute ! siffla Claire entre ses dents.

Elle prenait sa fille à bras-le-corps. Colin et Etiennette l'aidèrent à monter Faustine dans sa chambre. Raymonde accourut, Thérèse pendue à son cou. La servante avait suivi le drame du palier.

— Il me faut mon eau de mélisse et des briques chaudes ! bredouilla Claire. Un peu de cognac aussi. Dans quel état il l'a mise...

— Voulez-vous que j'aille chercher le docteur, madame Claire ? demanda Léon, monté aux nouvelles.

— Oui, je t'en prie !

Etiennette se chargea de rapporter l'eau de mélisse, alors que la servante s'occupait des briques. César suivait les uns et les autres, excité comme une puce. Il demanda à sa mère si Faustine était morte.

— Mais non, idiot, elle a perdu connaissance.

Claire apprit par Colin que Jean était parti en automobile. Le papetier avança une hypothèse qui les fit tous frémir.

— J'espère que ton enragé de mari ne va pas s'en prendre à Nicolas. Il est bien capable de débarquer à Angoulême, au lycée, et de lui fendre le crâne. Excuse-moi, Clairette, de te dire ça, mais Jean est quand même d'une nature violente.

La jeune femme comprit que son père faisait allusion à l'ancienne condamnation de Jean pour le meurtre du surveillant Dorlet. Très affligée par l'horrible scène qui venait de se passer, elle tenta néanmoins de défendre son époux.

— Autrefois, c'était différent, papa, mais pas vraiment si on y réfléchit. Il a dû estimer que sa fille était salie, soumise à des choses dont il la croyait protégée. L'autre jour, il se tracassait parce qu'elle portait un corsage qui mettait sa poitrine en valeur. Il faut reconnaître que Faustine a des formes de femme, pour son malheur.

— Ah ça, vous pouvez le dire, madame, renchérit Raymonde.

L'adolescente ouvrit les yeux après avoir eu les joues et le front frictionnés à l'eau de mélisse, dont la douce senteur de citron lui était familière. Claire fit comprendre d'un regard à ceux qui l'entouraient qu'elle voulait être seule avec sa fille.

— Qu'est-ce que j'ai eu, maman ?

— Une syncope, ma chérie, ce n'est pas très grave. Un malaise assez fort, dû à l'émotion. Comment te sens-tu ?

Claire s'était assise au bord du lit, la main de Faustine entre les siennes. Cela la réconfortait de voir l'adolescente bien installée dans ses oreillers, le drap brodé remonté jusqu'aux épaules.

— Maman, je n'ai rien fait de mal, je te le jure... A l'école, les autres filles m'ont dit qu'elles avaient toutes des fiancés, que pour ça il fallait embrasser le garçon qui voulait bien. Albert, il était gentil, si tu avais vu comme il était content... maman. Si c'est mal d'embrasser les garçons qui nous aiment, pourquoi tous les gens le font, au bal, au village ? Même tante Blanche et Victor s'embrassent, devant tout le monde... Moi, cela me faisait un drôle d'effet, là, au cœur.

La remarque poussa Claire à conclure que décidément sa fille était précoce.

— Faustine, ce n'est pas pareil quand un homme et une femme sont mariés, ou qu'ils ont l'âge de se fiancer. Tu es encore une enfant, même si tu es indisposée. Et papa était furieux, car il sait que les garçons perdent vite la tête, qu'ils peuvent forcer une jeune fille à des choses interdites… Oh, ce n'est pas facile de te parler de ça. Je te demande seulement, à l'avenir, de ne plus te laisser embrasser. Le plus coupable, c'est Nicolas qui n'est pas simple d'esprit. S'il t'ennuie, tu dois me prévenir tout de suite.

— Oui, maman… soupira l'adolescente. Je suis tellement triste pour Albert. Ce n'est pas juste qu'il soit mort.

Faustine ferma les yeux. Elle revoyait le visage plaisant de l'apprenti du forgeron, son sourire émerveillé quand il touchait ses boucles blondes. Il l'avait serrée un peu fort, après le baiser sur les lèvres – et non sur la joue – et il tremblait avec un drôle d'air.

— Maman, il est mort à cause de moi ? En vrai… Pourquoi il avait tant de chagrin ?

— C'était un enfant abandonné, comme le prouve son nom, Delaporte. Ce sont les religieuses qui recueillent les bébés que l'on dépose devant les orphelinats ou les couvents. Elles les nomment ainsi : « de la porte »… Tu n'aurais pas dû accepter de jouer aux fiançailles, et tes camarades sont des imbéciles de t'y avoir incitée. Mais Albert avait des problèmes, il ne raisonnait pas comme nous. Ne te crois pas coupable.

La jeune fille se redressa et se jeta au cou de Claire.

— Maman, maintenant je serai sage, promis, je n'embrasserai que toi et Thérèse. Tu le diras à papa, hein ? Il ne m'aime plus…

— Chut ! fit sa mère. Bien sûr qu'il t'aime. Mais tu es brûlante, ma chérie.

L'adolescente se recoucha. Elle récita encore des paroles de contrition, puis elle s'endormit, le front perlé de sueur. Le docteur Marcel Font arriva un quart d'heure plus tard. Claire était dans un état d'anxiété insupportable. Tout bas, elle résuma le drame au médecin. Il examina Faustine avec soin.

— Il y a sûrement une commotion, si les coups portés par son père étaient très violents ! déclara le docteur. Mais cette fièvre subite est alarmante. Une fièvre cérébrale peut survenir. C'est un beau gâchis, surtout que le brigadier Menier a pu mener son enquête. Il interroge ce soir deux gars de Vœuil, des habitués du bistrot de Puymoyen, car ils travaillent aux carrières. Le cafetier, monsieur Moreau, atteste que ces types faisaient boire le malheureux Albert et qu'ils lui bourraient le crâne de fadaises. Cet innocent comptait épouser votre demoiselle, et eux lui répétaient qu'une fois qu'il serait à l'armée, elle l'oublierait et en choisirait un plus malin. Il est parti dans les bois, d'abord pour échapper à la conscription. Ses acolytes l'ont suivi. Ils lui ont donné l'idée de la lettre. Personnellement, je crois qu'ils n'imaginaient pas un instant qu'Albert mettrait fin à ses jours d'une façon aussi barbare. A présent, ce pauvre gosse est enterré dans la fosse commune, et nous avons une enfant bien malade.

Claire fixa Faustine d'un air halluciné.

— Il faut la sauver, docteur ! implora-t-elle, à moitié folle de chagrin.

— Ayez confiance, elle est jeune et robuste. L'important, c'est de faire baisser la fièvre. Aérez la pièce et ne la couvrez pas trop. Je vous prescris de l'aspirine. Et priez, madame…

19

Les enfants du moulin

21 mars 1912, dix heures du soir

Quand Jean rentra, il régnait au moulin un silence de mort. En traversant la cuisine déserte, en montant l'escalier jusqu'au premier étage, il crut qu'un sort avait vidé la maison de ses habitants. Il entra à pas prudents dans la chambre de sa fille. La fenêtre était entrouverte. Faustine semblait dormir, toute frêle au milieu de son lit.

A son chevet se tenait Claire, un chapelet entre les doigts. Il chuchota, stupéfait :

— Mais qu'est-ce qu'elle a ?

— Le docteur pense à une commotion cérébrale due aux coups qu'elle a reçus. Il craint une méningite...

— Quand même, Claire, je ne l'ai pas frappée très fort ! Ce n'est pas à cause de moi qu'elle est malade... marmonna Jean. Dis, est-ce qu'elle nous entend ?

— Non, elle délire. La fièvre ne baisse pas. Je voudrais que tu me laisses seule avec elle. Et puis non, reste donc et admire ce que tu as fait ! Pour d'innocents baisers, pour des enfantillages... Tu me dégoûtes...

Il baissa la tête, accablé, en ajoutant :

— Des enfantillages qui ont tué un garçon de dix-huit ans !

— Je t'en prie, Jean, tais-toi. J'ai su par le médecin que les seuls coupables sont de jeunes voyous qui ont poussé Albert au désespoir, en lui bourrant le crâne d'idées stupides. Faustine a eu tort de se prêter aux sottises de ses camarades de classe, mais elle n'en mesurait pas les conséquences, par ma faute. J'aurais dû la mettre en garde. Je le ferai si elle guérit.

Jean s'approcha de sa fille et lui toucha le front. Il retira vite sa main en jetant un regard terrifié à Claire :

— Elle est brûlante… Lui as-tu donné des remèdes ? Je ne veux pas la perdre ! s'écria-t-il.

— Il ne fallait pas la traiter comme ça ! coupa sèchement sa femme. Si tu t'étais vu ! Et ces horreurs que tu lui as dites ! Un peu plus, tu l'insultais de façon honteuse…

La voix de Claire tremblait et se brisa sur un sanglot.

— Tu as changé, Jean, depuis quelques semaines. Je ne sais pas pourquoi et pour l'instant je m'en fiche. Je ne te supporte plus, je te déteste… Alors sors de cette pièce. Faustine est la plus adorable des filles, elle nous comblait de bonheur et tu l'as salie, bien plus que Denis ou Albert…

Jean n'avait jamais vu une telle expression de mépris sur le visage de Claire. Cela lui fit l'effet d'une gifle, d'un mur infranchissable jailli du sol qui les séparerait pour longtemps. Avant de sortir, il dit tout bas :

— Tu ne me demandes pas où je suis allé ?

— Je suppose que tu as cherché à punir Nicolas ou Denis, au risque de te ridiculiser !

— Non, Claire, j'étais dans mon verger à tourner en rond. D'abord, c'est vrai, je suis monté à Ponriant, mais il n'y avait personne. Enfin si, Mireille, la gouvernante. Bertrand et son fils étaient partis en ville dîner chez des relations à eux. J'aurais bien roulé jusqu'à Angoulême pour secouer Nicolas. Celui-là, il a le vice dans la peau, comme sa mère.

Exaspérée, Claire se leva et le poussa vers la porte.

— Si tu me rencontrais maintenant, que j'aie dix-sept ans et que je me donne à toi dans une grotte, tu me prendrais pour une putain ! A l'âge de Nicolas, les garçons ont le sang chaud. Cela dit, je n'ai pas confiance en lui. Il ne touchera plus Faustine…

Jean saisit les poignets de sa femme et opposa sa force à la sienne.

— Le malheur, c'est que j'aime trop ma fille ! Je ne supporte pas de la voir grandir, rire au nez des hommes…

— Eh bien, si elle en réchappe, enferme-la au couvent jusqu'à sa majorité ! s'emporta Claire en réussissant à le faire reculer.

Aussitôt, elle tourna le verrou. Pour soigner Faustine, elle avait besoin de calme. Avec des gestes très doux, elle passa un linge mouillé d'eau fraîche sur le visage de l'adolescente. Elle lui fit boire, en glissant une petite cuillère entre ses lèvres, une décoction d'écorce de saule et de reines-des-prés.

Le chagrin de Jean et ses remords lui étaient indifférents. A l'instant où il avait frappé Faustine, elle avait éprouvé à son égard une répulsion instinctive. Si leur amour ne surmontait pas cette nouvelle épreuve, elle pleurerait, mais plus tard. L'enfant dolente qui geignait et s'agitait était son unique préoccupation.

Hébété par ce drame qu'il avait provoqué, Jean avait besoin de réconfort. Il se hasarda dans la salle des piles. C'était un soir d'encollage ; Colin et ses ouvriers travailleraient jusqu'à trois heures du matin. Les grosses lampes à pétrole suspendues aux poutres jetaient une lumière douce sur les cuveaux fumants et les piles à maillets immobilisées à l'aide de chaînes énormes.

Le papetier donnait des ordres, la taille ceinte de son tablier raide de colle et de traînées de pâte.

— Voulez-vous un gars en supplément, beau-père ? demanda Jean d'un ton faussement enjoué.

— Non, merci ! maugréa Colin. Si jamais il te venait un coup de sang, tu serais capable de briser mes formes ou de cogner un de mes hommes…

Humilié, Jean tourna les talons. Il traversa la cour et se rendit dans l'appentis où brillait une lanterne. Léon fendait du bois, en bras de chemise et pantalon de coutil. Sa tignasse d'un blond roux était trempée de sueur. Le tas de bûches à ses pieds prenait des proportions inhabituelles.

— Je vais t'aider à les mettre en pile, vieux ! proposa-t-il.

— Laisse tomber, Jeannot, j'suis pas d'humeur à causer ni à blaguer avec toi.

— Fume au moins une cigarette, le temps qu'on discute, tous les deux !

— De quoi donc ? Notre Faustine est entre la vie et la mort, à cause de toi, son père. Je t'ai toujours pris pour un type bien, Jeannot, un héros, mais là, tu me débectes...

Léon haussa le ton, la masse levée. Il l'abaissa brusquement. Le bout de châtaignier se sépara en deux parties égales après un bref craquement.

— Ta fille, elle méritait pas ça ! Quand ma Thérèse sera grande, même si à dix ans elle bécote un gamin de l'école, je lui ferai un sermon bien senti, mais je la frapperai pas aussi fort... Même mon César, qui est le pire bandit de la vallée tout petiot qu'il est, je lui donne une claque à l'occasion, mais pas de quoi l'assommer... Les gosses, ça fait jamais du tort de leur plein gré...

Jean alluma la cigarette qu'il venait de rouler. Assis sur ses talons, il fixait son ami de plusieurs années.

— Si seulement j'avais eu un garçon en premier, comme toi, souffla-t-il d'un ton amer. Tu peux pas imaginer l'effet qu'on ressent, Léon, à voir sa fille devenir trop belle. J'ai perdu la boule, voilà, avec la visite des gendarmes par-dessus le marché, ce jeune qui s'est tranché la main.

— Faudrait que tu sois plus fort face à ton passé, Jeannot ! conclut Léon. T'as pas fini d'en baver, sinon !

Raymonde dépliait un lit de camp dans la chambre de Faustine. Claire voulait absolument dormir près de l'adolescente. Les deux femmes attendaient la visite du docteur. Il avait promis de repasser, même tard.

— Il est presque neuf heures du soir, madame. Ça m'étonnerait que votre médecin vienne maintenant.

— Il le faut, Raymonde... Mes tisanes n'agissent pas, je n'ose pas lui redonner de l'aspirine. Ces médicaments fabriqués on ne sait où, je m'en méfie encore. Je voudrais qu'il me laisse du laudanum.

— Vous trouvez qu'elle ne dort pas assez comme ça, Faustine ? Va, ne vous tracassez pas, la fièvre expulse les mauvaises humeurs, c'est bien connu… Elle a été choquée, pauvrette ! Bon, je redescends vous préparer un plateau. Vous avez bien fait, madame, de ne pas vous mettre à table. C'était d'un sinistre ! Votre père n'a pas desserré les lèvres, Etiennette non plus, mon Léon n'avait pas faim. Pas un mot, et monsieur Jean dans son coin, qui a bu un peu trop… Il faisait peine à voir, votre mari !

— Dis-lui que l'état de Faustine n'a pas empiré…

Le docteur Marcel Font fit sa visite juste avant dix heures. Jean l'accompagna sur le palier, mais il patienta dans le couloir de l'étage. Le médecin ressortit assez vite.

— Alors ? s'enquit Jean. Comment va-t-elle ?

— Elle dort, je lui ai fait une piqûre de neuroleptique. Monsieur Dumont, votre femme m'a dit ce qui s'était passé. Un père peut se mettre en colère et punir son enfant, mais il doit savoir se contrôler. Voyez-vous, l'année dernière, une femme de Torsac est morte sous mes yeux. Elle ne souffrait d'aucune maladie grave. Son mari l'avait rouée de coups à cause des commérages d'une voisine, qui accusait cette malheureuse d'adultère. Que ce soit vrai ou faux, peu m'importe, je ne pense pas qu'un homme a tous les droits sur sa famille. Je hais la violence, monsieur… Dites-moi, est-ce que vous buvez beaucoup ?

— Pas plus que mon beau-père ou les autres gars du moulin !

— Eh bien, évitez l'alcool, c'est un conseil que je vous donne.

Le jeune docteur s'en alla. Jean colla sa joue au panneau de la porte. Il gratta le bois et le tapota. Claire entrouvrit. Elle avait un air hagard, un pli de chagrin à la bouche.

— Viens-tu te coucher ? dit-il.

— Sûrement pas dans notre lit, Jean. Je veille Faustine…

Elle referma et mit le verrou. Cela dura une semaine, pendant laquelle la famille vécut au ralenti, en sourdine.

Faustine ouvrit les yeux et découvrit le plafond de sa chambre, au plâtre peint d'un blanc crémeux. Son regard chercha les moulures situées aux quatre coins de la pièce, représentant des feuilles et des fleurs. La lumière du jour réveilla une vague douleur derrière son front, mais elle insista, observant la fenêtre voilée de rideaux roses. Son corps lui paraissait très léger, son matelas et son oreiller, d'un confort extrême. Elle cligna des paupières, tandis que la mémoire lui revenait d'une scène si pénible à supporter que son cœur se serra. Devant les gendarmes, Colin, Raymonde et Léon, César et Claire, son père adoré s'était mué en une brute méchante, qui la frappait et lui disait des mots horribles. Elle ne put contenir des larmes de tristesse.

— Ne pleure pas, Faustine ! fit une voix au timbre cristallin.

L'adolescente aperçut alors une femme à son chevet, à la figure de fée, auréolée d'une mousse de frisettes couleur de lune. Un corsage en soie grise, composé de mille plis très fins, s'accordait aux larges prunelles d'eau limpide.

— Tante Bertille… Où est maman ?

— Claire se repose un peu, parce que tu es sauvée, ma chérie. Je joue les gardes-malades en lisant un recueil d'histoires assez particulier, de Louis Pergaud : *De Goupil à Margot*. Ce monsieur a obtenu le prix Goncourt en 1910. C'est un peu rude comme texte.

Bien qu'étourdie par ce petit discours, Faustine tenta de se redresser. Bertille l'en empêcha d'un geste.

— Non, ne bouge pas, ne te fatigue pas, sinon je serai grondée par ta mère. As-tu faim ou soif… Il y a tout ce qu'il faut sur la commode ! Du lait, de la compote de pommes, du jambon cuit.

— Pourquoi es-tu là, tante Bertille ? Tu ne venais plus du tout chez nous…

— Ne te creuse pas la cervelle. Tu es tout juste rétablie ! Claire m'a écrit pour me dire que tu étais très malade et elle m'a demandé de ramener ici les pensionnaires, Matthieu et Nicolas. Mais je ne les ai pas portés sur mon dos. Ton oncle Guillaume nous a conduits en voiture.

Faustine fronça les sourcils, inquiète.

— Mais ce n'est pas encore la date des vacances de Pâques…

— Eh bien, si ! Tu as eu la fièvre pendant neuf jours, tu n'as plus que la peau sur les os. Beaucoup de monde est venu prendre de tes nouvelles, ta tante Blanche et son mari Victor, Jeanne, la mère d'Etiennette, le maire de Puymoyen, rien que ça !

Bertille minaudait, gonflait ses joues et bombait le torse. L'adolescente eut un sourire hésitant.

— Ah, enfin, je revois ta fossette au menton ! ajouta la jeune femme. Sais-tu que Matthieu a hâte de te voir ? Nous sommes bons amis, lui et moi, depuis deux ans qu'il vient à la maison les jeudis. Il s'est morfondu, te sachant malade.

Faustine réussit à s'asseoir. Son visage se crispa ; elle avait un air terrifié :

— Je t'en supplie, je ne veux pas qu'il entre, surtout pas. Ne laisse pas entrer Nicolas non plus, pas les garçons, jure-le !

Il y eut un silence. Bertille passa de son fauteuil au bord du lit. Elle entoura de son bras les épaules amaigries de Faustine.

— Je n'ai jamais pris la peine d'apprendre à te connaître, déclara-t-elle, mais je te considère comme ma nièce bien-aimée, car j'aime Claire de tout mon cœur. Hier soir, elle m'a raconté en détail toute l'histoire. Tu n'as rien fait de mal, Faustine. Moi aussi, à ton âge, j'avais des fiancés… Je vivais en ville, et ils me suivaient tous à la sortie de l'école. C'était avant l'accident qui m'a rendue infirme, à quinze ans.

— Mais tu ne les embrassais pas sur la bouche ?

— Parfois, mes préférés.

Faustine avoua à Bertille ce qu'elle n'aurait pas osé confier à Claire. Elle le fit d'un ton gêné, cependant, les joues rouges :

— Je sais que c'est mal, en vrai, parce que je me sentais bizarre après. Et j'avais envie de recommencer. Mais je ne le ferai plus jamais. Je n'aurai même pas de mari quand je serai plus grande.

Perplexe, Bertille étudia la physionomie de Faustine. Son aveu la troublait, témoignant d'une nature précoce, d'une sensualité déjà éveillée à douze ans et trois mois. Dans ce cas, la fureur de Jean pouvait se justifier. C'était un homme instinctif, qui pressentait avec acuité le caractère des gens. S'il avait perçu la naissance du désir chez sa fille, son coup de folie n'était guère surprenant, quoique répréhensible. Après un temps de réflexion, elle finit par déclarer gentiment :

— Ce n'est pas une mauvaise idée, d'éviter les garçons quelques années. Quant au mariage, tu changeras sans doute d'avis. L'amour partagé, ma chérie, est une chose merveilleuse.

Faustine se recoucha. Elle avait très faim et soif. On gratta à la porte d'une façon peu ordinaire. Un aboiement rauque résonna.

— Oh ! Bertille, c'est mon vieux Sauvageon ! Je t'en prie, fais-le entrer… Loupiote aussi ! Je crois qu'elle est avec lui !

— Eh, voilà la solution ! plaisanta la jeune femme en se levant. Pour le moment, contente-toi d'embrasser ton chien.

Cette fois, un éclat de rire secoua la malade. Elle ignorait que sa tante Bertille était si drôle. Deux formes poilues, l'œil brillant, se ruèrent vers son lit. Loupiote sauta sans gêne au beau milieu de l'édredon, Sauvageon posa ses pattes près de l'oreiller. Claire accourait, alertée par les plaintes de joie des deux bêtes.

— Faustine, ma petite chérie, tu es réveillée ! s'exclama-t-elle. Et quelle mine tu as, un vrai bouton de rose !

Claire étreignit sa fille en la berçant et en la couvrant de baisers au front et aux joues.

— Quelle peur nous avons eue, tous… Je n'en dormais plus, ni Raymonde. Mais c'est terminé, tu m'as l'air guérie !

— Et papa ? demanda très bas Faustine. Il est encore fâché ?

— Ton père ? Il était aussi malheureux et soucieux que moi, je t'assure. Il regrette beaucoup de s'être mis en colère comme ça. Nous aurons le loisir d'en discuter plus tard. Tu vas boire de la tisane au miel et goûter la compote cuite ce matin.

— Papa, il va venir aussi, dans ma chambre ?... insista l'adolescente.

— Non, pas avant deux semaines en tout cas. Jean est parti en Normandie surveiller les travaux du manoir de Guerville. Tante Blanche et lui financent l'établissement d'un hôpital pour indigents dans la belle maison où nous étions en vacances. Finalement, ta tante ne l'a pas vendue. Ce sera une sorte d'hospice qui accueillera les personnes trop pauvres pour se soigner ou disposer d'un logement. C'est une belle idée, et ton père y participe.

Claire fit descendre Loupiote du lit, arrangea draps et couvertures et tapa les oreillers. Faustine fut installée comme une princesse, coiffée et rafraîchie.

— Ta mère faisait pareil avec moi ! constata Bertille. Je ne pouvais pas marcher ni me promener, mais dans mon lit j'avais l'impression d'être une personne importante, prête à recevoir une foule de visiteurs. Hélas ! je ne voyais que Claire...

— C'était à l'époque où tu étais infirme ! lui dit Faustine. Maman m'a raconté qu'elle te portait sur son dos, qu'elle t'emmenait en brouette voir Basile.

— Oui, soupira la jeune femme, et nous lisions des dizaines et des dizaines de romans d'aventures. Je passais des heures à brosser mes cheveux ou à inventer des histoires merveilleuses, où une fée viendrait me soigner. Je cousais des dentelles sur mes robes, je confectionnais des jupons dans d'anciennes robes pour avoir des jupes plus amples quand j'étais en bas, assise dans le fauteuil en osier... Quand je le vois, ce fauteuil, j'ai des frissons. Je le détestais !

Bercée par les bavardages de Bertille et de Claire, Faustine dévora tout ce qu'on lui présentait. Raymonde et Léon montèrent l'embrasser et lui dire combien ils avaient eu peur, eux aussi. César lui offrit un gros bouquet de narcisses au parfum suave. La petite Thérèse se campa près du lit, contemplant sa « Tine » comme elle l'appelait, d'un regard adorateur. Colin passa le soir, puis Etiennette.

Savoir son père à des centaines de kilomètres rassurait Faustine, mais elle refusa net de recevoir la visite de Matthieu. Bertrand et Denis souhaitèrent la saluer. Elle s'affola, implorant sa mère de ne pas les faire entrer. L'avocat transmit ses bons souhaits de rétablissement par l'intermédiaire de Claire, ainsi qu'une boîte de chocolats fins.

Denis se consola en accompagnant César sur le chemin des falaises. Le petit garçon apprenait à faire de la bicyclette. Bertille avait fermé son magasin pour trois jours, Guillaume était à Paris, en vue d'acheter de nouveaux modèles de chapeaux et de ceintures. Elle croisa Bertrand dans l'escalier sombre. Ils se regardèrent, lui en arrêt deux marches au-dessus d'elle.

— J'étais au cellier. Faustine avait envie de limonade bien fraîche ! expliqua-t-elle, le souffle court, le cœur saisi et déjà douloureux.

— Je faisais une visite de politesse, ayant été mêlé à cette affaire du début à la fin. Mon fils a manqué de respect à une enfant de douze ans. Je l'ai puni à la mesure de sa faute. Il est pensionnaire à Saint-Paul et j'ai mis sous clef sa bicyclette.

Bertille serra la rampe de toutes ses forces. Elle aurait voulu se jeter au cou de Bertrand ou le gifler, parce qu'il pouvait vivre des mois sans la rencontrer.

— Les garçons ne sont pas toujours coupables ! susurra-t-elle. Qui vous dit que Faustine n'a pas exigé un baiser de Denis ? Et pourquoi n'aurait-elle pas le droit de le faire sans être malmenée par son père ? La tendresse et les gestes d'amour sont moins dangereux que la cruauté, la rudesse et les coups. Enfin, c'est là l'opinion d'une femme, d'une pécheresse…

Bertrand l'admirait, le regard dilaté. Bertille demeurait d'une beauté singulière et troublante, fine, diaphane et lumineuse, mais sans rien de froid, ce qui était souvent le cas des femmes très blondes et blanches.

— Vous êtes ensorcelante ! lui avoua-t-il.

Elle sentit entre eux le fluide mystérieux du désir, elle rêva d'y céder et de l'enlacer, de sentir sous sa main son corps à lui, mince et familier.

— Vous avez pris des rides et du gris aux tempes ! persifla-t-elle, ivre d'amour. Fréquentez-vous une femme, ces temps-ci ?

— Cela ne vous concerne plus, Bertille ! Mais sachez que, malgré mes rides et mes cheveux grisonnants, je vois quelqu'un une fois par semaine, à Angoulême. Une charmante personne simple et bonne, qui n'exige rien d'autre que mes étreintes.

Il la vit pâlir sous son teint d'ivoire. Elle monta une marche et le gifla de toute sa passion frustrée. En le dépassant, elle dit entre ses dents :

— Moi, mon mari m'honore tous les soirs, et souvent le matin ! J'en suis ravie. Il est meilleur amant que vous…

Ils se séparèrent sur cette déclaration mensongère. Dans le couloir, Bertille se mordit les lèvres pour ne pas pleurer. Matthieu sortit de la chambre qu'il partageait avec Nicolas depuis des années.

— Qu'avez-vous, ma tante ? demanda-t-il. Faustine a rechuté ?

— Non, ne crains rien. Un coup de cafard sans importance. Séjourner au moulin me cause toujours un peu de chagrin. J'y ai connu des heures exquises, des jours noirs aussi.

Matthieu approuva d'un signe de tête. Bertille lui caressa la joue. C'était un beau garçon de quatorze ans. Il avait hérité des traits anguleux de sa mère Hortense, mais ils ne déparaient pas la vivacité séduisante de son visage à la peau dorée, couronné d'une masse de cheveux bruns. Il ressemblait surtout à sa sœur, Claire, à cause du velours noir de ses yeux et de sa bouche rieuse couleur cerise.

— Pourquoi Faustine refuse-t-elle de me parler ? interrogea-t-il. Si je ne la vois pas des vacances, je manquerai de courage pour finir l'année scolaire.

— Sans doute qu'elle t'aime un peu trop, et que cette

affaire du jeune Albert l'a marquée. Elle a peur de toi et de Nicolas. Sois patient, Matthieu, cela s'arrangera…

Mais la patience n'était pas la qualité première du jeune homme. La nuit suivante, alors que la maisonnée dormait, il entra sans bruit dans la chambre de Faustine. Il savait que Claire ne couchait plus près de l'adolescente à présent pratiquement rétablie. Sauvageon était étalé sur la carpette. Il grogna un peu, puis il se tut, rassuré. Matthieu n'était pas un danger pour sa petite maîtresse. Loupiote surgit d'un coin d'ombre et lui fit fête. Il l'apaisa d'une caresse.

Faustine lui parut fragile et encore plus jolie sous la clarté bleue coulant de la fenêtre. C'était la pleine lune ; les volets n'étaient pas fermés. Il se pencha et la contempla. Elle dormait si bien, les mains sagement croisées sur le drap brodé à ses initiales. Ses cheveux défaits se répandaient sur l'oreiller. Soudain elle sursauta et se redressa. Tout de suite elle le vit.

— Matthieu ? Qu'est-ce que tu fais là ? Va-t'en…

Il s'agenouilla pour être à sa hauteur.

— N'aie pas peur, je voulais te voir, juste te voir. Faustine, tu sais bien que je suis malheureux, que tu me manques ! J'étais si content de rentrer à la maison et de te retrouver.

— Peut-être, mais papa m'a battue, il m'a traitée de catin… Tu sais ce que c'est, une catin ? Maman n'a pas voulu me l'expliquer. Je chercherai dans le dictionnaire.

— Non, je t'en prie, c'est un vilain mot, un sale mot ! Ton père, je le hais. Je suis au courant qu'il t'a frappée au point que tu tombes malade. En plus, c'est ma faute. Je voulais te demander pardon…

Faustine s'était assise, les genoux relevés, ses bras noués autour. Elle arborait une mine boudeuse, évitant de regarder Matthieu.

— Ah ça, oui, c'est ta faute. Tu m'as obligée à t'embrasser sur la bouche, comme font les gens mariés.

Matthieu baissa le nez, piteux. Il se souvenait très bien de ce soir d'hiver, la veille de son départ pour le lycée. Ils avaient fêté Noël et le premier de l'An. Léon s'était entaillé le pouce. Claire avait envoyé son frère et Faustine nourrir

Sirius à l'écurie. Là, encouragé par la pénombre qui sentait bon la paille, Matthieu avait attiré l'adolescente dans ses bras et l'avait persuadée de lui donner un vrai baiser d'amoureux. Il s'était enhardi et avait exploré sa bouche humide et chaude, encore sucrée des confiseries dégustées au goûter.

— Ce n'était pas défendu, dit-il, puisque nous sommes comme des fiancés, maintenant, et que je t'épouserai dès que nous aurons l'âge.

Claire avait pris soin de cacher à son frère que Faustine s'était choisi d'autres fiancés. Sous les coups de Jean, la coupable n'avait pas donné le nom de Matthieu ; aussi, personne ne le soupçonnait. D'un commun accord, la veille du retour des pensionnaires, il avait été décidé de ne pas ébruiter le suicide d'Albert. Colin avait pris Nicolas à part, le mettant en garde. S'il tournait autour de la jeune fille, il tâterait de son ceinturon en cuir et n'aurait plus d'argent.

— A cause de toi, ajouta Faustine, j'ai embrassé d'autres garçons. Une de mes camarades, à l'école, elle m'a dit que les fiançailles, ça servait à savoir quel mari on prendrait plus tard. Alors j'ai embrassé Nicolas, et Denis, et même Albert, l'apprenti du forgeron, et il est mort. On l'a trouvé dans les bois, Denis et moi. Loupiote mangeait sa main dans le gant.

Faustine éclata en sanglots. Matthieu l'attrapa par la taille et la serra contre lui. La jalousie le brûlait, mais il était assez intelligent pour comprendre que l'adolescente ne pensait pas à mal en accordant des baisers étourdiment.

— Matthieu ! hoqueta-t-elle. J'ai peur que papa ne m'aime plus, et j'ai peur de toi… D'abord, lâche-moi.

— Non, je te console… dit-il en l'étreignant plus fort. Je veux que tu sois comme avant, Faustine, avant Noël. Tu dois t'amuser, profiter des vacances. A Pâques, nous irons à confesse, le curé nous pardonnera. Ecoute, je te promets que je ne t'embrasserai plus pendant cinq ans au moins. Ça sera juste l'époque de nous marier.

Claire était entrée sans bruit dans la chambre. Elle s'était avancée sur la pointe des pieds et avait écouté une partie du discours de son frère sans attirer l'attention des adolescents, trop préoccupés d'eux-mêmes. Le voir enlacer Faustine de force la mit hors d'elle. Elle empoigna les cheveux de Matthieu et le tira rudement en arrière. Il lâcha prise et s'écroula sur le plancher.

— Sors de cette chambre immédiatement ! lui intima-t-elle. Je t'interdis d'approcher Faustine, désormais. Toi et Nicolas, vous me dégoûtez, à la harceler ainsi. Fiche le camp ! Elle a failli mourir, tu entends... mourir parce que vous, les mâles, à peine avez-vous du poil au menton que vous croyez pouvoir séduire tout ce qui porte des jupes. J'en ai assez ! Tu as de la chance que Jean ne soit pas là...

Matthieu se releva. Il montra le poing à sa sœur :

— Ton mari, ce n'est qu'un salaud, un assassin ! Un jour, je lui ferai payer ce qu'il a fait à Faustine !

Il claqua la porte si fort que Colin arriva en pyjama et bonnet de nuit quelques minutes plus tard. Il trouva Claire et Faustine en grande discussion. La lampe de chevet était allumée.

— Tout va bien ? Rien de grave ? demanda-t-il.

— Presque rien, soupira Claire. Les enfants du moulin ont grandi, papa, et il est temps de se montrer un peu plus autoritaire.

Elle avait à peine fini sa phrase que des chocs sourds, assortis de hurlements, retentirent. Etiennette déboula en chemise et pantalon de dentelle.

— Colin, les garçons se battent ! Matthieu et Nicolas...

Loupiote et Sauvageon s'élancèrent derrière Claire et le papetier. Faustine suivit le mouvement général. A l'instant où ses pieds nus touchèrent le parquet ciré de sa chambre et où elle sentit de l'air frais sur ses mollets, sa tristesse se dissipa. Elle ne jouerait plus jamais aux fiançailles, elle éviterait les garçons, mais il faisait trop bon vivre au moulin.

Claire et son père réussirent à mettre fin à la bagarre. Nicolas avait la lèvre inférieure coupée et saignait. Son nez était tuméfié. Matthieu, lui, portait une marque sanglante à l'arcade sourcilière. Il désigna son demi-frère d'un doigt accusateur :

— Je lui ai donné une leçon ; qu'il touche plus à Faustine ! Ni lui ni un autre...

Colin hocha la tête. Il restait encore une semaine de vacances, et Pâques à fêter.

— Vous me fatiguez, mes petits gars ! déclara-t-il. Le père Eugène laboure ses champs, du côté de Vœuil. Il a du retard et il doit semer son blé vite fait. Demain, je vous conduirai chez lui, et vous lui donnerez un coup de main. Je veux la paix sous mon toit. J'irai vous récupérer la veille de retourner en pension. Il vous logera sur le plancher à foin, au-dessus de son bouc.

Claire ne put qu'approuver la punition. Bertille avait promis de revenir le jour de Pâques. Elle envisagea avec soulagement des jours harmonieux en compagnie de Faustine, de Raymonde et de ses deux petits.

Nous ferons un gigot d'agneau aux haricots, et du millas à la poêle, nappé de miel ! songea-t-elle. Et j'emmènerai Faustine, César et Thérèse promener les chèvres près de la mare. La populage a dû fleurir ; nous en cueillerons.

Faustine courut se recoucher. Claire hésita avant de demander à voix basse :

— Et si tu me faisais une place, ma chérie ?

— Oh, oui, maman.

Elles s'endormirent après quelques chuchotements. Une chouette hulula dans un des frênes du jardin. De la terrasse de Ponriant, Bertrand, lui, entendit la réponse que faisait un autre oiseau de nuit d'un sapin voisin. Il imagina l'envol des deux esseulés, leur rencontre au-dessus de la vallée, la joute amoureuse en plein ciel nocturne...

La veille, l'avocat avait rompu avec sa maîtresse de la rue Monlogis, une Angoumoisine aux mœurs légères. Après avoir revu Bertille et la veine d'un bleu délicat qui battait à son cou gracile, il se voulait chaste. Pas une seconde il ne l'avait crue quand elle parlait de son mari. Elle souffrait du manque de lui, d'un désir inassouvi, et c'était cette douleur qu'il souhaitait respecter.

— Ma princesse ! dit-il tout bas. Si tu n'es jamais libre, je t'attendrai quand même, des années s'il le faut.

Il éteignit son cigare et vida d'un trait son verre de cognac. La solitude lui brisait le cœur.

2 juillet 1914

Faustine attendait patiemment, perchée sur le parapet du pont. La petite Thérèse était assise à côté de la jeune fille. De là, elles ne pouvaient pas manquer l'arrivée de Matthieu. C'était Bertrand Giraud qui le ramenait du collège religieux où il était pensionnaire. Il y aurait aussi, dans l'automobile, Eulalie et Corentine, les filles de l'avocat.

— « Une souris verte, qui courait dans l'herbe... » chantonnait Faustine pour distraire Thérèse tout en guettant un bruit de moteur.

La vallée s'était éveillée sous un soleil éblouissant. Pas un nuage ne troublait l'azur. Dans les haies et les bosquets, les oiseaux semblaient pris de folie. Ils virevoltaient et piaillaient. Jamais un été n'avait paru aussi beau à Faustine, l'été de ses quatorze ans.

— « Une souris verte, je la donne à ces messieurs, ces messieurs me disent... »

Trois longs mois de vacances commençaient, et elle pensait que tout reprendrait sa place : les parties de cartes avec Nicolas et Matthieu, assagis depuis deux ans, les courses dans les prés, les soirées à discuter sur le perron, à l'écart des adultes si possible.

Loupiote aboya en quémandant une caresse. La louve aimait les promenades. Elle protestait contre l'immobilité des deux filles.

— Non, sois sage ! Je ne bougerai pas d'ici.

Thérèse éclata de rire. A quatre ans, c'était une enfant éveillée et douce, que tout le monde aimait au moulin. Elle faisait la fierté de ses parents, Raymonde et Léon, qui avaient tant de mal à se faire obéir de son frère aîné, César, devenu un vrai garnement.

— Qu'est-ce qui te fait rire, Thété ? demanda Faustine.

— Toi, tu parles aux animaux, comme Claire, mais ils vous répondent jamais…

— Peut-être que si, coquine ! Tu ne comprends pas ce qu'ils disent, voilà tout.

Faustine poussa un bref soupir. Elle commençait à craindre un contretemps. Cela se produisait souvent avec Bertrand Giraud, qui s'arrêtait au bourg pour discuter avec un de ses fermiers ou pour prendre des nouvelles d'un ancien client. Elle lissa les plis de sa jupe et arrangea la ceinture en cuir tressé qui marquait sa taille.

— Dis, Thété, est-ce que je suis jolie, aujourd'hui ? J'avais laissé mes cheveux défaits. Papa a exigé que je les attache… Il paraît que j'avais mauvais genre !

— Tu es belle, très belle… eu…

La fillette fit traîner le dernier son. Elle adorait Faustine et la suivait partout quand elle en avait la permission. Enfin, le ronron d'un moteur retentit en provenance de la route de Puymoyen.

— Ah ! Les voilà !

Une Panhard noire apparut, vitres ouvertes. A l'intérieur, il n'y avait que Corentine Giraud. La voiture freina dans un nuage de poussière.

— Bonjour, mesdemoiselles ! claironna l'avocat. Ah, ma chère Faustine, je vois à votre minois que vous êtes déçue, car je ne ramène pas Matthieu. Je n'y suis pour rien, il n'était pas prêt, une histoire de courses à faire en ville… Il viendra avec le car de ce soir.

Elle eut l'impression que Corentine pouffait, à demi cachée derrière un foulard rose qui lui enveloppait le bas du visage. La fille de l'avocat était le cauchemar incarné de Faustine. Elles éprouvaient l'une pour l'autre une antipathie innée autant qu'inexpliquée.

— Ce n'est pas grave. Au revoir, monsieur Giraud. Viens, Thété, on rentre…

Bertrand redémarra. Au même instant, du chemin de Chamoulard, Denis déboula sur sa nouvelle bicyclette, un modèle récent de couleur rouge, doté d'un dérailleur, qu'il avait reçu pour ses quinze ans.

— Oh ! Faustine, attends !

Il les rattrapa, freina et sauta de son engin. Denis avait encore grandi, ce qui le faisait paraître très mince. Un bouton déparait son menton imberbe.

— Depuis quand es-tu rentrée au moulin ? s'écria-t-il. Moi, j'ai quitté le lycée hier soir. Je suis reçu au Brevet d'études secondaires.

— Papa a dû venir me chercher à Montmoreau. J'étais malade, je toussais… répondit-elle. Cela fait deux semaines que je me repose. J'étais venue guetter l'arrivée de Matthieu. J'ai vu ta sœur et ton père.

— Matthieu prend le car ! déclara fièrement Thérèse.

Denis n'avait pas vu Faustine depuis le mois de janvier, une rencontre due au hasard, sur la place du village. Claire était montée le jour de la foire. Comme chaque année, elle achetait des foies d'oie frais à un marchand de Mareuil, en Dordogne, et des truffes.

— Tu as changé ! remarqua-t-il avec un sourire enjôleur.

Elle haussa les épaules sans ralentir sa marche, tenant Thérèse par la main.

— Toi aussi, tu changes ! lui lança-t-elle sans le regarder.

Il hésita à la suivre, admirant ses hanches soulignées par la finesse de sa taille et la courbe de ses épaules. Ses cheveux noués sur la nuque descendaient jusqu'à ses reins.

— Eh ! Faustine ! cria-t-il encore. Sais-tu ce qui s'est passé à Sarajevo, le 28 juin dernier ?

Du coup, elle s'arrêta et virevolta, l'air grave :

— Qu'est-ce que tu crois ? Les parents ne parlent que de ça, et les ouvriers du moulin aussi. L'attentat contre l'archiduc François-Ferdinand et son épouse Sophie… Ils ont été abattus au cours d'une visite officielle !

Denis sifflota, pris au dépourvu. Il espérait épater la jeune fille, il en fut pour ses frais.

— N'empêche, mon père pense que ça peut provoquer une guerre…

— Pas chez nous, pas en France ! protesta Faustine. Bon, moi je dois rentrer à la maison. Et tu devrais faire la même chose ; je préfère que papa ne te voie pas.

Le garçon se remit en selle et fit jouer le guidon de sa bicyclette.

— Mais tu viendras au bal, le 14 ! Dis, Faustine, moi j'y serai, Corentine aussi. Pas Eulalie, elle passe l'été au couvent. Tu le savais, qu'elle voulait prendre le voile, ma sœur aînée ?

— Maman me l'avait dit…

Faustine comprit que Denis était prêt à lui raconter n'importe quelle anecdote familiale pour la retenir. Elle se mit à courir, entraînant Thérèse. Assis au soleil, Sauvageon les vit arriver. Le vieux chien coupé de loup atteignait un âge plus que respectable. L'hiver et l'automne, il était perclus de rhumatismes malgré les potions mystérieuses de Claire, mais l'été lui redonnait de la vigueur. Loupiote le lécha et se coucha à ses côtés. Le moulin portait bien son nom, avec ses deux animaux au regard oblique qui gardaient son portail.

Dans la cuisine, il y avait beaucoup de monde. Faustine dut se résigner à s'asseoir et à écouter les conversations. Tous ceux qui avaient déjeuné là à midi s'étaient attardés : Blanche et Victor Nadaud, Bertille et son mari Guillaume, Etiennette, le docteur Marcel Font, ses parents et Colin.

— Où est Matthieu ? interrogea Jean.

— Il n'a pas pu partir avec maître Giraud, répondit Faustine d'une voix qui trahissait sa déception.

Entre le père et la fille, les relations demeuraient tendues, deux ans après l'affaire des baisers interdits. Jean n'avait respiré à son aise qu'en sachant son unique enfant confiée aux sœurs d'une institution religieuse de Montmoreau, une petite ville située à vingt kilomètres au sud de Puymoyen. Faustine avait beaucoup pleuré en quittant sa maison, sa mère et toute la famille. Mais elle s'était habituée à la prière, aux heures de couture dans l'ouvroir. Les pensionnaires n'avaient pas la mentalité des élèves du village. Pourtant, quand venaient les vacances, la jeune fille exultait, comptant les minutes qui la séparaient du retour, du moment où elle apercevrait l'alignement des falaises, les toits du moulin et les étendoirs.

Claire et Jean s'étaient réconciliés après des mois de froideur. Privés de la présence de Faustine, ils avaient eu l'occasion de s'expliquer, de justifier leurs points de vue respectifs. La jeune femme avait retrouvé le plaisir de suivre son mari au verger, dans les vignes qui prospéraient. Un petit chai et un hangar se dressaient sur les terres de Jean. Il produisait un cidre très apprécié des épiceries et des buvettes, mais le vin tiré de ses cépages restait réservé à la table du moulin.

Un soir de décembre 1912, toutes les blessures qu'ils s'étaient infligées mutuellement avaient pu cicatriser. Après s'être refusée plusieurs fois, pleine de rancune envers Jean, Claire avait éprouvé le même trouble qu'aux premiers jours de leur amour. Elle observait son mari, torse nu, qui se rasait, et elle avait ressenti un fort besoin de lui et de ses caresses. Ils avaient connu une seconde lune de miel, alors que le gel fendait les pierres de la vallée et que le vent rugissait aux volets bien clos.

Comme si Faustine et Thérèse dérangeaient les adultes attablés, ils se turent très vite. Blanche se leva et Victor l'imita aussitôt.

— Eh bien, nous rentrons à Angoulême, soupira la sœur de Jean. Nous reviendrons dimanche si cela ne vous dérange pas, ma chère Claire.

— Ce sera un plaisir…

Blanche s'appuya un instant à l'épaule de son mari. Victor lui embrassa la joue. Ils formaient un couple solide et très épris. Depuis un an, ils habitaient en ville, une belle maison bourgeoise de la rue de l'Evêché. Leur seul chagrin était de ne pas avoir d'enfants. Même si elles n'étaient pas redevenues de grandes amies, Claire préparait pour sa belle-sœur des infusions censées stimuler la fécondité féminine. Blanche avait fait deux fausses couches et persistait dans sa volonté d'être mère.

Etiennette berçait un nourrisson malingre, un enfant de vieux, comme disaient les commères de Puymoyen. Colin était heureux de ce troisième fils, prénommé Arthur, venu au monde au mois de mars.

Les plus silencieux étaient sans conteste Bertille et Guillaume Dancourt. Lui grisonnait de plus en plus, il flattait son ventre proéminent. Il n'aimait pas venir au moulin, mais, dès qu'il en avait l'occasion, il racontait à Jean ou à Léon qu'il mangeait trop pour prendre un peu de plaisir, sa femme ne lui en donnant plus.

Faustine chercha à attirer l'attention de Bertille qui était plongée dans ses rêveries. Voyant que ses efforts étaient vains, elle renonça. En picorant une miette de gâteau de Savoie, elle osa demander à sa mère :

— De quoi parliez-vous, si longtemps ?

— De l'attentat de Sarajevo, des prises de position de la Russie, de la Serbie. Des affaires bien compliquées pour une fille de ton âge ! répliqua Claire. Au fait, j'avais oublié de te dire que Nicolas ne viendrait pas cet été. Il a raté ses examens et s'est engagé comme apprenti dans une brasserie d'Angoulême, le Café de la paix, en face de l'hôtel de ville.

— Matthieu ferait bien de travailler lui aussi ! coupa Jean. A dix-sept ans, il joue les dandys, n'est-ce pas, Bertille ? C'est bien le mot que tu as utilisé, de l'anglais…

— Oui, un dandy, quelqu'un de soigné, de très élégant, aux bonnes manières, précisa celle-ci, un peu surprise que Jean lui adresse la parole. Bertrand Giraud a tout du dandy, également. Peut-être que Matthieu a voulu l'imiter, puisqu'ils se voient souvent.

Guillaume bâilla et tapa sur la table.

— Il est temps de se mettre en route nous aussi, ma petite chatte, ou tu vas nous rebattre les oreilles avec tes dandys, et surtout avec môssieur l'avocat !

Bertille se leva de sa chaise. Raide de colère, elle chercha l'ombrelle qui lui servait de canne. Chaque fois, Faustine en avait mal au cœur. Elle se précipita pour l'aider et lui tendit l'objet tombé par terre.

— Merci, ma chérie ! lui dit-elle d'une voix éteinte.

Beaucoup plus bas, presque à son oreille, Bertille souffla, d'un ton désespéré :

— Ne te marie pas ! Reste libre d'aimer qui tu veux…

Ce jour de juillet encore paisible, que les échos de l'épouvantable tempête prête à se déclarer ne troublaient pas,

Faustine comprit une chose : la merveilleuse cousine de Claire, la « princesse » Bertille, aimait Bertrand Giraud.

Ce n'est pas étonnant ! pensa-t-elle en saluant Guillaume Dancourt. Son mari est affreux et bête à faire peur.

Le soir, Matthieu Roy arriva au moulin. Il descendit du plateau par le raccourci, sa valise de pensionnaire à la main. C'était un jeune homme séduisant, de la séduction de Claire au masculin, excellent étudiant et beau parleur.

Faustine épluchait des pommes de terre, un tablier bleu cachant sa robe de cotonnade fleurie. Elle avait natté ses cheveux, car il faisait encore très chaud après le coucher du soleil. Campée sur le perron, Raymonde chantonnait en secouant le panier à salade.

— Voilà notre Matthieu ! cria la servante. Fichtre, il a encore grandi et embelli depuis Pâques.

Claire sortit, les mains ruisselantes d'eau, car elle lavait des radis juste rapportés du potager. Elle regarda son frère gravir les marches et une vive inquiétude pesa sur sa joie de le revoir. Les hommes, à midi, évoquaient l'éventualité d'une guerre qui pourrait toucher la France, même l'Europe entière, un conflit allumé par l'Allemagne. Matthieu avait presque l'âge de prendre les armes… Elle chassa cette idée d'un mouvement de tête.

— Entre vite, monsieur le dandy !

— Moi, un dandy ! pouffa le jeune homme. Bonsoir tout le monde, entonna-t-il.

César se jeta à son cou ; Léon lui décocha une bourrade amicale.

Faustine ne bougea pas, concentrée sur ses pommes de terre dont le suc lui poissait les doigts. Elle retenait son souffle et prenait un air indifférent. Jean était assis en face d'elle, un journal étalé devant lui, mais il ne la quittait pas des yeux. Avec un petit sourire, Matthieu vint saluer le père et la fille.

— J'ai l'intention de m'amuser, ces vacances ! lança-t-il

gaiement. Et figurez-vous que j'ai déjà une cavalière pour le bal du 14 Juillet, mademoiselle Corentine Giraud !

Le couteau échappa des mains de Faustine ; en le rattrapant, elle se coupa le pouce. Une goutte de sang vermeil tomba sur la table…

20

L'été 1914

14 juillet 1914, Puymoyen

Faustine était assise à une table du café des Amis, le nouveau bistrot du bourg à la décoration flambant neuve. Le patron, un ancien brasseur de Soyaux, avait fait monter une tonnelle en bambou recouverte d'un paillis jaune. C'était un beau soir d'été, empli de musique et de couleurs. La petite Thérèse sur ses genoux, la jeune fille suivait des yeux les couples qui évoluaient sur la piste de danse. Les lampions s'agitaient au gré du vent, suspendus par un crochet aux branches des tilleuls.

Tout le monde s'amuse, sauf moi, se dit-elle en sirotant son verre de cidre, le cidre de son père, comme en témoignait la bouteille sur laquelle, en relief, on pouvait lire *Cidres et vins fins Jean Dumont.*

Colin faisait valser Etiennette en jupe brune et corsage vert, Claire et Jean tournoyaient eux aussi, moins adroits que d'autres, mais souriants et ardents. A l'autre bout du plancher installé pour le bal, Matthieu tenait Corentine Giraud par la taille et lui parlait dans le cou. Elle riait très haut, comme pour montrer à tous les gens du pays qu'elle retenait l'attention d'un joli garçon.

— Si nous dansions toutes les deux, ma Thété, dit Faustine à l'oreille de la fillette. Tu as une belle robe neuve, moi aussi… Autant les montrer.

Faustine se leva et s'engagea sur la piste. La clarté mouvante des lanternes se refléta sur ses cheveux blonds et sur sa peau nacrée. Elle portait une toilette en satin bleu, à col montant, et un chapeau de paille orné de fleurs fraîches. Thérèse se mit à sautiller et à gesticuler, se moquant bien du rythme que la mélodie imposait.

— Pas comme ça, Thété ! pouffa Faustine. Tu dois suivre la musique, me donner les mains.

— Mais tu es trop grande, de toute façon, Tine !

Quelqu'un saisit alors la jeune fille par les épaules, l'obligeant à pivoter. Elle reconnut Denis.

— Je t'invite, Faustine. J'ai vu le programme de l'orchestre. La prochaine danse, c'est une polka ! Mais on finit la valse, vite...

Le jeune homme l'entraîna. Elle n'eut pas le temps de protester. De toute façon, elle n'en avait vraiment pas envie. Se retrouver parmi les autres couples, au bras d'un cavalier élégant, la ravissait.

— Ensuite, lui dit-il, je t'offre une limonade ou une barbe à papa... Regarde, il y a un marchand qui s'est installé près de l'église, ça sent bon le sucre chaud...

— Je veux bien, répondit Faustine, tout émoustillée.

Ce fut la polka. Jean et Claire retournèrent s'asseoir, haletants. Colin déclara forfait aussi, mais Léon invita Etiennette. A une table voisine, la conversation n'avait rien de joyeux. Le maire, monsieur Vignier, deux de ses conseillers et Bertrand Giraud s'entretenaient à voix basse.

— Cette fois, la guerre est inévitable ! disait l'avocat. Depuis 1905, la situation en Europe se dégrade. Il y a eu l'incident d'Agadir au Maroc, quand l'Allemagne a voulu contrer nos prérogatives sur l'Afrique du Nord, puis la guerre des Balkans, l'année dernière. Moi, je suis de l'avis de Jaurès : il faut militer contre un conflit armé qui engagerait le peuple français, nos paysans.

Claire poussa un soupir excédé.

— Mon Dieu, dit-elle, exaspérée, ces messieurs pourraient se réunir ailleurs qu'ici pour leurs conciliabules pessimistes. Pourquoi donc entrerions-nous en guerre...

Jean fit la moue, absorbé par les évolutions de Faustine

et de Denis. La jeune femme, qui suivait son regard, lui caressa l'avant-bras.

— Ne sois pas inquiet. Elle a si peu d'occasions de se distraire…

— Je sais bien. Sois tranquille, je t'ai promis avant de partir que je ne ferai pas d'esclandre.

— Ne fais pas cette tête, alors !

— C'est que j'écoute monsieur Vignier, et Giraud…

Jusque-là, Claire avait laissé la musique et les rires lui envahir l'esprit, heureuse du crépuscule rose, du cidre savoureux et des baisers de son mari dans la calèche. Ils étaient montés seuls au bourg. Léon, ses enfants, Faustine et Colin avaient préféré faire le chemin à pied. Elle dut se concentrer sur les paroles des hommes assis près d'eux.

— Oui, c'est comme je vous le dis, marmonnait le maire, dans certains villages plus au nord, autour de Paris, la réquisition des chevaux et des attelages a commencé depuis une dizaine de jours. Ce sera un beau bazar dans le pays. Avec les moissons qui commencent ! Je les vois d'ici, nos braves fermiers, privés de leurs bêtes au moment de la récolte.

— Moi, j'ai gardé les chevaux de mon frère, dit l'avocat. Je vends des poulains tous les trois ans, et j'ai tellement de prairies qu'il faut bien les utiliser. Mais, que voulez-vous, si le gouvernement l'exige, je ne pourrai que m'incliner, comme tout le monde.

Claire recula sa chaise et se pencha vers Bertrand.

— De quoi parlez-vous ? La réquisition… qu'est-ce que c'est ?

— Madame Dumont, répliqua un des adjoints, en temps de guerre, l'Etat a besoin de tous les véhicules disponibles, à moteur ou hippomobiles, et des chevaux, des mules, des ânes…

— C'est impossible ! s'écria-t-elle. Personne ne me prendra Sirius ! Et il n'y aura pas de guerre ! La gazette que nous recevons affirme que seules la Serbie, l'Allemagne et la Russie seront peut-être engagées dans un conflit.

— Dieu vous entende, ma chère Claire ! soupira Bertrand. Il y a hélas en France quantité de bellicistes, des revanchards qui n'ont qu'un vœu : reconquérir l'Alsace et la Lorraine sans se soucier des pertes humaines que les combats engendrent…

Jean préféra prendre part à la discussion, imité par Colin. Claire s'éloigna, oppressée. Elle déambula autour de la piste de danse en contemplant les visages réjouis des femmes qui tapaient du pied et frappaient des mains pendant le quadrille des lanciers[1].

Je ne veux pas qu'il y ait la guerre… se répéta-t-elle. Toutes leurs histoires d'alliance et de domination, je m'en fiche. Nous sommes si tranquilles dans notre vallée !

Ses pas la conduisirent devant l'église. La porte était entrouverte, l'autel, couvert d'un drap blanc. Trois cierges se consumaient. La jeune femme avança dans l'allée centrale et s'assit sur un banc. Cet humble sanctuaire de pur style roman dont la fondation devait remonter au Moyen Age lui paraissait plus beau, plus propre au recueillement que la cathédrale d'Angoulême ou toutes les basiliques du monde. Là, elle avait fait sa première communion, elle avait assisté aux obsèques de sa mère Hortense, suivies du baptême de Matthieu. Elle s'y était mariée deux fois et y avait pleuré Basile. Ce soir, son vieil ami lui manquait beaucoup.

Il savait me rassurer, m'expliquer le pourquoi des choses, la politique, les agissements des hommes. Si Basile avait vécu un peu plus longtemps, Jean ne dilapiderait pas son argent, il n'aurait pas maltraité Faustine… Et Basile pourrait me dire ce qu'il en est, de cette guerre qui couve !

Une silhouette en soutane noire sortit de la sacristie. Le père Jacques, toujours vaillant malgré ses soixante ans, lui fit signe. Sans bruit, il la rejoignit. Claire s'empressa de se relever pour le saluer.

— Ma chère enfant, je ne vous vois dans mon église qu'en cas de tragédie personnelle, de chagrin ou de doute. Dehors mes paroissiens font la fête en souvenir de la prise de la Bastille, qui n'a vraiment rien changé à la misère du petit peuple, et vous vous tenez à l'écart des vôtres, la mine triste.

1. Danse à plusieurs couples, avec échange de partenaires.

— Le maire et bien des gens craignent une guerre ! Et vous ?

— Je prie pour la paix, Claire. Le blé est superbe, cette année, nous n'avons guère eu d'orage. Souhaitons que le tocsin ne sonne pas les jours prochains, condamnant nos paysans à abandonner leur labeur et leur foyer.

Elle ne sut que répondre. Le curé la raccompagna jusqu'au seuil de l'église. Ils se séparèrent sans un mot de plus. Claire se dirigea sans hâte vers le café des Amis. Faustine et Denis bavardaient, assis avec Thérèse sur le muret qui délimitait la place de la Mairie. Tout était si calme, si harmonieux, les premières étoiles, le chant des grillons dans les prairies fauchées, l'air chaud au parfum d'herbe sèche... Des filles se lançaient dans une farandole. Deux petits garçons allumèrent des feux de Bengale qui fumèrent, dégageant une brume verte.

Raymonde arrivait d'une ruelle voisine, tenant sa mère, Jeanne, par le bras. César gambadait, sa frimousse semée de taches de rousseur illuminée par la joie farouche des enfants un soir de liesse.

Il n'y aura pas de guerre, songea Claire, ou alors très loin de chez nous, au fin fond de la Russie, de leur empire austro-hongrois...

Colin et Etiennette, qu'elle croisa, lui annoncèrent qu'ils rentraient au moulin.

— Papa ! lui demanda-t-elle, tu avais vingt-cinq ans, pendant la dernière guerre, en 1870... Es-tu allé te battre ?

— Non, Clairette, je t'en ai déjà parlé quand tu étais gamine. J'étais le fils cadet. Je suis resté près de mes parents, pour qui je travaillais à l'époque. Armand, le père de Bertille, a combattu à Sedan. Il en est revenu sain et sauf, pour mourir dans un accident quelques années plus tard. Comme quoi... Ne te ronge pas les sangs, va. Il n'est pas forcé que le feu prenne à la poudrière...

Trois jours plus tard, le garde champêtre descendit au Moulin du Loup. Raymonde lui servit un verre d'eau, car l'homme ruisselait de sueur.

— Je viens de Ponriant, maugréa-t-il en s'affalant sur un banc. Faudrait que je voie votre patronne ou monsieur Roy.

La servante appela Claire. Elle descendit l'escalier, une panière de linge calée sur la hanche.

— Bonjour, monsieur Firet. Qu'est-ce qui vous amène ? Une pauvre louve sans défense à abattre ?

Elle ne l'avait pas souvent croisé depuis que, juste nommé au bourg, il avait tué la mère de Loupiote dans la Grotte aux fées. Le fonctionnaire ne releva pas la pique teintée d'agressivité. Il souleva un peu sa casquette et déclara, d'un ton ferme :

— Eh, madame, je suis chargé de communiquer l'ordre de réquisition. Depuis le lever du soleil, je viens annoncer la mauvaise nouvelle aux fermiers de Chamoulard, à la tannerie du Breuil, à Ponriant. Tous les propriétaires de chevaux et de véhicules doivent les conduire sur la place du bourg demain matin. Là, des représentants de l'Armée française récupéreront le matériel et les bêtes déclarées en état de servir.

Claire refusait d'y croire. Elle se répéta intérieurement les mots du garde champêtre sans pouvoir les associer à sa vie quotidienne. Cela lui paraissait aberrant de donner la calèche, que les Roy utilisaient et entretenaient soigneusement depuis plus de vingt ans, et surtout son unique cheval, Sirius, à qui elle vouait une profonde affection. Ce genre de mesure arbitraire ressemblait à une mauvaise plaisanterie. Elle eut l'impression que le monde tournait à l'envers et s'écria :

— C'est insensé ! Vous devez faire erreur, monsieur Firet ! Je crois que l'Armée française possède du matériel et une cavalerie. Le soir du bal, le maire parlait de réquisition, mais je pensais que c'était des rumeurs farfelues. Les gens aiment tant s'alarmer pour rien. En plus, nous ne sommes pas en guerre. Ce serait du vol, à mon humble avis. Pourquoi l'armée voudrait-elle dépouiller d'honnêtes citoyens ? Ce sont des biens personnels utiles !

— Madame Dumont, moi, je ne fais que transmettre l'ordre, je ne suis point responsable ! Tenez, à Chamoulard, le vieux Vincent a failli me tirer dessus, ouais, il a sorti son fusil de chasse. Je lui ai dit comme à vous, et pareil il me disait que c'étaient des foutaises. Mais vous auriez beau en causer jusqu'à demain, ça ne changerait rien. C'est un ordre de réquisition, je vous dis. Si vous n'obéissez pas, sûr, vous aurez des ennuis.

Le garde champêtre se remit debout en soufflant, souleva sa casquette et prit congé. Raymonde tordait si fort le coin de son tablier qu'elle le déchira.

— Madame, c'est quoi ces manières ? Ils vont tout nous prendre ?

— Je ne sais pas et je ne veux pas le savoir ! sanglota Claire.

Elle courut dehors et se rua à l'écurie. Par les grosses chaleurs, Sirius restait enfermé, ce qui lui évitait d'être assailli par les taons et les mouches. Le grand cheval blanc hennit doucement à la vue de sa maîtresse. Elle se glissa sous la barre qui fermait son box et noua ses bras autour de son encolure.

— Mon cheval…

Elle ferma les yeux, le visage enfoui dans la crinière rêche de l'animal. Des images lui revinrent : son départ de Ponriant en tenue d'amazone, les sabots de Sirius heurtant les pierres du chemin des Falaises. Frédéric, son premier mari, était mort ; elle rentrait au moulin avec Matthieu, si petit, heureux de la balade. D'autres souvenirs la hantaient : les galops dans la forêt, les sorties en calèche jusqu'au bourg, et le jour où elle était partie pour Angoulême demander des comptes à Bertille au sujet de la lettre de Jean que sa cousine avait brûlée[1].

Léon la trouva en larmes, assise au milieu d'un tas de foin.

— Madame Claire, vous rendez pas malade. Il est trop vieux, votre Sirius, pour servir l'armée ! Faudra le dire, demain, au maire, qu'il a près de vingt ans. Sûr, il paraît plus jeune et vigoureux encore, mais si vous donnez votre parole…

---

1. Voir *Le Moulin du Loup*.

La jeune femme se redressa et secoua sa jupe piquée de brindilles.

— Mon cher Léon, tu es un vrai ami, toi ! Tu viens de me donner une bonne idée. Je peux prouver l'âge de Sirius. Si j'allais à Ponriant ? Bertrand a dû garder les registres de Frédéric. Il notait les naissances de ses bêtes ; la date, oui, je l'aidais souvent. Tu comprends, c'était sa fierté, son élevage. Où est Jean ? Il doit me conduire en automobile. Je n'ai pas le courage de monter à pied.

— Eh, notre Jeannot est en ville. Votre père lui a demandé de faire une course, une affaire de livraisons en retard, oui, la cellulose…

— Mon mari n'est jamais là quand j'ai besoin de lui depuis qu'il a sa fameuse Traction Grégoire ! Il s'en va quand il veut, sans me prévenir.

Léon se gratta le menton, embarrassé.

— On n'a qu'à atteler la calèche ! proposa-t-il.

Claire haussa les épaules. Elle sortit de l'écurie et, sans même prendre de chapeau, elle s'éloigna à travers champs.

— Chienne de vie ! grogna Léon.

Bertrand fut très surpris de trouver Claire sur le perron de Ponriant. Jamais elle n'avait répondu favorablement aux invitations de Marie-Virginie ou de l'avocat. Le domaine représentait pour la jeune femme trop de douleurs muettes, d'humiliations.

— Claire ! s'écria-t-il d'un air éberlué. Si je m'attendais à vous recevoir un jour, ici… Le lieu de tous vos cauchemars, n'est-ce pas ? Des miens aussi, si cela peut vous consoler.

Il constata qu'elle haletait, les joues en feu.

— Mais vous êtes venue à pied ! Comme vous avez chaud ! Entrez vite, Mireille a préparé de la citronnade, car j'ai de la visite, déjà.

— Je ne veux pas vous importuner, dans ce cas ! soupira-t-elle. Cela me fait un drôle d'effet de revoir la maison…

Elle s'attardait dans le hall lumineux, si large et haut de

plafond, où poussait dans un pot en terre vernissée une plante verte qui intrigua la visiteuse.

— Vous admirez notre *Hevea brasiliensis* ! lui dit Bertrand. C'est un cadeau de mes beaux-parents peu de temps avant le décès de ma femme. C'est une forme ornementale de l'arbre à latex, le latex qui sert à la fabrication du caoutchouc, si pratique, dont l'essor ne fléchit pas.

Claire approuva, se sentant soudain sotte et ignare. Elle était de si mauvaise humeur qu'elle soupira :

— Chaque fois que je suis venue à Ponriant, j'ai eu l'impression d'être une misérable imbécile, une paysanne apeurée par le luxe, et j'ai eu envie de m'enfuir. Même quand je vivais là, je n'étais pas à ma place.

Bertrand éclata de rire, en la poussant vers le salon, où Matthieu et Corentine jouaient aux cartes sur un guéridon en marqueterie. Claire se souvint que sur la petite table ronde Frédéric posait la bouteille de cognac qu'il vidait à demi tous les soirs, le verre adéquat et un cendrier en argent massif. Elle fut encore plus confuse de se présenter à son frère et à la jeune fille en simple robe de lin, échevelée et le visage cramoisi.

— Matthieu ? lui reprocha-t-elle. Tu devais aider papa aux étendoirs…

— Faustine m'a remplacé ; elle s'ennuyait. J'avais promis à Corentine de passer aujourd'hui.

Brusquement la vision des jeunes gens, dans la fraîcheur de la vaste pièce au décor cossu, agaça Claire. Ils « flirtaient » selon le mot à la mode, c'était évident. Elle entraîna Bertrand vers le hall et désigna les écuries d'un mouvement de tête.

— Vous avez eu la visite de monsieur Firet, le garde champêtre ! Il est venu au moulin… Je voudrais consulter les registres de Frédéric, trouver celui où est notée la date de naissance de Sirius. Léon prétend qu'il est trop vieux. Je dois conduire mon cheval au bourg, demain, et ma calèche ! Pas vous ? Les notables sont-ils épargnés par la réquisition ?…

— Calmez-vous, Claire ! Mon palefrenier, avec un de

mes employés, mènera tous les chevaux à Puymoyen dès l'aube. Ainsi que le phaéton, le tilbury de ma mère et ma De Dion-Bouton. Mes fonctions d'avocat me permettent de garder ma vieille Panhard, et j'en suis content. Je préfère les voitures à moteur à tous les attelages ! Mais Jean sera tenu d'abandonner sa superbe Traction à l'armée.

Elle pinça les lèvres à l'idée de la colère qu'aurait son mari. Bertrand l'observait. Malgré sa beauté et son intelligence, Claire n'avait pas fait battre son cœur, jadis. Mais il appréciait son énergie, sa carnation de brune, la profondeur pleine de gravité de son regard sombre.

Un quart d'heure plus tard, il la déposait en voiture près du bief. Elle le remercia, le précieux registre serré contre son cœur. La soirée fut sinistre au Moulin du Loup. Jean brisa un plat en porcelaine, clamant qu'il n'avait pas à offrir au gouvernement une automobile qui lui avait coûté une fortune. Colin but plus que de coutume et se coucha avant la nuit noire. Faustine déployait une activité bizarre, avec une telle nervosité que Raymonde se sentit désœuvrée. La jeune fille fit la vaisselle après avoir mis la table, baigné Thérèse dans le cuveau en zinc, repassé tout le linge de cuisine. Mais personne ne prêtait attention au chagrin qui l'accablait depuis le début des vacances. César, perché sur sa bicyclette, jouait les espions pour elle. Grâce à lui, Faustine savait que Matthieu et Corentine ne se quittaient plus.

Elle est plate de partout ! se disait l'adolescente dans son lit, ivre de jalousie. Ses cheveux aussi, ils sont moches, et roux en plus. Qu'est-ce qu'il lui trouve…

Puymoyen, 18 juillet 1914

Claire monta au village en calèche. Léon l'accompagnait. Elle avait attelé Sirius en tremblant de tout son corps. Le cheval, sa robe lustrée au chiffon, les sabots luisants, passés au baume à base de baies de laurier, avait fière allure.

— Mais, madame, avait protesté Léon, faut pas le rendre beau comme ça, ils vont vous le garder pour les officiers…

Il a du sang, de la race, vous feriez mieux de le présenter sale, pisseux, ou de le faire boiter en lui enfonçant un clou sous le pied.

— Non, ce cheval ne mérite pas ça. Je lui rends hommage en le toilettant, Léon, car je l'aime.

Faustine, César et Thérèse avaient dit adieu à Sirius, lui offrant des bouts de sucre, des carottes, du pain dur. Matthieu qui avait accouru en pyjama retenait ses larmes. Le cheval blanc appartenait à son enfance ; il était lié à des souvenirs innocents, les visites à l'écurie les soirs d'hiver ou son hennissement amical lorsqu'il lui rendait visite au pré.

— Nicolas aura du chagrin aussi, avait-il bredouillé, de ne pas le trouver quand il reviendra en septembre.

Colin avait caressé l'animal, avant de se détourner, ému. Raymonde pleurait à son aise. Claire y pensait encore, en longeant l'église. Léon lui secoua le poignet :

— Regardez donc là-bas, madame !

Sur la grande place, à l'ombre des tilleuls, ils virent un important rassemblement de chevaux et de mules. Les bêtes étaient attachées à des cordes tendues entre les arbres. Alentour se profilaient des charrettes, des calèches, le cabriolet de l'ancien docteur Mercier… Et encore des véhicules divers, brancards baissés vers le sol. A gauche, six automobiles étaient alignées. Partout des soldats déambulaient, des paysans en blouse et chapeau à large bord, des enfants curieux, des femmes en coiffe blanche.

— Mon Dieu ! gémit Claire, quel malheur… Vois, là-bas, les chevaux de Ponriant, l'alezan que j'ai vu naître, et la poulinière noire ! Elle a plus de vingt-cinq ans.

Léon lui montra trois mulets, une douzaine d'ânes au poil roux et épais, des poitevins robustes. L'un d'eux poussa un braiment lugubre, interminable.

— Je ne laisserai pas Sirius, tu m'entends, je ne peux pas.

Un coup de Klaxon la fit sursauter. Au volant de sa Traction, Jean dépassa la calèche. Il se gara devant la mairie et claqua la portière. Dans son costume de serge beige avec gilet assorti, la chaîne de montre dorée scintillant au soleil, son canotier et ses chaussures vernies, il avait tout d'un monsieur, comme disait Léon.

Qu'il est beau, se dit Claire. Et quelle allure de bourgeois.

Sa détresse empira. Souvent elle regrettait un peu son Jean d'avant l'héritage, d'avant Blanche Dehedin. Il était aussi coléreux, mais plus tendre, plein de compassion, révolté par l'injustice. Là encore, elle avait besoin de lui, de son soutien, mais il marcha droit vers la table installée en plein air où un militaire consignait l'identité et l'adresse des propriétaires de chevaux et de véhicules. Le maire se tenait à côté, surveillant le bon déroulement de l'opération. Il réconfortait parfois ses administrés d'une parole vibrante de patriotisme.

Claire descendit du siège avant, confiant les guides à Léon. Elle flatta l'encolure de Sirius et embrassa ses naseaux veloutés. Le fermier Vincent, de Chamoulard, la salua. Le vieil homme, la figure burinée et tannée par les étés aux champs, n'essuyait même pas les larmes qui coulaient le long de son nez. Il hoqueta, l'œil vide :

— Qu'est-ce que je vas faire, moi, sans mon brave Malo ? Qui c'est-y qui tirera la charrue, cet hiver… J'l'a payé bon prix, Malo, à la foire de Villebois, y a douze ans de ça.

D'autres paysans repartaient, bras ballants, dépités. Le cheval était le compagnon et l'outil de travail. C'était la force docile indispensable à la fenaison, à la moisson, aux labours, au voyage jusqu'à la ville pour vendre volailles, légumes, cochons de lait.

Jean rejoignit enfin sa femme, les mains dans les poches, un air narquois l'enlaidissant :

— Je vais au bistrot boire un coup ! J'ai plaidé ma cause, comme quoi ma Traction m'était utile pour visiter mes clients, mais ils n'en ont rien à foutre ! Bon sang, je n'en ai pas beaucoup profité, de ma voiture… Viens-tu, Léon ?

— Non, Jeannot, j'ai pas le cœur à boire. Je reste avec madame Claire.

Elle espérait un baiser, un geste de tendresse. Jean s'en alla à grandes enjambées furieuses. Une heure plus tard,

Claire conduisit Sirius qu'elle avait dû dételer sur les conseils d'un soldat devant le bureau improvisé pour la réquisition.

— J'ai le registre indiquant son âge, déclara-t-elle d'une voix posée. Ce cheval nous est utile, nous tenons une papeterie…

Le militaire, un gradé, eut un geste d'exaspération. Il entendait les mêmes lamentations depuis l'aube. Un vétérinaire de l'armée examina la dentition de Sirius et chaque sabot ; il palpa ses membres et son dos.

— Bel animal, anglo-normand, c'est ça ? demanda-t-il à la jeune femme. Il n'a que dix-huit ans selon votre registre, une solide musculature, il est endurant, sûrement… Cette bête peut vivre encore dix ans, colonel !

Claire pouvait à peine respirer, malade d'angoisse. Elle perçut néanmoins une hésitation sur le visage du militaire, qui tenait un tampon encreur à la main. Léon joua son va-tout, longuement médité pendant le trajet. Il fixa sa patronne en prenant soin de paraître bien niais.

— Madame, faudrait peut-être dire à ces messieurs que votre cheval, y boite une fois échauffé, rapport à la fourbure qu'il a eue quand il s'est gavé d'avoine l'an dernier. Nourrir une grosse bête comme lui, qui peut pas travailler autant qu'on a besoin, c'est de la dépense… Enfin, moi, c'est ce que j'en dis ; si jamais ça vous causait des ennuis, après, avec ces messieurs de l'armée, de leur avoir pas avoué, pour la boiterie…

Le vétérinaire ôta ses lunettes et pointa l'index vers Sirius :

— J'avais noté un renflement, aussi, à l'antérieur gauche. Rien de méchant, mais les conséquences de la fourbure, sans doute !

Claire entendit, assourdi par le bourdonnement de ses oreilles, car elle était prête à s'évanouir, le mot « inapte ». Le maire lui souriait ; Léon emmenait Sirius. Elle prit le reçu qu'on lui tendait pour la calèche. Elle recula en bousculant une femme qui tirait un vieux mulet par une ficelle de chanvre.

— Bonne mère ! lui lança l'inconnue. Y me laissent mon Gaspard ; j'ai pas pu approcher de leur foutue table ; y m'ont fait signe que non, de loin. On n'a plus qu'à retourner chez nous, à Dirac. Trente ans qu'il a, mon Gaspard.

La pauvre bête avait des sabots fendus et une plaie au front, couverte de mouches. Claire n'osait pas montrer sa joie, mais elle serra furtivement la main de la femme. Elle rattrapa Léon et Sirius, mais elle dut retenir un petit cri. Son cheval boitait.

— Mais…

— Chut, madame ! coupa Léon. Ayez pas l'air surpris. Je vous expliquerai en route. On rentre fissa au moulin.

Ils avaient perdu la calèche, mais cela ne comptait pas. Tous les deux admiraient la noble tête de Sirius en le caressant. En chemin, Claire lui arracha toutes les touffes de pissenlit qu'elle pouvait trouver.

— Léon, tu as ma gratitude éternelle ! Léon tu es un héros, je t'adore ! claironnait-elle sans cesse, grisée par une exquise sensation de soulagement. Quel comédien tu fais, quel culot aussi ! Et en plus, tu as réussi à caler un caillou sous le fer, en repartant, pour le faire boiter.

— Dame, j'avais la trouille que ces soldats nous courent après et le prennent quand même. Je l'aime, ce cheval.

— Je le sais, Léon, tu t'en occupes si bien.

Juste après le pont, Claire pensa à Jean. Elle avait oublié de le rejoindre au bistrot.

— Il sera encore plus fâché, soupira-t-elle.

— Vous tracassez pas, madame. Je connais mon Jeannot. Il va boire à plus soif ; il passera la journée au bourg, à regarder sa Traction, à lui faire ses adieux. Bah, il a de quoi s'en payer une autre, riche comme il est.

Claire redevint sérieuse. Léon ignorait que son ami avait investi de grosses sommes dans l'hospice de Guerville et qu'il avait fait de mauvais placements en Bourse. Elle l'avait appris récemment après une étreinte passionnée, dans le noir propice aux confidences.

Je dois le pousser à être économe ! se dit-elle. Il a tant dépensé, ces dernières années. A cause de moi, d'ailleurs. La salle de bains et la chaudière, c'était ruineux…

Elle se rassura. La vente du cidre rapportait assez d'argent.

Le retour de Sirius suscita autant d'enthousiasme que son départ avait causé de regrets. Colin embrassa Léon quand il sut comment le domestique avait berné le vétérinaire et le colonel.

— Oh, m'sieur Roy, ma récompense c'est de voir le sourire de madame Claire. Raymonde et moi, nos petits, on vous doit tant…

Jean rentra à la nuit. Claire l'attendait dans la cuisine en tricotant pour tromper l'attente.

— Où étais-tu ? Léon est remonté au bourg en bicyclette. Il ne t'a pas vu. J'étais inquiète…

— En sortant du bistrot, j'ai utilisé le téléphone du maire pour joindre Blanche. Elle bouclait ses malles. Victor l'emmène pour six mois en Amérique du Sud. Ma sœur ne m'idolâtre plus depuis qu'elle a un époux et qu'ils voyagent tous deux à leur guise. Je lui ai gueulé « bon vent », elle m'a dit que j'étais un mufle. Alors je suis retourné boire un coup et, au retour, j'ai pris le raccourci et j'ai réussi à retrouver la Grotte aux fées. Là, je me suis couché par terre, le nez dans le sable, fin saoul ! J'ai dormi et après ça j'ai réfléchi. Dis, tu m'aimes encore ?

— Bien sûr ! s'écria-t-elle.

— Tu as du courage, alors ! Moi, je pensais à nous, et le cafard m'est tombé dessus. Je ne t'appelle plus Câlinette, il m'arrive de me lever le matin sans t'embrasser. Claire, j'ai peur. Peur de l'homme que je suis à présent.

Il s'agenouilla devant sa femme et appuya son front contre son ventre. Bouleversée, elle lissa ses cheveux, drus et souples.

— Mon Jean, ne sois pas triste. Tu as moins bon caractère que par le passé, mais ça ne m'empêche pas de t'aimer. Nous n'avons pas à nous plaindre, dis ? Faustine est belle et sage, tes affaires marchent bien, nous avons à boire et à manger, un toit sur nos têtes, une famille et des amis. Je me doute de ce qui te peine… Tu aurais voulu un fils et je ne peux pas te le donner. Chaque fois que j'y pense, j'en suis honteuse.

— Ce n'est pas ta faute si la nature t'a faite comme tu

es. Tant que tu m'aimes, je m'en fiche, d'avoir des enfants. Vu que je m'en occupe mal. Faustine ne m'a pas pardonné pour les coups et les insultes. Ma fille que j'adorais, je l'ai perdue. Il y a deux ans, quand tu faisais chambre à part, que tu ne me regardais même plus, j'en ai eu la tête à l'envers.

Claire se leva et le força à la suivre. Elle éteignit les lampes et se colla à lui dans l'obscurité.

— Faustine t'aime toujours autant, mais tu devrais lui parler, lui expliquer ce qui te blessait. Tu as le vin triste, mon Jean. Moi, je suis si contente d'avoir gardé Sirius que je chanterais à tue-tête. Viens, allons au lit.

Elle le déshabilla, envahie d'un désir plus vif que d'ordinaire. Sous ses baisers et ses caresses audacieuses, Jean se détendit, soupira et pleura avant de reprendre courage, d'accepter la griserie des sens qui peu à peu lui redonna sa puissance d'homme, sa volonté de rendre sa femme heureuse, de la combler de plaisir.

A trente-quatre ans, Claire était à l'apogée de sa beauté. Les traits magnifiés, dessinés par la maturité, le corps épanoui, ferme et rond, elle n'avait jamais été si séduisante. Jean connaissait ses secrets intimes, les points sensibles de sa chair soyeuse. Ils succombèrent à une ferveur dont ils avaient oublié la magie, entrelacés, épuisés mais grisés par une faim insatiable de l'autre.

Bientôt, tous deux garderaient au cœur le souvenir poignant de cette nuit-là, où ils avaient su raviver la flamme de leur amour.

— Ils ont tué Jaurès ! annonça Jean au soir du 31 juillet. Je l'ai appris au bourg, c'était dans le journal, l'édition de l'après-midi que la patache a livrée.

Colin ouvrit la bouche, stupéfait.

— Jaurès est mort ? balbutia-t-il.

— Oui, assassiné ! Un jeune type, Raoul Levillain, qui était membre de la Ligue des jeunes amis de l'Alsace-Lorraine a tiré sur lui à bout portant, au café du Croissant, à Paris. Bon sang, Jaurès était bien le seul homme politique à prêcher la paix et l'entente avec l'Allemagne. Un socialiste pacifiste, un saint… Ah, ça n'a pas plu qu'il veuille réduire la durée du service militaire. Il déchaînait les passions, sûr, et ils l'ont tué. Basile en aurait chialé, je vous le dis…

Jean s'attabla, la tête entre les mains. Claire avait souvent entendu parler de Jean Jaurès. Elle se sentait proche de ses convictions. Il y eut dès lors comme un silence lourd de menaces qui s'abattit sur le moulin.

Le lendemain, le tocsin sonna. Dans toutes les communes de France, gendarmes et gardes champêtres placardèrent des affiches dans les bourgs : l'ordre de mobilisation générale.

Léon et Jean montèrent à Puymoyen. Une foule dense se pressait devant le mur de la mairie. Certains lisaient tout haut : *Armée de terre et Armée de mer…*

Les exclamations fusaient, les cris incrédules. Tous les hommes valides de dix-huit à quarante-cinq ans devaient rejoindre la caserne la plus proche de leur domicile.

— Tiens, tu m'étonnes ! brailla un grand gaillard. L'Allemagne a déclaré la guerre à la Russie, z'allez voir qu'ils vont nous expédier à l'autre bout de l'Europe.

— Je m'en doutais, que ça allait péter !

— Comment ça, je dois m'en aller ! râla un autre. Et mon blé, qui va le rentrer ? On n'a pas fini les moissons, les gars !

Léon avait la bouche sèche, tant il était ému. Jean le prit par l'épaule.

— Je crois qu'on n'a pas le choix, mon pote…

Bertrand Giraud jouait des coudes pour les rejoindre. L'avocat, sans cravate et les cheveux ébouriffés, semblait tombé du lit.

— Vous avez lu ? déplora-t-il. Je n'ai pas mis mes affaires en ordre, je devais plaider la semaine prochaine.

Dans toute la France, c'était le même constat affolé. Les mobilisés devaient abandonner usines, fermes, travaux des champs, femmes et enfants. Les informations circulaient vite. Des milliers de trains étaient déjà affrétés afin de conduire dans l'est du pays des millions d'hommes.

— Bah, elle sera courte, cette guerre ! assurait un jeune

homme. On va reprendre l'Alsace et la Lorraine, leur faire mordre la poussière, aux Prussiens…

Bertrand proposa à Jean et à Léon de les raccompagner au moulin, puisqu'il disposait encore de sa Panhard.

— Ce sera dur d'annoncer la nouvelle à nos femmes ! avança Léon, les larmes aux yeux. J'ai pas envie de me battre, moi, j'ai autre chose à faire avec mes deux gosses… les bêtes à soigner !

Claire, Raymonde et Etiennette attendaient, assises sur les marches du perron avec Faustine, Matthieu, César et Thérèse. Colin guettait le retour de son gendre, debout sur le seuil de la salle des piles. Au bruit du moteur, il se précipita dehors, suivi de ses ouvriers.

— Alors ? s'écria Claire. Qu'est-ce qui se passe ? Le tocsin sonne encore…

— Ordre de mobilisation générale, répondit Jean d'une voix forte. Nous devons partir à Angoulême, à la caserne. De là, on prendra le train.

La jeune femme eut un petit rire nerveux. Elle haussa les épaules, prenant Raymonde à témoin :

— Ils nous font une blague ! Comment ça, partir ?

D'un bout à l'autre de la Charente, la plupart des gens réagirent comme Claire. La guerre, ils n'y croyaient pas. Pourtant la machine militaire se mettait en marche, aspirant fiancés, maris, pères, fils et camarades. Il suffisait d'un mois d'écart à l'état civil pour être du mauvais côté.

— Claire, protesta l'avocat, ce n'est pas une plaisanterie. Léon, Jean et moi, nous devons nous rendre le plus vite possible en ville avec un bagage de première nécessité.

Elle resta muette, les yeux dilatés. Raymonde se jeta au cou de son mari et le cajola comme un bébé.

— Mon pauvre Léon, moi qui te crie toujours dessus, mon Léon. Et nos petits, qu'est-ce qu'ils vont devenir sans leur papa…

En une heure, ce fut la déroute, la rupture brutale des habitudes quotidiennes. Les ouvriers rentrèrent chez eux après avoir serré la main de Colin. Ils avaient tous l'âge requis. Bertrand remonta chez lui après avoir promis qu'il repasserait en fin de journée, qu'il pourrait conduire Jean et Léon à la caserne.

— Mais ça peut attendre demain matin au moins ! hurla Claire. Ils peuvent nous accorder une nuit...

Elle s'écroula dans les bras de Raymonde, Faustine blottie entre elles deux. A midi, un taxi se gara devant le portail. Bertille en descendit, une valise à la main qu'elle jeta au sol. Le chauffeur déposa une malle à côté. D'abord elle crut le moulin désert. Matthieu sortit de l'écurie et courut l'embrasser.

— Ma tante ? Vous avez pleuré ?

— Guillaume est mobilisé. Il allait fêter ses quarante-cinq ans cet hiver. Il m'a conseillé de venir m'installer ici. De toute façon, je n'avais pas envie de rester seule en ville.

L'arrivée de Bertille réconforta Claire et Faustine.

— Princesse ! Que je suis contente ! sanglota la jeune femme en étreignant sa cousine. Dis, elle ne va pas durer, cette saleté de guerre ; ils vont revenir le mois prochain, nos hommes.

— Mais oui, assura celle-ci. A Angoulême tout le monde pense ça. C'est une mesure préventive, beaucoup de remue-ménage pour rien.

Les femmes se réunirent dans la cuisine. Jean s'était rasé. Il avait emporté dans une besace son couteau de poche, son blaireau et son coupe-chou. Claire ajouta du linge de corps et des chemises.

— Câlinette, sans doute que l'armée va nous distribuer des vêtements, des uniformes. Ne me charge pas.

Elle pleurait sans pouvoir se calmer. Jean la laissa et entra dans la chambre de Faustine. La jeune fille était assise à son bureau. Elle écrivait. Il la fit lever et la serra dans ses bras.

— Tu faisais une lettre, s'étonna-t-il. A qui donc ?

— A toi, papa, pour te la donner au moment du départ. Je voulais te demander pardon et te dire combien je t'aime fort.

Elle retenait ses larmes, mais ses beaux yeux bleus brillaient, humides. Jean embrassa ses joues rondes, son front lisse.

— Ma petite chérie, c'est à moi de te demander pardon. Claire m'avait conseillé de te parler, je n'en ai pas eu le courage. Maintenant le temps presse. Pardon, Faustine, tu sais pourquoi… Si tu étais morte de cette fièvre, il y a deux ans, je me serais pendu à une poutre du grenier, parole…

— Oh, papa, tais-toi. J'ai encore honte de ce jeu idiot, se fiancer à quatre garçons, leur donner des baisers. Chez les sœurs, j'ai pris conscience de mes sottises et j'ai bien prié pour ce pauvre Albert. Toute ma vie, je crois que je penserai à lui. Même si tout le monde prétend le contraire, il s'est tué à cause de moi. J'ai reçu une bonne leçon à cette époque, papa. Puisque tu pars à la guerre, je veux que tu saches que je serai sérieuse, travailleuse, et que je m'occuperai d'amour dans sept ans, pas avant. A ma majorité…

Jean caressait ses cheveux, épais mais souples et doux. Il lissait une mèche dorée en pétrissant les épaules menues. Son unique enfant, la chair de sa chair.

— Faustine, je t'aime de tout mon cœur. Trop peut-être ; je veille sur toi comme un vieil avare protège son seul trésor. J'ai confiance, va, je le sais que tu es sérieuse et honnête. Claire aura besoin de toi, de ton affection, aide-la à m'attendre, parce que je te fais une promesse, ma fille : je reviendrai.

La jeune fille fut incapable de répondre, mais elle l'embrassa dix fois sur les joues, s'accrochant à son cou. Enfin elle attrapa la feuille couverte de quelques lignes.

— Emporte ma lettre quand même. Tant pis si je n'ai pas terminé. C'est mon encre, mon écriture, tiens, j'embrasse le papier… Tu la mets dans ta poche de veston, elle te protégera.

Jean promit et serra encore sa fille dans ses bras.

Léon était déjà prêt, lui, attablé dans la cuisine, sa Thérèse nichée sur ses genoux. Il avait fait le tour des bâtiments, visité les chèvres, le cheval, les lapins et le cochon. César le tenait par la taille, son minois chafouin écrasé contre la manche de la chemise paternelle. Raymonde entassait du pain, du fromage et un saucisson dans le sac en toile de son mari.

— Ils vont t'affamer, à la caserne, je te donne aussi du chocolat, une pomme.

Il approuvait de la tête en silence. Son existence n'avait de valeur que sur les terres du moulin, à l'écurie, au jardin, dans les prés. Il réussit à dire, la voix chevrotante :

— On était si heureux, ma Raymonde, et je ne m'en rendais pas bien compte. Chaque soir, je me couchais près de toi, je trouvais ça ordinaire. Tu vas me manquer à en crever, poulette...

Bertille écoutait et observait. Elle s'était assise dans le siège honni, le fauteuil en osier où, jeune infirme, elle rêvait de courir à sa guise. Le visage congestionné de Guillaume lui apparaissait sans cesse, le baiser avide qu'il lui avait donné en la regardant intensément. C'était un véritable adieu, elle l'avait pressenti. Son mari mangeait tant, il buvait plus que de raison. Il peinait à gravir les étages et s'essoufflait en marchant.

Quel soldat fera-t-il ? songea-t-elle, apitoyée par la détresse qu'elle avait lue dans les yeux de Guillaume, arraché à une vie confortable bien que monotone.

Faustine décida de faire un gâteau. Elle noua un tablier à sa taille et disposa le nécessaire sur la table en énumérant les ingrédients : les œufs, le sucre en poudre, la farine, le lait... des cerises au sirop.

— Quand Bertrand passera, nous lui en offrirons une part ! expliqua-t-elle.

— Bertrand Giraud, il doit venir ? murmura Bertille, le cœur tout de suite pris de folie.

— Oui, il conduit papa et Léon en ville.

L'avocat n'était toujours pas là à six heures du soir. Claire se prit à espérer que tout serait annulé, qu'ils avaient fait un cauchemar. Si Bertrand, juriste, ne revenait pas, c'était un signe favorable. Jean la détrompa :

— Ma Câlinette, ne rêve pas. Giraud est en retard, rien d'autre. Et même s'il nous avait oubliés, on irait prendre le train à Torsac, Léon et moi. Tu ne vas pas nous obliger à déserter… Pendant la guerre, on les fusille, les déserteurs.

Raymonde se signa. Pendant ce temps, Colin parcourait les salles du moulin. Seul, il avait bloqué le mécanisme des piles à maillets. Les roues à aubes continuaient à brasser l'eau de la rivière, mais elles n'actionnaient plus aucun rouage. Le maître papetier, voûté, la lèvre boudeuse, visita l'ancien pourrissoir[1], il erra dans la pièce réservée à l'encollage et traversa la grande salle commune où les ouvriers prenaient leurs repas. Il revint finalement dans la salle des piles, le cœur du moulin qui s'était arrêté de battre, ce jour du premier août 1914.

— La pâte sera fichue… soupira-t-il en trempant l'index dans une énorme cuve où une masse tiède, liquide, commençait à se figer.

Colin crut en mourir sur place. Tous les outils étaient rangés avec soin. Il pensa au vélin royal, qui finissait de sécher dans les étendoirs. Le papetier poussa un juron et se rua dehors. Personne ne le vit grimper l'escalier étroit de l'immense bâtisse, arracher une à une les larges feuilles un peu craquantes, prêtes pour l'encollage.

— Et dix, et vingt, et cinquante… grognait-il, le regard fou.

Le papier voletait avant de toucher le sol, se posant au hasard dans la cour ou le jardin, selon les gesticulations de maître Roy courant d'un côté et de l'autre. Quand les vingt-deux kilomètres de corde furent vides, il descendit, entassa les feuilles les plus proches et y mit le feu avec son briquet. Pour alimenter le brasier, il s'acharnait à ramasser toujours d'autres feuilles.

L'odeur alerta la famille. Tous se précipitèrent vers les hautes flammes dorées, qui consumaient dix futures rames de beau papier.

— Papa ! hurla Claire. Qu'est-ce qui t'a pris ? La commande pour Limoges…

---

1. Petite pièce où les chiffons se décomposaient dans des cuves chauffées.

— Rien à foutre ! hurla-t-il. Qui viendra la chercher, la commande, qui me paiera ? Je suis trop vieux pour aller me faire tuer, c'est bien dommage ! Ecoute, Claire, les piles à maillets ? Plus rien, plus de bruit ! Plus d'ouvriers !

— Allons, m'sieur Roy ! dit Léon. Faut pas vous mettre dans des états pareils.

Etiennette vint la dernière aux nouvelles, son bébé dans les bras. Elle lança un regard méprisant à son époux. A cinquante-six ans, le papetier échappait à la mobilisation. Dans la clarté dansante du feu, ses cheveux blancs hirsutes, la face crispée par la rage, Colin lui parut effrayant et vieux, si vieux. Arthur jeta un vagissement affamé, agitant ses poings menus. C'était un enfant de quatre mois qui ne faisait pas ses nuits et qui souffrait de coliques. Il n'avait pas la joliesse des tout-petits, ayant hérité du nez trop fort et des yeux rapprochés de sa grand-mère Marguerite, surnommée la laitière parce que, se déplaçant dans une petite charrette tirée par un âne, elle vendait du lait et du caillé aux gens de la vallée qui ne possédaient pas de vache.

— Vas-tu cesser, Colin Roy ! ordonna Etiennette. Tu n'as pas honte de pleurer pour du papier, alors que c'est la guerre partout en Europe ?

Colin tituba. Claire le soutint jusqu'à la cuisine et lui servit un verre d'eau-de-vie. Jean lui offrit une cigarette. Bertrand Giraud se présenta une heure plus tard, avec Denis. Raymonde avait mis la table.

— Si nous mangions tous ensemble ! suggéra la servante. Une façon de se dire au revoir, de trinquer un dernier coup…

L'avocat déclara que c'était une excellente idée, qu'ils pouvaient prendre le temps. Découvrir Bertille près de la cheminée, enveloppée d'un châle en soie bariolée, l'avait bouleversé.

Claire compta sur ses doigts les assiettes et en ajouta deux. Chaque heure gagnée lui paraissait infinie. Tant qu'elle voyait Jean, elle refusait d'envisager la séparation. Plus tard, elle se reprocherait son état de ce jour de la mobilisation, un état proche de l'hébétude, qui lui donnait un air absent.

— Oh, nous serons treize à table ! s'écria-t-elle. Ça porte malheur, dit-on. Raymonde, fais dîner tes deux petits avant.

— Madame, ils seront mieux à partager le repas avec leur père qui s'en va. Je ne m'assiérai pas, si vous voulez…

— Pas question, ma Raymonde ! Pardonne-moi ! Je suis sotte de croire à ces superstitions.

Etiennette régla le problème. A l'étage, Arthur s'égosillait.

— Je monte l'allaiter. Vous n'aurez qu'à m'apporter un plateau, de la soupe et de la salade ; je n'ai pas faim.

Les convives se retrouvèrent attablés sous la lumière rose de la lampe à pétrole. Bertille et Bertrand s'étaient assis côte à côte, du même élan inconscient.

— Je voulais vous proposer quelque chose, Claire ! déclara l'avocat. Une sorte de service qui me soulagerait. Pendant mon absence, qui sera brève, je l'espère, cela m'arrangerait que Denis habite ici au moulin, sous votre garde, jusqu'à la rentrée scolaire où il sera interne à Saint-Paul. J'ai pris des dispositions pour vous payer une pension. Corentine est partie cet après-midi chez ses grands-parents, à Bordeaux. Mais mon chenapan de fils refuse de quitter la vallée. Le savoir seul au domaine, malgré la présence de Mireille, cela ne me plaît pas. Vous êtes libre de refuser, bien sûr. Dans ce cas, d'accord ou non, il ira à Bordeaux. J'ai pensé qu'il pourrait vous aider pour les gros travaux, à l'occasion, puisque Léon ne sera plus là.

Jean leva les bras au ciel, jetant à l'avocat un regard stupéfait. Il prit Claire et les autres à témoin :

— Ce n'est pas à un gosse de quinze ans de dicter sa loi ! s'écria-t-il. Enfin, Bertrand, vous n'avez pas à obéir à ses caprices.

Denis piqua du nez dans son assiette, gêné d'être le point de mire de tous. Bertrand plaida sa cause :

— Peut-être que si vous connaissiez ses grands-parents bordelais, Jean, vous seriez plus indulgent. Et puis, cela serait jusqu'en octobre, et pendant les vacances…

Claire jugeait que c'était à elle de répondre. Elle se doutait un peu de ce qui tracassait Jean. Il allait partir à la guerre, à l'autre bout de la France, et il y aurait des garçons sous son toit. De toute évidence, son mari ne guérirait jamais de son obsession : protéger sa fille des entreprises masculines.

— Pour ma part, dit-elle à Bertrand, j'en serais heureuse, cher ami ! Nous allons nous sentir bien isolées, nous, les femmes. D'autant plus que Nicolas restera en apprentissage en ville : il a signé un contrat avec son patron. Un solide gaillard de plus à la maison, ça m'arrange.

Faustine jubilait, sans le montrer cependant. Corentine avait décampé, Matthieu et Denis seraient là pendant tout le reste des vacances. Cela atténua son chagrin.

Le dîner fut assez bref. Après le café arrosé d'un cognac, Colin monta voir sa femme, Léon et Raymonde s'isolèrent dans leur logement pour mieux se dire adieu. Jean et Claire firent de même. Ils voulaient s'embrasser et s'étreindre sans témoin. Faustine, Matthieu et Denis emmenèrent César et Thérèse en promenade, jusqu'au pont. Il fut convenu que tous attendraient là-bas le passage de la Panhard pour l'ultime au revoir aux trois mobilisés.

Bertille et Bertrand se virent donc seuls dans la cuisine, face aux assiettes sales, aux bouteilles vides et aux couverts reposant sur des miettes de pain.

— Allons marcher un peu, lui proposa-t-il.

— Si vous voulez !

Quand elle tendit la main vers son ombrelle, il la retint :

— Vous vous appuierez sur moi, ma princesse...

Au bout de la vallée, à l'occident, le couchant paraissait ensanglanté. La lune se levait déjà dans un ciel mauve. Ils avançaient sans hâte, émerveillés de leur intimité. Les doigts de la jeune femme se serraient sur le bras de Bertrand. Dès qu'ils furent hors de vue du moulin, Bertille s'arrêta et se jeta au cou de l'avocat.

— Bertrand, je t'aime... J'en ai assez des faux-semblants, des mensonges, du vouvoiement. Tu pars à la guerre, et moi je t'aime, je n'ai jamais cessé de t'aimer.

— Ma petite fée ! chuchota-t-il en effleurant son visage

d'où émanait une clarté mystérieuse. Je n'aime que toi, je me languis de toi, jour et nuit.

Ils se comprirent d'un regard. Bertille l'entraîna au bord de la rivière, derrière une haie d'osiers et de roseaux. Comme si elle perdait connaissance, elle s'effondra sur la terre humide et releva sa jupe. Il aperçut les jambes minces et la chair rose au-dessus des bas noirs.

— Viens, vite… Viens, il est si tard… gémissait-elle.

Bertrand se coucha sur le corps menu, cherchant le contact de la peau nue sous le corsage et la chemise de linon. Il palpa une chair douce et brûlante et poussa un cri de joie. Leur plaisir fut rapide, d'une intensité inouïe.

— Je voudrais demeurer en toi des siècles ! lui murmura-t-il à l'oreille. Te tenir sous moi, si tendre, si chaude.

Elle sanglotait avec un air de petite fille perdue. Il la consola :

— Maintenant, je suis sûr d'avoir la force de me battre, juste pour revenir, ma Bertille. On a le droit d'être heureux, nous deux.

Ils s'embrassèrent jusqu'à en perdre le souffle.

— Je t'attendrai… promit-elle.

Bertille se leva. Elle prit entre ses seins un mouchoir en soie jaune imprégné de son parfum, composé d'iris et de distillat de roses.

— Tiens, prends-le, garde-le bien. C'est un peu de moi.

— Je te le rapporterai, intact… affirma-t-il.

Une heure plus tard, Bertrand, Jean et Léon roulaient vers Angoulême.

21

Avant la tourmente

18 décembre 1914

Claire s'éloigna de la fenêtre, les bras ballants. Elle revint vers la table où Raymonde était assise, occupée à éplucher patiemment navets, choux d'hiver et pommes de terre. Comme chaque matin, le grand souci des jeunes femmes était le passage du facteur. Or, une fois encore, l'homme ne s'était pas arrêté, filant vers les maisons du fond de la vallée.

— Toujours pas de lettres, pas de cartes du front ! soupira-t-elle d'une voix lasse. Vous vous rendez compte, cela fait déjà cinq mois qu'ils sont partis. Quand je pense que nous ne les avons même pas accompagnés le jour où ils ont pris le train... Je m'en veux, mon Dieu, comme je m'en veux !

Ce regret torturait Claire, qui luttait péniblement contre la mélancolie depuis le départ de Jean. Lorsque Colin lui avait apporté un journal, le 3 août, elle avait vu tout de suite les photographies représentant la foule des soldats en gare d'Angoulême, acclamés par leurs familles, femmes et enfants, frères et sœurs.

A la moindre occasion, elle déplorait de ne pas avoir fait partie de cette foule agitée, de ne pas avoir été une de ces femmes offrant un ultime baiser.

Faustine qui raccommodait un tablier de Thérèse posa un instant son ouvrage. La jeune fille était rentrée la veille au moulin pour les vacances de Noël, en même temps que

Matthieu et Denis. Les trajets entre la ville et Puymoyen étaient assurés par un car automobile aux allures de pachyderme, peinturluré de rouge et de jaune. Claire avait placé sa fille dans une institution privée tenue par des sœurs, mais où la discipline était plus souple qu'à Montmoreau, et l'enseignement de grande qualité. L'année prochaine, elle passerait le concours d'entrée à l'Ecole normale d'institutrices.

— Maman, ne t'inquiète pas autant ! dit Faustine avec un bon sourire. La dernière carte de papa date de la fin du mois de novembre. Il va écrire bientôt, j'en suis sûre. Peut-être même qu'il aura une permission. Moi, je n'aurais pas aimé ça, le voir monter dans le train. Ce devait être encore plus triste.

— J'aurais pas supporté non plus, madame ! renchérit Raymonde. Léon aussi a écrit au début du mois. Pensez qu'il s'est sorti indemne de la bataille de la Marne… Ce que je me demande, moi, c'est s'ils sont ensemble, Léon et m'sieur Jean !

— Je crois que non, coupa Claire, sinon l'un ou l'autre l'aurait précisé dans ses courriers.

Elle frissonna, s'assit à la table et prit un couteau pour aider la servante.

Il y avait une autre femme dans la pièce. C'était Bertille qui, toute vêtue de noir, lisait dans le fauteuil en osier, une couverture sur les genoux. Elle n'avait pas donné son opinion, gardant le souvenir merveilleux d'une étreinte au bord du ruisseau, de ses adieux à Bertrand. Elle portait le deuil de Guillaume, tué à Charleroi le 23 août, parmi les premiers tombés au champ d'honneur. Les familles qui apprenaient le décès d'un soldat qui leur était cher devaient se contenter de ces mots-là, et beaucoup trouvaient le prix de l'honneur fort élevé…

Claire partageait son lit avec sa cousine, comme du temps de leur adolescence. Cela les avait rapprochées de discuter longuement dans la pénombre, de se tenir la main pour s'endormir. En apprenant qu'elle était veuve, Bertille avait pleuré. Surtout le soir, loin des regards apitoyés.

— Je ne l'aimais plus, avait-elle dit à Claire qui la tenait dans ses bras, mais, bon, je lui gardais de l'affection, une bonne amitié malgré tout... Te souviens-tu de la première visite de Guillaume au moulin ? Nous avions discuté peinture et littérature ; il ignorait encore que j'étais infirme. Ça me fait songer qu'il m'a aimée et épousée sans hésiter. Il avait acheté une chaise roulante... Au fond, notre lune de miel en Italie était assez passionnée. C'est si loin... Je découvrais le monde, de si beaux paysages, j'avais des robes somptueuses, des bijoux. Le soir, quand nous dînions, j'étais admirée, et cela m'amusait. C'est étrange de penser qu'il est mort ! Je ne saurai jamais s'il a souffert, s'il m'a appelée... Toutes ces années auprès de lui, sans enfants ! Nous étions quand même très proches.

Ce chagrin avait duré plusieurs semaines. Parfois, Bertille se désespérait. Elle se croyait coupable parce qu'elle avait trompé son époux le jour même où il rejoignait son régiment.

Mais peu à peu sa peine s'était atténuée. Vivre au moulin auprès de Claire et de Faustine lui donnait l'impression d'avoir rajeuni. A l'automne, elle avait fait de grandes balades dans les bois en compagnie de Faustine et de Thérèse pour ramasser des châtaignes et des noisettes.

— Quand j'habitais ici, jeune fille, leur racontait-elle, je ne pouvais pas profiter de la campagne, des chemins ou de la rivière, puisque j'étais infirme.

Ce jour de décembre, Bertille se languissait d'une lettre, comme Claire et Raymonde. Elle souhaitait de tout son cœur la fin de la guerre et le retour de Bertrand, car elle était libre, désormais.

Matthieu et Denis entrèrent en secouant leurs chaussures boueuses. Ils venaient de fendre du bois et rapportaient deux paniers garnis de bûches. Raymonde poussa un petit soupir. Ce travail-là, les autres hivers, c'était Léon qui s'en chargeait. Elle le revit, toujours joyeux, sa tignasse ébouriffée. Il lui manquait terriblement.

— Dis, Claire, feras-tu un sapin, comme chaque année ?

demanda Matthieu. J'en ai repéré un hier en chemin ; je peux aller le couper.

— Je n'ai pas vraiment le cœur à ça, mais il y a les petits. Je ne peux pas les priver de cette joie ! répondit sa sœur. Et puis, je suis si contente que vous soyez tous là, toi, Denis, Faustine. Quand vous êtes au lycée, c'est d'un triste ici ! Vous mettez de l'animation, tous les trois.

L'atmosphère du Moulin du Loup n'était pas des plus gaies pendant la semaine. L'humeur morose de Colin y contribuait. Le maître papetier, désœuvré, passait ses journées à se plaindre ou restait dans la chambre avec Etiennette. Il évitait d'entrer dans son moulin. La vision des piles immobilisées, des cuves, des tabliers de ses ouvriers accrochés à la place habituelle lui brisait le cœur. A la demande de Claire, il avait consenti jusqu'à la fin de l'été à assumer quelques tâches à l'extérieur, mais en rechignant. Quand sa fille lui avait proposé de s'occuper de la vigne de Jean et des pommiers, il avait refusé tout net.

La jeune femme, impuissante, avait vu se perdre la récolte de raisins, même si elle en avait cueilli pour fabriquer une délicieuse piquette avec l'aide de Raymonde et des enfants. Pour les pommes, Claire s'était avouée vaincue. Hormis quelques cageots remplis des plus beaux fruits, personne ne s'était senti capable de veiller à la pression et à la mise en fûts du jus obtenu. Cette année 1914, il n'y aurait pas une goutte de « cidre Jean Dumont ».

— Merci, les garçons ! dit Bertille en voyant Matthieu et Denis garnir le bûcher situé derrière la porte du cellier.

— Je me demande si vous aurez assez de bois pour tenir jusqu'au printemps ! s'inquiéta Matthieu. Avec ce froid…

— Tu devrais en parler à papa, répliqua Claire. Nous avons de l'argent de côté. Il faudrait payer quelqu'un du pays et faire une coupe sur nos terres.

— Où est-il, papa ?

— Comme hier et avant-hier, répondit-elle, déjà en route pour le bistrot. Il prétend que bavarder avec ceux de sa génération l'empêche d'avoir des idées noires, qu'il se fait des amis. Le patron du café a échappé de peu à la mobilisation : il avait quarante-six ans depuis huit jours…

— Justement : il y a quand même des hommes valides ; on n'est pas si vieux, passé cet âge ! s'écria Raymonde. Pour votre bois, madame, il faut vous renseigner.

— J'y songerai… répondit Claire.

Elle avait lu, dans la gazette à laquelle Colin était abonné, que ceux qui étaient restés en raison d'une simple date consignée dans les registres de l'état civil ou pour des problèmes de santé entretenaient le commerce et la terre quand ils le pouvaient. Mais les usines d'armement tournaient à plein rendement, faisant appel à une main-d'œuvre en grande partie féminine.

Matthieu et Denis ressortirent. Ils se relayaient pour fendre les bûches, et ils étaient loin d'avoir fini leur tâche. Faustine voulait aussi se rendre utile.

— Maman, affirma-t-elle, moi je peux aider pour la cuisine et le ménage. Déjà, ce soir, je me mets au repassage. Avec Thérèse comme assistante. Hein, Thété, tu jetteras de l'eau sur le linge, et le fer fera un drôle de bruit.

La fillette éclata de rire. Raymonde lissa son tablier gris qui bombait à la hauteur du ventre. Elle était enceinte ; cela datait d'après les calculs du jour de la réquisition, en juillet.

— Nous serons dix à manger, pendant ces congés ! dit soudain Claire. Je devrais faire l'inventaire des provisions. Madame Rigordin se plaint, au bourg, papa me l'a raconté… Le ravitaillement de l'armée est prioritaire ; les boutiques manquent de certaines denrées, l'huile, le sucre, le thé et le café. Nous avons intérêt à bien soigner nos bêtes. Les poules ont fini de pondre. Elles ne vont recommencer qu'en janvier. Il faudra vérifier le poulailler. Les renards ont la belle vie, plus personne ne les chasse. Les chèvres sont pleines ; j'ai pu trouver un bouc à Chamoulard.

Raymonde soupira. Son état la gênait.

— Je ne sais pas pourquoi, mais je n'ai jamais été aussi fatiguée pendant mes autres grossesses. Je ne suis plus bonne à rien, madame. Ce n'est pourtant pas le moment.

— Tu en fais suffisamment, Raymonde, et Léon sera heureux d'avoir un troisième enfant à son retour. Si je pouvais faire la même surprise à Jean…

Elle eut un geste résigné, n'ajouta rien et inspecta le gros buffet où l'on rangeait les conserves en pot de verre. Rapidement, elle fit le compte des bocaux de haricots verts, de poires au sirop, de coulis de tomates.

— Les garçons, demain, vous devriez aller au potager de Jean. Je crois qu'il y a encore des poireaux et des radis noirs.

— Prévois de planter des pommes de terre au printemps ! ajouta Bertille. La récolte n'était pas formidable en septembre. Et des haricots à écosser.

— Au printemps, les hommes seront là ! protesta Claire. Cette maudite guerre ne va pas durer une éternité, quand même.

— Le front est juste stabilisé, expliqua Denis. Je l'ai lu dans le journal ce matin. Une ligne continue de sept cent cinquante kilomètres. Les Allemands sont contenus au nord d'une ligne passant par Reims, Soissons et Arras qui aboutit à la mer du Nord, sur la côte belge. Nos troupes s'installent dans les tranchées. Je me demande où est mon père… Il n'a pas écrit, lui non plus.

Personne ne vit Bertille se raidir et fermer son livre. Chaque matin, en se levant, elle redoutait d'apprendre la mort de Bertrand.

— Nous inviterons ta mère à réveillonner, Raymonde ! s'écria Claire. Depuis hier, j'oublie de t'en parler.

— C'est bien gentil, madame. J'ai hâte qu'elle le sache, elle s'en réjouira toute la semaine.

— J'irai lui dire demain, à mémé, clama César qui jouait avec Loupiote.

La louve tirait sur un vieux torchon que le garçon tenait. L'animal grognait et secouait la tête. Si César lâchait prise, Loupiote se sauvait avec sa proie imaginaire, puis revenait provoquer l'enfant. Le vieux Sauvageon observait la scène d'un œil placide. Il ne quittait plus guère la couverture disposée pour lui devant le feu.

— A ce propos, madame, commença Raymonde, j'avais dans l'idée que ma mère puisse venir loger avec moi là-haut. Je me sens seule depuis que Léon n'est plus là pour m'agacer. Et elle pourrait louer la maison du bourg ; un monsieur le lui a demandé, l'autre dimanche.

— Jeanne et toi, vous seriez à l'étroit ! s'étonna Claire.

— Je prendrais Thérèse dans mon lit ; maman coucherait sur l'autre sommier. Elle nous donnerait un bon coup de main ; elle est dure au travail.

— C'est d'accord, Raymonde. Tu pourras te reposer.

Matthieu et Denis déplièrent une table d'appoint. Avant le dîner, ils jouaient aux cartes ou disputaient une partie de dames. Les deux garçons s'entendaient bien, assagis depuis que la guerre avait perturbé l'ordre établi. Ils avaient un point commun, source de maintes discussions : Corentine. Matthieu se croyait amoureux de la sœur de Denis. Elle avait deux avantages sur les filles de la vallée et de la ville : sa nature rebelle et sa fortune. A dix-huit ans, elle ne s'embarrassait pas d'une pudeur à son avis inutile. Elle avait laissé Matthieu lui caresser les seins et les cuisses. Il n'avait qu'une idée, renouveler l'expérience dont le souvenir le réveillait la nuit. Experte en baisers aussi, Corentine avait su détrôner Faustine dans le cœur du jeune homme.

— Tu n'es qu'une gosse, toi ! disait-il à l'adolescente à la moindre occasion.

Ce dédain imprévisible qu'il témoignait à l'ancien objet de son adoration arrangeait Denis. Ses grands-parents lui avaient écrit de Bordeaux, l'invitant à passer la fête de Noël avec eux et ses sœurs, mais il avait répondu par retour du courrier. Il préférait demeurer au moulin, près du domaine, au cas où son père aurait une permission. Le silence de Bertrand tracassait l'adolescent autant que Bertille, mais ils le cachaient bien tous les deux.

Le lendemain, Denis se leva de bonne heure. Il aimait descendre à la cuisine, retrouver Claire à table devant la cafetière, le pain tranché et les pots de confiture.

Il l'embrassait sur la joue, sachant que cela la touchait.

— Vous êtes un peu une mère pour moi, disait-il souvent.

— Cher Denis, tu es un brave garçon ! répondait-elle.

Ce matin-là, il voulait lui soumettre une idée. Ils étaient seuls et il en profita :

— Claire, je vais monter à Ponriant cet après-midi, rendre visite à Mireille. La pauvre, dans cette grande maison toute seule, ce n'est pas rose tous les jours. Et je crains que des conserves et des provisions se gâtent. Je serais content de rapporter des bonnes choses, du foie gras, des confits, du vin. Si vous permettiez à Faustine de m'accompagner, je lui montrerais la bibliothèque. Elle pourra choisir des livres pour vous toutes. J'ai remarqué comme votre cousine manque de lecture, et vous aussi…

La jeune femme songea à protester, mais, au fond, elle n'avait pas le choix.

— Je comptais demander à mon père de tuer deux poulets pour le réveillon et j'ai des châtaignes en abondance dans le grenier… lui expliqua-t-elle. Cependant, si tu crois qu'il y aura de la perte au domaine, je suis obligée d'accepter. Je n'ose pas trop dépenser, on ne sait jamais ce qui nous attend, avec cette guerre. Pourquoi n'emmènes-tu pas César ? Il t'aiderait à transporter des bouteilles ou des bocaux. Je vous prêterai un sac, des cabas. Ne te vexe pas, Denis. Tu es gentil et j'ai confiance en toi, mais je préfère garder Faustine… D'abord, elle m'a promis de laver le carrelage. As-tu vu toutes les traces de boue…

Denis baissa le nez sur son bol. Il avait du mal à renoncer à des heures qu'il espérait enchanteresses.

— Claire, pardonnez-moi si j'insiste ! s'écria-t-il. Faustine a tellement envie de visiter Ponriant.

Il eut une inspiration subite et prit une voix de conspirateur.

— Je préfère vous avouer la vérité. Si je ne peux pas emmener César, c'est que je voulais choisir des jouets pour lui et Thérèse. Il y a une malle, dans l'ancienne nursery, qui contient des trésors. Cela plaisait à Faustine de m'aider à les trier. Claire, je vous assure que nous ne traînerons pas en chemin et, de toute façon, nous ne serons pas seuls là-bas. Il y aura Mireille, si bavarde qu'elle ne nous lâchera pas une seconde.

— Toi, tu as de qui tenir comme avocat ! plaisanta la jeune femme en souriant. Ton père te donne des cours particuliers ? Bon, tu as ma permission. Comprends-moi, Denis. En l'absence de mon mari, je suis responsable de Faustine, deux fois plus. Mais elle a le droit de s'amuser. Je la trouve trop sérieuse, parfois.

Elle se tut, songeuse, et but une gorgée de chicorée claire et tiède. Avec malice, elle ajouta :

— Si tu déniches du bon café, par hasard...

Faustine n'était pas au courant du plan de Denis. Il devait la prévenir, pour éviter une gaffe qui aurait compromis leur expédition. Il n'en eut pas le temps. La jeune fille dévala l'escalier. Elle portait une vieille jupe de laine, ainsi qu'un gilet tricoté par ses soins, et elle avait noué un châle sur ses épaules.

— Je suis gelée ! s'exclama-t-elle. Maman, mon poêle refoulait. Il faudrait ramoner le conduit.

Denis bondit de sa chaise et lui barra le passage vers la table. En affichant un air réjoui, il débita, à toute vitesse :

— Faustine, ta mère est d'accord, nous pouvons monter chez moi, au domaine. Il nous faut des sacs et un panier. Pour les jouets, prends un tissu, tu les envelopperas. César et Thérèse doivent avoir la surprise, le matin de Noël...

L'adolescente resta bouche bée. Elle assimila la nouvelle et se prêta au jeu immédiatement en s'écriant :

— Oh, maman, tu es un ange, je croyais que tu refuserais. Je suis si contente...

Elle se précipita sur Claire et la serra dans ses bras en lui bisant la joue et le front.

— Tu te changeras avant de partir... recommanda la jeune femme, ravie. Le ciel est bas et sombre, il pourrait neiger dans la journée. Tu te couvriras bien, ma chérie.

Au grand soulagement de Denis, Claire n'ébruita pas leur projet pendant le repas de midi. Matthieu avait une version latine à terminer. César devait nettoyer la basse-cour avec l'aide de Thérèse. Les deux acolytes s'éclipsèrent discrètement en échangeant des coups d'œil complices.

Faustine avait mis un bonnet et une écharpe. Une boucle dorée dansait sur son front. Emmitouflée dans un manteau en drap de laine, elle marchait d'un bon pas. Denis sifflotait, les mains dans les poches, une casquette fourrée enfoncée jusqu'aux sourcils.

— Il fait un froid ! dit-il soudain. Regarde, des flocons. Ça y est, il neige…

— Ce doit être pire dans l'est, sur le front. Tu sais, je pense sans arrêt à mon père. Il est peut-être mort et nous n'en savons rien.

— Pareil pour le mien… confia Denis. Faustine, tant que nous ne recevons pas l'annonce officielle de leur mort, il faut espérer qu'ils sont vivants, en bonne santé, et que la guerre sera finie au printemps ou avant, même, qui sait ?

Elle lui adressa un timide sourire. Le jeune homme la trouva encore plus belle parce qu'ils étaient comme seuls au monde dans le paysage dépouillé par l'hiver, et aussi parce que les yeux bleus de l'adolescente avaient un éclat très doux. Sa bouche d'un rose vif, aux lèvres charnues, le fascinait.

Ils franchirent le pont et suivirent la route pavée qui montait au domaine des Giraud. Les haies d'aubépines étaient scintillantes de givre, des mésanges au poitrail d'un bleu vif menaient dans les branchages un joyeux tapage.

— Cela me fait bizarre, avoua Faustine, de visiter enfin le domaine de Ponriant. Depuis que je suis petite, j'en entends parler par grand-père Colin ou Raymonde. Maman y a vécu, mais elle préfère ne pas s'en souvenir. Enfin, c'est ce qu'elle prétend.

Les jeunes gens devaient se satisfaire, s'ils se montraient curieux, de récits brefs, énoncés sans fioriture. Faustine savait que Claire avait épousé en premières noces Frédéric, le frère aîné de Bertrand, que cet homme au caractère violent s'était suicidé, car il avait contracté la rage. Cela enveloppait Ponriant d'une aura de tragédie, si l'on ajoutait à cela la mort de Marie-Virginie et de la petite Victoire.

En approchant du porche en belles pierres calcaires, Denis révéla à la jeune fille le prétexte qu'il avait inventé en deux secondes pour persuader Claire de l'emmener.

— J'ai dit qu'il y avait une malle pleine de jouets. On a intérêt à la retrouver. Elle est sûrement dans le grenier. Il nous faut des cadeaux pour César et Thété, sinon…

Faustine éclata de rire :

— Oh, tu as dit Thété, comme moi. C'est drôle quand c'est toi !

Denis, ravi de la voir si joyeuse, lui prit la main.

— Mademoiselle, nous voici dans la cour d'honneur de ma modeste demeure ! déclara-t-il. A gauche, les écuries, sellerie, grange et bâtiments divers. A droite, les communs où sont entreposés le grain, le matériel agricole, les véhicules divers que l'armée a réquisitionnés. Et le perron, la terrasse…

Faustine hésitait à monter les larges marches polies par la pluie et des milliers de pas. La balustrade ouvragée qui ceignait un espace vaste et exposé au sud était d'une rare élégance.

— Viens, n'aie pas peur.

Ils entrèrent et, très vite, une petite femme maigre se précipita pour les accueillir. Elle portait une coiffe amidonnée et un tablier immaculé. Sa face ridée, ses yeux gris-bleu dégageaient une bonté profonde.

— Monsieur Denis, c'est bien gentil de passer me voir. Avez-vous des nouvelles de votre père ? Le facteur est monté hier, mais c'était une lettre de vos sœurs.

La gouvernante lui remit l'enveloppe. Des images de houx et de gui étaient imprimées aux quatre coins.

— Je la lirai plus tard, Mireille. Je vous présente Faustine Dumont, notre voisine du moulin.

— Ah, ça ne me surprend plus que vous logiez au moulin, avec une si jolie demoiselle sous le même toit. Je vais préparer du chocolat chaud, avec du lait en poudre, par contre, puisque monsieur Bertrand a vendu nos vaches l'an dernier.

— D'accord, mais ne te presse pas, nous avons beaucoup de choses à faire.

La maison était très bien entretenue : vitres transparentes, volets ouverts, rideaux impeccables. Un feu brûlait dans le salon. Faustine s'émerveilla devant chaque bibelot et caressa les meubles d'un doigt respectueux, mais c'était trop luxueux pour elle. Depuis des générations, la famille Giraud amassait des objets de collection et des tableaux de maître. La jeune fille jugea qu'il y avait une surabondance de tapis, de statues, de tentures et de lustres. Seule la bibliothèque l'enchanta. Les murs tapissés de livres, la chaise longue recouverte d'un velours prune, le pupitre et sa lampe en fer où l'on pouvait consulter dictionnaires et encyclopédies conféraient à la pièce une atmosphère propice à l'étude et à la rêverie.

— Je peux vraiment choisir des romans et les emporter ? demanda-t-elle.

— Mais oui, prends ton temps.

Elle ôta bonnet, écharpe et manteau. Un calorifère en fonte noire chauffait les lieux. Denis fut tout content de l'observer, tandis qu'elle cherchait des ouvrages susceptibles de plaire à Bertille et à Claire. Elle penchait un peu la tête pour déchiffrer le titre, ouvrait un livre, parcourait quelques lignes.

— Ce sont en grande partie des auteurs du siècle dernier, si ce n'est du XVIIIe siècle. *Paul et Virginie*, de Bernardin de Saint-Pierre ; *L'Education sentimentale*, de Flaubert, celui qui a écrit *Madame Bovary ; Jacques le fataliste et son maître*, de Diderot… Ah ! *La Légende des siècles*, de Victor Hugo. Je crois que Claire apprécie cet auteur, mais il y a trois volumes, et…

— Sers-toi, ne te gêne pas ! insista Denis, assis sur un tabouret haut. Mireille ne sait pas lire ; ça ne manquera à personne…

— Elle ne sait pas lire ! s'étonna Faustine, sidérée par ce qu'elle considérait comme impossible.

— Quand j'allais à la communale, au bourg, et que je rentrais le soir, je faisais mes devoirs dans la cuisine, pour avoir sa compagnie. Elle me racontait sa vie. Ses parents l'avaient placée comme servante à huit ans, dans une métairie près de Montmoreau. Ils ne l'ont pas envoyée à l'école ; la loi de Jules Ferry n'était pas promulguée[1]... Ma pauvre Mireille louchait sur mes livres d'histoire et de géographie, elle me posait tant de questions que je ne pouvais même pas travailler en paix.

Touchée au cœur, Faustine sombra dans une profonde rêverie. Cela lui avait paru si simple d'apprendre l'alphabet, grâce à Basile, ancien instituteur, puis de déchiffrer des textes et d'écrire.

— C'est injuste ! s'indigna-t-elle. Je la plains...

Une idée lui vint, mais elle préféra ne pas en parler. Elle rangea dans son panier une vingtaine de livres. Denis l'entraîna à l'étage. Le large couloir et son tapis rouge chamarré de motifs orientaux donnaient accès à tant de portes de chambres qu'elle pouffa.

— Il ne faut pas se tromper au moment d'aller au lit...

— Oui, il y a huit chambres et la nursery.

— Est-ce que tu sais laquelle occupait ma mère ?

— Je crois que c'est celle située du côté de la cour d'honneur, au-dessus du perron. Celle de Corentine maintenant. Veux-tu jeter un coup d'œil ?

Faustine acquiesça d'un signe de tête. Au moment de tourner la poignée, Denis hésita.

— C'est indiscret, non... Si ma sœur l'apprend, elle sera furieuse. La décoration a changé, en plus. On ferait mieux de monter au grenier. Attends ! D'abord, je te fais visiter la chambre de ma grand-mère, Marianne. Elle n'a jamais été habitée depuis son décès. L'ambiance et très Premier Empire.

Le jeune homme s'était souvenu in extremis qu'un cliché photographique de Matthieu avait une place d'honneur sur la table de chevet de Corentine. Il n'avait pas envie d'aborder ce sujet épineux ou de constater que Faustine était encore jalouse.

---

1. Loi de 1880-1882, rendant l'école gratuite, obligatoire et laïque.

Dehors il neigeait dru. Ils ne s'en aperçurent pas, les persiennes du premier étage étant closes. L'adolescente déclara qu'elle adorait le cadre où avait tant souffert Marianne Giraud, née Des Riant.

La pénombre les troubla un peu. Ils furent coude à coude devant l'armoire majestueuse dont Denis ouvrit les battants de telle sorte qu'ils échappèrent à leur reflet, que les miroirs avaient saisi un instant.

— Ce sont ses robes, à ma grand-mère ! Elles datent de 1850 environ. La mode a évolué…

— Qu'elles sont belles ! s'extasia Faustine. Surtout celle-là, en brocart doré. Dis donc, le décolleté est osé ! Si je mettais ça, papa tomberait raide de saisissement.

— Il n'est pas là, rétorqua Denis. Tu peux l'essayer !

— Je ne logerai pas dedans. Elle ne faisait pas ma taille, ni mon poids, cette dame.

— Je sors, tu la passes vite. Je voudrais trop te voir habillée à l'ancienne ! J'allume la lampe à pétrole, tu y verras mieux.

Il sortit en riant, alors que son cœur battait à se rompre et qu'il avait la gorge nouée. S'il n'embrassait pas Faustine aujourd'hui, il se considérerait comme un lâche et un imbécile. Il patienta dans le couloir, malade d'appréhension.

Tout à coup, la jeune fille ouvrit la porte et l'invita à entrer. Elle était éblouissante, semblable à une héroïne de conte de fées. La robe moulait son corps à l'extrême, dévoilant à demi les seins ronds et les épaules d'une pâleur laiteuse. Faustine avait échafaudé rapidement un chignon avec des épingles à cheveux et un ruban doré déniché au fond d'un tiroir. Les boucles dorées s'accordaient au tissu chatoyant. La taille très fine jaillissait d'une ample jupe à volants qu'elle faisait bruisser et tournoyer.

— Alors ? demanda-t-elle. Je me suis regardée dans les glaces de l'armoire ; je ne me reconnais pas.

Elle riait, grisée par l'aventure. Denis restait muet d'admiration.

— C'est bon de s'amuser ! s'écria Faustine. J'aurais aimé descendre danser dans une robe aussi belle, les soirs de bal.

Ton grand-père devait donner des fêtes ici… Denis, parle, tu as un drôle d'air.

Il referma la double porte, savourant la clarté dorée de la lampe, le silence.

— Faustine, tu es tellement belle ! Ecoute, je voudrais te dire… Je t'aime, je t'aime à la folie. Depuis longtemps.

Elle s'immobilisa et perçut avec acuité la nudité de sa poitrine et de ses bras. C'était plus agréable que gênant. Le même sentiment de faiblesse, de langueur qu'elle avait éprouvé deux ans auparavant, sous les baisers de ses quatre fiancés, l'envahit. C'était mal, défendu, mais la jeune fille ne lutta pas contre ce délicieux bouleversement.

Denis approcha, l'enlaça en posant bien ses mains sur elle, de façon insistante. Elle lui tendit ses lèvres qu'il goûta longuement.

— Ce n'est plus un jeu à présent ! avoua-t-il en reprenant sa respiration. J'espère t'épouser, je te le jure, sur l'âme de ma grand-mère.

Affolée, Faustine lui ferma la bouche d'un doigt.

— Chut, il ne faut pas jurer, Denis. Moi aussi, je crois que je t'aime. Tu es plus gentil que tous les autres garçons…

Elle l'embrassa encore, apeurée par les vagues de plaisir qui ondoyaient au creux de son corps. La robe la serrait trop, sa peau brûlait, prisonnière du bustier. Au bord des larmes, elle eut envie d'arracher le vêtement, de sentir des baisers à la pointe de ses seins, partout. Denis, tout aussi dépassé par le désir, recula.

— Il faudrait arrêter, balbutia-t-il. Si Mireille nous cherche…

— Oui, tu as raison. Est-ce que tu peux ressortir ?

Ce fut la sage adolescente en corsage boutonné jusqu'au cou et jupe droite qui le rejoignit dans le couloir. Elle avait même remis son manteau. Mais ses joues étaient rouges, ses lèvres, meurtries.

Ils montèrent dans le grenier, à la fois heureux et effarés de ce qui s'était passé. Denis retrouva la malle de jouets. En les examinant, en commentant chaque découverte, leurs corps s'apaisèrent. Le froid glacial des combes y contribua.

— La poupée qui a la tête en porcelaine plaira beaucoup à Thété. Sa toilette est comme neuve et, tu as vu, elle peut fermer et ouvrir les yeux.

— Je vais prendre le train en bois pour César, et le jeu de quilles en buis.

— Il faut autre chose pour Thérèse dans ce cas, protesta-t-elle.

— La toupie en fer. Il y a un paysage d'Afrique peint dessus.

Ils emballèrent leur butin et redescendirent aux cuisines. Mireille, radieuse, la coiffe de travers, leur servit du chocolat chaud et des crêpes garnies de confiture.

— Vous en avez mis du temps, les jeunes ! J'ai pu faire sauter des galettes.

— Mireille appelle les crêpes des galettes, précisa Denis.

— Eh oui, j'sais point pourquoi ! pouffa la femme. Galette, c'est plus joli à l'oreille que crêpes, à cause du « ette » à la fin sûrement…

Pendant que Faustine dégustait son goûter sans parvenir à chasser de son esprit les baisers défendus, Denis, armé des cabas et des besaces, fouilla le cellier immense et la réserve qui le jouxtait. Il réapparut chargé comme un mulet.

— Mireille, mon père n'y verrait aucun inconvénient. J'ai pris des provisions pour madame Claire au moulin. Elle me nourrit et je voulais l'aider un peu. J'ai pris soin de te laisser tout ce qu'il faut.

— Bah, je me nourris de rien ! répliqua la gouvernante. De la soupe au vermicelle et des noix. J'ai jamais été gourmande ; même quand mon mari vivait encore, je lui donnais ma part.

Denis constata très vite qu'il aurait des difficultés à tout transporter à bout de bras. Il s'absenta, certain qu'il y avait une remorque à main dans un des bâtiments. Faustine remercia Mireille.

— Vos galettes sont divines, madame, le chocolat aussi.

— Tiens, j'y ajoute de la cannelle et du miel… alors !

— Madame Mireille, reprit la jeune fille, ne vous vexez pas, mais Denis m'a dit que vous n'aviez pas pu aller à l'école. Je rentre chez moi chaque fin de semaine et pour les vacances. Si vous voulez, je peux vous apprendre à lire... Il n'est jamais trop tard, me disait pépé Basile, un instituteur. Après, vous auriez de quoi vous distraire, avec tous les romans de la bibliothèque !

Mireille roulait des yeux ébahis. Elle tapa un petit coup sec sur le bois de table.

— Je serais au paradis, mademoiselle, mais je suis bien trop vieille. J'en ouvre souvent, des livres. Les lettres sont floues, il me faudrait des lorgnons.

Sur le ton de la plus grave confidence, Mireille se pencha et chuchota :

— En arrivant chez monsieur l'avocat, j'ai rangé la nursery et j'ai trouvé un livre d'images pour les enfants, avec des mots sous les dessins. J'ai reconnu le A et le O.

Faustine sentit des larmes lui monter aux yeux. Avec la ferveur de la jeunesse, elle s'attribua une mission sacrée.

— Si ma mère est d'accord, je viendrai tous les matins, madame, et je vous montrerai l'alphabet, et après Noël aussi.

— Sainte Vierge ! s'écria la gouvernante. Vous m'en feriez, un beau cadeau ; j'en ai pas le mérite.

Elle contemplait Faustine les mains jointes, presque en adoration. Celle-ci se leva et alla embrasser sa future élève.

— A demain. J'apporterai de quoi travailler...

Quand ils furent prêts à rentrer au moulin, la couche de neige atteignait déjà dix centimètres. Denis tirait une vieille remorque dont les roues grinçaient affreusement. Faustine se sentait une autre fille, plus séduisante à cause des baisers et responsable en plus de l'instruction d'une personne adulte jusqu'alors privée d'un bien précieux : l'accès à la connaissance.

Tandis que Denis la dévorait d'un regard passionné, elle pensait à sa tante Blanche qui, dans chacune de ses lettres, l'exhortait à bien étudier, afin d'être admise à l'Ecole normale.

C'est un beau métier, enseigner, se disait-elle en écoutant le craquement de la neige fraîche sous ses bottines. Et je ne veux pas être une femme dépendante de l'argent de son mari.

A ce point de ses réflexions, elle s'imagina l'épouse de Denis. Ils habiteraient le domaine de Ponriant ; il lui faudrait un poste au bourg.

— A quoi penses-tu ? lui cria Denis, qui tentait de ralentir la remorque dans la pente.

— Je me demandais quelle sorte de mari tu ferais ? Si je deviens institutrice, tu ne m'en empêcheras pas…

— Jamais de la vie ! répliqua-t-il. Dis, tu m'aimes un peu, puisque tu me poses cette question ?

Elle s'éloigna en sautillant et secoua une branche basse de noisetier, si bien qu'il fut douché par une pluie de flocons glacés.

— Tu me plais bien !

— Faustine, plaire à quelqu'un, ce n'est pas être aimé… protesta-t-il.

— Nous sommes beaucoup trop jeunes pour savoir si on s'aime ou non !

Il lui jeta un regard désespéré. Apitoyée, elle courut l'embrasser sur la bouche. Cela ne dura qu'une seconde : quelqu'un pouvait les voir.

A peine arrivés au moulin, Faustine et Denis cachèrent le sac en toile contenant les jouets dans l'atelier d'herboristerie de Claire. En traversant la cour, ils aperçurent César et Matthieu qui donnaient du foin aux chèvres.

— Venez nous aider ! ordonna la jeune fille. Maman va être tellement contente. On rapporte plein de victuailles !

Claire, Bertille et Raymonde présidèrent à l'inspection des provisions entassées dans la remorque. Denis, assez fier de lui, alignait bouteilles et bocaux au milieu de la table, en énumérant chaque produit :

— Du vin, du médoc et du saint-émilion, de l'eau-de-vie de prunes, des conserves, cassoulet, bourguignon, haricots blancs en sauce, foie gras, confits d'oie et de canard, six terrines de rillettes stérilisées, un sac de pommes de terre, dans les cinquante kilos… Des lentilles, de la confiture, un seau de miel scellé et un jambon sec entier.

— Il m'en restait un. Tu aurais dû le laisser à Ponriant, celui-ci, s'inquiéta Claire.

— Mireille ne l'aurait pas entamé, assura-t-il. J'ai pris aussi du sucre de canne et du thé anglais pour votre cousine. Pour vous, Claire, j'ai une surprise : deux livres de café de Colombie. C'est le préféré de mon père. Il en avait acheté au Planteur de Caïffa, juste avant la mobilisation. Il n'a pas eu le temps d'en boire… Il y a de l'excellent thé anglais à la bergamote, madame, encore une lubie de papa…

Il s'adressait à Bertille. Elle saisit la boîte en fer d'un bleu nuit et la tourna entre ses doigts.

— Merci, Denis, c'est très aimable.

— Doux Jésus ! dit Raymonde. On a de quoi tenir un siège ! Toutes ces bonnes choses. Il ne faudra pas gaspiller.

Claire nota que la servante respirait péniblement. Elle ne fit aucune remarque, mais cela la surprenait.

— Excusez-moi, de souffler comme ça ! avoua la future mère. J'ai une douleur dans les côtes, comme si mes poumons étaient écrasés.

— J'aurais aimé que tu consultes le docteur Font, mais ce pauvre jeune homme est mort au combat, dans la Somme, et je n'ai pas confiance en son remplaçant.

Il s'agissait d'un vieux médecin venu de la Haute-Vienne qui, selon les rumeurs du bourg, aurait commis plusieurs erreurs de diagnostic fatales pour ses patients.

— Je ne suis bien que couchée, soupira Raymonde. Si vous me permettez, madame, j'irais bien m'allonger un peu. J'ai préparé le dîner, ça mijote sur la cuisinière.

— Bien sûr, mais quelqu'un va t'accompagner. Ton escalier est si raide et si étroit ! Ça ne me dit rien que tu continues à loger au-dessus du moulin. Je préférerais que tu reviennes ici, à la maison.

— Comment feriez-vous, madame ? Toutes les chambres sont prises. En plus, vous partagez votre lit avec madame Bertille…

Claire se promit d'y réfléchir. Matthieu et César escortèrent Raymonde. Faustine en profita pour attirer sa mère à l'écart.

— Maman, je dois te demander une chose très importante, enfin deux choses. Si tu dis oui, je serai la fille la plus heureuse de la terre, et peut-être que cela nous portera chance. La première chose, c'est une bonne action.

— Je t'écoute, ma chérie, mais si c'est encore une histoire d'escapade avec Denis, ce sera non.

L'adolescente haussa les épaules en souriant. Elle confia à sa mère ce qu'elle souhaitait entreprendre, sans oublier de dépeindre Mireille sous un jour attendrissant. Claire fut émue et rassurée.

— Pourquoi refuserais-je ? C'est une idée qui t'honore, Faustine. Et tu porteras à Mireille un demi-litre de lait de chèvre et un de mes fromages. Ils n'ont plus de bêtes, au domaine.

Faustine frappa des mains, ravie. Plus bas encore, elle ajouta :

— Si je prends une bicyclette, vu qu'il neige et que la route grimpe beaucoup, je perdrai du temps, et je suis un peu paresseuse pour aller là-bas tous les jours à pied. Alors j'ai pensé monter Sirius… Dis oui, maman, je t'en prie ! Il ne sort presque pas, cela le dégourdirait.

Cette demande stupéfia Claire. Jamais Faustine n'avait manifesté le moindre désir d'apprendre l'équitation ou l'attelage.

— Tu ne sais pas te tenir à cheval ! Enfin, ce n'est pas très compliqué, surtout que Sirius est docile comme un mouton, à son âge.

— Apprends-moi en vitesse, il fait encore jour.

— Il te faut un pantalon pour être assise à califourchon. Frédéric m'avait offert une selle d'amazone, et la toilette… C'était chic, mais il fallait beaucoup d'équilibre.

— Mais ta vieille jument, Roquette, tu la montais à cru ! Pour le pantalon, j'en mettrai un de papa.

Claire entra vite dans le jeu de sa fille. Cela lui fit oublier son angoisse constante au sujet de Jean et d'autres soucis ménagers. Elles allèrent à l'écurie et examinèrent la fameuse selle d'amazone, graissée et couverte d'un tissu par Léon.

— Tout est en bon état ! Pauvre Léon, pourvu qu'il revienne.

— Ne t'en fais pas, maman. Je prie pour tous les soldats, encore plus pour ceux que je connais, papa, Léon, le père de Denis.

La jeune femme soupira. En fouillant un grand placard, elle y trouva une petite selle anglaise, poussiéreuse, le cuir raidi.

— Je vais changer les sangles et les étriers, précisa-t-elle. Si tu la nettoies un peu, elle te conviendra parfaitement. Je voudrais bien savoir d'où vient cette selle...

Colin rentrait du bourg, sa pèlerine couverte de neige. Il avait entendu des voix dans l'écurie.

— Qu'est-ce que vous fabriquez ? bougonna-t-il d'une voix pâteuse. Où est Etiennette, encore ?

— Mais, papa, elle n'est pas descendue de la journée. César lui a monté son repas. Le bébé pleurait tant que je lui ai fait boire une infusion de tilleul et de sauge.

— Un bébé, à mon âge ! Je n'en dors plus ; ce gamin ne sait que brailler.

Faustine jeta un regard soucieux au maître papetier. Claire devina que son père avait trop bu.

— Va donc te reposer ! lui conseilla-t-elle sèchement. Si le travail te manque tant que ça, va chercher de l'embauche à Angoulême. Les papeteries Laroche-Joubert recrutent. On a engagé des femmes, tous les ouvriers étant à la guerre.

— Tais-toi donc, Clairette, personne ne me comprend... ânonna-t-il. Mon moulin ne tourne plus ! Les piles vont pourrir et rouiller. Je n'ai même pas vidé les cuves de la pâte. Tout gèle, tout se décompose, ça pue !

Faustine sortit, mal à l'aise. Claire secoua son père par le bras :

— Pourquoi tu te donnes en spectacle devant la petite ? Tu n'as pas honte ? Nous ne sommes pas assez malheureux, tous ? Tiens, dis-moi plutôt d'où sort cette selle anglaise !

— Quand j'étais jeune, il m'arrivait de monter Roquette pour aller à Puymoyen. J'avais acheté ça chez le bourrelier du bourg, qui est mort depuis... Il y en a eu, des morts, hein...

Le papetier s'éloigna d'une démarche instable. Claire trouva Faustine assise sous l'appentis, la mine défaite.

— Ma chérie, je suis désolée. Grand-père Colin a tant de chagrin. C'était sa raison de vivre, le papier, ses ouvriers. Nous aurons peut-être d'autres épreuves à affronter, il faut être fortes, toi et moi. Tu vas bientôt fêter tes quinze ans. Ne sois pas triste.

Claire la cajola, puis l'obligea à se lever.

— Tu devrais te changer. Va enfiler un pantalon. Je vais seller Sirius et t'initier au maniement d'un cheval.

La leçon eut lieu juste avant la tombée de la nuit. César et Thérèse, chaudement vêtus, se perchèrent sur la première marche du perron pour y assister. Matthieu et Denis se postèrent à l'une des fenêtres de la cuisine, le nez à la vitre. Bertille se couvrit d'un châle et rejoignit Claire, qui tenait Sirius en longe. Elle faisait tourner le grand cheval blanc en donnant des conseils à Faustine.

— Tiens-toi droite, un peu penchée en arrière, tu trouveras mieux ton équilibre. Ecarte la rêne gauche si tu veux te diriger à gauche, pareil de l'autre côté. Sirius est dressé à obéir aux ordres, tu peux tout lui demander à la voix, l'arrêt, le trot, le galop. Je préfère que tu te contentes de marcher au pas.

— Maman, je dois essayer le trot, au moins.

Claire fit claquer sa langue et cria « au trot » à son cheval. Faustine se retrouva ballottée sur la selle. Elle s'accrocha à la crinière.

— Bon réflexe, ma chérie, on continue... Au trot, Sirius.

— Non, attends ! hurla l'adolescente.

Mais elle ne voulait pas tomber et s'efforça de suivre l'allure de sa monture.

— Qu'elle est drôle, en pantalon, avec cette casquette ! remarqua Bertille. Oh, vous me faites rire, toutes les deux, avec vos idées...

Claire riait aussi. César et Thérèse applaudirent. La cavalière voulut les saluer en passant devant eux. Elle fut déséquilibrée et glissa inexorablement. Sirius s'immobilisa. La jeune fille se retrouva à genoux dans la neige.

— Remonte ! ordonna Claire. Je trouve que tu es douée.

Dans la cuisine, Matthieu déclara, d'un ton ironique :

— Ce sont des enfantillages ! Franchement, Faustine n'a pas peur du ridicule. Elle a mis un pantalon, en plus… Ça te plaît, Denis, une fille en pantalon ?

— Moi, je la trouve adorable, même habillée comme ça, rétorqua le garçon. Et courageuse ! Ce n'est pas moi qui apprendrais l'équitation.

Matthieu plissa les paupières pour observer avec attention le visage de Denis. Il lut un sentiment de satisfaction, une griserie étrange sur les traits encore enfantins.

— Paraît que vous êtes partis tous les deux, aujourd'hui ? finit-il par dire. Hé ! Denis, intéresse-toi plutôt à des nanas moins gamines que Faustine…

— Des « nanas » ! s'étonna le jeune homme. Tu as un drôle de vocabulaire.

— Et toi, tu fais fausse route. As-tu remarqué combien Faustine est jalouse de Corentine ? Elle est amoureuse de moi, la pauvre gosse.

Ils échangèrent un regard de mutuelle méfiance. Leur camaraderie battait déjà de l'aile.

Dix minutes plus tard, Faustine n'en pouvait plus, mais elle se sentait capable de rester en selle et de guider Sirius jusqu'à Ponriant. Ce qu'elle fit chaque matin, prenant de plus en plus d'assurance et de plaisir à seller Sirius et à se percher sur son dos. Au domaine, elle le mettait au box, lui donnait du foin – il en restait un stock considérable –, puis elle courait aux cuisines où Mireille l'attendait. La gouvernante connaissait son temps de paradis sur la terre, grâce à celle qu'elle appelait « la belle demoiselle du moulin ».

Moulin du Loup, 24 décembre 1914

— Comme il est beau ! s'exclama Bertille en contemplant le sapin que Matthieu avait rapporté. Et quelle bonne odeur. Ce sera le premier Noël que je passe au moulin depuis longtemps.

Claire avait descendu du grenier la caisse où elle rangeait les décorations, dont la quantité augmentait au fil des années. César et Thérèse surveillaient le moindre de ses gestes, pressés de décorer l'arbre. Faustine étrennait une robe neuve, en laine verte, égayée par une ceinture souple de couleur rouge.

— L'étoile en papier doré, disait Claire, les angelots en plâtre, attention, ils sont fragiles !

— Est-ce que tu vas accrocher du lierre aux poutres ? demanda Matthieu, encore en veste et bonnet. La fois où tu nous avais fait la surprise du sapin, il y avait du houx, du gui et du lierre partout.

— Pas cette fois, coupa la jeune femme.

Le souvenir de ce merveilleux Noël la hantait depuis son réveil. C'était sept ans auparavant. Le gramophone offert par Blanche ne fonctionnait plus, cassé par Faustine et César un jeudi, et les hommes n'étaient pas là pour fumer et trinquer.

— Les étoiles roses, toutes couvertes de paillettes ! continua-t-elle. Ah ! Les rubans rouges…

— Et les pinces porte-bougies, maman ! dit Faustine. As-tu des petites chandelles ?

— Oui, je crois. Il m'en reste une boîte.

Sa voix trembla. Elle revoyait Jean lui rapportant de l'épicerie le nécessaire pour illuminer le premier sapin de Noël du moulin…

— Mes petiots m'en causaient, de votre arbre, madame Claire, mais là, je le verrai tout allumé. Vous êtes bien brave de m'inviter, ça oui ! débita Jeanne qui était arrivée tôt le matin.

Elle s'affairait en silence, aussi discrète qu'une souris. Il y avait plus de quinze ans que sa fille était servante chez les

Roy, mais elle n'était jamais entrée dans la maison. Ce logis confortable, quoique rustique, lui semblait l'endroit le plus cossu de la vallée. Elle examinait la qualité des torchons, serviettes et nappes, s'étonnait des réserves de nourriture, de la beauté de la vaisselle, des ustensiles en cuivre étincelants. Maintenant, ses petits-enfants suspendaient des babioles colorées dans un sapin juste coupé.

— Où c'est que je suis tombée ! se répétait-elle. Ma Raymonde en a de la chance.

Bertille s'amusa à disposer les guirlandes argentées. Très mince et alerte dans ses habits de deuil, elle avait souvent les paupières rougies, mais assurait que c'était dû à un mauvais rhume. Denis avait tenu à cuisiner aussi, ce qui contrariait Jeanne.

— Ce n'est pas une affaire de monsieur, ça ! se plaignait-elle, parce que le jeune homme pétrissait la pâte à brioche.

— Je veux me rendre utile ! lui répliquait-il.

Quatre fois, Faustine et lui avaient réussi à s'isoler, dans l'écurie, et ils s'étaient embrassés à perdre haleine. Le risque d'être surpris et le fait de guetter un moment favorable les rendaient nerveux et trop joyeux. Même en présence de la famille, ils se frôlaient comme par hasard, osaient des clins d'œil. Matthieu n'était pas dupe. Il feignait l'indifférence, mais, n'ayant aucune nouvelle de Corentine, son intérêt pour Faustine renaissait de ses cendres. Quand il exigea des aveux de la jeune fille, elle lui poudra le menton et les joues de farine.

— C'est Noël, la trêve ! Paix sur la terre aux hommes de bonne volonté… claironna-t-elle.

Raymonde se sentait mieux. La présence de sa mère la réconfortait. Claire lui avait concocté un mélange de tisanes qui l'avait soulagée. De la passiflore, de l'aubépine et de la valériane. La servante et sa mère avaient prévu un menu économique.

— Des confits de canard, madame, avait expliqué la servante, servis sur un lit de navets et de châtaignes. Quelques pommes de terre, mais pas plus que ça. Elles manqueront pour la soupe, sinon. Nous serons onze à table.

Ce nombre passa à neuf dès le début de l'après-midi, quand Colin fit une annonce pour le moins surprenante :

— Etiennette et moi, nous irons réveillonner chez Marguerite, au bourg. Ma belle-mère m'invite ; c'est un événement. Nous partons bientôt pour ne pas nous mettre en retard et pour prendre nos aises. Ce sera l'occasion d'aller à la messe de minuit et non à la vigile... On nous loge jusqu'au 26...

Jeanne essuya ses mains vernies de graisse à son tablier. Elle pointa son index en direction du papetier.

— Soyez sur vos gardes, maître Roy ! Si par malheur vous sortiez de l'église avant la consécration, vous pourriez voir les morts faire procession dans le village. Ce n'est pas une nuit ordinaire, la nuit de Noël.

Matthieu se retint d'éclater de rire. Jeanne s'en aperçut :

— Faut pas prendre ça à la légère, jeune homme...

— Papa, s'écria Claire, tu aurais pu me prévenir, au moins ! Me le dire hier soir... Vous vous êtes décidés au lever peut-être ? Qu'est-ce qui te prend de nous laisser, à Noël ? Et Arthur ? Etiennette ne craint plus de le sortir par ce froid ?

Colin haussa les épaules et leva la main comme pour rejeter loin de lui les protestations de sa fille.

— J'ai sympathisé avec la famille de ma femme, que veux-tu... A force de traîner sur la place du village, je me découvre des amitiés. Et ça fait plaisir à Etiennette. Bien emmitouflé, le bébé ne risque rien.

Le maître papetier aurait volontiers ajouté, et cela aurait été un cri du cœur, qu'il n'en pouvait plus de voir chaque matin la masse silencieuse des bâtiments du moulin. Le chant des roues à aubes qui avait bercé sa vie des années lui était insupportable. Souvent, il montait aux étendoirs avec l'envie de se pendre là où avaient séché des milliers et des milliers de feuilles fabriquées par ses hommes et lui. Matthieu lui avait suggéré d'embaucher des femmes du village et des environs, allant jusqu'à proposer de quitter le lycée pour l'aider.

Colin avait refusé. Son fils aîné devait étudier et obtenir

un diplôme d'ingénieur. C'était aussi par respect pour ses ouvriers, partis se faire trouer la panse au nom de la patrie, comme il répétait à qui l'écoutait.

— Fais à ta guise, papa ! marmonna Claire, vexée.

Une heure plus tard, Etiennette descendit dans son manteau de lapin noir avec manchon assorti. Elle tenait contre son épaule le petit Arthur encapuchonné.

— Enfin, un Noël dans ma famille ! déclara-t-elle d'un ton froid.

Bertille eut envie de la gifler. Plus que Claire, elle était incapable d'oublier l'image de l'ancienne Tiennette en sabots, déguenillée et sale, qui servait la revêche Hortense Roy, mourait de faim et avait jeté son dévolu sur un homme bien plus vieux qu'elle, mais à ses yeux riche et puissant... A la naissance d'Arthur, elle avait clamé fièrement qu'elle lui avait donné deux fils. Pourtant Nicolas désertait le foyer paternel.

Claire y pensait en embrassant sa belle-mère sur le perron.

— Et Nicolas, il ne fête pas Noël avec nous ? Avez-vous des nouvelles ? demanda-t-elle un peu durement.

— Bien sûr, susurra Etiennette. Il nous rejoint ce soir à Puymoyen. Il écrit à mes parents, et il y a toujours un message d'amour pour moi, sa maman...

De plus en plus déçue, Claire reçut sans y prendre garde le baiser d'au revoir de son père. Colin lui caressa l'épaule.

— Va, ne te rends pas malade parce que je romps la tradition ! Vous serez plus tranquilles sans nous, vu mon humeur. Et cela vous fait deux bouches en moins à nourrir.

— Que tu es sot de dire ça, papa !

Sur ces mots, elle rentra et claqua la porte, ce qu'elle devait regretter bien souvent.

22
Mireille

Moulin du Loup, 24 décembre 1914

La nuit était tombée. Il neigeait. Faustine restait le front appuyé à la vitre, bercée par la chanson que fredonnait Raymonde, accompagnée par Thérèse dont la voix fluette s'élevait, candide et touchante :

— « Trois anges sont venus ce soir, m'apporter de bien belles choses… L'un d'eux tenait un encensoir, le second un bouquet de roses… »

Claire portait une jupe de velours bleu, plus large que l'exigeait la mode actuelle. C'était une de ses anciennes toilettes de jeune fille, ainsi que le corsage en satin rose. Mais elle avait mis aussi un gilet en laine blanc, très ouvragé, acheté l'hiver d'avant à Angoulême, au Petit Paris, rue Marengo. Elle avait tressé ses cheveux bruns pour en faire une sorte de couronne entourant son front. Cette coiffure originale conférait à ses traits empreints de douceur et à l'ovale de son visage une dignité pleine de charme.

Bertille s'était décidée à porter une chemise grise à dentelles noires. Elle avait laissé ses cheveux de fée ruisseler dans son dos, juste retenus en arrière par un ruban noir. Les garçons n'avaient pas fait d'effort vestimentaire. Matthieu arborait une fine moustache dont il s'enorgueillissait, y voyant une preuve de sa virilité. Denis l'enviait, même si Faustine lui avait fait remarquer que cela devait piquer quand on embrassait un moustachu.

— Encore une heure, et nous pourrons partir, annonça Claire, du moins si vous êtes toujours décidés à assister à la vigile, que le père Jacques célèbre à huit heures. Raymonde, je te déconseille de monter au bourg. Si seulement j'avais encore la calèche, cela ne poserait pas de problème.

— Moi, j'irais sur les mains, à la vigile de Noël, déclara Jeanne, car ça porte malheur de ne pas communier à cette date. Mais madame Dumont a raison, tu ferais bien de te reposer, Raymonde…

— Je vais rester toute seule ici, avec cette neige dehors et vous tous sur le chemin ? Ça non ! protesta la servante, prête à pleurer de dépit.

— Je me soucie peu des messes ! alla chuchoter Bertille à l'oreille de Raymonde. Nous ferons une partie de dames ou un jeu de dés, et j'entretiendrai les feux.

— Serez pas toutes seules ! cria César. Les loups vont vous garder. Hein, maman, t'auras pas peur avec Sauvageon et Loupiote.

— Non, mon César, j'aurai surtout pas peur avec madame Bertille.

Matthieu, Denis, Claire et Faustine partirent par le chemin des Falaises. Ils discutaient à voix haute, cernés par le silence de la vallée, se relayant pour porter la lanterne qui les éclairait. Jeanne, un châle sur la tête, prit le raccourci avec César et Thérèse. La pente était rude ; elle ne parla guère à ses petits-enfants, mais elle lançait des regards craintifs sur le paysage enneigé.

— Faudra rentrer vite au retour ! bredouilla-t-elle en les guidant vers l'église. Il s'en passe de drôles, la Nuit sainte… Pendant les douze coups de minuit, les animaux parlent entre eux !

— T'es sûre, mémé ? s'étonna Thérèse.

— Comme je te le dis, ma mignonne.

Sur la place du bourg régnait une certaine animation. Quelques familles se rendaient aussi à la vigile, mais la plupart des villageois préféraient la messe de minuit. En ce temps de guerre, bien des cœurs souffraient de l'absence d'un mari, d'un père, d'un frère ou d'un fiancé. Sous la voûte dorée par les cierges, on prierait pour leur retour.

Claire implora Dieu de préserver Jean.

— Qu'il ne meure pas, par pitié, rendez-le-moi, vite, très vite. Nous nous sommes tant aimés et querellés parfois. Mais, privée de lui, j'ai pris la mesure de mon amour.

Elle pria pour Léon et Bertrand. Raymonde l'avait suppliée de le faire, lui confiant une pièce pour allumer un cierge, une autre pour la quête. Elle n'oublia pas l'avocat, pressentant que Bertille, veuve à présent, tremblait pour lui.

Faustine se laissait bercer par les hymnes célébrant Noël, sous l'œil attendri de Denis. Matthieu avait des pensées profanes. Il espérait que Corentine reviendrait à Pâques, que cette fois elle lui accorderait ce qu'il désirait, tout son corps nu, offert. Les femmes demeuraient un mystère pour le jeune homme, malgré tous les renseignements qu'il glanait auprès de ses camarades au lycée.

La messe terminée, tous prirent le chemin du retour. Jeanne ne s'isola pas, puisqu'elle n'avait plus peur d'être en retard. Thérèse put serrer fort la main de Faustine. César faisait des glissades dès que les bords de la route le permettaient.

— Tu vas cochonner tes fonds de culotte, malheureux ! grondait sa grand-mère. Si jamais le diable te voit, il t'emportera au fond d'une grotte…

— Qu'il m'attrape ! ricanait César, pas si rassuré que ça, au fond. Claire, elle m'a dit que le diable, il existait pas !

Ils arrivaient près du pont. Jeanne se signa.

— C'est-y vrai, que vous croyez pas au diable, madame ?

— Oui, enfin je ne l'imagine pas comme un personnage cornu, aux yeux rouges. Peut-être qu'il y a une puissance maléfique qui dicte leurs mauvaises actions aux hommes…

Faustine les devança en courant dans la neige. Elle n'avait pas envie d'entendre des discussions qui ne l'intéressaient pas. C'était Noël, elle avait envie d'être gaie, car son cœur palpitait au moindre regard de Denis. Elle rêvait d'un baiser et, jusqu'au moulin, elle chercha comment se retrouver seule avec lui.

— Oh ! s'écria Claire en franchissant le portail. Un ange a allumé les loupiotes que Blanche m'avait offertes. Je n'avais pas pu mettre la main dessus.

La vision du perron et de l'appui des fenêtres ornées des petits verres colorés garnis d'une bougie vint à bout de son courage. Elle éclata en sanglots.

— Je voudrais Jean, mon Jean. Ce n'est pas juste que la guerre nous prenne nos hommes. S'il était mort, mon Dieu !

Matthieu la prit dans ses bras et la berça doucement. Il lui murmura des paroles de réconfort, sachant bien que cela ne suffirait pas à la consoler. Bertille, à l'origine des illuminations, apparut sur le seuil de la maison.

— Le réveillon est prêt ! A table.

Claire sécha vite ses larmes pour ne pas attrister les enfants et sa cousine. Le repas fut plus joyeux que prévu, mais moins copieux que les autres années. Matthieu jouait de l'harmonica entre chaque plat, pour féliciter les cuisinières, disait-il.

Avant les confits qui répandaient en mijotant sur le feu une odeur de graisse chaude, aillée, Jeanne servit des œufs pochés en sauce au vin et des asperges mises en bocaux durant l'été.

Faustine n'avait pas trouvé de plan convenable pour s'isoler avec Denis. Son amoureux – elle l'appelait ainsi en pensant à lui – présenta sa brioche aux fruits confits sur un plat en terre cuite, l'entourant de chocolat râpé et de dragées qu'il avait prises à Ponriant.

— C'est l'heure d'allumer le sapin, maman ! dit la jeune fille. Nous mangerons le dessert de Denis en contemplant l'arbre.

Raymonde ne s'était pas levée une seule fois.

— Je suis désolée, madame, mais mon dos m'élance…

Bertille prit un briquet dans le tiroir du buffet. Comme Claire s'approchait, elle lui dit, tout bas :

— Raymonde m'inquiète. Elle n'a pas bougé pendant votre absence, et je l'ai vue grimacer à plusieurs reprises.

— Elle devrait se coucher ! Et vite ! Si jamais l'enfant venait trop tôt !

Les deux jeunes femmes échangèrent un regard angoissé. Elles confièrent l'allumage des chandelles du sapin à Matthieu. Thérèse demanda soudain :

— Maman, quelle heure est-il ? Il n'est pas minuit encore ?

— Mais non, ma bécasse, la grande horloge indique onze heures du soir. Depuis quand tu te soucies de ça ?

Raymonde attira la fillette contre elle et lui embrassa le front. Bien fort, Thérèse poursuivit :

— Mémé, en route pour la messe, elle nous a raconté que la nuit de Noël, pendant les douze coups de minuit, les animaux peuvent parler. Alors César et moi, on ira dans la bergerie causer aux biques.

Claire eut un sourire amusé, mais elle ne voulut pas s'en mêler. Les superstitions demeuraient tenaces dans les campagnes, mais cela la surprenait de la part de Jeanne. Elle connaissait peu la mère de Raymonde et de la défunte Catherine ; cependant, elle la trouvait changée. D'après la servante, l'agonie de sa sœur, seize ans auparavant, puis la mort de son époux encorné par un taureau l'avaient perturbée. Très pieuse, Jeanne renouait sans doute avec les anciennes croyances paysannes.

— Peut-être que les biques de maman ne voudront pas discuter avec vous ! avança Faustine. Mais je suis sûre que c'est vrai : elles peuvent parler, car c'est une nuit magique.

— Ah ça, oui, renchérit Jeanne. Ma mère, paix à son âme, me contait qu'il pousse un rameau d'or aux noisetiers. Si on parvient à le couper entre les douze coups de minuit, la richesse ne vous quitte plus, mais attention : si on n'a pas le temps de scier la branche, on rejoint les morts. Et c'est arrivé, hein, au siècle dernier, dans la vallée. Un pauvre gars qui vivait de mendicité a été retrouvé mort sous un buisson de noisetiers, comme je vous le dis…

— Là, quand même, Jeanne, ce sont des fables ! coupa Claire, qui n'appréciait pas ce genre de récits.

La femme roulait des yeux effarés, sourde à la remarque. Elle avait bu du bon vin, une petite goutte, et n'avait pas envie de se taire.

— Et la mère de mon père, une brave femme qu'était

rebouteuse, elle savait qu'un enfant qui naît le jour de Noël est promis à un bel avenir. Il sera sauvé de la noyade et de la pendaison, si ce malheur le frappe. Aussi longtemps qu'il vivra, il aura chance et bonheur. Faut pas se moquer, monsieur Matthieu. Je vous vois rire…

— Je n'y peux rien, Jeanne, je pensais à mon professeur de philosophie. S'il vous entendait, il tomberait raide de saisissement. Il nous enseigne la logique et la rhétorique, et là, je me crois revenu au Moyen Age !

— N'empêche ! rétorqua la paysanne en faisant la moue, j'ai vu de drôles de choses, moi. Au Noël de l'année dernière, la Catherine est venue, elle marchait dans le grenier, au-dessus de mon lit. Après, j'ai senti un souffle glacé sur mon visage et…

— Maman, je t'en prie, tais-toi ! gémit Raymonde. César et Thérèse sont effrayés. Mes mignons, allez donc sous le sapin, les bougies sont allumées ; c'est si beau !

Claire et Bertille montèrent à l'étage chercher les paquets qu'elles avaient cachés. Matthieu passa dans le cellier pour prendre une bouteille de champagne. Faustine se leva précipitamment, en faisant signe à Denis. Ils réussirent à sortir sans éveiller l'attention des deux enfants.

— Vite, nous avons peu de temps ! déclara la jeune fille en entrant dans l'atelier de sa mère. Moi qui me creusais la cervelle pour être seule avec toi. J'avais presque oublié que les cadeaux étaient là ; je les ai emballés il y a deux jours.

Elle se jeta à son cou et lui tendit ses lèvres. Il l'enlaça, caressa ses hanches et prit sa bouche, plus hardi que les autres fois.

— Ma chérie, ma jolie chérie, balbutia-t-il. Je t'aime, je t'aime !

— Moi aussi, je t'aime !

Ils échangèrent encore un baiser, puis ils se sauvèrent en riant, les paquets enrubannés serrés contre leur cœur. La distribution fut un moment de joie innocente. Il n'y avait pas eu de sortie en ville. Aussi tous avaient puisé dans leurs affaires personnelles. Claire offrit à Bertille un nécessaire de manucure en vermeil qui appartenait à Hortense, jadis. Raymonde reçut un foulard de cou brodé à ses initiales, Jeanne, un vase en porcelaine, peint d'oiseaux et de fleurs. Matthieu, prévoyant, avait pour chacun et chacune un sachet en papier ciré garni de chocolats fins. Denis était retourné à Ponriant pour choisir des ouvrages reliés, uniquement des recueils de poésie.

César découvrit le jeu de quilles et le train. Il en fut ébahi, muet d'extase. Cela ne dura que deux ou trois secondes, après lesquelles il se jeta à genoux et poussa le convoi en bois peint, la main crispée sur la locomotive. Thérèse poussa un cri de ravissement devant la poupée si élégante. La toupie lui parut si belle qu'elle la montra à sa mère et à sa grand-mère d'un air émerveillé.

La grande horloge sonna les douze coups de minuit.

— Faut filer à la bergerie ! hurla César. J'emporte mon train !

— Et moi, ma poupée, ajouta Thérèse.

Claire hésitait. Si elle les laissait courir dehors, il fallait les couvrir, les accompagner et, forcément, l'horloge ne sonnerait plus. De toute façon, ils seraient déçus, puisque les biques se contenteraient de bêler.

Matthieu et Denis ne s'embarrassèrent pas de tels raisonnements.

— On vous porte là-bas, vite, montez sur notre dos, sinon ce sera fichu.

Faustine n'aurait manqué la course pour rien au monde. Les trois jeunes gens se ruèrent à l'extérieur, tandis que les petits criaient de plaisir, perchés sur de solides épaules.

— Ah, ces jeunes, et ça ne se soucie pas du froid, ni du gel ! commenta Jeanne. Ils vont attraper du mal, sûr…

— C'est ta faute, maman ! gémit Raymonde. Tu sais très bien que les bêtes ne parleront jamais, même la nuit de Noël. Catherine et moi, je m'en souviens, tu nous avais conté la même fable et, six fois de suite, nous avons couru à l'étable questionner les vaches !

Bertille retint un sourire en caressant la reliure du livre offert par Denis. C'était un superbe exemplaire en cuir rouge, broché, des *Méditations poétiques* de Lamartine[1]. Sur la page de garde était collée une étiquette et, inscrit à l'encre violette, on pouvait lire *Bertrand Giraud, prix d'excellence 1886.*

Il avait dix ans à cette époque… songea-t-elle.

— Les chèvres, elles n'ont pas voulu parler, claironna Thérèse en revenant de la bergerie.

— Oui, elles faisaient que bêler ! ajouta César.

— Je crois que vous êtes arrivés une seconde trop tard, au dernier coup de minuit ! s'écria Bertille en serrant son livre contre elle.

Jeanne approuva, en montrant du doigt l'horloge :

— Pardi, ça ne sonne plus, c'est pas de chance ! Ce sera pour l'an prochain !

Les enfants se remirent à jouer, l'une avec sa poupée, l'autre avec son train. Ils n'avaient pas l'air trop déçus. Claire prépara une tisane de fleurs de tilleul. Faustine l'aida à disposer les tasses et le pot de miel. Matthieu s'assit sur la pierre de l'âtre et alluma une cigarette en plissant les paupières.

— Tu es bien jeune pour fumer ! lui dit Claire. Tu te donnes un genre qui ne te convient pas.

— Oh, c'est mon cadeau de Noël, les sermons de ma sœur ! répliqua-t-il. Je ne serai pas trop jeune, l'été qui vient, pour être appelé sous les drapeaux si la guerre n'est pas finie.

Claire le regarda, furieuse.

— Et puis quoi encore ? s'insurgea-t-elle. Tu ne partiras pas, tu m'entends ? Jamais. Tu dois passer le baccalauréat, entrer à l'école d'ingénieur.

— On verra… marmonna Matthieu.

Faustine proposa de danser ou de chanter tous ensemble. Bertille s'élança vers sa cousine et la saisit à la taille.

— Allons, Claire, c'est Noël, amusons-nous un peu. Tu es sûre que le gramophone ne fonctionne plus ?

— Mais oui… le mécanisme est cassé.

---

1. Parues en 1820, chef-d'œuvre du poète.

— Dommage ! Nous n'avons plus qu'à chanter !

Bertille et Faustine se prirent par la main et commencèrent à déambuler dans la pièce en fredonnant : *De bon matin, j'ai croisé le chemin… de trois grands rois…*

Il y eut alors des coups à la porte. Loupiote grogna sourdement, le poil hérissé. Mais Sauvageon se leva avec peine en vacillant sur ses pattes de derrière. Le vieux chien-loup gémissait, sa queue fouettant l'air. Claire observa l'animal quelques secondes avant de courir ouvrir sans même demander l'identité du visiteur. Deux soldats se tenaient sur le perron, leur képi blanc de neige. Ils souriaient, assaillis par les lumières, les odeurs de cuisine et la vision du sapin de Noël.

— Jean ! Mon Dieu, Jean ! s'exclama-t-elle. Je l'ai su tout de suite, grâce à Sauvageon ! Il s'est levé pour toi, Jean, mon Jean.

Elle le saisit aux épaules et puis l'enlaça, embrassant son visage sur les joues, le nez, la bouche. Il entra sans se séparer d'elle. Claire jeta un coup d'œil à l'autre homme, barbu et blafard.

— Mais c'est Léon, mon bon Léon !

Raymonde poussa un cri aigu et se leva brusquement. Léon posa sa besace et se rua vers elle, les bras tendus. Ils s'étreignirent, pleurant et riant. Les enfants devaient patienter, mais ils étaient si heureux de revoir leur père, la nuit de Noël, qu'ils sautaient autour de lui, tirant sur sa veste et sur son pantalon. Faustine patientait les mains jointes, rose de joie et de soulagement. Quand Jean la serra contre lui, elle s'écria, en larmes :

— Mon papa, mon petit papa ! Je suis si contente.

— Ma chérie, mes chéries… bredouilla-t-il, car Claire les avait rejoints et les cajolait tous les deux.

Jeanne remerciait le Seigneur à mi-voix, tremblante d'émotion. C'était un vrai tintamarre, car Loupiote et Sauvageon hurlaient d'excitation, tandis que chacun commentait l'arrivée inattendue des deux soldats. Matthieu salua son beau-frère d'une poignée de main, mais il donna une accolade affectueuse à Léon. Denis et Bertille, même s'ils partageaient l'allégresse générale, se tenaient un peu à l'écart. Enfin le calme revint.

— Nous voulions arriver pour le repas, expliqua Jean, mais notre train avait trois heures de retard. Nous devions être à Angoulême à huit heures ce soir et prendre la correspondance pour Torsac. Du coup, nous avons marché, hein, Léon !

— Ah ça, oui, et il y avait la neige, en plus, les plaques de verglas. Mais ça nous démangeait tant de retrouver la vallée et le moulin qu'on galopait presque. Alors, es-tu heureuse, ma Raymonde ?

Léon touchait un peu rudement le joli visage qu'il avait craint de ne jamais revoir. De la main, il effleura le ventre gonflé d'une promesse de vie.

— En voilà une surprise, poulette ! Si j'avais pas eu de permission, je débarquais un de ces quatre, et tu me collais un troisième rejeton dans les bras. Pourquoi tu me l'as pas dit dans tes lettres ?

— Je n'osais pas, renifla la jeune femme, rouge de confusion. Je me disais que ça te causerait du souci, de me savoir enceinte. Maman va rester ici quelque temps pour nous aider.

Claire ne lâchait pas Jean. Elle se cramponnait à sa manche, le dévorait des yeux, cherchant sur ses traits le reflet des combats, des horreurs qu'il avait vues, sûrement. Mais il riait fort et réclamait à manger avec un air de gamin ébloui.

— J'ai une faim de loup, Câlinette. En route, j'imaginais les bonnes choses qui devaient mijoter sur le feu, et j'en salivais.

Léon et Jean se mirent à table. C'était à qui les servirait. Faustine versa du vin, Raymonde coupa du pain, Claire s'empressa d'ouvrir un autre bocal de confits de canard qu'elle réchaufferait avec le reste de légumes. César et Thérèse poussaient vers les deux hommes tout ce qui pouvait encore se consommer, les dragées, les chocolats.

Considérant qu'il avait suffisamment attendu, Denis s'avança :

— Monsieur Dumont ou vous, Léon, est-ce que vous avez vu mon père, là-bas, sur le front ? C'est qu'il n'a pas écrit depuis le mois d'août…

Bertille s'appuya au mur entre les deux fenêtres, le regard élargi, rivé aux bougies du sapin presque consumées. Son cœur lui faisait mal, à tressauter comme un moteur déréglé.

— Non, mon petit ! répondit Jean. Je suis navré, je n'ai pas de nouvelles. Une fois à la caserne, le soir de la mobilisation, nous n'avons pas été dirigés vers la même unité. Dans notre train non plus, il n'était pas là…

Claire remarqua un voile d'amertume qui ternissait les prunelles bleues de son mari. Elle se tourna vers Bertille, si pâle qu'elle ressemblait à une statue de marbre.

— Mais ce n'est pas trop mauvais signe, Jean ? demanda-t-elle par pitié pour sa cousine et le jeune homme.

— Il faut garder espoir, toujours… assura-t-il. Certains courriers se perdent ou sont détruits par accident.

César, debout près de sa chaise, ne quittait pas son père. Thérèse était perchée sur son genou gauche. Léon leur chatouilla la joue à tour de rôle et les embrassa.

— Dis, papa, tu t'es bien battu, hein, à la guerre ? cria le garçon.

— Bah, je me débrouille pas trop, moi, avec leur fusil à baïonnette. Mais laisse-moi donc casser la croûte…

Jeanne se mit en tête de faire rissoler du millas pour le dessert des soldats. Ils mangèrent lentement. Tous les observaient, avides d'en savoir plus sur ce qu'ils avaient vécu, mais comprenant aussi qu'ils ne désiraient pas en parler.

— Et où est Colin ? s'écria soudain Jean. Je me disais qu'il manquait du monde.

— Il réveillonne chez les parents d'Etiennette ! répondit très vite Faustine.

— Et ça tombe bien, dit Claire, car ils dorment au bourg. Léon et Raymonde, je vais monter changer la literie, et vous prendrez leur chambre.

Le couple accepta avec un sourire. Léon y alla de sa larme :

— C'est bon d'être chez soi, si vous saviez… Souvent,

je pensais que je ne reverrais jamais ma Raymonde, ni les petits ! Et vous, madame Claire, le vieux Sauvageon, notre demoiselle.

Le jeune homme pleura sans bruit, sortit un mouchoir grisâtre et se moucha. Thérèse se blottit contre son père, pleurant aussi, si bien que Faustine éclata en sanglots, bouleversée.

— Allons, en voilà des retrouvailles ! clama Jean avec une gaîté un peu forcée. On ferait mieux de se coucher, tous. Je suis vanné !

Léon se leva et voulut garnir la cuisinière. Jeanne emmena César et Thérèse qui pouvaient à peine tenir debout, car il était très tard. Bertille annonça à Faustine qu'elle dormirait avec elle.

— Bien sûr, on se serrera un peu ! approuva la jeune fille. Mais tu as l'air bizarre, tantine…

Le vocable affectueux, jadis réservé à Blanche Dehedin, était doux à entendre pour Bertille.

— Je suis émue, fatiguée moi aussi, et je plains Denis de ne pas savoir comment va son père.

— Oui, j'avais de la peine pour lui ! souffla Faustine. Monte t'allonger, je vais lui dire un mot.

Ce mot fut un baiser furtif, donné dans le cellier glacé où Denis, seul avec son inquiétude, rangeait les bouteilles vides.

Jean avait pris un bain rapide. Il se séchait, debout au milieu de la chambre, nu des pieds à la tête. Claire s'était glissée entre les draps. Elle le regardait, reprenant possession de son corps, le souffle court.

— Je ne rêvais que de ça, me décrasser ! dit-il avec satisfaction.

— Vraiment que de ça ? insinua-t-elle en souriant.

— De ce qui suit aussi…

Dès qu'il se coucha près d'elle, la jeune femme éteignit la lampe à pétrole. Il protesta d'un petit grognement déçu.

— Demain soir, je laisserai allumé, dit-elle. Mais là, je me sens intimidée comme une fille neuve.

Elle espérait quelques minutes de discussions tendres, d'aveux renouvelés et passionnés. Jean fut silencieux, ardent, brutal. Il s'était contenté de relever sa chemise de nuit, de pétrir ses seins, ses cuisses et de la pénétrer. Ensuite il se fit pesant, demeurant immobile, haletant, le nez enfoui dans son cou et sa chevelure.

— Tu sais, dit-il enfin, je ne suis pas allé avec les autres, chez les putains. Je ne voulais que toi, Claire.

Bien qu'un peu surprise par ses paroles, dans un tel moment, elle lui embrassa la joue, mordilla son oreille et caressa son dos.

— Je ne doutais pas de toi, Jean…

— Tu aurais pu ! On n'a qu'une envie, là-bas, quand on est vivant après une bataille, c'est de boire, de baiser n'importe quelle femme, pour oublier, tu comprends… Je n'étais pas prêt, moi, pour cette boucherie. Tant de sang, de cadavres, des hommes, des chevaux… Claire, les pauvres chevaux, Léon en devient fou. Ils crèvent comme des mouches, et les petits gars de dix-huit ans aussi, ils tombent les premiers, pleins de courage. Les premiers jours, tous ces soldats qui croyaient à une victoire rapide… un carnage.

Elle sentit des larmes mouiller sa nuque, son épaule. Cela lui rappela une très lointaine nuit, du temps de leurs premiers rendez-vous, où il avait pleuré ainsi, en silence[1].

— Mon amour, tu es là, avec moi ! Je suis si heureuse…

— Pourtant, Claire, j'ai plus d'endurance que d'autres, reprit-il. Peut-être à cause du bagne quand j'étais gosse. La faim, la saleté, la douleur, la peur, j'ai connu ça tout petit. Dire que je sens ton corps sous le mien, si doux, si tendre, et le parfum des draps… Le paradis après l'enfer ! Mais faudra y retourner, en enfer. Depuis que Léon a été incorporé dans mon bataillon, là, j'ai moins de force. Si je le retrouve le ventre ouvert, la face en bouillie, je ne sais pas comment je réagirai… et…

Elle lui ferma la bouche du plat de la main.

1. Voir *Le Moulin du Loup*.

— Chut, je t'en prie, oublie, essaie d'oublier, juste un peu, tant que tu es près de moi. Oh, Jean, quand on a frappé à la porte, que je t'ai reconnu, j'ai cru mourir de bonheur.

Claire l'obligea à se coucher à ses côtés. Elle commença à parcourir son corps d'homme de baisers appuyés, gourmands, en faisant jouer ses doigts légers le long de son sexe. Il gémissait, la prenait par les cheveux et guidait sa bouche où il le voulait. Souvent elle se redressait, lui prenait les lèvres, et ils s'embrassaient avec délices, s'enlaçant, jambes mêlées, peau contre peau.

Ils s'endormirent une heure avant le lever du soleil.

Léon et Raymonde, eux, n'avaient pas discuté longtemps. Ils s'étaient d'abord cajolés dans le noir, gênés d'occuper la chambre de maître Roy. Lui, il demanda des baisers, la main de sa femme sur son front. Puis il massa le ventre proéminent, rond et chaud.

— Alors, ma permission terminée, disait-il, je vais devoir te quitter, ma poulette, et ce petiot qui grandit en toi... Il naîtra au printemps, je serai peut-être pas là. Ils ont creusé des tranchées, des centaines de kilomètres de tranchées. Faut vivre dedans, et personne sait combien de mois ça durera ! J'en ai vu, des choses à vomir ses tripes, Raymonde. Tu peux pas t'imaginer, et je veux pas t'en parler, le bébé en ferait des cauchemars, il viendrait au monde avec un air de terreur au visage. Et les chevaux, pauvres bêtes... C'était pas bien malin de les réquisitionner par milliers pour les faire crever de faim et de soif. Ils ont pas de fourrage, pas d'abri, pas d'eau souvent, sauf la pluie... Et les ânes, ils leur fendent la lèvre du haut pour les empêcher de braire, et ça saigne... Et j'ai dû bâter une jument sur des plaies à vif. Le véto de l'armée, dans notre secteur, personne l'a encore vu ! Tu me diras, poulette, les bêtes, ça compte pas quand tant de types meurent.

Raymonde écoutait bouche bée, terrifiée comme si elle avait vu la même chose que Léon. Lorsqu'il s'était tu, en reniflant, elle s'était blottie contre lui.

— Au bourg, comme morts, on compte le jeune docteur

Font et le fils du charron. Et madame Bertille a perdu son mari.

— Ah, je me disais aussi. Elle était tout en noir et avait l'air bien malheureux. Si c'était que moi, je mettrais pas un pied devant l'autre pour repartir au front, ma poulette. Mais j'abandonnerai pas Jeannot, ça non… Le 29, on doit être là-bas.

Ils n'avaient rien ajouté, tous les deux muets de chagrin. Enfin, Léon s'était enhardi, sa main rampant du ventre au haut des cuisses.

— Tu crois qu'on peut, dans ton état ?

Elle avait soupiré un oui de lassitude, reprise de douleurs dans le dos, en bas des reins.

Faustine se réveilla très tôt. Sa première pensée fut pour son père. Il était revenu, il était à quelques mètres, dans sa chambre. Elle se leva sans bruit, de crainte de déranger Bertille. Pendant qu'elle s'habillait, la jeune femme ouvrit les yeux :

— Où vas-tu, ma chérie, de si bonne heure, il fait à peine jour ?

— Je monte à Ponriant, tantine, pour la leçon de Mireille. Comme ça je lui souhaiterai un bon Noël. J'ai mis une tranche de brioche de côté pour la lui apporter. Si je pars maintenant, je serai de retour bien avant le déjeuner.

Bertille se redressa et cala sa tête contre l'oreiller, afin de pouvoir contempler Faustine, en pantalon de velours trop large. Elle mettait des bretelles pour ne pas le perdre et les cachait sous un gros gilet de laine gris. Ses longs cheveux blonds ondulaient au rythme de ses mouvements, lourds et souples à la fois.

— Que tu es drôle, en garçon ! dit-elle. Un joli gars qui a une chevelure de sirène et une poitrine à damner un saint. Peut-être qu'un jour ce sera la mode, de porter des vêtements masculins.

L'adolescente s'empourpra, mais elle était ravie. Elle aimait la liberté de langage de Bertille, ses idées audacieuses.

— Je t'adore, tantine ! En plus, tu m'as tenu chaud, cette nuit, le poêle est éteint. Tu le diras à maman que je suis à Ponriant. Je n'y suis pas allée hier matin ; cela fera une belle surprise à Mireille.

— Oui, je te défendrai si elle se fâche, et j'aiderai à cuisiner. Il faut un festin pour nos soldats.

Faustine étudia le fin visage couleur de cire et les lèvres livides de Bertille.

— Hélas ! toi, tu n'as plus personne à attendre. J'y ai pensé hier soir, que tu aurais bien aimé voir arriver Guillaume, et dormir près de lui. Avant la guerre, je croyais que tu ne l'aimais pas vraiment, mais tu as beaucoup pleuré. J'ai eu honte d'avoir imaginé des sottises.

Bertille ne répondit pas. Faustine vint l'embrasser et sortit en lui conseillant de se reposer encore un peu. La maison était plongée dans un profond silence. Elle descendit le plus doucement possible et traversa la cuisine. Loupiote et Sauvageon étaient couchés devant l'âtre. La cendre qui recouvrait le feu maintenait les braises en incandescence. La louve voulut la suivre dehors, mais elle réussit à l'en empêcher.

— Sage, ne bouge pas d'ici, tout le monde va se lever bientôt.

Elle enfila une veste fourrée et ses bottes en caoutchouc ; elle passa à l'épaule la besace préparée la veille. Sirius la salua d'un hennissement sonore. Le seller et Le harnacher ne lui posait plus aucun problème. Le cheval eut droit à un bout de pain dur.

— Viens, mon beau !

Faustine mit un pied à l'étrier et se percha avec délicatesse sur le dos de Sirius. Elle admira le paysage, des falaises chapeautées de neige à l'étalement immaculé des champs et des prés. La rivière charriait de minces plaques de glace, les arbustes et roseaux étaient nappés d'un semis de givre. Le soleil levant, pareil à une boule orangée, se devinait derrière une dense couche de nuages laiteux.

— En route, va, va...

Elle suivait les conseils de Claire, guidant le plus souvent

Sirius à la voix. Il se mit au trot près du pont, excité par l'air froid. Enneigé, désert, le domaine de Ponriant ressemblait à une demeure frappée d'enchantement. La jeune fille enferma le cheval dans le box qu'elle garnissait de paille propre et de foin à chacune de ses visites.

La gouvernante ne l'attendait pas puisque c'était un jour férié. Faustine fit tinter la cloche suspendue en haut du grand escalier, près de la porte principale. Mireille ouvrit au bout de plusieurs minutes.

— J'étais en bas, aux fourneaux ! s'écria-t-elle. Quelle chance j'ai ! Ma jolie demoiselle qui vient pour Noël... Entrez vite.

Les cuisines de Ponriant étaient, au goût de Faustine, la pièce la plus chaleureuse de la maison. Les placards, la table, la desserte et les meubles d'appoint étaient peints en blanc ivoire ; le sol était pavé de dalles rouges, alors que le gigantesque fourneau acheté récemment par l'avocat était émaillé de jaune et flanqué de poignées et d'ornements en chrome étincelant.

— Que ça sent bon ! constata la jeune fille.

— Eh oui, j'ai fait un gâteau aux amandes parce que je comptais sur vous demain. Je voulais avoir de quoi vous offrir à manger avec le café.

Faustine avait déjà ses habitudes. Elle s'installa au bout de la table, sous la grosse lampe et sortit de son sac un livre de lecture, un cahier et une ardoise. Mireille se débarrassa prestement du torchon qu'elle pliait.

— Vous venez pour me faire travailler, alors que c'est fête !

— J'étais contrariée de ne pas être montée hier. Ce matin, je me suis levée avant toute la famille. Et j'ai une bonne nouvelle : vers minuit, mon père et Léon, le mari de notre servante, sont arrivés par surprise. Ils avaient eu une permission.

— Et vous êtes venue quand même ! C'est trop gentil. Ça alors, être si gentille, faut le voir pour le croire. Je prends les lorgnons, donc...

La mine grave, la gouvernante fit coulisser un tiroir et

attrapa un étui en cuir d'où elle extirpa des lunettes. C'était une idée de Claire, qui avait conservé précieusement la dernière paire de Basile. Elle les avait confiées à Faustine en lui conseillant de les faire essayer à Mireille. Les verres grossissaient les lettres à sa convenance. L'ancien instituteur se serait sans doute réjoui de les savoir utiles à une élève de soixante ans.

— Avez-vous révisé la page où nous nous sommes arrêtées avant-hier ? demanda Faustine. Avec le « an » et le « am ».

La méthode que l'apprentie maîtresse d'école employait aurait pu passer pour fantaisiste, mais elle donnait de bons résultats, Mireille faisant preuve de ténacité et de certaines dispositions. Dès la première leçon, elle avait compris le principe d'associer deux lettres, une consomme et une voyelle, pour obtenir un son familier que la jeune fille nommait une syllabe. Pendant plus d'une heure, il y avait eu des séries de « B et A font BA » de « P et A font PA ».

Faustine ouvrit le livre agrémenté d'illustrations. Mireille fixa d'un air appliqué la ligne de mots après avoir redressé sa coiffe d'un geste impatient.

— Prenez le crayon pour bien suivre !

— Ah oui, le crayon… Vous avez raison, mademoiselle, car ça me met des tremblements dans tout le corps, et je m'égare sur la page. Si j'avais su qu'un joli petit ange viendrait m'apprendre à lire, à mon âge…

— Mireille ! gronda la jeune institutrice en riant. Nous bavarderons plus tard. Allez-y…

— Oui, je suis dissipée, hein ? Vous l'avez dit l'autre jour ! Alors, le crayon.

La gouvernante pointa la mine sur un mot.

— « P et AN, PAN » « B et AN, BAN » mais il y a le « C » à la fin.

— Ne vous en souciez pas, on ne le prononce pas, dit Faustine. C'est un banc, comme l'indique le dessin, là.

— D'accord !

Mireille avait bien révisé. Elles attaquèrent la page suivante, révélant les secrets du « O » associé au « N ».

— « On » soupira la femme, ça donne « on » mais il y en a

partout des « on ». Tenez, le cochon, le pardon, le mouton... et ils ont dessiné le cochon dans le livre !

— Très bien ! s'exclama Faustine. Vous assimilez vite les bases même de l'écriture, de notre langue. A Pâques, j'en suis sûre, vous saurez lire parfaitement.

Un silence se fit. Mireille balançait un peu la tête d'avant en arrière, les lèvres pincées. Sa main tannée par les travaux des champs, gercée par les vaisselles et les lessives, s'aventura doucement sur la main rose de Faustine, la caressa avec maladresse, puis la serra. Une grosse larme vint s'écraser sur le dessin qui représentait un dindon.

— Ce que vous me faites, dit-elle toute bouleversée, ma jolie demoiselle, c'est le plus beau cadeau du monde ! Figurez-vous qu'hier soir, je décide de me cuire du flan, et j'attrape la boîte où je mets la farine. Là, je vois les lettres, et c'est venu tout seul : « F » et « A » font « FA », « R et I » font « RI », puis d'un coup je me suis mise à lire tout haut, dix fois au moins, « FA-RI-NE » !

Dehors le vent se levait. Aux petites fenêtres des flocons dansaient, le feu crépitait dans la cuisinière, le gâteau embaumait la vanille et les amandes grillées. Faustine avait chaud au cœur, à l'âme. Elle éprouva une telle sensation de plénitude et de fierté innocente qu'elle pensa que ces moments deviendraient un de ses plus beaux souvenirs.

— Je vous aime comme la fille que je n'ai pas eue, ajouta la gouvernante en séchant ses joues du coin de son tablier.

— Moi aussi, je vous aime beaucoup, avoua l'adolescente.

— Dites, le matin de Noël, si on causait... le café est prêt !

Elles se sourirent, l'une tout en boucles dorées, aux prunelles d'azur, l'autre sèche et ridée, les cheveux gris lissés sous la coiffe, l'œil brun et vif.

— Vous savez pas, ça me plairait bien si vous épousiez monsieur Denis. Vous seriez la dame de Ponriant, et je serais toute réjouie de vous servir. Il est brave, notre Denis... Paraît que sa mère ne l'aimait pas.

— Il paraît, oui... déplora Faustine. Peut-être qu'on se mariera un jour. Je dois faire mes études d'abord. Mireille, je ne veux pas être indiscrète, mais, en rangeant la maison, vous n'avez pas trouvé des photographies de ma mère et de Frédéric, le frère de monsieur Giraud ?

— Je chercherai, je vous le promets… Ah, quand j'ai su ça, que votre maman était la femme de ce pauvre monsieur, mordu par une bête enragée ! Le facteur, un matin du mois dernier, m'a raconté que vous aviez deux loups au moulin ! C'est-y possible ?

— Mais oui, le vieux Sauvageon, qui est moitié chien, lui, et Loupiote, toute belle, grise, avec une fourrure épaisse et des yeux d'or.

Les confidences continuèrent. Faustine pensa qu'elle avait oublié de donner la part de brioche aux fruits confits, pétrie par Denis.

— Je la dégusterai ce soir, à mon goûter, dit Mireille avec gourmandise.

Dans le salon, une pendule sonna onze coups cristallins qui résonnèrent, étouffés par la distance, jusqu'aux cuisines. Faustine se leva, affolée.

— Je dois m'en aller, je suis très en retard.

— C'est ma faute, malheur de moi ! bredouilla la gouvernante.

Elles se séparèrent sur la terrasse en s'embrassant trois fois sur les joues. Faustine courut à l'écurie et sortit Sirius qu'elle n'avait pas dessellé. Si elle descendit la route au pas, se méfiant de la neige gelée en profondeur, elle lança le cheval au galop sur le chemin des Falaises. C'était la première fois qu'elle osait. La cadence régulière, l'impression de vitesse la ravirent.

En apercevant les toits du moulin, Faustine caressa l'encolure de Sirius :

— Au pas, là, là, au pas.

Ils entrèrent dans la cour à une allure très sage. Denis guettait leur retour, assis sur le foin au fond de l'écurie, comme à chaque fois.

— Tu es là ! dit-elle, feignant la surprise. J'ai galopé, c'était merveilleux.

Le jeune homme se leva et poussa la double porte. Il

enlaça la jolie cavalière aux joues rosies par la course et baisa sa bouche brûlante. Elle tressaillit, ivre de bonheur et de liberté, de désir. Il recula d'un bond, par prudence, car Claire l'appelait.

— Je vais dire à ta mère que tu es là. César est monté au bourg prévenir Colin que Jean et Léon ont eu une permission. Je t'aime, Faustine, ne l'oublie pas…

— Je n'oublierai jamais, Denis ! Moi aussi, je t'aime.

Il sortit comme on s'enfuit. Elle posa son front contre le flanc de Sirius et ferma les yeux. L'amour lui semblait une chose redoutable, épuisante mais extrêmement délicieuse.

Le déjeuner de Noël vit se réunir toute la famille. Exaltée de servir du si beau monde, comme elle le répétait en cuisinant, Jeanne fit des prodiges pour présenter un repas de fête. Raymonde n'avait pas à lever le petit doigt, mais elle ne s'en plaignait pas, assise près de son Léon, repue de tendresse et de serments amoureux. Colin présidait en bout de table, rasé de près, en costume du dimanche. Claire retrouvait son père, la parole nette, la tête haute, aimable et galant.

Cher papa, songeait-elle, il a l'air si content de revoir Jean et Léon. Mon Dieu, si cette maudite guerre pouvait finir, que les ouvriers reviennent, que le moulin tourne à nouveau, tout irait bien, papa ne traînerait plus au village, au bistrot…

César et Thérèse, bien coiffés et d'un calme étonnant, admiraient soit leurs parents, soit les tranches de jambon sec étalées en corolle dans un plat rond et décorées de rondelles de cornichons. Matthieu et Denis entouraient Faustine, en robe verte et chignon noué d'un ruban rouge. Jean faisait face au maître papetier. Il regardait souvent sa fille, la trouvant de plus en plus belle. Dans une semaine, elle aurait quinze ans, mais il ne serait plus là. Claire lui avait tout expliqué en vantant la générosité de l'adolescente, qui apprenait à lire à la gouvernante de Ponriant, une brave femme esseulée. Il devait être fier de Faustine. Cependant il se tourmentait à cause des seins ronds moulés par le tissu, des hanches aux courbes douces, de la taille fine, de cette expression rêveuse du visage.

Bertille participait aux conversations, chacun évitant le sujet de la guerre. Ce serait à l'heure du café, de la goutte de cognac, entre hommes. Elle s'extasiait devant les châtaignes blanchies puis rissolées et les poulets rôtis et farcis de cèpes, mais son cœur ne voulait pas se raisonner ; il cognait, furieux et anxieux, dans tout son corps gracile. En robe noire, les cheveux nattés et roulés sur la nuque, elle mangeait à peine, assise près d'Etiennette qui avait laissé Arthur à sa mère.

— Léon, va chercher une bouteille de champagne, l'ultime bouteille de champagne ! ordonna Colin quand Jeanne apporta deux assiettes de beignets aux pommes. Bon sang, j'ai deux héros à ma table, il faut trinquer en leur honneur !

Ils trinquèrent, levèrent les coupes en cristal et savourèrent le vin pétillant, frais et enivrant. Claire accepta la joie et le soulagement que lui offrait ce repas en famille, où tous ceux qu'elle aimait étaient présents, en sécurité. Elle repoussa de toutes ses forces le pressentiment ténu qui l'oppressa un instant et qui lui murmurait : « Plus jamais, plus jamais tu ne les reverras tous ensemble… »

23

Les jours de peine

Moulin du Loup, 20 janvier 1915

Claire et Bertille tricotaient, assises près du feu. Le froid n'avait fait qu'empirer dans toute la France et dans leur cœur de femme. Elles avaient allumé la cheminée et la cuisinière et serré sur leurs épaules deux châles en laine superposés.

Le silence les écrasait, juste troublé par le tic-tac agaçant de l'horloge. César était à l'école, et même la petite Thérèse. L'enfant s'ennuyait trop la semaine et Raymonde devait garder le lit.

— Les routes sont si mauvaises, maugréa Claire. Je crains que nos trois grands ne puissent venir samedi.

— C'est plus prudent, répondit distraitement Bertille, mais ils vont nous manquer. Surtout Faustine ; elle est si gaie, la chérie !

Le temps paraissait au ralenti, les journées n'en finissaient pas. Les deux cousines se couchaient avec soulagement, mais au matin tout recommençait. Elles se sentaient seules, abandonnées. Jeanne tenait compagnie à sa fille, toujours installée dans la chambre de Colin et d'Etiennette. Le papetier, son épouse et leur bébé habitaient le bourg, dans un logement que le forgeron avait mis en location depuis le départ de ses deux fils à la guerre.

Cette désertion du foyer ancestral avait cruellement blessé Claire, déjà éprouvée par le court séjour de Jean, à Noël.

Ils avaient eu du bonheur et de l'amour, mais la séparation s'était avérée plus douloureuse, bien plus pénible qu'en août.

Cette fois, la jeune femme avait accompagné à pied son mari et Léon à la gare de Torsac. Il ventait et il neigeait, une neige lourde, humide, qui gelait le corps. Jean avait un air désespéré en la quittant. Il l'avait embrassée à plusieurs reprises, caressant son visage.

— Prends soin de Faustine et de toi. Je vous aime tant ! disait-il.

— Veillez sur ma Raymonde, madame ! suppliait Léon. Je ne l'ai pas trouvée vaillante…

Ces adieux déchirants et les recommandations de son employé et ami, Claire y pensait souvent, d'autant plus que la future mère présentait des symptômes alarmants. Elle avait les jambes enflées et des douleurs lancinantes dans le dos.

— Il faudrait monter une autre brique chaude à Raymonde ! déclara Bertille en posant ses aiguilles. Et refaire sa bouillotte. Elle grelottait, tout à l'heure.

— Jeanne doit descendre chercher la tisane ; nous lui donnerons la brique ! soupira Claire. Oh, princesse, heureusement que tu es là, toi. Je ne comprends pas mon père. Il n'est pas impotent, ni de constitution faible ! Pourquoi a-t-il eu ce caprice de vivre au village, alors qu'ici il pourrait nous aider… Je n'en peux plus, Bertille. Les bêtes à nourrir, les litières à changer, le ménage. Tu m'aides de ton mieux, mais il nous faudrait un homme.

— Engage quelqu'un d'une ferme voisine ou de Puymoyen !

— J'y serai obligée, au printemps, car, vois-tu, je ne crois plus aux miracles. La guerre n'est pas près de s'achever. Jean ne dit pas grand-chose, dans sa dernière lettre, mais la vie dans les tranchées paraît épouvantable. Les rats leur courent dessus, l'eau glacée trempe leurs habits, ils mangent mal. Quelle misère…

Bertille fit la moue, le regard vague. De Bertrand Giraud,

nul n'avait de nouvelles. Elle se persuadait cependant qu'il était encore vivant. Claire ajouta :

— Matthieu racontait dimanche dernier que le gouvernement a pris ses dispositions pour éviter que la population sache vraiment ce qui se passe sur le front. Les journalistes sont surveillés et il y a un climat de méfiance accrue. Ecoute…

Sa cousine tendit l'oreille d'un air interrogateur. Claire désignait les fenêtres.

— Il y a un vent terrible, regarde le frêne, près du canal, comme il penche.

A deux heures de l'après-midi, il faisait si sombre que Claire se leva et alluma les deux suspensions, se félicitant d'avoir une appréciable réserve de pétrole à lampe. La porte fut secouée par une rafale. Loupiote poussa un gémissement et se roula en boule, la queue sur le nez. Sauvageon sommeillait, indifférent aux fureurs de l'hiver.

Les deux femmes, immobiles, guettaient le déferlement de la tempête. Elles virent des bourrasques de flocons obscurcir les vitres. Jeanne descendit l'escalier lourdement, un seau d'hygiène à la main.

— Sainte Mère ! Avez-vous vu ce qui nous tombe dessus ? Et nos petits, comment ils vont rentrer de l'école par ce temps ?

— Ce sera peut-être plus calme à cinq heures ! répondit Claire. Comment va Raymonde ?

— Elle a vomi son déjeuner et se plaint de ne pas respirer à son aise. Gelée, avec ça.

Bertille prit la brique dans le four, l'enveloppa d'un tissu et courut à l'étage. Claire activa le feu de la cuisinière.

— Si le froid continue, nous n'aurons pas assez de bois ! gémit-elle. Et par malheur, les garçons ne viendront sûrement pas samedi. Remarquez, cela m'évite de chauffer leurs chambres.

La jeune femme se brûla le pouce en agitant la manette du tiroir à cendres. Après un cri de douleur, elle éclata en gros sanglots nerveux.

— Et mon père qui se prélasse au bourg, avec cette chipie

d'Etiennette ! s'exclama-t-elle. Je suis sûre qu'elle l'a poussé à partir de chez nous...

Jeanne assistait, impuissante, à la détresse de Claire. La pauvre femme se faisait tant de soucis pour sa fille qu'elle jugeait le reste insignifiant.

— Pleurez donc à votre aise. Ce n'est facile pour personne, va ! J'aide de mon mieux, madame, pourtant...

— Mais je sais ! hoqueta Claire. Je suis à bout de forces, voilà... Le cheval n'a pas eu son eau tiède, les chèvres piétinent dans le fumier. Je ne peux pas m'en défaire, elles donnent du lait et du fromage ! Deux canards sont morts, je ne sais pas de quoi. J'ai dû les enterrer près du tas de fumier...

Un bruit de pas à l'étage la fit taire. Bertille dévala les marches, blême de terreur.

— Venez vite, elle saigne... Raymonde, elle perd du sang, et elle m'a dit qu'elle avait très mal, pas son mal au dos, non, elle croit qu'elle va accoucher...

Ce fut une cavalcade jusqu'à la chambre. Jeanne se signait, livide, Claire répétait que c'était bien trop tôt. Le bébé aurait dû naître fin février ou début mars. La servante avait une mine affreuse, le teint terreux, les lèvres décolorées. Elle se cramponna aux mains de sa mère, le regard fou :

— Je souffre, mon Dieu que je souffre... Madame, il faut un docteur, parce que c'est pas naturel, ce que j'ai ! Je vous en prie, madame, je vais mourir, je vous le dis...

Bertille se rua à la fenêtre et écarta un des rideaux. Il neigeait en abondance, mais ce n'était pas le pire. Les flocons semblaient brassés par un vent démoniaque qui projetait contre les carreaux des paquets blancs, pliait les saules et secouait les volets.

— Qui peut aller au bourg dans ces conditions ? pleura-t-elle, effrayée. Claire, qu'allons-nous faire ?

— Si la naissance se déroule normalement, répondit la jeune femme, à nous trois, nous pouvons aider Raymonde. Jeanne, il y a deux chaudrons d'eau bouillante, mais il faudrait aussi de l'eau froide, des linges propres. Je vais préparer une infusion qui atténue la douleur, qui apaisera votre fille. Ensuite je lui masserai le ventre. Raymonde, ma chère Raymonde, il faut te calmer. Plus tu te débattras, plus tu auras mal.

Jeanne haussa les épaules, malade d'angoisse.

— Dites, ça se devine que vous n'avez pas eu de petit, vous ! La douleur est si forte qu'elle vous brouille l'entendement.

— Je n'ai pas eu d'enfant, coupa Claire avec colère, mais j'ai lu de nombreux traités médicaux sur l'accouchement ! Hurler et gesticuler n'arrangent pas les choses. Raymonde doit absolument respirer et se contrôler.

Bertille pensa que sa cousine perdait rarement patience ainsi. Elle comprit ce qui la rendait aussi dure. Claire avait peur, car elle se doutait que la situation était grave.

— Madame, s'écria Raymonde en se redressant, j'ai déjà eu deux petiots. Ils sont passés tout seuls, comme disait mon Léon. Je souffrais si peu que je me levais le lendemain, prête à danser la gigue. Mais là, je ne me suis jamais sentie à l'aise… Et, depuis Noël, j'ai l'impression qu'il ne bouge pas, le bébé…

Raymonde s'arrêta net de parler, la bouche grande ouverte sur un halètement saccadé. Une violente contraction lui coupait le souffle. Jeanne se précipita pour soutenir sa fille. Elle souleva un peu le drap. Claire aperçut une nappe de sang d'une coulcur brune et fut écœurée par une odeur désagréable. Elle recula et dit tout bas :

— Je vais seller Sirius et monter au village. Comme ça, je préviendrai l'institutrice qu'elle envoie César et Thérèse chez mon père. Il peut au moins faire ça, les garder ce soir. Il faut un médecin, en effet. Bertille, reste près d'elle, parle-lui, rassure-la. Vous, Jeanne, si le bébé se présente plus vite que prévu, vous connaissez les gestes à faire…

La femme hocha la tête, mais elle pleurait, prise de désespoir. Claire comprit que la malheureuse mère revivait l'agonie de Catherine, sa première fille, et qu'elle tremblait de perdre la cadette.

— Je vous la confie, dit-elle d'une voix ferme. Raymonde, sois courageuse, je ramène un docteur.

— Non, madame, par pitié, ne me laissez pas… Madame Claire, je vous en prie, vous êtes la seule qui peut me sauver, avec vos plantes, vos drôles de potions, et puis votre courage.

Avec une énergie retrouvée, la servante parvint à s'asseoir. Elle agrippa les poignets de Claire en la fixant d'un air tragique.

— Bien, je reste avec toi. Mais tu voulais un médecin…

— Il arrivera trop tard, avec la tempête ! Si je peux sortir ce petiot de mon ventre, je crois que je m'en tirerai.

De plus en plus affolée, Bertille cherchait une solution. Un instant, elle envisagea de monter au bourg, mais elle avait trop de bon sens pour ne pas évaluer avec lucidité sa résistance physique. Elle n'était pas de taille à lutter contre des rafales capables de briser un arbre. Soudain, elle se rua vers le lit et secoua Claire par l'épaule :

— J'ai une idée : envoie Loupiote. Ta louve a du sang de chien et tu l'as si bien dressée… Souvent, tu lui dis de filer au village, d'attendre les enfants devant l'école, et elle le fait. Les gens en sont assez étonnés. Donne-lui cet ordre-là, et nous accrocherons un message à son collier.

Jeanne n'avait jamais rien entendu d'aussi farfelu.

— Enfin, une bête, ce n'est pas si malin… maugréa-t-elle.

Mais Raymonde approuva, et c'était pitoyable de voir l'espoir briller dans ses yeux cernés de brun.

— Mais oui, Loupiote, elle se ferait tuer pour mes petits.

— Il faut essayer ! conclut Claire. Quelqu'un de l'école verra la louve à une heure inhabituelle et l'approchera peut-être. Je pourrais nouer un ruban rouge à son cou, ou autre chose qui intrigue…

La décision était prise. Bertille rédigea le texte : « *Besoin urgent d'un médecin ou de la sage-femme au moulin.* » Puis elle dénicha un étui en cuir qui fermait bien dans lequel elle plia le papier. Claire fouilla la commode d'Etiennette qui, désordonnée, avait oublié là quelques fanfreluches. Elle prit un large bout de satin rose, écrivit aussi quelques mots sur le tissu, à la plume : « *Un médecin, et le prêtre au moulin, vite.* » Bertille lut et devint plus pâle encore. Si sa cousine demandait le père Jacques, c'était très mauvais signe.

Claire descendit à la cuisine, mit son collier à la louve et y entrelaça le ruban et l'étui.

— Maintenant, Loupiote, va à l'école, va chercher les petits, César et Thété. Tu as compris, tu dois aller à l'école. Je t'en prie, il faut que tu comprennes…

Elle répéta sa supplique d'un ton volontaire, son regard plongé dans les prunelles dorées de l'animal.

Sauvageon ouvrit un œil intéressé, mais il ne bougea pas. Loupiote, elle, bondit vers la porte, jappant tout bas, grattant le bois de ses ongles robustes. Claire la vit s'élancer et courir dans la neige qui lui montait au poitrail.

— Mon Dieu, aidez-nous, dit-elle, je vous implore de toute mon âme. Sauvez Raymonde et l'enfant… s'il est encore vivant.

La jeune femme, accablée par le doute atroce qui la tenaillait, regagna l'étage. Le bébé était sûrement mort dans l'abri chaud du corps de sa mère. Elle parvenait à la dernière marche avant le palier quand un hurlement inhumain s'éleva dans la chambre. Les cris de chagrin de Jeanne y succédèrent. Au moment d'entrer, Claire manqua de volonté. Elle en eut honte et tourna la poignée.

Raymonde était renversée en arrière, les jambes agitées de spasmes. Elle hurlait, arc-boutée au-dessus du matelas. Sa mère lui tenait les bras.

— Madame, elle se cogne le ventre, elle devient folle de douleur !

Bertille tournait le dos à la scène, épouvantée. Elle ne supportait plus ce qu'elle considérait comme une agonie. Claire faillit céder à la même panique, mais elle n'avait pas le droit de capituler. Elle courut au chevet de Raymonde et lui caressa le visage.

— Allons, respire mieux, calme-toi.

Le corps de la servante se détendit et retomba sur le lit. Le front perlé de sueur, les narines pincées, la malheureuse recommença à gémir, à se tordre, puis à hurler.

— Princesse, sors un peu, dit Claire à sa cousine. Et, si tu veux te rendre utile, choisis un panier, étends un torchon propre au fond et regroupe ce qui nous manque : de l'alcool à quatre-vingt-dix degrés, du coton, et, pour couper le cordon, Jeanne, que faut-il ?

— Une paire de ciseaux, madame, bien affûtée, cela suffira. Seulement, je viens de l'examiner, ma Raymonde, ce n'est guère ouvert. La sage-femme, elle le faisait. Je fais de même.

— D'accord, nous allons surveiller ça, dans ce cas. Bertille, cours dans la salle de bains, regarde au fond du placard qui me sert de pharmacie : je crois qu'il reste un flacon d'éther. J'aurais dû y penser avant, cela la soulagera. J'ai pu soigner la mère de Loupiote, quand elle avait une patte cassée, grâce à de l'éther...

Bertille sortit en courant. Jeanne s'effondra sur une chaise et se mit à prier en silence. Claire fut alors terrassée par un souvenir insoutenable. Ici, dans cette chambre, sa mère Hortense était morte en donnant naissance à Matthieu. A l'époque, le docteur Mercier soignait les gens de la vallée. Il n'avait pas pu sauver l'épouse de Colin qui, de crainte de perdre son enfant, était restée alitée des mois.

Basile aussi s'est éteint dans cette pièce, mais ça n'arrivera pas à Raymonde. Je ne veux pas qu'elle meure... se dit-elle farouchement.

Bertille réapparut très vite, en apparence pleine de courage. Elle avait avalé cul sec un verre de cognac.

— Tiens, l'éther ! Et tout ce que tu demandais.

Claire imbiba un morceau de coton du liquide volatil réputé pour ses propriétés anesthésiques et fit respirer à trois reprises le produit à la servante. Raymonde cessa de se contorsionner et dc crier. Jeanne s'approcha. Cela la rassurait de découvrir sa fille tout apaisée, les paupières mi-closes, qui gémissait sourdement.

— Je vais masser son ventre ! annonça Claire.

Le travail continuait. La jeune femme sentait les muscles se contracter, puis se détendre, mais le rythme était fort rapide. Elle se décida, très gênée, à procéder à l'examen nécessaire. Se retrouver confrontée à l'intimité de Raymonde, qu'elle avait connue petite fille, lui parut déconcertant. Les joues en feu, elle se concentra sur l'aspect médical de la chose et, au bout d'une poignée de secondes, son embarras disparut. Les chairs distendues laissaient deviner un début de crâne chevelu.

— Oh, le bébé se présente, je dois la masser encore.

Ni Claire ni Bertille n'eurent conscience du temps qui s'écoula. Elles ne prirent pas garde à l'horloge, qui sonna quatre heures. Jeanne faisait respirer de l'éther à sa fille dès que celle-ci poussait une sorte de râle inquiétant. Une nuit précoce bleuissait la fenêtre quand Claire vit sortir la tête minuscule de l'enfant. Elle la prit entre ses mains délicatement. Les épaules suivirent, le torse et les jambes. Pas un souffle de vie ne l'animait.

— Il est mort, indiqua-t-elle. Et si petit. Pourquoi est-il si petit ?... Ma pauvre Jeanne, Raymonde a subi un calvaire, et son bébé est mort.

— Sainte Mère ! gémit Jeanne.

Bertille, cireuse, figée près du lit, sursauta. Sauvageon aboyait. On frappait à la porte. Le loquet cliqueta et il y eut des bruits de pas.

— Voilà quelqu'un ! s'écria-t-elle. Je descends voir...

Claire éprouva un soulagement infini lorsque madame Colette, qui avait accouché sa mère et nombre d'autres dames du pays, entra dans la chambre. Elle était escortée du père Jacques. Déjà, Jeanne enveloppait le nouveau-né dans un linge immaculé. Le prêtre, résigné à donner les derniers sacrements à Raymonde, se pencha sur le petit être inerte.

La sage-femme s'informa à voix basse de ce qui s'était passé. Elle examina la servante et palpa son ventre.

— Il y en a un second, Claire ! dit-elle en fronçant les sourcils. Vous avez bien fait de lui donner de l'éther, sinon elle se serait tellement agitée qu'elle pouvait perdre tout son sang.

— Elle n'est pas en danger ?

— Je ne suis pas docteur ! répliqua madame Colette. Mais Raymonde est jeune et robuste. Elle s'en remettra, si l'infection ne lui contamine pas le corps. Va te reposer un peu, je m'en occupe. Jeanne pourra m'aider. Ton père est en bas.

La présence de cette forte matrone au verbe rapide réconforta Bertille et Claire. Elle se montrait familière et maternelle, et c'était bon d'être traitées ainsi.

— Papa est venu ! lança Claire avec soulagement.

Colin garnissait la cuisinière de grosses bûches. Il entendit le pas de sa fille, mais n'osa pas se retourner immédiatement, certain d'affronter sa colère, son mépris. Il ne se trompait guère.

— Papa, quand même, tu es là ! Il fallait tout ce drame affreux pour que tu fasses le chemin... Comment peux-tu m'abandonner ? Imagines-tu le travail que nous avons, Bertille, Jeanne et moi, des femmes toutes seules, jour et nuit ! Nous devons nous débrouiller, et surtout ne pas compter sur toi...

Claire ne put en dire plus. Elle se réfugia dans les bras de Colin et éclata en sanglots.

— Là, là, ma Clairette, je ne pouvais pas me douter que tu étais dans la peine... avoua-t-il, tout penaud.

Elle se dégagea et le repoussa avec fureur.

— Ah, tu ne pouvais pas te douter ? Il fait un froid à vous tuer, il neige, je n'ai presque plus de bois, Jean et Léon sont à l'autre bout de la France en train de crever de faim dans les tranchées, mais ce n'est pas grave, tout ça... Raymonde se vidait de son sang, le bébé est mort, mais tant pis, monsieur Roy préfère s'encanailler au village, se saouler, roucouler avec la pire putain de la terre, et tant pis pour sa fille et sa nièce.

Colin tressaillit. Il jeta des coups d'œil affolés autour de lui. Il avait habité vingt-six ans sous ce toit, mangé à cette table, foulé le sol pavé de dalles rouges. Pourtant ce décor lui faisait horreur. Loin de son moulin, l'étau broyant sa poitrine se desserrait. Bertille eut pitié de son air désemparé. Elle vint l'embrasser et l'étreindre un instant.

— Ah, ma nièce... Et toi, comment te portes-tu ? Tu pleures toujours ton mari ?

Ces propos inopportuns, débités d'un ton absent, alarmèrent Claire. Elle détailla les traits de son père et nota leur affaissement. Les joues étaient marbrées de veinules et il avait le dos voûté. Elle pleura à nouveau.

— Papa, qu'est-ce qui nous arrive ? Qu'est-ce que tu as ? Nous étions si heureux, avant, tout était simple, paisible, et à présent c'est le chaos.

— L'institutrice, mademoiselle Eudoxie, garde César et Thérèse chez elle ce soir ! répondit-il comme si les paroles de sa fille lui étaient indifférentes. Etiennette ne pouvait pas s'en charger, Arthur a la fièvre. Faut me pardonner, Clairette, je me fais vieux, et j'en ai eu du malheur. Et à force de malheur, on a envie de prendre du bon temps.

Claire aperçut Loupiote, assise devant le feu réduit à un tas de braises incandescentes. La louve avait rempli sa mission. La jeune femme s'agenouilla et la caressa.

— C'est bien, ma belle, tu as fait ce que je voulais... Merci... Merci pour Raymonde, pour nous tous. Bertille, attrape la boîte de biscuits, que je lui en donne un. Elle mérite une récompense.

Le papetier hocha la tête et raconta :

— Ta bête allait et venait devant l'école et un gosse l'a vue par la fenêtre. César s'est levé et, quand il a vu Loupiote avec son ruban au cou, il a prévenu le maître. Après, ils sont venus me chercher, de même que le curé et la Colette. Des arbres sont tombés un peu partout et, vu le vent et la neige, il nous a fallu deux heures pour descendre du bourg.

— Je te crois, papa, soupira-t-elle. Je remonte, je ne suis pas tranquille pour Raymonde...

Bertille préféra tenir compagnie à son oncle.

Madame Colette désigna à Claire, d'un geste impuissant, un autre paquet de linge sur la large commode qui servait de table. Claire fit son signe de croix, attentive néanmoins à la respiration régulière de Raymonde. Le père Jacques était en prière.

— Deux garçons, des jumeaux donc, mort-nés ! précisa la sage-femme. Cela ne date pas d'aujourd'hui, du moins pour le deuxième. Monsieur le curé les a ondoyés.

— Pourquoi sont-ils morts ? demanda Claire, très bas.

— Porter deux petits, ce n'est jamais simple… J'en ai mis au monde une fois, rien qu'une, il y a trente ans, au bourg de Vœuil. Les bessons qui ont travaillé par la suite à Ponriant. Leur tante, c'était Pernelle, l'ancienne gouvernante.

— Ah, Louis et Louise ? Je m'en souviens… Est-ce que je peux embrasser Raymonde ?

— Oui, vas-y, elle a toute sa tête, et un gros besoin d'affection, la pauvre fille !

La sage-femme se lavait les mains dans une cuvette. Claire constata qu'elle avait maintenant les cheveux gris et rares, les dents jaunes et un semis de rides profondes au visage. Elle lui tapota l'épaule et marcha sans bruit jusqu'au lit. Raymonde ouvrit les yeux, avec un frêle sourire aux lèvres.

— Madame, paraît que je suis tirée d'affaire. Je me sens toute faible et lasse, mais j'ai cru que j'en mourrais… Je ne vais pas me plaindre. Vous le savez, que mes bébés sont au paradis ? Il fallait leur donner un nom tout de même. Je les ai fait baptiser Pierre et Martin. Je me disais, aussi, que je ne sentais plus rien, plus de coups de pied le matin, rien. Ils sont morts…

— Je sais, ma chère petite Raymonde, et j'en suis tellement attristée.

Claire déposa un baiser sur le front moite et lissa les cheveux assombris par la sueur.

— Le plus important, c'est que tu sois encore parmi nous, que César et Thété n'aient pas perdu leur maman. Léon te fera un autre bébé à la fin de la guerre…

— Je n'en veux plus, Claire, rétorqua la servante. Pour avoir aussi mal, me plaindre comme une bête, ça non. Je suis si fatiguée que le chagrin ne vient pas. Et puis, élever deux petits sans le père, je n'en aurais pas eu le courage.

— Je te comprends, va… Mais c'est vrai que tu dois être bien fatiguée, parce que tu m'as appelée Claire, et non plus « madame ». Oh, Raymonde, je t'aime comme une sœur, tu es ma meilleure amie avec Bertille.

Claire prit les mains de sa servante dans les siennes, les serra doucement et les embrassa.

— Repose-toi, tu es à bout de forces. Je vais vite mettre à cuire une bonne soupe de pois cassés et te porter tout de suite un bol de chocolat chaud.

— Donne-lui plutôt du vin ! conseilla madame Colette. Du vin chaud à la cannelle, ça lui fera meilleur effet que du lait. Si tu peux me coucher, Claire, je préfère la veiller cette nuit.

— Oh, ce n'est pas la place qui manque ! assura la jeune femme. Mais j'ai un lit d'appoint ; je vous l'installerai après le dîner.

Le père Jacques s'assit au chevet de Raymonde. Il lui parla à voix basse, il lui dit des paroles de consolation et d'exhortation à la prière. Avant de quitter la pièce, Claire entendit ces derniers mots :

— Ma chère petite, nous sommes durement mis à l'épreuve en ce début de siècle. Il faut accepter le deuil, renoncer à la joie, mais non à l'espérance…

Comment garder la foi ? se demanda-t-elle avec amertume, alors que tout s'écroule, se détruit ? Dieu n'a pas pitié de nous…

Afin de soulager les femmes du moulin, le père Jacques proposa d'emporter les corps des deux bébés. Madame Colette les coucha dans un solide carton à chapeau que Claire avait fourni. Il promit de les faire inhumer au cimetière, dans le carré réservé aux « petits anges » du bourg, comme il surnommait les nourrissons décédés aux premières heures de leur existence. Raymonde voulut écrire une lettre à Léon pour le prévenir. Elle tremblait, faisait des ratures, pleurait sur la feuille.

— C'est plus prudent. Je le connais, Léon ! Il aurait été capable de déserter pour être là le jour de la naissance, en mars, et on le fusillerait.

— Repose-toi donc ! la grondait Claire. Tu es pâle à faire peur.

— Promis, je vais dormir, mais quand monsieur le curé aura mon enveloppe et le timbre.

Claire descendit avec le père Jacques, rassurée de confier Raymonde à madame Colette. Bertille avait fait du café et Colin en sirotait une tasse. La bouteille de cognac trônait en bonne place près de la cafetière.

— Dieu est avec nous ! reconnut le prêtre. La tempête est partie plus loin. Le chemin sera plus aisé, malgré le triste fardeau que je porte. Ferons-nous route ensemble, maître Roy ?

— Oui, bien sûr, je suis prêt… Ah, pas vraiment. Claire, ma fille, peux-tu donner quelque chose contre la fièvre pour Arthur ? Etiennette a plus confiance en tes plantes qu'en ce docteur qui court tous les quatre matins en ville. Ma belle-mère pense que c'est une poussée dentaire.

Claire s'exécuta, les mâchoires raidies par la colère. Elle avait rangé à l'intérieur d'un des buffets de la maison la majeure partie de son herboristerie, car elle n'avait plus aucun plaisir à faire ses préparations dans son atelier.

— Tiens, papa, des feuilles de saule et un baume à base de clous de girofle. Il faut lui frotter les gencives. A son âge, ce sont les grosses dents qui font souffrir. Arthur sera bien le seul de mes frères à ne pas me connaître.

— Oh, il a bien le temps de subir ton sale caractère ! hurla brusquement Colin en boutonnant sa veste. Bon sang, je m'échine à te rendre visite en pleine tempête, et tu me reçois comme un chien ! Ah ça, je ne suis pas près de revenir… Ou ce sera les pieds devant !

— Papa ! s'écria Claire. Tu devrais avoir honte de ce que tu es devenu.

Colin lui lança un regard narquois et sortit. Il claqua la porte. Le prêtre prit congé, saluant Bertille et Claire.

— Princesse, il ne m'a même pas embrassée. Ce n'est plus mon père, on dirait. Pourtant, il m'aimait tant…

— Je suis certaine qu'il t'aime toujours, répondit sa cousine, mais il n'est pas dans son état normal, je t'assure. J'ai bavardé avec lui quand tu es montée. Il bredouille, il garde la tête baissée. Je pense qu'il boit beaucoup et qu'il est très malheureux.

— Justement, s'il était resté ici, j'aurais surveillé ce qu'il boit, et peut-être qu'il aurait repris goût à la vie. Si le moulin tournait à nouveau, il reviendrait. A condition d'avoir la permission de son épouse. Ah, cette fille, je finirai par la haïr.

Claire n'en démordait pas : Etiennette était l'unique coupable de la déchéance du papetier.

— Ne te rends pas malade, lui conseilla Bertille. Raymonde est sauvée, et cela me paraît miraculeux. Je n'avais jamais vu une femme souffrir autant.

Les deux cousines se blottirent l'une contre l'autre. Claire questionna :

— Mais toi, tu as eu mal quand même, lors de tes fausses couches ?

— Oh oui, c'était un vrai cauchemar. La dernière fois, à quatre mois, c'était la pire. Changeons de sujet... Si on faisait un gâteau en l'honneur de la miraculée. Est-elle très triste pour ses bébés ?

— Elle n'en donne pas l'impression, répliqua Claire. Mais demain elle risque de réagir autrement. La douleur, l'égarement, l'éther, je ne sais pas si elle a vraiment conscience de ce qui s'est passé. Tu as raison, autant préparer un bon repas. De la soupe, surtout.

Le trajet ne fut pas une partie de plaisir pour Colin et le père Jacques. Chaque enjambée dans la neige leur coûtait un effort. Le papetier évitait de regarder le carton que tenait le prêtre. L'idée des frères jumeaux, de la taille d'une poupée, enfermés à l'intérieur, lui brouillait l'esprit déjà agité par les reproches de sa fille.

— Dites, vous n'allez pas les faire enterrer dans cette boîte ? demanda-t-il lorsqu'ils furent devant l'église.

— Personne n'a pris la place du menuisier. Ils sont si petits, à quoi bon un cercueil ? Ils sont au ciel, déjà, peu importe la sépulture.

Colin constata que le prêtre citait beaucoup plus Dieu

et ses saints que par le passé. Le religieux vieillissait sans doute, comme lui, et ne brandissait plus ses convictions politiques ou humanistes.

— Maître Roy, ce n'est pas bon pour un homme de votre genre de rester inactif, de traîner au bistrot ! se risqua le père Jacques. Je n'ai pas à m'en mêler, mais Claire dit vrai quand elle réclame le soutien et la protection de celui qui lui a donné la vie.

— J'y penserai, curé ! grommela Colin en s'éloignant vers la forge.

Le logement qu'il occupait avec Etiennette, situé au-dessus de l'atelier, était vaste et lumineux. La journée, c'était un peu bruyant, car le forgeron, à cinquante ans, ne chômait pas. Le soir, il n'y avait que dix mètres à parcourir pour entrer soit au Café des Amis, soit au débit de boissons d'Alfred.

Colin s'engagea dans l'escalier. Il était épuisé par les kilomètres parcourus, pressé aussi de remettre à sa femme les tisanes et le baume de Claire. Il avait ôté ses godillots trempés en bas des marches et montait en chaussettes.

Arthur ne dort pas souvent, et là je ne l'entends pas brailler ; vaut mieux pas le réveiller.

Si son fils ne pleurait pas, des voix féminines discutaient bien haut, entrecoupées de rires nerveux. Colin reconnut le timbre éraillé d'une certaine Aliette, jadis camarade d'école d'Etiennette. Elles se voyaient souvent. Il soupira d'aise : ce n'était pas sa belle-mère Marguerite qui leur rendait visite. Au moment d'entrer, il colla son oreille au panneau, par jeu, car il venait d'entendre son nom.

— Colin ferait bien de coucher au moulin, disait Etiennette. Il verrait plus longtemps sa chère fifille !

Le ton était moqueur et dur. Aliette répliqua si vite que Colin n'eut pas le loisir de tourner la poignée :

— Ne te plains pas ! Avoir un mari aussi couillon, c'est de la chance. Y se doute de rien, pour le petit...

— Eh non, il file ivrogne, et ça m'arrange. Arthur a vu son papa, aujourd'hui, comme ça. Il est fier de son fils, mon Gontran, si tu savais.

— Toi, t'es pas difficile. T'as enduré un vieux des années et tu couches avec ce type, tellement poilu qu'on dirait un singe, et l'oreille amochée en plus…

— A cause du loup de l'autre garce ! Dis, Aliette, c'est pas son oreille qui m'intéresse, c'est le reste, dans le pantalon. Et puis, rapport à ses cicatrices, il n'a pas été mobilisé, mon galant…

— N'empêche, si ton mari apprenait, pour Arthur, y serait pas content. Tu as du culot, toi…

— Eh, je lui ai donné son compte, à Colin, depuis le temps qu'il me monte dessus. Il ne s'est pas privé, je te jure. Quand on épouse une jeunesse, faut pas trop demander ensuite. Arthur, il aura sa part du moulin et des terres, c'est ce que je vois, moi…

Colin redescendit à reculons, prudemment. Il avait peur d'être surpris derrière la porte de l'appartement donnant sur le palier exigu, il avait surtout peur d'entrer, de fracasser le crâne d'Etiennette sur le coin du fourneau, de tuer le bébé de dix mois qu'il chérissait, qu'il croyait son fils. Marche après marche, à reculons, il répétait intérieurement les mots de Claire : « La pire putain de la terre. » Sa fille disait la vérité et au fond il le savait. Il se sentit sale, infâme. Pendant seize ans, il avait couché avec une petite bête hargneuse, rusée et avide.

Une chose le frappa. C'était la première fois qu'il l'écoutait parler sans voir son visage et son corps. Sa vulgarité, sa gouaille lui étaient apparues et le répugnaient. Il remit ses gros brodequins dans le couloir obscur, en songeant qu'il était devenu l'esclave de sa femme, jeune et docile en surface, mais tissant une toile destinée à le dévorer, lui.

Qui sait, Nicolas, il n'est peut-être pas de moi non plus… A cette époque, Miton l'avait eue pucelle. Elle couchait encore avec lui ; comment savoir… Une femelle, ce n'est qu'une femelle en chaleur. Et j'ai couru derrière ses jupons, comme les autres.

Au souvenir des bas noirs roulés sur les cuisses blêmes et fluettes, des seins menus, du dessin des clavicules sous la peau, près du cou, Colin faillit rentrer chez lui, courber l'échine pour demeurer près d'Etiennette, pour pouvoir la toucher et la respirer.

Ah non, je ne serai plus le dindon de la farce.

Il sortit, releva le col de sa veste et se couvrit le menton de son écharpe. Le froid le revigora. Il jeta un regard d'envie vers le bistrot illuminé, les vitres embuées.

Si je bois, la colère me viendra, et je la tuerai. Gontran, toujours lui. Elle n'a pas pu y renoncer, à ce fumier. Elle m'avait promis, pourtant, quand il y avait eu cette histoire avec Blanche et Jean, qu'il les avait agressés.

Le maître papetier, tout en marmonnant, se dirigea vers le raccourci, par le chemin bordé de buis. Il serait vite au moulin. La nuit était claire, il ne neigeait plus, mais il gelait à pierre fendre. Sous ses pas, la neige craquait. Il marchait, aveugle au paysage, au ciel immense. Près du portail, il contempla la grande maison où il avait vécu. De la lumière se devinait entre les fentes des volets. Colin imagina Claire et Bertille près du feu, un livre ou un tricot en cours entre les mains. Il eut une pensée apitoyée pour Raymonde, qui avait tant souffert. Cela le ramena à la mort de sa première épouse, Hortense. Il crut sentir l'odeur du sang dont les draps étaient inondés. Se souvenir d'elle le fit gémir de détresse.

Ah, elle était si pieuse, Hortense, que je suis sûr que Matthieu est bien mon fils, au moins.

Colin contourna le bief, longea le petit canal et avança vers les trois roues à aubes. L'eau chuintait sous leur morsure incessante, mais alentour les herbes folles et les branches des buissons étaient prisonnières d'une gangue de glace. Il s'assit sur le muret, bientôt hypnotisé par le mouvement des pales.

Fichue guerre, pesta-t-il. Elle va durer encore. Cet été, Matthieu devra partir. Mon gamin, mon beau garçon ! Il me fait la gueule, lui aussi. L'autre jour, il est passé au bourg sans même venir me dire bonjour…

Le papetier pleurait sans en avoir vraiment conscience. Les larmes coulaient et mouillaient son col. Il fixait les roues à aubes, le bois noir, les bâtiments déserts et silencieux.

L'hiver dernier, se dit-il, à la même heure, le même jour, mes hommes et moi, on a veillé tard pour finir l'encollage de dix rames de vélin royal. J'ai bataillé dur, moi, j'ai pas voulu de leurs machines modernes qui font gagner du temps et vendre moins cher. J'ai donné la priorité à la qualité, à la tradition.

Il ricana, malade d'amertume. Sans l'aide financière de Jean, il aurait dû fermer sa fabrique, arrêter les piles à maillets de toute façon.

Le gouvernement, il veut des armes, des munitions, des voitures, pas du papier ! songea-t-il. Hortense ne serait pas contente, ça non. C'était son moulin après tout. Si je ne l'avais pas épousée, j'aurais été ouvrier quelque part en ville, chez les Joubert ou ailleurs, à Fleurac.

Colin feuilleta les pages de sa vie ; il découvrit qu'il avait connu beaucoup de joies, beaucoup de bonheur. Le meilleur de toutes ces années perdues, c'était bien sa Clairette. Il la revit à huit ans, en tablier d'école, ses nattes brunes, son rire confiant.

J'ai eu une belle fille, oui, gentille, dévouée, intelligente. Elle me suppliait de lire tous ces romans qu'elle aimait tant... Plus courageuse que ma Claire, il n'y en a pas. Mener la calèche, s'occuper de sa cousine infirme, rien ne la rebutait. Et moi, je lui ai joué de mauvais tours, comme ce mariage forcé avec le fils Giraud pour payer mes dettes. Quel père j'étais... Un salaud, un profiteur. Et je l'ai encore abandonnée, ma fille, elle qui a élevé son frère[1]. Je l'ai bafouée en lui imposant Etiennette... Ça, elle a raison, Clairette, je devrais avoir honte de l'homme que je suis...

Soudain le maître papetier Colin Roy se leva. Il approcha de la berge, là où la rivière s'élargissait, fouettée par les roues, avant de filer en cascade dans le bief d'un côté, puis dans un ravin étroit où un ancien ouvrier, le Follet, s'était tué.

D'un geste fou, il arracha sa veste et son écharpe et sauta dans l'eau. Le froid intense le saisit. Il suffoqua, se débattit,

1. Voir *Le Moulin du Loup*.

entraîné vers la ronde des pales. L'une d'elles heurta son front. A demi assommé, repris de l'envie de vivre, Colin tenta de s'accrocher à la roue, mais elle le projeta en l'air et le happa. Deux fois il fut submergé sans lâcher prise. Le mouvement en fut ralenti, puis arrêté lorsque les jambes ballantes se calèrent entre le mur et le moyeu central du mécanisme. La roue voisine continua sa danse inlassable, aspergeant d'eau glacée le corps inanimé du papetier. Cela dura jusqu'au matin et à la moitié du jour.

Etiennette attendit son mari jusqu'à dix heures du soir. Elle pensa qu'il avait décidé de coucher au moulin. Elle garda Aliette à dîner en regrettant de ne pas avoir donné rendez-vous à Gontran.

Claire s'efforça toute la soirée de ne pas penser à son père. Epuisées par les heures d'angoisse qu'elles avaient partagées, les quatre femmes se couchèrent très tôt. Jeanne et madame Colette au chevet de Raymonde, qui avait pu dîner et dormait profondément, Bertille et Claire ensemble, une brique chaude aux pieds et les couvertures tirées jusqu'au nez.

— A Angoulême, expliqua Bertille, nous avions un chauffage central à vapeur, avec une chaudière. Tu devrais en faire installer un, puisque Jean a de la fortune.

— Pour ce qu'il en reste ! Une partie est placée. Je ne veux pas y toucher, bien que j'aie une procuration. Nous verrons, après la guerre…

— Je vais vendre ma boutique, Claire. Je n'ai plus envie d'habiter en ville. Tiens, je te louerai la maison de Basile, enfin, de Victor Nadaud.

— D'accord, elle est libre ! Victor a emporté toutes ses affaires, ses collections de fossiles, ses silex. Bonne idée, je te la loue. Mais tu auras encore plus froid, les nuits d'hiver, sans moi.

Elles rirent sans vraie gaieté, puis se posèrent les questions rituelles dans l'obscurité qui les oppressait.

— Dis, princesse, crois-tu que Jean reviendra… A chaque

instant, il a pu mourir, et je ne le saurais que dans des jours et des jours. Je ne veux pas le perdre.

— J'ai du mal, moi, à garder espoir. Bertrand n'a donné aucune nouvelle depuis son départ. Je lui ai écrit, à la même adresse que toi, au ministère de la Guerre, mais il n'a pas répondu, pas une fois.

Claire connaissait la vérité, désormais. Une nuit semblable, Bertille lui avait raconté comment elle et Bertrand, le soir de la mobilisation, avaient fait l'amour au bord de la rivière.

— Courage, princesse. S'il était mort, Denis le saurait ; il y aurait eu un courrier à la famille.

Elles s'endormirent, tandis que le gel pétrifiait toute la vallée.

Le lendemain, Claire soigna son cheval et les chèvres avant le lever du jour. Elle leur donna de l'eau tiède un peu sucrée, comme la veille, ce qui ralentissait le gel. Elle rentra à la maison, transie, les doigts gourds, pour garnir de bûches la cuisinière, ranimer le feu et faire du café.

Sauvageon tremblait. Elle le couvrit d'un vieux châle. Loupiote fixait la porte, les yeux dans le vague.

— Tu voudrais courir, ma belle, dans le pays tout blanc. Tu iras chercher les enfants ce soir.

La jeune femme commençait chaque journée le cœur lourd. Elle se languissait de Jean, de sa voix, de ses baisers, de sa présence.

— Comment avons-nous pu nous quereller quand il était là ? Pour des sottises, souvent. Je l'aime tant.

Elle lui écrivait de longues lettres, rapportant fidèlement les menus événements du quotidien. Lorsqu'elle signait le courrier plein de mots doux et de serments renouvelés, elle l'imaginait déjà entre les mains de Jean. Il lisait, heureux, pensait à son foyer lointain, à Claire et à Faustine.

Ce matin-là, elle se promit d'embaucher de la main-d'œuvre au début de l'été et jusqu'à la fin de septembre pour entretenir le verger et la vigne de son mari, tout en espérant qu'il serait de retour...

Bertille se leva et déjeuna en compagnie de la sage-femme. Celle-ci les rassura sur la santé de Raymonde.

— Elle n'a pas perdu de sang pendant la nuit ; elle a faim et bonne mine. Laissez-la au lit une petite semaine et tout rentrera dans l'ordre. Je vais quand même vous envoyer le docteur si je le trouve ! Je repasserai après-demain.

Jeanne prépara un plateau pour sa fille, le lui monta et redescendit veiller à la mise en route du repas de midi. Madame Colette embrassa Claire sur le perron.

— Eh bien, je m'en retourne chez moi. Et, fichtre, je vais bien regarder où je mets les pieds ; ça doit glisser à certains endroits. Donnez-moi des nouvelles par le facteur ou les petits.

Claire rentra vite. La grande cuisine lui paraissait le seul lieu chaud et rassurant du monde. Un instant, en refermant la porte, un détail l'intrigua, quelque chose de différent, dehors. C'était si infime qu'elle fut incapable de le définir. Entre les visites à Raymonde, le déjeuner et la vaisselle, elle oublia. A deux heures, un soleil blafard se dessina derrière les nuages.

— Je vais en profiter pour donner le grain aux poules ! dit-elle à sa cousine.

— Je peux m'en charger, madame ! protesta Jeanne, qui redoublait d'énergie depuis que sa fille était sauvée.

Aucune d'elles n'évoquait les jumeaux mort-nés. En tant que grand-mère de César et de Thérèse, Jeanne avait dit qu'elle annoncerait elle-même la triste nouvelle aux deux enfants.

— Non, je vous remercie. Prendre l'air me fera du bien ! assura Claire.

Dès qu'elle traversa la cour, son panier rempli d'orge à la main, elle fut victime du même phénomène. Elle sut enfin ce qui la troublait. Il manquait une note au bruit de fond qui caractérisait le moulin, si familier à ses habitants qu'ils n'y prenaient plus garde. La jeune femme était née ici et y avait grandi. Depuis trente-quatre ans, le chant des roues à aubes berçait son existence, et là, la sempiternelle mélodie lui semblait changée.

— Même s'il a gelé dur, ça n'a pas pu bloquer une des roues ! se dit-elle en se hâtant vers le bief.

Aussitôt, malgré la distance, Claire constata qu'une des énormes roues était immobilisée, et elle s'étonna, car une masse étrange, entièrement nappée de glace, se devinait le long du mur. Soudain, elle crut deviner une forme humaine.

— Mon Dieu ! gémit-elle.

Elle réfléchissait au ralenti, terrifiée. Ses nerfs fragilisés par l'accouchement de Raymonde et la visite de son père la firent claquer des dents. Elle ferma les yeux, les rouvrit et avança encore. Le spectacle était hallucinant. Qui était cet homme capturé par la roue et disloqué, recouvert d'une fine couche de glace ?... Elle aperçut alors des cheveux blancs, de la couleur de la neige.

— Oh non ! cria-t-elle. Non...

A un mètre, sur la berge, gisaient une écharpe verte et une veste en peau de mouton retournée qui appartenaient à son père. Claire se mit à hurler, une clameur stridente, affreuse, qui n'en finissait pas. Sauvageon et Loupiote y répondirent, de même que d'autres chiens du côté de Chamoulard. Jeanne lâcha le bol qu'elle essuyait. Bertille arrêta de lire, tout de suite affolée :

— Mais c'est Claire !

Dans son lit, Raymonde trouva la force de s'asseoir et écouta, le souffle court.

Bertille et Jeanne durent se chausser et se couvrir pour rejoindre la jeune femme qui continuait de hurler. Elles distinguèrent des mots, dont « papa » à plusieurs reprises.

Claire était à genoux dans la neige gelée ; elle se balançait d'avant en arrière, se griffait les joues, s'arrachait les cheveux, sans cesser de pousser des cris suraigus. Bertille vit le mort à la face bleuie et au front barré d'une plaie. Jeanne hurla à son tour.

Ce furent des heures atroces. Il fallut reconduire Claire à la maison, la coucher, car elle grelottait et débitait des paroles incohérentes. Bertille n'osait pas la quitter ; pourtant elle voulait monter au bourg demander de l'aide. Prévenue, Raymonde se mit à pleurer en maudissant la guerre. Elle réclamait ses bébés et Jeanne en perdait la tête.

L'arrivée du facteur apparut providentielle. Bertille lui expliqua d'un ton étrangement calme ce qui se passait au moulin.

— Je vous en supplie, monsieur, vous devez aller au village et ramener des hommes robustes. Il faut dégager le corps de mon oncle.

Le vieux Roger aimait beaucoup Colin. Il renonça à poursuivre sa tournée, confia la sacoche à la jeune femme et grimpa à Puymoyen par le raccourci.

Armée de la bouteille de cognac et d'un récipient d'eau froide, Bertille courut rejoindre Claire. Sa cousine sanglotait, la face rouge, les yeux absents. C'était un déchaînement de désespoir, un refus absolu de la réalité.

Une crise de nerfs ! conclut Bertille, assise au bord du lit.

Elle trempa un mouchoir dans l'eau et essaya de le passer sur le front et les joues de Claire.

— Calme-toi, voyons ! Ecoute, ça ne sert à rien de crier comme ça, ni de gesticuler.

Navrée à l'avance de son geste, elle lui jeta l'eau glacée à la figure. Claire s'immobilisa quelques secondes, qui permirent à Bertille de lui faire avaler une gorgée d'alcool. Enfin elle la gifla.

— Désolée, ma chérie, je ne veux pas que tu deviennes folle ! décréta-t-elle. Il y a des gens qui n'en reviennent pas, de ce genre de délire.

Haletante, le regard plus net, Claire fixa sa cousine avant de dire, tout bas :

— Papa est mort à cause de moi. Il s'est suicidé, comme Frédéric. Je porte malheur, avec ma méchanceté. Princesse, je ne veux pas penser. Laisse-moi tranquille.

Pressentant le retour de la crise, Bertille hurla, en secouant la jeune femme par les épaules :

— Pas toi, Claire, sois raisonnable. Et c'est peut-être un accident !

— Non, il y avait sa veste et son écharpe par terre. Il

les a ôtées exprès. Je l'ai chassé, je lui ai dit des horreurs... balbutia-t-elle. Vois-tu, il ne m'a pas embrassée. Au lieu de rentrer au bourg, il est allé se jeter dans l'eau, sous les roues. Je n'aurai pas la force de l'enterrer, lui aussi, sans croix. Il s'est damné...

Malheureuse également et bouleversée, Bertille demeurait logique et pratique.

— Arrête de dire des sottises, Claire ! Tu ne vas pas tomber dans les vieilles malédictions catholiques. Le père Jacques comprendra. Il m'a toujours paru avisé et lucide, comme curé !

— Donne-moi encore du cognac, ordonna Claire à sa cousine, beaucoup. Moi aussi je vais boire, ça doit aider, puisque les hommes se gorgent de vin, de bière, d'eau-de-vie.

Bertille estima que cela aurait un effet apaisant et lui remplit un second verre, puis un troisième. Claire s'endormit en pleurant, à demi inconsciente.

Une heure plus tard, une équipe hétéroclite débarqua au moulin. Il y avait le père d'Etiennette, la mine anxieuse, le père Jacques, un ancien ouvrier, Paulin, le forgeron, et deux gendarmes. Jeanne et Bertille restèrent cloîtrées dans la cuisine, n'ayant aucune envie d'assister à ce qui allait suivre. Raymonde guettait les bruits et les éclats de voix, de son lit, et elle pleurait de plus belle.

Enfin maître Roy fut allongé dans la salle des piles, sur une table de fortune constituée d'un panneau de bois soutenu par des tréteaux. Le forgeron lui attacha les mains ensemble, afin de lui donner une position convenable pour un mort. Tous ces hommes, de l'âge de Colin, avaient œuvré dans un silence respectueux, pétris d'une horreur sacrée. Voir le papetier écartelé par la roue à aubes, verni de glace, les avait grandement impressionnés.

— Son moulin s'est vengé ! maugréa le vieux Paulin en se signant.

— Foutue guerre ! Ça l'a tué, ce pauvre Colin ! disait le forgeron.

Le prêtre n'avait pas craint de relever sa soutane et de

patauger dans l'eau froide et la vase. Il avait compris que c'était un suicide, mais sa décision était prise. La besogne accomplie, il vint avertir Bertille.

— Je voudrais parler à Claire !

— Elle n'est pas en état, mon père. Si vous l'aviez vue, elle hurlait comme une bête. Vous étiez là, hier soir... Ma cousine s'accuse d'avoir rejeté son père, de l'avoir poussé à ce geste désespéré. Il vaut mieux la laisser dormir.

Jeanne servit à tous les hommes du vin et des biscuits de ménage. Le prêtre attira Bertille à l'écart.

— Je ne comprends pas ce qui a provoqué la mort de maître Roy. J'ai pu discuter avec lui, hier soir justement, en remontant au bourg. Nous nous sommes quittés devant l'église. Je l'ai vu entrer chez lui, enfin, passer la porte qui donne dans le couloir de la maison. Cela signifie qu'il est reparti et qu'il est revenu ici... Expliquez-le à Claire et dites-lui que notre cher Colin aura des obsèques religieuses, je m'en porte garant. Nous vivons des temps éprouvants. Il aura cédé à une faiblesse nerveuse, à ce mal redoutable que l'on nomme la mélancolie[1].

Le vieux Paulin s'était attardé dans le moulin. Il déambulait dans les salles, caressait le rebord des cuves, touchait les tabliers inutiles, reniflait la tenace odeur de la pâte à papier et de la colle qui imprégnait les lieux. Il alla prier devant le corps de son ancien patron, sa casquette à la main, de grosses larmes coulant le long de son nez.

Le père d'Etiennette, toujours l'air confus – il en savait long sur la conduite de sa fille unique – promit de remettre en état une charrette dont l'armée n'avait pas voulu, le jour de la réquisition. Le forgeron annonça qu'une femme de Vœuil avait gardé son cheval de trait, âgé de quarante ans, qui pourrait encore tirer le véhicule. Les gendarmes, moroses, s'engagèrent à télégraphier à une entreprise funéraire de Soyaux, un gros bourg situé à l'est d'Angoulême, pour faire livrer un cercueil. Ils s'offrirent à prévenir les lycéens.

1. A cette époque, malgré le développement de la psychologie, la dépression nerveuse était méconnue.

Menue et livide dans ses vêtements noirs, Bertille serra des mains et remercia, malade d'angoisse à l'idée que son oncle reposait dans la salle des piles, raidi par la mort. Quand elle se retrouva seule avec Jeanne, elle murmura d'un ton plaintif :

— Il faudrait le veiller, mais il fera trop froid, là-bas, et nous n'allons pas le ramener dans sa chambre puisque Raymonde s'y trouve, bien au chaud et malade.

Jeanne haussa les épaules. Elle répliqua durement :

— Déjà, monsieur le curé autorise une messe et une tombe chrétienne ; votre oncle, il se passera bien d'une veillée. Et sa femme, qu'est-ce qu'elle fabrique encore, la Tiennette ? Elle a qu'à venir, elle, allumer les cierges et dire son chapelet. Mais peut-être qu'elle a d'autres chats à fouetter.

La remarque troubla Bertille qui s'assit près du feu. Elle fixa les flammes longtemps, en caressant Loupiote et Sauvageon. Claire descendit à sept heures du soir. Elle avait revêtu une robe grise et avait natté ses cheveux. Elle tenait contre sa poitrine un drap blanc plié.

— Où est-il, mon père ? demanda-t-elle.

— Dans la salle des piles, répondit Jeanne.

— Donne-moi une lanterne et des chandelles, princesse.

Bertille lui trouva quatre grandes bougies de cire fine. Très vite, elle lui confia ce qu'avait dit le père Jacques. Claire hocha la tête et sortit, suivie de Loupiote. Elle entra dans le moulin, aveugle au décor familier.

— Mon pauvre papa ! murmura-t-elle en approchant du corps étendu.

Le papetier avait un air tranquille, les traits détendus malgré la couleur violacée du visage. Claire effleura la plaie du front, qui avait peu coulé, puis embrassa la joue à sa portée, une fois, deux fois.

— Papa, tu as été un bon père, aimant et tendre, complice, indulgent… Pardonne-moi de t'avoir fait tant de reproches, mais j'étais si malheureuse, comme toi. Maintenant, je ne sens plus rien, car si je sentais combien j'ai mal, j'en mourrais tout de suite.

Elle caressa ses cheveux froids et humides, puis baisa encore la joue glacée, impassible.

— J'espère que tu souffres moins, là-haut, au ciel, si cela existe, ainsi que tout ce que racontent les curés. Peut-être que tu es bien reçu par maman, par notre cher Basile... Je t'aime, papa, et, jusqu'à la fin de mes jours, je me reprocherai de t'avoir laissé partir du moulin, à Noël. Je devais te garder, te surveiller, comme je le fais avec les enfants... Je n'ai pas compris que tu ne pouvais plus vivre sans tes hommes, ton papier à encoller, à sécher et à palper. Tu ne pouvais pas être mieux qu'ici, près de tes chères piles à maillets, de tes cuves. Adieu, papa...

Claire étendit le grand drap sur le cadavre et disposa les bougies aux quatre coins de la table. Elle fit demi-tour en reprenant la lanterne. La louve lui emboîta le pas, aussi silencieuse et grave que sa maîtresse.

24

Une si longue attente

Au cimetière, Claire évita encore Etiennette. Il y avait une telle foule que ce ne fut pas difficile. Déjà, à l'église, les deux femmes avaient pris leurs distances. La mort de Colin ne pouvait que les opposer, rompant les liens superficiels établis au fil du temps. Le père Jacques, pendant la cérémonie, avait fait un discours sobre et précis. Certes, il ne niait pas que maître Roy s'était suicidé, mais le malheureux l'avait fait sous l'emprise d'un profond désespoir dû à la rupture brutale et injuste de son univers quotidien, le travail du papier. Il affirma à ses paroissiens qu'en temps de guerre Dieu se montrait compatissant aux âmes perdues.

Faustine, Matthieu et Nicolas, paupières rougies et l'air accablé, s'éloignèrent les premiers en direction du bourg. Les trois jeunes gens avaient appris dès leur arrivée au moulin les détails de la mort tragique de Colin, ainsi que l'accouchement pénible de Raymonde et ses conséquences. Ils se sentaient perdus, confrontés à la cruauté du destin qui jusque-là les avait plus ou moins épargnés.

Etiennette marchait vite, elle aussi, derrière sa mère qui portait Arthur. Claire la rattrapa par le bras :

— J'ai des questions à te poser, Etiennette !

— Que veux-tu donc, j'ai bien assez de chagrin… déclara la jeune veuve.

— Je voudrais savoir ce que tu comptes faire à présent ?

— Je vais habiter chez mes parents ; je ne reviendrai pas au moulin.

— Quel soulagement ! s'écria Claire. Tu n'aurais pas été la bienvenue chez moi… Dis, quand papa est rentré au village, avec les remèdes, il ne s'est rien passé de pénible pour lui ? Une querelle ? Parce que le forgeron a retrouvé le baume et la tisane dans ses poches. C'est qu'il ne te les a pas donnés !

— Non, je ne l'ai pas revu, Colin, pas vivant en tout cas. Tu crois que je n'ai pas eu un gros choc en descendant chez vous, de le trouver étendu dans la salle des piles, raide mort ? Fiche-moi la paix, Claire, j'ai plus de comptes à te rendre.

Etiennette pressait le pas en évitant le regard incisif de Claire. Mais celle-ci ajouta, d'un ton dur :

— Arthur, c'est mon frère, autant que Matthieu et Nicolas. Je voudrais le garder de temps en temps, qu'il connaisse la maison et sa famille…

— Alors ça, tu peux toujours attendre ! s'égosilla Etiennette. Tu le monterais contre moi, sa mère. Vas-tu me laisser, à la fin !

Claire n'insista pas. Confrontée à la figure chafouine de son ancienne servante, elle avait la nausée et des bouffées de haine. Sans jeter un regard en arrière, elle courut vers Faustine et la prit par la taille. La jeune fille fut effarée par l'expression tragique de sa mère.

— Maman, si tu veux, je vais rentrer à la maison pour t'aider ! proposa-t-elle. Je reprendrai mes études plus tard. Je n'ai que quinze ans. J'ai le temps.

— Non, ma petite chérie, tu dois entrer à l'Ecole normale après l'été. Nous nous débrouillons, avec Bertille. Raymonde sera bientôt rétablie, et il y a Jeanne.

Le repas de midi fut consacré aux souvenirs des jours heureux. Raymonde surprit tout le monde en descendant l'escalier, amincie, en robe bleue et tablier blanc, avec un large devantier amidonné.

— Je m'ennuie trop à l'étage ! expliqua-t-elle. Et je me sens vaillante. Je vous promets, je me recoucherai de bonne heure.

Claire l'embrassa affectueusement et l'installa à ses côtés.

La présence de la servante, devenue une amie, la réconfortait. Matthieu parla peu, mais il but beaucoup. Il déclara à l'heure du café qu'après la guerre il faudrait chercher un gérant pour le moulin, qui verserait un solide loyer.

— L'affaire ne m'intéresse pas, Claire. Le matériel est démodé et usé. Je serai ingénieur si la guerre m'en laisse le choix. J'ai envie de voyager, de travailler sur des chantiers à l'étranger.

Le jeune homme n'avait pas versé une larme. Sa réaction désolait sa sœur, qui devait consoler Nicolas, beaucoup plus expansif. Depuis un an, en raison de son apprentissage en ville, elle le voyait rarement, mais il semblait avoir choisi son camp, puisqu'il avait refusé de déjeuner chez Etiennette. De sa mère, il avait hérité le nez étroit, le regard rapproché et les cheveux d'un châtain terne. Cependant, à bientôt dix-sept ans, il avait la carrure de Colin, le menton volontaire et les mains habiles.

— Moi, Clairette, peut-être que je le remettrai en marche, notre moulin. J'ai tant de chagrin pour papa.

Les lycéens demandèrent des nouvelles des deux soldats. Faustine lut la dernière lettre de Jean, qui la fit sangloter. Elle avait de la peine pour celui qu'elle surnommait jadis grand-père Colin, mais sans excès. Ils se connaissaient peu, en fait ; le papetier consacrait la plus grande partie de ses journées et de ses nuits au moulin et, pendant les repas, il ne prêtait guère attention à la petite fille que Faustine était alors.

— Ce qui me désole, avoua-t-elle à Claire, c'est que tu sois si malheureuse, maman. Sans papa, ni ce cher Léon. Tiens bon, ce froid ne va pas durer, cette guerre non plus. Au printemps je viendrai tous les dimanches et, à Pâques, nous avons dix jours de vacances.

Denis Giraud n'était pas venu à l'enterrement. Au dire de Matthieu, qui était dans le même établissement que lui, il devait se trouver à Bordeaux, dans sa famille maternelle. Faustine exigea d'autres explications ; elle n'en eut guère.

— Tu n'as qu'à lui écrire, ronchonna le jeune homme. Il n'est pas venu en cours cette semaine, c'est tout ce que je sais. Si tu espères qu'il croupira longtemps à la campagne pour tes beaux yeux, tu fais erreur.

La jeune fille, déçue, décida de rendre visite à son élève de Ponriant. Elle était en congé exceptionnel jusqu'au lundi suivant et souhaitait échapper à l'atmosphère pesante de la maison.

— Maman, tu es sûre que tu ne m'en veux pas, de m'absenter une heure ou deux ? Mireille sera si contente de me revoir. Je vous rapporterai de nouveaux livres, à tantine et toi.

— Volontiers, ma chérie. Si l'hiver s'éternise, nous aurons besoin de lecture. Je n'ai plus de courage, Faustine. Toutes ces terres dont je ne peux pas m'occuper, les deux jardins potagers, le mien, celui de ton père, le verger, les vignes, les bêtes. Je n'en aurai pas la force… Et les foins ? Qui les fera cette année ?… Les hommes que papa engageait sont au front, eux aussi.

Faustine l'embrassa et se sauva à l'écurie. Le cheval la salua avec frénésie, impatient de se dégourdir. Par un caprice du climat, trois jours après la tempête et la nuit de gel, le redoux s'amorçait. La neige fondait à vue d'œil, les arbres ruisselaient de gouttes fraîches.

— Va, Sirius, au pas d'abord.

La cavalière avait enfilé un pantalon sous une épaisse jupe de serge brune. Un veston orné de passementeries moulait son torse menu, avantageant sa poitrine ronde. De l'allée de Ponriant, Faustine constata que quatre des cheminées fumaient, alors que d'habitude seules celles des cuisines et du salon étaient allumées.

Pourvu qu'il n'y ait pas de visiteurs ! Je n'aurai qu'à rentrer au moulin, dans ce cas.

Elle mit Sirius au box et monta le grand escalier soigneusement nettoyé de la neige. Un homme apparut sur le seuil d'un bâtiment et l'observa. Faustine le salua, jugeant à ses vêtements et au balai sur son épaule qu'il était en plein travail.

C'est bizarre, se dit-elle en sonnant.

La gouvernante vint ouvrir, le chignon impeccable, un

tablier en dentelle noué à la taille. Sa coiffe était blanchie, bien d'aplomb.

— Oh, mademoiselle, s'extasia Mireille, quelle bonne surprise !

L'élève et sa maîtresse s'embrassèrent. Des parfums de sucre chaud et de viande rôtie vinrent au nez de la visiteuse.

— Entrez, ma jolie demoiselle, faufilez-vous en bas, aux cuisines, je vous rejoins vite.

Faustine s'empressa d'obéir. Elle vit Mireille se diriger vers le grand salon, puis entrer dans le petit salon. A travers l'alignement des doubles portes vitrées, elle aperçut une femme vêtue de blanc, un foulard sur les cheveux. De plus en plus intriguée, la jeune fille alla sagement s'asseoir près de la cuisinière qui dégageait une chaleur presque insupportable. Cela l'obligea à ôter manteau et gilet. Comme la gouvernante tardait, elle changea de place et s'installa de l'autre côté de la table. Soudain elle les vit, plusieurs romans empilés, l'un d'eux ouvert sous la lampe, le signet en satin rouge disposé au milieu pour marquer la page. Il s'agissait d'un ouvrage de la Comtesse de Ségur : *Les Malheurs de Sophie*. Faustine examina les autres titres. Ils étaient du même auteur. C'était une littérature destinée aux enfants, qu'elle avait appréciée cinq ans plus tôt.

Mireille entra au moment où la jeune fille ouvrait *L'Auberge de l'ange gardien*.

— Excusez-moi, ma petite, j'ai repris du service. Pourtant je ne m'ennuyais plus, grâce à vous. Je lis, je lis jusque tard la nuit…

La femme s'empressa de servir une tasse de café à Faustine et sortit d'un placard une assiette garnie de madeleines dorées.

— Mireille, vous lisez vraiment ces textes-là ? demanda-t-elle, admirative.

— Oh, je prends mon temps, parfois je cale sur un mot compliqué. Je cherche, je me creuse la cervelle, et, hop, je trouve la solution. Mais ce n'est pas si dur que ça, voyez, les gens causent entre eux, j'ai l'impression de les entendre parler…

La gouvernante soupira d'aise et adressa un regard amoureux aux livres dont une jolie gravure en couleur ornait la couverture.

— Ce qui vous facilite la lecture, précisa la jeune fille, le fait que les gens causent, comme vous dites, cela s'appelle des dialogues ; les pièces de théâtre se présentent ainsi. Je suis si fière de vous, Mireille, vous avez continué à apprendre toute seule.

— Quand monsieur Bertrand a su la chose, il en était ébahi. Il a dit que vous étiez la digne fille de votre mère.

Faustine fronça les sourcils, stupéfaite.

— Monsieur Bertrand ? Il est venu ici… Mais quand ? Denis n'avait aucune nouvelle au premier de l'An.

— Malheur ! se reprocha la gouvernante. J'ai la langue trop bien pendue. Je vous en prie, ma chère demoiselle, personne ne doit le savoir, au moulin. Monsieur est là depuis une semaine, avec une infirmière qui le soigne. Je ne serais pas capable, moi, de faire les piqûres et les pansements. Il a été démobilisé à cause d'une grave blessure à la tête et au dos. Il a voulu revenir chez lui, mais il se cache de toute sa famille. Je ne le croyais pas si volontaire… Se priver de l'affection de ses enfants.

Mireille baissa la voix et ajouta :

— Il a dit que personne ne le verrait dans l'état où il est… Un œil en moins, un corset de plâtre… C'est misère de le voir comme ça. Du coup, j'ai l'infirmière à nourrir, et monsieur aussi, qui ne prend que des potages et des viandes bouillies.

Faustine accusait le coup, révoltée pour Denis qui aurait été tellement heureux de savoir son père vivant et démobilisé.

— Vous ne direz rien chez vous, petite ? s'inquiéta Mireille.

— Non, bien sûr ! Vous savez, au moulin, tout le monde est affligé. Ce matin, nous avons enterré maître Roy, qui était un peu mon grand-père.

— Eh oui, hélas ! j'ai appris la nouvelle par le facteur.

La femme hocha la tête et ouvrit les bras, prête à consoler la jeune fille. Faustine ne résista pas et se laissa câliner.

— J'étais bien triste. Il paraît que c'était un brave homme, maître Roy. Votre maman a sûrement un gros chagrin !

— Oui, et je crois que je ferais mieux de rentrer à la maison. Je ne voudrais pas déranger…

— Monsieur n'a rien entendu. Il discutait avec sa garde-malade et souvent il écoute de la musique avec le gramophone. Moi, je traîne quand il y a de beaux airs d'opéra. Ça me donne le frisson. Allez, ma jolie demoiselle, transmettez mes condoléances à votre mère.

Faustine s'en alla le plus discrètement possible. Une chose la surprenait. Pourquoi Denis était-il à Bordeaux ?

A mon avis, quelqu'un est au courant du retour de Bertrand ou a fait en sorte de tenir Denis éloigné du domaine… Mireille ne doit pas être dans la confidence.

Elle rentra au pas, caressant souvent l'encolure de Sirius. Le visage émacié et si pâle de Bertille lui traversa l'esprit plusieurs fois. Sa tantine aux allures de princesse, dans ses robes noires, qui guettait le facteur avec autant d'anxiété que Claire, alors que son mari était mort… Faustine était d'une nature sensible, observatrice. Elle flaira un mystère qui traçait un fil invisible entre le Moulin du Loup et le domaine de Ponriant.

La soirée fut silencieuse à la table des Roy. Claire se coucha très tôt. Matthieu, Jeanne et Raymonde firent de même. Nicolas s'attarda, tantôt jouant avec Loupiote un peu méfiante, tantôt feuilletant les journaux. Bertille brodait un mouchoir, assise dans son fauteuil en osier. Faustine souhaitait provoquer une conversation, mais Nicolas la gênait. Le jeune homme décida soudain de remonter au bourg.

— Je préfère coucher chez ma mère ! déclara-t-il en mettant sa veste et son bonnet. Elle m'en voudra si je la délaisse un soir pareil.

Il embrassa Faustine en la serrant très fort. Elle détestait cela, venant de lui. Bertille posa son travail dès qu'il fut sorti.

— Oh, ma chérie, je n'en peux plus. Si je ne tenais pas

autant à soutenir Claire, je m'enfuirais au bout du monde. Il en faudrait des bonheurs, pour redonner à cet endroit le charme qu'il avait jadis…

— Il y en aura forcément, tantine ! La guerre finie, Matthieu, Nicolas et moi, nous trouverons à nous marier, nous ferons de belles noces, avec des valses, des fleurs partout.

Bertille sourit tristement. Faustine demanda, d'un ton neutre :

— Et toi, tantine, tu te remarieras un jour ?

Sa résistance nerveuse émoussée, un peu grise d'avoir bu du vin, la jeune femme répondit, sans détour :

— Si je pouvais épouser un homme que j'ai aimé avant mon mariage, oui, je voudrais bien me remarier…

— Où est-il, cet homme ? Tu l'as revu depuis que tu es veuve ?

— Non, soupira Bertille. Oh, tu es assez grande pour comprendre ! Je l'ai aimé toute jeune, et cet amour couvait, pendant que je vivais avec Guillaume. On ne choisit pas toujours le bon chemin, ma chérie. Je dirais même qu'on ne peut pas choisir, parfois. J'étais infirme, je croyais qu'aucun homme ne voudrait de moi. Quand Guillaume m'a déclaré son amour, j'étais si contente. Mais je préférais l'autre, le premier qui a fait battre mon cœur.

Faustine approuva en silence. Elle s'était assise sur la pierre de l'âtre, aux pieds de Bertille, et la contemplait pendant que son esprit travaillait à toute vitesse. Sa tante avait habité là après son accident, elle savait que Claire l'emmenait au bourg en calèche aux fêtes, aux bals, à la messe. Bertille avait dû rencontrer fréquemment Bertrand Giraud. Elle osa une question décisive :

— Tu veux bien me dire qui c'est ? Je le connais peut-être ?

— La curiosité est un vilain défaut, Faustine. Je préfère en rester là, car j'ai peu de chance de le revoir.

— Alors, il est à la guerre, lui aussi ! Et c'est sûrement quelqu'un de la vallée… Oh, je t'en prie, tantine, dis-moi son nom, je garderai le secret, promis juré ! J'aime bien les histoires d'amour, et la maison est si triste. Je ne peux pas m'empêcher de penser aux deux bébés morts, à grand-père Colin. Maman se retient de pleurer, Matthieu fait comme si je n'existais plus alors qu'il prétendait m'adorer, il y a deux ans. Tantine, je t'en supplie…

Bertille baissa la tête, dévisagea la ravissante jeune fille dont les yeux bleus avaient un rare pouvoir de séduction – celui de Jean –, et poussa un soupir agacé.

— Il s'agit de Bertrand Giraud ! Là, es-tu satisfaite ? Depuis le mois d'août, rien, aucune nouvelle. J'en deviens folle à force d'espérer et de désespérer sans jamais pouvoir me plaindre. Claire le sait, bien sûr. Oui, n'aie pas cet air ahuri, j'aime le père de ton amoureux, parce que, donnant, donnant, ma chérie, je ne suis pas facile à duper. Denis et toi, vous flirtez, comme on dit en ville.

Faustine se redressa et enlaça Bertille, le nez dans son cou pour cacher ses joues rouges de confusion. Là, elle lui dit avec tendresse :

— Aie confiance, tantine ! Moi, je suis sûre qu'il est vivant, Bertrand ! Tu le reverras un jour, et, si tu te maries, je serai ta demoiselle d'honneur, d'accord ?

— D'accord, petite coquine…

Sur ces mots, Bertille éclata en sanglots. C'était si rare de la voir en larmes que Faustine fut impressionnée. Elle se dégagea de l'étreinte de sa tante et lui caressa la joue.

— Pardon ! C'est si long, ce silence. Si je pouvais te faire comprendre, Faustine, la force de certaines amours et la passion que l'on ressent, qui vous brise, vous transporte de joie aussi ! Bertrand n'est pas un beau prince charmant, mais je l'aime de tout mon être. Il n'y a pas d'explications. Cela s'impose à vous. Ah, si je pouvais le toucher une seconde, le voir…

Bertille essuya ses larmes. Faustine la fixait d'un drôle d'air. Occupée à peser le pour et le contre, elle cherchait à savoir envers qui elle devait se montrer loyale et compatissante. Enfin elle se décida en faveur de sa tante.

— Tantine, tu sais que je suis montée à Ponriant cet après-midi ?

— Mais oui…

— Il est de retour, Bertrand. Mireille me l'a dit. Il y a une infirmière qui le soigne avec des piqûres parce qu'il est gravement blessé et il ne veut pas qu'on le voie, personne… Même pas ses filles ni Denis. Ils ne sont pas au courant. C'était un secret, ça aussi, Mireille m'avait demandé de ne rien dire ici. Seulement, tu m'as fait trop de peine.

— Il est blessé ? s'écria Bertille en se levant. Où ?

— J'ai cru comprendre qu'il avait perdu un œil et qu'il portait un corset pour son dos. Tantine, qu'est-ce que tu fais ?

La jeune femme allait et venait en se tordant les mains. Faustine la crut soudain capable de courir à Ponriant sur l'heure, en pleine nuit.

— Bertille, tu ne vas pas lui rendre visite, pas ce soir ! Mireille saura que je l'ai trahie.

— Non, ne t'inquiète pas, je n'irai pas maintenant. Oh, ces chers yeux, comme il a dû souffrir… Il souffre encore, sans doute. Je le comprends de se cacher, parce que j'étais infirme et que j'avais honte de mon corps, de mes jambes inertes et trop maigres. Pourtant, s'il acceptait ma présence, je ne le quitterais plus, pas une seconde.

Soudain Bertille se précipita vers sa nièce et l'étreignit en riant.

— Merci, ma chérie, merci, tu viens de me redonner la vie. Bertrand est là, tout près de moi, vivant… J'attendrai qu'il soit prêt, j'attendrai un signe de lui, sois tranquille.

Faustine s'endormit le cœur en paix. Il y avait au moins une personne heureuse sous le toit du Moulin du Loup.

Angoulême, 3 juillet 1915

Claire embrassa encore une fois son frère. Ils étaient sur le quai de la gare, devant la porte du wagon qui allait emporter Matthieu vers le front. Le jeune homme avait obtenu son baccalauréat, et le lendemain il avait reçu un ordre de mobilisation lui indiquant l'unité à rejoindre en Artois où, depuis deux mois, une bataille acharnée opposait les troupes françaises et allemandes.

— Matthieu, je t'en prie, dis-moi quelque chose ! implora Claire en lui caressant le front.

Il portait l'uniforme et le képi de l'armée française, les traits tirés, le regard absent comme un condamné à mort. Selon la presse clandestine dont les échos se répandaient par vagues, c'était le sort qui attendait les nouvelles recrues. En avril, le 22, à Ypres, dans les Flandres occidentales, l'ennemi avait utilisé des gaz asphyxiants pour la première fois.

La guerre n'en finissait pas. Les offensives faisaient des milliers de victimes. Jean avait envoyé à Claire une feuille crasseuse, couverte de lignes tapées à la machine, intitulée *Le Poilu*. C'était un des journaux créés dans les tranchées par les soldats qui voulaient décrire leur quotidien. Les autorités militaires avaient un droit de censure, mais elles favorisaient ce mouvement encourageant la solidarité au sein des régiments.

— Je n'ai rien à dire, Claire. Enfin, si, au revoir… Je suppose qu'un soldat n'est plus un enfant. Cesse de me cajoler devant tout le monde.

Elle retint ses larmes sans lâcher son bras. Matthieu avait hâte d'en terminer, d'échapper au chagrin oppressant de sa sœur, de sentir le train démarrer. L'esprit confus, il revit Corentine pendant les vacances de Pâques, à demi nue dans la paille, au fond de la grange de Ponriant. Elle avait consenti à toutes les caresses, mais il ne l'avait pas pénétrée. Il songea à Faustine, telle qu'elle était, entièrement nue dans la salle de bains où il venait d'entrer en forçant le bouton de porte qu'il croyait coincé. Il avait reculé avec un cri d'excuse ; elle l'avait maudit en riant. Mais le souvenir de sa beauté – un corps de femme admirable, une peau rosée, le bout des seins pointu – l'obsédait.

— Matthieu, tu m'écriras ! bredouilla Claire. Je ne vais plus vivre, moi. Jean n'a plus de permissions, Léon est porté disparu, et toi à présent qui pars.

— En fait, si, j'ai quelque chose à dire ! s'écria-t-il tout à coup. Tu ferais bien d'être moins distraite vis-à-vis de

Faustine. De la surveiller de près. Depuis que Bertille et Bertrand sont mariés, elle et Denis se voient autant qu'ils veulent, et, au cas où tu ne le saurais pas, des gens les ont vus s'embrasser, et souvent.

Claire, à l'instant de se séparer du frère qu'elle avait élevé et aimé comme son propre enfant, se souciait peu des amourettes de Faustine. Elle répliqua pourtant d'un ton las :

— Peut-être que c'est sérieux, avec Denis, qu'il l'épousera. J'en serais ravie. C'est un garçon bien qui veut devenir avocat. Matthieu, je préfère la voir avec lui qu'avec toi. Tu te souviens, la nuit où tu la tenais si fort dans tes bras, que tu lui disais l'aimer, et que je t'ai arraché les cheveux ou presque. Je prévoyais des ennuis dans l'avenir, et je suis soulagée que cette folie soit terminée. Faustine est comme ta sœur. Elle avait deux ans quand elle est arrivée chez nous, et toi, cinq. Tu l'as prise sous ta protection, en grand frère. Cela n'aurait pas fait un couple solide, vous deux.

— J'ai d'autres projets, va ! renchérit le jeune homme. Enfin j'avais d'autres projets. Je pars me battre pour la patrie, prendre part à la plus abominable boucherie qui existe, selon Bertrand… Il est tranquille, lui, avec son bandeau de pirate sur l'œil et sa canne. Il ne retournera pas au feu…

L'avocat, bien que discret sur son expérience de soldat, n'avait pas pu cacher la vérité. Cette guerre, selon lui, était la pire ignominie engendrée par l'homme. Il décrivait d'une voix rauque les combats à la baïonnette d'une sauvagerie inouïe, la puanteur des corps déchiquetés par les obus.

Le chef de gare siffla et la locomotive expira une colonne de fumée. D'autres jeunes appelés se ruèrent vers les wagons, après un dernier baiser, une promesse de victoire.

— Mon Dieu, Matthieu, mon petit… sanglota Claire, éperdue.

Il lui étreignit la main et se fondit parmi la cohue, tout de suite anonyme dans son uniforme qui le rendait semblable aux autres soldats. La jeune femme recula, bouscula une fille en larmes et traversa le hall de la gare. Bertrand et Bertille l'attendaient à l'extérieur, dans une automobile noire, la vieille Panhard qui avait repris du service.

Claire monta à l'arrière, s'écroula sur le siège et pleura. Sa cousine se retourna et posa sa main blanche sur l'épaule de sa cousine.

— C'était trop dur, princesse, de lui dire au revoir sur ce quai ! Mais je devais le faire.

Bertille avait les larmes aux yeux. Son bonheur enfin acquis lui faisait un peu honte. Au mois de mars, le jour du printemps, elle avait reçu une lettre au moulin, postée de Puymoyen par les soins de l'infirmière. Bertrand lui racontait, sur quatre pages d'une écriture serrée, les détails de son retour. Laissé pour mort après la terrible bataille de la Marne, en septembre 1914, il avait pu se traîner parmi les cadavres jusqu'à un camion de la Croix-Rouge. Il y voyait à peine, le visage ensanglanté. C'était pour elle, Bertille, qu'il avait rampé, tendu par un ultime espoir de survivre. Ensuite, c'était le trou noir, des semaines à l'hôpital, le dos paralysé. On l'avait opéré et soigné. Il était rentré à Ponriant, en passe de devenir borgne, souffrant de migraines intolérables et se déplaçant avec difficulté.

A la fin de la poignante confession, quelques mots : « Si tu te sens capable d'aimer un homme qui risque de perdre la vue, qui a besoin d'une canne lui aussi, cet homme-là guettera ta venue pendant des mois et des années s'il le faut. »

Une demi-heure plus tard, essoufflée, en robe de cotonnade et les cheveux défaits, Bertille était entrée dans le salon de Ponriant pour se jeter à genoux devant lui. Bertrand, en la voyant apparaître, avait encore eu cette impression étrange qu'une fée, un être aérien, volait à son secours. Mais quand elle fut à ses pieds, son beau visage levé vers lui, il comprit que ce n'était qu'une femme comme les autres, qui l'avait attendu, qui avait espéré une lettre, de celles que l'on cache dans son corsage, que l'on embrasse les nuits de solitude.

Bertille le regardait de ses grandes prunelles grises, brillantes de larmes contenues. Elle lui avait pris les mains, les embrassait sans le quitter des yeux, en murmurant des « Je t'aime » d'une petite voix tremblante.

Ils s'étaient mariés le mois suivant, à la mairie du bourg, dans la plus stricte intimité. Bertille, toujours aussi chic, portait une longue robe moulante, en soie d'un beige rosé, brodée de fines perles sur la poitrine et les manches. Un petit chapeau à voilette, lui aussi emperlé, maintenait sa chevelure blonde.

— Je me serais mariée toute nue, avait-elle plaisanté, mais j'étais obligée de faire honneur à Bertrand…

Claire servait de témoin, ainsi que Mireille. Faustine et Denis, endimanchés, étaient les seuls admis à la cérémonie. Le couple ne souhaitait pas s'unir devant Dieu, surtout Bertrand.

— Je n'ai plus la foi, avait-il confié à Bertille. Si Dieu existait, il ne permettrait pas ça, des gosses de dix-huit ans éventrés, qui appellent leur mère.

Le père Jacques avait envoyé une carte de félicitations en précisant, en post-scriptum : « Je peux vous comprendre, et je vous souhaite d'être heureux. »

Heureux, ils l'étaient. A trente-six ans, Bertille était enceinte. Accoutumée à des fausses couches successives, elle espérait de toute son âme garder cet enfant. Mais son union avec Bertrand ne l'empêchait pas de rendre souvent visite à sa cousine. Au moulin régnait une sourde tristesse, celle de la résignation au chagrin. Raymonde refusait de mettre des vêtements noirs malgré la carte du ministère des Armées spécifiant que Léon était « porté disparu ». Elle l'avait eue, cette mauvaise nouvelle, dix jours après la mort de Colin.

— Qu'est-ce que ça veut dire, « porté disparu » ? demandait-elle inlassablement à Claire. Moi, je ne lis pas qu'il est tombé au champ d'honneur, comme pour le fiancé de la pauvre Claudie. Vous êtes d'accord, madame ? Rien ne me prouve qu'il est mort, mon Léon !

Jean avait écrit à ce sujet. Il y avait eu une attaque décidée par les colonels et les généraux. Il y avait eu le fracas des explosions, la fumée, le chaos, et personne n'avait retrouvé le corps de Léon.

— Je le reverrai, mon mari ! affirmait Raymonde. Et, tant que j'aurai pas vu son cadavre, je l'attendrai…

Sa volonté de refuser l'évidence cachait des nuits à sangloter, à mordre le drap, devant l'idée que le rire taquin de Léon s'était éteint, qu'il ne chatouillerait plus Thété, qu'il ne gronderait plus César. Elle n'était que rancœur contre le mauvais sort qui la frappait.

Bertrand déposa Claire devant le moulin. Durant le trajet de retour de la gare à Puymoyen, elle n'avait fait que pleurer. Bertille embrassa plusieurs fois sa cousine.

— Viens quand tu as envie de nous rendre visite… lui dit-elle, attendrie.

— Oui, peut-être ! Mais j'ai du courrier à faire. J'ai enfin eu des nouvelles de Blanche et de Victor, hier, mais j'avais oublié de t'en parler avec le départ de Matthieu. Je n'y ai plus pensé. Ils sont au Pérou, près de Cuzco. Victor a de la chance. D'abord, il n'a pas été mobilisé, en raison de son âge, et de plus il est un des premiers archéologues à pouvoir explorer ces lieux. Il s'agit d'un site exceptionnel, une ville construite il y a des siècles, ah oui, une cité inca, une sorte de fort perché sur une montagne, le Machu Picchu[1]. La lettre a mis des mois à me parvenir.

— Eh bien, ils sont chanceux, soupira Bertille, bien loin de nos modestes grottes de la vallée, si loin de cette maudite guerre.

La Panhard redémarra. Claire regarda autour d'elle. Très haut dans le ciel, une alouette chantait. C'était l'été ; les prés débordaient de hautes herbes étoilées de fleurs sauvages. Les femmes de la vallée regrettaient les grands travaux ponctués de rires et de chansons, la fenaison, la moisson. Dans la cour du moulin, pissenlits, plantains et orties croissaient entre les pavés. Les chèvres broutaient en toute liberté. Sirius disposait de prairies superbes.

Il me faudra pourtant du foin pour l'hiver ! songeait-elle en marchant le plus lentement possible.

Le départ de Matthieu aurait dû réduire en miettes son

1. Découvert en 1911 par Hiram Bingham.

courage, mais il eut un effet contraire. Elle eut soudain envie de se battre, comme tous ces hommes qu'on envoyait au front, se battre à la mesure de sa profonde révolte.

Raymonde triait des lentilles, assise à la table de la cuisine, lorsque Claire entra. Jeanne pétrissait de la pâte à pain.

— Demain, leur annonça la jeune femme, nous allons faucher les prés, ceux qui touchent aux terres de Ponriant. Et le verger. Nous mettrons le temps qu'il faudra, mais nous le ferons. Nicolas peut nous aider, et des jeunes gars du bourg que je paierai. Jeanne, tu veilleras bien sur les poules qui couvent. Plus nous aurons de poussins, mieux ce sera. Je consoliderai l'enclos ; les fouines deviennent hardies cette année.

Elle se tenait droite, le visage resplendissant d'une volonté farouche. Le soleil qui entrait par les fenêtres grandes ouvertes nimbait d'un liseré d'or ses beaux cheveux bruns. Comme elle était amaigrie, ses yeux sombres paraissaient plus larges et sa bouche gonflée par les larmes versées gardait sa couleur de cerise mûre.

— Il n'est pas question de laisser le moulin à l'abandon. Les chèvres ont eu des petits, c'est très bien. J'ai encore des économies ; je compte racheter des lapins et pourquoi pas une vache...

Raymonde écoutait, vaguement étonnée, pleine d'admiration aussi. Elle savait que, pendant les deux derniers mois, Claire avait bêché la terre du potager en y incorporant du fumier, avant de semer les graines qu'elle récoltait chaque année précieusement. Nicolas et un de ses camarades du bourg avaient labouré en tirant eux-mêmes la charrue dans le champ réservé aux pommes de terre. La récolte serait bonne.

Le moulin avait de nouveau un maître, en jupons peut-être, mais sévère et juste. Claire déambulait sur ses terres des outils à la main, devenue habile à manier pinces et marteau, râteau-faneur et fourche.

Il en fut ainsi pendant deux ans encore. La guerre durait

et durait. Jean n'obtenait que de courtes permissions, qu'il passait à l'arrière de la ligne de feu.

Claire se raccrochait aux lettres qui lui prouvaient que son mari vivait toujours, tandis que le nombre de morts prenait des proportions démesurées ; des milliers et des milliers d'hommes sacrifiés à des stratégies hasardeuses. En Allemagne, l'année 1917 vit des mutineries éclater dans les villages et dans les tranchées, de même que des grèves se déclarer dans les usines. Du côté français, près des deux tiers des divisions armées, après les pertes considérables du Chemin des Dames, menacèrent de se mutiner aussi, et des soldats refusèrent de monter en ligne d'attaque. Il y eut des centaines de fusillés, pour l'exemple.

Au fond des campagnes, on ignorait ce qui se passait là-bas, mais les familles se décimaient, la machine infernale aspirait les hommes dès qu'ils arrivaient dans leur dix-huitième année.

Moulin du Loup, 10 août 1917

— Voilà Bertille ! hurla Faustine de la fenêtre de sa chambre.

Claire était assise sous le tilleul de la cour à une petite table en fer dénichée dans une des salles du moulin. Elle écossait des haricots frais pour les cuisiner avec un morceau de lard. D'un mouvement impatient, elle se tourna vers le chemin et aperçut la danse d'une ombrelle fleurie rivée à une voiture d'enfant.

— Je vais à sa rencontre ! lui cria sa fille, qui était déjà descendue et courait vers le portail.

Thérèse jouait à laver sa poupée dans une cuvette d'eau. Elle bondit sur ses pieds et suivit Faustine. Chaque visite de la dame de Ponriant provoquait le même élan de gaîté, car il y avait la « petite princesse » Clara à couvrir de baisers et à câliner. Personne ne s'y trompait : la ravissante enfant née des amours de Bertrand et de Bertille ne portait pas ce prénom par hasard. Il s'agissait bien d'un hommage rendu à Claire, marraine de la fillette maintenant âgée de huit mois, aussi blonde que sa mère, à la peau laiteuse, mais aux immenses prunelles vertes héritées des Giraud.

— Maman, elle gazouille à merveille ! cria Faustine qui tenait déjà le bébé dans ses bras. Oh ! Je l'aime, cette petite Clara, je l'adore.

Claire se leva pour embrasser Bertille, en robe de soie jaune et capeline d'organdi. Selon le rituel, sa cousine demandait en premier lieu des nouvelles de Jean, de Matthieu et de Léon, ce dernier sur un ton de confidence, car plus personne ne le pensait encore vivant.

— Jean a été blessé à une jambe, mais pas assez sérieusement pour être démobilisé, soupira Claire. Matthieu a gagné des galons. A croire qu'il se sous-estimait. Deux ans qu'il est parti, et toujours indemne, c'est un miracle.

De son pas décidé, les hanches rebondies, un foulard sur les cheveux, Raymonde sortit saluer la visiteuse. Puis ce fut Jeanne qui grimaça des risettes au nez de Clara.

Toutes ces femmes, à l'ombre tiède de l'arbre, ressemblaient à une assemblée de fleurs colorées et disparates qui discutaient à bâtons rompus et riaient des sourires du bébé. Les deux hommes du moulin ne tardèrent pas à revenir du potager. Il s'agissait de César, grand et fort pour ses douze ans, et de Nicolas à la mine renfrognée. Déclaré soutien de famille, sa mère étant veuve et mère d'un garçonnet de trois ans, le jeune homme échappait à la mobilisation et il enrageait. Lui, la guerre le tentait, le voyage, d'autres horizons. Il tenait à prouver sa valeur, à défendre sa patrie. Il passait sa colère sur les bêtes, la terre et les foins à engranger, mais, en pleine sève, il devenait taciturne et belliqueux. Frustré de combats sanglants et d'ennemis à abattre, il cédait à des pulsions bien naturelles et avait la réputation de courir les jupons.

Seule sa sœur pouvait le raisonner, et Claire ne s'en privait pas.

Raymonde servit à tous un goûter très simple, des tranches de pain beurrées parsemées de sucre roux et du café léger, coupé de lait.

— Cela devient difficile de manger convenablement ! dit Claire. Si je n'avais pas mes bêtes et le jardin, ce serait la disette.

— Je sais bien, approuva Bertille. Bertrand a embauché des ouvriers agricoles, des immigrés italiens. Il relance la culture du blé et de l'avoine. Il a acheté deux vaches pleines, du côté de Ronsenac. Bientôt, nous aurons du lait. Mireille fera du fromage et du beurre. Je vous en donnerai.

Elles discutèrent encore, sous le regard rêveur de César qui taillait avec son canif une baguette de saule. Le garçon excellait à la pêche, ce qui fournissait la table en écrevisses, gardons et anguilles. Thérèse faisait sa part de travail en désherbant les plates-bandes et en essuyant la vaisselle.

Bertille observa discrètement Faustine, puis Nicolas, assis côte à côte sur un banc. Elle remarqua que le fils d'Etiennette prenait de plus en plus les airs sournois de sa mère. Celle-ci filait le parfait amour illégitime avec le fameux Gontran, et tous les gens du bourg la montraient du doigt. Faustine, d'une beauté éblouissante, chair rose et or, chevelure d'un blond intense, séduisait surtout par sa grâce naturelle, sa spontanéité rieuse et la bonté qui émanait d'elle.

— Alors, Faustine ! lui dit-elle après cet examen attentif. J'ai appris la bonne nouvelle. A la prochaine rentrée, tu vas seconder l'institutrice de Vœuil, car tu es sortie très bien notée de l'Ecole normale !

— Oui, je m'occuperai des plus petits et j'irai là-bas à bicyclette. Comme ça, j'habiterai à nouveau le moulin avec maman et j'aurai un salaire. L'année suivante, je pourrai être titulaire d'un poste.

— Je suis ravie pour toi, ma chérie. Mais, le plus formidable, c'est ce que tu as fait pour Mireille. Elle s'use les yeux à lire tous les romans de Ponriant, et elle m'en parle dès le matin. Tu lui as offert un grand bonheur.

Claire écoutait, émue aux larmes. Elle murmura d'une voix tremblante que Basile aurait été fier de leur Faustine. Raymonde faisait sauter le bébé sur ses genoux. Clara frappait des mains, en poussant des cris stridents de joie pure.

— Regardez-la ! s'écria Bertille. Une future cavalière, comme sa marraine. Je n'en reviens pas d'avoir eu un enfant, aussi réussi en plus. A trente-huit ans, c'est un exploit, dit-elle en bombant son buste gracieux.

Rien n'aurait empêché la lumineuse Bertille de plaisanter et de jouer avec les mots, même si elle considérait vraiment la naissance de Clara comme un miracle, un don du ciel à une pécheresse repentie. Le médecin qui l'avait accouchée, et là encore tout s'était bien déroulé, lui avait donné son opinion à propos de ses précédentes fausses couches.

« Il faut croire, madame, que le problème venait de votre premier mari ! Entre certains organismes, on soupçonne des incompatibilités physiologiques[1]… »

Bertille regarda sa montre et se prépara à rentrer au domaine. Faustine proposa aussitôt de l'accompagner.

— Tu veux bien, maman ? Je rentrerai vite, avant le dîner.

— Mais oui, ma chérie, je me doute que tu as des visites à faire… Mireille, et Denis…

Depuis un an, les deux familles considéraient Denis et Faustine comme de futurs fiancés. Ils ne se rencontraient que pendant les vacances et se retrouvaient rarement seuls, César ou Thérèse servant de chaperons ; cependant le tendre sentiment qui les unissait n'était un secret pour personne. Bertrand déclarait qu'il ne pouvait espérer une belle-fille plus charmante.

Nicolas suivit d'un œil agacé les silhouettes de Bertille et de Faustine. La jeune fille poussait la voiture d'enfant où Clara était assise dans un nid de coussins. Il jugeait nécessaire de seconder sa sœur, privée de tout soutien masculin, mais côtoyer Faustine du matin au soir exacerbait un désir contre lequel il luttait en vain. Le cœur empoisonné par une mauvaise chose qu'il était seul à savoir, Nicolas cédait à la nature vicieuse que lui avait transmise Etiennette. Déjà gamin, il cherchait à toucher la fille de Jean, essayant le chantage ou l'intimidation. Etait-ce sa faute à lui si Faustine

1. A cette époque, le facteur Rhésus et les différents groupes sanguins étaient juste en passe d'être découverts.

avait de si beaux seins, une taille fine, des hanches rondes, une bouche aux lèvres charnues souvent entrouverte qui le rendait fou ? Assez futé pour deviner que les amoureux devaient s'accorder du bon temps dans le dos des adultes, il jalousait Denis.

En bas de l'escalier de Ponriant, Bertille fixa soudain Faustine d'un air grave. Elle semblait hésiter à parler.

— Eh bien, tantine, qu'est-ce que tu as ?

— Ma chérie, je venais au moulin pour ça, mais je préférais te l'annoncer sans témoin. Denis doit partir. Il a reçu son ordre de mobilisation. Il prend le train après-demain.

La jeune fille devint livide. Elle s'en doutait, que cela finirait par arriver, mais elle refusait de l'admettre.

— Es-tu sûre ? Il n'a pas encore dix-huit ans ! Je me disais que nous avions encore quelques semaines.

— Non, hélas ! Il y a eu de telles pertes sur le front qu'ils ont besoin de soldats. Je suis désolée, ma chérie, dit-elle, compatissante.

Faustine respira très fort ; son cœur lui faisait mal. Elle se prit à maudire la guerre de tout son être.

— Mais ça durera encore longtemps ? Il n'y a plus que des femmes, en ville et dans les campagnes. Denis a presque mon âge, c'est injuste qu'il aille se faire tuer, s'indigna-t-elle.

— Allons, il peut s'en sortir. Ton père est encore en vie, Matthieu aussi. Et puis le monde entier se débat. Les alliances que nous avons passées peuvent précipiter la victoire. Les troupes anglaises et américaines nous soutiennent.

Faustine se boucha les oreilles. Elle ne voulait rien entendre, ni rien savoir. Denis serait happé, englouti dans la fureur des batailles, et, s'il revenait, ce ne serait plus jamais le même, joyeux et tendre. A fréquenter souvent Bertrand, Faustine avait pu noter des éclairs de détresse dans l'œil de l'avocat, le reflet terrifiant de ce qu'il avait vu, là-bas, dans le nord de la France.

— Où est Denis ? demanda-t-elle.

— Viens, quand je suis partie vous voir, il était au salon avec son père. Nous le trouverons forcément à la maison...

Denis sursauta quand on frappa à la porte de sa chambre. Assis au bord de son lit, il dévorait des yeux une photographie de Faustine prise à Angoulême le jour de ses dix-sept ans. Elle posait devant un décor bucolique, les cheveux coiffés en chignon, dans une longue jupe sombre rehaussée d'un corsage blanc brodé de perles, une main posée sur une fausse colonne antique.

— Entrez ! fit-il en rangeant amoureusement le cliché dans un carnet qu'il emporterait.

— Denis... Tantine m'a autorisée à monter te rendre visite, quelques minutes pas plus. Ensuite nous devons descendre au salon.

Il se leva, si heureux de la voir qu'il en resta muet. Ils se jetèrent dans les bras l'un de l'autre et s'étreignirent les yeux fermés, sans échanger de baisers.

— Faustine, tu m'attendras, dis ? Si je meurs, tu n'auras pas un autre fiancé, pas tout de suite.

— Tais-toi, idiot ! coupa-t-elle, au bord des larmes. Tu ne vas pas mourir, et on se mariera.

Il la serra plus fort et chercha ses lèvres. Jamais elle n'avait été si douce, si confiante. Il percevait avec acuité le contact de sa chair appuyée à la sienne, là un sein, ici le ventre un peu bombé. Denis succomba à un désir impérieux qui lui faisait perdre tout contrôle. Il souleva la jupe en cotonnade légère et frôla l'intérieur satiné des cuisses.

— Je veux bien, murmura Faustine, mais pas ici, pas maintenant. Ils vont nous appeler ou monter nous chercher.

Elle s'exprimait avec peine, presque en transe, affolée qu'elle était par le proche départ du jeune homme. Les derniers remparts de sagesse et de pudeur s'étaient effondrés. La jeune fille s'était décidée à se livrer tout entière au plaisir voluptueux du consentement. Ce corps de femme ignoré depuis ses douze ans réclamait impétueusement aujourd'hui sa part de jouissance et la découverte de tous les mystères. Les caresses et les baisers lui apportaient déjà de telles délices qu'elle avait faim de l'acte charnel au mépris de l'éducation reçue et des mises en garde de ses parents.

— Ce soir, je viendrai derrière les écuries ! dit-elle en le fixant avec une ardeur encore inconnue.

— Non, Faustine ! répondit Denis en se maudissant d'être le plus sage. Je crois qu'il ne faut pas. J'en serais le plus heureux des hommes, mais si tu tombais enceinte, et que je meure au front…

— Tais-toi, je m'en fiche ! Denis, je veux t'offrir du bonheur avant que tu partes. Tu auras ce souvenir-là à la guerre et il te protégera. Si on s'aime très fort, on se retrouvera, comme ton père et Bertille. Et je serai bien contente si j'ai un bébé de toi à chérir.

On tambourina à la porte. Mireille leur cria qu'ils étaient attendus au salon.

— Ce soir, à dix heures, derrière vos écuries ! répéta Faustine.

Vaincu par sa détermination, Denis accepta d'un signe de tête.

Claire écrivait encore après le dîner. Elle délaissait sa chambre trop vide depuis le mariage de Bertille et utilisait un coin de la table en guise de bureau. C'était rassurant de sentir la présence de Raymonde qui cousait, d'entendre César jouer aux billes et Thérèse fredonner ses comptines favorites. Cela laissa le champ libre à Faustine, qui put prendre un bain rapide sans attirer l'attention. Elle choisit une robe défraîchie, qu'elle ne craignait pas de salir, et, déterminée, ne mit pas de sous-vêtements. Le tissu sur la peau nue de sa poitrine lui causa un vertige grisant. Afin de ne pas éveiller de soupçons, Claire ayant l'œil avisé, elle s'enveloppa d'un grand châle en soie et descendit à la cuisine, un livre à la main.

Son attention se concentra sur l'horloge dont les aiguilles tournaient avec une lenteur exaspérante.

— Que lis-tu ? demanda sa mère.

— Des poèmes de Théophile Gautier, l'auteur du *Capitaine Fracasse.*

— Je le connais. Bertille et moi, nous adorions *Le Capitaine Fracasse*, jeunes filles.

Enfin Jeanne et les enfants allèrent se coucher dans la chambre de Matthieu réaménagée pour eux. Raymonde disposait de la pièce qui avait vu mourir Basile et Hortense, et abrité Colin et Etiennette. Cela ne la dérangeait pas ; elle se persuadait que deux petits anges invisibles veillaient sur son sommeil, ses jumeaux Pierre et Martin.

Nicolas, quand il dormait au moulin, occupait le logement au-dessus de la salle des piles.

Claire cacheta trois enveloppes, dont l'une pour sa belle-sœur Blanche qui lui avait communiqué dans son courrier l'adresse d'une auberge de Cuzco. Imaginer le long périple de la lettre franchissant océan et montagnes inconnues fit sourire la jeune femme. Les deux autres missives étaient destinées à Jean et à Matthieu.

— As-tu écrit, toi aussi ? demanda-t-elle à Faustine.

— Oui, avant-hier. J'ai envoyé à papa ma photographie, celle de mon anniversaire. A Matthieu aussi.

— Ils seront contents, avoua Claire en bouchant l'encrier. Je monte me coucher, ma chérie, ne tarde pas.

— Je lis encore un peu, maman, j'éteindrai la lampe. Dans ma chambre, je ne vois pas si bien.

Claire était épuisée. Sa journée commençait toujours à six heures du matin. Elle s'étira et étouffa un bâillement. Aux soucis quotidiens, elle ajouta une préoccupation.

— J'espère que tu as une bonne vue. Il faudrait consulter en ville, surtout pour le métier que tu vas faire.

Faustine lisait parfaitement, même dans sa chambre. Elle eut un peu honte d'inquiéter sa mère et tenta de la rassurer :

— C'est imprimé très petit, ne te tracasse pas.

Elle fut enfin seule dans la cuisine. Il était plus de neuf heures et demie. Il lui faudrait un quart d'heure pour monter au domaine.

J'aurais dû dire à Denis de descendre jusqu'au pont ou dans le petit pré derrière la bergerie.

Faustine ferma le livre. Son cœur battait à grands coups à l'idée de ce qui allait se passer. Elle savait comment bêtes et gens s'accouplaient. C'était si évident quand on observait le bouc et les chèvres, le coq et les poules. Les humains n'agissaient pas autrement, quant à l'acte en lui-même. Néanmoins cela se compliquait en raison de la pudeur, de la tendresse, des sentiments et des vêtements. A ce point de sa réflexion, Faustine ironisa :

Que ce serait drôle si nous vivions nus, au village, à l'école, à la messe.

La pensée irrévérencieuse acheva d'agacer ses nerfs. Elle faillit renoncer, ne parvenant pas à concevoir qu'elle serait d'ici peu en train de s'offrir à Denis. L'excitation se mêlait à la peur de franchir ce pas décisif qui ferait d'elle une femme.

Je ne devrais pas y aller, songea-t-elle. Papa serait furieux et déçu, et je trompe la confiance de maman. Et j'aurai mal, peut-être… Le pire, Denis a raison, ce serait de me retrouver enceinte. J'adore les bébés, mais je ne suis pas prête.

A dix heures, l'horloge sonna. Elle n'avait pas bougé.

Il doit se demander pourquoi je ne viens pas au rendez-vous, mais, si je vais le voir, il m'embrassera et je ne pourrai pas résister.

Un quart d'heure plus tard, Faustine hésitait encore sur la conduite à tenir. Loupiote grogna en regardant la porte.

C'est sûrement Denis, pensa-t-elle, soulagée. Je lui expliquerai…

Vite, elle éteignit la lampe, courut ouvrir et se rua dehors en refermant soigneusement. C'était une nuit sans lune. Elle distingua une silhouette masculine qu'elle jugea familière.

— Denis, s'inquiéta-t-elle, c'est bien toi ?

Faustine fut saisie à la taille, attirée dans un angle du perron, pressée contre un corps plus robuste que celui de son amoureux. Une haleine empestant le vin et le tabac brun la fit se débattre avec une violence rageuse.

— Lâche-moi, Nicolas ! Qu'est-ce que tu faisais là, à m'épier ?

Il la tenait plus serrée, parcourant ses formes d'une main. En haletant, il ricana :

— Eh ! Toi, alors ! T'es toute nue sous ta robe. Il a manqué le gros lot, Denis. Faustine, bon sang, ce que tu es bien faite !

Il l'embrassa, mordillant ses lèvres, essayant de glisser sa langue entre ses dents.

— Tu as bu ! s'écria-t-elle après avoir tourné la tête pour échapper à son baiser.

— Ouais, j'ai bu et je te veux, tu es toute chaude... Denis, il ne viendra pas, alors je peux le remplacer. Je fumais une clope, sur le pont, et ils sont passés en voiture, Giraud père et fils, à neuf heures. Ils se sont arrêtés me causer... L'avocat conduisait son appelé de fils à Angoulême. Ils devaient dormir à l'hôtel parce que le train part à cinq heures du matin.

Nicolas parlait vite en entraînant la jeune fille en bas des marches. Elle devait le suivre pour entendre son récit, débité à mi-voix.

— Alors ce brave Denis, il est descendu de la voiture, comme pour me donner l'accolade, et il m'a supplié à l'oreille de te prévenir parce que vous aviez rendez-vous ce soir, et qu'il y serait pas... Ma pauvre chatte, il n'y a plus que moi, comme gars, au pays, et je sais y faire avec les filles. Denis, il est puceau, lui...

Nicolas avait réussi à coincer Faustine sous l'appentis. Elle se répétait que Denis était déjà loin, qu'elle devrait se contenter d'un au revoir poli, d'une bise sur la joue en présence de Mireille, de Bertrand et de Bertille, cet après-midi, dans le salon de Ponriant, alors qu'ils risquaient d'être séparés pour l'éternité.

Elle prit conscience que Nicolas relevait sa jupe et pétrissait une de ses cuisses.

— Ne me touche pas ! cria-t-elle désespérée.

Ils luttèrent. Lui tentait de l'allonger sur le sol tapissé de sciure ; elle le frappait, griffait ses mains et son visage. Loupiote se mit à hurler. Le vieux Sauvageon l'imita, tiré de sa torpeur.

— Que tu es cruche, Faustine ! On pouvait prendre du

bon temps, tous les deux. T'aurais rien regretté… grogna-t-il.

Claire apparut sur le perron, une lanterne à bout de bras.

— Qui est là ? appela-t-elle. Faustine ? Faustine…

Elle dévala les marches et traversa la cour. Nicolas, qui espérait s'enfuir à la faveur de l'obscurité, buta sur une bûche gisant par terre. Claire le vit et scruta les alentours d'un air suspicieux.

— Faustine n'est pas dans son lit, je la cherche ! expliqua-t-elle.

— Je suis là, maman ! soupira la jeune fille en sortant de l'appentis.

La tenue débraillée, les cheveux défaits et emmêlés, elle eut un geste de lassitude. Claire la regarda, avant de remarquer l'air ahuri de Nicolas.

— Mais que faisiez-vous, tous les deux ? Faustine, ne me dis pas que tu continues tes petits jeux, que tu…

Elle n'osa pas poursuivre sa phrase, après cette allusion pernicieuse qui venait de blesser cruellement sa fille.

— Oh, maman, comment tu peux penser ça de moi ? gémit Faustine. Nicolas m'a embrassée de force, et il essayait de faire bien pire. Je me suis défendue comme j'ai pu, j'ai appelé, et Loupiote m'a entendue, heureusement.

Elle n'avait pas l'intention de dénoncer les manœuvres de Nicolas, ce qui l'aurait obligé à parler du rendez-vous interdit avec Denis, mais l'accusation injuste l'avait mise hors d'elle. Claire attrapa son frère par le col de sa chemise déboutonnée, lâcha prise et lui asséna deux claques en pleine figure, et encore deux autres.

— Petit fumier, petit salaud ! cria-t-elle. Jamais je ne pourrai avoir confiance en toi, tu as le vice dans la peau, comme cette putain d'Etiennette !

Nicolas tressaillit, dégrisé. Il n'avait guère une haute opinion de sa mère, mais l'insulte l'humilia doublement parce qu'il n'osait même pas protester.

— Va-t'en ! hurla Claire. Sors de chez moi. Je ne veux plus que tu mettes les pieds au moulin. Je me passerai de ton aide, je la paie trop cher. Si tu avais souillé ma fille, l'enfant de Jean, je t'aurais haï jusqu'à ma mort.

Le garçon avait un air épouvanté dans la clarté de la lanterne. Il montra le poing à sa sœur, qu'il aimait pourtant, et beugla, ivre de chagrin cette fois et de honte :

— Eh bien, tant mieux si je viens plus m'éreinter sur tes fichues terres ! Je vais pas pleurer, t'inquiète ! Et je t'interdis d'insulter maman, t'entends. J'en sais, des choses, moi, qui te feraient pas plaisir, et j'ai rien dit, pour pas te peiner... Mais écoute ça : Arthur, mon petit frère, il aura sa part de l'héritage, et t'y pourras rien, même si son vrai père, il l'a pas reconnu ! Tu le savais pas, ça, que notre pauvre papa, il était cocu, cocu comme pas un. Et moi, j'ai pas de preuve d'être un Roy. T'as raison, fous-moi dehors comme un malpropre !

Nicolas décocha un coup de pied à un ennemi invisible, baissa le poing et, contrairement à ce qu'il prétendait, se mit à pleurer, tête basse et bras ballants. Il y avait une telle détresse dans cette attitude résignée que Claire, malgré sa stupeur horrifiée, ne put résister et courut le consoler. Elle avait pitié de son frère. Des années, elle avait pansé ses égratignures et soufflé sur ses brûlures ; depuis qu'il était tout petit, elle s'était penchée sur ses cauchemars. Certes, Etiennette l'élevait, le pommadait, mais, à la moindre occasion, c'était à Claire de veiller sur le petit garçon capricieux et envieux, doté d'un bon fond cependant.

— Je parie que tu as bu un peu trop au village ! lui dit-elle d'un ton sévère. Ainsi, c'était ça qui te rendait hargneux et malheureux ? Tu savais la vérité, pour Arthur, et cela te tourmentait.

— Oui, elle l'a eu avec Gontran...

Faustine n'était pas loin de pleurer aussi. Nicolas faisait partie de son enfance, de sa vie. Il lui faisait pitié.

— Venez, dit Claire, nous allons boire une tisane et nous calmer.

Dix minutes plus tard, Faustine serrait son châle sur son corsage déchiré, Nicolas reniflait encore devant une tasse fumante. Il ne pouvait plus s'arrêter de parler.

— Maman, elle est toujours avec Aliette, une amie. Et elle file chez Gontran le soir. Il a loué une baraque dans les bois sur la route d'Angoulême. Les grands-parents, ils ne sont pas fiers. Un jour, Aliette, elle m'a raconté quelque chose. Il paraît que le soir où papa s'est suicidé, juste avant, quand le curé et lui sont rentrés au bourg, maman et elle causaient de ça, du fait qu'Arthur était le fils de Gontran. Aliette, elle prétend avoir entendu du bruit sur le palier, devant la porte. Elle croit que papa, il a tout découvert et qu'il a filé droit se jeter sous les roues à aubes.

Claire serra les doigts et poussa un long soupir. Au fond, si c'était la réponse aux questions qui la hantaient, cela la soulageait d'un poids énorme.

— Je suis triste pour toi, Nicolas, d'avoir une mère aussi mauvaise ! déclara-t-elle. Je regrette de l'avoir insultée, mais elle nous a fait tant de mal. C'est bizarre, j'avais comme l'intuition qu'elle était la plus coupable, pour papa…

Ils discutèrent encore longuement d'Etiennette, puis Claire désigna Faustine d'un geste du menton :

— Comment as-tu osé t'en prendre à elle ? Vous avez grandi ensemble, et ce ne sont pas les filles qui manquent au bourg et dans la vallée ? Tu es un des rares garçons de dix-huit ans célibataire et non mobilisé… Je veux bien croire que tu étais saoul, mais sur ce point aussi tu connais mon opinion : le vin et l'alcool exaltent nos pires instincts, la violence, la colère.

— Je te demande pardon, Claire ! bredouilla Nicolas. A toi aussi, Faustine. Je peux que faire ça, demander pardon. Je me conduirai mieux à l'avenir.

— Tu devrais aller te coucher, lui conseilla sa sœur. Je viens d'avoir une idée. Cela te ferait du bien de quitter le pays, de voyager. Tu as été garçon de café dans la brasserie la plus réputée d'Angoulême. Tu pourrais peut-être trouver un emploi à Bordeaux ou à Paris.

— Alors, tu me chasses quand même ? maugréa Nicolas.

— Pas du tout. Je pense que tu gagnerais à t'éloigner de ta mère et du village. Je sais que tu n'aimes pas travailler la terre, que tu apprécies la ville et la foule.

Nicolas s'éclaira d'un sourire rêveur. Il partit se coucher apaisé, chérissant davantage sa sœur aînée. Quant à Claire, elle escorta Faustine jusqu'à sa chambre.

— Que faisais-tu dehors ? Si peu vêtue ? Si tu n'étais pas sortie, rien ne serait arrivé...

— Oh ! gémit la jeune fille. Comme ça, tu n'as plus à te languir du petit Arthur. Laisse-le à ses affreux parents ! Maman, autant te dire la vérité. Denis est parti pour le front. Nous avions rendez-vous, mais son père l'a emmené en ville plus tôt que prévu. Je voulais... Je pensais... enfin j'avais l'intention de coucher avec lui parce que je l'aime et qu'il ne reviendra peut-être pas.

D'abord choquée, Claire ne trouva pas de réponse, ni de sermon. A l'âge de Faustine, elle fuyait le moulin à minuit et rejoignait Jean dans la grange de Basile. Malade d'amour, elle s'était donnée à lui, le paria, le bagnard en cavale. Elle se souvint de sa fougue de jeune vierge et à quel point elle se souciait peu des conventions.

— Je te comprends, ma chérie ! avoua-t-elle. Je devrais me fâcher, je n'en ai pas le courage. Quand on aime, on ferait n'importe quoi parfois...

Claire embrassa Faustine sur le front et s'éloigna vers le fond du couloir. La jeune fille, étonnée de cette réaction, pressentit les pensées qui avaient agité sa mère et l'avaient rendue indulgente.

La vie continua. Nicolas s'exila à Bordeaux au mois de septembre ; Denis envoya régulièrement des cartes postales à Ponriant et au moulin.

Les nations européennes engagées dans la guerre par le jeu des alliances commençaient à évoquer des solutions en faveur de la paix. L'énoncé des pertes humaines considérables, qui se chiffraient en millions, faisait naître d'autres émeutes, des mutineries. La chanson de Craonne, dite chanson des Sacrifiés, résonnait de tranchée en tranchée. Le gouvernement promit une récompense importante et la démobilisation immédiate à qui dénoncerait l'auteur de cette complainte qui témoignait de façon poignante de l'enfer vécu par les soldats français. En vain. Jean recopia le refrain dans une de ses lettres en précisant qu'il se demandait lui aussi qui avait écrit ces mots. Sans doute pour se protéger, Claire la lut le soir à la veillée, comme un poème, car elle en ignorait la musique.

Adieu la vie, adieu l'amour,
Adieu toutes les femmes.
C'est bien fini, c'est pour toujours,
De cette guerre infâme.
C'est à Craonne, sur le plateau,
Qu'on doit laisser sa peau,
Car nous sommes tous condamnés
C'est nous les sacrifiés !

Quand elle eut fini, Raymonde et Faustine fondirent en larmes elles aussi.

Un matin d'avril 1918, le facteur apporta une lettre adressée à Raymonde. La servante n'osait pas l'ouvrir.

— Madame Claire, lisez-la, vous. Sûrement on m'annonce la mort de Léon.

Jeanne et Thérèse, car c'était un jeudi, attendaient impatiemment, avec la même mine inquiète. Mais Claire poussa un cri de joie :

— Raymonde, c'est de Léon ! Il est prisonnier en Allemagne ! Il était grièvement blessé, mais il est guéri et vivant... On l'a placé dans une ferme. Il s'occupe des vaches et des cochons !

— Oh ! Mon Dieu ! hurla la jeune femme. Moi qui me croyais veuve. Mon Léon est vivant !

Thérèse éclata de rire, alors que Jeanne louait le Seigneur, la Vierge Marie et tous les saints du paradis. Ce fut une explosion de gaieté. Claire serra sa servante dans ses bras et elles se mirent à tituber en esquissant un pas de valse.

— Il reviendra, répétait Claire, et Jean aussi, Jean qui a survécu à toutes les batailles.

Lorsque Faustine rentra à bicyclette de l'école de Vœuil où elle veillait désormais sur huit petits enfants, César lui barra le passage, au risque de la faire tomber de sa machine.

— On t'attendait pour trinquer ! Claire, elle a acheté du champagne au bourg. Tante Bertille est là et son mari.

— Du champagne ! demanda-t-elle, surprise. Rien que ça. Et pourquoi ?

— Papa est vivant, prisonnier en Allemagne !

Thérèse accourait en sautant de joie. Faustine mit pied à terre, posa sa bicyclette et embrassa en riant les deux enfants.

— Notre cher Léon ! C'est la meilleure nouvelle de l'année !

Après l'exaltation des premiers jours, la longue attente reprit. Faustine se partageait entre son apprentissage du métier d'institutrice, ses visites à Ponriant pour discuter littérature avec la gouvernante, jouer avec Clara et prendre le thé avec Bertille, et le travail que nécessitaient le moulin, les bêtes et le potager. Deux des employés italiens de Bertrand avaient nettoyé le verger et les vignes de Jean.

— Cette année, se promettait Claire, nous vendangerons, et les pommes seront ramassées et mises en cagettes.

Elle manquait d'argent, ayant écorné le solde du capital de son mari, à qui elle postait des mandats, mais sa volonté ne faiblissait plus. La basse-cour fournissait des œufs en abondance et des volailles tendres, Jeanne et un vieil homme du bourg tuaient le cochon engraissé durant l'hiver, les chèvres donnaient du lait et nettoyaient les prairies.

Ce qui faisait le plus défaut à Claire, maintenant âgée de trente-huit ans, c'était le corps fin et robuste de son mari, les caresses exquises au cœur de la nuit, les baisers fiévreux, les causeries le soir, près de la cabane qu'il avait construite lui-même.

— Je vieillis ! Jean ne voudra plus de moi ! se plaignait-elle à Raymonde.

— Oh, madame, vous êtes toujours aussi belle ! assurait celle-ci. Dites, cet Italien, Vittorio, quand il vient ramener les outils, ce n'est pas moi ni Faustine qu'il lorgne de côté, l'œil allumé, c'est vous !

— Tais-toi donc, il lorgne toutes les femmes.

— Non, il en pince pour vous.

Elles riaient.

A la fin du mois d'août, Matthieu arriva au moulin en taxi. Faustine le vit descendre de la voiture et s'immobiliser en attendant que le chauffeur lui passe des béquilles. Le jeune homme écrivait rarement. Claire savait qu'il avait été décoré pour sa conduite téméraire. Après un séjour dans un hôpital de Londres, confié aux meilleurs chirurgiens, il rentrait chez lui, démobilisé.

Qu'il est beau ! songea la jeune fille en marchant vers lui.

La guerre l'avait mûri et non marqué. Sa ressemblance avec sa sœur s'affirmait : mêmes cheveux drus et noirs, même regard de velours. Elle admirait ses traits doux et altiers, soulignés par la fine moustache brune au-dessus des lèvres très colorées.

— Faustine, que je suis heureux de te revoir ! réussit-il à dire, très ému. Et tu es la première à m'accueillir…

— Eh oui, je suis en vacances et j'arrosais le potager.

Elle portait une robe toute simple, en lin blanc et un tablier à carreaux bleus et jaunes. Elle avait une grosse natte dans le dos, des mèches folles sur le front, et, au visage, un air angélique et coquin. Ses larges yeux bleus fixaient le grand soldat intimidé.

— On s'embrasse ? demanda-t-elle, rieuse.

Il lui fallut se dresser sur la pointe des pieds. Embarrassé de ses béquilles, Matthieu voulut déposer un baiser sur la joue droite, hésita et effleura la bouche tiède de Faustine. Déjà, Claire traversait la cour, les mains blanches de farine, éperdue de bonheur.

— Mon frérot ! Mon petit Matthieu !

Elle l'enlaça et l'étreignit, pleurant contre son épaule. Plus que le frère, elle retrouvait l'enfant qu'elle avait élevé seule et à qui elle avait servi de mère.

— Claire, ma Clairette ! répéta-t-il.

Il faisait chaud, les fleurs embaumaient. Assis à la table

sous le tilleul, Matthieu contemplait sa vallée et les falaises avec un sourire enfantin. Il ne pensait pas avoir la chance de revenir ici, de froisser les pétales d'une rose, de sentir le parfum de la terre féconde. Faustine lui servit du café au lait et des crêpes fourrées de confiture. Claire ne lâchait pas son bras, César le dévorait des yeux comme le héros revenu des enfers. Raymonde parlait de Léon et de l'omelette à l'oseille qu'elle cuirait pour le dîner.

Le calme revenu, il déclara, d'un ton songeur :

— J'ai eu des nouvelles de Jean dans le train du retour. Un hasard, un de ses camarades de tranchée qui regagnait son foyer, amputé d'une jambe. Ton mari est devenu journaliste des tranchées. Son lieutenant lui a fourni une machine à écrire et il divertit toute la division.

Claire hocha la tête, perplexe. Matthieu évoquait un monde d'hommes qu'elle ne parvenait pas à se représenter. Bientôt, le voile se lèverait sur ces terribles années de guerre, la loi du silence serait brisée. Tout bas, elle s'étonna :

— Mais comment peut-il écrire tranquille, alors que c'est la guerre ?

— Il y a des moments de répit, des deux côtés… Un soir, les Allemands nous envoyaient des paquets de cigarettes, et le lendemain, on s'entretuait.

Faustine pensait à Denis. Sa dernière lettre, brève et tendre, datait d'un mois. Elle lui vouait un amour sage, satisfaite du rendez-vous manqué qui leur permettrait, quand il reviendrait, de jouer encore avec le feu, de réprimer le désir pour mieux attiser la passion. Matthieu sembla lire en elle.

— Et ton cher Denis ? Parti lui aussi ou planqué grâce à l'appui de son avocat de père ?

Il eut un rire moqueur et déplaisant. Faustine haussa les épaules.

— Le régiment de Denis était en Picardie. A présent, il se bat aux côtés de nos alliés belges. N'essaie pas de le faire passer pour un lâche ! Et tu apprendras que nous sommes quasiment fiancés. Dès qu'il rentrera, il m'offrira une bague.

Claire toussota, gênée. Matthieu siffla en guise de félicitations. Le lendemain, il envoya César porter un message à Corentine qui passait la fin de l'été à Ponriant. Cette fois, la fille de Bertrand ne lui refuserait pas ce qu'il désirait.

En octobre, Faustine apprit qu'elle avait obtenu un poste d'institutrice à Angoulême, dans un orphelinat tenu par la Congrégation des Sœurs de la Sagesse. Cela créa un début de panique, car Claire s'alarma en se demandant où logerait sa fille. Le retour de Blanche et de Victor Nadaud lui parut miraculeux. Ils séjournèrent une semaine au moulin, le temps de raconter leurs pérégrinations en Amérique du Sud. Ensuite ils hébergèrent la jeune maîtresse d'école à Angoulême, dans la grande maison bourgeoise de la rue de l'Evêché.

Quand le clocher de Puymoyen se mit à sonner à la volée pendant un temps inhabituel, le 11 novembre 1918, Claire était assise près du feu, la grosse tête de Sauvageon posée sur ses genoux. Le vieux chien-loup atteignait l'âge exceptionnel de vingt ans.

— Tu bats des records de longévité, toi ! chuchota-t-elle. C'est peut-être ton sang de loup mêlé à celui de mon cher Moïse, un bâtard comme toi.

Elle lui donnait depuis des années des décoctions à boire, des tisanes réputées pour entretenir le corps. A force d'étudier des traités d'herboristerie, Claire avait composé de savants mélanges. Mais elle ne pouvait pas lutter contre le sort commun à toutes les créatures vivantes. Sauvageon mourrait bientôt. Il avait l'arrière-train pelé, à demi paralysé, il était presque aveugle et mangeait peu.

— Tu dois attendre le retour de Jean pour nous quitter, lui disait-elle aux heures de tendresse, comme ce jour-là.

Une fois encore, bien que surprise par le son joyeux de la cloche du bourg, auquel répondaient d'autres cloches lointaines, elle le caressa en murmurant :

— Souviens-toi, on se promenait tous les deux il y a vingt ans, et j'ai vu de la lumière dans la grange de Basile. Tu es entré le premier et tu as grogné. Jean se cachait là et il t'a assommé avec une pierre. Toi, juste après, tu le léchais, et il m'a dit que tu n'étais pas rancunier. Tu l'aimais tant, notre Jean, comme tu aimes Faustine... Tu sentais à l'avance qu'il arrivait sur le chemin, tu lui faisais la fête. S'il revient et que tu n'es pas là, il aura trop de peine...

La voix de Claire se brisa. Sauvageon frémit et frotta sa tête contre sa cuisse. Elle lui fit boire du lait sucré et le flatta encore. Raymonde entra, radieuse, tremblante d'excitation.

— Madame, vous avez entendu les cloches ? Ils ont signé l'armistice à Rethondes... Les combats ont cessé à six heures ce matin ! Les soldats vont rentrer chez eux sans tarder... Le maire a reçu un télégramme, les gens hurlent de joie dans les rues du village ! Une chance que j'étais montée à l'épicerie. J'ai pu profiter du spectacle...

Claire pleura en silence. Elle doutait de la nouvelle. C'était trop beau, trop extraordinaire.

— Crois-tu qu'ils vont revenir, alors, nos hommes ? interrogea-t-elle, perplexe.

— Mais oui, puisque je vous dis qu'ils ont arrêté de se battre !

— Ecoute un peu ça, Sauvageon ! dit Claire. La guerre est finie ! Finie... Tiens bon, Jean va revenir.

Le lendemain, Blanche, Victor et Faustine arrivèrent au moulin. Ils avaient calculé le temps nécessaire pour le trajet entre l'est de la France et Angoulême et, d'après eux, les soldats arriveraient dans la journée ou le soir. Bertille et Bertrand passèrent confier Clara à sa marraine, car ils voulaient guetter l'arrivée des trains en gare d'Angoulême.

Claire ne tenait pas en place. Avec l'aide de Raymonde, elle cuisina pour trente personnes au moins, chauffa la maison de fond en comble, dressa des lits d'appoint. Elle lava ses cheveux, les brossa, se fit un chignon, le défit pour enfin le refaire, le piqua d'épingles ornées de perles et mit une de ses plus belles robes. Entre chaque geste, elle courait à une des fenêtres et vérifiait que personne n'approchait sur le chemin des Falaises.

A huit heures du soir, la Panhard revint bredouille, ramenant Bertille dépitée et Bertrand très nerveux. Tous deux s'inquiétaient : ils n'avaient pas eu de nouvelles de Denis depuis une semaine. Sur le front, cela suffisait pour être réduit en charpie.

Claire les supplia de dîner là, car Clara dormait déjà. Ils restèrent coucher, comme Blanche et son mari. Aucun d'eux ne voulait manquer le retour de leurs soldats, même si rien ne prouvait que Denis serait avec Jean ou vice-versa. Cependant, Bertrand, mieux informé de l'organisation militaire, assurait que les régiments seraient rapatriés selon leur casernement initial.

Pendant le repas, au moindre bruit dehors, chacun sursautait ou courait à la porte. Matthieu alluma des bougies sur le perron, tenant du cidre et du champagne au frais dans un seau d'eau.

— Ils ne viendront pas, se désola Claire.

Elle ne ferma pas l'œil de la nuit, allongée sur son lit tout habillée, rectifiant sa coiffure. Le matin, elle se leva la première et se pencha sur Sauvageon. Il lui lécha la main en remuant la queue.

— C'est bien, mon chien, tu es brave ! Patiente un peu, je t'en prie, encore un peu.

Faustine surprit sa mère qui parlait à l'animal étendu devant l'âtre. Emue, elle la releva et la serra dans ses bras. La jeune fille avait les cheveux défaits, une blonde cascade qui illuminait la pièce sombre. Elle portait un joli corsage en velours bleu, une ceinture brodée et une jupe neuve.

— Ma chérie, cette attente est si longue, je n'en peux plus…

— Maman, tu as tenu quatre ans ; tu tiendras bien quelques heures de plus. Ecoute ! Une voiture arrive.

Claire reconnut le ronronnement d'un moteur. Elle baissa les yeux et observa son vieux chien. Sauvageon, haletant, se dressait sur ses pattes avant, son regard voilé soudain ranimé. Il poussa une plainte incrédule et jappa. Loupiote surgit de dessous la table et aboya aussi. Il y eut des claquements de portières. Faustine se rua vers la porte et l'ouvrit toute grande. Claire la rejoignit, la bouche sèche, le cœur cognant follement. Elles crièrent en même temps.

— Jean ! Oh ! Jean, mon amour !...

— Denis, papa...

Toute la maisonnée se réveilla et ce fut une cavalcade dans l'escalier, les uns en pyjama, les autres en chemise de nuit et robe de chambre.

Claire serrait Jean à l'étouffer, sans oser le dévisager. Il lui avait semblé barbu à faire peur, tanné, rude, mais magnifique. Il la repoussa un peu, pour poser sur elle ses yeux bleus, aux cils noirs et fournis.

— Ma femme, ma chère petite femme, ma Câlinette chérie !

Elle éclata en sanglots et vit dans un brouillard Faustine pendue au cou de Denis, que Bertrand étreignait aussi. Raymonde observait ces retrouvailles en triturant son tablier. La servante avait beau scruter l'étendue de la cour, il n'y avait pas son Léon. César lui prit la main.

— Maman, t'inquiète pas, papa était en Allemagne. Le chemin est plus long ! dit-il d'un ton rassurant de petit homme.

Thérèse retint ses larmes, vite consolée par Faustine.

— César a raison, ma Thété, ton père sera là bientôt...

Sa fille perchée sur son bras, Bertille pleurait et riait. Elle était infiniment soulagée : Jean avait survécu, Denis aussi.

— Je peux enfin savourer ma joie d'avoir retrouvé Bertrand, déclara-t-elle assez fort. J'avais un peu honte de mon bonheur.

Faustine abandonna son fiancé pour se blottir contre son père.

— Ma grande fille, ma maîtresse d'école, comme tu es jolie ! s'exclama Jean. Tu dois en avoir, des choses à me raconter...

Claire, radieuse, croisa le regard navré de Raymonde. L'absence de Léon se faisait cruellement sentir. Elle la saisit par les épaules et l'embrassa sur la joue :

— Courage, ma Raymonde, il reviendra ! Je suis désolée pour toi, mais je parie que, dans une semaine, tu le verras monter ces marches en nous lançant une des blagues dont il a le secret.

— J'espère bien, madame !

Jean s'apprêtait à réconforter lui aussi leur servante, quand il sentit quelque chose d'humide sur sa main.

— Sauvageon ! s'écria-t-il. Mon vieux copain Sauvageon, toujours vaillant…

— Oh ! Jean, il a réussi à se lever, à marcher jusqu'à toi ! s'émerveilla Claire. Je lui avais promis que tu reviendrais au Moulin du Loup, son moulin à lui. Et tu es revenu…

Ils s'enlacèrent à nouveau, ivres d'un bonheur immense. Claire ferma les yeux. Elle voulait se persuader que plus rien ne les séparerait désormais. Il faudrait travailler dur. L'argent manquait… Il fallait abolir les ravages de quatre ans de chagrin et de peur.

Mon Dieu, faites que Léon revienne, pria-t-elle soudain, faites aussi que Jean m'aime toujours autant, que Faustine soit heureuse, que plus personne ne souffre, que plus personne ne tremble de perdre un être cher…

C'était beaucoup demander, elle le savait. Elle serra son mari encore plus fort et jeta un regard implorant au ciel voilé de lourds nuages gris. Le clocher du bourg se remit à sonner, comme une réponse moqueuse à sa prière de femme…

Composition et mise en pages
Nord Compo à Villeneuve-d'Ascq

MIXTE
Papier issu de sources responsables
FSC® C003309

L'éditeur de cet ouvrage s'engage dans une démarche de certification FSC® qui contribue à la préservation des forêts pour les générations futures.

Pour en savoir plus :
www.editis.com/engagement-rse/

CET OUVRAGE
A ÉTÉ ACHEVÉ D'IMPRIMER
SUR ROTO-PAGE
PAR L'IMPRIMERIE FLOCH
À MAYENNE EN OCTOBRE 2022

N° d'impression : 101297
Imprimé en France